DER ZWEITE SCHÖPFER

MICHAEL MARSHALL

DER ZWEITE SCHÖPFER

Thriller

Weltbild

Die englische Originalausgabe erschien 2002 unter dem Titel
The Straw Men bei HarperCollins, London.

Besuchen Sie uns im Internet:
www.weltbild.de

Genehmigte Lizenzausgabe für Verlagsgruppe Weltbild GmbH,
Steinerne Furt, 86167 Augsburg

Ein Unternehmen der Droemerschen Verlagsanstalt
Th. Knaur Nachf. GmbH & Co. KG, München
Übersetzung: Reinhard Tiffert
Umschlaggestaltung: ZERO Werbeagentur, München
Umschlagmotiv: Mauritius / Male, Frankfurt; plainpicture / Westend61, Hamburg
Gesamtherstellung: Bagel Roto-Offset GmbH & Co.KG, Schleinitz
Printed in the EU

ISBN 978-3-8289-8668-8

2010 2009 2008 2007
Die letzte Jahreszahl gibt die aktuelle Lizenzausgabe an.

Für Jane Johnson

»Für die Götter kommen wir zu spät und
zu früh für das Seyn.
Dessen angefangenes Gedicht ist der Mensch.«

Martin Heidegger,
Aus der Erfahrung des Denkens

Palmerston, Pennsylvania

Palmerston ist keine große Stadt, auch kann man von ihr nicht behaupten, sie gehöre zur Spitzengruppe ihrer Liga. Sie ist eben da wie eine Markierung auf dem Bürgersteig. Wie alle Städte hat sie eine Vergangenheit, und früher hatte sie auch mal eine Zukunft, bis sich herausstellte, dass diese Zukunft darin bestand, noch verstaubter und verschlafener zu werden und immer weiter von den Durchgangsstraßen der Geschichte abzudriften. Ein alter, schwergängiger Wasserhahn am Ende einer rostigen Leitung, die eines Tages so undicht wird, dass gar kein Wasser mehr bis zum Hahn kommt.

Die Stadt liegt am Allegheny River im Schatten protziger Berge und hat mehr Bäume, als man schütteln kann, außer man hat viel Zeit zu verschwenden oder ist verrückter als der Durchschnitt der Bevölkerung. Früher fuhr die Bahn gleich auf der anderen Seite des Flusses, doch dann wurde Mitte der siebziger Jahre der Bahnhof geschlossen und der größte Teil der Gleise abgebaut. Von dieser Zeit ist außer Erinnerungen wenig übrig geblieben, abgesehen von einem kümmerlichen Museum, das heute auch von Schulklassen kaum noch besucht wird. Hin und wieder verirren sich Touristen dorthin, schauen sich mit gleichgültiger Miene die trostlosen Fotografien längst Verblichener an, ehe sie sich wieder ins Auto setzen und weiterfahren.

Die Stadt ist an einer T-förmigen Kreuzung erbaut worden, doch machen wild wuchernde Seitenstraßen diese ursprüngliche Anlage immer unkenntlicher. Am Schnittpunkt mit der Querachse steht eine alte Holzkirche, an der zwar die Farbe abblättert, die sich aber immer noch sehr malerisch vor dem blauen Himmel ausnimmt. Wer nach links abbiegt – um westwärts auf der Route 6 zum Allegheny-Trinkwasserspeicher zu gelangen, was so ziemlich der einzige Grund ist, überhaupt hier entlangzufahren –, der kommt auf die Hauptgeschäftsstraße der Stadt. Hier stehen ein paar Banken und Läden. Die Fenster der Banken sind verspiegelt und wirken abweisend, die Schaufenster der Läden könnten wieder einmal geputzt werden und enthalten Antiquitäten von beschränktem Wert. Irgendetwas an der Schaufenstergestaltung lässt vermuten, dass die Stücke dort noch viel Zeit haben, *in situ* an Wert zu gewinnen. Auf einem großen Grundstück an der Südseite der Straße steht ganz für sich allein eine schöne viktorianische Villa. Das Haus hat mehrere Jahre lang leer gestanden. Zwar sind die Fenster alle heil, aber die Farbe blättert noch stärker ab als an der Holzkirche, und einige Bretter beginnen sich zu lösen.

Wen der Hunger überfällt, der hat alle Chancen, in dem McDonald's neben dem Eisenbahnmuseum zu landen. Die meisten Leute machen es jedenfalls so. Palmerston ist als Stadt gar nicht so übel. Es ist ruhig hier, und die Leute sind nett. Mit seiner niedrigen Verbrechensrate und der Nähe zum Susquehannock-Staatsforst gehört es sicherlich zur schöneren Seite dieser Welt. Wer hier geboren wird, Kinder aufzieht und seine Tage beschließt, zählt bestimmt nicht zu den vom Schicksal Gebeutelten.

Nur über das Zwischendrin gibt es wenig zu vermelden.

Am Mittwoch, dem 30. Oktober 1991, herrschte gegen Mittag im McDonald's reger Andrang. Die meisten Tische waren schon besetzt, und vor dem Tresen hatten sich vier Warteschlangen gebildet. Zwei vier und sechs Jahre alte Mädchen, die mit ihrer Mutter gekommen waren, verlangten nach Chicken

McNuggets. Alle anderen schauten die Menüangebote mit dem ihnen gebührenden Respekt an.
Unter der Kundschaft befanden sich drei Auswärtige – ein denkwürdiger Tag für Palmerstons Tourismusbranche. Der eine war ein Anzug tragender Herr mittleren Alters, der allein an einem Tisch in der Ecke saß. Er hieß Steve Harris und war nach einer langen und weitgehend erfolglosen Geschäftsreise auf dem Rückweg nach Chicago. Von seinem Platz aus konnte er gerade das italienisch anmutende Türmchen der viktorianischen Villa erkennen, und er fragte sich beim Kauen, warum bisher niemand auf dieses Anwesen Anspruch erhoben und seine Restaurierung in Angriff genommen hatte.
Die anderen beiden waren ein englisches Ehepaar, Touristen, die zufällig gleich am Tisch nebenan saßen. Mark und Suzy Campbell hatten das Frühstück ausgelassen und waren am Vormittag schon ein paar hundert Meilen gefahren, bis sie richtig Hunger bekamen. Anfangs hatten sie sich Hoffnungen auf ein malerisches kleines Restaurant gemacht, doch nach einer Schnupperrunde durch die Stadt waren sie einer alten Routine folgend in dem Schnellimbiss gelandet. Sie hatten die schützende Anonymität der Gruppe gesucht, um ihre Burger zu essen, und waren zuerst beunruhigt, als sie merkten, dass sie sich neben einen redseligen Einheimischen gesetzt hatten. Sein Name war Trent, ein hochgewachsener Mann in den Vierzigern mit einer dichten, rotblonden Mähne. Als er erfuhr, dass das Paar vom Nebentisch vor ein paar Tagen eine Reise von der Ost- zur Westküste Amerikas begonnen hatte, nickte er nur vage, so als ob man ihm von einer Tätigkeit berichtete, die er zwar verstehen könne, aber nie im Leben für sich selbst in Betracht ziehen würde, wie zum Beispiel Druckgrafik sammeln, Steilwandklettern oder einer geregelten Erwerbsarbeit nachgehen. Er hatte eine gewisse Vorstellung von England, aus der er ableitete, dass dieses Land eine lange Geschichte und eine florierende Popmusikindustrie habe, was er beides sehr begrüßte.

Die Unterhaltung versiegte bald und endete in stummer Gesellschaft. Suzy, die sich über die Begegnung gefreut hatte, war ein wenig enttäuscht. Mark war mit den Gedanken anderswo, er wollte etwas kaufen. In dem Hotel, wo sie vorige Nacht geblieben waren, hatte der Barmann auf der Suche nach lauter Popmusik am Knopf seines Radiogeräts gedreht und war dabei auf einen Sender für klassische Musik gestoßen. Für einen kurzen, wunderbaren Augenblick war die Bar von den Tönen der Goldberg-Variationen erfüllt gewesen. Dieser Klassiksender, so schien es Mark, war wie ein Mann, der sich irgendwo in den Bergen verschanzt hatte und seinen Posten gegen Scharen von Countrymusic-Fans verteidigte. Die Musik von Bach hatte sich in Marks Kopf auch in den folgenden Stunden gegen schmalzige Balladen behauptet, in denen die Zerbrechlichkeit ehelicher Bande beklagt und die unerschütterliche Treue der Vierbeiner gepriesen wurde. Am Ende hatte er den Wunsch, sich für die weitere Autofahrt eine CD zu kaufen. In Palmerston gab es keinen Laden für klassische Musik.
Der Schwatz mit Trent bedeutete für die Campbells eine ungeplante Verzögerung. Hätten sie nicht so gebummelt, wären sie um 12.50 Uhr wieder draußen gewesen. Suzy hätte auch gern eine Zigarette geraucht, was den Gästen hier im Lokal durch kurze, prägnante Hinweise an der Wand und durch leicht verständliche Piktogramme nicht gestattet wurde. Steve Harris jedoch hatte es nicht eilig und wäre so oder so noch sitzen geblieben. Er betrachtete immer noch das Haus auf dem großen Anwesen und überlegte, was es wohl kosten würde.
Um 12.53 Uhr schrie eine Frau mitten im Lokal auf.

Es war ein kurzer, gellender Schrei, aus dem das nackte Entsetzen sprach. Die Leute traten instinktiv beiseite und ließen eine Schneise im Mittelgang. Offenbar waren zwei Männer – ein Halbwüchsiger und ein Mann in den Zwanzigern, beide in lange Mäntel gehüllt – der Anlass für das Entsetzen der Frau.

Der ältere Mann hatte blondes, kurz geschnittenes Haar, das des jüngeren war dunkler und länger. Wie sich gleich darauf herausstellte, hatten beide halbautomatische Gewehre bei sich. Das Licht im Raum schien plötzlich sehr hell, die Geräusche schienen ungewöhnlich klar und scharf, als wäre ein dämpfender Schleier weggefegt worden. Wenn man werktags zur Mittagszeit in einem McDonald's sitzt, der Kaffee gerade auf Trinktemperatur abgekühlt ist und sich mit einem Mal der Himmel verfinstert und düstere Nacht einbricht, dann gleitet die Zeit in einen Zustand höherer Bewusstheit hinüber. Doch wie die lange Schrecksekunde vor einem Zusammenstoß birgt dieser Hiatus keine Hilfe. Er bietet keine Fluchtmöglichkeit, ist auch kein Geschenk Gottes, man kann in diesem gedehnten Augenblick nichts tun, als den Tod zu begrüßen und sich zu wundern, warum es so lange dauert, bis er eintritt.

Trent konnte gerade noch ganz verdattert »Billy?« sagen, dann begannen die beiden Männer zu schießen.

Sie standen, die Gewehre im Anschlag, im Mittelgang und schossen rasch und konzentriert. Als das erste Opfer mit einem Ausdruck stummer Verblüffung rückwärts zu Boden fiel, gingen die Schützen weiter: gefasst und ernst, als wollten sie einer höheren Macht beweisen, dass sie ihrer Aufgabe würdig seien und alles nach bestem Wissen und Gewissen erfüllten.

Eine Sekunde später – zwei weitere Menschen lagen tot am Boden – lösten sich alle Gäste im Lokal schlagartig aus der anfänglichen Lähmung. Die Zeit lief wieder, und das Schreien begann. Jeder versuchte zu fliehen, sich zu verstecken oder andere Leute als Schutzschild zu benutzen. Ein paar rannten zum Ausgang, doch die Gewehre richteten sich wie auf Kommando auf sie und mähten die Flüchtenden nieder. Eine Geschossgarbe strich auch über die auswärtigen Gäste. Mark Campbell bekam eine Kugel in den Hinterkopf, während fast im gleichen Augenblick das Gesicht seiner Frau über das Spinnennetzmuster einer zersplitterten Fensterscheibe verteilt wurde.

Trent starb kurz darauf bei dem vergeblichen Versuch, sich den Schützen entgegenzuwerfen. Die wenigsten besaßen überhaupt die Energie für eine solche Tat, und die es versuchten, büßten rasch dafür.

Die meisten Leute versuchten wegzulaufen, irgendwie wegzukommen. Der stellvertretende Leiter der Bedloe-Versicherung versuchte es und sein schrecklich inkompetenter Assistent ebenfalls. Auch zwölf Schulkinder probierten es, alle auf einmal, so dass sie sich gegenseitig in die Quere kamen. Viele verhedderten sich mit den Füßen in den Körpern ihrer verletzten Klassenkameraden und starben mit verrenkten Armen und Beinen. Die anderen, die ungehindert durchkamen, wurden in ihrer Flucht von tödlichen Kugeln aufgehalten und stießen gegen Tische, Wände und den Tresen, hinter dem eine der Bedienungen in einer Urinlache lag. Von ihrer Position aus konnte sie die noch zuckenden Füße des jungen Mannes, Duane Hillman mit Namen, sehen, mit dem sie kürzlich die alte Bahnstrecke gegangen war. Er war nett gewesen und hatte angeboten, ein Kondom zu benutzen. Da sie wusste, dass er getroffen worden war, als er gerade ein Tablett mit heißem Frittieröl in der Hand hielt, schaute sie lieber nicht genauer hin. Sie hoffte im Stillen, wenn sie die Augen schlösse und sich ganz klein machte, würde vielleicht alles doch noch gut werden. Kurz darauf ging ein Querschläger durch den Tresen und zerschnitt ihr Rückenmark.

Andere versuchten gar nicht erst zu fliehen, sondern blieben da, wo sie gerade waren, die Pupillen geweitet, die Seelen schon auf dem Weg ins Schattenreich, ehe sich Kugeln durch Lungen, Leisten und Unterleib bohrten. Zumindest eine Frau unter ihnen, bei der erst vor kurzem das gleiche Krebsleiden festgestellt worden war, das schon ihren Vater dahingerafft hatte, sah das Geschehen nicht in einem gänzlich negativen Licht. Objektiv gesehen muss man allerdings festhalten, dass der junge Krankenhausarzt, zu dem sie kein Vertrauen hatte, weil

er dem Schurken in ihrer Lieblingsfernsehserie ähnlich sah, sie durchaus hätte retten können, vorausgesetzt, sie hätte weitergelebt und seine Therapie strikt befolgt.
Andere, die ebenfalls wie erstarrt dastanden, hatten keinen solchen Grund zum Gleichmut. Sie brachten es einfach nicht fertig, sich zu bewegen, bis ihnen schließlich eine Entscheidung abgenommen wurde.
In einem Raum voller Opfer nehmen sich die Mörder wie Götter aus. Die Männer schossen weiter und richteten das Feuer ihrer Gewehre in alle Ecken. Sie luden mehrmals nach, aber niemals beide zur gleichen Zeit. Sie gingen planmäßig vor. Während des ganzen Geschehens sagte keiner der beiden auch nur ein Wort.
Von den neunundachtzig Personen, die sich zur Mittagszeit im McDonald's aufhielten, hörten nur vierzig den ohrenbetäubenden Lärm der letzten Gewehrsalve. Von diesen waren weitere neunzehn bis zum Abend gestorben, so dass die Zahl der Opfer auf insgesamt achtundsechzig stieg. Zu den Überlebenden gehörte die junge Frau hinter dem Tresen. Sie sollte nie wieder gehen können und verfiel dem Alkohol, bis sie zu Gott fand und am Ende auch den wieder verlor. Eines der kleinen Mädchen überlebte ebenfalls. Sie kam zu einer Tante in Iowa zur Pflege und lebte ein Leben in relativem Frieden. Auch einer von Trents Freunden kam mit dem Leben davon. Vier Jahre später arbeitete er bei der Küstenwache in Laguna Beach.
Steve Harris überlebte ebenfalls. Eigentlich hätte ihm gleich die erste Gewehrsalve in den linken Flügel des Lokals den Tod bringen sollen, doch Suzy Campbell wurde gerade in dem Augenblick auf ihn geschleudert, als er sich unter den Tisch flüchten wollte. Das Gewicht des getroffenen Körpers riss ihn vom Stuhl, und er schlug mit dem Kopf auf den Fußboden. Sekunden später fiel Suzys Ehemann, der sofort tot war, auf die beiden. Niemand hätte die Campbells nach ihren Passfotos identifizieren können (die Pässe steckten noch in den Innen-

taschen ihrer Jacken für den Fall, dass jemand ihr Auto aufgebrochen hätte, während sie im McDonald's saßen), aber die Kleidung, die sie trugen (ein Teil aus England mitgebracht, der Rest zu sehr zivilen Preisen von der Stange in einem Laden in Boston erstanden), war makellos geblieben. Sie hätten sich nicht einmal abzubürsten brauchen, sondern geradewegs das Lokal verlassen, in ihren Leihwagen steigen und ihre Reise fortsetzen können. Vielleicht wäre das in einer besseren Welt möglich gewesen, Mark hätte auf ihrem weiteren Weg in einer anderen Stadt auch die Goldberg-Variationen gefunden, und so wären sie den Rest des Tages einer schnurgeraden Straße gefolgt und hätten das lichtdurchflutete Laubwerk der Alleebäume bewundert. Den ganzen Nachmittag und bis in den Abend hinein wären sie auf der Landstraße durch eine sanfte Hügellandschaft gefahren, ohne zu bemerken, dass sie die ganze Zeit über allein waren.

In dieser Welt retteten sie nur das Leben eines Mitmenschen, denn Steve Harris blieb nach dem Aufprall auf dem Boden reglos unter ihnen liegen. Um ihn herum lagen tote Körper, alles andere versank in Chaos. Er fühlte den ziehenden Schmerz seiner Wunden und eine Benommenheit im Kopf, aus der sich eine schwere Gehirnerschütterung entwickelte. Der Schmerz sollte ihn tagelang nicht verlassen. Eine junge Krankenschwester, die ihn mit abergläubischer Scheu betrachtete, da er überlebt hatte, wo so viele hatten sterben müssen, blieb die ganze Nacht an seinem Krankenbett in Pipersville und hielt ihn wach, obwohl er lieber geschlafen hätte.

Doch das kam später, wie auch der Herzinfarkt, der das vollendete, was die Kugeln nicht geschafft hatten. Er erkundigte sich übrigens nie, ob die viktorianische Villa zum Verkauf stand. Steve Harris arbeitete einfach weiter, bis er schließlich tot umfiel.

Über dem kalkulierten Gewehrfeuer, den Schreien und dem Stöhnen der Sterbenden war das näher kommende Geheul der Sirenen zu hören. Die Schützen schossen noch einmal für etwa zwanzig Sekunden und bestrichen mit ihrem Feuer einen Winkel neben dem Tresen, wo die Mutter mit den beiden kleinen Töchtern vorübergehend Deckung gefunden hatte. Dann hielten sie inne.

Sie schauten sich um, ohne dass ihre Mienen irgendeine Reaktion verraten hätten. Der Jüngere – der Junge mit Namen Billy – trat einen Schritt zurück und schloss die Augen. Der Ältere schoss ihm aus kürzester Entfernung ins Gesicht. Während sich Billys Körper zuckend am Boden wand, kauerte sich der Mann nieder und tauchte seine Hände in Blut. Dann erhob er sich und schrieb ruhig und mit großen, tropfenden Buchstaben an die Glastür. Ohne Hast schaute er sich noch einmal um. Er verschwendete keinen Blick auf die Polizeiwagen, die die Hauptstraße heraufkamen und die ohnehin zu spät eintreffen würden, um den Gang des Geschehens noch zu beeinflussen, das Palmerston wieder zu einem bekannten Namen auf der Landkarte machen sollte.

Als der Mann fertig war, sprang er durch die zerbrochene Fensterscheibe hinter den Leichen der Campbells und verschwand. Wie es später hieß, nahm er den Weg entlang der alten Eisenbahnlinie. Er wurde nie gefasst.

Niemand konnte eine halbwegs brauchbare Beschreibung seines Gesichts geben, und bald schien es so, als ob er nach seinem Auftritt wieder in den Schatten verschwunden wäre. So blieb die alleinige Schuld an Billy hängen, einem Halbwüchsigem, der in allem einem Mann gefolgt war, den er für seinen neuen Freund gehalten hatte.

Mehr als zehn Jahre vergingen.

I

Vom Berg, nicht auf dem Berg …

Frank Lloyd Wright
über die Architektur Taliesins

I

An der Beerdigung gab es nichts auszusetzen: Sie war gut besucht, die Leute trugen dem Anlass angemessene Kleidung, und keiner stand während der Zeremonie auf und sagte »Ist euch klar, dass sie nun tot sind« oder Ähnliches. Man hatte sich in einer Kirche am Stadtrand versammelt. Zu welcher Konfession sie gehörte, wusste ich nicht, noch weniger, warum dies in der bei Harold Davids hinterlegten letztwilligen Verfügung so ausbedungen worden war. Meines Wissens hatten meine Eltern keine religiösen Vorstellungen. Sie waren Atheisten, aber auf nette Art. Wenn es wirklich einen Gott geben sollte, so hätte ihre unausgesprochene Meinung gelautet, würde er ein schönes Auto fahren, vermutlich aus amerikanischer Produktion.

Um den reibungslosen Ablauf hatte sich Davids' Kanzlei gekümmert, so dass ich mich darauf beschränken konnte, zur festgesetzten Stunde zu erscheinen. Während der zwei Tage verbrachte ich die meiste Zeit in der Lounge des Best Western Hotel. Mir war klar, dass ich zum Haus meiner Eltern fahren müsste, aber ich konnte mich nicht dazu aufraffen. Ich las einen beträchtlichen Teil eines schlechten Romans und blätterte ganze Stapel von Zeitschriften durch, wie sie in Hotels üblicherweise herumliegen. Neue Erkenntnisse brachte mir das nicht, außer dass man einen Haufen Geld für eine Armbanduhr ausgeben kann. Jeden Morgen nahm ich mir vor, einmal die

Hauptstraße entlangzuspazieren, kam aber immer nur bis zum Parkplatz. Ich wusste, was es in Dyersburg, Montana, zu kaufen gab, und ich interessierte mich weder für Skiausrüstungen noch für Kunsthandwerk. Abends aß ich im Hotelrestaurant, und mittags ließ ich mir belegte Brote, die man beim Zimmerservice bekommen konnte, in die Bar bringen. Zu allen Mahlzeiten gab es ausnahmslos Fritten, die mehrere industrielle Prozesse zwischen der Scholle und meinem Teller durchlaufen haben mussten. Es war unmöglich, keine Fritten zu bekommen. Zweimal sprach ich die Bedienungen darauf an, aber angesichts der wachsenden Panik in ihrem Blick ließ ich die Sache auf sich beruhen.

Nachdem der Geistliche den Anwesenden erklärt hatte, warum der Tod gar nicht so deprimierend sei, wie er auf den ersten Blick erscheinen mochte, verließen wir die Kirche. Ich wäre am liebsten noch geblieben, ich hatte mich drinnen sicher gefühlt. Draußen war es sehr kalt, die Luft war eisig und still. Hinter dem Friedhof sah man die Ausläufer der Gallatin-Berge, deren Gipfel verschwammen, als wären sie auf Glas gemalt, aus dem fernen Dunst aufragten. Vor uns lag ein offenes Doppelgrab. Im Ganzen wohnten etwa fünfzehn Personen der Beerdigung bei. Davids war da und neben ihm jemand, der ihm wohl zur Hand ging. Neben mir stand Mary, das weiße Haar streng zurückgekämmt und in einen Knoten geschlungen, das faltige Gesicht von der Kälte gebeizt. Noch ein paar andere waren am Grab versammelt, die mir irgendwie bekannt vorkamen.

Der Geistliche fuhr mit seinem Sermon fort, fromme Lügen, die dieses Ereignis erträglich machen sollten. Vielleicht kamen sie bei manchen wirklich an. Ich hatte Mühe zuzuhören, so sehr dröhnte mir der Kopf. Ein paar Männer, die diese Arbeit berufsmäßig ausübten, ließen die Särge fachgerecht in die Grube nieder. Seile glitten langsam durch ihre Hände, bis die Särge zwei Meter tiefer als die Ebene, auf der die Lebenden standen,

den Grund berührten. Noch ein paar salbungsvolle Worte mehr, allerdings schon rascher gesprochen, als ob auch die Geistlichkeit gemerkt hätte, dass der Augenblick ihrer höchsten Wirksamkeit vorüber war. Man kann Leute nicht in Holzkisten in die Erde hinablassen, ohne dass die Anwesenden gewahr werden, dass etwas Irreparables geschehen ist.

Nun noch die wohlgesetzten Schlussworte, dann war alles vorbei. Mit Donald und Philippa Hopkins würde in dieser Welt nichts mehr geschehen. Jedenfalls nichts, worüber sich nachzudenken lohnte.

Ein paar Personen aus der Trauergesellschaft warteten noch eine Weile unschlüssig. Aber dann war ich allein. Ich fühlte mich gespalten. Einerseits war mir der Hals zugeschnürt, und ich konnte mir nicht vorstellen, jemals von hier fortzugehen; andererseits war ich mir der Pose bewusst, in der ich neben dem Grab stand, außerdem streifte mich der Gedanke, dass unweit von hier Leute in Autos vorbeifuhren, Countrymusic hörten und über Geldsorgen grübelten. Jede Seite meiner Person fand die andere lächerlich.

Freilich wusste ich, dass ich nicht ewig hier stehen bleiben konnte. Das würden sie auch nicht von mir verlangen. Es wäre sinnlos, würde sowieso nichts ändern, und obendrein war es wirklich sehr kalt. Als ich mich schließlich rührte, sah ich, dass Mary auch noch da war und nur ein paar Schritte entfernt von mir stand. Ihre Augen waren trocken und spiegelten das Wissen, dass ein ähnliches Schicksal auch ihr bald bevorstand und dass das weder zum Lachen noch zum Weinen war. Ich versuchte zu lächeln, und sie wandte sich zu mir und legte mir die Hand auf den Arm. So blieben wir beide, ohne ein Wort zu sagen.

Bei ihrem Anruf vor drei Tagen hatte ich auf der Sonnenterrasse eines hübschen kleinen Hotels in De la Vina bei Santa Barbara gesessen. Ich war gerade arbeitslos oder mal wieder arbeitslos und verwendete meine Ersparnisse für einen unverdienten Urlaub. Vor mir stand eine gute Flasche kalifornischen Rotweins, dem ich schon kräftig zugesprochen hatte. Es war nicht die erste Flasche an jenem Abend, und als mein Handy klingelte, dachte ich zuerst daran, den Anruf auf der Mailbox zu lassen. Doch dann sah ich auf der Anzeige, wer der Anrufer war.

Ich drückte auf die Verbindungstaste. »Ja?«

»Ward«, sagte sie. Sonst nichts.

Schließlich hörte ich ein Geräusch am anderen Ende der Leitung. Ein leises, halb ersticktes Geräusch.

»Mary?«, fragte ich rasch. »Mary, fehlt Ihnen etwas?«

»Oh, Ward«, sagte sie, und ihre Stimme klang gebrochen und sehr alt. Ich richtete mich in meinem Liegestuhl in der vagen Hoffnung auf, mit dem Schein innerer Gefasstheit das Gewicht des Hammers, der gleich auf mich niedergehen würde, irgendwie aufzufangen.

»Was ist denn passiert?«

»Ward, am besten kommst du selbst her.«

Schließlich brachte ich sie doch noch zum Sprechen. Meine Eltern hatten im Stadtzentrum von Dyersburg einen Autounfall gehabt. Im Krankenhaus konnte nur noch der Tod festgestellt werden.

Mir war sofort klar gewesen, dass es irgend so etwas sein musste. Wenn es nicht beide getroffen hätte, wäre nicht Mary am Telefon gewesen.

Aber sogar jetzt, während ich mit ihr am Grab stand und auf die Särge schaute, begriff ich alles, was man über ihren Tod sagen konnte, nicht wirklich. Ich konnte nun nicht mehr den Anruf beantworten, den meine Mutter vor einer Woche auf Band gesprochen hatte. Ich war einfach nicht dazu gekommen. Nie hätte ich gedacht, dass sie ohne Warnung von der Erdoberfläche verschwinden und in die Grube fahren würden, wo sie mich nicht mehr hören konnten.

Mit einem Mal merkte ich, dass ich nicht länger bei ihren

Leichen stehen wollte. Ich trat einen Schritt vom Grab zurück. Mary griff in ihre Manteltasche und holte etwas heraus, das an einem Pappschildchen hing. Ein Schlüsselbund.
»Ich habe heute Morgen den Müll aus dem Haus getragen«, sagte sie, »und ein paar Sachen aus dem Kühlschrank geräumt. Milch und so. Damit es nicht anfängt zu stinken. Alles andere habe ich nicht angerührt.«
Ich nickte und schaute die Schlüssel an. Ich hatte keine eigenen mehr. Wozu auch. Die wenigen Male, die ich meine Eltern besucht hatte, waren sie immer zu Hause gewesen. Erst jetzt merkte ich, dass ich Mary sonst immer nur in der Küche oder im Wohnzimmer meiner Eltern gesehen hatte. So war das mit meinen Alten. Man ging sie besuchen, nie andersherum. Zu ihren Lebzeiten bildeten immer sie den Mittelpunkt.
»Sie haben von dir gesprochen, oft sogar.«
Ich nickte, ohne ihr recht zu glauben. In den vergangenen zehn Jahren hatten meine Eltern die meiste Zeit gar nicht gewusst, wo ich mich aufhielt. Was sie von mir berichten konnten, betraf einen jungen Mann, der als Einzelkind bei ihnen in einem anderen Bundesstaat aufgewachsen war. Nicht dass es in unserer Familie an Zuneigung gefehlt hätte. Die zeigten wir uns schon, auf unsere Weise. Nur hatte ich meinen Eltern nie viel Anlass zum Erzählen gegeben, hatte ihnen nichts gegeben, worüber Eltern stolz bei Freunden und Nachbarn berichteten. Keine Ehefrau, keine Kinder, keine berufliche Stellung, über die man gern geredet hätte. Da Mary immer noch die Hand ausgestreckt hielt, nahm ich ihr die Schlüssel ab.
»Wie lange wirst du bleiben?«, fragte sie.
»Kommt drauf an, wie lange das hier dauert. Vielleicht eine Woche. Vielleicht weniger.«
»Du weißt ja, wo ich wohne«, sagte sie. »Wenn du etwas brauchst, geniere dich nicht.«
»Mach ich schon nicht«, erwiderte ich rasch und lächelte verlegen. Am liebsten hätte ich einen Bruder oder eine Schwester

gehabt, die mir dieses Gespräch abgenommen hätten. Jemand mit Sinn für Verantwortung und sozialen Umgang.
Sie lächelte zurück, aber distanziert, so als wüsste sie, dass es so nicht laufen würde.
»Auf Wiedersehen, Ward«, sagte sie zum Schluss und ging den Hang hinauf. Mit ihren siebzig Jahren war sie etwas älter als meine Eltern, man sah es an ihrem unsicheren Gang. Sie war Krankenschwester gewesen und hatte ihr ganzes Leben in Dyersburg verbracht, mehr wusste ich nicht von ihr.
Ich sah Davids auf der anderen Seite des Friedhofs neben seinem Auto stehen. Er plauderte mit seinem Assistenten, schien aber offenbar auf mich zu warten. Er machte den Eindruck eines Mannes, der rasch und effizient arbeitete und nichts in der Schwebe ließ.
Ich warf noch einen letzten Blick auf das Grab, dann ging ich schweren Schrittes den Weg hinunter. Es galt jetzt, die behördlichen Fragen zu regeln, die durch die Auslöschung meiner ganzen Familie entstanden waren.

Davids hatte den größten Teil des Papierkrams im Auto mitgebracht. Um alles durchzusprechen, lud er mich zum Essen ein. Ich war mir nicht sicher, ob dies in der Anwaltskanzlei wirklich unangenehmer gewesen wäre, auf jeden Fall schätzte ich diese höfliche Geste seitens eines Mannes, der mich ja kaum kannte. Wir gingen zum Essen in Auntie's Pantry, ein Lokal im historischen Kern von Dyersburg. Die Innenausstattung ähnelte einer Blockhütte mit mehreren Ebenen, und die Möbel sollten den Eindruck vermitteln, hier hätten Elfen Hand angelegt. Die Speisekarte bot eine aufregende Auswahl an Gemüsesuppen und selbst gebackenem Brot, dazu gab es Salate, die weitgehend aus Bohnenkeimlingen bestanden.
Davids hat das gleiche Alter wie meine Eltern, ist hochgewachsen, hager und besitzt einen imponierenden Zinken, kurz, er sieht aus wie der Bursche, den Gottvater ruft, wenn er den

Menschen die Hölle heiß machen will. Er öffnete seine Aktentasche und breitete geschäftsmäßig verschiedene Dokumente vor sich aus, griff nach der Speisekarte und begann sie zu studieren. Davids war der Anwalt meiner Eltern gewesen, seitdem sie von North Carolina hierher gezogen waren. Ich hatte mich ein paar Mal mit ihm unterhalten, zu Hause bei meinen Eltern bei einem Glas an Erntedank oder Weihnachten. Nun gehörte er zu den Menschen, mit denen meine Bekanntschaft bald ein Ende haben würde. Einerseits wünschte ich mir, den Kontakt zu verlängern, andererseits wollte ich Distanz wahren. So blieb ich recht einsilbig.

Gott sei Dank übernahm Davids die Gesprächsführung, sobald die Teller mit der Bucheckern- und Flechtensuppe kamen. Er referierte noch einmal rasch die Umstände des Tods meiner Eltern, die aus Mangel an Zeugen aus einer bloßen Tatsache bestanden. Letzten Freitagabend gegen 23.05 Uhr hatten sie nach einem Bridgetreffen bei Freunden auf der Fahrt nach Hause an der Kreuzung Benton und Ryle Street einen Frontalzusammenstoß mit einem am Straßenrand geparkten Fahrzeug. Die Obduktion ergab bei meinem Vater, der nicht am Steuer gesessen hatte, einen Blutalkoholspiegel, der ungefähr einer halben Flasche Wein entsprach, während meine Mutter nur viel Cranberry-Saft im Blut hatte. Die Straße war glatt gewesen, die Kreuzung nicht besonders gut beleuchtet, und vor einem Jahr war an derselben Stelle schon einmal ein Unfall passiert. Das war alles. So etwas kam eben vor, und wollte man keinen nutzlosen Rechtsstreit vom Zaun brechen, was nicht meine Absicht war, so ließ man es dabei. Mehr war dazu nicht zu sagen.

Dann ging Davids zum geschäftlichen Teil über, und das hieß, er legte mir eine ganze Latte von Papieren zur Unterschrift vor. Damit wurde ich zum Eigentümer des elterlichen Hauses samt seiner Ausstattung, einiger unbebauter Streifen Landes sowie des Wertpapierdepots meines Vaters. Viele Steuerangelegenheiten, die damit zusammenhingen, wurden erklärt und mit meiner Unterschrift ebenfalls erledigt. Die Steuerfragen gingen bei mir zum einen Ohr hinein und zum anderen wieder hinaus, auf die Papiere warf ich nur einen flüchtigen Blick. Mein Vater hatte sich offenbar ganz auf Davids verlassen, und Hopkins senior war nicht der Mann gewesen, der sein Vertrauen wahllos vergab. Wer das Vertrauen meines Vaters besessen hatte, sollte auch meines haben.

Ich hörte gegen Ende nur noch halb hin und genoss die Suppe, nachdem ich sie mit viel Salz und Pfeffer halbwegs genießbar gemacht hatte. Ich führte den Löffel sorgfältig zum Mund und kostete den Geschmack aus, damit er möglichst viel von meinem Bewusstsein in Beschlag nahm. Ich wurde erst wieder hellhörig, als Davids auf UnRealty zu sprechen kam.

Er sagte, dass das Geschäft meines Vaters, das im Verkauf hochpreisiger Immobilien bestand, geschlossen worden sei. Die verbliebenen Vermögenswerte würden auf ein von mir zu benennendes Konto gutgeschrieben, sobald das Geschäft vollständig liquidiert sei.

»Er hat UnRealty aufgelöst?«, fragte ich und blickte den Anwalt an. »Wann das?«

»Nein, nein.« Davids schüttelte den Kopf, während er seinen Teller mit einem Stück Brot auswischte. »Er hat Anweisung gegeben, dass dies nach seinem Tod geschehen soll.«

»Ganz gleich, was ich dazu sagen würde?«

Er schaute aus dem Fenster und rieb die Hände aneinander, um sie von ein paar Brotkrümeln zu befreien. »Er hatte in dieser Sache eine klare Vorstellung.«

Meine Suppe war unterdessen kalt geworden und schmeckte wie Entengrütze. Ich schob den Teller beiseite. Ich verstand nun, warum Davids darauf Wert gelegt hatte, die Papiere heute durchzusprechen und nicht in den Tagen vor dem Begräbnis. Ich sammelte meine Ausfertigungen der Dokumente ein und legte sie in den Umschlag, den Davids mir gegeben hatte.

»Ist das alles?« Meine Stimme klang ruhig und bestimmt.

»Ja. Es tut mir leid, Ward, dass ich dir das alles zugemutet habe, aber besser, man bringt es hinter sich.«

Er zog seine Brieftasche aus dem Jackett und warf einen Blick auf die Rechnung, als ob er nicht nur der Addition misstraute, sondern auch die Handschrift der Bedienung studierte. Zögernd fuhr er mit dem Daumen über eine Kreditkarte, dann legte er stattdessen ein paar Geldscheine auf den Tisch. Ich schloss daraus, dass er die Kosten für das Mittagessen nicht als Spesen absetzen wollte.

»Sie sind sehr freundlich gewesen«, sagte ich. Davids machte nur eine wegwischende Geste und ließ genau zehn Prozent Trinkgeld auf dem Tisch.

Wir erhoben uns und gingen vorbei an plaudernden Touristen in Richtung Ausgang. Draußen standen wir noch eine Weile zusammen und schauten den Frauen zu, die in hungrigen Rudeln und mit gezückten Kreditkarten die College Street hinauf- und hinabtrippelten.

Schließlich vergrub Davids die Hände in den Manteltaschen. »Du wirst wohl bald abreisen, nehme ich an. Wenn ich noch irgendetwas für dich tun kann, ruf mich an. Tote kann ich zwar nicht auferwecken, aber in anderen Dingen könnte ich dir vielleicht helfen.«

Wir gaben uns die Hand, und er entfernte sich raschen Schritts und mit bewusst ausdrucksloser Miene. Erst da wurde mir – leider viel zu spät – klar, dass Davids nicht nur der Anwalt meines Vaters, sondern auch sein Freund gewesen war. Ich war also nicht der Einzige, der an diesem Vormittag Schweres durchgemacht hatte.

Mit geballten Fäusten ging ich ins Hotel zurück, und gegen neun Uhr abends war ich dann ziemlich betrunken. Kaum war die Hoteltür hinter mir zugegangen, hatte ich schon den ersten Whiskytumbler in beiden Händen. Schon beim ersten Schluck wusste ich, dass ich einen Fehler machte. Das Problem war nur,

dass es in dieser Situation keine andere intelligente Reaktion zu geben schien.
Anfangs hing ich an der Bar herum, doch schon bald ließ ich mich in einer der Sitzecken am Fenster nieder. Ein üppiges Trinkgeld im Voraus sicherte mir das Privileg, nicht warten zu müssen oder auch nur einen Schritt zu tun, damit mein Glas immer voll war. Ein Bier, ein Whisky, ein Bier, ein Whisky. Ein erprobtes Mittel, betrunken zu werden, und der freundliche Barmann sorgte dafür, dass der Nachschub nicht abriss.
Ich holte die Papiere aus Davids' Umschlag und breitete sie vor mir aus. Eine Sache ging mir nicht aus dem Kopf.
In meiner Jugend war ich mir über einen Charakterzug meines Vaters ganz sicher gewesen: Er war ein Geschäftsmann. Geschäfte zu machen war sein Metier, und er tat es mit Leib und Seele. Er war ein *Homo sapiens businessmaniens*. Er stand morgens mit dem Vorsatz auf, Geschäfte zu machen, und wenn er abends heimkam, dann hatte er in der Tat ein paar interessante Verträge in der Tasche. Meine Eltern sprachen nie über ihr früheres Leben und selten über Gewichtiges, aber über UnRealty wusste ich Bescheid. Mein Vater hatte einige Jahre für eine ansässige Immobilienfirma gearbeitet, bis er eines Abends meine Mutter in ein gepflegtes Restaurant zum Essen einlud und ihr eröffnete, dass er sich selbständig machen werde. Er sagte es, als ob er in einem Werbespot für Bankkredite auftreten würde. Er hatte mit ein paar Leuten gesprochen, Kontakte geknüpft und alles so gemacht, wie es in den Leitfäden für Firmengründer zu lesen steht, damit man eines Tages an der Bar eines Country Clubs stehen und von sich behaupten darf: »Ich bin meinen Weg gegangen.« Leicht ist es sicherlich nicht gewesen, aber mein Vater verfügte über einen starken Willen. Automechaniker und Klempner, Parkhostessen und Schalterbeamte, sie alle brauchten ihn nur anzusehen und wussten sofort, dass mit ihm nicht zu spaßen war. Betrat er ein Restaurant, hieß das für Kellner strammzustehen und nicht mehr in die Suppe zu

spucken. Seine Firma und die Geschichte ihrer Entwicklung waren das, was ich noch am besten an ihm verstand.
Und dennoch hatte er in seinem Testament verfügt, UnRealty aufzulösen. Statt die Firma seinem Sohn zu vermachen, damit er fortan die Entscheidungen treffen sollte, hatte er ungerührt die Frucht von zwanzig Jahren Arbeit implodieren lassen.
Sobald Davids mir dies mitgeteilt hatte, wusste ich, dass dies nur eines bedeuten konnte. Meine Eltern wollten nicht, dass ich das Geschäft übernahm. Das war in vieler Hinsicht verständlich. Ich habe in meinem Leben schon vieles verkauft, die verschiedensten Waren verschoben, ein teures Haus mit Grundstück war jedoch nicht darunter. Aber ich kannte die Branche, schon sehr früh sogar. Zeitschriften wie *Unique Homes* und die einschlägigen Kataloge wie *DuPont Registry* und *Christie's Great Estates* waren mir ein Begriff. Ich wusste Bescheid über das Wegerecht in Naturschutzgebieten, über Ranches für Städter und wusste den Wert traditioneller Handwerksarbeit richtig einzuschätzen. Ich wusste, was es heißt, private Zufahrtswege zu abgeschiedenen Anwesen zu besitzen. Ich konnte gar nicht anders, es war mir in Fleisch und Blut übergegangen. Ich habe sogar ein zweijähriges Architekturstudium absolviert, ehe ich wegen eines unglücklichen Vorfalls das College verließ und in eine andere Branche wechselte. Und dennoch, sei es, dass er es nicht wollte, sei es, dass er kein Vertrauen zu mir hatte, jedenfalls durfte ich das Geschäft nicht übernehmen. Je länger ich darüber nachdachte, desto mehr kränkte es mich.
Ich trank in der Hoffnung, dass dadurch vielleicht alles besser würde. Das tat es nicht. Aber ich trank trotzdem weiter. In der Bar blieb es den größten Teil des frühen Abends ruhig. Bis dann gegen zehn Uhr Männer und Frauen in Anzug und Kostüm hereingeschneit kamen. Sie sahen aus, aus wären sie einem betrieblichen Fortbildungs-Festival mit Flipcharts entsprungen und wirbelten nun in der Mitte der Bar herum, aufgedreht

wie Kinder, die einmal über die Stränge schlagen und Bier trinken dürfen. Zu diesem Zeitpunkt war mein Kopf schon schwer und kalt. Der Lärm wurde immer lauter, ich hatte den Eindruck, als würden um mich herum Leute unablässig Steine schaufeln.

Ich hielt die Stellung in der Sitzecke und starrte zornig zu den Eindringlingen hinüber. Einige Männer hatten sich schon ihrer Anzugjacken entledigt. Einer der Typen lockerte sogar seinen Schlips. Untergebene buhlten um die Gunst ihrer Chefs und scharwenzelten wie Maden pickende Vögel um sie herum, um sich lieb Kind zu machen. Mit denen würde ich schon fertig werden. Dem Sturm konnte ich standhalten. Diese Typen mochten ja etwas von Tabellenkalkulation und Firmenaufkäufen verstehen, aber wenn es um Trinkfestigkeit ging, dann trugen sie allesamt noch Schwimmflügel. Ich war zuversichtlich und fühlte mich in meinem Element. Rückblickend betrachtet war ich aber viel betrunkener, als ich wahrhaben wollte.

Drei Männer kamen durch die Tür herein. Sie hielten an und schauten sich um.

Das Nächste, was ich mitbekam, waren Schreie, dann gingen die Anzugträger in Deckung. Zuerst war ich erschrocken, bis ich merkte, dass die Herren vor mir Angst hatten.

Ich stand schwankend mitten in der Bar, meine Kleidung nass von verschüttetem Bier. Ich hielt einen Revolver in der Hand und richtete ihn genau auf die Männer in der Tür. Dazu schrie ich Befehle, die aber untereinander nicht stimmig waren. Den Männern stand der Schrecken im Gesicht geschrieben. Kein Wunder, denn wer mit einer Waffe bedroht wird, möchte tun, was von ihm verlangt wird. Das aber ist schwierig, wenn überhaupt nicht klar ist, was der andere eigentlich will.

Schließlich hörte ich zu schreien auf. Aus den drei Männern in der Tür wurden vorübergehend sechs, dann waren es wieder drei. In der Bar herrschte Totenstille. Alle warteten, ob sich die Situation nun entspannen oder verschlimmern würde.

»Tut mir leid«, brummte ich. »Ein Missverständnis.«
Ich ließ die Waffe wieder in meinem Jackett verschwinden, schob die Papiere auf dem Tisch zusammen, steckte sie ein und ging los. Ich kam bis zur Mitte der Hotellobby, dann fiel ich der Länge nach hin und riss einen Tisch, eine große Vase und Blumen für gut hundert Dollar mit zu Boden.

Um drei Uhr morgens lag ich in meinem Zimmer auf dem Bett. Ich lag auf dem Rücken und war ganz kalt von Eiswasser. Sowohl die Hoteldirektion als auch Beamte der hiesigen Polizei, die übrigens verständnisvoll waren, hatten darauf beharrt, dass ich meine Waffe für die Dauer des Aufenthalts im Hotel abgab. Ich habe die Erlaubnis, eine Waffe zu tragen, was die Herren nicht wenig verwunderte. Sie wiesen mich durchaus vernünftig darauf hin, dass meine Erlaubnis nicht einschloss, mit dieser Waffe in Bars aufzutreten. Die Papiere aus Davids' Kanzlei, aus denen hervorging, dass ich nun 1,8 Millionen Dollar besaß, lagen zum Trocknen ausgebreitet auf dem Heizkörper. Ich war jetzt auf niemanden mehr wütend. Dass das Testament meines Vaters nach verschüttetem Bier roch, machte seine Entscheidung mehr als plausibel.
Nach einer Weile rollte ich mich auf die Seite, griff nach dem Telefon und wählte eine Nummer. Am anderen Ende klingelte es sechsmal, dann schaltete sich ein Anrufbeantworter ein. Eine Stimme, die mir vertrauter war als meine eigene, verkündete, dass Mr. und Mrs. Hopkins den Anruf leider nicht entgegennehmen könnten, doch hätte ich die Möglichkeit, eine Nachricht zu hinterlassen. Sie würden mich zurückrufen.

2

Am nächsten Morgen gegen zehn Uhr stand ich, blass und zerknirscht, in der Einfahrt zum Haus meiner Eltern. Ich trug ein frisches Hemd und hatte etwas zum Frühstück gegessen. Im Hotel hatte ich mich bei allen Angestellten entschuldigt, den Kerl, der den Swimmingpool sauber machte, eingeschlossen. Ich war erstaunt, dass ich die Nacht nicht in einer Zelle hatte verbringen müssen. Ich fühlte mich wie der letzte Dreck.

Das Haus befand sich fast am Ende einer schmalen, ansteigenden Straße in der zum Gebirge hin gelegenen Hauptwohngegend von Dyersburg. Bei ihrem Umzug war ich ein wenig erstaunt gewesen. Das Grundstück war mit zweitausend Quadratmetern nicht zu knapp bemessen und hatte einen Bestand alter Bäume, die dem Haus auf einer Seite Schatten boten. Die Häuser der Nachbarn hüben und drüben waren ähnlich groß und im spätviktorianischen Stil gehalten, ohne sich als Motiv für Sonntagsmaler aufzudrängen. Eine sauber geschnittene Hecke markierte die Grenze auf beiden Seiten. Mary wohnte im Haus dahinter, und sie war keineswegs vermögend. Ein Uniprofessor mit seiner promovierten Ehefrau war kürzlich auf der anderen Seite eingezogen. Ich glaube, mein Vater hatte den Hauskauf sogar vermittelt. Auch hier wieder gutbürgerliche Nachbarn – aber auch sie badeten wahrscheinlich nicht in Champagner. Das Haus meiner Eltern hatte zwei

Stockwerke und eine schöne umlaufende Veranda, eine Hobbywerkstatt im Kellergeschoss und eine Garage auf der Rückseite. Keine Frage, es war ein hübsches, gut ausgestattetes Haus in einer guten Lage. Wer es als Domizil angeboten bekam, hätte nicht Nein gesagt. Aber einschlägige Hochglanzmagazine hätten es auch nicht für ihre Titelgeschichten ausgewählt.

Ich winkte über den Zaun hinüber, falls Mary zufällig aus dem Fenster schaute, und ging dann langsam den Weg hinauf. Ich hatte das Gefühl, auf einen Hochstapler zuzugehen. Mein eigentliches Elternhaus, in dem ich aufgewachsen war, lag weit in der Vergangenheit und gut tausend Meilen weiter westlich. Seit dem Umzug meiner Eltern war ich nie nach Hunter's Rock zurückgekehrt, doch ich kannte das Haus wie meine Westentasche. Die Anordnung der Zimmer hat meine Vorstellung von einem Familienheim geprägt. Das Haus, vor dem ich nun stand, war wie eine zweite Ehefrau, die zu spät in das gemeinsame Leben getreten war, um mit den Kindern über mehr als eine distanzierte Freundlichkeit hinauszukommen.

Neben der Haustür stand eine verzinkte Mülltonne mit einem Deckel über einem prallvollen Müllsack. Auf der Veranda lagen keine Zeitungen. Ich vermutete, dass Davids sie mitgenommen hatte. Das war zweifellos richtig, verstärkte aber den Eindruck, als ob das Haus schon mit einem Schonbezug überdeckt wäre. Ich zog den mir ungewohnten Schlüsselbund aus der Tasche und schloss die Haustür auf.

Drinnen war es so still, dass man glaubte, das Haus atmen zu hören. Ich hob die Post auf, das meiste bloß Werbesendungen, und legte sie auf den Garderobentisch. Die meisten Zimmer sahen aus, als enthielten sie Ausstellungsstücke für eine Auktion, jedes Möbel aus einem anderen Haus und weit unter Preis angeboten. Selbst die Sachen, die zusammengehörten – die Bücher aus dem Arbeitszimmer meines Vaters, die Sammlung von englischer Keramik aus den dreißiger Jahren, die im Wohnzimmer auf einer antiken Kiefernholzanrichte aufgestellt waren –, schienen der Berührung und der Zeit überhaupt enthoben zu sein. Ich wusste nicht, was ich mit diesen Sachen tun sollte. Sie in Kartons verpacken und irgendwo abstellen, wo sie bald Staub ansammeln würden? Sie verkaufen, das Geld einstreichen oder es für wohltätige Zwecke spenden? In dieser Kulisse wohnen, wohl wissend, dass ich für all diese Dinge nie mehr als einen flüchtigen Blick haben würde?

Das einzig Sinnvolle schien, alles so zu lassen, wie es war, aus dem Haus zu gehen und nie wiederzukommen. Das hier gehörte nicht zu meinem Leben. Es gehörte in niemandes Leben, jedenfalls jetzt nicht mehr. Abgesehen von dem Hochzeitsbild im Flur gab es auch keine Fotos. Die hat es in unserer Familie nie gegeben.

Schließlich kehrte ich ins Wohnzimmer zurück. Von dort hatte man einen Blick auf den Garten und die Straße. Die großen, breiten Fenster verwandelten das von draußen kommende kalte Licht in Wärme. Hier standen ein Sofa und ein Sessel mit den gleichen vornehmen Bezügen. Ferner ein Fernsehgerät mit Großbildschirm auf einem Möbel mit Rauchglasfront. Der Polstersessel meines Vaters, ein altes Stück aus dunklem Holz mit grünem Bezug, war das einzige Möbel im Zimmer, das sie aus dem vorherigen Haus mitgenommen hatten. Auf dem Couchtisch lag eine neue Biografie über Frank Lloyd Wright, mein Vater hatte einen Kassenbon einer Lebensmittelkette als Lesezeichen darin stecken lassen. Vor acht Tagen hatte er oder meine Mutter einen Wurstaufschnitt, eine Karottentorte, fünf große Flaschen Mineralwasser, fettarme Milch und eine Flasche Multivitaminsaft gekauft. Das meiste davon dürfte zu den Sachen aus dem Kühlschrank gehört haben, die Mary weggeworfen hatte. Das Mineralwasser und der Saft waren wohl noch hier. Vielleicht würde ich nachher etwas davon trinken.

Jetzt aber setzte ich mich in den Sessel meines Vaters. Ich strich mit den Händen über den abgewetzten Stoff der Arm-

lehnen, legte sie dann in den Schoß und schaute in den Garten hinaus.
Dann heulte ich in langen tiefen Schluchzern.

Viel später erinnerte ich mich an einen Abend vor langer, langer Zeit. Ich musste um die siebzehn gewesen sein, damals lebten wir noch in Kalifornien. Es war ein Freitagabend, und ich wollte mich mit meinen Kumpels in einer Bar in einer Seitenstraße draußen am Stadtrand treffen. Lazy Ed's Bar war eine schuhkartonähnliche Bierkneipe mit Parkplatz, die so aussah, als hätten sich Mormonen das ausgedacht, um Biertrinken nicht gerade als Teufelwerk, aber doch als etwas Dumpfes und Trübseliges erscheinen zu lassen. Ed war klar, dass er nicht wählerisch sein durfte, und da wir ihm nie Scherereien machten und Pool-Billard und Musikbox regelmäßig mit Vierteldollarmünzen fütterten, fand er an uns Jugendlichen nichts zu meckern.
Meine Mutter war zu einer Freundin gegangen und tat dort, was Frauen tun, wenn keine Männer im Weg sind, die doch nur gelangweilt herumhocken. Um sechs Uhr abends saßen Dad und ich am großen Tisch in der Küche und aßen unter sorgfältiger Vermeidung des Salats einen Rest Lasagne, den sie für uns im Kühlschrank aufbewahrt hatte. Ich war in Gedanken anderswo, Gott weiß wo. Was ich als Siebzehnjähriger gedacht habe, ist mir so fremd wie die Vorstellungswelt eines Eingeborenen aus Borneo.
Erst nach einer ganzen Weile merkte ich, dass Dad mit dem Essen fertig war und mich betrachtete. Ich schaute ihn ebenfalls an. »Was gibt's?«, fragte ich halbwegs freundlich.
Er schob den Teller beiseite. »Gehst du heute Abend noch aus?«
Ich nickte nur abwesend und schaufelte weiterhin Lasagne in mich hinein.
Ich hätte kapieren können, worauf er hinauswollte. Aber ich

begriff nicht gleich, genauso wenig wie ich begriff, warum ein paar Salatblätter auf seinem sonst sauberen Teller liegen blieben. Ich mochte dieses Grünzeug nicht, deshalb bediente ich mich nie davon. Er mochte es auch nicht, nahm aber trotzdem ein paar Blätter – selbst wenn Mom gar nicht da war. Heute verstehe ich, dass der Salat in der Schüssel weniger werden musste, andernfalls hätte sie uns einen Vortrag gehalten, wie ungesund wir uns doch ernährten. Etwas von dem Salat einfach in den Mülleimer werfen, wäre unredlich gewesen, wenn aber ein paar Blätter auf dem Teller zwischengelagert wurden – also gewissermaßen Teil seiner Mahlzeit waren –, dann war dagegen nichts einzuwenden. Doch damals schien mir das unerklärlich dumm.

Ich aß meinen Teller leer und stellte fest, dass Dad immer noch am Tisch saß. Das war nicht seine Art. Sonst sprang er nach dem Essen immer gleich auf und stellte die Teller in den Geschirrspüler, brachte die Abfälle nach draußen und machte die Kaffeemaschine an. Bei ihm ging alles Schlag auf Schlag.

»Und was machst du? Fernsehgucken?« Ich gab mir Mühe mit der Frage und kam mir richtig erwachsen vor.

Er stand auf und stellte seinen Teller auf die Anrichte. Keiner sprach, dann sagte er: »Ich frage mich gerade.«

Das hörte sich nicht sehr spannend an. »Was fragst du dich?«

»Ob du mit einem alten Mann eine Partie Poolbillard spielen würdest.«

Ich starrte ihn an. Der Ton, in dem er das sagte, war weit entfernt von seinem gewöhnlichen Selbstvertrauen, vor allem der rührende Versuch, sich selbst herabzusetzen. Ich konnte nicht glauben, dass er dachte, ich würde ihm das wirklich abkaufen. Er war kein alter Mann. Er joggte und schlug jüngere Männer spielend beim Tennis und beim Golf. Vor allem aber war er der Letzte, von dem ich mir vorstellen konnte, dass er gern Poolbillard spielte. Er war dafür einfach nicht der Typ. Wenn man ein Mengendiagramm mit Kreisen zeichnete für »Leute, die wie Billardspieler aussehen«, »Leute, die aussehen, als könnten sie Billard spielen« und »Leute, die aussehen, als könnten sie vielleicht Billard spielen oder auch nicht«, dann würde er gar nicht auf dem Blatt stehen. An jenem Abend trug er wie so oft sandfarbene Baumwollhosen und ein weißes Leinenhemd, und beides war keine Massenware. Er war groß und schlank, braun gebrannt, das schwarze Haar leicht angegraut und die Gesichtszüge von der markigen Art, die bei Wählern Vertrauen erweckt. Wie er aussah, konnte er sehr gut an der Reling einer Hochseeyacht vor Palm Beach oder Jupiter Island stehen und sich über Kunst unterhalten. Sehr wahrscheinlich über die Sorte Kunst, die er einem verkaufen wollte. Ich dagegen war schlaksig und blond und trug billige Jeans und ein schwarzes T-Shirt. Hemd und Hose sahen aus, als hätte man sie zu Arbeiten am Inneren von Automotoren benutzt, und vermutlich rochen sie auch so. Dad roch so, wie er immer roch, auch wenn mir das damals nicht bewusst war, doch war mir sein Geruch jetzt so präsent, wie wenn er hinter mir stünde. Ein sauberer, unaufdringlicher Geruch wie trockenes, akkurat gestapeltes Kaminholz.

»Willst du zum Billardspielen mitkommen?«, fragte ich und überzeugte mich damit, dass ich nicht den Verstand verloren hatte.

Er zuckte die Achseln. »Deine Mutter ist ausgegangen, und im Fernsehen kommt nichts Interessantes.«

»Hast du denn nichts auf Video?« Das war schier unvorstellbar. Dad hatte zu Video ein Verhältnis wie manche Väter zu ihrem alten Jagdhund. Sauber etikettierte Videokassetten standen in den Regalen seines Arbeitszimmers. Ich würde es heute genauso machen, wenn ich ein Zuhause hätte. Ich hätte sie sogar mit Strichcodes versehen, wenn ich Zeit dazu hätte. Doch damals erinnerte mich das nur an faschistische Polizeistaaten.

Er antwortete nicht. Ich machte nicht viel Federlesens mit der

restlichen Lasagne, denn ich war in einem Alter, in dem ich die Liebe zu meiner Mutter nur schwer zeigen konnte. Wenn ich darauf achtete, dass ihr teurer Geschirrspüler nicht mit irgendwelchen Essensresten verstopft wurde, so tat ich es, ohne dass sich irgendjemand – meine Person eingeschlossen – etwas dabei gedacht hätte. Ich wollte nicht, dass Dad mit in die Bierkneipe kam. So einfach war das. Beim Ausgehen hielt ich mich an ein festes Ritual. Ich genoss die Autofahrt. Das war meine freie Zeit. Außerdem würden es die Jungs komisch finden. Und es war wirklich komisch. Mein Freund Dave würde sich nicht mehr einkriegen und ausflippen, wenn er mich mit einem Vertreter all dessen sähe, was als autoritär, spießig und altmodisch galt.
Ich schaute zu meinem Vater hinüber und fragte mich, was das zu bedeuten hatte. Die Teller waren abgeräumt. Der restliche Salat stand wieder im Kühlschrank. Er hatte den Küchentresen abgewischt. Wäre gegen Mitternacht ein kriminaltechnisches Team in die Küche gekommen, um nach Spuren von Essensaufnahme zu fahnden, hätte es kein Glück gehabt. Mir war das schrecklich lästig. Doch als er den Wischlappen erst faltete und ihn dann um den Griff der Backofentür schlang, bekam ich einen Vorgeschmack von dem Gefühl, das ich zwanzig Jahre später an dem Tag empfand, als ich mit tränennassem Gesicht in seinem Sessel in einem leeren Haus in Dyersburg saß. Eine Ahnung, dass seine Gegenwart keine Selbstverständlichkeit und keine eherne Tatsache war. Eines Tages würde zu viel Salat in der Schüssel bleiben, und der Wischlappen bliebe ungefaltet liegen.
»Na ja, egal«, sagte ich.
Ich geriet schon in Panik, wie die anderen Kumpels wohl reagieren würden, und drängte vierzig Minuten früher als gewöhnlich zum Aufbruch. Damit hätten wir fast eine Stunde, ehe irgendjemand auftauchte, da die Jungs immer erst spät kamen.

Wir fuhren zu Ed's Bar hinaus, Dad saß auf dem Beifahrersitz und redete nicht viel. Als ich draußen vor der Bar anhielt, schaute er durch die Windschutzscheibe und fragte: »Ist das deine Kneipe?«

Ich bestätigte das. Er brachte nur ein »Mmh« hervor. Auf dem Weg vom Parkplatz fiel mir ein, dass Ed, sollte er je Zweifel an meinem wirklichen Alter gehabt haben, beim Anblick meines Vaters erneut ins Grübeln kommen könnte, aber nun war es zur Umkehr zu spät. Vielleicht würde er glauben, Dad sei ein alter Knabe, den ich kenne. Ein Senator oder so was.

Drinnen war es fast leer. Ein paar Schnapsnasen, die ich nicht kannte, saßen am Tisch in der Ecke. Es kam immer erst spät Leben in die Bude, und selbst dann blieb dieses Leben prekär. Zweimal hintereinander die falschen Nummern aus der Musikbox, und schon fiel die Stimmung wieder auf den Nullpunkt. Während wir an der Bar standen und warteten, dass Ed gute Laune aus dem Hinterzimmer mitbringen würde, schaute sich Dad, an die Theke gelehnt, in der Kneipe um. Viel war nicht zu sehen. Ramponierte Barhocker, überall Staub, ein Billardtisch, Dämmerlicht und Neonröhren. Nun ja, er sollte es ja auch nicht mögen. Schließlich tauchte Ed auf und begrüßte mich breit grinsend. Gewöhnlich trinke ich mein erstes Bier an der Bar und unterhalte mich mit ihm, und wahrscheinlich freute er sich schon darauf.

Doch dann sah er Dad und hielt inne. Nicht dass er gegen eine Wand gelaufen wäre, aber er zögerte, das Lächeln verschwand aus seinem Gesicht und machte einer Miene Platz, aus der ich nicht schlau wurde. Dad war keiner von den Typen, die ihre Zeit in dieser Kneipe verbrachten, und ich vermutete, dass Ed sich fragte, was ihn hier hereingeweht hatte. Vielleicht ein Irrtum beim Lesen der Straßenkarte? Dad wandte sich um, schaute Ed an und nickte. Ed nickte ebenfalls.

Ich wollte das Ganze so rasch wie möglich hinter mich bringen. »Mein Vater«, sagte ich bloß.

Ed nickte noch einmal, und damit hatte dieser große Austausch unter Männern sein Ende erreicht.
Ich bestellte zwei Bier. Während ich wartete, beobachtete ich, wie mein Vater an den Billardtisch ging. Als Kind hatte ich mich daran gewöhnt, dass Leute in Geschäften sich immer an ihn wandten, weil sie in ihm den Geschäftsführer vermuteten, der ihre Probleme lösen würde, ehe sich daraus ein Drama entwickelte. Dass er auch in einer Schmuddelkneipe nicht verloren aussah, war eine Fähigkeit, für die ich einen Anflug von Respekt empfand. Es war eine ganz bestimmte Form der Achtung, die man jemandem erweist, der eine Qualität zeigt, die man eines Tages gern selbst hätte.
Ich ging zu ihm hinüber an den Billardtisch, und dann verflog die Faszination ziemlich rasch. Ich gewann drei Partien. Aber es waren lange und mühsame Partien. Nicht dass er eine völlige Niete gewesen wäre, aber jeder seiner Stöße war nur fünfundneunzigprozentig, und so hatte ich die Oberhand. Wir redeten nicht viel. Wir beugten uns vor, machten unsere Stöße und nahmen die Patzer kommentarlos hin. Nach dem Ende der zweiten Partie holte er sich noch ein Bier, während ich die Bälle zusammenraffte. Im Stillen hatte ich gehofft, er würde es bei einer Partie bewenden lassen, deshalb hatte ich kaum von meinem Glas getrunken. Dann spielten wir die letzte Partie, die ein bisschen besser lief, aber immer noch schlecht war. Danach stellte er sein Queue zurück in das Rack.
»War's das?«, fragte ich betont lässig. Ich war so erleichtert, dass ich das Risiko einging, eine weitere Vierteldollarmünze hochzuhalten.
Er schüttelte den Kopf. »Ich bin kein ernsthafter Gegner für dich.«
»Oh – du sagst also nicht ›Junge, du bist klasse‹ oder so was?«
»Nein«, sagte er milde. »Das bist du nämlich nicht.«
Ich schaute ihn an, verblüfft wie ein Fünfjähriger. »Aha«, brachte ich schließlich hervor, »danke für deine aufbauenden Worte.«

»Es ist ein Spiel.« Er zuckte die Achseln. »Was mich stört, ist nicht dein mäßiges Spiel. Was mich stört, ist, dass es dir egal ist.«

»Wie?«, fragte ich ungläubig. »Hast du das in einem Lehrbuch über Motivation gelesen? Pfeif dein Kind im richtigen Augenblick aus, dann wird es mit Sicherheit einmal Vorstandsvorsitzender?«

»Ward, spiel nicht den Fiesen«, tadelte er mich sanft.

»Du bist fies!«, bellte ich zurück. »Du hattest gedacht, ich wäre kein guter Poolspieler und sogar für dich mühelos zu schlagen, obwohl du überhaupt nicht spielen kannst.«

Die Hände in den Taschen, stand er da und schaute mich an. Es war ein merkwürdig kühler und taxierender Blick, obwohl nicht ohne Zuneigung. Dann grinste er.

»Was soll's«, sagte er. Dann verließ er die Kneipe und, so vermutete ich, ging zu Fuß nach Hause.

Ich nahm mein Glas Bier und trank es in einem Zug leer. Dann versuchte ich einen seiner übrig gebliebenen Bälle in der Ecktasche zu versenken und scheiterte kläglich. In diesem Augenblick hasste ich ihn wirklich.

Ich stürmte zur Bar hinüber, wo Ed schon mit einem Bier auf mich wartete. Ich suchte nach Kleingeld, aber er schüttelte den Kopf. Das hatte er noch nie getan. Ich setzte mich auf einen Barhocker und blieb für ein paar Minuten stumm.

Langsam kam dann eine Unterhaltung über andere Dinge in Gang: Eds Ansichten über Lokalpolitik und Feminismus – er sah beides ziemlich kritisch – und dann sein Plan, eine Hütte draußen im Wald zusammenzuzimmern. Ich hatte noch nie erlebt, dass Ed Beeindruckendes zu diesen Themen zu sagen hatte, auch glaubte ich nicht, dass er diese Hütte je fertig stellen würde, aber ich hörte ihm trotzdem zu. Als dann schließlich Dave hereinkam, konnte ich fast so tun, als ob es ein Abend wie jeder andere wäre.

Der Rest war wie üblich. Wir redeten, tranken und logen. Wir

spielten Billard, schlecht und recht. Am Ende ging ich hinaus zum Auto und hielt inne, als ich einen Zettel unter einem der Scheibenwischer stecken sah. Darauf stand etwas in der Handschrift meines Vater, nur viel kleiner als gewöhnlich.
»Wenn du das nicht auf Anhieb lesen kannst«, hieß es da, »lass dich nach Hause fahren. Ich bringe dich morgen hierher, und du holst das Auto.«
Ich zerknüllte den Zettel und warf ihn weg, fuhr aber sehr vorsichtig nach Hause. Als ich ankam, lag Mom schon im Bett. In Dads Arbeitszimmer brannte noch Licht, aber die Tür war zu, deshalb ging ich sofort auf mein Zimmer.

Am späten Vormittag stand ich aus dem Sessel auf und machte mir eine Tasse Schnellkaffee. Dann saß ich wieder bis in den Nachmittag hinein. Die Sonne war über den Himmel gewandert und schien mir nun direkt durchs Fenster in die Augen. Damit war der Bann gebrochen, in dem ich mich befunden hatte. Ich stand auf mit dem Wissen, mich nie mehr in diesen Sessel zu setzen. Erstens war er nicht bequem. Das Sitzpolster war abgewetzt und durchgesessen, und nach ein paar Stunden tat mir der Hintern weh. Ich ging in die Küche, spülte die Tasse aus und stellte sie zum Trocknen umgekehrt hin. Dann überlegte ich es mir anders, trocknete sie ab und stellte sie zurück in den Schrank.
Dann stand ich unschlüssig im Flur und fragte mich, was nun. Der eine Teil von mir dachte, die Pietät verlange, aus dem Hotel auszuziehen und hier die Nacht zu verbringen, der andere Teil sträubte sich dagegen. Ich wollte helles Licht, einen Burger und ein Bier dazu. Vor allem wollte ich mit jemandem über etwas anderes reden als den Tod.
Plötzlich gereizt, ging ich ins Wohnzimmer zurück und holte mein Handy vom Couchtisch. Mein Kreuz tat mir weh, wahrscheinlich vom langen Sitzen in dem schlechten Sessel.
Der Sessel. Vielleicht lag es am Licht; die Sonne war seit dem

Morgen über den Garten gewandert und sorgte für neue Schatten. Vielleicht lag es aber auch daran, dass mein Kopf nach ein paar Stunden Flennen wieder klar geworden war. Auf jeden Fall schien mir das Sitzpolster jetzt merkwürdig auszusehen. Ich steckte mein Handy in die Tasche und betrachtete stirnrunzelnd den Sessel. Das Sitzpolster wies zur Mitte hin eine Wölbung auf. Ich betastete es probeweise; es fühlte sich hart an.

Vielleicht hatte Dad es neu polstern lassen, wahrscheinlich mit Steinen. Ich streckte mich und wollte schon das Haus endgültig verlassen. Mein Kater machte sich bemerkbar. Dann sprang mir etwas anderes in die Augen.

Gegenstände, besonders wenn sie groß sind, werden auf eine charakteristische Weise zueinander aufgestellt. Manchen Leuten ist das nicht wichtig. Sie stellen die Möbel in eine Reihe oder gegen die Wände oder im rechten Winkel zueinander oder auch so, dass alle den Fernsehapparat sehen können. Mein Vater sorgte dafür, dass die Möbel richtig aufgestellt waren, und ärgerte sich, wenn jemand sie verrückte. Der Sessel meines Vaters stand nicht richtig. Groß war der Unterschied nicht, und vermutlich hätte es keiner bemerkt. Aber er stand zu korrekt im rechten Winkel zu den übrigen Möbeln und wirkte dadurch isoliert. Es sah irgendwie falsch aus.

Ich kauerte mich vor den Sessel und untersuchte ihn dort, wo das Sitzpolster mit dem übrigen Sessel verbunden war. Eine Borte kaschierte die Naht, sie war abgewetzt und dünn. Ich zog an einem Ende, die Naht löste sich, und sofort tat sich eine Öffnung auf. Diese Stelle musste schon einmal genäht worden sein.

Ich fuhr mit der Hand hinein. Mit den Fingern tastete ich in einer trockenen, flockigen Füllung herum, vermutlich zerkleinerter Schaumgummi. In der Mitte stieß ich auf einen festen Gegenstand. Ich zog ihn heraus.

Es war ein Buch. Die noch ganz neu aussehende Taschenbuch-

ausgabe eines Thrillers, den meine Mutter spontan am Drehständer vor der Kasse ausgewählt hatte, um an einem Nachmittag darin zu schmökern. Doch sie schien ihn nicht gelesen zu haben. Der geleimte Buchrücken war noch ganz glatt, und meine Mutter war sonst nicht für pfleglichen Umgang mit Büchern bekannt. Das Ganze ergab keinen Sinn. Schließlich konnte das Buch nicht zufällig in den Sessel geraten sein.
Ich blätterte darin. In der Mitte steckte ein Zettel. Ich zog ihn heraus. Es war eine Notiz, nur ein Satz, in der Handschrift meines Vaters. Sie lautete:
»Ward, wir sind nicht tot.«

3

Ein Bergfluss im Süden von Vermont, klares, kaltes Wasser, das über ein Kieselbett zwischen steilen Ufern in einem Tal der Green Mountains dahinschnellt. Der Himmel scheint gleich über den Baumwipfeln zu beginnen, ein graues Laken aus gefrorener Zuckerwatte im Dämmerlicht. Das Laub auf dem Boden, wie die Scherben bunter Glühlampen, deckt hier und da schon Schnee. Auf beiden Seiten des Flusses, durch zwei alte Steinbrücken im Abstand von fünfzig Metern miteinander verbunden, liegt das Dorf Pimonta. Nicht mehr als zwanzig Häuser, von denen fast ein Dutzend nur im Sommer bewohnt oder ganz verlassen scheint. Neben einem der Häuser steht ein sehr alter Buick, dessen verrostete Karosserie die Farbe einer Gewitterwolke angenommen hat. Weitere Autos stehen in den Einfahrten anderer Häuser, allesamt zerbeulte Fahrzeuge, deren Besitzer vermutlich mehrere Kinder und mindestens einen Hund haben. Es ist sehr still hier, abgesehen vom Geräusch des Flusses, der aber schon so lange fließt, dass sein Rauschen mehr als Farbe denn als Klang wahrgenommen wird. Aus einigen Schornsteinen quillt träger Rauch, darunter auch aus dem Schornstein des einzigen Gasthofs nahe am Fluss, des Pimonta Inn, eine rustikale Pension, die jetzt gegen Ende der Herbstsaison fast ganz ausgebucht ist.

Auf einer der beiden Brücken steht ein Mann und schaut, gegen die Brüstung gelehnt, in das strudelnde Wasser unter ihm. Sein

Name ist John Zandt. Er ist knapp ein Meter achtzig groß und trägt einen schweren Wintermantel. Der Mantel unterstreicht noch seine breitschultrige Statur. Er sieht aus wie ein Mann, der zwei Koffer über eine lange Strecke tragen oder sehr hart zuschlagen kann. Beides trifft zu. Er hat dunkles, kurz geschnittenes Haar und herbe, aber harmonische Gesichtszüge. An Kinn und Wangen sind die Stoppeln eines Zweitagebarts zu sehen. Die letzte Woche hat er im Pimonta Inn gewohnt, wo er ein im Landhausstil eingerichtetes gemütliches Quartier aus Schlafzimmer, Bad und Wohnzimmer mit Kamin gemietet hat. Seine Tage hat er bisher mit Wanderungen durch die umliegenden Berge und Täler verbracht, abseits der ausgeschilderten Routen, wo bunt gekleidete Freizeitwanderer aus Furcht vor Bären in Horden unterwegs sind. Manchmal ist er auf die Reste verlassener Holzhäuser gestoßen, von denen nur noch ein Haufen schwarzer Bretter und Balken im Unterholz übrig geblieben ist. Kein Laut ist zu hören, wie lange man auch dasteht und horcht. Manche Orte, die früher an Wegen gelegen waren, sind nun ohne Weg und Steg. Straßen haben ihren Verlauf geändert, wodurch aus bisher namenlosen Orten Ziele geworden sind, während andere wieder der Wildnis überlassen wurden, vielleicht für immer.
Zandt sitzt gern an solchen Orten und stellt sich vor, wie es wohl früher gewesen sein könnte. Dann wandert er weiter, wandert, bis er müde wird und die Zeit zur Rückkehr in die Pension gekommen ist. Abends sitzt er im gemütlichen Salon und vermeidet die Unterhaltung mit anderen Gästen und dem Wirt. Die Bücher in der kleinen Hausbibliothek zeugen von geistiger Verknöcherung. Ungefähr vierzig Menschen haben ihn in den letzten Wochen gegrüßt, ohne seinen Namen zu erfahren oder im Stande zu sein, ihn genauer zu beschreiben.
Nach dem Abendessen, das im Allgemeinen ausgezeichnet ist, wenn auch die Bedienung auf sich warten lässt, geht er gewöhnlich in sein Quartier, macht Feuer im Kamin und bleibt

so lange auf, wie er kann. Er hat in letzter Zeit viel geträumt. Manchmal träumt er von Los Angeles, von einem Leben, das ein für alle Mal vorbei und unwiederbringlich verloren ist. In der Vergangenheit hat er es mit Alkohol und Heroin versucht, aber darin selbst bei hoher Dosis keine Erleichterung gefunden. Mittlerweile liegt er einfach wach im Bett und wartet, ohne an etwas Bestimmtes zu denken, bis es Morgen wird. Er hat nie versucht, sich umzubringen. Das liegt nicht in seiner Natur, sonst wäre er schon längst tot.

Während er jetzt im Abendlicht auf der Brücke steht, überlegt er sich, was er in nächster Zukunft tun könnte. Er hat noch Geld, den Rest seines Lohns für einen Sommer voll schwerer körperlicher Arbeit. Er denkt, dass es wohl an der Zeit wäre, sich wieder an das Stadtleben zu gewöhnen. Vielleicht irgendwo im Süden, obwohl er an der Kälte und den dunklen Wäldern Gefallen gefunden hat. Sein Drang nach Süden wird allerdings dadurch gebremst, dass er eigentlich kein Geld braucht und auch keines ausgeben mag. Nach einem Leben zwischen Hochhäusern haben Städte plötzlich keine Anziehungskraft mehr für ihn. Leere Landstraßen und weite Flächen sprechen ihn jetzt mehr an als Häuserschluchten.

Er schaut auf, als er das Geräusch eines von Norden kommenden Autos hört. Nach einer Weile tauchen Scheinwerferlichter, die früher als hier in der Dämmerung üblich eingeschaltet sind, über der Hügelkuppe auf. Kurz darauf ist das Auto zu sehen. Es folgt der Straße ins Dorf, fährt an dem kleinen Krämerladen und der Videothek vorbei und hält draußen vor dem Gasthof. Es ist ein nagelneuer schwarzer Lexus.

Das Auto macht ein tickendes Geräusch, während der Motor abkühlt. Anfangs steigt niemand aus. Zandt beobachtet es so lange, bis er sicher ist, dass die Gestalten im Wagen zu ihm herüberschauen. Sein eigenes Auto, eine billige ausländische Marke, die er in einem öden Kaff in Nebraska gekauft hat, steht vor dem Nebengebäude, in dem sich sein Quartier und weitere

Gästezimmer befinden. Die Autoschlüssel hat er in der Tasche, aber er kann nicht zu seinem Wagen, ohne sich dem Lexus zu nähern. Er könnte kehrtmachen, die Brücke überqueren und an den Häusern am anderen Ufer vorbei in die Berge hinaufwandern, aber dazu hat er keine Lust. Er hätte für die Unterkunft bar bezahlen sollen, das ist hier üblich. Aber bei seiner Ankunft hatte er kein Bargeld bei sich, und es war schon spät. Geld aus einem Bankautomaten in der nächsten Stadt hätte eine ebenso eindeutige Spur hinterlassen. Um die anstehende Begegnung zu vermeiden, hätte er vor zwei Wochen anders handeln müssen. Nun schaut er einfach ins Wasser unter ihm und wartet.

Drüben geht die Beifahrertür auf, und eine Frau steigt aus. Sie ist durchschnittlich groß, hat mittellanges dunkles Haar und trägt ein dunkelgrünes Kostüm. Ihr Gesicht hat etwas – das heißt, man findet sie entweder schön oder nichtssagend. Die meisten Leute setzen ihr Geld auf Ersteres, was ihr gerade recht ist. Dass sie die ganze Fahrt über stumm geblieben ist, hat den FBI-Agenten Fielding verärgert, der sie erst vor drei Stunden kennen gelernt hat. Wenn er sie nicht nach Pimonta hätte fahren müssen, hätte er schon seit Stunden zu Hause sein können. Fielding hatte keine Ahnung, warum er den Weg dorthin auf sich nehmen musste, das Ganze konnte kaum als Dienstfahrt gelten. Aber er tat, was man ihm sagte, und das ist eine vielfach unterschätzte Fähigkeit.

Die Frau schlägt die Tür mit einem dumpfen Geräusch zu, das der Mann auf der Brücke hören kann. Aber er bewegt sich nicht, ja er blickt nicht einmal auf. Sie geht hinunter zum Gasthof, vorbei an den vernagelten Fenstern eines Töpferateliers und betritt die Brücke.

Sie nähert sich bis auf ein paar Schritte und bleibt dann, ein wenig irritiert, aber gelassen, stehen.

»Hallo, Nina«, sagte er zur Begrüßung, ohne aufzublicken.

»Das nenne ich lässig«, entgegnete sie, »ich bin beeindruckt.«

Er wendete sich ihr zu. »Hübsches Kostüm. Siehst aus wie Dana Scully.«
»Heutzutage wollen alle so aussehen. Sogar manche Typen.«
»Wer ist das im Auto?«
»Ein FBI-Agent aus Burlington. Der gute Mann hat mich hierher gefahren.«
»Wie hast du mich gefunden?«
»Über deine Kreditkarte.«
»Dachte ich mir. Ziemlich weiter Weg hierher.«
»Du bist es wert.«
Er betrachtete skeptisch eine Frau, die er einmal schön gefunden hatte und die ihm jetzt wieder nichtssagend erschien.
»Was willst du von mir? Es ist kalt, ich bin hungrig, und es würde mich wundern, wenn wir uns irgendetwas zu sagen hätten.«
Einen Augenblick lang sah sie wieder schön aus und verletzt. Doch dann sagte sie, als ob sie das alles gar nicht berühren könnte: »Es ist wieder passiert. Ich dachte, das würde dich interessieren.«
Sie drehte sich auf dem Absatz und ging zurück zum Auto. Der Motor startete, ehe sie die Tür geöffnet hatte, und keine zwei Minuten später war das Tal wieder still und leer. Der Mann blieb mit blassem Gesicht und mit halb geöffnetem Mund auf der Brücke stehen.

Zwanzig Meilen weiter südlich holte er sie ein, nachdem er über schmale Bergstraßen gejagt und jede Kurve mit schlingerndem Heck genommen hatte. Die Straßen im Süden Vermonts sind nicht für Tempo ausgelegt, und zweimal geriet das Auto auf Glatteis ins Schleudern. Zandt achtete nicht darauf, auch nicht auf die einheimischen Autofahrer, die ihn nur kurz auftauchen sahen, dann hatte er sie schon überholt. Vor Wilmington kam er an eine Kreuzung. Der Lexus war nirgends zu sehen. Er überlegte, dass sie vermutlich zum nächsten Flughafen unterwegs war, um mit der ersten Maschine in die Zivilisation zurück-

zukehren. Folglich bog er rechts ab auf die Route 9 Richtung Keene gleich hinter der Grenze von New Hampshire.
Auf der ausgebauten Straße holte er rascher auf, und schon bald erkannte er die unverwechselbaren Rücklichter des Lexus, die nach einer Kurve vor ihm durch Bäume blinkten oder in einer Senke verschwanden und wieder auftauchten. Schließlich holte er sie auf gerader Strecke gleich hinter Hardsboro ein. Die Straße führte dort an einem kalten See vorbei, in dem sich der wolkenverhangene Himmel wie in einem Spiegel brach.
Er blendete die Scheinwerfer auf. Keine Reaktion. Er fuhr näher heran und blendete wieder auf. Diesmal beschleunigte der Lexus leicht. Zandt drückte ebenfalls aufs Gas und fuhr noch näher auf. Nina wandte sich um und sah ihn durchs Rückfenster an. Sie redete mit dem Fahrer, doch der fuhr nicht langsamer.
Zandt trat das Gaspedal bis zum Anschlag durch, setzte zum Überholen an, beschleunigte, bis er sich knapp vor dem anderen Fahrzeug befand, zog nach rechts hinüber und bremste hart. Er sprang aus dem Wagen, ehe der Motor aus war, ebenso Fielding, der mit einer Hand schon in die Innenseite seines Jacketts griff.
»Weg mit der Waffe«, warnte Zandt.
»Das könnte Ihnen so passen.« Der Beamte hielt den Revolver mit beiden Händen. Unterdessen stieg Nina auf der anderen Seite aus und setzte vorsichtig die Füße auf den Boden, um sich nicht schmutzig zu machen. »Hören Sie«, sagte Fielding kalt, »verschwinden Sie auf der Stelle.«
»Schon gut«, mischte sich Nina ein. »So ein Mist, jetzt sind meine Schuhe hinüber.«
»Ach was, Schuhe. Er hat versucht, uns von der Straße zu drängen.«
»Er wollte wahrscheinlich nur mit uns reden. Hier draußen kann es sehr einsam sein.«
»Der kann mich mal«, blaffte Fielding. »Sie da, legen Sie die Hände auf den Wagen.«

Zandt rührte sich nicht, bis Nina um den Bug des Lexus gegangen war und auf der Straße stand.
»Sind Sie sicher, dass es wirklich der Gesuchte ist?«, fragte Fielding.
»Meinen Sie, ich wäre sonst den ganzen Weg bis hierher gekommen?«
»Ihr Verhalten ist mir völlig schleierhaft.« Und zu Zandt gewandt: »Legen Sie jetzt verdammt noch mal die Hände auf die Motorhaube!« Man hörte das Klicken, das beim Lösen der Sicherung entsteht.
Zandt und Nina sahen zu ihm hinüber. Der FBI-Agent kochte vor Wut. Nina schaute die Straße hinauf, wo ein großer weißer Ford in gemächlichem Tempo auf sie zukam, damit die Insassen im Abendlicht noch einen Blick auf den See werfen konnten.
»Sachte«, beschwichtigte sie. »Sind Sie darauf versessen, Ihrem Vorgesetzten einen freundlichen Schusswechsel unter Kollegen erklären zu müssen?«
Fielding drehte sich um und sah den weißen Ford einen keine hundert Schritt entfernten Aussichtspunkt ansteuern. Er senkte die Waffe. »Sagen Sie mir endlich, was hier eigentlich gespielt wird?«
Nina schüttelte nur kurz den Kopf, dann schaute sie wieder Zandt an. »Ich bin mir sicher, John.«
»Warum bist du dann hier und nicht dort?«
Sie zuckte die Schultern, wie sie es immer tat. »Ich weiß es nicht. Ich sollte eigentlich nicht hier sein und schon gar nicht mit dir reden. Kommst du mit, oder sollen wir irgendwo hingehen und reden?«
Zandt schaute weg, sah zum See hinüber. Die Wasserfläche war schwarz, manche Zonen waren mit grauem Eis überzogen. Am anderen Ufer war eine Lichtung, darin stand ein Ferienhaus mit Stapeln von Kaminholz entlang den Wänden. Das Haus sah nicht aus, als käme es aus einem Versandhauskatalog. Eher musste hier jemand – oder auch ein Paar – irgendwo in einer

lärmigen Großstadt viele Abende damit verbracht haben, auf Konzeptpapier aus dem Büro ein eigenes Heim zu planen, um seiner Lebensgeschichte eine andere Wendung zu geben. Nicht zum ersten Mal wünschte sich Zandt, jemand anderes zu sein. Vielleicht der Besitzer jenes Hauses. Oder einer von den Touristen dort drüben, die jetzt eng gedrängt am Wasser standen und über den See auf die Bäume schauten. Mit ihren grellbunten Anoraks sahen sie aus wie Verkehrsampeln.

Schließlich zeigte er mit einem Kopfnicken, dass er einverstanden war. Nina ging zu Fielding und redete mit ihm. Eine Minute später war die Waffe des Beamten wieder dort, wo sie hingehörte.

Zandt wandte sich vom See ab, und Fielding setzte sich mit entspannter Miene wieder ins Auto.

Nina wartete neben Zandts Wagen, unterm Arm einen dicken Aktenordner. »Ich habe ihm gesagt, dass ich mit dir fahre«, teilte sie Zandt mit.

Während Nina einstieg, ging Zandt zum Lexus hinüber. Fielding sah ihn durch das Wagenfenster mit ausdruckslosem Gesicht an und startete den Motor. Mit einem Knopfdruck senkte er die Scheibe des Fahrerfensters.

»Diesmal lasse ich es noch durchgehen«, sagte er.

Zandt lächelte. Sein Mund blieb schmal und zeigte wenig Ähnlichkeit mit irgendetwas, was zur Heiterkeit Anlass bot. »Aber es gibt nur dies eine Mal.«

Fielding legte den Kopf schief. »Was soll das heißen?«

»Das soll heißen, falls wir uns noch einmal begegnen sollten und Sie Ihre Waffe wieder auf mich richten, werden später in einem idyllischen See Fetzen eines FBI-Beamten treiben, und es kümmert mich nicht die Bohne, wenn das Ökosystem damit versaut wird.«

Zandt wandte sich ab und ließ den Beamten sprachlos zurück.

Dann setzte Fielding rasch zurück und wirbelte dabei Steinchen in die Luft. Er beschleunigte den Wagen und bremste nur

kurz, um aus dem Wagenfenster heraus den gestreckten Mittelfinger seiner rechten Hand zu zeigen.
Als Zandt in sein Auto stieg, saß Nina da und betrachtete ihn mit gekreuzten Armen und hochgezogener Braue.
»Deine soziale Kompetenz wird immer besser«, kommentierte sie. »Du solltest Kurse geben. Ein Buch darüber schreiben. Im Ernst, das ist eine Gabe. Ringe nicht mit ihr, sondern teile sie mit anderen. Entwickle dich allseitig.«
»Nina, halt die Klappe.«

Er fuhr schweigend zurück nach Pimonta. Nina saß neben ihm, den Aktenordner auf dem Schoß. Als sie im Dorf ankamen, war es dunkel geworden, und weitere Autos von Einheimischen standen hier und da in den Einfahrten. Hinter vielen Fenstern brannte Licht. Er parkte vor dem Gasthof und stellte den Motor ab. Da er keine Anstalten machte auszusteigen, blieb auch Nina sitzen.
»Willst du immer noch etwas essen?«, fragte sie schließlich.
Im Wageninneren wurde es kalt. Zwei Paare waren schon auf dem Weg zum Gasthof an ihnen vorbeigegangen, in ihren Gesichtern malte sich die Vorfreude auf das Abendessen.
Er rührte sich, als ob er aus tiefer Abwesenheit auftauchte. »Wenn du was essen möchtest.«
Sie gab sich aufgeräumt. »Irgendwann.«
»Hier draußen ist das nicht so einfach. Abendessen gibt es zwischen halb sieben und neun. Entweder essen wir jetzt oder morgen früh. Frühstück gibt es zwischen sieben und acht. Und es ist nicht üppig.«
»Ja, wie? Kann man hier keinen Hamburger zwischendurch bekommen? Oder können die in der Pension nicht ein paar belegte Brote für später am Abend aufheben?«
Zandt wandte sich um, und nun sah sein Lächeln fast echt aus. »Du bist wohl nicht aus dieser Gegend, wie?«
»Nein, Gott sei Dank nicht. Und du auch nicht. Dort, woher

wir kommen, kriegt man jederzeit etwas zu essen. Man gibt Geld und erhält dafür sein Essen. Das ist modern und bequem. Oder lebst du schon so lange in der Wildnis, dass du das vergessen hast?«

Er erwiderte nichts. Sie ließ den Aktenordner in die Ablage fallen und machte die Beifahrertür auf. »Warte«, sagte sie.

Zandt beobachtete durch die Windschutzscheibe, wie sie zielstrebig auf das Hauptgebäude zuging. Der Hunger, den er nach einem mit Wandern verbrachten Tag gespürt hatte, war längst verflogen. Er war verfroren, innerlich und äußerlich. Er war es nicht mehr gewohnt, mit jemandem umzugehen, der ihn kannte. Er fühlte sich unsicher, Gedanken und Gefühle waren aus dem Takt geraten. Lange Zeit war er ständig auf dem Sprung gewesen: der Mann an der Theke, der auf den nächsten Drink wartete; der Malocher, der sich ein paar Tage lang fast den Rücken ruinierte; der Autofahrer an einer windige Tankstelle, der beim Tanken über das Dach seines Wagens irgendwo in die Ferne starrte und wenig später wieder davonbrauste. Da ihn nichts an sein vergangenes Leben fesselte, hatte er lange Zeit an fast gar nichts gedacht. Mit Ninas Gegenwart änderte sich das. Er wünschte, er wäre einen Tag früher fortgezogen, so dass sie sein Quartier leer vorgefunden hätte. Doch Zandt kannte ihre Beharrlichkeit besser als die meisten anderen Menschen und wusste, dass sie nicht eher lockerlassen würde, bis sie ihn gefunden hätte.

Er warf einen Blick auf die Akte in der Ablage. Sie war dick. Er hatte kein Verlangen, sie anzufassen oder gar hineinzuschauen. Das meiste wusste er sowieso schon und nur allzu gut. Der Rest würde nichts wirklich Neues bringen. Was er dabei fühlte, war ein Mischung aus Dumpfheit und Schauder, eine in Watte verpackte Rasierklinge.

Eine Tür wurde zugeschlagen. Er blickte auf und sah Nina vom Hauptgebäude des Gasthofs zurückkommen. Sie trug etwas in der Hand.

Er stieg aus. Die Luft war jetzt viel kälter, der Himmel bleiern. Es schneite.

»Mein Gott«, entrüstete sie sich, eine Atemwolke um ihr Gesicht. »Du hast keine Witze gemacht. Zu essen gibt es hier nur in Überlebensrationen. Immerhin habe ich das hier mitbekommen.« Sie hielt eine Flasche irischen Whiskey hoch. »Ich habe gesagt, dass es dringend gebraucht wird.«

»Ich trinke eigentlich nicht mehr«, winkte er ab.

»Ich schon«, sagte sie. »Du kannst ja dabeisitzen und zuschauen.« Sie machte die Wagentür auf und nahm die Akte wieder an sich, nicht ohne vorher einen prüfenden Blick darauf geworfen zu haben. Zandt schien es, als wollte sie wissen, ob er in ihrer Abwesenheit in der Akte geblättert habe.

»Nina, warum bist du hierher gekommen?«

»Um dich zu retten«, lautete ihre Antwort. »Dich wieder in die Welt zurückzuholen.«

»Und wenn ich gar nicht zurück will?«

»Du bist schon zurück. Du weißt es bloß noch nicht.«

»Was soll das heißen?«

»John, hier draußen ist es lausig kalt. Gehen wir rein. Ich bin sicher, du kannst dein Langstreckenstarren auch im Warmen praktizieren.«

Darüber musste er lachen. »Ein bisschen unverschämt, oder?«

Sie zuckte die Schultern. »Du weißt doch. Wenn du mit einer Frau schläfst, erwirbt sie damit das lebenslange Recht, dich rumzuschubsen.«

»Auch wenn sie es angefangen und beendet hat?«

»Du hast dich nicht gerade dagegen gesträubt, weder im einen noch im anderen Fall. In welcher Scheune haust du denn zurzeit?«

Er deutete mit dem Kinn auf sein Quartier, und sie marschierte sofort los. Einen Augenblick überlegte er, ob er zum Auto zurückgehen und wegfahren sollte, doch dann verwarf er den Gedanken und folgte ihr.

4

Er zündete Feuer im Kamin an, während sie es sich in einem abgewetzten Sessel gemütlich machte und die Füße auf den Couchtisch legte. Er spürte, dass sie die Einrichtung im Lampenschein musterte: die geschmackvollen, wenn auch zerschlissenen Teppiche, den antiken Reiz der ramponierten Möbel, die Bilder, die nur ein Pensionswirt schön finden konnte. Die Dielenbretter waren in einem cremigen Weiß gestrichen, und ein Strauß heimischer Blumen stand in einer Vase keine zwei Zoll weit von Ninas Füßen entfernt.

Nina lächelte und schaute dem knisternden Feuer im Kamin zu. Die Flammen züngelten gierig, noch mehr zu verzehren. Schon seit langem hatte sie kein echtes Feuer mehr gesehen. Es erinnerte sie an Ferien in Kindertagen, und sie fühlte einen Schauder.

Als Zandt mit Gläsern zurückkam, drehte sie den Verschluss von der Flasche und schenkte ein. Er blieb noch einen Augenblick stehen, schien noch unwillig, mit ihr zu trinken, und rückte dann doch den anderen Sessel zu ihr heran. Im Zimmer wurde es allmählich warm.

Sie hielt das Zahnputzglas mit beiden Händen an die Lippen und schaute zu ihm hinüber. »Und wie ist es dir ergangen, John?«

Er setzte sich und starrte, ohne sie anzusehen, vor sich ins Leere. »Erzähl mir einfach, was passiert ist«, sagte er.

Drei Tage vorher hatte ein Mädchen namens Sarah Becker auf einer Bank an der 3rd Street Promenade im kalifornischen Santa Monica gesessen. Sie hörte sich Musik aus einem Minidisc-Player an, den sie zu ihrem vierzehnten Geburtstag geschenkt bekommen hatte. Sie hatte sich zu Hause am Computer ein kleines Etikett mit Namen und Adresse drucken lassen und es dann mit Transparentband, damit die Tinte nicht verlief, auf die Rückseite des Geräts geklebt. Zwar missfiel es ihr, das schicke Chromgehäuse mit dem Etikett zu verunzieren, aber noch mehr missfiel ihr die Vorstellung, es zu verlieren. Als das Gerät später gefunden wurde, stellte sich heraus, dass sie sich ein Album mit dem Titel *Generation Terrorists* der englischen Gruppe Manic Street Preachers angehört hatte. Eingeweihte wie Sarah nannten sie auch kurz The Manics. Die Gruppe war an Sarahs Schule nicht sehr bekannt, und das war einer der Gründe, weshalb sie sich für sie interessierte. Alle anderen himmelten aufgebrezelte Pop-Prinzessinnen und gestriegelte Boy Groups an oder nickten mit den Köpfen, wenn irgendein Hip-Hop-Fuzzy in einem Studio in Malibu seine Secondhand-Reime zu einer geklauten Melodie bellte. Sarah mochte Musik, bei der man das Gefühl hatte, dass die Leute, die sie machten, auch etwas damit sagen wollten. Dass sie so dachte, lag vermutlich an ihrem Alter. Mit vierzehn war man kein Kind mehr. Heutzutage nicht, vor allem nicht in L. A. Ihre Eltern hatten eine Weile gebraucht, um das zu raffen. Auf ihre Weise hatten sie es schließlich kapiert, so wie einst die Neandertaler dumpfen Blickes die ersten Cromagnonmenschen betrachteten, die pfeifend am Horizont erschienen.
Am Ende der Promenade, wo sie jetzt saß, an dem Brunnen gegenüber der Buchhandlung Barnes und Noble, war die Straße um diese Abendstunde ziemlich leer. Hin und wieder kamen Leute aus der Buchhandlung, und man sah andere Kunden durch die zwei Stockwerke hohe Glasfassade: Manche blätterten interessiert in Zeitschriften und Büchern, andere blickten

kurz über Lesebrillen auf oder suchten nach todsicheren Tipps in Leitfäden fürs Drehbuchschreiben. Sarah war vergangenes Jahr mit ihrer Familie zu einem zweiwöchigen Urlaub nach London gereist und hatte sich über die dortigen Buchhandlungen gewundert. Die waren entsetzlich, denn dort gab es nichts als Bücher. Keinen Kaffee, keine Zeitschriften, nicht mal Toiletten. Stattdessen endlose Regale. Die Leute zogen irgendeine Schwarte heraus, kauften sie und gingen. Ihre Mutter schien das irgendwie cool zu finden, aber für Sarah war das eines der Dinge, die sie an England einfach Scheiße fand. Schließlich hatte sie aber eine neue große Borders-Filiale gefunden, war hineingestürmt und hatte beim Probehören dort The Manics entdeckt. Englische Gruppen waren cool, vor allem aber The Manics. Alles in allem war London auch cool, wirklich.

Sie saß und nickte zustimmend, als der Lead-Sänger von sich selbst behauptete, ein »verfluchter Hund« zu sein, und schaute die Promenade hinunter. Am unteren Ende der zur Fußgängerzone umgewandelten Straße befanden sich hauptsächlich Restaurants. Ihr Vater hatte sie vor ungefähr zwanzig Minuten hier abgesetzt und würde sie um Punkt neun wieder abholen, das machten sie immer einmal im Monat. Eigentlich hätte sie sich mit ihrer Freundin Sian am Broadway Deli treffen sollen. Die beiden gingen wie feine Damen einmal im Monat zum Essen aus. Das Ausgehen war eine Idee von Sians Mutter gewesen. Ihre Art, sich auf das allmähliche Erwachsenwerden ihrer Tochter einzustellen, bestand darin, ihr alle Türen zu öffnen. Sie fürchtete für den Fall, dass einmal die falsche geschlossen bliebe, könnte das ihre einzigartige Mutter-Tochter-Beziehung zerstören. Sarahs Mutter hatte ihr darin rasch zugestimmt: zum einen, weil alle, die Monica Williams kannten, ihr rasch zustimmten, zum anderen aber auch, weil Zoë Becker noch genug Fühlung zu ihrem jüngeren Selbst besaß, um zu wissen, wie gern sie so etwas in Sarahs Alter getan hätte. Sarahs Vater hatte nur das Recht zu einem gelegentlichen Veto, und einen peinlichen Augenblick lang hatte sie gefürchtet, er könnte es diesmal ausüben. Ein paar Monate früher hatten Morde im Zusammenhang mit Rivalitäten im Milieu der Crack-Dealer für Unruhe gesorgt. Aber nachdem man sich auf eine Reihe von Sicherheitsmaßnahmen geeinigt hatte, darunter genau festgelegte Zeiten, zu denen Sarah im Auto gebracht und wieder abgeholt werden sollte, nebst einer Einweisung in den Gebrauch eines Handys und der Einschärfung der wichtigsten Grundsätze, um den Einbruch chaotischer Mächte zu vermeiden, stimmte er schließlich auch zu. Nun gehörte das Essengehen zum Terminkalender der Familie Becker.

Doch als Vater und Tochter an diesem Abend vorfuhren, stand Sian nicht an der Ecke. Michael Becker schaute die Straße hinauf und hinunter.

»Ja, wo bleibt denn die berühmte Miss Williams?«, brummte er, während er mit den Fingern auf das Lenkrad trommelte. Bei der Fernsehserie, die er gerade in den Studios der Warner Brothers entwickelte, klappte es vorn und hinten nicht, und das brachte ihn mächtig in Stress: nach außen ruhig, innerlich nervös. Sarah wusste nicht genau, woran es lag, aber sie kannte das Credo ihres Vaters. Im Business könne man auf alle mögliche Weisen etwas verpatzen, aber es gebe nur einen Weg, es richtig zu machen. Sie hatte Entwürfe für die Pilotsendung der Serie gesehen, und ihr Vater hatte sie nach ihrer Meinung gefragt, er schien ihre Reaktion als Hinweis auf ein bestimmtes Zielgruppenverhalten testen zu wollen. Zu seiner Überraschung hatte Sarah die Serie sogar ziemlich cool gefunden. Jedenfalls besser als *Buffy* oder *Angel.* Sie persönlich hielt *Buffy* für grottenschlecht, und der gruftige Engländer darin klang überhaupt nicht so wie Hugh Grant – was er sich vielleicht einbildete –, von seinem Aussehen ganz zu schweigen. Die Hauptdarstellerin in *Dark Shift* war zurückhaltender, nicht so aufgetakelt und neigte nicht zum Nörgeln. Die Konzeption der Figur hatte, ohne dass Sarah das gemerkt hätte, eine vage Ähnlichkeit mit Michael Beckers Tochter.

»Da ist sie«, sagte Sarah und zeigte mit dem Finger in die Richtung.
Ihr Vater runzelte die Stirn. »Ich sehe sie aber nicht.«
»Schau doch mal – da unter der Straßenlaterne vor Hennessy und Ingels.«
Gerade in dem Augenblick hupte jemand hinter ihnen, und ihr Vater drehte sich um und starrte drohend durch das Heckfenster. In der Familie wurde er fast nie wütend, aber manchmal konnte er seine Wut in der Öffentlichkeit zeigen. Aus dem Schulunterricht wusste Sarah, dass das mit der Hackordnung zu tun hatte. Die soziale Rangordnung wurde auf der Straße festgelegt. Sarah befürchtete nur im Stillen, ihr Vater könnte bei der Manifestation seines Willens einmal an den falschen nackten Affen geraten. Er schien nicht zu merken, dass auch Väter das Schicksal herausfordern können oder dass das Schicksal bei seinen Schlägen keinen Altersbonus gewährt.
Sie machte die Tür auf und stieg aus. »Ich lauf rüber«, sagte sie, »schon in Ordnung.« Michael Becker schaute wortlos zu, wie der ungeduldige Typ im LeBaron hinter ihm ausscherte und überholte.
Dann wandte er sich um, und seine Miene änderte sich. Einen Augenblick lang sah er nicht wie jemand aus, der stets Spannungskurven und demografische Tabellen vor Augen hatte, der die Welt durch ein Raster aus Bestsellerlisten und Auslandstantiemen wahrnahm. Er sah aus, als ob er einfach müde war und einen Kaffee gebrauchen könnte, kurz, wie ihr Dad.
»Bis später«, sagte Sarah grinsend. »Ich wünsch dir einen Herzanfall auf dem Heimweg.«
Er schaute auf die Uhr. »Keine Zeit. Vielleicht reicht es für Prostatabeschwerden. Neun Uhr?«
»Punkt neun. Ich bin immer zu früh dran. Du bist derjenige, der immer zu spät kommt.«
»So sieht es aus. Ich klopf auf Holz, Verehrteste.«
»Ich auch, Dad.« Sie schloss die Wagentür und beobachtete,

wie er sich in den Verkehr einfädelte. Er winkte ihr noch einmal, und dann war er fort, wieder ganz in Gedanken und Menschen ausgeliefert, die Text mit dem Metermaß kauften und nie wussten, was sie eigentlich wollten, bis es Geld einbrachte. Während Sarah ihrem davonfahrenden Dad nachschaute, war sie sich in einem Punkt sicher: Das Business bekäme sie nie zur Freundin.

Sian hatte in Wirklichkeit gar nicht unter der Laterne gestanden. Das hatte Sarah nur gesagt, damit ihr Vater getrost nach Hause fahren und sich wieder an seine Arbeit machen könnte. Sian tauchte auch in den folgenden zehn Minuten nicht auf. Dann klingelte Sarahs Handy.

Es war Sian. Sie stehe gerade neben dem Auto ihrer Mutter auf dem Sunset Strip und ärgere sich grün und blau. Sarah hörte im Hintergrund Sians Mutter mit einem glücklosen Automechaniker disputieren, der, vom Anblick der hilflos am Straßenrand stehenden Mutter samt Tochter angelockt, wahrscheinlich geglaubt hatte, Szenen aus seiner pornografischen Phantasie seien zu greifbarer Wirklichkeit geworden. Sarah wusste, dass er sich das abschminken konnte. Mehr noch, wenn er die Karre nicht subito flott bekam, würde er ein toter Mann sein.

Ganz gleich, wie die Sache ausging, Sian würde es nicht mehr schaffen. Das aber brachte Sarah in eine Verlegenheit. Ihr Vater war noch nicht zu Hause, aber sobald er in die Einfahrt fuhr, würde er sich nur noch über die Haken und Ösen seines Drehbuchs den Kopf zerbrechen oder bereits mit seinem Partner Charles Wang darüber telefonieren, wie man das ganze Projekt doch noch in trockene Tücher bekommen könnte. Für den nächsten Morgen war ein wichtiger Gesprächstermin mit den Studiobossen anberaumt, ein Frühstück mit koffeinfreiem Kaffee und cholesterinfreiem Omelett, bei dem über das Schicksal der Produktion entschieden werden sollte. Sarah wusste, dass ihrem Vater solche Morgentermine eine Qual waren, denn gewöhnlich frühstückte er nie. Um nicht ständig mit dem Besteck zu spielen, musste er dann an Toastscheiben herumknabbern. Sie wollte ihm nicht noch mehr Stress bereiten, als er sowieso schon hatte, und im Übrigen würde ihre jüngere Schwester Melanie schon für genug Hintergrundgeräusche sorgen.

Aber schließlich brauchte sie ihn ja überhaupt nicht anzurufen. Sie hatte etwas weniger als zwei Stunden vor sich, und dann würde er kommen und sie abholen. Auf der Promenade gab es reichlich Gelegenheit zum Schaufenstergucken, die meisten Läden waren noch offen. Sie konnte sich auch einen Cappuccino gönnen und irgendwo herumhängen. Oder nach Geschenkideen Ausschau halten. Sich bei B & N Musik anhören, falls es dort neue Hits gäbe. Oder sie könnte auch allein in den Deli gehen und sich einen Cobb-Salat bestellen. Wichtig war bloß, dass sie zur verabredeten Zeit am richtigen Ort war, und dann würde sie, je nachdem, in welcher Stimmung ihr Vater war, entweder offen sagen, dass Sian nicht gekommen war, oder sie würde so tun, als wäre alles wie üblich verlaufen.

Sie rief Sian an, um zu verhindern, dass Sians Mutter den Plan durch einen Anruf bei Sarahs Mutter durchkreuzte. Aber sie bekam keine Verbindung, was vermutlich daran lag, dass das Auto wieder fuhr und sich in einem Canyon außerhalb des Funkkontakts befand. Wenn ihre Mutter bereits Bescheid wüsste, dann würden schon Hubschrauber über Sarah kreisen, und Bruce Willis würde sich bereitmachen, sie am Seil aus der Luft zu retten.

Sie sprach eine Nachricht auf Sians Mailbox und ging dann hinüber in einen Starbucks-Coffeeshop. Ihr war klar geworden, dass sie sich jetzt eigentlich etwas anderes als den Cobb-Salat gönnen konnte, den die Freundinnen, einer Diät vorgreifend, die vielleicht erst in zwanzig Jahren fällig würde, gewöhnlich bestellten. Sie konnte sich einen Hamburger bestellen, einen großen saftigen Hamburger mit Käse. Und dazu eine Portion Fritten.

Vielleicht, so dachte sie, sah ja so das Erwachsensein aus, und das könnte noch interessant werden.

Sie war bei ihrem letzten Schluck Cappuccino angelangt, und auch die Manics schrien ihren letzten Hit hinaus, als sie einen hochgewachsenen Mann aus der Buchhandlung treten sah. Er machte ein paar Schritte, hielt an und schaute zum Himmel. Richtig dunkel war es noch nicht, aber die Dämmerung war schon weit fortgeschritten. Er holte eine Schachtel Zigaretten aus der Jackentasche und versuchte eine Zigarette aus der Packung zu ziehen, während er gleichzeitig eine offenbar mit Büchern vollgepackte Tüte hielt. Das ging so eine Weile, ohne dass der Mann Sarah bemerkt hätte. Sie schaute ihm amüsiert zu und dachte dabei, an seiner Stelle hätte sie erst einmal die Tüte abgestellt, doch darauf kam der Mann offenbar nicht. Schließlich ging er entnervt zum Brunnen hinüber und stellte die Bücherlast dort am Rand ab. Nachdem seine Zigarette endlich brannte, stemmte er die Hände in die Hüften, schaute die Straße hinunter und sah dann zu ihr hinüber.
»Hallo«, sagte er. Seine Stimme war freundlich und sanft.
Aus der Nähe betrachtet, schätzte Sarah ihn auf ungefähr vierzig, vielleicht auch etwas darunter. Genau wusste sie es nicht, da ihm der Schein einer Laterne im Rücken stand, so dass sein Gesicht schwer zu erkennen war. Aber er hatte etwas von einem älteren Mann an sich.
»Sagen Sie das noch mal.«
»Du meinst ›hallo‹?«
Sie nickte weise. »Sie sind Engländer.«
»Oh, Gott, ist das so auffällig?«
»Na ja, Sie haben eben einen englischen Akzent.«
»Ach so. Klar.« Er zog wieder an seiner Zigarette und schaute auf die Bank. »Stört es dich, wenn ich mich zu dir setze?«
Sarah zuckte die Schultern. Schulterzucken war gut. Das hieß weder ja noch nein, so legte man sich nicht fest. Auf der Bank

gab es genug Platz. Und außerdem würde sie sowieso gleich gehen – zu Salat oder Hamburger, eins von beidem.
Der Mann setzte sich. Er trug Kordhosen, schon ein bisschen abgewetzte, und ein leichtes, gut geschnittenes Jackett. Er hatte große gepflegte Hände. Sein von Natur aus helles Haar hatte er noch zusätzlich blondieren lassen, und sein Gesicht sah gut aus. Er hätte ein attraktiver Professor sein können, Natur- oder Sozialwissenschaften. Einer, der vermutlich nicht mit seinen Studentinnen ins Bett ging, es aber durchaus könnte.
»Sind Sie vielleicht Schauspieler?«
»Oh, nein. Keine Berühmtheit. Nur ein Tourist.«
»Wie lange wollen Sie denn bleiben?«
»Ein paar Wochen.« Er griff wieder in seine Tasche und holte einen kleinen verchromten Gegenstand hervor. Als er den Deckel aufklappte, stellte es sich als ein Aschenbecher für unterwegs heraus.
Sarah betrachtete ihn neugierig. »Engländer rauchen ziemlich viel, oder?«
»Ja, schon«, antwortete der Mann, der übrigens gar kein Engländer war. Er drückte seine Zigarette aus und ließ den Aschenbecher zurück in die Tasche gleiten. »Wir haben nämlich keine Angst.«
Sie plauderten eine Weile. Der Mann verriet nicht, dass die Tragetasche von Barnes und Noble Bücher enthielt, die er schon seit Jahren besaß, und dass er eine geschlagene Stunde in der Buchhandlung in der Abteilung Politik und Wirtschaft am Fenster gesessen und, das Gesicht von den anderen Kunden abgewendet, auf Sarahs Kommen gewartet hatte. Stattdessen fragte er nach Tipps, was er sich in der Stadt noch anschauen sollte. Dazu zählte er die Viertel in Los Angeles auf, die er schon besichtigt hatte, eine Auswahl der üblichen touristischen Sehenswürdigkeiten.
Sarah nahm die Sache ernst und schlug die Teergrube in La Brea, den Rodeo Drive und den Watts Tower vor. Das ergab

ihrer Meinung nach eine Vorstellung von dem, was Los Angeles einmal war und wohin es sich entwickelte. Außerdem, so dachte sie im Geheimen, könnte er auf dem Rodeo Drive seine abgewetzten Kordhosen durch etwas *plus chic* ersetzen, wie Sian, die vergangenes Jahr ihre Ferien in Antibes verbracht hatte, nun gern zu sagen pflegte.

Dann verstummte der Mann für eine Weile. Sarah fand, dass es an der Zeit sei, sich auf den Weg zu ihrem Abendessen zu machen. Sie wollte gerade aufstehen, als er sich ihr zuwandte und sie anschaute.

»Du bist sehr hübsch«, überraschte er sie.

Das mochte stimmen oder nicht – Sarahs Meinung darüber war geteilt –, auf jeden Fall war das ein Anmacherspruch von der schrägen Sorte.

»Danke«, sagte sie mit leuchtenden Augen. Der Abend schien plötzlich kühler, doch dann fasste sie sich wieder. »War nett, mit Ihnen zu reden.«

»Entschuldige bitte«, beeilte er sich anzufügen. »So was sagt man eigentlich nicht. Aber du erinnerst mich an meine Tochter. Sie ist ungefähr so alt wie du.«

»Ah«, sagte Sarah. »Cool.«

»Sie ist schon wieder zu Hause in England«, fuhr der Mann fort, so als habe er sie gar nicht gehört. »Mit ihrer Mutter. Ich freue mich schon, sie alle beide wiederzusehen. Die alte Heimat. Lady Di, Gott hab sie selig.«

Seine Augen wanderten fort von ihr und schauten rasch in die Runde. Sarah vermutete, er tue es aus Verlegenheit. In Wirklichkeit schätzte er, dass in rund zwanzig Sekunden die äußeren Umstände ganz zu seinem Vorteil stünden: Niemand schaute her. Er hatte ein sicheres Gespür dafür, wann er etwas unbemerkt tun und auf welchen Wegen er wieder verschwinden konnte. Das gehörte zu seinen besonderen Fähigkeiten. Er rückte ein paar Fingerbreit näher an das Mädchen heran, das nun aufstand.

»Ich muss jetzt gehen«, sagte Sarah.
Der Mann lachte, als er seine Rechnung aufgehen sah. Er packte Sarahs Hand und zog sie mit erstaunlicher Kraft nach unten. Zu überrascht, um sich zu wehren, stieß sie einen heiseren Schrei aus und sackte auf die Bank.
»Lassen Sie mich los«, sagte sie und bemühte sich, ruhig zu bleiben. Der Boden unter ihren Füßen schien zu wanken, ein schwindelerregendes Gefühl. Ihr war, als hätte man sie beim Betrügen oder Stehlen ertappt.
»Hübsches Mädchen.« Er packte ihre Hand noch fester. »So eine lässt man nicht gehen.«
»Bitte lassen Sie mich los.«
»Halt's Maul«, murmelte er, nun ohne jeden englischen Akzent. »Du lächerliches kleines Flittchen.« Mit der Faust verpasste er ihr aus kurzer Distanz einen harten Schlag ins Gesicht.
Sarahs Kopf fiel nach hinten, die Augen weit aufgerissen und blicklos. Oh, nein, dachte sie, ihre innere Stimme voll stillem Entsetzen, oh, nein.
»Schau hin, Sarah«, drängte der Mann mit leiser Stimme. »Sieh dir all diese glücklichen Menschen dort an. Du gehörst nicht dazu.«
Er wies mit dem Kinn die Promenade hinunter. Nur einen Häuserblock weiter wimmelte es von Menschen. Leute gingen in Läden aus und ein oder studierten vor Restaurants die ausgehängten Speisekarten. Um Sarah und den Mann auf der Bank war niemand zu sehen.
»Früher war hier nur Wildnis, kannst du dir das vorstellen? Eine zerklüftete Felsenküste und Muscheln. Hin und wieder Spuren im Sand. Wenn man ganz still ist, kann man hören, wie es vorher war, bevor der ganze Dreck hierher kam.«
Sarah blinzelte aus wässrigen Augen und versuchte herauszubekommen, worauf er eigentlich hinauswollte. Vielleicht konnte sie noch etwas tun, vielleicht kam noch eine unerwar-

tete letzte Frage in diesem Test, und sie würde durch die Prüfung kommen. »Aber die Leute sehen nichts«, fuhr er fort, »sie schauen nicht einmal hin. Blind. Vorsätzlich blind. Im Räderwerk gefangen.«

Er packte sie bei den Haaren und drehte ihr Gesicht, so dass sie in die Buchhandlung schauen konnte. Auch dort wimmelte es von Menschen. Die einen lasen, die anderen standen und unterhielten sich miteinander. Wer abends in einer Buchhandlung ist, schaut nicht nach draußen. Und selbst wenn er es täte, was sähe er mehr als zwei dunkle Gestalten auf einer Bank. Was sollte daran ungewöhnlich sein?

»Am besten sollte ich dich hier und jetzt erledigen«, sagte der Mann im Ton gedämpfter Empörung. »Nur um zu zeigen, dass es möglich ist. Dass sich kein Mensch darum schert. Umgeben von Menschen weiß man nicht, wie man ihnen mitteilen soll, dass etwas nicht stimmt. Wer kümmert sich schon in fünf Quadratkilometern verseuchtem Gebiet um ein kümmerliches Virus? Keiner außer mir.«

Sarah merkte, dass es eine rettende Schlussfrage nicht geben würde, weder jetzt noch später, und machte sich zum Schreien bereit. Der Mann spürte, wie sich ihre Brust hob, und zog rasch eine Hand über ihr Gesicht. Mit zwei Fingern ergriff er ihre Oberlippe und riss sie heftig hoch. Der Schrei blieb ihr in der Kehle stecken. Sarah versuchte sich loszureißen, doch die Hand hielt eisern fest, unterstützt durch das Gewicht des Arms, der auf ihren Kopf drückte.

»Kein Mensch schaut her«, behauptete der Mann mit derselben boshaften Ruhe. »Das habe ich so eingerichtet. Ich gehe an Orte, wo mich niemand sieht.«

Gurgelnde Laute stiegen aus der Kehle des Mädchens, das vergeblich zu sprechen versuchte. Er schien sie aber zu verstehen.

»Nein, das sind sie nicht«, widersprach er. »Deine Eltern sind nicht auf dem Weg hierher. Die sind zu Hause. Mum spielt Action Painting in der Küche. Dad ist mit der kleinen Schwester

im Garten. Beide sind nackt. Zusammen ergeben sie ein interessantes Bild. Manche würden es sogar obszön nennen.«
In Wirklichkeit schauten sich Sarahs Mutter und Melanie gerade eine Sendung mit den Simpsons an. Wie Zoë Becker nie vergessen würde, war es die Episode, bei der George Bush nach Springfield kam. Michael Becker saß in seinem Büro und hackte wie rasend in die Tastatur seines Computers, denn er glaubte das gefunden zu haben, was alles zum Laufen bringen würde. Wenn es ihm gelänge, eine Lösung für die ersten zehn Minuten zu finden, und wenn seine Idee, dass eine der Personen über das Teenageralter hinaus sein müsse, überzeugen könnte, dann wäre alles gerettet. Sollte ihm das nicht gelingen, sei's drum, dann würde er sie eben alle zu Teenagern machen und die dämlichen Kameraschwenks entlang der Fassade der High School wieder hineinnehmen, wie es Wang verlangte. Ein paar Kilometer weiter hatte Sian gerade die Nachricht gelesen, die Sarah ihr hinterlassen hatte, und wurde ein bisschen neidisch, weil ihre Freundin allein ausgehen konnte.
»Wenn du weiter so zappelst«, drohte der Mann, »schlage ich dir die Zähne aus. Keine leichte Arbeit, aber es lohnt sich. Das Geräusch ist wirklich hörenswert.«
Sarah saß still, und eine Weile bewegte sich keiner. Dem Mann schien es zu gefallen, so dazusitzen, die Oberlippe des Mädchen bis zum Punkt rasenden Schmerzes hochgerissen, als ob beide mitten im abendlichen Gewühl einen innigen Augenblick erlebten.
Dann seufzte er wie ein Mann, der unwillig eine fesselnde Lektüre beiseite legt. Er erhob sich und zog Sarah mit. Ihr Minidisc-Player fiel klirrend zu Boden. Der Mann schaute hin und ließ das Gerät liegen.
»Auf Wiedersehen und gute Nacht, ihr lieben Leute«, sagte er zum anderen Ende der Straße gerichtet. »Ihr werdet alle in der Hölle braten, und ich würde euch nur zu gern dorthin führen.«
Er legte seinen rechten Arm so um Sarahs Kopf, dass seine

Hand ihren Mund fest verschloss. Mit der anderen Hand ergriff er die Büchertragetasche. »Aber ich habe eine Verabredung, und deshalb müssen wir jetzt gehen.«
Mit langen, raschen Schritten zog er Sarah über die Straße und in eine Nebenstraße, wo sein Wagen stand. Sie musste ihm folgen, denn er war groß und sehr kräftig.
Er riss die hintere Wagentür auf, packte Sarah wieder bei den Haaren und starrte sie an. Sein Gesicht, so nah über ihr, brachte sie um das letzte bisschen Verstand.
»Komm, Schatz«, flüsterte er. »Die Kutsche wartet schon.« Dann versetzte er ihr mit dem Kopf einen Stoß gerade über den Augen.
Sarahs Knie wurden schon weich, da hatte sie noch einen letzten klaren Gedanken. In ihrem Nachttischchen befand sich ein Notizbuch, dem sie vieles anvertraut hatte. Bei den letzten Eintragungen ging es um Sex: heimliche Gedanken über eine Seite des Lebens, mit der sie bisher noch keine eigenen Erfahrungen gemacht hatte, die sie aber auf sich zukommen sah. Das meiste davon waren Dinge, die Sian ihr erzählt und die sie dann niedergeschrieben hatte. Doch sie hatte auch ihre Phantasie benutzt sowie alles, was sie sich aus Fernsehen, Kino und nicht allzu schmutzigen Magazinen unten am Pier zusammengereimt hatte. Das Notizbuch war versteckt, aber nicht sehr gut. Wenn sie erst tot wäre, fänden ihre Eltern es, und dann würden sie erfahren, dass sie sich diesen Abend selbst zuzuschreiben hatte.

Vieles davon wusste Nina nicht, dennoch schilderte sie genau diesen Vorfall. Nachdem sie mit ihrer Erzählung zu Ende war, füllte sie ihr Glas neu. Zandts Glas war noch unberührt.
»Vier Zeugen wollen Sarah Becker zwischen 19.12 Uhr und 19.31 Uhr auf der Bank gesehen haben. Die Beschreibungen des Mannes neben ihr reichen von ›unauffällig, vielleicht groß und schlank‹, über ›Na ja, es war eben ein Typ‹, bis zu ›Oh, verdammt, das weiß ich nicht‹. Wir haben nicht einmal eindeutige

Angaben zu Alter oder Hautfarbe, obwohl sich zwei der Zeugen auf Weißer und blond festgelegt haben. Zwei behaupten, er habe einen Mantel getragen, ein anderer spricht von einem Sportjackett. Niemand sah sie weggehen, obwohl sich die Bank nur wenige Schritte von tausenden von Menschen entfernt befand. Sollte der Mann einige Zeit in der Buchhandlung verbracht haben, ehe er sie ansprach, dann ist er niemandem aufgefallen. Ein weiterer Zeuge sagt, er habe ein Auto unbestimmter Farbe und Marke in der nächsten Seitenstraße parken sehen. Bei diesem Auto soll das Nummernschild durch eine Mülltonne verdeckt gewesen sein. Das wäre recht schlau gewesen, setzt aber andererseits großes Gottvertrauen voraus. Schließlich hätte jeder die Mülltonne wegnehmen können, und das Auto stand im Parkverbot. Um 20.15 Uhr war der Wagen nicht mehr da.
Der Vater des Mädchen kam um 21.07 Uhr am südlichen Ende der Promenade an. Er parkte an der gewohnten Stelle und wartete. Als nach ein paar Minuten weder seine Tochter noch Sian Williams auftauchten, ging er in das Restaurant. Das Personal gab ihm zur Auskunft, dass ein Tisch mit Gästen, wie er sie beschrieb, nicht bedient worden war. Allerdings gab es eine Reservierung auf den Namen Williams, doch gekommen sei niemand. Daraufhin rief der Vater die Mutter des anderen Mädchens an und erfuhr, dass das Abendessen wegen einer Autopanne in letzter Minute abgesagt worden sei. Wir haben das Auto später untersucht, aber keine Spuren dafür gefunden, dass sich jemand an ihm zu schaffen gemacht hätte.
Michael Becker hat verlangt, mit dem Mädchen persönlich zu sprechen. Am Ende gestand sie, Sarah habe ihr eine Nachricht hinterlassen, sie wolle ihrem Vater keine Scherereien machen und werde einfach die Zeit totschlagen, bis er sie zur gewohnten Stunde abholen werde. Er suchte daraufhin die Straße in beiden Richtungen ab, ohne einen Hinweis auf seine Tochter zu finden. Schließlich kehrte er zum anderen Ende zurück,

ging in die Buchhandlung und fand schließlich draußen einen Minidisc-Player der Marke Sony halb im Schatten unter der Bank. Dass es sich um das Gerät seiner Tochter handelte, ging aus dem aufgeklebten Etikett hervor. Außerdem erinnerte sich der Vater, es für seine Tochter gekauft zu haben. Im Gerät steckte noch eine Platte mit dem Album ihrer Lieblingsgruppe. An einer Wand ihres Zimmers hängt ein Poster dieser Gruppe. Daraufhin verständigte Becker das Department des zuständigen Sheriffs, die Kriminalpolizei von L. A. und merkwürdigerweise auch seine Agentin. Offenbar hat er geglaubt, sie habe mehr Einfluss auf die Polizei als er. Dann rief er seine Frau an und bat sie, zu Hause zu bleiben, falls ihre Tochter mit einem Taxi heimkommen sollte.
Das ganze Gebiet wurde abgesucht. Keine Spur. Auf dem Minidisc-Player sind keine Fingerabdrücke außer denen des Mädchens. Um die Bank lagen gut hundert Zigarettenkippen, aber wir wissen nicht einmal, ob der Täter geraucht hat. Da einer der Zeugen meint, der Mann könnte vielleicht geraucht haben, muss ein armer Teufel im kriminaltechnischen Labor den ganzen Sack mit den eingesammelten Kippen auf genetische Fingerabdrücke hin untersuchen.«
»Der Vater gehört nicht zu den Verdächtigen.«
»Das kann man ausschließen. Die beiden standen sich sehr nahe, im guten Sinn. Trotzdem hat man ein paar Tage lang diesen Verdacht gehegt. Doch nein. Wir glauben nicht, dass er es gewesen sein könnte. Auch zeitlich passt das überhaupt nicht. Wir haben auch seinen Partner, einen gewissen Charles Wang, ausgeschlossen, er war in New York.«
Zandt hob langsam das Glas, leerte es und stellte es wieder hin. Er wusste, dass noch mehr kam. »Und dann?«
Nina nahm die Füße vom Tisch und streckte sich, um die Akte vom Boden aufzuheben. Darin befand sich neben vielen Fotokopien auch ein dünnes, in braunes Papier eingeschlagenes Päckchen. Was sie der Akte entnahm, war jedoch ein Foto.

»Das kam am späten Nachmittag des folgenden Tages im Haus der Beckers an. Irgendwann zwischen halb fünf und sechs. Es lag auf dem Weg.« Sie reichte es Zandt.
Auf dem Foto war ein hellvioletter, ordentlich zusammengelegter Mädchenpullover zu sehen. Was wie geripptes Band aussah, war zu einer Schleife um den Pullover gebunden.
»Die Schleife ist aus geflochtenen Haaren. Sarahs Haare waren lang, auch die Farbe passt. Die Kriminaltechniker haben Proben aus ihrer Haarbürste entnommen, wir werden bald die Bestätigung haben.«
Zandt sah, dass sein Glas wieder voll war. Er trank. Der Whisky brannte in seinem ausgetrockneten Mund und bereitete ihm Übelkeit. Er hatte den Eindruck, sein Kopf wäre ein etwas zu stark aufgeblasener Ballon und schwebe ein paar Zoll über seinen Schultern.
»Der Upright Man«, sagte er.
»Ja«, setzte Nina hinzu, »wir haben den Fall mit den Familien der Opfer vor zwei und drei Jahren verglichen, außerdem jeden Beamten befragt, der damals bei den Ermittlungen dabei war. Wir sind ziemlich sicher, dass von dieser Art Päckchen, die der Täter hinterließ, nichts an die Öffentlichkeit gelangt ist. Theoretisch könnte es sich um einen Nachahmungstäter handeln. Ich bezweifle das. Dennoch habe ich eine Medienauswertung einschließlich des Internets veranlasst. Gesucht wird nach Verwendungen der Ausdrücke ›Botenjunge‹ oder ›Upright Man‹«.
»Auch im Internet?«
»Ja«, sagte sie. »Das ist der letzte Schrei.«
»Er ist es«, stellte Zandt fest. Freilich war er sich bewusst, welche Ironie in seiner Zuversicht steckte.
Sie schaute ihn an und griff widerwillig noch einmal in die Akte. Auf diesem Foto sah man den Pullover ohne Schleife und flach ausgebreitet. Sarahs Name war in akkuraten Blockbuchstaben auf die Vorderseite gestickt worden.
»Die Haare, die für den Namen benutzt wurden, sind dunkel-

braun. Sie sind viel trockener als die Haare, von denen wir glauben, dass sie Sarah gehören. Daraus schließen wir, dass sie schon vor einiger Zeit abgeschnitten wurden.«
Sie hielt inne und wartete, da Zandt langsam in seine Jackentasche griff. Er holte ein Päckchen Zigaretten und ein Zündholzheftchen hervor. Seit sie in diesem Zimmer waren, hatte er nicht geraucht. Einen Aschenbecher gab es nicht. Seine Hände waren fast ruhig, als er eine Zigarette aus der Packung zog. Er schaute nicht sie an, sondern das Zündholz, das er abrieb. Er konzentrierte sich darauf, als ob es etwas ihm Fremdartiges wäre, dessen Zweck er aber intuitiv erkannt hätte. Er brauchte drei Versuche, bis das Zündholz endlich aufflammte, doch vielleicht war das Heftchen auch nass geworden.
»Ich habe die dunkelbraunen Haare zuerst untersuchen lassen.« Sie atmete tief durch. »Es stimmt überein, John. Es sind Karens Haare.«

Sie ließ ihn eine Weile allein, ging hinaus in die Kälte und horchte in die Dunkelheit. Gedämpftes Lachen kam vom Hauptgebäude herüber. Durch das Fenster sah sie Paare verschiedenen Alters, die in dicke Pullover gehüllt die Route für die morgige Wanderung festlegten. Am anderen Ende des Gebäudes stand eine Tür offen, aus der Geklapper zu hören war. Dort wusch jemand Geschirr, das ihm nicht gehörte. Auf der anderen Seite der Straße raschelte etwas im Unterholz, doch zu sehen war nichts.
Als sie wieder ins Zimmer zurückkam, saß Zandt immer noch genauso da, wie sie ihn verlassen hatte, nur hielt er eine neue Zigarette in der Hand. Auch jetzt schaute er sie nicht an.
Sie legte ein paar Scheite nach, ohne sich erinnern zu können, ob man die Scheite nun direkt auf das Feuer oder an die Ränder legen musste. Sie setzte sich in den Sessel und schenkte sich nochmals ein. Dann blieb sie mit ihm die Nacht über auf.

5

Als es später Nachmittag war, hatte ich Gespräche mit der Polizei und dem Krankenhaus und vorher mit den Nachbarn meiner Eltern geführt. In allen Fällen war es auf jedes Wort angekommen.

Ich rief die Polizei vom Haus meiner Eltern aus an und wurde mit einem Officer Spurling verbunden – Gott sei Dank nicht einer von den Beamten, die mich nach dem Vorfall in der Hotelbar vernommen hatten. Spurling und sein Kollege McGregor waren nach dem Anruf eines durchfahrenden Automobilisten als Erste am Unfallort meiner Eltern erschienen. Die Beamten blieben dort bis zum Eintreffen des Rettungswagens und der Feuerwehr und halfen bei der Bergung der Unfallopfer. Anschließend folgten sie dem Rettungswagen bis zum Krankenhaus, wo Spurling zugegen war, als bei Donald und Philippa Hopkins nur noch der Tod festgestellt werden konnte. Die Identität der Toten ging aus den Angaben in ihren Führerscheinen hervor und wurde zwei Stunden später durch Harold Davids (Rechtsanwalt) und Mary Richards (Nachbarin) bestätigt.

Officer Spurling begegnete meinem Wunsch, Aufschluss über die Umstände des Todes meiner Eltern zu erhalten, mit Verständnis. Er nannte mir den Namen der zuständigen Ärztin in der Notaufnahme und sprach davon, eine psychosoziale Beratungsstelle aufzusuchen. Ich verstand ihn so, dass er mir eine

Beratung nahe legte. Ich dankte ihm für seine Bemühungen, und er wünschte mir alles Gute. Ich beendete den Anruf und hoffte, ihm nicht zufällig zu begegnen, wenn ich meine Waffe auf der Polizeiwache abholen ging, obwohl vieles dafür sprach, dass er über den Vorfall bereits Bescheid wusste. Der Beratungshinweis schien mir nicht grundlos gekommen zu sein.
Die Ärztin zu erwischen war viel schwieriger. Als ich im Krankenhaus anrief, hatte sie gerade keinen Dienst. Allein um diese Information zu erhalten, waren mehrere Gespräche mit gestressten Krankenschwestern und anderen körperlosen, übel gelaunten Stimmen nötig. Daraus entnahm ich, dass ich viel Glück haben musste, wollte ich sie ans Telefon bekommen. Die Notaufnahme war für die Lebenden da. Die Toten dagegen stellten nur eine lästige Erinnerung dar, mit der man nichts zu tun haben wollte.
Ich fuhr deshalb zum Krankenhaus und wartete dort eine geschlagene Stunde. Schließlich verließ Frau Dr. Michaels ihren Bunker und geruhte mit mir zu sprechen. Sie war Ende zwanzig, gab sich schrecklich gestresst und schien von ihrer Person sehr eingenommen. Nachdem sie mich erst furchtbar herablassend angeschaut hatte, bestätigte sie, was ich bereits wusste. Schwere Verletzungen am Kopf und im Brustbereich. Mit anderen Worten, mausetot. Wenn ich sonst keine Fragen hätte, würde sie sich jetzt entschuldigen, ihre Patienten warteten auf sie. Ich war heilfroh, nicht länger mit ihr zu tun zu haben, und hätte ihr am liebsten noch mit einem Schubs auf den Weg geholfen.
Ich verließ das Krankenhaus wieder. Draußen dämmerte es schon, der Herbstabend brach früh herein. Die wenigen hier und da geparkten Autos sahen im Schein der hohen Platzbeleuchtung einfarbig und anonym aus. Ein paar Schritte entfernt stand eine junge Frau, die weinend an einer Zigarette zog.
Ich fragte mich, was als Nächstes zu tun war. Nachdem ich den Zettel mit der Notiz gefunden hatte, hatte ich eine ganze Weile

auf dem Couchtisch gesessen. Die Benommenheit und das Kribbeln im Bauch hielten sich hartnäckig. Ich blätterte das Buch ganz durch und stellte fest, dass nichts weiter darin war. Der Zettel zeigte ohne jeden Zweifel die Handschrift meines Vaters.

»Ward«, stand da in einer Schrift, die weder größer noch kleiner noch irgendwie gezwungen oder erkennbar schwächer als sonst war, »wir sind nicht tot«. Das hatte mein Vater geschrieben, den Zettel in ein Buch gelegt und dieses in das Polster seines alten Sessels gesteckt, nicht ohne die Naht sorgfältig mit der Borte zu verdecken. Eine Notiz, die ihren Tod bestritt, war so versteckt worden, dass sie nur nach ihrem Tod ans Licht kommen würde. Warum wäre ich sonst allein im Haus gewesen? Warum hätte ich mich in seinen Sessel gesetzt? Aus dem Platz, an dem sich die Notiz befunden hatte, ging hervor, dass derjenige, der sie dort versteckt hatte, annahm, ich würde mich beim nächsten Besuch zu Hause in den alten Sessel setzen, obgleich der bekanntermaßen der unbequemste im ganzen Zimmer war. Und wirklich war diese Rechnung aufgegangen. Ich hatte eine ganze Weile dort gesessen. Das lag nahe für den Fall, dass sie tot waren. Zumindest hätte ich den Sessel einmal angesehen und vielleicht mit der Hand über das abgewetzte Polster gestrichen. So etwas konnte man von einem trauernden Sohn erwarten.

Doch – und der Punkt ließ mir keine Ruhe – das setzte voraus, dass sie vor ihrem Tod darüber nachgedacht hatten, was wohl geschehen würde, wenn sie einmal nicht mehr am Leben wären. Sie hatten sich alles genau ausgemalt und Überlegungen über mein wahrscheinliches Verhalten angestellt. Warum? Warum sollten sie sich über ihren Tod hinaus Gedanken gemacht haben? Das war doch merkwürdig und schien sinnlos. Vorausgesetzt, sie waren wirklich tot.

Die Vorstellung, die vergangenen Tage könnten nur eine Farce gewesen sein und meine Eltern seien gar nicht umgekommen, war nur schwer zu ertragen. Einerseits hüpfte mir das Herz, das Herz, das seit Marys Anruf jede Nacht irgendwann aufwachte. Auch wenn ich mich nicht um meine Eltern gekümmert und nur auf die Gelegenheit gewartet hatte, ihnen wegen UnRealty gehörig die Meinung zu sagen, wünschte ich sie mir doch zurück. Wenn das menschliche Fleisch Schaden nimmt, reagiert der Körper binnen Sekunden. Weiße Blutkörperchen strömen zur Bruchstelle, reparieren und errichten Dämme, werfen jeden nur verfügbaren Sandsack. Der Körper schützt sich selbst, und Gleiches gilt auch für den Geist. Er beginnt nachlässig, wie wenn verschiedene Handwerker gleichgültig und ohne Elan an einer Aufgabe arbeiten, doch nach einigen Minuten bildet sich ein Schutzmechanismus um das seelische Trauma, umwickelt die Ränder und Ecken und hüllt alles in Schorf ein. Wie ein tief in der Wunde steckender Glassplitter existiert das Trauma versteckt weiter. Wenn es aber durch eine ungeschickte Bewegung an einem Nervenende reibt, flackert der Schmerz erneut auf und brennt für eine Weile. Doch auch wenn diese Stelle immer wieder weh tut, würde man sich hüten, ein Messer zu nehmen und die Wunde erneut zu öffnen.

Ich trat aus dem Haus, schloss ab und ging zu Mary nach nebenan. Sie schien überrascht und erfreut zugleich zu sein und bewirtete mich mit Kaffee und Unmengen Kuchen. Ich kam mir unaufrichtig vor und ihrer Freundlichkeit nicht wert, während ich umständlich aus ihr herausholte, dass meine Eltern in den Wochen und Tagen vor dem Unfall ihr ganz normales Leben geführt hatten. Wie mir Officer Spurling später bestätigte, hatte Mary die Leichen identifiziert. Das wusste ich natürlich alles schon. Sie hatte es mir am Telefon mitgeteilt, als ich schlaff in meinem Liegestuhl in Santa Barbara saß. Ich wollte es nur noch einmal hören. Ich hätte mir die Leichen beim Bestatter anschauen sollen, statt zwei Tage lang im Hotel herumzusitzen. Das hatte ich aber nicht getan, und dafür schämte ich mich nun. Ich hatte mir damals eingeredet, es sei wichtig, sie so in Erinnerung zu bewahren, wie ich sie kannte, und nicht als malträtiertes Fleisch. Daran war etwas Wahres. Doch andererseits hatte ich auch Angst, die Vorstellung quälte mich, und ich wollte einfach nicht.

Nach dem Besuch bei Mary klopfte ich bei den Nachbarn auf der anderen Seite. Zu meiner Überraschung ging die Tür fast im gleichen Augenblick auf, und eine junge Frau schaute mich an. Sie sah gesund und selbstbewusst aus und trug mit Farbe bespritzte Arbeitskleidung. Der Flur hinter ihr war zur Hälfte in einer Farbe gestrichen, die ich für nicht glücklich gewählt hielt. Ich stellte mich vor und erläuterte, was ihren Nachbarn zugestoßen war. Sie sprach mir ihr Beileid aus, und wir unterhielten uns eine Weile. Zu keinem Zeitpunkt gab ihr Verhalten irgendeinen Anlass zu der Vermutung, der Unfall könnte für sie nicht überraschend gekommen sein. Dabei blieb es.

Ich rief die Polizei an und fuhr dann zum Krankenhaus. Als ich nach dem Gespräch mit der Ärztin wieder auf dem Parkplatz stand, fand ich, dass eine dreifache Bestätigung genügte. Meine Eltern waren tot. Nur ein Narr hätte weitere Ermittlungen angestellt. Ich konnte, wenn ich wollte, am nächsten Tag noch mit Davids reden – ich hatte ihn in seiner Kanzlei nicht angetroffen und ihm eine Nachricht hinterlassen –, aber ich wusste, dass alles, was er mir zu sagen hätte, doch nur auf dieselbe Schlussfolgerung hinauslaufen würde. Der Zettel war nicht das, was er zu sein vorgab. Er half nicht aus dem Kummer heraus und machte das Geschehene nicht ungeschehen.

Dennoch musste etwas dahinter stecken, und sei es auch nur, dass einer der beiden nicht ganz bei Verstand gewesen war. Der Zettel bedeutete etwas, und ich musste herausfinden, was es war.

Ich durchsuchte erst die Garage und dann die Werkstatt meines Vaters im Kellergeschoss des Hauses. Ich suchte etwas

Bestimmtes, wusste aber nicht, was, und stöberte nur so herum. Bohrer, Hobel und weiteres Werkzeug, bei dem mir auf den ersten Blick nicht einleuchtete, wozu es diente. Nägel und Schrauben in allen Größen und säuberlich sortiert. Werkstücke, die nach dem Tod meines Vaters nutzlos geworden waren. Alles schien an seinem Platz und so ordentlich aufgeräumt, wie ich es erwartet hatte. Wenn äußere Ordnung als Hinweis auf die Gemütsverfassung eines Menschen gelten kann, dann war mein Vater so gewesen, wie er immer war.

Ich verließ den Keller und durchsuchte die unteren Räume des Hauses. Küche, Abstellraum, Wohnzimmer, das Arbeitszimmer meines Vaters, das Esszimmer und den Bereich der Veranda, der früher einmal verglast und zu einem Wintergarten ausgebaut worden war. Hier ging ich sorgfältiger vor. Ich schaute unter jedes Kissen, jeden Teppich und hinter jedes Möbelstück. Ich schaute in den Fernsehschrank, unter das Fernsehgerät und fand nichts außer Technik und ein paar DVDs. Ich nahm das Geschirr aus den Schränken in der Küche, schaute in Backofen und Speisekammer. Ich nahm jedes Buch in die Hand, nicht nur die aus den Regalen im Flur, sondern auch jene, die meine Mutter auf ihre unkonventionelle Art zwischen den Nudeln gestapelt hatte. Bücher gab es jede Menge, und ich brauchte viel Zeit dafür. Besonders für das Arbeitszimmer meines Vaters neben der Treppe, dort schaute ich zuerst nach. Ich ging die Schubladen seines Schreibtischs durch und schaute in jede Mappe der Hängeregistratur. Ich schaltete sogar seinen Computer ein und klickte mich durch ein paar Verzeichnisse, obwohl mir dabei nicht wohl war. Mir wäre es gar nicht recht, wenn Menschen, die mir nahe gestanden haben, nach meinem Ableben die Festplatte meines Computers durchforsten würden. Wahrscheinlich würde man mich wieder ausbuddeln und anzünden. Mir wurde rasch klar, dass es viel zu lange dauern würde, alles, was auf der Festplatte gespeichert war, durchzulesen, und sehr wahrscheinlich würde es sich doch nur um Rechnungen und Geschäftskorrespondenz handeln. Ich ließ den Computer an mit dem Hintergedanken, noch einmal darauf zurückzukommen, falls alles andere nichts ergeben würde. Allerdings war mein Vater nie ein Computerfreak gewesen. Wenn überhaupt, dann hätte er eine weitere Nachricht an einem Ort hinterlassen, den er mit seinen Händen berühren konnte.

Schon bald fühlte ich mich erschöpft. Nicht wegen der körperlichen Anstrengung, denn die war kaum der Rede wert, sondern wegen der psychischen Qual. Im Leben meiner Eltern zu wühlen brachte die Erinnerung an sie nur noch stärker hervor, vor allem die alltäglichen Dinge. Eine gerahmte Kopie vom Kaufvertrag des ersten Hauses, das UnRealty hatte verkaufen können, mit einem Firmenlogo, das ein bisschen wie von Hand gezeichnet aussah. Vermutlich von meiner Mutter. Eine Kladde mit Rezepten für Kindergerichte, darunter auch eine Lasagne. Beim Lesen der Zutaten stieg mir förmlich der Duft in die Nase.

Ich legte eine Pause ein und setzte mich für eine Viertelstunde in die Küche. Während ich ihr Mineralwasser trank, versuchte ich mich in ihre Lage zu versetzen und überlegte, was wohl der folgerichtige zweite Schritt sein könnte. Angenommen, sie hatten den Zettel im Polster des Sessels hinterlegt, um meine Aufmerksamkeit zu erregen, dann war es logisch, einen weiteren Hinweis ebenfalls an einem Platz zu hinterlassen, mit dem Erinnerungen verbunden waren. Ich konnte mir nicht vorstellen, wo das sein sollte. Ich hatte alles umgedreht und nichts gefunden.

Auch im oberen Stockwerk war Fehlanzeige. Ich schaute unter das Bett in ihrem Zimmer und durchsuchte alle Kommoden. Dann atmete ich tief durch und machte mich an den Inhalt der Kleiderschränke, wobei ich auf die Sachen, die mir bekannt vorkamen – die abgewetzten Jacketts meines Vaters, die alten Handtaschen meiner Mutter –, besondere Aufmerksamkeit verwendete. Ich fand einiges – Kassenbons, abgerissene Kinokarten, etwas Münzgeld –, aber nichts von Bedeutung. Ich staunte über die Krawattenkollektion, die mein Vater auf seiner Seite des Kleiderschranks säuberlich aufgereiht hatte. Die meisten davon hatte ich nie gesehen.

Sogar unter dem Dach schaute ich nach. Dazu musste ich mich durch eine Luke in der Decke des Treppenflurs zwängen. Mein Vater hatte auch dort eine elektrische Leitung gelegt. Doch außer zwei leeren Reisekoffern gab es auf dem Dachboden nichts zu sehen.

Schließlich stieg ich wieder nach unten und kehrte zum Sessel meines Vaters zurück. Mittlerweile war es früher Abend. Ich hatte immer noch nichts gefunden und kam mir langsam dumm vor. Vielleicht versuchte ich eine gar nicht existierende Ordnung aus dem Chaos zu destillieren. Ich setzte mich in den Sessel und las den Zettel noch einmal. Der Satz besagte immer das Gleiche, egal, wie oft man ihn las.

Als ich die Augen hob, fiel mein Blick wieder auf das Fernsehgerät. Der Sessel befand sich achsgerecht dazu, und das brachte mich auf einen Gedanken. Wenn mein Eindruck richtig war, dass er nicht an der gewohnten Stelle stand, dann sollte dadurch meine Aufmerksamkeit vielleicht gar nicht auf das Polster fallen, sondern mein Blick sollte in eine bestimmte Richtung gelenkt werden.

Ich stand auf und öffnete die gläsernen Flügeltüren des Fernsehschränkchens. Was ich sah, entsprach meinen Erwartungen: ein Videorecorder, ein DVD-Player und zwei DVDs: alte Spielfilme. Sonst nichts.

Keine Videokassetten. Das war merkwürdig.

Im ganzen Haus hatte ich kein einziges Video gefunden. Im Arbeitszimmer gab es zwei Regale mit DVDs, ein weiteres im Schlafzimmer. Aber nicht ein einziges Video.

Mein Vater hatte das Fernsehen mit fast professionellem Ehrgeiz genutzt. Soweit ich zurückdenken konnte, hatten zu

Hause immer Videokassetten herumgelegen. Wo waren die geblieben?
Ich kehrte rasch in sein Arbeitszimmer zurück. Auch dort gab es keine Videos, obwohl ein zweiter Videorecorder auf einem niedrigen Regal stand. Ich verzichtete darauf, Kommoden und Schränke nochmals zu durchsuchen. Im ganzen Haus einschließlich Werkstatt und Garage waren keine Videos. Ich versuchte mich an das letzte Erntedankfest zu erinnern, als ich mich zu einem vierundzwanzigstündigen Besuch bei meinen Eltern herabgelassen hatte. Ich konnte mich nicht daran erinnern, ob Videokassetten herumgelegen oder nicht herumgelegen hatten. Ich war die meiste Zeit ziemlich betrunken gewesen.
Vielleicht hatte sich mein Vater für DVD als die Errungenschaft eines neuen Zeitalters der Unterhaltungselektronik entschieden, das herkömmliche Videoband für tot erklärt und alle seine Kassetten zu einem Raub der Flammen werden lassen. Doch das schien mir nicht wahrscheinlich. In Dyersburg gab es sicherlich eine Müllhalde, doch auch diese Möglichkeit konnte ich mir nicht vorstellen. Auch wenn er mit zunehmendem Alter den Eindruck hatte, dass es immer weniger Sehenswertes im Fernsehen gab, hätte er seine Lieblingskassetten nicht einfach weggeworfen. Ich fragte mich, ob er durch das Entfernen von etwas Gewohntem nicht jemandem, der ihn gut kannte und der über die Dinge in seinem privaten Umfeld Bescheid wusste, einen Wink geben wollte.
Das wäre immerhin möglich, oder ich hatte schon allen Sinn für Objektivität verloren und lief einem Ball hinterher, der schon lange zu keinem Spiel mehr gehörte. Das Haus hatte ich bereits auf den Kopf gestellt. Was half es, dass ich jetzt eine – vage – Idee hatte, wonach ich suchen sollte? Ich hatte nichts gefunden. Allmählich wurde ich hungrig und gereizt. Wenn es etwas gab, von dem meine Eltern meinten, ich müsse es wissen, wozu dann diese Geheimniskrämerei? Warum konnten sie mir

das nicht am Telefon sagen? Hätte ein Brief, bei Davids hinterlegt, nicht gereicht? Oder eine E-Mail? Es schien sinnlos.
Aber wenn ich das Haus verließ, so viel war mir mittlerweile klar, dann für immer. Deshalb wollte ich Gewissheit haben. Schließlich möchte man den Schorf so dick wie möglich.
Ich schaltete die Außenbeleuchtung ein, ging nach draußen und schaute mir die Veranda genauer an. Keines der Dielenbretter war lose, auch konnte ich mir nicht denken, dass darunter viel Platz zum Verstauen wäre. An einer Seite stand eine große Holzkiste, doch nach einigen Minuten Plackerei stellte sich heraus, dass sie nur Anmachholz und Spinnen enthielt. Ich ging die Stufen zum Garten hinab, machte ein paar Schritte und betrachtete gereizt das Haus.
Der Schornstein, die Bretterverschalung an der Fassade, Fensterscheiben. Die Zimmer im oberen Stockwerk. Die Schlafzimmer. Das Gästezimmer.
Ich ging wieder ins Haus und schritt am Arbeitszimmer meines Vaters vorbei, als mir plötzlich etwas auffiel. Ich blieb stehen, machte einen Schritt zurück und schaute, ohne recht zu wissen, was ich eigentlich gesehen hatte, hinein. Eine Sekunde später wusste ich es: den Videorecorder.
Dumm wie ich war, hatte ich in beide Geräte nicht hineingesehen. Ich überprüfte zuerst den Recorder im Wohnzimmer. Er war leer. Dann ging ich ins Arbeitszimmer, bückte mich und schaute genauer hin, bis ich die Auswurftaste fand. Ich drückte sie, die Mechanik ließ ein gereiztes Surren hören, aber nichts geschah. Erst jetzt merkte ich, dass der Schlitz mit schwarzem Klebeband verschlossen war.
Sollte das als Warnung dienen, eine Kassette einzuschieben, oder war es eine Sicherung gegen falsche Benutzung? Wohl kaum – wenn das Gerät kaputt gewesen wäre, dann hätte er es einfach durch ein neues ersetzt.
Ich wollte das Klebeband abziehen, aber der Kleber war so fest, dass man damit auch Planeten hätte verbinden können. Ich

holte mein Klappmesser aus der Hosentasche. Es hat eine breite Klinge zum Schneiden und einen Schraubenzieher. Es ist erstaunlich, wie oft man beide Werkzeuge braucht. Ich klappte die Klinge auf und schnitt das Klebeband in der Mitte durch. Im Schlitz steckte noch mehr davon. Ich schnitt noch einmal und zog an dem Rest Klebeband, bis die Auswurfmechanik arbeitete. Das Gerät surrte laut, und die Klappe öffnete sich. Heraus kam eine ganz normale Videokassette. Ich nahm sie und starrte sie lange an.

Als ich langsam wieder zu mir kam, rief mich mein Vater von der Treppe. »Ward. Bist du das?«

Nach dem ersten Schock versuchte sich mein Körper rasch in Sicherheit zu bringen, denn hier war es offenkundig unheimlich. Er wollte weit weg von hier, ganz gleich, wohin. Vielleicht nach Alabama. Er wollte sich in alle Richtungen auf einmal bewegen.

Ich wich zurück, ließ die Videokassette fallen und wäre beinahe der Länge nach auf den Boden geschlagen. Ich hob die Kassette wieder auf und steckte sie ein. Dabei fühlte ich mich wie ertappt, ein Gefühl, in dem sich das Bewusstsein von Schuld und Gefahr mischten. Von draußen kamen Schritte die Treppe herauf, hielten inne und kamen dann der Tür des Arbeitszimmers näher. Ich wollte gar nicht wissen, wer da kam. Selbstverständlich war es nicht mein Vater. Nur eine Stimme, die der seinen ähnelte und die wie aus dem Nichts durch das stille Haus gedrungen war. Die Person auf dem Treppenabsatz war Harold Davids. Er sah alt, nervös und übel gelaunt aus.

»Mein Gott«, sagte er, »hast du mich vielleicht erschreckt.«

Ich atmete auf und hustete dabei. »Was gibt es denn?«

Davids' Blick wanderte hinab zu meinen Händen, und erst jetzt merkte ich, dass ich immer noch das Messer hielt. Ich ließ die Klinge einschnappen und wollte es in die Hose stecken, doch da war schon das Video.

»Was machen Sie denn hier?«, fragte ich, um einen höflichen Ton bemüht.

»Ich habe deine Nachricht von heute Nachmittag bekommen«, antwortete er, wobei er wieder langsam die Augen hob und mir ins Gesicht schaute. »Ich habe im Hotel angerufen. Du warst nicht auf deinem Zimmer, da dachte ich mir, du könntest vielleicht hier sein.«

»Ich habe die Klingel nicht gehört.«

»Die Haustür stand halb offen«, sagte er vorsichtig. »Ich befürchtete, jemand hätte mitbekommen, dass das Haus jetzt leer steht, und wäre eingebrochen.«

»Nein«, beruhigte ich ihn, »außer mir ist hier niemand.«

»Aha. Na, dann ist die Krise ja vorüber.« Entspannt hob er die Augenbrauen, und mein Herzschlag beruhigte sich allmählich wieder.

Im Flur fragte er nach dem Grund meines Anrufs. Ich sprach von einer Kleinigkeit, irgendeine im Juristenjargon abgefasste Passage des Testaments, aus der ich nicht schlau geworden sei. Er nickte und ging weiter bis ins Wohnzimmer.

»So ein schönes Zimmer«, sagte er nach einer Weile. »Das wird mir fehlen. Wenn du nichts dagegen hast, komme ich hin und wieder mal vorbei und schaue nach der Post, die immer noch eintrifft.«

»Prima.« Ich unterstellte ihm keine bösen Absichten, aber ich wollte einfach nicht länger in diesem Haus bleiben. Ich ging in das Arbeitszimmer meines Vaters, um den Computer auszuschalten. Da ich schon früher bemerkt hatte, dass ein Zip-Laufwerk vorhanden war, machte ich noch rasch eine Sicherungskopie des Festplatteninhalts.

Nachdem ich alles erledigt und den Rechner ausgeschaltet hatte, kam ich wieder zurück zur Haustür, wo Davids immer noch stand, jetzt aber gut gelaunt.

Wir gingen gemeinsam die Einfahrt hinunter. Er schien es nicht eilig zu haben, an seine Arbeit zurückzukehren, und fragte, was ich mit dem Haus machen wollte. Ich gestand, nicht zu wissen, ob ich es behalten oder verkaufen sollte, und gab ihm zu verstehen, dass ich in jedem Fall auf seine Dienste zurückgreifen würde. Dann standen wir noch fünf Minuten vor seiner großen schwarzen Limousine und redeten über alles Mögliche. Wenn ich mich recht entsinne, empfahl er mir ein paar Restaurants. Aber ich hatte keinen Hunger.

Schließlich setzte er sich wieder ans Steuer und legte den Sicherheitsgurt mit der Sorgfalt eines Mannes an, der nicht die Absicht hat, jemals zu sterben. Er warf noch einen Blick auf die dunkle Silhouette des Hauses und nickte mir noch einmal ernst zu. Ich hatte das Gefühl, als hätte sich irgendetwas zwischen uns verändert. Vielleicht hatte sich Davids für eine spätere Betrachtung die Frage vorgenommen, was Don Hopkins' Sohn mit einem Messer vorgehabt hatte, das ganz offensichtlich kein Dekorationsstück war.

Ich wartete noch, bis er um die Ecke gebogen war, dann lief ich zu meinem Auto und fuhr in der anderen Richtung davon.

6

Für wenig Geld und ein paar nette Worte bekam ich einen Videorecorder auf mein Zimmer. Entweder war das Hotel besser, als ich gedacht hatte, oder mein Auftritt in der Bar hatte die Direktion davon überzeugt, dass ich ein Gast war, dessen Wünsche man tunlichst erfüllte. Ich wartete mit wachsender Ungeduld, während ein furchtbar umständlicher junger Mann mir das Gerät anschloss. Nach getaner Arbeit scheuchte ich ihn nach draußen.

Ich holte die Videokassette aus der Tasche und betrachtete sie genau. Sie war nirgends beschriftet. Nach der Menge Band auf der Spule zu urteilen, würde die Laufzeit fünfzehn bis zwanzig Minuten, allerhöchstens eine halbe Stunde betragen.

Ich wartete noch, bis der Zimmerdienst den bestellten Kaffee brachte. Tatsächlich bekam ich ihn dann auch und sogar noch halbwegs warm. Wie durch ein Wunder gab es keine Fritten dazu.

Ich schob die Kassette in den Recorder.

Vier Sekunden flimmerte der Bildschirm, das weiße Rauschen unlesbarer Information.

Dann pfeifender Wind und ein Blick auf eine Wiese im Hochgebirge. In der Ferne die Postkartenansicht der schneebedeckten Gipfel einer Bergkette – zu kurz, um erkennbar zu sein. Im Vordergrund ein sanft abfallender Hang mit einem rustikalen

Gebäude, kein Café und kein Geschäft für Skiausrüstungen. Auch hier lag Schnee, aber niemand war zu sehen, auch keine Autos auf dem Parkplatz. Außerhalb der Skisaison. Die Kamera vollzog einen Schwenk zu einem anderen Gebäude, über dem düstere, graue Wolken hingen. Die Einstellung dauerte ein paar Sekunden, dazu war im Hintergrund das Geräusch eines im Wind flatternden Ärmels zu hören.
Dann Schnitt zu einer Innenansicht. Die Kamera wurde niedrig gehalten, als ob es eine versteckte Aufnahme wäre, und das Ganze dauerte nur ein paar Sekunden. Ich spulte zurück und hielt beim klarsten Bild an. Der Videorecorder war nicht erstklassig, und das angehaltene Bild ruckelte ein wenig. Immerhin konnte ich einen Empfangsraum mit Kassettendecke erkennen, der wahrscheinlich zu einem Skihotel gehörte. An einer Seite stand ein langer Tresen, vermutlich die Rezeption, die aber nicht besetzt war. An der Wand dahinter hing ein großes Gemälde, der übliche Schinken eines talentlosen, überbezahlten Klecksers. Ferner war die linke Seite eines hoch aufragenden Kamins aus Hausteinen zu sehen. Ein Feuer verbreitete ein wohliges Ambiente. Nussbraune Ledersessel waren um niedrige Couchtische gruppiert. Den thematischen Mittelpunkt jeder Gruppe bildete eine dick lasierte Holzskulptur, die das urwüchsige Leben im einstigen Wilden Westen repräsentierte: ein Adler, ein Bär und ein Indianer. Allen dreien war gemein, dass nur geringe Bestände bis heute überlebt haben.
Ich drückte erneut auf Pause und entdeckte bei nochmaligem Abspielen, dass kurz vor dem Schnitt jemand den Raum betrat. Man erkannte den Schatten einer Gestalt im Gang, der aus dem Raum führte, außerdem waren Tritte auf Steinboden zu hören.
Dann erneut Schnitt zu einer Außenansicht vom Parkplatz aus. Seit der ersten Einstellung musste etwas Zeit vergangen sein, vorausgesetzt, alles war am selben Tag aufgenommen worden. Der Wind hatte nachgelassen, und der Himmel strahlte in intensivem Blau. Eine Halbtotale des rustikalen Baus, in dem wir

vorhin waren. Davor stand eine Gruppe von Personen im Schnee. Es waren sieben oder acht. Es fiel schwer, die genaue Zahl zu erkennen, da sie alle schwarz gekleidet waren und im Gespräch eng beieinander standen. Ihre Gesichter waren nicht zu sehen, auch hörte ich nur den Wind pfeifen. Erst gegen Ende sagte derjenige hinter der Kamera irgendetwas, nur einen kurzen Satz. Ich hörte es mir dreimal an, ohne etwas zu verstehen. Als sich dann eine der Personen der Kamera zuwandte, begann der Bildschirm erneut zu flimmern.

Ich drückte auf Pause und starrte auf den flimmernden Bildschirm. Ich wusste nicht, was ich von dem Gesehenen halten sollte. Es war jedenfalls nicht das, was ich erwartet hatte. Nach der Bildqualität zu schließen, handelte es sich um digitales Material. Im Haus hatte ich keinen digitalen Camcorder gesehen. Die Aufnahme konnte so ziemlich überall in den mittleren oder nördlichen Rocky Mountains gemacht worden sein, Idaho, Utah oder Colorado. Doch schien der Gedanke nahe liegend, dass es irgendwo in Montana und wahrscheinlich nicht weit von hier geschehen war. Ich kannte solche Orte. Die schönsten Plätze des Landes wurden in private Anwesen umgewandelt, damit die Reichen die Abhänge hinuntersausen konnten, ohne eine Begegnung mit Menschen niederer Einkommensklassen befürchten zu müssen. Manche hatten bewachte Zufahrten, die meisten brauchten so etwas gar nicht. Wer nur einen Fuß über die Grenze setzte, erfuhr sofort, ob er willkommen war oder nicht. Wer hier vorhatte, einzubrechen, würde sofort den Rückzug antreten, so heftig war der Empfang.
Meine Eltern kannten wahrscheinlich Leute in der Gegend, die ein Anwesen mit privater Skipiste besaßen. Möglicherweise hatten sie die Immobilie sogar über meinen Vater erworben. Was war also Besonderes daran?
Ich drückte erneut auf Start.

Massiver Lärm. Musik, Grölen, laute Unterhaltung. Ein Gesicht in Nahaufnahme, verschwommen, das in kolossales Gelächter ausbrach. Es taumelte aus dem Bild und gab die Sicht auf eine Bar frei, wo eine Bombenstimmung herrschte. Eine lange Theke an einer Seite, Reihen von Flaschen, dahinter ein Spiegel. Männer und Frauen standen dicht gedrängt davor, unterhielten sich lautstark miteinander oder riefen den Barmännern Bestellungen zu. Die meisten sahen jung aus, einige waren mittleren Alters. Alle schienen zu rauchen, Schwaden hingen im gelben Dämmerlicht. Die Wände waren mit Postern in grellbunten Farben oder strengem Schwarzweiß dekoriert. Die ganze Zeit über lief im Hintergrund Musik aus einer bis zum Anschlag aufgedrehten Musikbox. Die Töne kamen so verzerrt aus dem Lautsprecher, dass ich nicht hätte sagen können, welcher Song gerade lief.
Allem Anschein nach war diese Szene viel älter als die erste auf dem Band. Das Video sah aus, als habe man einen Super-Acht-Streifen digital konvertiert. Vor allem aber an der Kleidung der Leute – sofern es sich nicht um eine perfekt inszenierte Party im Retro-Look handelte – konnte man erkennen, dass es ein Abend irgendwann zu Beginn der siebziger Jahre sein musste. Knallige Farben, gammelige Jeans, lange Haare. Mit diesem Outfit sollte jedem klar gemacht werden, dass Sauberkeit nicht gefragt war. Meine Reaktion dürfte mit der der Eltern dieser Leute übereingestimmt haben: Von welchem Planeten kommen die? Was wollen die? Sind die blind?
Die Kamera kurvte mit solchem Schwung durch den Raum, dass man den Eindruck hatte, der Mann dahinter stehe entweder unter dem Einfluss halluzinogener Drogen oder müsse sturzbetrunken sein. Einmal fiel das Bild bedenklich vornüber, so als ob der Kameramann gestürzt sei. Darauf folgte ein lauter, lang gezogener Rülpser, der sich zu einem wilden Hustenanfall entwickelte. Währenddessen blieb die Kamera auf eine Bierpfütze gerichtet. Dann schwenkte sie wieder hoch und stürzte

sich erneut ins Getümmel, als wäre sie auf einen Autoscooter montiert. Ich hob amüsiert die Augenbrauen bei dem Gedanken, dass hinter der Kamera mein Vater stehen könnte. Ein paar Leute winkten oder johlten in die Linse, aber keiner rief einen Namen.

Ein abrupter Schwenk, dann zeigte die Kamera einen Nebenraum, wo Leute rundum standen oder saßen. In der Mitte befand sich ein Poolbillard. Ein Typ machte sich am hinteren Ende des Tisches bereit, einen Stoß auszuführen. Er war beleibt, hatte eine dicke Nase, und das übrige Gesicht war fast ganz mit Haaren überwuchert. Er sah aus wie ein Bär mit räudigem Fell. Hinter ihm wackelte eine langhaarige Blondine, die sich auf ihr Queue stützte, als könne sie sich sonst nicht mehr aufrecht halten. Die Stirn vor Anspannung gerunzelt, versuchte sie sich auf das Spiel zu konzentrieren, doch ihr Gesicht verriet, dass ihr die Welt langsam entschwand. Ihr Partner machte nicht den Eindruck, dass es für ihn leichter wäre; er nahm sich sehr viel Zeit zum Zielen. Näher zur Kamera stand vorn am Tisch ein weiteres Paar, auch sie hielten Queues in der Hand. Sie kehrten der Kamera den Rücken und hielten sich in der Taille umschlungen. Beide hatten langes braunes Haar. Die Frau trug eine weite weiße Bluse und einen langen, zwischen Purpurrot und Grün changierenden Rock; der Mann hatte abgewetzte Jeans mit ausgestelltem Bein und eine afghanische Weste, die noch neu aussah.

Die Blondine schaute vom Billard auf und bemerkte die Kamera. Sie stieß einen Jauchzer aus und deutete mit weit ausholender, aber ganz unbestimmter Handbewegung darauf, so als wähle sie zwischen drei verschiedenen Bildern aus, vergesse aber immer wieder, für welches sie sich entschieden habe. Der Billardspieler hob ebenfalls den Blick, verdrehte die Augen und wandte sich wieder seiner Aufgabe zu. Das Paar mit den braunen Haaren drehte sich um, und sogleich wusste ich, dass meine Befürchtung von vorhin unbegründet gewesen war.

Der Mann hinter der Kamera war nicht mein Vater. Das war ausgeschlossen, denn das braunhaarige Paar waren meine Eltern.

Während ich mit offenem Mund die Szene anstarrte, setzte mein Vater ein schräges Grinsen auf und hielt einen erhobenen Mittelfinger in die Kamera. Meine Mutter streckte die Zunge heraus. Die Kamera schwenkte daraufhin zu dem Billardspieler hinüber, der gerade seinen Stoß ausführte. Der Ball ging meilenweit am Ziel vorbei.

Ich drückte auf Pause und spulte zurück.

Meine Eltern wandten sich um. Mein Vater grinste und zeigte den Stinkefinger. Meine Mutter streckte die Zunge heraus.

Ich drückte erneut auf Pause und starrte auf das Bild.

Meine Mutter war nie wirklich dick gewesen, aber sie war gut beieinander und bewegte sich mit der majestätischen Grazie eines schleppergezogenen Ozeandampfers. Die Person, die ich auf dem Bildschirm sah, mochte vielleicht sechzig Kilo auf die Waage bringen, und die saßen an den richtigen Stellen. Ohne mir über meine Gedanken genau Rechenschaft abzulegen, wusste ich doch, hätte ich sie in einer Bar mit einem anderen Typen zusammen gesehen, dann wäre eine Schlägerei fällig gewesen. Sie war der Typ Frau, bei dem Männer sich zu Höhlenmenschen zurückentwickelten. Nicht dass mein Vater ihr nicht gewachsen gewesen wäre. Er war etwas schwerer, als ich ihn in Erinnerung hatte, aber er bewegte sich leichtfüßig und elegant. Man hätte ihn für einen Schauspieler halten können. Meine Eltern machten beide den Eindruck, gesund und in bester Form zu sein. Sie sahen wie lebenssprühende Menschen aus, wie ein Paar, das zusammen Sex hatte. Vor allem aber sahen sie jung aus, geradezu unglaublich jung.

Die Einstellung dauerte noch einmal fünf Minuten. Nichts Besonderes passierte, nur konnte ich meinen Vater beim Billardspielen sehen, damals, als er jünger gewesen war, als ich es jetzt bin. Und damals konnte er wirklich spielen. Nachdem der räudige Bär seinen Stoß versiebt hatte und sich aufrichtete, wandte sich mein Vater von der Kamera ab und beugte sich über den Tisch. Er ging erst gar nicht herum, um die leichteste Position für den Stoß zu finden. Er suchte sich den nächstbesten Ball aus und drosch ihn weg. Der Ball verschwand in der Tasche. Nun schritt er mit dem sicheren Blick des Könners um den Tisch, der die feste Absicht hat, alle Bälle zu versenken. Auch der nächste Stoß war ein Treffer, der Ball lief erst an der Bande entlang und sprang dann federnd in die Tasche. Meine Mutter jauchzte auf und gab meinem Vater einen Klaps auf den Hintern. Er vollführte einen ambitionierten Rückläufer in die mittlere Tasche und versenkte dann aus Versehen den schwarzen Ball. Noch ehe der Ball ganz verschwunden war, kehrte er dem Billard den Rücken. Für ihn war das Spiel gelaufen.

Mein Vater winkte dem Bären, der wieder mit den Augen rollte. Der schien daran gewöhnt zu sein, dass sich der Kameramann indiskret benahm, so wie er es gewöhnt war, von meinem Vater in Grund und Boden gespielt zu werden. So lief das immer. Man kannte sich eben.

Dann begann meine Mutter mit der Blondine zu tanzen. Sie verrenkte sich wie ein Go-Go-Girl, drehte Arme und Beine in entgegengesetzte Richtungen und schnippte dabei mit den Fingern. Ich hatte so eine Nummer in Kinofilmen und im Fernsehen gesehen, ausgeführt von Profi-Tänzerinnen. Aber noch nie in Wirklichkeit. Nun sah ich meine Mutter mit leicht geöffnetem Mund und halb geschlossenen Augen im Rhythmus der Musik zucken.

Mädchen, du tanzt ab, dachte ich bei mir. Du tanzt wirklich ab.

Nichts Aufregendes geschah. Während der Bär behäbig die Bälle für die nächste Partie aufbaute, setzte sich mein Vater wieder auf einen Barhocker und trank ein paar Schluck Bier. Meine Mutter, die immer noch tanzte, winkte ihm, und er winkte zurück. Ich merkte, dass die beiden nicht so betrunken waren wie die anderen. Sie machten an diesem Abend einen drauf, aber sie hatten auch einen Beruf, und wenn Montagmorgen der Wecker läutete, dann standen sie ihren Mann beziehungsweise ihre Frau. Wenn ich genaue nachdachte, musste mein Vater damals schon Immobilienagent gewesen sein, Afghanen-Look und gammeligem T-Shirt zum Trotz. Die zusätzlichen Pfunde passten in gewisser Weise sogar zu ihm. Mit seinen breiten Schultern glich er das Gewicht aus und wirkte kräftig, aber nicht dick. Bis zur Korpulenz fehlte noch einiges, jetzt sah er lediglich wie jemand aus, dem man lieber auswich, wenn er mit einem Kasten Bier in der Hand den Gang heraufkam. Ich wusste aber, dass er den Speck erst seit kurzem angesetzt hatte und dass er darüber nicht sehr glücklich war. Hin und wieder straffte er deutlich sichtbar die Schultern, um vorwitzige Typen davon abzuhalten, sich in Positur zu bringen und Bälle über den Pool zu dreschen. Mir schien es aber, dass er es auch deshalb tat, weil er sichergehen wollte, dass seine Schultern immer gerade waren. Später begann er mit dem Joggen und trieb Gymnastik und sah nie wieder so aus. Aber auf dem Video ertappte ich ihn bei etwas: Eigentlich war es banal und harmlos, aber während ich in meinem Hotelzimmer in Dyersburg saß und es beobachtete, entwich ein leiser Pfiff meinem Mund, wie wenn ich einen sanften Schlag auf den Bauch bekommen hätte.

Während er eine Zigarette anzündete – mir war nicht bekannt, dass er früher geraucht hatte –, zog er sein T-Shirt über den Hüften hoch, um es dann erneut fallen zu lassen, damit es besser den kleinen, aber deutlichen Bauchansatz verhüllte. Ich spulte das Band zurück und ließ es noch einmal ablaufen. Ich beugte mich nach vorn und blinzelte gegen den schummerigen Hintergrund des Videos. Die Geste war unmissverständlich, ich kannte sie aus eigener Erfahrung. So lange wie ich meinen Vater kannte, habe ich ihn nie so etwas tun sehen. Es war ebenso verständlich wie entblößend: Ein Mann entdeckt mitten in einer Kneipenfeier, dass er einen körperlichen Makel hat. Die

Handbewegung hatte er schon vorher gemacht, doch war sie noch nicht so automatisiert, um als Tick zu gelten. Mehr als das T-Shirt, die Biergläser, die ausgelassene Stimmung, die Tanzeinlage meiner Mutter und die Tatsache, dass mein Vater früher einmal ein As im Billard war, schien diese kleine Handbewegung die Vorstellung Lügen zu strafen, dass die beiden nun tot waren.

Auf dem Billardtisch waren die Bälle für eine neue Partie aufgebaut. Mein Vater stand auf und machte sich zum Anstoß bereit. Er visierte, als ob der weiße Ball sich an diesen Stoß noch für den Rest seiner kugeligen Existenz erinnern sollte. Die Einstellung endete abrupt hier, so als ob das Videoband an sein Ende gekommen wäre.

Ehe ich auf Pause drücken konnte, kam ein neuerlicher Schnitt. Ein anderer Raum. Ein Privathaus. Ein Wohnzimmer. Dunkel, nur von Kerzenschein erhellt. Die Bildqualität war schlierig, das Filmmaterial passte nicht zum schwachen Aufnahmelicht. Leise Musik im Hintergrund, und diesmal erkannte ich sofort, dass es die Musik aus dem Musical *Hair* war. Auf dem Fußboden standen Scharen von Weinflaschen, mehr oder weniger leer, und mehrere überquellende Aschenbecher.

Meine Mutter lag zurückgelehnt auf einer niedrigen Couch und sang einen Song vor sich hin, einen Song über den frühen Morgen. Der Bär lag, den Kopf mehr oder weniger in ihren Schoß gebettet, neben ihr und drehte sich auf der Brust einen Joint.

»Leg die geile Platte noch mal auf«, lallte er. »Leg sie noch mal auf.«

Die Kamera schwenkte seitwärts und zeigte einen Mann, der mit dem Gesicht nach unten auf dem Fußboden lag. Die Blondine saß hinter ihm und behielt eine Reihe von Kerzen auf Untertassen im Auge, die auf dem Rücken des Mannes aufgestellt waren. Allem Anschein nach befand er sich schon eine ganze Weile in komatösem Zustand und konnte zu den Möbeln gerechnet werden. Meiner Vermutung nach handelte es sich um den Mann, der in der Bar die Kamera bedient hatte. Die Blondine schwankte von der Taille aufwärts langsam und unberechenbar und schien sich nur noch mit Willenskraft aufrecht zu halten. Ohne den Trubel um sie herum sah man jetzt deutlich, dass sie älter war, als sie anfangs schien. Kein Teenager, sondern eine Frau Ende zwanzig, vielleicht sogar Anfang dreißig und damit ein bisschen zu alt für solche Spiele. Wenn sich die Szene in den frühen Siebzigern abspielte, dann, so ging mir auf, müssten meine Eltern im gleichen Alter sein.

Und das bedeutete, dass ich damals schon geboren war.

»Leg sie doch auf«, wiederholte der Bär, und sogleich sprang die Kamera zu ihm zurück und zeigte sein Gesicht in Nahaufnahme. »Leg sie auf.«

»Nein«, sagte eine lachende Stimme ganz nah am Mikrofon und bestätigte damit, dass nun mein Vater hinter der Kamera stand. Er machte es besser als sein Vorgänger, der jetzt im Koma lag. »Wir haben den Song bestimmt schon tausendmal gehört.«

»Ja, weil er eben so geil ist«, bestätigte der Bär und nickte heftig dazu. »Wie heißt es doch so schön darin ... Ey!« Die Kamera machte einen Satz und zeigte, dass er seinen Joint fallen gelassen hatte. Er sah verdattert aus. »Scheiße! Jetzt muss ich noch mal von vorn anfangen. Dabei bin ich schon so lange dabei, die Tüte zu drehen. Mein ganzes Leben lang. Was sage ich, noch ehe ich geboren wurde. Schon der olle Jefferson hatte mit dem Drehen angefangen, er hat ihn mir in seinem Testament vermacht, jawohl. Sagte, ich könne den Joint fertig drehen oder Monticello haben. Ich sage, scheiß auf die Baracke, ich will die Tüte mit Shit. Mein Leben lang habe ich sie gerollt wie ein guter, rechtschaffener Diener. Und nun ist sie weg.«

»Weg«, echote die Blondine. Sie kicherte.

Ohne einen Takt von »Good Morning Starshine« zu verpassen, beugte sich meine Mutter vor und nahm dem Bären die

Utensilien aus den Pranken. Sie hielt das Zigarettenpapier kundig in einer Hand, strich den Tabak mit dem Zeigefinger glatt und griff nach dem Stoff.

»Dreh du die Tüte, Philippa«, jubelte der Bär, der über diese Wendung sehr erfreut war. »Dreh sie nur, dreh.« Die Kamera zoomte den Joint heran und ging dann wieder zurück. Er war fast fertig.

Mittlerweile hatte ich die Augenbrauen schon so hochgezogen, dass sie bereits über meinem Kopf schwebten. Meine Mutter hatte gerade einen Joint gedreht!

»Jetzt leg sie doch auf«, quengelte der Bär weiter. »Leg die geile Platte auf. Komm schon, Don, obercooler Don, leg sie auf.« Im Hintergrund hörte man meine Mutter weitersingen.

Die Kamera schwenkte und bewegte sich aus dem Zimmer hinaus in den Flur. Mäntel lagen wahllos auf dem Boden, wo sie gerade hingefallen waren. Ich sah links vom Flur eine Küche und rechts eine Treppe. Es war unser altes Zuhause in Hunter's Rock. Die Möblierung und die Tapeten waren anders, als ich es in Erinnerung hatte, aber die Anordnung der Räume war dieselbe.

Mit großen Augen sah ich, wie die Kamera den Flur durchwanderte und dann die Treppe hinaufstieg. Eine Weile herrschte nur Dunkelheit, und von unten kam das gedämpfte Grölen des Bären: »Arschficken, blasen und lecken …« ohne jede Rücksicht auf Melodie und Rhythmus.

Mein Vater ging bis zum oberen Treppenabsatz, hielt einen Augenblick an und brummte halblaut etwas. Dann stieg er weiter nach oben, und da merkte ich, wohin er steuerte. Unten war es nun still, außer dem Atem meines Vaters und dem gedämpften Geräusch seiner Schritte auf dem Teppich hörte ich nichts. Dann stieß er die Tür zu meinem Zimmer auf.

Anfangs war es ganz dunkel, doch nach und nach sickerte Licht vom Treppenhaus herein und fiel auf mein an der Wand stehendes Bett und auf das schlafende Kind darin: mich. Ich muss damals vielleicht fünf gewesen sein. Man konnte nur ein Stück meines Kopfes sehen, eine Wange, auf die das Licht fiel. Dann noch eine Schulter im dunklen Schlafanzug. Die Tapete war in einem gesprenkelten Grün und der Teppich war braun, so wie immer.

Mein Vater stand gut zwei Minuten da, ohne etwas zu sagen oder zu tun. Er hielt einfach nur die Kamera und betrachtete mich im Schlaf.

Ich saß da, wagte kaum zu atmen und schaute gebannt hin.

Nach einer Weile änderte sich die Geräuschkulisse auf dem Band, so als ob unten eine andere Musik aufgelegt worden wäre. Dann ein leises Geräusch, vielleicht Schritte, von einem Teppich gedämpft. Die Schritte hielten an, und ich wusste, wusste, ohne etwas zu sehen oder zu hören, was meine Vermutung bestätigt hätte, dass meine Mutter nun neben meinem Vater stand.

Die Kamera blieb noch eine Weile auf den kleinen Jungen im Bett gerichtet, auf mich. Dann wanderte sie langsam nach links. Zuerst dachte ich, dass meine Eltern wieder gehen wollten, doch dann merkte ich, dass die Kamera nur in die andere Richtung gedreht wurde.

Sie wurde um hundertachtzig Grad gedreht und stand dann still.

Meine Eltern schauten direkt in die Linse. Ihre Gesichter, nicht zusammengedrängt, sondern nebeneinander, füllten das Bild. Sie sahen beide nicht betrunken oder bekifft aus. Sie schauten mich geradewegs an.

»Hallo, Ward«, sagte meine Mutter leise. »Ich frage mich, wie alt du jetzt wohl bist.«

Sie warf einen Blick aus der Kamera, vermutlich auf die schlafende Gestalt im Bett. »Ich frage mich, wie alt du jetzt wohl bist«, wiederholte sie. Irgendetwas in ihrer Stimme klang traurig und passte nicht recht.

Mein Vater schaute immer noch in die Kamera. Er war viel-

leicht fünf oder sechs Jahre jünger, als ich es jetzt bin. Auch er sprach leise, aber ohne viel Zuneigung in den Augen.
»Und ich frage mich, was aus dir geworden ist.«

Weißes Rauschen. Jemand klapperte mit einem Servierwagen an meiner Tür vorbei.
Ich hielt das Video nicht an. Ich konnte mich nicht rühren.

Auch die letzte Szene stammte von Super-Acht-Material, aber die Farben waren schwächer, verwaschen und blass, wirkten flächig und ausgebleicht. Schwarze, haarfeine Linien und Punkte flimmerten ständig über den Bildschirm und verliehen den Bewegungen dahinter etwas Fernes und Abgeklärtes.
Dunstiges, gelbes Sonnenlicht fällt durch ein großes Fenster ein. Draußen huschen Bäume vorbei, die Blätter gehen in Geräusch über. Dazu das taktmäßige Rattern eines Zugs und ein leises Glucksen, von dem ich nicht wusste, was es sein konnte.
Das Gesicht meiner Mutter, noch jünger. Das Haar kürzer, schwarz, toupiert. Sie schaut durchs Fenster auf die vorübereilende Landschaft. Sie dreht den Kopf und schaut in die Kamera. Sie macht einen abwesenden Eindruck und lächelt nur schwach. Die Kamera senkt sich langsam.
Harter Schnitt zu einer breiten Straße in einer Stadt, ich wüsste nicht, welche. Meine Aufmerksamkeit galt den Formen und Farben der Autos, die am Straßenrand parkten, und der Kleidung der wenigen Passanten. Die Autos sahen elegant aus, die Anzüge der Männer nicht, die Kleider der Frauen waren eher kurz. Ich kannte mich nicht gut genug mit solchen Dingen aus, um die Szene genau zu datieren, aber ich würde sagen, dass wir uns nun in den späten sechziger Jahren befanden.
Die Kamera bewegte sich im gleichmäßigen Schritt voran. Hin und wieder kam der Hinterkopf meiner Mutter links ins Bild, als ob mein Vater knapp hinter ihr auf der rechten Seite gehen würde. Was er aufnahm, war nicht ganz klar. Die Straße hatte

nichts Bemerkenswertes. Rechts war ein Gebäude, das wie ein Kaufhaus aussah, und links befand sich ein kleiner viereckiger Platz. Laubbäume standen dort, doch die Blätter sahen welk aus. Mein Vater hielt die Kamera, ohne Bewegungen nach oben oder unten oder seitwärts auszuführen. Meine Eltern machten keine Anstalten, auf irgendetwas hinzuweisen oder miteinander zu reden. Nach einer Weile überquerten sie eine Straße und bogen dann in eine Querstraße ein.

Schnitt zu einer anderen Straße. Diese war schmaler, vermutlich weiter von der Stadtmitte entfernt. Sie schienen einen steilen Berg hinaufzugehen. Meine Mutter, die von den Schultern aufwärts zu sehen war, ging vor der Kamera. Dann blieb sie stehen und drehte sich um.

»Wie wäre es mit hier?«, schlug sie vor. Sie trug eine Sonnenbrille. Die Kamera wirkte einen Augenblick lang unsicher und wackelte, so als ob mein Vater das Auge vom Sucher genommen und sich umgeschaut hätte.

Dann seine Stimme: »Noch etwas weiter.«

Sie gingen noch eine Minute lang weiter, ehe sie erneut stehen blieben. Die Kamera vollführte einen Rundumschwenk und gab ein aufreizend rasches Panorama von einer Anhöhe irgendwo in einer bergigen Stadtlandschaft wider. Auf beiden Straßenseiten standen hohe Gebäude. Reklameschilder auf Bodenhöhe machten auf Lebensmittelgeschäfte und billige Restaurants aufmerksam, aber die Fenster darüber sahen wie solche von Wohnhäusern aus. Leute mit Hüten standen vor den Auslagen und prüften die Waren, andere traten in die Läden oder kamen wieder heraus. Ein umtriebiges Viertel, wo es auf die Mittagsstunde zuging.

Mutter schaute wieder in die Kamera und nickte. Sie war an der Reihe. Sie tat es, wenn auch widerstrebend.

Schnitt, ein Zeitpunkt später am Tag. Eine leicht veränderte Ansicht, aber immer noch von derselben Anhöhe. Wo vorher Morgenlicht über der Gegend gelegen hatte, dehnten sich jetzt

lange Schatten. Spätnachmittag, die Straßen fast leer. Meine Mutter stand mit herabhängenden Armen da. Ein glucksendes Geräusch kam aus dem Off, und ich erinnerte mich, dass es das gleiche war wie vorhin im Zug.
Die Kamera bewegte sich einen Augenblick unkontrolliert, als ob mein Vater die Hand nach irgendetwas ausgestreckt hätte. Dann ging meine Mutter etwas vorwärts, oder er trat einen Schritt zurück. Mein Vater atmete schwer und geräuschvoll aus.
Und dann, fünfunddreißig Jahre später, tat ich dasselbe.
Meine Mutter hielt jeweils an den Händen zwei kleine Kinder. Sie schienen gleichaltrig zu sein und waren zueinander passend gekleidet, wenn auch das eine ein blaues Leibchen und das andere ein gelbes trug. Sie schienen ein bis anderthalb Jahre alt zu sein und waren noch unsicher auf den Beinen.
Die Kamera zoomte heran. Das eine Kind hatte kurz geschorenes Haar, das andere etwas längeres. Die Gesichter der beiden waren gleich.
Die Kamera zoomte wieder zurück. Meine Mutter ließ die Hand des einen Kindes los, dasjenige mit den längeren Haaren, dem gelben Leibchen und einem kleinen grünen Ranzen. Dann kauerte sie sich neben das andere Kind.
»Sag Auf Wiedersehen«, ermunterte sie es. Das Kind in Blau schaute sie verständnislos an. »Sag Auf Wiedersehen, Ward.«
Die Kinder schauten einander an. Das Kind mit den kurzen Haaren, das wohl ich gewesen sein musste, drehte sich zur Mutter um und suchte sich zu vergewissern. Sie nahm meine Hand und hob sie hoch. »Sag Auf Wiedersehen.«
Sie winkte mit meiner Hand, dann nahm sie mich auf den Arm und erhob sich. Das andere Kind, ob Junge oder Mädchen, konnte ich nicht erkennen, schaute zu meiner Mutter auf, lächelte und streckte die Arme aus, um ebenfalls hochgehoben zu werden.
Da ging meine Mutter die Straße hinunter.

Sie ging mit gleichmäßigen Schritten, ohne Hast und ohne sich umzuschauen. Die Kamera blieb auf das andere Kind gerichtet, während mein Vater meiner Mutter folgte. Das Kind blieb oben allein zurück.
Das Kind stand oben auf der Anhöhe und wurde immer kleiner und kleiner. Es weinte nicht einmal: Jedenfalls so lange nicht, bis wir außer Hörweite waren.
Dann bog die Kamera um die Ecke, und es war weg.

Auf dem Bildschirm flimmerte es wieder, und diesmal kam nichts mehr. Eine Minute später schaltete sich das Band selbst ab, und ich starrte mein Spiegelbild auf dem Bildschirm an.
Ich tastete nach der Fernbedienung, spulte zurück und drückte auf Pause. Die Hände über dem Mund starrte ich auf das Bild eines Kindes, das, von allen verlassen, oben auf einer Anhöhe stand.

7

Der Schlitz ging auf. Fahles Licht fiel von oben ein. »Hallo, mein Schatz«, sagte der Mann. »Da bin ich wieder.«
Sarah konnte sein Gesicht nicht sehen. Nach dem Klang seiner Stimme schien er direkt hinter ihrem Kopf auf dem Fußboden zu sitzen.
»Hallo«, sagte sie mit möglichst fester Stimme. Sie hätte sich am liebsten abgewendet, sich um einen Fingerbreit von ihm entfernt, aber nicht einmal das konnte sie. Sie versuchte ruhig zu bleiben und ihrem Plan gemäß so zu tun, als ob ihr das alles nichts ausmachte. »Wie geht es Ihnen heute? Immer noch krank im Kopf, nehme ich an.«
Der Mann lachte leise. »Du willst mich doch wohl nicht böse machen?«
»Wer will Sie böse machen?«
»Warum sagst du dann so was?«
»Meine Mom und mein Dad werden sich schrecklich sorgen. Ich habe Angst, deshalb klinge ich vielleicht nicht so höflich.«
»Ich verstehe.«
Dann schwieg er lange. Sarah wartete.
Vielleicht fünf Minuten später sah sie, wie eine Hand über ihrem Gesicht erschien. Die Hand hielt ein Glas Wasser. Ohne Warnung neigte er langsam das Glas. Sie schaffte es gerade noch rechtzeitig, den Mund aufzumachen, und trank so viel sie konnte. Dann verschwand die Hand wieder.

»War das schon alles?«, fragte sie. Ihr Mund fühlte sich pelzig, sauber und feucht an. Das Wasser hatte so geschmeckt, wie ihrer Erwartung nach Wein schmecken sollte, jedenfalls dem Getue nach, das die Erwachsenen veranstalteten, wenn sie einen Schluck davon im Mund schwenkten, so als wäre es das Beste, was sie je gekostet hätten. Sarahs Erfahrung nach schmeckte Wein im Allgemeinen so, wie wenn etwas damit nicht stimmte.
»Was hattest du denn noch erwartet?«
»Sie wollen doch, dass ich am Leben bleibe, also müssen Sie mir mehr als nur Wasser geben.«
»Warum glaubst du, dass mir an deinem Leben etwas liegt?«
»Weil Sie mich sonst gleich abgemurkst und dann nackt irgendwo hingesetzt hätten, wo Sie mich ansehen und sich einen runterholen könnten.«
»Das ist aber ein garstiges Wort.«
»Ich erinnere nur daran, was ich früher gesagt habe. Ich fühle mich gar nicht gut, und Sie sind ein perverser Typ. Da brauche ich nicht höflich zu sein.«
»Ich bin nicht pervers, Sarah.«
»Nein? Als was würden Sie sich dann bezeichnen? Als ungewöhnlich?«
Er lachte wieder erfreut. »Oh, ganz bestimmt.«
»Ungewöhnlich wie dieser Ted Bundy.«
»Ted Bundy war ein Idiot«, beschied sie der Mann. Aus seiner Stimme war alle gute Laune gewichen. »Ein ausgemachter Narr und Angeber.«
»Na gut«, sagte sie beschwichtigend, obwohl sie insgeheim dachte, dass er jetzt nicht nur krank, sondern obendrein noch eingebildet klang. »Tut mir leid, ich gehöre auch nicht zu seinen Fans. Sie sind da um einiges besser. Bekomme ich also etwas zu essen oder nicht?«
»Vielleicht später.«
»Prima, ich freue mich schon darauf. Schneiden Sie es bitte in kleine Bissen, damit ich es schnappen kann.«

»Gute Nacht, Sarah.«
Als sie hörte, wie er sich erhob, war es mit der gespielten Ruhe vorbei. Ihr Plan hatte nicht funktioniert. Überhaupt nicht. Er wusste, dass sie Angst hatte.
»Bitte setzen Sie nicht wieder die Klappe drauf. Ich kann mich ja sowieso nicht rühren.«
»Ich kann leider nicht anders«, erwiderte der Mann.
»Bitte …«
Die Klappe ging zu, und Sarah befand sich wieder im Dunkeln. Sie hörte seine sich entfernenden Schritte, eine Tür wurde leise verschlossen, dann war wieder alles still.
Gierig leckte sie sich die Lippen, um so viel wie möglich von der restlichen Feuchtigkeit zu sammeln. Nachdem die anfängliche Überraschung verflogen war, merkte sie, dass das Wasser einen anderen Geschmack hatte als das, woran sie von zu Hause aus gewöhnt war. Es musste aus einem anderen Trinkwasserreservoir kommen, folglich war sie weit weg von zu Hause. Wie wenn man irgendwo in die Ferien fuhr. Das war immerhin etwas, was sie wusste. Je mehr sie wusste, desto besser.
Dann kam ihr der Gedanke, dass es sich auch um Mineralwasser handeln könnte, Wasser aus Flaschen, und in diesem Fall hatte der Geschmack gar nichts zu bedeuten. Dann konnte es einfach eine andere Marke sein. Aber das Nachdenken lohnte sich doch. Je mehr sie nachdachte, desto besser. Zum Beispiel der Umstand, dass der Mann bei der Erwähnung ihrer Eltern nicht wieder davon angefangen hatte, wie er sie umgebracht habe. Als er Sarah entführt hatte, war er ganz wild darauf gewesen, ihr zu erzählen, was er ihren Eltern angetan habe. Vielleicht hatte das ja etwas zu bedeuten. Im besten Fall bedeutete es, dass sie noch am Leben waren und er sie mit seinen Worten nur erschrecken wollte.
Vielleicht aber auch nicht. Sarah lag im Dunkeln, die Hände zu Fäusten geballt und kämpfte dagegen an zu schreien.

II

Wenige Menschen können glücklich sein,
ohne einen anderen Menschen, eine andere Nation oder
eine andere Konfession zu hassen.

Bertrand Russell

8

Die Maschine kam um 22.05 Uhr in Los Angeles an. Nina hatte nur ihre Handtasche und die Akte bei sich, und Zandt konnte seine ganze Habe mit einer Hand tragen, ohne schief dazustehen. Ein Wagen wartete auf sie. Kein Protzschlitten und kein Dienstwagen, sondern ein ganz gewöhnliches Taxi, das Nina vom Flugzeug aus bestellt hatte. Es sollte Zandt in Santa Monica absetzen und sie anschließend nach Hause bringen.

Ampeln und Leuchtreklamen in der Dunkelheit, flüchtig gesehene Gesichter, der Lärm und das nächtliche Treiben einer Stadt, dessen Herz nie dort zu sein scheint, wo man gerade steht, sondern immer hinter der nächsten Ecke oder am Ende jener Straße oder auf der anderen Seite jener klotzigen Gebäude in irgendeinem neuen Klub, dessen rauschende Nächte schon wieder der Vergangenheit angehören, ehe man überhaupt davon gehört hat. Zwischen dort und hier drängen sich billige Hotels, schmutzige Schnapsläden und Gebrauchtwagenmärkte, die Autos zweifelhafter Provenienz verkaufen. Schmutziges Gelichter mit dunklen Absichten wartet an Straßenecken in einer urbanen Steppe aus Betonbunkern. Hinter deren Wänden werden Geschäfte betrieben, die zahllose unbedeutende Menschenleben für sich einspannen, ohne jemals auf dem Aktienindex zu erscheinen. Dann wechselt die Szene zu Wohnstraßen, bis man nach Venice kommt. Von außen

betrachtet und auf den richtigen Straßen kann Venice den Eindruck erwecken, als ob es wieder zu einem vornehmen Viertel aufsteigen könnte. Manche Anwesen im phantasielosen internationalen Stil sind wirklich teuer. Hier und da sieht man heruntergekommene Bauten aus den fünfziger Jahren, etwas Pompöses aus der Epoche der Blitzlichtbirnen und des überzuckerten Glamours. Die meisten hat man mittlerweile abgerissen und durch Informationstafeln mit Aufschriften in Helvetica, der offiziellen Schriftart des Fegefeuers, ersetzt. Was in Helvetica gesetzt wird, soll beim Leser kein Wohlbehagen auslösen, keine Abenteuer versprechen oder sein Herz erfreuen. In Helvetica teilt man mit, dass der Umsatz einbricht, der Fotokopierer eine Reparatur durch den Wartungsdienst braucht und der Leser dieser Zeilen gefeuert ist.
Schließlich Santa Monica. Hübsche Häuser, kleine Büros, Läden, wo man japanische Lebensmittel und die Londoner *Times* kaufen kann. Das Meer, dazu ein Pier, der wie auf einem Sepiafoto aussieht, freilich mit dem Wissen, dass diese Zeiten vorbei sind. Darüber The Palisades, die geschäftige Ocean Avenue und dann schon die erste Häuserzeile mit Hotels und Restaurants. Von irgendwoher kommt die Ahnung, dass dieses Viertel früher einmal eine selbständige Stadt war. Vielleicht liegt es am Meer, dass der Eindruck entsteht, die Gemeinde müsse aus einem ganz bestimmten Grund hier sein. An manchen Plätzen ist das immer noch so, da hat man das Gefühl, dass eine Beziehung zwischen der Stadt und ihrer Umgebung besteht, die mehr ist als das bloße Planieren des Bodens. Läden, Cafés und Orte, wo man sich aufhalten, spazieren gehen und einkaufen kann. Hier könnte man wohnen und Gründe angeben, warum man gerade hier wohnt, so wie es die Familie Becker bis vor kurzem noch getan hat. Gewiss, auch das ist kein wirklicher Ort, aber ganz Los Angeles fehlt es an Realität, und die realen Seiten sind genau die Plätze, die man lieber meidet. Von Los Angeles heißt es, die Stadt sei voll Zauber, und manchmal kann

man diesen Eindruck bekommen, doch das meiste ist nur ein stillschweigend akzeptierter Taschenspielertrick. Man kann an bestimmten Plätzen in Los Angeles stehen und glauben, eines Tages als Kinostar groß herauszukommen, an anderen Plätzen dieser Stadt hat man dagegen das Gefühl, bald tot zu sein. Obwohl man weiß, dass das, was man hier sieht, nur eine Kulisse ist, möchte man dennoch an die Wirklichkeit glauben.

»Froh, wieder zu Hause zu sein?«, fragte Nina. Zandt murmelte etwas Unverständliches.

Das Taxi setzte ihn vor The Fountain in der Ocean Avenue ab, einem zehngeschossigen Hochhaus aus gelbem Stuck, das an der Kreuzung der beiden Straßen steht, die die Leute aus Wilshire und Santa Monica an den Pazifik bringen. Die Art-déco-Fassade gibt dem Bau ein nobleres Aussehen, als ihm tatsächlich zusteht. Ursprünglich war es ein teures Apartmenthaus, dann wurde es eine Weile als Hotel betrieben, bis man schließlich Wohnungen für Kurzzeitmieter daraus gemacht hat. Der Swimmingpool auf der Rückseite wurde zugeschüttet und stattdessen eine großzügige, aber irgendwie unpassende und wenig benutzte Ruhezone eingerichtet. Trotz einer Veranda, Ziersträuchern und Liegestühlen im Schatten ist es doch zu offensichtlich, dass etwas fehlt. Die Eingangshalle kannte Zandt von einem Mordfall, in dem er 1993 ermittelt hatte. Ein zweitrangiger europäischer Schauspieler und eine junge Prostituierte, ein Szenario, das aus dem Ruder lief. Der Schauspieler kam wie erwartet frei. Zandt konnte sich nicht erinnern, in welchem Zimmer es geschehen war. Jedenfalls war es nicht die Suite, die man ihm gab, denn die war geräumig und gut möbliert und bot obendrein einen schönen Blick aufs Meer. Er stellte seine Reisetasche im Wohnzimmer ab und warf dann einen Blick in die kleine Küche. Leere Schränke, kaum Staub. Er spürte keinen Hunger und konnte sich nur schwer vorstellen, irgendetwas zu kochen. Im Fountain gab es keine Bar, kein Restaurant und auch keinen Zimmerservice. Das hier war

keine Unterkunft für Reisende, deshalb hatte er es als seine Bleibe gewählt. Darum und wegen seiner Lage.
Er verließ die Wohnung wieder, fuhr mit dem Lift nach unten und blieb dann eine Weile draußen vor dem Gebäude stehen. Nina war mit dem Taxi weitergefahren, nachdem sie sich für den späten Vormittag des folgenden Tages verabredet hatten. Die Agentin hatte schon vom Flugzeug aus die Westwood-Abteilung des FBI angerufen, und davor aus Pimonta, aber vermutlich musste sie sich doch hin und wieder im Büro blicken lassen. Aus irgendeinem Grund wartete er und sah auf die am Straßenrand geparkten Autos. Nicht dass er Nina verdächtigte, um den Häuserblock gefahren zu sein, um dann zurückzukommen und ihn auszuspionieren. Nicht weil er irgendein Experte war, sondern aus Wissbegier. Nina wusste gern über alles Bescheid.
Nach fünf Minuten marschierte er bis zur Straßenecke, hielt sich auf der Arizona Avenue rechts und ging die paar Häuserblocks bis zur 3rd Street Promenade. Die Arizona Avenue war die Straße, an der Michael Becker seine Tochter am Abend ihrer Entführung abgesetzt hatte.
Er bog nach links ab und folgte der Promenade in westlicher Richtung bis zu dem Ende, wo Sarah Becker zuletzt gesehen worden war. Es ging auf 23 Uhr zu, viel später als der vermutliche Zeitpunkt der Entführung. Alle Läden hatten jetzt geschlossen. Die Gaukler und Straßenmusiker hatten schon längst zusammengepackt, sogar der Frank-Sinatra-Imitator, der es länger aushielt als alle anderen. Doch das tat nichts zur Sache. Ohne die Anwesenheit des Entführers und seines Opfers waren die Umstände nicht zu reproduzieren.
Mit einem Auge beobachtete er die Passanten. Mörder kommen oft an den Ort des Verbrechens zurück, vor allem solche, die nicht aus einer momentanen Laune heraus morden. Sie kommen an den Tatort zurück, um in der Erinnerung alles noch einmal zu erleben. Zandt erwartete nicht, dass ihm eine

ganz bestimmte Person auffallen würde, aber er blieb doch wachsam. Als er an der Seitenstraße vorüberkam, die Nina in ihrer Schilderung erwähnt hatte, weil dort zur Tatzeit ein falsch geparktes Auto beobachtet worden war, blieb er stehen und sah eine Weile die Straße hinunter. Nicht um etwas herauszufinden, sondern um einfach da zu sein.

»Warten Sie auf jemanden?«

Zandt wandte sich um und sah einen jungen Mann, schlank und gut aussehend. Vielleicht sechzehn, höchstens achtzehn.

»Nein«, sagte er.

Der junge Mann lächelte. »Sicher? Ich glaube, Sie warten auf jemanden. Vielleicht warten Sie auf mich.«

»Da irren Sie sich«, widersprach Zandt. »Jemand anderes wartet auf mich. Nicht heute Nacht, nicht hier, aber irgendwo in der Zukunft.«

Das Lächeln erstarb. »Sind Sie Bulle?«

»Nein. Ich sage Ihnen nur, wie es ist. Suchen Sie sich einen Freier an einem erfreulicheren Ort.«

Er ging in eine Starbucks-Filiale und kaufte sich einen Kaffee zum Mitnehmen. Dann ging er wieder nach draußen und setzte sich auf die Bank, von der Sarah entführt worden war. Der junge Mann war nicht mehr da.

Wer glaubt, dass eine solche Tat noch nachhallt, der irrt sich. Der menschliche Verstand ist auf das Erkennen von Gesichtern ausgelegt. Das Gespür für räumliche Verhältnisse ist schwächer entwickelt. Mit dem äußeren Schein verhält es sich einfach: Je mehr Menschen das Gesicht einer Person kennen, desto berühmter ist diese Person. Der Betreffende braucht dann keine Referenzen mehr beizubringen. Er ist kein Fremder, sondern gehört zur erweiterten Familie: starke Brüder, hübsche Schwestern, nette Eltern, falsche Verwandte, die uns alle vergessen machen, dass sich unsere sozialen Gruppen in nichts auflösen. Bei Orten geht es darum zu wissen, welche Ereignisse hier stattgefunden haben. Doch lässt man dieses

Wissen beiseite und sitzt man einfach lange genug an diesem Ort, dann spürt man gar nichts mehr. Man geht an den Ort, der wieder so ist, wie er vor dem Ereignis war, so wie in jener Nacht. Näher kann man dem Status quo ante nicht kommen, dem Vorher, als das Messer in der Hand noch so war, wie es aus der Küchenschublade kam, ehe es mit Blut besudelt wurde, als es noch Potenzial war.

Er saß so lange auf der Bank, bis es ein ganz beliebiger Ort geworden war, und dann blieb er immer noch sitzen.

Als Zandt als Ermittler im Morddezernat arbeitete, hatte er es mit einer Reihe von Serienmördern zu tun. Gewöhnlich zieht das FBI solche Fälle an sich. Das FBI hat in Quantico sein Labor für Verhaltenswissenschaft, wo Beamte und Beamtinnen Täterprofile erstellen. In den acht Dienstjahren im Morddezernat hatte Zandt, ein bescheidener Detective, mehrere Fälle bearbeitet, die sich am Ende als das Werk von Einzeltätern herausstellten, die man als Serienmörder bezeichnen konnte. Zwei davon wurden festgenommen, und in beiden Fällen hatte Zandt eine ausschlaggebende Rolle gespielt. Das Gespür, das er bewiesen hatte, blieb nicht unbemerkt. Im ersten Fall, einem Mann aus Venice Beach, dem der Mord an vier älteren Frauen zur Last gelegt wurde, war Zandt nur zufällig dazugestoßen. Im zweiten Fall hingegen arbeitete er bei der Ermittlung von Anfang an mit dem FBI zusammen, und bei dieser Gelegenheit lernte er Nina Baynam kennen.

Im Sommer des Jahres 1994 wurden die Leichen von vier schwarzen Jugendlichen halb verscharrt in verschiedenen Gebieten der Stadt Los Angeles aufgefunden. Die Art der Verstümmelung sowie der Umstand, dass sich bei jedem Opfer ein Video als Beigabe befand, gaben Grund zu der Annahme, dass es sich um ein und denselben Täter handeln müsse. Jedes Opfer war von einem als Dealertreff bekannten Ort entführt worden, und drei hatten schon mit Drogen und Straßenprostitution

Bekanntschaft gemacht. Die ersten beiden Morde erregten kaum das Interesse der Öffentlichkeit und wurden als saisonale Dezimierungen in der städtischen Unterschicht abgehakt. Erst als sich die Morde zur Serie mauserten, mauserten sich die Nachrichten nach und nach zur Zeitungsstory. Die bei den Leichen gefundenen Videokassetten enthielten zwischen ein und zwei Stunden zusammengeschnittenes Filmmaterial, aus dem hervorging, welches Martyrium die Opfer in ihren letzten Tagen durchlitten hatten. Auf jeder Kassette war ein Foto des Jugendlichen, sein Name und der Schriftzug »Schaurolle«.

Die Zeitungen nannten den Mörder bald den »Casting-Agenten«, was alle sehr witzig fanden. Alle außer den Eltern, doch da deren Schmerz und Trauer nur ein ärgerlicher Hinweis auf die Realität dieser tragischen Ereignisse war, blieben sie weitgehend ausgeblendet, es sei denn, sie konnten zum Anheizen des öffentlichen Interesses genutzt werden. Die Angehörigen waren lediglich Zuschauer, nicht Handelnde bei diesen Taten; es ist immer der Täter, dem die Aufmerksamkeit gilt. Jemand, dem wir begegnen könnten, ein Gesicht, das durch Presse und Fernsehen eine Aura bekommen hat. Wir wollen eine Persönlichkeit, einen Star.

Zandt ermittelte in dem Fall des ersten Jugendlichen, beim zweiten Opfer schaltete sich dann das FBI ein. Nina war damals eine junge FBI-Beamtin mit Erfahrung und hatte im Jahr zuvor an einem langen, schwierigen Fall in Texas und Louisiana gearbeitet. Zandts Intuition und Kleinarbeit und Ninas minutiöse Analyse des Fundorts der Leichen sowie eine Spur, die sich aus dem Umstand ergab, dass der Camcorder, mit dem die Videos gemacht worden waren, registriert war, führten schließlich zur Ergreifung des Täters. Es war ein einunddreißig Jahre alter Weißer, der als Grafik-Designer am Rand der Musikvideoindustrie arbeitete und der früher einmal als Kinderdarsteller in längst vergessenen Spielfilmen aufgetreten war. Nach tagelangen Verhören durch Zandt gestand er schließlich die Verbrechen und machte noch weitere Angaben, darunter auch zu dem Versteck seiner Talismane, der rechten Hand jedes Opfers, die er in Gläsern mit Schraubverschluss einer nicht ganz unbekannten Sorte schnelllöslichen Kaffees verwahrte. Er führte die Polizei auch zu den Leichen zweier früherer Opfer, die ihm zu experimentellen Zwecken gedient hatten, um seine Tötungstechnik zu verbessern. Als Grund für sein kriminelles Verhalten gab er an, als Kind am Rand der Dreharbeiten sexuell missbraucht worden zu sein, eine Anschuldigung, die dem Bedürfnis des Publikums nach einem Anfang und einem Mittelstück für jede Verbrechensstory genau entsprach. Ob diese Anschuldigung der Wahrheit entsprach, entzog sich der Nachprüfung. Die Geschichte endete damit, dass dem Mörder noch vor seinem Prozess von einem Mitgefangenen mit einem scharf gewetzten Löffel die Kehle durchgeschnitten wurde. An beiden Enden der Nahrungskette gibt es Opfer: Sogar Mörder und Vergewaltiger brauchen jemanden, auf den sie herabsehen können, und Kindermörder erfüllen genau dieses Bedürfnis. Ein reißerisch aufgemachtes Buch und viele Web-Sites verhalfen der Geschichte des Casting-Agenten zu zweifelhaftem Ruhm. Ein als Shareware vertriebenes Grafik-Tool kam unter dem Warennamen Casting-Agent zu einiger Bekanntheit, ebenso wie ein Möbelgeschäft in Atlanta, das eine dunkelrot bezogene Couch unter dem Namen Casting-Couch feilbot.

Die Ermittlungen dauerten dreizehn Wochen. Die letzten acht Wochen hatten John und Nina miteinander geschlafen. Die Beziehung endete bald nach der Festnahme des Verdächtigen. Nina hatte den aktiven Part gespielt, und als sie es nicht mehr tat, war Schluss zwischen ihnen. Zandt hatte über diese Beziehung kein Wort zu seiner Frau gesagt. Im Großen und Ganzen verstand er sich mit seiner Frau und hatte ein gutes Verhältnis zu ihr, nur dass sie damals gerade eine Durststrecke in ihrem Eheleben durchmachten. Er wollte weder seine Frau noch

ihre gemeinsame Tochter verlieren und war froh, als die außereheliche Beziehung endete.
In den folgenden fünf Jahren traf er Nina hin und wieder zum Mittagessen. Er machte die übliche Ermittlungsarbeit: Totschlag, Fälle von Familienrache und Gangster, die mit einer Kugel im Leib wie gerade angelandete Fische nach Luft ringend in einer Gasse lagen. Manche Fälle löste er, andere nicht. So ist das eben. Nina ermittelte in einem Fall von Doppelmord im Yellowstone-Park, der in die Schlagzeilen der Zeitungen kam, ferner bei ein paar Entführungen im Norden des Staates Kalifornien und einer weiteren in Oregon, ohne einen einzigen Fall zu lösen. Draußen in der Wirklichkeit, jenseits des Vorhangs von Tod und Verbrechen, hinter dem Kriminalisten leben, ging die Geschichte ihren gewohnten Gang. Bosnien implodierte; der Präsident bekam Probleme wegen seiner Zigarren; die Amerikaner entdeckten die Freuden von E-Mail und Playstations, von Fernsehserien wie *Frasier* und Sheryl Crow.
Dann, am 12. Dezember 1999, verschwand in Los Angeles ein sechzehnjähriges Mädchen namens Josie Ferris. Die Teenagerin hatte den Geburtstag einer Freundin im Hard Rock Café am Beverly Boulevard gefeiert. Nach einem Burger hatte sie sich gegen 21.45 Uhr draußen vor dem Restaurant verabschiedet und war allein Richtung des Ma Maison gegangen. Sie wollte sich vor dem Hotel ein Taxi nehmen. Der Beverly Boulevard ist keine Seitenstraße oder Gasse, sondern eine breite und viel befahrene Straße, und an jenem Abend herrschte reges Treiben auf dem Platz vor dem Hotel und in der Eingangshalle der Beverly Center Mall gegenüber. Dennoch verschwand sie spurlos auf diesem dreihundert Schritte langen Weg.
Dass Josie nicht nach Hause gekommen war, wurde um 0.50 Uhr bei der Polizei gemeldet. Da die Reaktion der Polizei es an Eifer fehlen ließ, kamen die Eltern persönlich auf die Wache und füllten die entsprechenden Formblätter aus. Mr. und Mrs.

Ferris traten sehr bestimmt auf, worauf die Dienst habenden Beamten den Vorfall ernster nahmen, zumindest solange die Eltern in Hörweite waren. Leider änderte das nichts an der Tatsache, dass ihre Tochter nie wieder lebend gesehen wurde. Zwei Tage darauf lag ein Pullover draußen vor ihrem Haus. Der Name Josie war auf die Vorderseite gestickt und zwar, wie eine spätere Untersuchung ergab, mit den Haaren des Mädchens. Den Pullover hatte sie von ihrer besten Freundin zum sechzehnten Geburtstag geschenkt bekommen. Die Freundin hatte ihn am Ärmel mit den Buchstaben IEF (»in ewiger Freundschaft«) verziert. Freundinnen waren sie wirklich, nur hatte sich die Ewigkeit als recht kurz herausgestellt. Mit dem Kleidungsstück kam keine Lösegeldforderung. Die Polizei nahm die Sache nun sehr ernst, gleichgültig, wer gerade in Hörweite war. Unter Federführung des regionalen FBI-Verantwortlichen Charles Monroe wurde eine Sonderkommission gebildet. Die Nachricht von dem abgegebenen Pullover kam schließlich doch an die Presse, jedoch ohne den Hinweis auf die Stickerei mit menschlichem Haar. Nach einem Monat gab es immer noch keine Ermittlungsfortschritte in diesem Fall.

Ende Januar und Anfang März des Jahres 1999 verschwanden wieder zwei Mädchen. Elyse LeBlanc und Annette Mattison kamen aus dem Kino beziehungsweise vom Besuch einer Freundin nicht wieder nach Hause. Oberflächlich ähnelten beide Josie Ferris – sie hatten annähernd das gleiche Alter (fünfzehn und sechzehn), und beide trugen ihr Haar lang. Die LeBlancs und die Mattisons gehörten zu den Wohlhabenden, und ihre Töchter sahen attraktiv aus und besaßen eine überdurchschnittliche Intelligenz. Das genügte freilich nicht, um eine feste Verbindung zwischen den beiden Fällen zu unterstellen, da die räumliche Entfernung doch ganz erheblich war.

Das änderte sich, als zwei Pullover auftauchten. Wieder wurden sie am helllichten Tag vor das elterliche Haus gelegt, und wieder war der Rufname des Mädchens mit dessen Haar vorn auf den Pullover gestickt. Keine weiteren Mitteilungen gingen ein. Wegen des Ernstes der Lage kam das FBI zu der Einschätzung, den zweiten und dritten Fall vermisster Kinder zu verschweigen. Die meisten Mehrfachkidnapper tun alles, um die Entführungen zu verheimlichen. Dass der Täter solche Mädchen auswählte, deren Verschwinden sofort auffallen musste, und dass er seine Tat noch durch die Abgabe der Pullover zusätzlich ins Licht rückte, deutete darauf hin, dass man es mit einem Ausnahmemenschen zu tun hatte. Einem, der Aufmerksamkeit geradezu suchte.

Doch gerade die versagte man ihm.

Eine Woche nach dem Verschwinden von Annette Mattison fanden Spaziergänger im Griffith Park die bekleidete Leiche einer jungen Frau. Obwohl die Leiche keine Haare mehr besaß und durch Nagetiere weitgehend entstellt war, konnte sie anhand von zahnärztlichen Arbeiten am Gebiss und einem charakteristischen Schmuckstück rasch identifiziert werden. Es handelte sich um Elyse LeBlanc. Die Untersuchung ergab, dass sie seit der Hälfte der vom Zeitpunkt ihrer Entführung verstrichenen Zeit tot, aber erst vor kurzem an den Leichenfundort gebracht worden war. Vor ihrem Tod hatte sie mehrere Verletzungen am Kopf erlitten, aber keine davon war tödlich gewesen. Wiewohl die Leiche sofort in das Labor des FBI in Washington transportiert wurde, ergaben die Obduktion und die Untersuchung der Kleider keine Hinweise auf den Täter. Die örtlichen Polizeikräfte und ein Spezialteam des FBI aus Sacramento durchkämmten gemeinsam das übrige Parkgelände: Ohne Erfolg, weder Josie Ferris' noch Annette Mattisons Leiche oder Teile von ihnen wurden gefunden.

Daraufhin hob man das Presseembargo auf. Der folgende Zeugenaufruf brachte außer den üblichen Meldungen von Spaßmachern und schrägen Vögeln keine brauchbaren Informationen.

Eltern organisierten sich, damit ihre Töchter im Jugendlichenalter nur noch in Gruppen unterwegs waren.
Zehn Tage später wurde Josies Leiche gefunden. Sie lag im Gebüsch neben einer Straße im Laurel Canyon und befand sich in ähnlichem Zustand wie diejenige von Elyse LeBlanc. Im Unterschied zum vorangegangenen Opfer wies sie jedoch deutliche Spuren von sexuellem Missbrauch auf.
Unterdessen hatte der Mörder einen Spitznamen bekommen. In den Medien war fortan vom »Botenjungen« die Rede. Die Namensgebung ging indirekt auf den FBI-Mann Monroe zurück. Dieser glaubte, Vorteile für die Ermittlung zu gewinnen, wenn der Täter herabsetzend als Botenjunge bezeichnet wurde. Dass es jemand geschafft hatte, drei clevere und attraktive junge Mädchen auf einer belebten Straße zu entführen, sie umzubringen und ihre Leichen an öffentlichen Plätzen wegzuwerfen, ohne gesehen zu werden oder auch nur die geringste Spur zu hinterlassen, würde durch diesen Namen verächtlich gemacht werden.
Der Täter sollte sich in seinem Innersten gekränkt fühlen und die Kontrolle über sich verlieren.

Nina war damit nicht einverstanden gewesen. Aus diesem und anderen Gründen hatte sie den Fall mit John Zandt diskutiert, obgleich er gar nicht mit der Ermittlung befasst war. Sie hatten beim Casting-Agenten gut zusammengearbeitet, und nun wollte sie wissen, was er über den Fall dachte.
Zandt sagte ohne große Begeisterung, was er davon hielt. Er spürte, dass er sich nicht mehr mit dem gleichen Eifer in diese Fälle knien konnte, wie Nina es tat. Seine Ehe stand wieder auf festem Grund, und seine Tochter, die sich vom Kind zu einer jungen Persönlichkeit entwickelte, gab dem Familienleben Halt. Sie hatte das üppige Haar ihrer Mutter, ein ins Rotbraune spielendes Blond, aber die Augen ihres Vaters, braun mit einem Stich ins Grüne. Sie hörte zu laute Musik, ihr Zimmer war nie

aufgeräumt, sie surfte zu viel im Internet, und sie roch hin und wieder nach Zigarettenrauch. Es gab Streit. Andererseits begleitete sie ihre Mutter beim Großeinkauf, auch wenn es schrecklich langweilig für sie war, denn sie wusste, dass Jennifer sie gern bei sich hatte. Sie hörte auch ihrem Vater zu, wenn er etwas zu erzählen hatte, und verkniff sich jedes Gähnen. Ihre Eltern wussten nicht, dass sie mehrmals Hasch geraucht, Kokain probiert und einmal ein ziemlich teures Paar Ohrringe gestohlen hatte. Wenn sie es erfahren hätten, hätten sie ihr gehörig die Leviten gelesen, ohne sich übertrieben Sorgen zu machen. Alles das blieb im Rahmen des in ihrem Alter und ihrer Umwelt hinnehmbaren übermütigen Verhaltens.

Zandt war einfach älter geworden und wollte sich nicht länger als nötig mit den dunklen Seiten befassen, die diese Welt ebenfalls hervorbringt. Er machte seinen Job, und dann ging er nach Hause und tauchte in sein Privatleben ein. Nach Ermittlungen in zwei Fällen von Serienmördern hatte er das Interesse verloren, sich in das Denken solcher Täter hineinzuversetzen. Man konnte sich nicht unbegrenzt damit beschäftigen, ohne sich am Ende selbst krank zu fühlen.

Wer einmal wie Zandt hinter die Fassade ihrer Berühmtheit geblickt hatte, wusste, dass Serienmörder nicht so waren, wie sie in Filmen dargestellt wurden: Genies mit dem Charme des Bösen, charismatische Kreuzritter einer blutigen Kunst. Sie ähnelten eher Säufern oder Verrückten. Weder konnte man mit ihnen reden, noch war etwas aus ihnen herauszubekommen, so abgeschlossen waren sie von der Welt durch einen Standpunkt, der Außenstehenden nicht verständlich oder zugänglich gemacht werden konnte. Es gab sie in allen Schattierungen, Größen und Typen. Manche waren Ungeheuer, andere halbwegs anständige Burschen – einmal abgesehen von ihrem Hang, andere Menschen umzubringen und damit die Leben derer, die ihnen in Liebe verbunden waren, zu ruinieren. Jeffrey Dahmer hatte sich anfangs alle Mühe gegeben, nicht dem Drang

nachzugeben, von dem er wusste, dass er sich damit weit über die Grenzen des Normalen begeben würde. Aber er scheiterte in großem Stil. Er erwartete keine Schonung, als er festgenommen wurde, versuchte keine Spielchen mit der Polizei zu spielen, gestand seine Schuld und drückte sein Bedauern über seine Taten aus. In den Grenzen seiner krankhaften Psyche verhielt er sich beinahe mustergültig. Davon unberührt blieb die Tatsache, dass er mindestens sechzehn junge Männer auf kaum vorstellbar grausame Weise ums Leben gebracht hatte.
Andere Mörder genossen ihre Berühmtheit, verschafften sich durch Manipulation der Medien und der Polizei zusätzliche Publicity und Privilegien, spielten mit dem Schmerz und Kummer der Menschen, die sie um etwas Unersetzliches gebracht hatten. Sie schwelgten in ihren Untaten und abgrundtiefen Geheimnissen. Sie verfolgten gierig die Berichterstattung über ihren Prozess und freuten sich, endlich die Aufmerksamkeit zu erhalten, die ihnen ihrer Ansicht nach immer schon gebührte. Das machte sie nicht unbedingt schlimmer, nur anders. Ted Bundy, der Casting-Agent, John Wayne Gacy, Philippe Gomez, der Yorkshire-Schlitzer, Andrei Chikatilo. Manche sahen besser aus als andere, manche gingen effizienter vor; manche waren intelligent, manche Borderline-Fälle oder eindeutig pervers. Manche sahen aus wie ganz normale Jungs, andere hätte man von der gegenüberliegenden Straßenseite aus als Psychopathen erkannt. Ausnahmemenschen waren keine darunter, auch keine, die den Stempel des Bösen trugen, es sei denn in einem ganz oberflächlichen Sinn. Sie waren alle lediglich Menschen, die den Drang hatten, andere Menschen zu töten und ihre sexuellen Empfindungen durch Quälereien und Verstümmelungen anderer Menschen zu erhöhen. Sie waren keine Dämonen. Sie waren Männer – und einige wenige Frauen –, die infolge neurotischer Obsessionen Dinge taten, die einfach nicht hinnehmbar waren. Keine strenge Trennung in Gut und Böse, sondern ein ganzes Spektrum, zu dem auch Leute ge-

hörten, die abends erst zehnmal ihre Türschlösser überprüfen mussten oder erst Ruhe hatten, wenn die Küche nach jeder Mahlzeit wieder sauber und blitzblank war. Serienmörder hatten das Grauen nicht in oder an sich. Das Grauen lag in der Erkenntnis, dass es möglich ist, Mensch zu sein, ohne wie andere Menschen zu fühlen.

Zandt kannte die Faktoren, die einen Serienmörder hervorbringen konnten. Eine gewalttätige und dominante Mutter, ein schwacher oder missbrauchender Vater. Frühe, konflikthafte sexuelle Erfahrungen, vor allem mit Eltern, Geschwistern oder Tieren. In den Vereinigten Staaten, in der ehemaligen Sowjetunion oder Deutschland geboren und aufgewachsen zu sein, denn diese Länder bringen eine im Verhältnis zur übrigen Bevölkerung ungewöhnlich hohe Zahl von Serienmördern hervor. Anblick und Umgang mit Leichen in einem prägenden Alter. Kopfverletzungen oder schwere Metallvergiftungen in jungen Jahren. All diese Faktoren waren keine notwendigen oder hinreichenden Bedingungen, sondern lediglich Aspekte eines Syndroms, das manchmal den Sumpf bereitete, aus dem die kranke Blume dunkler Triebe emporwuchs: ein ängstliches, neurotisches, gewalttätiges Individuum, das nicht so wie andere Menschen leben konnte. Der Schatten auf unseren Straßen. Der Schwarze Mann.

Er hatte genug von ihnen, er wollte nicht noch mehr kennen lernen. In seinen Gedanken nannte er den Casting-Agenten nie anders als »Der Casting-Agent«. Er vermied es, an seinen richtigen Namen zu denken, und verlieh ihm die gleiche Scheinwirklichkeit, von der der Mörder glaubte, dass sie auch seine Opfer besaßen. Wenn Zandt nicht fähig war, die sechs Jugendlichen mit der ihnen eigenen Individualität auszustatten, dann war es das Mindeste, was er tun konnte, über den Casting-Agenten dasselbe Schicksal zu verhängen.

Währenddessen schlug er sich mit den gewöhnlichen, aus Drogensucht, Eifersucht oder Profitgier begangenen Morden herum. Er trank mit Kollegen und hörte Nina zu, wenn sie über ihre Versuche sprach, Verbindungen zwischen den Fällen Josie Ferris, Elyse LeBlanc und Annette Mattison herzustellen. Er ging mit seiner Frau zum Essen aus, spielte für seine Tochter den Taxifahrer und ging ins Fitnessstudio.

Am 15. Mai 2000 verließ Karen Zandt nach Unterrichtsende die Schule. Sie kam nicht zu Hause an.

Zuerst dachten ihre Eltern an das Nächstliegende. Dann an das Schlimmste. Nach drei endlosen Wochen lag schließlich ein Päckchen vor der Haustür.

Zandt rief Nina an. Sie kam sehr rasch mit zwei Kollegen. Das Päckchen war nicht in Papier eingewickelt. Diesmal war auch kein Name vorn auf den Pullover gestickt, und es war auch gar nicht Karens Pullover. Ihrer war pfirsichfarben, der überbrachte war schwarz.

Dem Päckchen lag eine Notiz bei, mit einem Laserdrucker in Courierschrift auf billigem Papier gedruckt, wie man es in Büros und Privathaushalten im ganzen Land benutzt.

Mr Zandt,
Ein »Päckchen«. Auf den Rest müssen Sie warten.
Ich habe deine Not gesehen und das Werk deiner Hände und ich habe dich verstoßen.

Der Upright Man

Einen Monat später wurde die Leiche von Annette Mattison in einem Canyon in den Hollywood Hills gefunden. Im gleichen Zustand wie Elyse LeBlanc, ohne vor Gericht verwertbare Spuren. Weitere Mädchen wurden nicht entführt, wenigstens nicht solche, auf deren Verschwinden ein Kleidungsstück folgte.

Weitere Leichen tauchten nicht auf.

Nach zwei Stunden war die Promenade fast menschenleer. Die Buchhandlung Barnes & Nobles und das Starbucks hatten geschlossen. Hin und wieder schlurften Leute an der Bank vorüber, Penner, die Habseligkeiten in einem Kofferkuli verstaut, auf dem Weg zu einem Nachtquartier in den Pacific Palisades. Sie sahen einen Mann auf der Bank sitzen, die Hände offen neben sich, die Augen starr auf die Straße gerichtet. Keiner kam näher, um zu betteln. Sie machten sich rasch davon.

Schließlich stand Zandt auf und warf seinen leeren Kaffeebecher in den Abfallkorb. Ihm fiel ein, er hätte in die Buchhandlung gehen und schauen können, von wo aus der Upright Man Sarah Becker hätte beobachten können. Obwohl keine Indizien dafür vorlagen, glaubte Zandt, der Täter habe seine Opfer sorgfältig ausgespäht, ehe er zuschlug. Es gab Ausnahmen, aber die meisten taten es. Möglicherweise war bei Karen der Fall anders gelagert, weil der Upright Man ausgesetzt hatte. Zandt glaubte das nicht. Die Mädchen waren zu ähnlich und die Entführungen zu exakt geplant.

Barnes & Noble konnten warten, vielleicht für immer. Er hatte sich von Nina überreden lassen zurückzukommen. Nur zu gern hätte er geglaubt, dass es diesmal anders sein würde, dass er mehr tun könnte, als durch die Stadt zu irren, Schatten nachzulaufen, in die Dunkelheit zu schreien und doch nicht den Mann zu finden, der ihm seine Tochter genommen hatte. Der Zandts Leben mit unsichtbarer gieriger Hand ergriffen und es zermalmt hatte. In dieser Nacht glaubte er nicht mehr daran.

Er kehrte zu The Fountain zurück und kaufte unterwegs noch ein paar Lebensmittel. Die Eingangshalle des Apartmenthauses war leer, der Tresen der Rezeption verwaist. Keine Berieselungsmusik, und wenig sprach dafür, dass außer ihm überhaupt noch jemand im Haus war. Der Lift fuhr langsam und ruckelnd nach oben, damit jeder Fahrgast spürte, wie schwer es ihm fiel.

Während er in der Küche wartete, bis das Wasser kochte, sah er sich die Nachrichten im Fernsehen an. Die Leute von CNN gaben ihr Bestes, um die Komplexität der Welt auf die Größe von Minutennachrichten zu reduzieren. In einer englischen Kleinstadt war ein Mann mittleren Alters am späten Vormittag mit einem Gewehr auf die Hauptstraße gegangen und hatte acht Erwachsene erschossen sowie vierzehn weitere verletzt.
Keiner wusste, warum.

9

Ich saß bei geöffneter Wagentür auf dem Beifahrersitz und hatte einen Milchkaffee in der einen Hand und eine Zigarette in der anderen. Es war kurz nach acht Uhr morgens, meine Augen waren weit geöffnet und trocken, und ich bedauerte schon wieder, mir eine Zigarette angezündet zu haben. Ich war früher ein starker Raucher gewesen, bis ich irgendwann das Rauchen aufgab. Wie man hört, ist es ja schlecht für die Gesundheit. Doch beim nächtlichen Umherfahren auf unbeleuchteten Straßen, so als ob ich auf der Suche nach dem Ausgang aus einem endlosen Tunnellabyrinth wäre, kam ich zu der Auffassung, dass mir nur noch eine Zigarette helfen könnte. Wer eine Zeit lang geraucht hat, wird in bestimmten Situationen immer das Gefühl haben, ihm fehle etwas, wenn er keinen Glimmstengel in der Hand hat. Ohne Zigarette fühlt er sich ratlos und allein gelassen.

Ich parkte an der Hauptstraße von Red Lodge, einer Kleinstadt zirka hundertzwanzig Meilen südöstlich von Dyersburg. Ich saß im Auto, weil das Geschäft, in dem ich den Kaffee gekauft hatte – ein blitzsauberer Laden, in dem die Bedienungen gestärkte Schürzen und ein strahlendes Lächeln zur Schau trugen –, in eiserner Opposition zum Tabakkonsum stand. Heutzutage steht die Qualität des Kaffees, die ein Geschäft anbietet, im umgekehrten Verhältnis zur Wahrscheinlichkeit, dass man dort über dem Kaffee auch eine Zigarette rauchen darf. Der

Kaffee in diesem Laden war phantastisch, aber dafür hatte man auch die Köpfe von Rauchern präpariert und an den Wänden aufgehängt. Ich hatte mir schlecht gelaunt einen Becher Kaffee zum Mitnehmen gekauft und beobachtete nun durch die Windschutzscheibe, wie Red Lodge allmählich zum Leben erwachte. Leute kamen und öffneten kleine Läden mit allerlei Kram im Angebot, den man kauft, um zu beweisen, dass man im Urlaub ist. Auf der gegenüberliegenden Straßenseite machten sich ein paar Männer mit Farbtöpfen daran, einem Haus einen neuen, freundlicheren Anstrich zu geben. Auch ein paar Touristen, deren Skibekleidung ihnen fast Kugelgestalt verlieh, tauchten auf.

Ich rauchte auch meine zweite Zigarette fast auf und warf sie genervt nach draußen. Es half nichts, nachher fühlte man sich bloß irgendwie schuldig. Da ich wusste, dass meine Willenskraft so schwach war wie das Licht des fernsten Sterns in einer wolkenverhangenen Nacht, griff ich nach der Zigarettenpackung und warf sie in den nächsten Abfallkorb, der an einen Pfahl genagelt und mit Appellen an den Bürgersinn versehen war. Die Packung landete zielgenau und ohne den Rand auch nur zu streifen im Korb. Natürlich sah wieder keiner zu. Für einen professionellen Basketballspieler muss so was komisch sein, denn bei ihm sind immer Leute da, um zuzuschauen.

Ich hatte mein Hotelzimmer noch nicht aufgegeben. Ich hatte nur die Videokassette aus dem Recorder genommen und das Zimmer verlassen. Mein erster Gedanke war, in die Bar zu gehen, doch sagte mir mein verbliebener Sinn für Anstand, dass dies unpassend gewesen wäre. Stattdessen ging ich zu meinem Mietwagen, stieg ein und fuhr los. Ich kurvte in Dyersburg herum und kam zweimal an der Kreuzung vorbei, wo das Auto meiner Eltern zu Schrott gefahren worden war. Die Videokassette lag neben mir auf dem Beifahrersitz. Als ich das zweite Mal über die Kreuzung fuhr, schielte ich hinüber, so als ob das irgendwie nützen könnte. Das tat es nicht, sondern jagte mir nur einen kalten Schauer über den Rücken, ein für jeden anderen unmerkliches Zittern.

Nach einer Weile erreichte ich Fluchtgeschwindigkeit und verließ die Stadt. Ich orientierte mich nicht an der Karte, sondern folgte einfach der Straße und bog je nach Laune mal hier und mal dort ab.

Der Tag brach schon an, als ich schließlich auf die Interstate 90 kam. Ich merkte, dass ich einen Kaffee brauchte, und nahm die Ausfahrt, die nach Red Lodge führte. Inzwischen würden ein paar Läden geöffnet haben.

Ich fühlte mich leer und schwindelig. Vielleicht war es nur der Hunger. Mein Kopf war matt, als ob er zu lange im falschen Gang gelaufen wäre.

Keine Frage, das waren meine Eltern in den beiden ältesten Partien des Videobandes. Ebenso bestand kein Grund zum Zweifel, dass mein Vater im ersten und jüngsten Abschnitt die Kamera bedient hatte. Die drei Szenen, ob einzeln oder zusammen, sollten offenbar einen Sinn ergeben. Warum hätte man sie sonst zu einem Band zusammengeschnitten? Mir fiel es schwer, über die letzte Szene nachzudenken, diejenige, in der allem Anschein nach ein Kind auf einer Straße ausgesetzt worden war. Mein erster Eindruck, dass es sich dabei um ein mir unbekanntes Geschwisterkind handelte, schien mir immer noch am plausibelsten. Alles in der Körpersprache meiner Mutter und in der Art und Weise, wie wir gekleidet waren, belegte das. Entweder war das andere Kind mein Zwillingsbruder oder meine Zwillingsschwester, oder meine Eltern wollten, dass ich dies glaubte. Letzteres schien mir lächerlich. Aber konnte ich allen Ernstes annehmen, dass ich früher einen Bruder oder eine Schwester hatte und dass er oder sie irgendwo ausgesetzt worden war? Dass wir, die ganze Familie, von zu Hause abgereist waren – was, wie ich annahm, durch die kurze Sequenz im Zugabteil gleich zu Beginn der Szene angedeutet wurde –, um das Kind irgendwo im Stich zu lassen? Und dass mein Vater das Ganze gefilmt hatte? Dafür konnte es nur einen Grund geben: Ich sollte eines Tages erfahren, was geschehen war, und die Gewissheit meiner Eltern, nur ein Film würde mich davon überzeugen können. Die ganze Nacht hindurch hatte ich mir diese Passage wieder und wieder durch den Kopf gehen lassen und versucht, eine andere Deutung zu finden. Vergebens. Was mich vor allem beeindruckte, war die Nüchternheit, mit der die Tat ausgeführt worden war. Sie hatten nach einem geeigneten Ort für die Kindesaussetzung gesucht, eine erste Wahl verworfen und waren dann die Straße weitergezogen. Sie hatten einen belebten Ort mit Läden und Wohnhäusern auf der anderen Straßenseite gewählt, so dass das Kind nicht lange unbeachtet bleiben würde. In gewisser Hinsicht machte das die Tat noch schlimmer, meine Eltern wären also mit Vorsatz und Überlegung vorgegangen. Sie hätten das Kind nicht getötet, sondern es verstoßen. Sie hätten alles geplant und dann kaltblütig ausgeführt.

Die Szene in der Mitte war nicht so ungewöhnlich. Hatte man sich erst einmal an den befremdlichen Einblick in die Vergangenheit von Menschen gewöhnt, die man, wie mir nun klar wurde, nie wirklich gekannt hatte, so dokumentierte sie zum größten Teil nur ein Stück Geselligkeit. Ich hatte niemand anderen auf dem Film erkannt, aber das war nicht verwunderlich. Der Kreis der Freunde ändert sich mit zunehmendem Alter. Man ändert sich, und man zieht weiter. Menschen, ohne die man sich das Leben nicht vorstellen konnte, werden nach und nach erst weniger wichtig und dann nur noch Namen auf einer Adressenliste für Neujahrskarten. Schließlich stellt man mürrisch fest, dass man den oder die schon seit über zehn Jahren nicht mehr gesehen hat, Grußkarten bleiben aus, und so schläft die Freundschaft ein, von Erinnerungen, ein paar Sprüchen und einer Hand voll gemeinsamer Erfahrungen abgesehen. So verschüttet bleibt sie, bis es auf den Abend zugeht und man sich plötzlich wünscht, man wäre in Verbindung geblieben, und sei es auch nur, weil es jetzt schön wäre, die Stimme eines Menschen zu hören, der einen in der Jugend gekannt hat und versteht, dass die eigene kalkrieselnde Gestalt erst ein Produkt der letzten Jahre darstellt.

Der Clou aber war die Art und Weise, wie sie in die Kamera geblickt und was sie gesagt hatten. So als ob sie gewusst oder doch geglaubt hätten, dass ich mir das eines Tages ansehen würde. An ihrer Stelle hätte ich mich um einen kesseren Ton bemüht. »Hallo, Sohnemann. Wie geht's denn so? Gruß von deinen Alten, lang ist's her.« Meine Mutter hatte überhaupt nicht so geklungen. Ihre Stimme war traurig und resigniert. Der letzte Satz meines Vaters klang mir immer noch in den Ohren: »Ich frage mich, was aus dir geworden ist.« Wie konnte man so etwas sagen, wenn die Person, zu der man sprach, erst fünf oder sechs Jahre alt war und zur gleichen Zeit im selben Zimmer schlief? Dies passte in gewisser Hinsicht zur Abwicklung der Immobilienfirma: ein tiefes Misstrauen gegenüber dem eigenen Sohn. Ich bin nicht besonders stolz auf mein Leben, aber unabhängig davon, was ich in meinem Leben geworden oder nicht geworden bin, habe ich jedenfalls noch nie ein Kleinkind auf der Straße ausgesetzt und das Ganze auch noch für die Nachwelt gefilmt.

Ich kann mich nicht erinnern, meinen Vater jemals mit einer Schmalfilmkamera gesehen zu haben. Mit Sicherheit aber habe ich keine Erinnerung an solche Filme. Warum die eigene Familie filmen, wenn man sie nicht irgendwann zu einem Filmabend zusammentrommelt, um über Frisuren und Kleidermode zu lachen und sich gegenseitig zu zeigen, wie jeder gewachsen ist oder an Leibesumfang zugenommen hat? Wenn mein Vater früher so etwas gefilmt hat, warum hat er damit aufgehört? Und wo befanden sich diese Filme?

Blieb noch die erste, viel jüngere Szene, die mit einer Videokamera aufgenommen war. Wegen ihrer Kürze und rätselhaften

Bedeutung schien dieser Abschnitt den Schlüssel für alles andere zu liefern. Als mein Vater diese kleine Bombe zusammengebastelt hatte, musste er diese ereignislose Sequenz aus einem bestimmten Grund an den Anfang gestellt haben. Er hatte am Schluss etwas gesagt, eine kurze Äußerung gemacht, die der Wind verwischt hatte. Ich musste herausbekommen, was es war. Vielleicht könnte das einen Hinweis geben, was es mit dem ganzen Band auf sich hatte. Vielleicht auch nicht. Aber dann hätte ich wenigstens Klarheit über das gesamte Material. Ich machte die Wagentür zu und holte mein Handy heraus. Ich brauchte Hilfe, und deshalb rief ich Bobby an.

Fünf Stunden später saß ich wieder in meinem Hotel. In der Zwischenzeit war ich in Billings gewesen, einer der wenigen Städte in Montana mit dem Ehrgeiz zu einer halbwegs passablen Größe. Meinen anfänglichen Befürchtungen zum Trotz hatte ich dort einen Kopierladen gefunden, wo ich erledigen konnte, was ich vorhatte. Mit einer neuen DVD-ROM in der Tasche war ich zurückgekommen.

Als ich die Hotelhalle durchquerte, fiel mir ein, dass ich nur für ein paar Tage nach dem Begräbnis gebucht hatte. Ich hielt daher beim Empfangstresen an, um zu verlängern. Die junge Frau nickte nur abwesend mit dem Kopf, ohne das Fernsehgerät aus den Augen zu lassen, das auf einen Nachrichtensender eingestellt war. Der Sprecher wiederholte gerade die spärlichen Informationen über den Massenmord in England, von dem ich schon im Radio auf der Fahrt nach Billings gehört hatte. Offenbar gab es nichts Neues zu berichten. Im Fernsehen käute man ritualmäßig denselben Stoff ständig wieder, um ihn zu einem Mythos aufzublähen. Der Typ hatte sich mehrere Stunden lang irgendwo verbarrikadiert und sich schließlich selbst umgebracht. Wahrscheinlich war die Polizei gerade dabei, sein Haus auf den Kopf zu stellen auf der Suche nach einer Erklärung oder nach einem Schuldigen.

»Schreckliche Sache«, sagte ich hauptsächlich, um mich zu vergewissern, ob mich die Frau an der Rezeption überhaupt bemerkt hatte. Begrüßungsschilder in der Eingangshalle zeigten an, dass das Hotel für den Rest der Woche die Teilnehmer diverser Unternehmensseminare beherbergen würde, und ich wollte nicht plötzlich ohne Zimmer dastehen.
Die Frau antwortete nicht sofort, und ich wollte gerade ein zweites Mal ansetzen, als ich merkte, dass sie weinte. Ihr stand das Wasser in den Augen, und eine Träne war ihr fast unmerklich über die Wange gelaufen.
»Fehlt Ihnen etwas?«, fragte ich überrascht.
Sie sah mich wie im Traum an und schüttelte den Kopf. »Zimmer 304, verlängert um zwei Tage. Geht in Ordnung.«
»Prima. Fehlt Ihnen wirklich nichts?«
Sie fuhr sich rasch mit dem Handrücken über die Wange. »Nein, nein«, beteuerte sie. »Es ist einfach nur traurig.«
Dann schaute sie wieder auf den Fernsehbildschirm.
Ich beobachtete sie noch, während ich im Aufzug stand und auf das Schließen der Türen wartete. Die Eingangshalle war menschenleer. Sie schaute immer noch regungslos auf den Bildschirm, als ob sie aus dem Fenster sehen würde. Ein Ereignis, dass sich mehrere tausend Meilen entfernt in einem fremden Land abgespielt hatte, fesselte sie so sehr, als wenn ihre eigenen Angehörigen dabei umgekommen wären. Ich hätte mir gewünscht, ebenso spontan und tief mitfühlen zu können, doch das war nicht der Fall. Nicht dass es mir überhaupt nichts ausgemacht hätte, aber es betraf nur meinen Kopf, mein Herz war nicht dabei. Das war anders als beim Anschlag auf das World Trade Center. Da geschah etwas ebenso Atemberaubendes wie Grässliches in den Grenzen unseres Landes und riss Menschen in den Tod, die als Kinder die gleiche Sorte Münzen in ihre Sparbüchsen gesteckt hatten wie ich. Zwar wusste ich, dass das eigentlich keinen Unterschied machen sollte, aber es half nichts. Ich kannte diese Leute einfach nicht.

Wieder in meinem Hotelzimmer holte ich meinen Laptop aus dem Schrank, stellte ihn auf den Tisch und schaltete ihn ein. Ich nahm die DVD-ROM aus meiner Jackentasche. Das Videoband meines Vaters war im Reserveradfach des Mietwagens versteckt; auf der kleinen Silberscheibe befand sich die digitalisierte Fassung.

Die Startroutine des Rechners oder was immer er noch so macht brauchte eine Ewigkeit – Zeit zum Duschen, Kaffeetrinken und zu einer diagonalen Lektüre der Zeitung –, dann steckte ich die DVD in den seitlichen Schlitz. Wie mir der Bildschirm sagte, war das Video in vier sehr großen MPEG-Dateien gespeichert. Für eine Fassung in Hochauflösung war es zu umfangreich, um auf einer DVD Platz zu finden. Deshalb hatte ich im Kopierladen in Billings in einem unbeobachteten Augenblick die Anfangs- und Schlussabschnitte des Videos sowie die Sequenz aus dem Mittelteil, die im Haus meiner Eltern spielt, herausgeschnitten und in Hochauflösung konvertiert. Die lange Sequenz in der Bar hatte ich mit einer geringeren Bildwiederholungsfrequenz gespeichert. Dennoch dauerte es eine Weile. Der ganze Kram passte gerade auf eine Achtzehn-Giga-Scheibe.

Zuerst probierte ich es mit Casting-Agent, einem alten, als Shareware erhältlichen Bildbearbeitungsprogramm, das zwar voller Mucken steckt, aber manchmal da weiterhilft, wo andere Programme versagen. Leider hängte es sich auf, und ich musste einen Kaltstart machen. Danach griff ich auf bewährte Programme zurück und bekam das Video zum Laufen.

Ich scrollte bis zum Ende des ersten Abschnitts, der irgendwo in den Bergen aufgenommen wurde, und schnitt die letzten zehn Sekunden heraus. Diesen Teil speicherte ich auf der Festplatte. Dann benutzte ich MPEGSplit, um die Bilddaten aus der Datei herauszulösen und nur noch die Tondaten zu behalten. Ich wusste ja, was auf dem Bild zu sehen war. Eine Gruppe von Leuten in schwarzen Mänteln, die beieinander standen.

Mich interessierte vor allem, was der Mann hinter der Kamera gesagt hatte.
Ich speicherte die Datei ab, verließ die Videosoftware und bearbeitete die Tondatei mit dem ganzes Arsenal einschlägiger Tools – SoundStage, SFXlab, AudioMelt Pro. Eine halbe Stunde lang probierte ich verschiedene Filter an dem Klangmaterial aus. Eine Erhöhung der Amplitude machte den Klang lauter, verschlechterte aber die Qualität, durch Down-Sampling und Rauschunterdrückung wurde der Ton undeutlicher. Am Ende brachte ich nur so viel heraus, dass es zwei oder drei Wörter waren.
Doch ich kam der Sache schon näher. Ich schnitt eine weitere kurze Tonsequenz aus dem Abschnitt unmittelbar vor dem Dialog heraus. Ich analysierte die Frequenzen der Windgeräusche im Hintergrund und baute mir daraus einen neuen Filter. Diesen ließ ich über den betreffenden Abschnitt des Bandes laufen, und nun wurde der Klang deutlicher. Noch etwas Feinregulierung, und unter den Geräuschen wurden Wörter erkennbar. *Di schtomen?* Als ich alles ausprobiert hatte, holte ich mir Kopfhörer aus der Laptoptasche und setzte sie auf. Ich stellte die Tonspur auf Wiederholung und schloss die Augen. Nach gut vierzig Wiederholungen hatte ich es schließlich heraus: »The Straw Men«.
Ich hielt die Wiederholung an und nahm die Kopfhörer ab. Ich war mir ziemlich sicher. The Straw Men. Schön und gut, aber es bedeutete nichts. Es klang wie der Name einer indianischen Rockband, allerdings bezweifelte ich, dass die Leute auf dem Video ihr Geld mit schlecht produziertem Gejaule verdienten. Mitglieder von Rockbands haben ihr Domizil nicht in Skigebieten. Sie wohnen irgendwo auf diesem Planeten weit entfernt voneinander in Villen im falschen Tudor-Stil und kommen nur zusammen, wenn sie dafür bezahlt werden. Tatsächlich hatte ich also das Rätsel des Videos nur um einen weiteren unerklärlichen Zug vermehrt. Ich ließ das ganze Video noch einmal

schnell auf DVD ablaufen, in der Hoffnung, dass mir durch den Formatwechsel vielleicht etwas auffallen würde. Doch ich fand nichts Neues.

Ich saß eine Weile da und starrte ins Leere, während es draußen langsam dunkel wurde. Hin und wieder hörte ich im Gang vor meiner Tür Schritte vorübergehen, oder draußen rauschten Autos vorbei. Manchmal kamen mit dem Wind auch Fetzen von Gesprächen zwischen Menschen, die ich nicht kannte und auch nie kennen lernen würde. Alles das ging mich nichts an.

Kurz nach sechs Uhr riss mich das Klingeln meines Handys aus dem Halbschlaf. Verschlafen nahm ich ab.

»Hey«, sagte eine Stimme. Im Hintergrund waren weitere Stimmen und gedämpfte Musik zu hören. »Ward, hier ist Bobby.«

»Hallo, altes Haus«, sagte ich und rieb mir die Augen. »Danke für den Tipp. Der Kopierladen in Billings war den Weg wert.«

»Cool«, kam es vom anderen Ende der Leitung. »Aber deswegen rufe ich nicht an. Ich bin hier in einer Bar, wie heißt der Laden doch gleich, The Sacagawea oder so ähnlich. Gleich an der Durchgangsstraße. Mit einem Riesen-Oschi von einer Leuchtreklame.«

Schlagartig war ich hellwach. »Bis du in Dyersburg?«

»Na klar doch. Bin gerade mit dem Flieger gekommen.«

»Warum tust du das für mich?«

»Tja, dein Anruf hat mir keine Ruhe gelassen. Ich habe mich umgehört und ein bisschen herumgeschnüffelt.«

»In was hast du herumgeschnüffelt?«

»In allem Möglichen. Du, Ward, mach dich gleich auf die Socken. Ich hab mir ein Bier bestellt und warte auf dich. Ich muss dir was erzählen, und das kann ich nicht am Telefon.«

»Warum nicht?«, fragte ich und packte schon meinen Computer ein.

»Weil dir das einen Mordsschreck einjagen wird.«

10

Das Sacagawea ist ein großes Motel an der Durchgangsstraße. Seine bunte Leuchtreklame, die man schon auf eine halbe Meile Entfernung in beiden Richtungen erkennen kann, zieht die Ahnungslosen wie ein Magnet an. Ich war mal für knapp zehn Minuten drin, als ich zum ersten Mal meine Eltern in Dyersburg besuchte. Das Zimmer, das man mir damals zeigte, hatte eine museumsreife Einrichtung im Stil der sechziger Jahre. Die Teppiche sahen aus wie ein ungeliebter Hund, den man nie gebürstet hat. Zuerst fand ich das irgendwie irre, bis ich näher hinschaute und merkte, dass man seit der Zeit, in der ich geboren wurde, hier nichts renoviert hatte. Als ich dann auch noch erfuhr, dass es keinen Zimmerservice gab, verließ ich das Motel umgehend. Ohne Zimmerservice halte ich es nirgends aus, darauf kann ich einfach nicht verzichten.
Die Eingangshalle war klein und muffig und roch stark nach Chlor, vermutlich wegen des zwergenhaften Schwimmbads im anstoßenden Raum. Der rauschebärtige Alte hinter dem Empfangstresen führte mich wortlos, aber mit einem merkwürdigen Blick ins obere Stockwerk. Oben angekommen, wurde mir sofort klar, warum. Die Bar fiel nicht in die Kategorie Erlebnisgastronomie. In der Mitte des Raumes gab es eine Thekeninsel mit einer einsamen Barfrau und an der Seite eine Reihe vorzeitlicher Spielautomaten, die von ebenso alten Spielern geduldig mit Münzen gefüttert wurden. Wir Menschen verstehen doch

zu leben. Eine breite Fensterfront bot einen Blick auf den Parkplatz und den spärlich fließenden Verkehr auf der Durchgangsstraße. Einige verstreut im Raum sitzende Paare redeten laut miteinander, als ob sie damit Stimmung in die Bude bringen könnten. Das klappte aber nicht.
An einem Tisch am Fenster saß Bobby Nygard.
»Was ist das für ein Sums mit Sacagawea?«, waren seine ersten Worte.
Ich setzte mich ihm gegenüber. »Sacagawea war der Name einer indianischen Maid, die sich mit Lewis und Clark herumgetrieben hat. Sie half ihnen beim Handel mit den Einheimischen und sorgte dafür, dass die beiden Bleichgesichter nicht skalpiert wurden, so ungefähr. Die Expedition kam bei ihrem Weg in die Bitterroot Mountains nicht weit von hier vorbei.«
»Danke, Herr Professor. Aber darf man heutzutage noch den Ausdruck ›Maid‹ benutzen? Ist das nicht sexistisch?«
»Vermutlich«, sagte ich. »Aber das kratzt mich überhaupt nicht. Auf jeden Fall ist es besser als ›Squaw‹.«
»Bist du dir da sicher? Vielleicht nicht. Vielleicht ist es wie mit ›Nigger‹. Ein Schmähwort, auf das man stolz ist. Identifikation mit dem Gegner.«
»Wie dem auch sei, Bobby. Schön, dich zu sehen.«
Er zwinkerte mir zu, und wir stießen an. Bobby sah so aus wie immer, obwohl es zwei Jahre her war, dass wir uns das letzte Mal getroffen hatten. Er war etwas kleiner und etwas breiter als ich. Mit seiner Kurzhaarfrisur und dem immer leicht geröteten Gesicht sah er aus wie jemand, dem man mit einem Baseballschläger kommen konnte, ohne dass ihm das viel ausgemacht hätte. Früher war er bei der Armee, und auch jetzt schien es manchmal, als wäre er immer noch dabei – allerdings nicht bei der Truppe, die man im Fernsehen sieht.
Nachdem wir getrunken hatten, stellte Bobby sein Glas auf den Tisch und sah sich um. »Ein trostloser Schuppen.«
»Warum bist du dann hier?«

»Wegen der Scheißleuchtreklame. Die hat mich mit ihrem Neonlicht angezogen. Gibt es denn was Besseres in der Stadt?«
»Nein. Aber ich meinte eigentlich, warum bist du nach Dyersburg gekommen?«
»Davon später. Und wie geht es dir? Mein Beileid übrigens.«
Schlagartig, vielleicht weil ich mit jemandem zusammensaß, den ich als meinen Freund betrachtete, kam mir der Tod meiner Eltern wieder zu Bewusstsein. Der Schmerz traf mich unvorbereitet und ging tief, wie es mir wohl künftig immer wieder passieren würde, unabhängig davon, was meine Eltern getan hatten. Ich wollte etwas sagen, brachte aber kein Wort heraus. Ich war zu erschöpft, zu verwirrt und zu traurig. Bobby stieß sein Glas nochmals an meines, und wir tranken. Wir saßen eine Weile still beieinander, dann schnitt er ein anderes Thema an.
»Was hast du denn so in letzter Zeit gemacht? Erzähl doch mal.«
»Nicht viel«, sagte ich.
Er hob eine Augenbraue. »Soll das heißen ›Frag lieber nicht‹?«
»Nein. Das heißt nur, dass es sich darüber nicht zu reden lohnt. Vielleicht gibt es ein paar Jobs, die ich noch nicht ausprobiert habe, aber ich bezweifle, dass sie mir mehr bringen. Offenbar arbeite ich immer abseits der ausgetretenen Pfade, und Arbeitgeber haben noch nicht begriffen, wie wichtig das in einer modernen Wirtschaft ist.«
»Aus Furcht und mangelnder Weitsicht«, pflichtete er mir bei. Dann machte er der Bedienung ein Zeichen für weitere Biere. »Aber war das nicht schon immer so?«
Nachdem uns die junge triefäugige Kellnerin die Bestellung gebracht hatte, plauderten wir noch eine Weile. Die frühere Anstellung, von der ich vorhin gesprochen hatte, war bei der CIA gewesen. Ich arbeitete dort neun Jahre und lernte dabei auch Bobby kennen. Wir verstanden uns sofort. Die meiste Zeit arbeitete ich außerhalb der Behörde, obwohl ich gegen Ende

auch viel in der Medienüberwachung eingesetzt war. Ich verließ die CIA, als man dort vor ein paar Jahren Lügendetektortests einführte. Damals quittierten viele den Dienst aus Empörung über das offenkundige Misstrauen, das ihnen entgegengebracht wurde, nachdem sie sich für ihr Land eingesetzt hatten. Ich stieg bei der Firma aus, weil ich ein paar krumme Dinger gedreht hatte. Keinen großen Coup, aber Sachen, für die man ins Gefängnis kommt. Die CIA ist bestimmt keine moralisch einwandfreie Behörde, aber die Verantwortlichen an ihrer Spitze sehen es lieber, wenn ihre Untergebenen nicht mit dem Gesetz in Konflikt geraten. Ich habe berufliche Beziehungen genutzt, um an Geld zu kommen, habe ein paar Größen aus dem Milieu erpresst. Das war alles. Irgendetwas Außergewöhnliches habe ich, ehrlich gesagt, nie zustande gebracht.

Obwohl Bobby jetzt in Arizona wohnte, arbeitete er immer noch hin und wieder für die Firma und stand in Kontakt mit ein paar alten gemeinsamen Freunden. Zwei versuchten gerade paramilitärische Milizen zu infiltrieren. Als ich das erfuhr, war ich froh, die Firma verlassen zu haben. Auf so einen Job ist niemand scharf, jedenfalls nicht, wenn einem das Leben lieb ist. Einer von den Jungs, ein schmächtiges Kerlchen namens Johnny Claire, lebte in solch einer Miliz, eine Horde mangelhaft sozialisierter Waffennarren, die irgendwo in den Wäldern von Oklahoma hausten. Lieber er als ich, obwohl Johnny die Gabe hatte, in jeder denkbaren Gesellschaft zu überleben.

»Okay«, sagte Bobby mit einem neuen Glas Bier in der Hand, »magst du nun erzählen, wieso du in der finstersten Provinz plötzlich dringend ein paar Amateurvideos digitalisieren musst?«

»Vielleicht.« Ich bewunderte, wie er mich abklopfte, ohne zu verraten, was er vorhatte. Ein Geheimdienstkniff, der ihm in Fleisch und Blut übergegangen war. Als wir uns kennen lernten, verbrachte er viel Zeit mit dem Verhören von Leuten aus dem Nahen und Mittleren Osten. Am Ende redeten sie alle.

Danach wechselte er zur Überwachung. »Nicht in jedem Fall. Nicht, bevor du mir verrätst, warum du mit dem Flugzeug aus Arizona hierher kommst und mir ein Bier spendierst.«
»Okay, okay«, wich er aus. »Lass mich bitte eine Frage stellen. Wo bist du geboren?«
»Bobby ...«
»Sag es mir einfach, Ward.«
»Du weißt doch, wo ich geboren bin. Im County Hospital in Hunter's Rock, Kalifornien.« Der Ortsname ging mir so leicht von der Zunge wie mein Name. Das ist eines der ersten Dinge, die man über sich erfährt.
»Richtig. Ich erinnere mich. Du warst ganz aufgebracht darüber, dass heute keiner mehr auf das Apostroph in ›Hunter's‹ achtet.«
»Das fuchst mich immer noch.«
»Ganz recht. Das ist ein Skandal. Schön. Als wir heute Vormittag telefonierten, hast du zuerst von deinen Eltern erzählt und von einem Video, das etwas mit deiner Kindheit zu tun hat. Nach dem Telefongespräch hatte ich nichts weiter zu tun. Bei mir zu Hause stehen überall Computer herum. Ich hatte schon reichlich im Internet gesurft und mir auch schon einen runtergeholt.«
»Schau an«, fiel mir dazu nur ein, »hoffentlich nicht, während du mich an der Strippe hattest.«
»Wo denkst du hin«, sagte er mit einem verschmitzten Lächeln. »Wie wäre es denn, sagte ich mir, wenn ich ein bisschen in Wards Privatleben herumschnüffeln würde?«
Ich starrte ihn an. Gewiss, er war mein Freund, und deshalb durfte er das, aber dennoch fühlte ich mich irgendwie ausspioniert.
»Ich weiß, ich weiß«, fügte er beschwichtigend hinzu. »Mir war langweilig, entschuldige bitte. Na jedenfalls habe ich die Rechner arbeiten lassen und habe ein paar Datenbanken angezapft. Ich sollte gleich vorwegschicken, dass ich nichts gefunden habe,

was ich nicht schon vorher wusste. Wurde wegen einer Reihe von Vorfällen verhaftet und verhört, später aus Mangel an Beweisen freigelassen. Einer der Zeugen widerrief seine Aussage. Ein anderer verschwand von der Bildfläche. Dann die Drogengeschichte 1985 in New York, die Ermittlung wurde eingestellt, als du bereit warst, als Informant über eine Studentenverbindung an der Columbia University auszusagen.«

»Das waren Wichser«, sagte ich zu meiner Verteidigung. »Rassistische Wichser. Außerdem hat einer von ihnen mit meiner Freundin geschlafen.«

»Beruhige dich. Du hast mir das schon erzählt, und im Übrigen interessiert es mich einen Scheiß. Hättest du es nicht getan, wärst du nicht bei der Firma gelandet, und wir hätten uns niemals kennen gelernt, was ich sehr bedauert hätte. Wie gesagt, entweder ist nichts in den Akten, was ich nicht sowieso schon kenne, oder du hast es sehr gut verborgen. Wirklich gut. Ich wüsste zu gern, wie du das gemacht hast.«

»Kein Kommentar«, blockte ich ab. »Ein Mann muss auch seine Geheimnisse haben.«

»Tja, Ward. Die hast du wirklich. Das muss ich dir zugestehen.«

»Was soll das heißen?«

»Nach gut einer Stunde war ich leicht genervt, nichts herausgefunden zu haben. Da bin ich auf den Einfall gekommen, Daten in Hunter's Rock – das mit dem Apostroph – zu überprüfen. Ich habe die Adresse deiner Eltern recherchiert, außerdem das Datum, als sie eingezogen und wieder weggezogen sind. Der Tag ihres Einzugs war der 9. Juli 1956, ein Montag, glaube ich. Sie zahlten ihre Steuern und gingen ihrer Arbeit nach. Dein Vater war Angestellter bei der Immobilienfirma Golson Realty, deine Mutter arbeitete halbtags in einem Ladengeschäft. Zehn Jahre später kamst du dort auf die Welt, richtig?«

»Richtig«, bestätigte ich und fragte mich dabei, worauf er eigentlich hinauswollte. Aber er schüttelte den Kopf.

»Falsch. Im County Hospital in Hunter's Rock gibt es keinen Hinweis darauf, dass dort an dem bewussten Tag ein Ward Hopkins geboren wurde.«

Die Welt schien plötzlich nicht mehr in der richtigen Spur zu laufen. »Wie bitte?«

»Ebenso wenig gibt es Eintragungen im General Hospital in Bonville oder im James B. Nolan Hospital oder in jedem anderen Krankenhaus in einem Umkreis von zweihundert Meilen.«

»Kann es auch gar nicht, denn ich bin im County Hospital in Hunter's Rock geboren.«

Er schüttelte energisch den Kopf. »Nein.«

»Bist du dir sicher?«

»Absolut. Ich habe plusminus fünf Jahre um dein Geburtsdatum herum nachgeprüft, nur für den Fall, dass du die Leute über dein Alter irreführen wolltest, aus Eitelkeit oder schlechtem Zahlengedächtnis oder aus welchen Gründen auch immer. Kein Ward Hopkins. Kein Hopkins unter anderem Namen. Ich weiß nicht, wo du geboren wurdest, mein Freund, aber mit Sicherheit nicht in Hunter's Rock und Umgebung.«

Ich machte den Mund auf und schloss ihn wieder.

»Vielleicht steckt gar nicht viel dahinter«, sagte er und schaute mich verschmitzt an, »aber könnte dein dringender Wunsch nach einem digitalisierten Video damit zusammenhängen?«

»Spiel es noch mal vor«, sagte er.

»Ehrlich, ich ertrag das nicht mehr, Bobby.«

Er sah mich an. Er saß, über meinen Laptop gebeugt, auf einem der zwei Stühle des Hotelzimmers. Ich hatte ihm gerade die beiden MPEG-Dateien vorgespielt und glaubte nun, sie für den Tag oft genug gesehen zu haben. Vielleicht für mein ganzes Leben. »Glaube mir. Da steckt nicht mehr drin als das, was du beim ersten Mal siehst.«

»Okay. Dann spiel mir jetzt die Audio-Datei vor.«

Ich langte hinüber, steuerte die Datei an und doppelklickte.

Er hörte sich die gefilterte Version mehrmals an und stoppte sie dann selbst. »Ja«, sagte er, »das klingt wirklich wie ›The Straw Men‹. Und du hast keine Idee, was das heißen könnte?«
»Nur im Sinn von ›Popanz‹, aber das bringt uns nicht weiter. Oder?«
Er nahm sein Glas. Wir hatten noch eine halb volle Flasche Whisky zur Verfügung. »Was mir noch einfällt, sind Waffenkäufe über so genannte Straw Men.«
Ich nickte. Was er meinte, war der Trick, mit dem sich Leute, die eigentlich keine Schusswaffen kaufen dürfen – weil sie entweder noch nicht das vorgeschriebene Alter haben oder einschlägig vorbestraft sind oder keinen Waffenschein besitzen –, dennoch Waffen besorgen. Dazu betritt man das Waffengeschäft mit einem Freund, der die erforderlichen Voraussetzungen erfüllt. Man verhandelt mit dem Geschäftsinhaber und sucht sich das Gewünschte aus. Wenn es dann ans Bezahlen geht, kommt der Freund – der Straw Man – zum Zug. Er legt das Geld auf den Tresen und tätigt den Kauf. Selbstverständlich sollten sich Inhaber von Waffengeschäften nicht auf so etwas einlassen, wenn klar ist, in wessen Hände die Waffe am Ende übergeht, doch viele tun es trotzdem. Geschäft ist eben Geschäft. Sobald der Kunde den Laden verlassen hat, kann es dem Inhaber egal sein, was mit der Waffe geschieht. Solange der Kunde nicht zurückkommt und auf seine Mutter schießt, wird er keinen Gedanken daran verschwenden. Gewiss, gewiss, die Mehrzahl der in der Waffenbranche Tätigen ist rechtschaffen und ehrlich, aber es gibt auch viele, die in ihrem Innersten der festen Überzeugung sind, dass jeder Amerikaner – und die Ladys eingeschlossen – schon bei der Geburt eine Schusswaffe besitzen sollte. Sie haben kein Problem mit der Tatsache, dass ein Schießeisen ein einfaches Mittel darstellt, das Leben eines Menschen zu beenden. Sie sind der Überzeugung, dass Waffen moralisch wertfrei sind und erst durch den Schützen zu einem Werkzeug des Bösen gemacht werden können.

Vor allem solche mit schwarzer Haut oder weißes Gelichter, Junkies und andere verkommene Subjekte, die wir sowieso nicht in unserem Laden bedienen würden.

»Hältst du das für möglich?«

»Scheint mir im Grunde unwahrscheinlich«, räumte er ein. »Obwohl in den vergangenen Jahren in diesem Zusammenhang einiges unternommen wurde. Das FBI und ein paar große Städte haben versucht, hart durchzugreifen und solche Waffenhändler ins Visier genommen, die es ganz offenkundig mit den Bestimmungen nicht so ernst nahmen. Ein großer Teil der Waffen in Großstädten kommt auf diese Weise in den Verkehr, durch Typen, die Waffen im großen Maßstab einkaufen und dann an die Jungs auf der Straße weiterverkaufen. Die Auswertung dieser Testfälle steht noch aus, einer davon ist, glaube ich, vergangenes Jahr abgeschlossen worden. Ich kann mich aber nicht erinnern, mit welchem Ergebnis. Doch davon einmal abgesehen, verstehe ich nicht, was das mit deinen Eltern zu tun haben könnte.«

»Ich auch nicht«, stimmte ich zu. »Soweit ich weiß, hat mein Vater nie eine Waffe besessen. Ich kann mich auch nicht erinnern, dass er sich jemals über dieses Thema ausgelassen hätte. Jedenfalls verfügen alle, die für ein liberales Waffenrecht sind, über gut gefüllte Waffenschränke. Ich kann mir keinen Reim darauf machen.«

»Hast du nachgeschaut?«

»Wo denn? Im großen Buch der geflügelten Worte?«

Er verdrehte die Augen. »Im Internet natürlich.«

»Um Gottes willen, nein.« Ich mag das Internet, echt. Wenn ich billige Shareware brauche oder wissen will, wie das Wetter gerade in Bogotá ist oder wenn ich mir ein Foto einer Frau mit Maultier ansehen will, bin ich der Erste, der online geht. Aber als Informationsquelle taugt es nichts. Man kriegt Daten ohne Ende, die heruntergeladen, gesehen und gehört werden wollen, und was ich eigentlich wissen wollte, geht in der Masse unter.

Ich weiß nicht, warum, aber immer wenn ich etwas ganz Bestimmtes suche, kriege ich regelmäßig Fehlermeldung 404: Seite konnte nicht gefunden werden.
»Ward, du bist ein Maschinenstürmer.« Er war schon dabei, das Modemkabel in die Telefondose einzustecken. Ich hinderte ihn nicht und wünschte nur, ich hätte heute Morgen nicht die Zigarettenpackung weggeworfen.
Fünf Minuten später schüttelte er den Kopf. »Ich kriege weder mit den gängigen noch mit den speziellen Suchmaschinen irgendein Ergebnis. Und selbst die, die bestimmte Sicherheitsschranken unterlaufen, bringen nichts.«
»Tja, das ist das Internet. Ein taubes, begriffsstutziges Orakel mit Gedächtnisschwund.« Ich versuchte gar nicht zu verhehlen, dass ich das schon früher gesagt hatte.
»Das heißt noch lange nicht, dass nichts drin ist. Der Ausdruck kann sehr wohl auf einer Web-Site erscheinen, nur kennen die Suchmaschinen diese Adresse nicht.«
»Bobby, es gibt keinen vernünftigen Grund zu der Annahme, dass alles im Internet zu finden sein soll. Nicht alles, was jemals geschehen ist, steht dort irgendwo geschrieben. Außerdem ist es bloß ein Satz, nicht einmal, nur drei Wörter. Gib einer Horde Affen lange genug Zeit, und einer von ihnen wird das irgendwann in die Tastatur hacken. Das bedeutet aber nicht, dass er rasch ein bisschen HTML-Code gelernt und das Ganze auf einen Server befördert hat, möglichst noch mit Besucherzähler und Bannerwerbung. Und selbst wenn es so wäre, was hätte das mit dem Video zu tun?«
»Hast du etwas Besseres vor?«
»Ja«, behauptete ich fest. »Der Whisky geht zur Neige, ich bin müde und brauche sehr viel mehr zu trinken.«
»Das machen wir danach.«
»Nach was? Du hast doch gesehen, dass nichts da ist.«
Bobby klopfte mit den Fingernägeln auf den Tisch und schielte nach den Gardinen. Mir schien es, als könnte ich sein Gehirn

arbeiten hören. Mir reichte es, und vom Whisky hatte ich einen schweren Kopf. Nach den vielen Neuigkeiten der letzten zwei Tage wünschte ich mir, alles zu vergessen.

»Im Haus deiner Eltern muss noch etwas anderes sein«, sagte er schließlich. »Etwas, was du nicht gefunden hast.«

»Dann hätte es in einer Glühlampe versteckt sein müssen. Ich habe das ganze Haus auf den Kopf gestellt. Da war nichts.«

»Das sieht ganz anders aus, sobald du weißt, wonach du zu suchen hast«, beharrte er. »Du dachtest, du müsstest nach einer weiteren Notiz suchen. Danach hast du Ausschau gehalten, das war dein Suchraster. Du bist nur zufällig darauf gekommen, nach einem Video zu suchen.«

»Nein«, widersprach ich. »Ich bin darauf gekommen, weil im Haus etwas darauf hingewiesen hat. Mein Vater hatte sich Mühe gegeben, die ...«

Ich brach ab, stand auf und kramte in der Laptop-Tasche.

»Wobei?«

»Ich habe den Inhalt seiner Festplatte sicherheitshalber auf einer Zip-Diskette gespeichert. Und die habe ich mir tatsächlich noch nicht angesehen.«

Ich setzte mich wieder auf den Stuhl neben Bobby und schob die kleine Diskette in den Laptop. Kaum dass sie geladen war, erschien ein Suchfeld auf dem Bildschirm. Ich tippte das Wort »Straw Men« ein und drückte auf Eingabe. Der Rechner schnarrte für eine Weile.

Keine Treffer zum Thema gefunden.

Ich probierte es mit »Straw« allein. Gleiches Ergebnis.

»Tja, das war's dann wohl«, sagte ich. »Die Bar ruft.« Ich stand auf und erwartete, dass Bobby mitkäme. Stattdessen begann er mit einer neuen Suchprozedur.

»Was machst du denn jetzt noch?«

»Ich lasse mir ein Verzeichnis des Inhalts aller Textdateien auf der Festplatte geben«, erklärte er. »Wenn das Straw-Dingsbums so wichtig ist, wäre es verständlich, dass es keine Datei mit diesem Namen gibt. Damit würde man diskreter umgehen. Aber der Name könnte innerhalb einer Datei auftauchen.«

Das klang vernünftig, also wartete ich. Die Zip-Diskette hatte eine schnelle Zugriffsgeschwindigkeit, so dass der ganze Suchvorgang nur ein paar Minuten dauerte.

Dann kam die Meldung: Der Text war nirgends zu finden.

Bobby fluchte. »Warum hat dein Vater denn keinen Brief hinterlassen, aus dem hervorgeht, was er nun eigentlich wollte?«

»Diese Frage habe mir schon tausendmal gestellt, und die Antwort lautet: Ich weiß es nicht. Also gehen wir.«

Er stand immer noch nicht auf. »Bobby«, sagte ich, »ich weiß, dass du das für mich machst, und ich bin dir dafür dankbar. Aber in den letzten vierundzwanzig Stunden habe ich entdeckt, dass meine Eltern entweder nicht ganz bei Verstand waren und ich früher einen Zwillingsbruder oder eine Zwillingsschwester hatte oder dass sie wirklich von allen guten Geistern verlassen waren und das im Video nur vorgeben. Ich habe seit Tagen nichts mehr gegessen. Heute Morgen habe ich dummerweise wieder eine Zigarette geraucht, und nun möchte ich noch hundert mehr, und es kostet mich meine ganze Willenskraft, dem nicht nachzugeben. Ich bin fix und fertig. Ich gehe jetzt nach unten in die Bar.«

Er schaute mich an, doch sein Blick war weit weg. Diesen Blick kannte ich von früher. Wenn er diesen Blick hatte, hörte er wahrscheinlich gar nicht, was ich sagte, und das würde sich nicht ändern, bis er sein Ding durchgezogen hatte.

»Wir sehen uns dann unten«, sagte ich und ging.

11

Ich erinnere mich, dass ich als Junge auf eines besonders stolz war – nämlich, nicht von Mücken gestochen zu werden. Wenn wir in der richtigen Gegend Urlaub machten oder wenn der Schulausflug zur falschen Jahreszeit stattfand, stellte ich fest, dass die meisten Menschen von kleinen roten Punkten übersät waren, die teuflisch juckten, ganz gleich, wie sehr sie sich auch mit Creme und Spray und Moskitonetzen dagegen zu schützen versuchten. Ich blieb verschont oder wurde höchstens einmal am Knöchel gestochen. Dass man auf so etwas stolz sein kann, ist schon merkwürdig, aber so ist das eben, wenn man noch jung ist. Sobald man sich bewusst wird, nicht das Zentrum des Universums zu sein, wünscht man sich nichts sehnlicher, als sich auf irgendeine Weise abzuheben, und dazu ist alles recht. Ich war der Junge, der gegen Mückenstiche gefeit war. Meine Damen und Herren, ich bitte um Ihre geschätzte Aufmerksamkeit: Hier kommt der Junge, der niemals von Mücken gestochen wird, das mückenresistente Kind. Dann kam der Tag – ich war gegen Ende zwanzig –, an dem mir klar wurde, dass ich mich geirrt hatte. Mit hoher Wahrscheinlichkeit stachen mich Mücken wie alle anderen auch. Der Unterschied bestand lediglich darin, dass ich keine allergische Reaktion zeigte, also keine roten Punkte bekam. Ich war zwar immer noch »anders« als die anderen, aber darauf konnte ich mir nichts mehr einbilden. Außerdem hoffte ich inzwischen, mich

doch nicht zu sehr von den anderen zu unterscheiden. Wie alle Menschen wurde ich von Mücken gestochen, und mit der kindlichen Unverwundbarkeit hatte es fortan ein Ende.
Während ich in der Bar saß und auf Bobby wartete, ließ mich diese Erinnerung nicht mehr los. Mit einem Mal verstand ich weder meine Familie noch mein Leben. Es schien so, als hätte ich stets dieselben Häuser im Hintergrund meines Lebens gesehen, und nun fragte ich mich plötzlich, ob sie vielleicht nur zu einer Filmkulisse gehörten. Tatsächlich sah ich im Allgemeinen dieselben Häuser. Seit meiner Zeit bei der Firma hatte ich keine Existenz wie der Durchschnittsbürger mehr gehabt, und durch die Wiederbegegnung mit Bobby wurde mir das deutlicher vor Augen geführt als je zuvor. Ich machte mal dies, mal jenes; ich hielt mich in Motels, Restaurants und Regionalflughäfen auf, redete mit Fremden und las Schilder, die an Kunden und Gäste, aber nie ausdrücklich an mich gerichtet waren. Die anderen um mich herum schienen Menschen zu sein, deren Leben einen Inhalt hatte. Sie sahen aus wie die Menschen im Fernsehen. Situierbar. Teil einer Geschichte im gewohnten Takt. Mein Leben schien dagegen keinen Takt zu haben. Und nun war auch noch die Partie über meine Herkunft herausgerissen worden. Übrig blieb eine nicht bekannte Zahl leerer Seiten.
Mein Barmann stand wieder hinter der Theke und erwies sich als verlässlicher und kompetenter Verbündeter. Dass es in unserer Bekanntschaft einen »früheren Vorfall« gegeben hatte, hakte er mit einer lapidaren Bemerkung ab.
»Holen Sie nachher wieder Ihre Pistole raus?«
»Nein, wenn Sie mir ein paar Erdnüsse geben.«
Er gab mir welche. Der Mann nahm seinen Beruf ernst. Die Bar war frei von Androiden aus der Geschäftswelt, und außer einem Quartett sehr alter Männer in einer Sitzecke gab es keine weiteren Gäste. Sie schauten mich zuerst grimmig an. Das nahm ich ihnen nicht übel. Wenn ich einmal so alt bin, werde ich junge Leute auch nicht mögen. Eigentlich mag ich sie schon

jetzt nicht, die schlaksigen Deppen mit dem frischen Teint. Mich überrascht es überhaupt nicht, dass alte Leute so komisch und übellaunig sind. Die Mehrzahl ihrer Freunde sind schon tot, die meiste Zeit über sind sie schlecht drauf, und das nächste große Ereignis in ihrem Leben wird ihr letztes sein. Sie können sich auch nicht mehr damit trösten, dass regelmäßiges Training im Fitnessstudio alles ins Lot bringt oder dass am Ende einer durchzechten Freitagnacht der Traumpartner auf sie wartet oder dass ihre Karriere einen ungeahnten Aufschwung nimmt und sie schließlich mit einem Kinostar den Bund fürs Leben eingehen. Darüber sind sie hinweg, ihr Leben ist nur noch eine graue, öde Ebene aus Schmerzen, nachlassendem Augenlicht und ständigem Frieren. Ihnen bleibt nichts mehr zu tun, außer den Kindern und Enkeln dabei zuzuschauen, wie sie sich ins Unglück stürzen und genau die Fehler machen, vor denen sie sie gewarnt haben. Wirklich, ich nehme es ihnen nicht übel, dass sie keinen Bock haben. Es wundert mich, dass sich nicht mehr Alte zusammenrotten, sich betrinken und lärmend durch die Straßen ziehen. Wenn der aktuelle demografische Trend anhält, wird so die kommende große Krise aussehen. Banden von Achtzigjährigen, die erst Speed einwerfen und dann Amok laufen. Vielleicht schlurfen sie aber eher Amok – unter Einhaltung eines Mittagsschläfchens.

Nach einer Weile schien die Runde zu der Auffassung gekommen zu sein, dass ich kein nervtötendes neues Instrument und keine extravaganten Begattungstechniken ausprobieren wollte. Sie beschäftigten sich wieder mit ihrem Kram und ich mit meinem: zwei Arten von Lebewesen, die misstrauisch um ein gemeinsames Wasserloch hockten.

Fast zwei Stunden später kam Bobby hereinmarschiert. Als er mich in meiner Sitzecke hängen sah, gab er dem Barmann mit einem Handzeichen zu verstehen, zwei Gläser von dem Drink zu bringen, den ich bestellt hatte, ganz gleich, was es war, und kam zu mir herüber.

»Wie versumpft bist du?«, fragte er mich mit einer komischen Miene.
»Auf einer Skala von eins bis zehn«, gab ich fröhlich zur Auskunft, »gebe ich mir die Sechs.«
»Schön«, sagte er. »Ich habe nämlich etwas rausgekriegt.«
Erwartungsvoll richtete ich mich auf und sah, dass er einen dünnen Stoß Papier in der Hand hielt.
»An der Rezeption war man so nett, mir etwas auszudrucken«, erläuterte er. »Wo bleiben denn die Drinks?«
Im gleichen Augenblick kam der Barmann. »Noch mehr Nüsse?«, fragte er.
»Nein, nein«, wehrte ich ab, »zwei taube Nüsse genügen.« Dann lachte ich ausgiebig. Ich bin mir ziemlich sicher, dass ich gelacht habe. Der Barmann ging wieder. Bobby wartete geduldig, bis ich mich gefangen hatte. Das dauerte eine ganze Weile.
»So«, sagte ich schließlich. »Schieß los.«
»Erstens habe ich mich noch mal im Netz umgesehen. Immer noch keine Spur von den Straw Men als lebende Wesen, aber Lexikoneinträge zu den verschiedenen Bedeutungen des Wortes ›Straw Man‹: etwas über Typen, die im vergangenen Jahrhundert mit Stroh in den Schuhen vor Gerichtshäusern standen und damit zu erkennen gaben, dass sie gegen Geld vor Gericht zur Falschaussage bereit wären. Die Symbolik war mir nicht ganz klar.«
»Mit anderen Worten, schräge Vögel, die krumme Sachen machen. Wie schon bekannt. Was bringt uns das?«
»Dann«, fuhr Bobby unbeeindruckt fort, »nahm ich die ganze Festplatte unter die Lupe. Suchte nach versteckten Dateien, Partitionen, was man halt so macht. Fehlanzeige. Dann knöpfte ich mir die Software vor, von der es allerdings nicht viel gab.«
»Mein Vater war kein Computerfreak«, sagte ich. »Deshalb hab ich mir auch nicht die Mühe gemacht, seinen Computer zu Hause zu durchforsten.«
»Richtig. Aber er hat das Internet genutzt.«

Ich zuckte die Achseln. »E-Mail. Je nach Bedarf. Außerdem hatte er eine Web-Site für seine Firma, gepflegt hat sie aber jemand anderes. Früher habe ich hin und wieder mal reingeschaut.« Das schien mir bequemer, als sie immer anzurufen. Seit meinem Studienabbruch wussten meine Eltern nie so recht, was ich eigentlich machte. Mit Sicherheit kannten sie nicht den Grund für meinen Studienabbruch und ahnten auch nicht, für wen ich später arbeitete. Meine Eltern hatten sich nie für politisch denkende Menschen ausgegeben, aber sie hatten die sechziger Jahre sehr bewusst miterlebt, wie aus dem Video, das ich gefunden hatte, deutlich hervorging. Wer in der Protestbewegung mitgemacht hatte, der hatte sich eine bestimmte Haltung zu eigen gemacht. Wenn sie herausgefunden hätten, dass ihr Sohn für die CIA arbeitete, wäre das kein Grund zum Jubeln gewesen. Ich habe es ihnen verschwiegen, was darauf hinauslief, ihnen auch alles andere zu verschweigen, doch das merkte ich erst später. Selbstverständlich wirkt das jetzt etwas komisch in Anbetracht der Geheimniskrämerei, die sie mit mir betrieben haben.
Bobby schüttelte den Kopf. »Er hatte mehrere Browser installiert und benutzte sie auch eifrig. Dazu einen großen Cache für schnelle Zugriffe und tausende von Bookmarks in jedem Browser.«
»Wofür hat er das gebraucht?«
»Für alles Mögliche. Zum Nachschlagen, für Online-Käufe, für Sportnachrichten.«
»Kein Schweinkram?«
Er lächelte. »Nein.«
»Der Herr segne ihn.«
»Ich bin jedem Bookmark nachgegangen. Auch denjenigen, die harmlos aussahen. Es hätte ja sein können, dass er durch Umbenennung der Lesezeichen den Link, zu dem das Zeichen führte, kaschieren wollte.«
»Du bist ein schlaues Bürschchen«, lobte ich ihn, »das habe ich schon immer gesagt.«

»So wie dein Vater. Er hatte ein Lesezeichen umbenannt und mit hundertsechzig anderen in einem Verzeichnis versteckt, das ich nur als staubtrockenen Immobilienkram bezeichnen kann. Es hieß ›Kürzlich verkaufte Mizner-Grundstücke‹. Kannst du damit etwas anfangen?«

»Addison Mizner war ein bekannter Villenarchitekt in den zwanziger und dreißiger Jahren. Von ihm stammen die Pläne zu einer Reihe hochkarätiger Privathäuser im italienischen Stil in Miami und Palm Beach. Sehr gesuchte Objekte und sündhaft teuer.«

»Du kennst dich aus. Gut. Aber das Lesezeichen führt nicht zu einer Seite, die mit Grundstücken oder Häusern zu tun hätte. Es führte zu einer leeren Seite. Ich dachte schon: Mist, Sackgasse. Erst nach ein paar Minuten begriff ich, dass die Seite mit einer durchsichtigen Grafik bedeckt war, die ein verstecktes Bild enthielt. Nach diesem Gedankenblitz kam ich auf eine Reihe anderer Seiten, die alle ziemlich merkwürdige Links aufwiesen.«

»Inwiefern?«

»Sie sahen aus wie die üblichen dilettantisch gemachten Homepages, vollgestopft mit unnötigen Details, falscher Rechtschreibung und unmöglichen Farben, und schienen alle völlig harmlos. Wäre da nicht das Gefühl gewesen, dass sie irgendwie falsch wirkten.«

»Warum sollte jemand falsche Homepages ins Netz stellen?«

»Tja«, sinnierte er. »Das habe ich mich auch gefragt. Ich verfolgte die meisten Links, bis ich Fehlermeldung 404 bekam. Aber im Allgemeinen klappte es, ich arbeitete mich durch immer neue Links – und auf jeder Seite schien immer nur ein Link wirklich weiterzuführen. Dann versuchte ich Passwörter zu knacken. Anfangs einfache Java-Syntax, die ich mir mit bewährten Tricks direkt von deiner Festplatte zusammenbastelte. Nebenbei bemerkt, du braucht mehr Arbeitsspeicher. Der Rechner ist mir mindestens fünfmal abgestürzt. Dann – ich hoffe, du nimmst es mir nicht übel, aber ich habe von deinem

Zimmer aus mehrere Ferngespräche geführt – habe ich mir Rat von ein paar Hackerfreunden geholt. Ich musste ein paar Fehler zurückverfolgen und dafür diverse Hintertürchen in der UNIX-Programmierung benutzen. Da hatte einer, der wirklich Bescheid wusste, für eine Menge Verwirrung gesorgt.«

»Aber wozu das Ganze?«, fragte ich. »Jeder könnte doch die Zieladresse mit einem Lesezeichen versehen und sie beim nächsten Mal direkt ansteuern. Wozu belastende Dokumente anhäufen, wenn der ganze Witz am Internet doch im nicht linearen Zugang besteht?«

»Ich vermute, dass die Zieladresse regelmäßig wechselt«, sagte Bobby. »Wie dem auch sei, ich bin bis zum Ziel vorgedrungen.«

»Und was war da?«

»Nichts.«

Ich starrte ihn an. »Sag das noch mal.«

»Nichts. Die Seite war leer.«

»Bobby«, sagte ich gereizt, »das ist eine dämliche Geschichte und kein bisschen witzig. Was meinst du mit ›nichts‹?«

Er schob mir den Papierstoß zu. Die oberste Seite war leer bis auf einen Satz in der Mitte des Blattes. Er lautete: WIR STEHEN AUF. »Das war alles«, kommentierte Bobby. »Mehrere Stunden Hickhack waren nötig, um eine Seite ohne Links und mit diesem lapidaren Satz zu verstecken. Die anderen Blätter sind nur ein Ausdruck der Wege, die ich brauchte, um dorthin zu gelangen, sowie die nötigen Hackertricks. Außerdem die IP-Adresse der letzten Seite und mein Vermerk darauf.«

Die meisten Internetadressen sind in einem Format geschrieben, das nicht unbedingt leicht von der Zunge geht, aber doch in Wörter umgewandelt werden kann. Tatsächlich sind die Computer im Netz durch rein numerische Adressen identifiziert – zum Beispiel 118.152.1.54. Anhand dieser eindeutigen Adresse kann man die Seite auch geografisch lokalisieren. »Wo war sie denn?«

»Alaska«, sagte er.
»Keine genauere Ortsangabe? Vielleicht Anchorage?«
Er schüttelte verneinend die Kopf. »Nein, nur Alaska. Dann Paris. Dann Deutschland. Dann Kalifornien.«
»Was willst du damit sagen?«
»Nun, sie bewegt sich. Sie taucht mal hier, mal da auf, und ich glaube nicht, dass sie sich jemals an einem Ort aufhält. Sie war getarnt. Ich bin kein Meisterhacker, aber ich weiß, was ich tue, und so etwas ist mir bisher noch nie untergekommen. Ich habe mehrere Freunde gebeten, sich das anzuschauen. Wie man es auch nimmt, die Sache ist nicht sauber.«
»Kein Scheiß.«
»Nicht nur das, was dir passiert ist. Was hier abgeht, interessiert mich. Das ist genau mein Job, und ich muss wissen, wie sie das machen. Und wer sie sind.« Er nahm einen tiefen Schluck und sah mich ernst an. »Und du? Was hast du nun vor, mal vom Trinken abgesehen?«
»Das Videoband hat drei Abschnitte. Beim letzten bin ich ratlos, bei der Suche nach dem ... anderen Kind.« Ich wollte schon »meinem Zwilling« sagen, scheute mich aber, das Wort auszusprechen. »Ich weiß nicht, in welcher Stadt es war, und überhaupt ist das jetzt über dreißig Jahre her. Er oder sie könnte jetzt überall auf der Welt leben. Oder tot sein. Der zweite Abschnitt scheint keine Anhaltspunkte zu geben. Folglich werde ich versuchen, diesen Ort in den Bergen zu finden.«
»Klingt vernünftig«, bestätigte er. »Und ich helfe dir dabei.«
»Bobby ...«
Er wiegte den Kopf. »Ward, mach dir nichts vor. Deine Eltern sind nicht bei einem Verkehrsunfall gestorben. Das weißt du doch.«
Ich ahnte es schon seit einer Weile, obwohl ich den Gedanken bisher nie in klare Worte gefasst hatte.
Bobby tat es jetzt für mich. »Sie wurden ermordet.«

12

Nina saß mit Zoë Becker im Garten. Die Nacht war kühl, und es reute sie schon, den ihr angebotenen Tee nicht angenommen zu haben. Zandt hatte schon mit der Frau gesprochen, hatte im Zimmer der Tochter gestanden und unterhielt sich nun drinnen mit dem Ehemann. Der Besuch zweier Ermittler schien für die Beckers keine Überraschung zu sein, auch nicht so spät am Abend. Ihr Leben hatte sich schon zu weit von dem entfernt, was sie einmal als die normale Wirklichkeit angesehen hatten. Die Frauen unterhielten sich eine Weile schleppend, verfielen aber bald in Schweigen. Zoë betrachtete den auf und ab wippenden Fuß ihres übergeschlagenen Beins. Zumindest schaute sie in diese Richtung. Nina bezweifelte aber, dass ihr Gegenüber überhaupt etwas sah. Vermutlich schwebte sie in einer leeren Welt, in dem das Wippen ihres Fußes genauso bedeutungsvoll war wie jedes andere Ereignis. Sie war froh über das Schweigen, denn sie wusste, dass die Frau nur über eines reden wollte: ob ihre Tochter noch am Leben war, ob Nina glaube, dass sie ihr Kind jemals wiedersehen würde? Oder bliebe in diesem Haus, das Zoë mit so viel Aufwand eingerichtet hatte, fortan ein Zimmer, dessen Leere und Stille wie ein schwarzer Kristall in der Mitte ihres Leben lasten würde? An einer Wand des Zimmers hing ein Poster einer Rockband, von der kaum jemand gehört hatte. Würde es darauf hinauslaufen?

Nina hätte auf diese oder ähnliche Fragen nicht antworten können. Als es so schien, als wollte die Frau zum Sprechen ansetzen, hob Nina mit Sorge den Blick. Doch dann sah sie, dass Zoë vor Erschöpfung zu weinen begann, ohne dass diese Tränen den Anfang oder das Ende von irgendetwas zu bedeuten hätten. Nina beugte sich nicht zu ihr hinüber. Manche Menschen nahmen Trost von Fremden an, andere nicht. Mrs. Becker gehörte zu Letzteren.

Stattdessen lehnte sie sich in den Gartenstuhl zurück und schaute durch die Fenstertüren ins Wohnzimmer hinein. Michael Becker saß auf der Lehne eines Sessels, und Zandt stand hinter der Couch. Nina hatte den ganzen Tag mit Zandt verbracht, ohne mehr als fünf Sätze von ihm zu hören, die nicht im Zusammenhang mit dem Fall standen. Früh am Morgen, noch ehe die Kauflustigen in Scharen einfielen, hatten sie das Areal abgeschritten, auf dem das Mädchen verschwunden war. Sie hatten Sarah Beckers Schule besichtigt, damit Zandt sich ein Bild machen konnte, wie sie sich in die übrige Umgebung einfügte. Er hatte die Perspektiven und Zugangspunkte erkundet, die Orte, wo jemand auf der Suche nach einem Opfer warten konnte. Er verbrachte viel Zeit damit, als glaubte er, einen neuen Gesichtspunkt zu gewinnen, von dem aus der Schatten eines Mannes im Sonnenlicht zu erhaschen sei. Als sie die Schule schließlich verließen, war er übellaunig gewesen.

Die Familien der früheren Opfer des Upright Man hatten sie nicht noch einmal besucht. Sie hatten die Protokolle der Vernehmungen, und nichts sprach dafür, dass etwas Neues ans Licht käme. Nina wusste, wie genau Zandt die Protokolle kannte. Er hätte die Familienangehörigen zitieren können, ohne dass sie selbst sich noch an ihre Worte erinnerten. Nochmals mit ihnen zu reden hätte alles nur verwirrt. Wenn Zandt sie überhaupt näher an den Mörder bringen könnte, dann, so glaubte sie im Stillen, nicht dadurch, dass er Neues erfuhr, sondern dadurch, dass er etwas mit seinem Gefühl erspürte.

Nina hatte noch einen Grund, Zandt von den Familien fern zu halten. Sie wollte vermeiden, dass aufgeschreckte Angehörige womöglich bei der Polizei oder dem FBI anriefen, um sich über den Stand der Ermittlungen zu erkundigen. Dort wusste niemand, dass sie John Zandt wieder auf diesen Fall angesetzt hatte. Falls das bekannt würde, wäre der Teufel los. Diesmal würde es nicht bei einer dienstlichen Rüge bleiben, sondern das Ende ihrer Laufbahn bedeuten. Dass sie ihm erlaubte, mit den Beckers zu sprechen, war bereits ein Risiko gewesen. Die Eltern hatten schon mit so vielen Kripobeamten und FBI-Leuten gesprochen, seit ihre Tochter verschwunden war, dass sie sich gewiss nicht an einen bestimmten erinnern oder ihn gegenüber anderen erwähnen würden. Zumindest hoffte sie das. Und sie hoffte, dass bei dem Gespräch der Männer etwas herauskäme, was Zandt auf neue Gedanken bringen würde.
Und dass er dann auch mit ihr darüber sprechen würde.

»Ich gehe mit Ihnen alles noch einmal durch, wenn Sie das wünschen.«
Michael Becker hatte seine Geschichte schon zweimal erzählt und dabei prägnant und rasch auf Fragen geantwortet. Zandt wusste, dass der Mann für ihn nichts Nützliches zu berichten hatte. Er war auch zu der Auffassung gekommen, dass Becker in den Wochen vor dem Verschwinden seiner Tochter so tief in seiner Arbeit gesteckt hatte, dass vom Geschehen in der Außenwelt nur wenig zu ihm gedrungen war.
Er schüttelte verneinend den Kopf.
Becker blickte plötzlich zu Boden und stützte den Kopf in die Hände. »Haben Sie denn nichts, wonach Sie noch fragen könnten? Da muss es doch noch etwas geben.«
»Sesam-öffne-dich-Fragen gibt es nicht. Und wenn es sie gäbe, wüsste ich sie nicht.«
Becker schaute ihn an. So etwas hatten die anderen Beamten nicht zu ihm gesagt. »Glauben Sie, dass sie noch am Leben ist?«

»Ja«, sagte Zandt.
Becker war erstaunt über den Ausdruck der Zuversicht, den er im Gesicht des Polizisten erkannte. »Alle anderen benehmen sich so, als wäre sie bereits tot«, sagte er. »Sie sagen es nicht, aber sie denken es.«
»Sie irren sich. Vorläufig.«
»Warum?« Die Stimme des Mannes war tonlos, sein Atem ging schwer. Hier sprach ein Mann, der glauben wollte.
»Wenn dieser Typus Mörder ein Opfer in seiner Gewalt hat, versteckt er es gewöhnlich und tut alles, um es unkenntlich zu machen. Zum Teil tut er dies, um es der Polizei schwerer zu machen. Viele tun es aber auch, weil sie ihr Handeln vor sich selbst verbergen wollen. Die vorangegangenen drei Opfer fand man im Freien, sie trugen noch ihre Kleidung und besaßen ihre persönliche Habe. Dieser Mann versteckt sich vor niemandem. Er will, dass wir wissen, wer seine Opfer sind und dass er mit ihnen fertig ist. Dieses Mit-ihnen-fertig-Werden verlangt aber, dass sie eine gewisse Zeitspanne am Leben bleiben.«
»Fertig werden …«
»Nur eines der vorangegangenen Opfer ist sexuell missbraucht worden. Von geringfügigen Verletzungen am Kopf abgesehen wiesen die anderen keine Spuren von Missbrauch auf. Er hatte ihnen lediglich die Haare abgeschnitten.«
»Und sie umgebracht.«
Zandt schüttelte den Kopf. »Unter diesen Umständen ist Töten kein Missbrauch. Mit dem Töten endet der Missbrauch. Die gerichtsmedizinische Untersuchung kann nur die Todesursache belegen, aber vieles deutet darauf hin, dass die Mädchen noch eine Woche nach ihrer Entführung gelebt haben.«
»Eine Woche«, sagte der Mann mit trostloser Stimme. »Es ist schon fünf Tage her.«
Schweigen trat ein, ehe Zandt antwortete. Während der Vernehmung war sein Blick in alle Winkel des Zimmers gewandert, aber nun sah er etwas, was ihm bisher entgangen war. Ein

Stapel Schulbücher auf einem Beistelltisch. Die Bücher waren für höhere Klassen, konnten also nicht der jüngeren Tochter gehören. Er spürte, dass Becker ihn anschaute. »Ich weiß.«
»Es klang so, als ob Sie noch einen anderen Grund hätten.«
»Ich glaube einfach nicht, dass er sie schon umgebracht hat.«
Becker lachte bitter. »Sie ›glauben das nicht‹? Wirklich? Das ist ja sehr beruhigend.«
»Es ist nicht meine Aufgabe, Sie zu beruhigen.«
»Ja«, sagte Becker, alle Farbe war aus seinem Gesicht gewichen. »Da haben Sie Recht.« Wieder herrschte für eine Weile Schweigen. Und dann bemerkte er: »Solche Dinge passieren eben, nicht wahr?«
Zandt verstand, was der andere meinte. Dinge, über die man meist nur in der Zeitung las, passierten tatsächlich. Fälle von plötzlichem Herztod, Scheidung, Querschnittlähmung, Selbstmord und Rauschgiftsucht in der Familie. Graue, schemenhafte Gestalten, die flüstern: »Der Fahrer hat nicht mal gebremst«. Solche Dinge passieren. Und sie sind genauso real wie Glück, Eheleben und das wohlige Gefühl wärmender Sonnenstrahlen auf dem Rücken. Sie vergehen aber sehr viel langsamer. Und oft wird das Leben danach nie mehr so sein wie zuvor. Vielleicht gehört man nicht zu den Glücklichen, und das Schlimme nimmt kein Ende.
»Ja, so etwas passiert«, bestätigte Zandt. Ohne dass der andere es sehen konnte, berührte er den Umschlag eines Schulbuchs und fuhr mit dem Finger über die raue Oberfläche.
»Wie stehen Ihrer Meinung nach die Chancen, dass wir sie heil zurückbekommen?«
Die Frage war einfach und mit fester Stimme gestellt, und Zandt bewunderte Becker dafür. Er wandte sich vom Tisch ab.
»Sie sollten davon ausgehen, dass Sie überhaupt keine Chance haben.«
Becker schien wie vor den Kopf gestoßen. Er wollte es sagen, brachte aber keinen Laut hervor.

»Jährlich werden hundert Menschen Opfer solcher Täter«, erläuterte Zandt. »Wahrscheinlich sogar mehr. Allein in diesem Land. So gut wie keiner dieser Mörder wird jemals gefasst. Wenn doch mal einer ins Netz geht, sind wir immer schrecklich stolz, so als ob der Tiger wieder im Käfig wäre. Doch das ist er nicht. Jeden Monat wird ein neuer geboren. Die wenigen, die die Polizei fängt, haben entweder Pech, oder sie sind dumm, oder sie fangen an, Fehler zu machen. Den meisten kommt man nie auf die Spur. Diese Männer sind keine Ungeheuer. Sie gehören zur Menschheit wie wir. Auch für sie gilt, dass im Daseinskampf nur die Bestangepassten und Intelligentesten überleben.«
»Ist der Botenjunge denn intelligent?«
»Das ist nicht sein Name.«
»So stand es in den Zeitungen. Und die Polizei nannte ihn auch so.«
»Er selbst nennt sich der ›Upright Man‹. Ja, er ist intelligent. Aber das könnte ihm zum Verhängnis werden. Er möchte unbedingt bewundert werden. Andererseits …«
»… könnte es auch sein, dass er nicht ins Netz geht, und wenn Sie ihn nicht finden, dann sehen wir Sarah nie wieder.«
»Wenn Sie Ihre Tochter wiederbekommen«, sagte Zandt und steckte Notizblock und Stift in die Innentasche seiner Jacke, »dann wäre das ein Geschenk des Himmels. Und Sie und Ihre Familie, Sie wären nicht mehr dieselben Menschen wie vorher. Das muss nichts Schlechtes sein. Aber so ist es.«
Becker stand auf. Zandt hatte den Eindruck, noch nie einen Mann gesehen zu haben, der so erschöpft aussah und doch nicht schlafen konnte.
Er wusste nicht, dass Michael Becker das Gleiche auch von ihm dachte.
»Aber Sie geben die Suche nicht auf?«
»Ich tue, was ich kann«, versprach er. »Wenn ich ihn finden kann, finde ich ihn.«

»Warum raten Sie mir dann, auf das Schlimmste gefasst zu sein?«
Doch in dem Augenblick kam seine Frau durch die Fenstertür, gefolgt von der FBI-Beamtin, und der Polizist sagte nichts mehr.
Nina dankte dem Ehepaar Becker für die Zeit, die sie für sie aufgebracht hatten, und versprach, sie auf dem Laufenden zu halten. Sie verstand es anzudeuten, dass ihr Besuch nur eine Routinesache gewesen sei und keinen direkten Bezug zur laufenden Ermittlung habe.
Michael Becker schaute ihnen nach, während die beiden den Weg hinuntergingen. Er schloss auch dann noch nicht die Tür, als die beiden schon außer Sicht waren, sondern stand da und schaute in die Nacht hinaus. Hinter ihm hörte er Zoë nach oben gehen, um nach Melanie zu sehen. Sicherlich würde seine jüngere Tochter noch nicht schlafen. Die Angstträume des vergangenen Jahres kamen nun wieder, was er gut verstehen konnte. Das bisschen Schlaf, das ihm vergönnt war, bereitete auch ihm Alpträume. Er wusste, dass sie immer noch den Zauberspruch benutzte, den er einmal geschrieben hatte, und das erfüllte ihn jetzt mit Schrecken. Ironie bot keinen Schutz, ganz gleich, was er, Sarah und die Regisseure moderner Horrorfilme darüber denken mochten. In einem Land aus Blut und Knochen ist Ironie keine Waffe. Er erinnerte sich an die Diskussion, die er vor einigen Jahren mit Sarah über nächtliche Ängste geführt hatte. Sie war immer ein Kind gewesen, das viel und gern fragte, und hatte ihm die Frage gestellt, warum Menschen Angst vor der Dunkelheit hätten. Er hatte ihr geantwortet, dabei handele es sich um ein Erbe der Vorzeit, als wir Menschen noch im Freien oder in Höhlen schliefen und wilde Tiere uns des Nachts überfallen und töten konnten.
Sarah hatte das nicht überzeugt. »Aber das ist doch schon schrecklich lange her«, hatte sie eingewandt. Dann hatte sie eine Weile nachgedacht und schließlich mit der Gewissheit der

Zehnjährigen entschieden: »Nein. Wir müssen vor etwas anderem Angst haben.«
Michael glaubte jetzt, dass sie damals Recht hatte. Wir fürchten uns nicht vor Monstern. Monster waren nur eine beschwichtigende Fantasie. Wir wissen, wozu unsere Gattung fähig ist. Was uns Angst macht, sind unsere eigenen Artgenossen.
Schließlich schloss er doch die Tür und ging in die Küche, um eine Kanne Kaffee zu machen. Das war ein abendliches Ritual geworden. Gewöhnlich stellte er die Kaffeekanne mit zwei Tassen und einem Krug warmer Milch auf ein Tablett und trug dann alles ins Wohnzimmer. Meist legte er auch noch ein paar Kekse dazu, das Einzige, was Zoë zurzeit willens war, zu sich zu nehmen. Dann setzten sie sich vor den Fernseher und sahen sich an, was gerade kam, nur damit die Zeit verging. Am besten waren alte Filme. Etwas aus der Zeit, als Sarah noch nicht geboren war und von alledem noch nicht die Rede sein konnte. Manchmal sprachen sie ein bisschen. Gewöhnlich aber nicht. Zoë hatte das Handy immer neben sich.
Michael nahm zwei Tassen aus der neuen Anrichte – ein antikes Stück, das sie von ihrem letzten Englandurlaub mitgebracht hatten – und kam auf das zurück, was der Polizist gesagt hatte. Während er jeden Satz noch einmal genau erwog, spürte er zum ersten Mal seit Sarahs Verschwinden so etwas wie einen Anflug von Hoffnung. Bis zum nächsten Morgen würde er sich wieder verflüchtigt haben, aber dennoch nahm er dankbar diesen kurzen Aufschub an. Er machte sich Hoffnung, weil er glaubte, zwischen den Zeilen lesen zu können. Was der Polizist gesagt hatte, war nicht so wichtig wie das, was er nicht gesagt hatte.
Die FBI-Beamtin hatte ihren Dienstausweis vorgezeigt, aber der Polizist hatte sich nicht ausgewiesen. Mit der Inbrunst eines Mannes, der an die Magie der Sprache glaubte, der fest davon überzeugt war, Ereignisse, wenn sie erst einmal benannt und in Worte gekleidet waren, auch beherrschen zu können,

hatte Becker alles gelesen, was er sich an Informationen über die früheren Verbrechen des Mannes, der seine Tochter entführt hatte, beschaffen konnte. Er hatte im Internet recherchiert und dort einschlägige Zeitungsartikeln gefunden. Er hatte sich sogar aus dem Supermarkt ein reißerisches Buch über ungelöste Kriminalfälle besorgt. Er hatte das unter anderem auch auf Kosten seiner beruflichen Arbeit getan. Seit der Nacht, in der Sarah verschwunden war, hatte er nicht mehr am Drehbuch für *Dark Shift* geschrieben. Im Stillen hielt er es für unwahrscheinlich, sich je wieder damit zu beschäftigen, obwohl sein Partner das noch nicht gemerkt hatte und das Treffen mit den Studiobossen immer wieder verschob. Wang hatte Geld und Kontakte. Er war so fest im großen Geschäft, wie es sich Michael nie erträumen konnte. Er würde es überleben.
Bei seinen Recherchen hatte Michael herausgefunden oder es war ihm wieder bewusst geworden, dass außer dem LeBlanc-Mädchen, Josie Ferris und Annette Mattison noch eine junge Frau etwa im gleichen Zeitraum verschwunden war. Sie war die Tochter eines Polizisten gewesen, der bei der Festnahme von zwei Serienmördern eine wichtige Rolle gespielt hatte. Damals wurde darüber spekuliert, ob das Mädchen als Strafe für die Erfolge ihres Vaters zur Zielscheibe des Täters geworden sei. Gegen den Rat des FBI war der Vater in die Ermittlung eingeschaltet worden, und zumindest in einer Zeitung hieß es, er solle konkrete Fortschritte in der Aufdeckung des Verbrechens gemacht haben, wo das FBI offensichtlich ohne Erfolg blieb. Dann war er plötzlich von der Bildfläche verschwunden. Der Name des Polizisten war John Zandt. Der Botenjunge war, wie Michael Becker allen Grund hatte zu glauben, nicht gefasst worden. In einem resümierenden Artikel, der ein Jahr nach den Entführungsfällen erschienen war, hieß es, eine Mrs. Jennifer Zandt sei nach Florida zu ihrer Familie zurückgekehrt. Der Journalist hatte keine Informationen über den Verbleib des Polizisten.

Michael dachte, dass er und seine Frau heute Abend, ganz gleich, was im Fernsehen kam, miteinander reden sollten. Er würde ihr sagen, was er von dem Mann hielt, der heute bei ihnen zu Besuch gewesen war. Und er würde ihr raten, für den Fall, dass andere Polizeibeamtinnen und Beamte sie noch einmal befragen kämen, jene gutmeinenden Leute, mit denen sie fortan ihren Schrecken teilten, ihre heutigen Besucher lieber nicht zu erwähnen.

Und noch etwas. Obwohl sein Vertrauen in die Sprache schwer erschüttert worden war, hielt er an dem Glauben fest, dass Wörter und Namen den gleichen Zweck erfüllten wie Säulen und Architektur für den Raum. Sie machten die Welt menschlich. So wie die DNA aus dem Chaos chemischer Stoffe ein lesbares Ganzes machte, so nahm sich die Sprache der undurchsichtigen Phänomene an und verwandelte sie in Situationen, über die etwas ausgesagt werden konnte. Damit bot sich auch eine Möglichkeit, sie zu verändern.

Für ihn gab es nicht länger den Botenjungen, sondern nur noch den Upright Man. Im Übrigen würde er sich auf das Schlimmste gefasst machen. Der Polizist hatte Recht. Mehr noch, Michael Becker spürte, dass auch Sarah es so gewollt hätte.

Zum Teufel mit Klopfaufholz. Wenn die Schicksalsgötter einen solchen Tribut verlangten, dann sollen sie sich ins Knie ficken.

Sie saßen draußen vor dem Smorgas Board, einem Café und Surfer-Treffpunkt keine zehn Schritte unterhalb der Straße, von der Sarah Becker entführt worden war. Sie waren schon seit einer Stunde dort, bald würde das Café schließen. Außer ihnen saß ein paar Meter entfernt ein junges Pärchen an einem Tisch und schlürfte teilnahmslos aus großen Kelchgläsern.

»Denkst du oder schaust du nur?«

Zandt antwortete nicht sogleich. Er saß neben Nina und beobachtete die Straße. Er hatte sich die ganze Zeit über kaum gerührt, sein Kaffee war kalt geworden. Auch die Zigarette, die er geraucht hatte, war zur Hälfte unbeachtet niedergebrannt. Seine Aufmerksamkeit war anderswo. Nina hatte das Gefühl, es mit einem Jäger zu tun zu haben, wenn auch nicht unbedingt mit einem menschlichen. Ein Raubtier, das lange und ausdauernd auf der Lauer liegen konnte, ohne durch Langeweile, Schmerz oder Wut abgelenkt zu werden.

»Nicht alle Täter kommen an den Ort der Tat zurück«, sagte sie gereizt.

»Ich weiß«, entgegnete er, »ich schaue auch gar nicht.«

»Das ist doch Blech.« Sie lachte. »Entweder du hältst nach etwas Ausschau, oder du hast einen Krampf.«

Er überraschte sie mit einem Lächeln. »Ich denke nach.«

Sie kreuzte die Arme. »Darf man erfahren, worüber?«

»Ich denke, was für eine Zeitverschwendung das doch alles ist, und frage mich, warum du mich überhaupt hierher gebracht hast.«

Nina merkte jetzt, dass er gar nicht richtig gelächelt hatte. »Weil ich glaubte, du würdest mir helfen können«, sagte sie. Sie rutschte unruhig auf dem Stuhl hin und her. »John, was soll diese Frage? Du weißt doch, warum. Weil du mir früher schon geholfen hast. Weil ich deinen Rat sehr schätze.«

Wieder lächelte er, und diesmal überlief sie ein Schauer.

»Inwiefern habe ich dir geholfen?«

»Ich weiß nicht«, räumte sie ein. »Sag doch. Was ist passiert?«

»Du weißt, was passiert ist.«

»Nein, eben nicht«, fauchte sie ärgerlich. »Du hast mir damals nur gesagt, dass du Fortschritte machen würdest. Und dann wurdest du immer einsilbiger und erzähltest mir gar nichts mehr, und das, obwohl ich dich mit Informationen aus dem FBI versorgte. Informationen, an die du sonst nie herangekommen wärst, weil du von deiner eigenen Abteilung ausdrücklich von der weiteren Ermittlung ausgeschlossen warst. Ich habe dir einen Gefallen getan, und du hast mich draußen gelassen.«

»Du hast mir keinen Gefallen getan«, widersprach Zandt. »Du hast das nur gemacht, weil du dir wer weiß was davon versprochen hast.«

»Ach, du altes Ekel«, zischte sie. Das Pärchen ein paar Tische weiter schreckte auf wie junge Hunde, die ihr Herr und Meister gerufen hatte. Die Luft war wie elektrisiert.

Sie dämpfte ihre Stimme und sprach hastig. »Falls du das wirklich von mir denkst, warum gehst du dann nicht wieder nach Vermont zu deinen Hinterwäldlern? Dort wird es sicher bald mächtig schneien, da kannst du dich gleich einschneien lassen.«

»Du behauptest, mir aus Rücksicht auf meine Familie geholfen zu haben.«

»Ja, selbstverständlich. Weshalb denn sonst?«

»Und das, obwohl du mir behilflich warst, meine Frau zu betrügen?«

»Das ist doch lachhaft. Mach mich nicht für eine Sache verantwortlich, die dein Schwanz getan hat.«

Sie sah ihn wütend an. Zandt starrte zurück. Schweigen, dann schlug sie plötzlich die Augen nieder.

Er lachte auf. »Soll ich nun glauben, dass ich der Chef bin?«

»Wie?« Im Stillen bereute sie es schon bitter.

»Weil du wegschaust. Rangkämpfe wie im Tierreich. Das Männchen lässt sich von einer unterwürfigen Geste des Weibchens beschwichtigen. Jetzt, da ich wieder der Herr im Revier bin, soll ich tun, was du von mir verlangst.«

»Du leidest wirklich unter Verfolgungswahn, John«, verteidigte sie sich, obwohl er selbstverständlich Recht hatte. Offenbar verbrachte sie zu viel Zeit mit angeknacksten Typen. »Ich will mich einfach nicht mit dir streiten.«

»Was hat es deiner Meinung nach mit den Haaren auf sich?«, fragte er unvermittelt.

Überrascht von dem plötzlichen Themenwechsel runzelte sie die Stirn. »Was für Haare?«

»Der Upright Man. Warum schneidet er ihnen die Haare ab?«
»Na, er braucht sie für die Pullover. Damit er ihre Namen hineinsticken kann.«
Zandt schüttelte den Kopf und zündete sich eine Zigarette an. »Dafür braucht man nicht einen ganzen Haarschopf. Alle Mädchen hatten lange Haare. Aber als man sie fand, waren alle geschoren. Warum?«
»Er wollte sie entstellen, damit es ihm leichter fiele, sie zu töten.«
»Möglich«, sagte er. »So haben wir es uns damals erklärt. Aber ich bezweifle das.«
»Sagst du mir, was du jetzt darüber denkst?«
»Ich frage mich, ob es vielleicht eine Bestrafung war.«
Nina erwog den Gedanken. »Aber wofür?«
»Ich weiß nicht, aber der Täter griff sich diese Mädchen, eine besondere Art Mädchen, mit einer bestimmten Absicht. Er muss etwas mit ihnen vorgehabt haben, und jede hat ihn auf ihre Art in seinen Erwartungen enttäuscht. Und um sie zu bestrafen, hat er ihnen etwas genommen, was seiner Meinung nach von größtem Wert für sie gewesen war.«
Er trank einen Schluck, ohne sich darum zu kümmern, dass der Kaffee längst kalt war. »Weißt du, was man am Ende des Zweiten Weltkriegs in Frankreich mit Frauen machte, die kollaboriert hatten?«
»Ja. Den Frauen, die sich mit Deutschen eingelassen hatten, hat man die Köpfe geschoren und sie dann durch die Straßen getrieben. Da hat sich die Menschheit nicht mit Ruhm bekleckert.« Sie zuckte die Achseln. »Der Gedanke, dass hier eine Bestrafung vorliegen könnte, leuchtet mir ein. Aber ich sehe keinen Bezug zu einem übergreifenden Konflikt. Die Mädchen hatten doch mit niemandem fraternisiert.«
»Vielleicht nicht.« Zandt schien mit einem Mal das Interesse an diesem Thema verloren zu haben. Er lehnte sich in seinem

Stuhl zurück und starrte auf die Terrasse. Dabei kreuzte sich sein Blick mit dem des jungen Mannes, der dort mit seiner Freundin saß. Zandt schaute nicht weg, aber der Jugendliche hielt seinem Blick nicht stand. Er machte seiner Freundin ein Zeichen und deutete an, es sei Zeit, ihre Surfbretter zu schnappen und abzuhauen. Sie standen auf und verschwanden in der Nacht.

Zandt schien das gerade recht zu sein.

Nina versuchte seine Aufmerksamkeit wieder auf das Thema zu lenken. »Wohin führt uns das?«

»Wahrscheinlich nirgendwohin«, gab er zu und drückte seine Zigarette aus. »Damals habe ich nicht gründlich genug darüber nachgedacht. Ich kam nicht davon los, wie er es anstellte, seine Opfer zu finden. Wie sich das Leben der Mädchen und sein Leben kreuzten. Aber jetzt stellt sich mir die Frage wieder. Was er eigentlich von ihnen wollte und warum sie ihm nicht genügten.«

Nina sagte nichts, weil sie hoffte, es würde noch mehr von seiner Seite kommen. Doch was er dann sagte, betraf nicht mehr den Fall.

»Warum hast du aufgehört, mit mir zu schlafen?«

Verblüfft zögerte sie. »*Wir* haben aufgehört, miteinander zu schlafen.«

»Nein«, widersprach er und schüttelte den Kopf. »So war es nicht.«

»Ich weiß es nicht, John. Es ergab sich so. Du schienst damals nicht besonders unglücklich darüber.«

»Ich habe es einfach hingenommen.«

»Worauf willst du hinaus? Macht es dir jetzt etwas aus?«

»Nein, das nicht. Das Ganze ist schon so lange her. Ich stelle mir jetzt einfach Fragen, die ich mir vorher nicht gestellt habe. Wenn man damit erst einmal anfängt, tauchen immer neue auf.«

Sie wusste wirklich nicht, was sie dazu sagen sollte. »Was willst du als Nächstes tun?«

»Ich möchte, dass du gehst«, sagte er. »Ich möchte, dass du nach Hause gehst und mich allein lässt.«
Nina stand auf. »Wie du willst. Du hast meine Telefonnummer. Ruf mich an, wenn du dich aufgerafft hast, etwas zu tun.«
Er drehte langsam den Kopf und schaute ihr direkt in die Augen. »Willst du wissen, was damals geschehen ist?«
Sie rührte sich nicht und sah ihn unverwandt an. Sein Gesicht war kalt und abweisend. »Ja«, sagte sie.
»Ich habe ihn gefunden.«
Nina spürte, wie sich ihre Nackenhaare aufrichteten. »Wen denn?«
»Ich beschattete ihn zwei Wochen lang. Schließlich folgte ich ihm bis in sein Haus. Ich hatte beobachtet, wie er andere Mädchen ins Visier nahm. Ich konnte das nicht länger mit ansehen.«
Sie wusste nicht, ob sie sich setzen oder stehen bleiben sollte. »Was geschah dann?«
»Er stritt alles ab. Aber ich wusste, dass er es war, und da er es nun wusste, war er dran. Er war der Täter, aber ich hatte keine Beweise gegen ihn. Er wäre vor Gericht davongekommen. Ich verbrachte zwei Tage mit ihm. Er wollte mir nicht sagen, wo sie war.«
»John, tu mir das nicht an.«
»Ich habe ihn umgebracht.«
Nina sah ihm in die Augen und erkannte, dass er die Wahrheit sagte. Sie machte den Mund auf und schloss ihn wieder.
»Zwei Tage später kam der Pullover mit dem Zettel dabei.«
Er sah plötzlich sehr müde aus und wandte sich ab. Dann sagte er mit tonloser Stimme: »Ich hatte den Falschen erwischt. Nun weißt du es. Was du damit machst, ist deine Sache.«
Sie ging fort, überquerte die Promenade. Sie zwang sich, nicht zurückzuschauen, konzentrierte sich auf die Palmen, die ein paar Häuserblocks entfernt ihre Wipfel im Wind wiegten.
An der Straßenecke hielt sie dann doch an und drehte sich um. Er war nicht mehr da. Sie wartete einen Augenblick auf den

Lippen kauend, doch er tauchte nicht wieder auf. Langsam ging sie weiter.

Etwas war anders als vorher. Bis heute Abend schien Zandt steuerbar, aber mit ihm den Abend hindurch im Café zu sitzen war unangenehm gewesen. Sie hatte sich getäuscht, wenn sie glaubte, dass er sie an einen Jäger erinnerte. Das hier war ein Boxer, wie ihn die Kamera in der Stunde vor dem Kampf zeigt. Während der Rummel um den Kampf weiterging, zog sich der Boxer in seine Sphäre zurück, sah die anderen nicht mehr, sondern verwandelte sich in den Archetyp des Kämpfers. Andere mochten Wetten auf den Ausgang des Fights abschließen, affige Abendkleidung anlegen und sich im Glanz des mondänen Lebens sonnen. Andere würden aus der Sicherheit ihres biederen Lebens, aus dem es keinen Ausweg gab, wieder einmal gegen das Boxen überhaupt wettern und ein Verbot fordern. Für die Boxer im Ring war das alles belanglos. Sie schlugen sich für Geld, aber eben nicht nur. Sie suchten nach einem Weg in den glühenden Krater, der, wie sie deutlich spürten, in ihnen war.

Es war falsch gewesen, die Eltern aufzusuchen. Zandt hatte bis dahin nur wenig handfeste Hinweise erhalten und sich schon gefragt, was sie eigentlich von ihm wollte. Neue Hinweise für die Ermittlung konnten nur von den Beckers kommen. Deshalb hatte sie ihm ein Gespräch mit ihnen erlauben müssen. Aber schon als sie aus dem Garten zurückkam, hatte sie gemerkt, dass damit eine Tür geöffnet worden war, die besser geschlossen geblieben wäre.

Sie brauchte keinen Jäger und schon gar keinen Killer. Sie glaubte, das Einzige, was den Upright Man aus der Reserve locken könnte, wäre ein Mann, den er gern beherrschen würde. Sie brauchte einen Köder.

13

Der Mann saß in seinem Sessel in der Mitte des großen Wohnzimmers. Das Zimmer sprang aus der Frontseite des Hauses hervor und hatte Fenster an drei Seiten. An zwei Seiten boten Baumgruppen Sichtschutz, an der dritten Seite ging der Blick auf eine sanft abfallende Rasenfläche hinaus. An diesem Nachmittag waren alle Vorhänge zugezogen, Vorhänge von der schweren Sorte, die nicht verrieten, was draußen vor sich ging. Manchmal zog er sie zu, manchmal ließ er sie offen, ohne dass man hätte sagen können, warum.

Der Sessel stand mit der Rückenlehne zur Tür. Er mochte das so, diese leichte Spannung aus dem Gefühl heraus, ungeschützt zu sein. Rein theoretisch konnte jemand hinter ihm leise eintreten und ihm den Kopf zerschmettern. Wer das wollte, hätte freilich erst das umfangreiche Sicherheitssystem überwinden müssen. Bei dieser unwahrscheinlichen Möglichkeit wurde ihm erst richtig bewusst, wie sehr er seine Umgebung beherrschte. Die Welt draußen machte ihm keine Angst. Doch er liebte seine Innenwelt, so wie sie war.

Sein Gesicht war dank systematischer Hautpflege glatt und faltenlos. Die Augen waren scharf und klar, die Hände leicht gebräunt, die Fingernägel akkurat geschnitten. Er war am ganzen Körper nackt. Der Sessel stand leicht schräg zu den gebohnerten Dielenbrettern, die den Fußboden in gerade Bahnen aufteilten. Auf einem Tischchen neben dem Sessel stand eine Tasse sehr heißen schwarzen Kaffees, daneben ein Teller mit kleinen Glasperlen. Auch eine dünne Zeitschrift lag auf dem Tisch. Die Tasse war so abgestellt, dass gerade etwas weniger als die Hälfte ihres Bodens über den Rand hinausstand. Der Sessel war alt, das Leder abgewetzt. Eigentlich hätte ein Exemplar der *New York Times* über einer Armlehne liegen und leicht versetzt ein Diener mit einem Tablett mit belegten Schnittchen stehen müssen. Ein ganzes Bücherregal hatte er eigenhändig mit grünen, blauen und roten Strichen dekoriert, davon kein Strich länger als drei Millimeter, so dass sich als Gesamteindruck ein schillerndes Schwarz einstellte. Für das ganze Werk waren siebzehn Stifte und mehrere Wochen Arbeitszeit nötig gewesen. Ein kunstgewerblich hergestellter Schreibsekretär am anderen Ende des Zimmers war überall mit sehr kleinen Fotos von Madonna beklebt. Er hatte alle Fotos aus Zeitschriften ausgeschnitten, die aus der Zeit bis zu ihrem Album *Material Girl* stammten. Danach hatte er das Interesse an ihr verloren. Das Ganze hatte er mit mehreren Schichten von schwarzem Firnis überzogen, bis das Möbelstück so aussah, als wäre es mit einem ganz gewöhnlichen Nussbaumfurnier versehen. Wie bei dem Bücherregal musste man schon sehr genau hinsehen, um zu erkennen, wie es gemacht war.

Nun hatte er sich das kleine Tischchen neben dem Sessel vorgenommen, das er mit den Glasperlen dekorieren wollte. Die Perlen hatten einen Durchmesser von einem Millimeter und kamen in den Farben Rot, Blau, Gelb und Grün vor. Die Farben des genetischen Codes. Die Perlen aneinander zu kleben verlangte große Sorgfalt, nicht zuletzt deshalb, weil sie nicht wahllos, sondern zu einem komplexen Muster zusammengesetzt werden sollten, das zum Teil spekulative Bedeutung besaß. Wenn er mit dem Tischchen fertig war, wollte er es mit mehreren Schichten schwarzen Lacks überziehen, bis nichts mehr auf das darunter liegende Muster wies. Niemand würde auf die Idee kommen, irgendetwas unter der Oberfläche zu vermuten, so wie auch niemand geahnt hätte, dass ein Dielenbrett in diesem Haus, nur ein einziges, aus einer sehr großen Zahl Zündhölzern bestand, die so lange geschmirgelt und lackiert worden waren, bis sie sich nicht mehr von den anderen Brettern unterschieden.

Der Mann hatte sechs Monate gebraucht, um die Zündhölzer zusammenzubekommen. Jedes Zündholz war, soweit er das überprüfen konnte, von einer anderen Person angezündet worden. Er besaß einen tiefen Glauben an die Individualität und ihre ausschlaggebende Bedeutung für die Menschheit. Heutzutage sahen alle die gleichen Fernsehshows, lasen die gleichen Magazine und ließen sich durch das Trommelfeuer der Werbung dazu treiben, für die gleichen lachhaften Kinofilme anzustehen. Sie gaben das Rauchen auf, weil ihnen Leute davon abrieten, die sich mit Fett voll stopften. Zum Nutzen und Frommen anderer. Sie lebten ein Leben nach Regeln, die sich andere für sie ausgedacht hatten, andere, die sie nicht einmal kannten. Sie lebten auf der Oberfläche in einer Fernsehwelt aus MTV und CNN, die nicht mehr als die letzten fünf Minuten umfasste. Außer dem Jetzt gab es nichts. Sie hatten keinen Begriff von Vergangenheit, sondern bewegten sich in einer immer währenden Gegenwart.

Die Publikation auf dem Tischchen enthielt die neueste Ausgabe einer wissenschaftlichen Zeitschrift, die an diesem Morgen mit der Post gekommen war. Er hatte eine Kurzfassung im Internet gefunden und hatte sich für eine gründliche Lektüre den vollständigen Text beschafft. Obwohl der Artikel für ein Fachpublikum geschrieben war, hatte er keine Verständnisprobleme. Er hatte die Diskussion um die Thematik seit Jahren verfolgt: Genetik, Anthropologie und vorgeschichtliche Kulturen waren seine Interessengebiete. Wenn er auch nur wenige Jahre zur Schule gegangen war, so war er doch intelligent und hatte viel im späteren Leben gelernt. Im eigenen Leben und dem Leben anderer. Was sie in ihrer letzten Stunde sagten.

Darin lag oft viel Weisheit, wenn nicht mehr gebettelt wurde und nur der Körper ohne die Interferenz des Geistes sprach.
Ehe er mit der Lektüre begann, stand er auf, tat ein paar Schritte zur Seite und machte drei Runden Liegestütz. Die erste Runde mit flachen Händen auf dem Boden, die Hände in schulterbreitem Abstand. Dann eine Runde, bei der er die Hände weiter auseinander setzte. Die dritte Runde schließlich wieder in schulterbreitem Abstand, die Hände aber zur Faust geschlossen, die Fingerknöchel auf dem Boden. Jeweils hundert Liegestütz pro Runde, mit einer kurzen Pause dazwischen.
Dabei war er kaum ins Schwitzen gekommen. Er war mit sich zufrieden.

Sarah Becker hörte die gedämpften Geräusche der Leibesübungen des Mannes, ohne sich zu fragen, was diese Geräusche wohl bedeuten könnten. Sie wollte es gar nicht wissen. Sie wusste nicht, wie spät es war, und auch das wollte sie lieber nicht wissen. Ihre innere Uhr sagte ihr, dass es wahrscheinlich Tag war, vielleicht Nachmittag. In gewisser Hinsicht war das schlimmer als die Nacht. Die Menschen waren darauf gefasst, dass die schlimmen Dinge nachts geschahen. Die Menschen hatten Angst vor dem Dunkel, weil es das Dunkel war. Nachts konnte man geholt werden. So war das nun mal. Dagegen galt der Tag als die bessere Zeit. Bei Tag ging man zur Schule, man aß zu Mittag, der Himmel war blau, und alles war einigermaßen vertraut und sicher, solange man nicht in die Viertel der Armen ging. Wenn man jetzt nicht einmal mehr bei Tag sicher sein konnte, dann wollte sie gar nicht darüber nachdenken. Sie wollte das nicht wissen.
Wenn sie den Kopf reckte, konnte sie mit der Stirn gerade den oberen Rand des Raumes berühren, in dem sie nun lebte. Es war vollkommen dunkel. Sie lag auf dem Rücken und konnte Hände und Füße ungefähr zwei Zoll in jede Richtung be-

wegen. In dieser Lage befand sie sich schon geraume Zeit, ihrer Schätzung nach mindestens vier Tage, vielleicht auch sechs. An die Zeit zwischen dem Gang über die 3rd Street Promenade und ihrem jetzigen Gefängnis mit einer schmalen Luke vor dem Gesicht konnte sie sich an nichts erinnern. Nach einer Weile hatte sie erkannt, dass sie die Decke eines Zimmers sah und dass die Luke eine Öffnung im Dielenboden bildete, unter dem sie in einem Hohlraum lag, der nur unwesentlich größer als ihr Körper war. Die Öffnung im Dielenboden war etwa dreizehn mal zehn Zentimeter groß und reichte von ihren Augenbrauen bis knapp unter ihren Mund.

Anfangs hatte sie geschrien, und nach einer Weile war jemand ins Zimmer gekommen. Er flüsterte ihr etwas zu. Sie schrie noch lauter, worauf er die Öffnung im Dielenboden mit einem Brett verschloss. Dann hörte sie Schritte, die sich entfernten. Danach war nur noch einmal etwas geschehen. Sie erwachte offenbar mitten in der Nacht aus einem Dämmerschlaf und spürte, dass die Luke über ihr wieder offen war. Im Raum über ihr war es fast dunkel, aber sie erkannte den Kopf einer Person, die sie betrachtete. Sie versuchte mit dem Mann zu verhandeln, sie flehte und machte ihm Angebote, doch er sagte kein Wort. Dann verstummte sie schließlich und fing an zu weinen. Die Hand des Mannes hielt einen Becher und kippte Wasser über ihr Gesicht. Zuerst versuchte sie den Kopf wegzudrehen, aber dann merkte sie, wie durstig sie doch war. Sie öffnete den Mund und schluckte so viel Wasser, wie sie konnte. Danach schob der Mann das Brett wieder vor die Luke und ging fort.

Irgendwann war er dann wiedergekommen, und sie hatten sich über Ted Bundy unterhalten. Diesmal hatte sie sofort getrunken.

In der Zwischenzeit hatte sie den Eindruck, dass ihr Kopf klarer wurde, wohl weil die Wirkung der Droge, die er ihr verabreicht hatte, langsam nachließ. Der Nachteil daran war, dass ihr anfängliches Gefühl sorgloser Unbeschwertheit nun

schwieriger aufrechtzuerhalten war. Sie hatte versucht, das Brett mit Nase und Zunge wegzuschieben. Doch sosehr sie sich auch reckte, ihre Lage war so berechnet worden, dass sie diese Bewegung nicht ausführen konnte. Wie die Hohlform war alles auf eine Person ihrer Größe ausgelegt, so als ob alles im Voraus für sie geschaffen worden wäre. Sarah war sportlich, sie war eine gute Inline-Skaterin und kräftiger als die meisten Mädchen ihres Alters. Dennoch war es ihr nicht gelungen, das Gefängnis, in dem sie steckte, in irgendeiner Weise zu verändern. Schließlich hatte sie es aufgegeben. Ihr Vater hatte oft gesagt, dass viele Menschen Probleme in ihrem Leben haben, weil sie ihre Energie darauf verschwenden, Dinge zu ändern, die nicht geändert werden können. Sie war noch nicht alt genug, um zu verstehen, was er genau damit meinte, aber im wörtlichen Sinn begriff sie es sehr gut. Solange keine zusätzliche Energiequelle hinzukäme, hatte es keinen Sinn, sich zu verausgaben. Also blieb sie still liegen und dachte an Klopfaufholz.
Herr Klopfaufholz war eine Erfindung, die sie und ihr Vater gemeinsam beanspruchten. Wenigstens glaubten sie, ihn erfunden zu haben. Tatsächlich war er aber indirekt Sarahs Mutter zu verdanken. Zoë Becker glaubte an vieles. Nun, vielleicht wäre »glauben« zu viel gesagt, aber sie ließ es nicht darauf ankommen, wenn es um ihre Familie ging. Astrologie? Ja, gewiss, das war Unfug, aber es konnte nicht schaden, sich damit zu beschäftigen, und dann war es ja auch immer wieder erstaunlich, wie zutreffend manches davon war. Feng shui? Nichts als gesunder Menschenverstand, und Windspiele sehen hübsch aus und klingen so angenehm, warum sollte man also nicht eines zu Hause aufhängen? Und wenn einem eine bestimmte Vogelart über den Weg fliegt, von der manche Leute behaupten, sie bringe Unglück, dann gibt es dafür Sprüche und beschwörende Gesten, die sicherlich nicht schaden können.
Wie so oft in Familien hatte Zoë ihren Aberglauben nicht von ihrer Mutter, sondern von ihrer Großmutter geerbt. Ihre

Mutter war dagegen eine nüchterne ehemalige Verlegerin, die vor allem an Jogging glaubte. Auch Michael Becker hatte mit Beschwörungsformeln und magischen Zeichen nichts im Sinn und seine Tochter genauso wenig. Herr Klopfaufholz war zu einem Scherz zwischen ihnen geworden als Antwort auf all diesen Aberglauben, der Michael Becker auf die Palme brachte. Immer wenn irgendjemand aus der Familie irgendetwas sagte, das – auch nur andeutungsweise – als Herausforderung an das Schicksal gemeint sein könnte, dann musste Zoë Becker sofort ihr beschwörendes »Klopf auf Holz« sagen, so wie andere auf jedes Niesen eines anderen mit »Gesundheit« antworten. Wenn jemand sagte: »So weit lasse ich es nicht kommen«, sagte sie »Klopf auf Holz« und pochte mit den Fingerknöcheln auf den Tisch. Sagte jemand: »Meinem Vater geht es gesundheitlich gut«, sagte sie ihren Spruch – zunehmend leiser, da ihr nicht entging, wie sehr sich ihr Mann über diese Manie aufregte, doch sie sagte ihn. Sie ließ sich selbst dann nicht davon abhalten – und bei solchen Gelegenheiten hätte Michael Becker am liebsten in die Tischkante gebissen –, wenn jemand zum Beispiel sagte: »Ich habe mir noch nie das Bein gebrochen.« Ihr Mann legte dann dar, dass es sich hierbei um eine reine Tatsachenäußerung handelte, mit der man keineswegs die Götter herausfordern wollte. Folglich sei es lächerlich, dagegen Beschwörungsformeln aufzufahren. Man würde ja auch nicht sagen »Zwei und zwei ergibt vier – Klopf auf Holz«, warum also bei jeder anderen Äußerung dieser Art? Eine solche Angewohnheit mochte verständlich und halbwegs akzeptabel bei Äußerungen sein, die sträflichen Hochmut erkennen lassen angesichts der grenzenlosen Möglichkeiten der Welt, Schmerz zuzufügen. Aber wenn es sich doch bloß um eine schlichte Tatsache handelte ...

Zoë hörte wie so oft einfach zu. Dann gab sie zu bedenken, dass dieser Spruch seit langem in vielen Teilen der Welt – etwa in England und Australien – in Gebrauch war und dass folglich etwas dahinter stecken musste. Bäume besäßen ja bekanntlich eine Macht, und auf jeden Fall könne es nicht schaden. Worauf Michael nur noch nickte und Hände ringend das Zimmer verließ.

Sarah stellte sich bei diesem Thema auf die Seite ihres Vaters, und im Lauf der Zeit entwickelten sie gemeinsam die Gestalt des Klopfaufholz. Dieser boshafte Geist vermutlich skandinavischen Ursprungs hatte nichts anderes zu tun, als darauf zu lauern, wann Menschen das Schicksal durch unbesonnene Bemerkungen herausforderten. Dann schlich er sich unbemerkt nachts in ihre Häuser und verhexte ihr Leben. Daher sollte man sich lieber nicht für glücklich halten, wenn Klopfaufholz in der Nähe war, denn das würde er merken und mit der Strafe nicht warten.

Mit den Jahren hatte sich daraus ihre Abschiedszeremonie entwickelt. Sie wünschten einander Unglück, damit Klopfaufholz sie hörte und wusste, dass es in ihrem Leben für ihn nichts zu tun gab. Es hatte sich auch bewährt, als Sarahs Schwester Melanie im vergangenen Jahr Alpträume bekam. Auf Sarahs Vorschlag hatte Michael ihr erzählt, dahinter stecke Klopfaufholz. Er fliege umher auf der Suche nach jemandem, den er piesacken könne. Melanie brauche nur einen kleinen Zauberspruch aufzusagen – auf den ihr Vater mehr Zeit und Mühe verwandte als auf die Drehbücher, mit denen er sein Geld verdiente –, dann wisse Klopfaufholz gleich, dass er hier nicht gebraucht werde, und suche sich ein anderes Opfer. Anfangs noch misstrauisch, probierte Melanie diese Lösung aus, und schon bald sagte sie den Spruch jeden Abend vor dem Zubettgehen auf. Mit der Zeit verschwanden die Alpträume, und es war nicht mehr so wichtig, ob die Schranktüren hermetisch dicht waren. Ihre Mutter hatte den Scherz nie gutgeheißen und beteiligte sich nie daran, lächelte aber manchmal, wenn von Klopfaufholz die Rede war. Er war eine Erklärung für manches auf der Welt und wurde ein fester Bestandteil der Serie *Dark Shift*, wo er zu den kleineren Dämonen gehörte, die sich gegen die Heldin verbündet hatten. Der Partner ihres Vaters war von der Idee nicht begeistert gewesen und hatte die Fähigkeiten und den Hintergrund der Gestalt kritisiert, aber Michael hielt daran fest.

Nun lag Sarah im Haus eines Psychopathen unter Dielenbrettern und fragte sich, ob ihre Mutter vielleicht doch Recht hatte. Vielleicht gab es ja wirklich einen solchen bösen Geist. Und vielleicht hatte er gemerkt, dass ihr Vater und sie überheblich waren und sich über ihn lustig gemacht hatten. Das hatte ihn womöglich wütend gemacht. Vielleicht war er es ja, der sie geholt hatte und sie nun stets im Dunkeln aufsuchte, weil er kein Gesicht hinter der Maske hatte, die er bei der Entführung getragen hatte.

Sarah lag mit weit geöffneten Augen reglos da.

Der Artikel trug den Titel »Das Krüniger Gräberfeld und die Mittel-Baxter-Gesellschaft« und enthielt eine ausführliche Darstellung über die archäologischen Forschungen in einem Teil von Deutschland, den der Mann nicht näher kannte. Er hatte die Region in seinem Atlas gefunden und festgestellt, dass sie von den Kontakten, die er nach Deutschland hatte, zu weit entfernt lag, als dass diese Informationen aus erster Hand hätten liefern können. Daher musste er sich an den Zeitschriftenartikel halten.

Das Gräberfeld war unweit einer jungsteinzeitlichen Siedlung entdeckt worden. Eine Altersbestimmung der Skelette nach der Radiokarbonmethode hatte unter Berücksichtigung der Beigaben in manchen Gräbern zu der Erkenntnis geführt, dass die Anlage in die zweite Hälfte des achten Jahrtausends v. Chr. zu datieren war. Zehntausend Jahre war das her. Der Mann lehnte sich sinnierend zurück und versuchte sich ein Bild von diesem Längsschnitt durch die Zeit zu machen. Lange bevor es irgendeine der heute gesprochenen Sprachen gegeben hatte, lange vor dem Bau der Pyramiden – sofern man nicht den New-Age-Archäologen mit ihren luftigen Theorien und fadenscheinigen Beweisführungen Glauben schenken wollte – hatten diese Menschen gelebt und geliebt. Sie waren gestorben und in jener Erde begraben worden, auf der sie unter anderem auch ihre Exkremente hinterlassen hatten. Der Mann trank einen Schluck Kaffee und achtete darauf, die Tasse wieder so auf das Tischchen zu stellen, dass sie gerade im Gleichgewicht war. Dann fuhr er in seiner Lektüre fort.

Insgesamt handelte es sich um die sterblichen Überreste von fünfundzwanzig Individuen. Frauen bis ins mittlere Erwachsenenalter, Kinder, wenige Männer, teils noch Heranwachsende, teils in den Zwanzigern, und ein einziger Mann im vorgerückten Alter. Im Anhang wurde noch einmal der Zustand jedes Skelettes ausführlich beschrieben, dazu kamen Erläuterungen zu den Methoden der Bestimmung von Lebensalter, Ernährungsgewohnheiten und Umweltbedingungen. Die Verfasser der wissenschaftlichen Dokumentation beschrieben, wie die Skelette räumlich in einem bestimmten Schema bestattet waren, und vermerkten, dass ein solches Schema in keinem anderen Gräberfeld in Europa zu jener Zeit nachweisbar sei. Aus den beigefügten Schaubildern ging hervor, dass die Orientierung des Gräberfeldes auf ein Interesse an Fragen der Sonnenwendpunkte im Sommer und im Winter schließen ließ, wie sie für jene Zeit typisch waren. Auf eine Darstellung vorzeitlicher Astronomie verzichteten die Verfasser dankenswerterweise. Stattdessen zählten sie eine Reihe von Argumenten auf, die ihre schon vor einigen Jahren vorgebrachte These stützten. Danach sollte in dieser Region Deutschlands eine besondere kulturelle Mischform verbreitet gewesen sein, die sie die Mittel-Baxter-Kultur nannten (denn so lauteten die Namen der beiden Verfasser), eine nur sporadisch auftretende Kultur von sehr geringem wissenschaftlichem Interesse und ohne weiter reichende Bedeutung.

Der Mann las die Arbeit zu Ende und wandte sich den verschiedenen Anhängen zu. Nachdem er die Befunde zu den Skeletten der anderen Verstorbenen gelesen und über die gut begründeten Schlussfolgerungen zustimmend genickt hatte, kam er zu dem Abschnitt über den ältesten Mann des Gräberfeldes. Die Lage seines Skelettes im Mittelpunkt eines Fünferrasters legte die Vermutung nahe, dass er als Erster hier begraben worden war. Die Verfasser folgerten daraus, dass es sich bei ihm um eine hochgestellte Persönlichkeit aus dem nahen Dorf handeln müsse. Ferner legten sie dar, dass er in einem anderen Landesteil geboren worden war, was aus dem beidseitigen Knochenfraß im Innern seiner Augenhöhlen hervorging. Dieser als *cribra orbitalia* bekannte Defekt deutete darauf hin, dass der Mann eine geraume Zeit seines Lebens an Eisenmangel gelitten hatte. Der Eisengehalt in den Pflanzen hängt von der Qualität des Bodens ab, in dem sie gedeihen. Wie viel Eisen eine Pflanze aufnimmt, wird ferner vom gleichzeitigen Vorhandensein von Blei bedingt. Menschen aus verschiedenen Regionen zeigen in dieser Hinsicht charakteristische Unterschiede. Proben aus den Zähnen des Mannes zeigten bei der anschließenden Analyse eine Häufigkeit an Blei- und Strontium-Isotopen, die Grund zu der Annahme gaben, dass er aus einer rund zweihundertfünfzig Meilen entfernten Region stammte. In einer Passage hieß es weiterhin, dass der Schädel des Mannes eine Verletzung aufwies, die auf einen nicht tödlichen Schlag deutete. Das Knochengewebe war an dieser Stelle lange vor dem Tod des Mannes verheilt. Die Verfasser spekulierten darüber, dass der Mann sich die Verletzung im Verlauf von Machtkämpfen zugezogen haben könnte, was auf ein langes und bewegtes Leben deutete. Sie verstiegen sich sogar zu der Annahme, es könne sich um den Mann handeln, der überhaupt erst Kultur in eine vorher rückständige Region gebracht habe. Die Art und Weise wie er bestattet worden war, wäre dann das äußere Zeichen für seine herausragende Bedeutung.

Der Mann las diesen Abschnitt noch ein zweites Mal und legte dann die Zeitschrift auf seinen Schoß. Er war sehr zufrieden. Das hier war das beste Beispiel und viel, viel älter als die unlängst entdeckten sieben vorzeitlichen Gräber in der Nazca-Ebene bei Cahuachi, deren Insassen versteinerte Exkremente im Mund hatten. Mittel und Baxter taten ihm leid, wenngleich er es für unwahrscheinlich hielt, dass die ganze Dummheit ihrer Schlussfolgerungen jemals an den Tag kommen würde. Wahrscheinlich würden sie mit der Publikation dieser Arbeit sogar ihre Stellung an der drittrangigen Universität irgendwo im Mittelwesten festigen, für die sie ackerten. Er könnte mit ihnen in Kontakt treten und sie ins Bild setzen. Allerdings bezweifelte er, dass sie ihm glauben würden, obgleich die Wahrheit jedem, der unverstellten Blickes an die Sache heranging, in die Augen sprang. Archäologen waren noch schlimmer als die meisten anderen Menschen, wenn es darum ging, einen Sachverhalt aufgrund von vorherigen Hypothesen zu beurteilen. Es spielte keine Rolle, ob sie wie Hancock und Baigent ein Gespür für Sensationen hatten oder wie Klaus Mittel und George Baxter nur blasses Mittelmaß waren: Alle sahen lediglich, was sie sehen wollten. Die Traditionalisten sahen überall nur Prozessionswege, während die Kollegen von der New-Age-Fraktion überall Landebahnen für außerirdische Raumschiffe ausmachten, so absurd die Vorstellung auch im gegebenen Rahmen sein mochte. Hin und wieder hatten sie sogar Recht, ohne je zu wissen, wann, denn sie glaubten, immer ins Schwarze zu treffen. Nur wer die Dinge leidenschaftslos untersuchte, konnte schließlich hinter die ganze Wahrheit kommen.

Die Läsion des Schädelknochens ging mit großer Wahrscheinlichkeit auf eine Kopfverletzung zurück, nur hatte diese eine viel geheimnisvollere Bedeutung, als Mittel und Baxter ahnten – eine in der Kindheit erlittene Verletzung, die tief genug ging, um Bereiche des Gehirns zu stimulieren, die bei den meisten Menschen leider niemals genutzt wurden. Das Vorhandensein von *cribra orbitalia* war daher nicht nur ein Anhaltspunkt für die Bestimmung der geografischen Herkunft des Mannes. Gewiss, *cribra orbitalia* ging auf Eisenmangel und manchmal auch auf angeborene Blutarmut zurück, es konnte aber auch eine viel interessantere Genese haben. Starke Bleibelastung kam ebenfalls als Ursache in Frage. Das bedeutete aber keine »Vergiftung«, wie der Mann wusste, sondern darin lag, sofern noch andere Faktoren hinzutraten, eine Gabe. Damit gingen genetische Veränderungen einher, tief in den menschlichen Erbanlagen schlummernde Möglichkeiten konnten mit einem Mal manifest werden.

Viel gravierender als Mittel und Baxters Fehlinterpretation der Knochenbefunde wog jedoch, dass sie die wahre Bewandtnis des Gräberfelds nicht begriffen. Der Mann im Zentrum des Gräberfeldes war selbstverständlich nicht als Erster gestorben, sondern als Letzter. Nach seinem Willen und von eigener Hand.

Im Mittelpunkt seiner Schöpfung.

14

Der Immobilienmakler stützte sich auf die Ellbogen, tat seinen kleinen Mund auf und sprach.

»Und in welcher Preisklasse sollen wir für Sie suchen? Seien Sie bitte offen. Mir ist klar, dass dies erst der Beginn unserer Geschäftsbeziehung ist, Mr., äh, Lautner, die ersten Schritte bei unserer Suche nach einem möglichen Zuhause – dennoch sage ich Ihnen ohne Umschweife, dass es zu unser beider Vorteil wäre, wenn Sie genau angeben, wie viel Sie in Immobilienbesitz investieren möchten.«

Er lehnte sich zurück und blinzelte mich an. Offenbar freute er sich, seine Karten auf den Tisch gelegt zu haben. Ich schloss daraus, dass man dem Kerl keinen Sand in die Augen streuen konnte. Für den Fall, dass ich bloß acht Dollar und ein paar Zerquetschte in meiner Geldbörse hätte oder allenfalls bunte Glasperlen als Tauschobjekte anbieten könnte, wollte er das lieber gleich wissen. Er war ein Mann in den mittleren Jahren, hager und mit schütterem rotem Haar. Sein Name war, man glaubt es kaum, Chip Farling. Da ich schon mit mehreren anderen Immobilienmaklern ähnlichen Kalibers geredet hatte, wurde ich langsam dünnhäutig.

»Ich setze als Obergrenze sechs Millionen an. Vorerst. Wenn Sie etwas Besonderes für mich haben, könnte ich auch höher gehen.«

Er strahlte. »Ein gewisses Finanzpolster ist also gegeben?«

»Ich denke schon«, lächelte ich zurück.
Chip nickte und schob mit seinen sauberen, schmalen Händen ein paar Papiere auf dem Schreibtisch zurecht. »Schön«, sagte er immer noch nickend. »Sehr schön. Mit einem solchen Einsatz können wir richtig einsteigen.«
Dann zeigte er mit dem Finger auf mich. Ich runzelte die Stirn, merkte aber gleich, dass dies erst der Anfang eines Gestenspiels war. Als Nächstes griff er sich ans Kinn, rieb sich dort und starrte dann angespannt ins Leere. Damit wollte er wohl andeuten, dass er nun nachdachte.
Nach fast einer halben Minute intellektueller Schwerarbeit, fixierte er mich erneut. »Fein. Machen wir uns auf die Suche.«
Er erhob sich hinter seinem Schreibtisch und ging mit federnden Schritten und mit den Fingern schnippend ans andere Ende des Büros. Ich seufzte in meine Kaffeetasse und machte mich auf eine längere Wartezeit gefasst.
Selbstverständlich war ich zuerst zu UnRealty gegangen. Der Laden war geschlossen. Ein Schild an der Tür dankte den Kunden für ihr Vertrauen und teilte mit, dass die Firma nach dem Tod des Eigentümers aufgelöst worden sei. Dass dabei auch die Trottelhaftigkeit des Erben eine Rolle gespielt haben könnte, blieb unerwähnt. Ich drückte die Stirn gegen die Fensterscheibe und schaute hinein. Es spielte keine Rolle, dass die Schreibtische und Aktenschränke und ebenso die Computer noch da standen, dass ein Jahresplaner aus einer hiesigen Druckerei mit deutlich markierten Ferienterminen an der Wand hing, man sah auf den ersten Blick, dass UnRealty keine Luft mehr in den Lungen hatte. Ich war eigentlich darauf gefasst gewesen, und doch schockierte mich der Anblick. Ich hatte, so wurde mir jetzt bewusst, gar nicht versucht herauszubekommen, ob die Entdeckungen der letzten achtundvierzig Stunden die Verfügungen, die mein Vater hinsichtlich seiner Firma getroffen hatte, verständlicher machten. Meine Gedanken waren blockiert.

Deshalb setzte ich meine Beine in Bewegung und klapperte alle ansässigen Immobilienhändler zu Fuß ab. Einen ungefähren Anhaltspunkt über den Rang einer Kleinstadt erhält man aus der Zahl der Immobilienfirmen im Ort. In Cowlick, Kansas, müsste man wirklich lange suchen. Alle wollen bloß weg, nicht hin, sofern es nur nicht durch ihr Ableben geschieht. In Gegenden mit bescheidenem Wohlstand mischen sich, der Braunschen Bewegung des Wirtschaftslebens folgend, ein oder zwei Immobilienfirmen unter die übrigen Geschäfte. In einer Stadt wie Dyersburg hingegen stolpert man an jeder Straßenecke über das Büro eines Immobilienmaklers. Mehr als Folkloretücher, Galerien und Restaurants verkauft Dyersburg eine Idee: die Vorstellung, dass man das ganze Jahr über so leben kann wie andere im Urlaub; dass man zu den Leuten gehört, die sich ein schönes Stück von diesem Land gesichert und einen soliden Zaun darum gebaut haben; dass man wie sie in einem nach Kundenwunsch entworfenen Haus mit Kassettendecke wohnt und sich wie Gottvater im Kreis seiner Engel fühlt.

Überall in Amerika schneiden sich die Reichen Teile des Landes für ihre Refugien heraus. Ranches, auf denen einmal Rinder gehalten wurden oder die einfach nur ihrer Schönheit wegen existierten, kommen unter den Hammer und werden in acht Hektar große Anwesen aufgeteilt, zu deren Vorzügen fantastische Landschaftsansichten und Nachbarn gehören, die garantiert genauso sind wie man selbst. Ich spucke nicht drauf. Ich hätte auch gern so einen Ausblick und ein Leben in einer der schönsten Berglandschaften dieser Erde. Aber ich will nichts von dem ganzen Drumherum. Dem Golfplatz. Dem Nutzungsrecht für den Lear-Düsenjet. Den Humidor für die Zigarren. Und all diese faden, zum Schreien langweiligen Androiden, die in den Country Clubs und Ski-Hotels ihr Leben verbummeln: sonnengebräunte Cowboydarsteller mit festem Händedruck, Frauen mit stahlblauen Augen und straffer Gesichtshaut dank plastischer Chirurgie; Gespräche, die aus Gier, Eingebildetheit und viel heißer Luft bestehen. Es würde mich verrückt machen.

Nach einer Weile tauchte Chip mit einem Wust von Prospekten und zwei Videokassetten wieder auf. »Mr. Lautner?«, säuselte er. »Es ist Zeit, Ihren Traum zu finden.«

Ich sah mir folgsam die Videos an und bemühte mich, hin und wieder Interesse zu zeigen. Keines entsprach auch nur annähernd dem, was ich suchte. Dann blätterte ich die Prospekte durch. Überall die gleiche falsche Holzhausarchitektur mit einer Inneneinrichtung, die sich ein drogensüchtiger Cowboy ausgedacht hatte, oder aber einfallslose weiße Kästen im pseudo-modernistischen Stil, die aussahen, als hätte man sie auf dem Mond entdeckt. Das Einzige, was sich änderte, wenngleich nicht viel, waren die gesalzenen Preise. So war es auch bei den anderen Immobilienmaklern gewesen. Ich wollte schon artig um Chips Visitenkarte bitten und mich aus dem Staub machen, vielleicht Bobby anrufen und fragen, wie es ihm in der Zwischenzeit ergangen sei, als ich unter den Hochglanzprospekten auf eine schlichte Anzeige stieß.

»The Halls«, stand da in einer eleganten Schriftart, »für Menschen, die mehr als ein Zuhause suchen.«

In drei schmalen Absätzen wurde ein neues Bauprojekt oben in den Gallatin-Bergen beschrieben. Selbstverständlich mit eigener Skipiste, die ganze Anlage am Ende einer Stichstraße. Auf achtzig Hektar Hochland war ein Ensemble von atemberaubender Perfektion entstanden, wo wahrscheinlich Zeus höchstselbst sich zum Erwerb eines Domizils hätte hinreißen lassen – und doch machte die Anzeige nicht den Eindruck, Käufer anlocken zu wollen. Keine Abbildungen, auch keine Preise, was meine Neugier noch mehr anstachelte.

Ich suchte mehr oder weniger wahllos einen Prospekt über ein besonders teures Objekt aus dem anderen Haufen heraus.

»Das würde ich mir gern mal ansehen«, sagte ich.

Chip warf einen prüfenden Blick darauf und nickte freudig. »Das ist Spitze«, kommentierte er.
»Und wenn wir schon in der Gegend sind«, fuhr ich fort, »könnten wir auch gleich hier vorbeischauen.«
Ich schob die Anzeige über den Schreibtisch zu ihm hinüber. Er blickte kurz darauf, faltete die Hände und sah mich an.
»Mit The Halls, Mr. Lautner«, begann er salbungsvoll, »zielen Sie auf höchste Exklusivität. Das ist eine Klasse für sich, auch in finanzieller Hinsicht. Sechs Millionen reichen da nicht mehr, bei weitem nicht.«
Ich zeigte ihm mein breitestes Grinsen.
»Wie ich schon sagte. Zeigen Sie mir etwas Besonderes.«

Eine Stunde später hörte ich mir Chips Gerede über Golf an. Wieder war ich der Zuhörer. Mir kam die Befürchtung, dass dies meine ständige Rolle würde. Gleich zu Beginn der Autofahrt, wir hatten noch nicht einmal Dyersburg verlassen, wollte er wissen, wie ich es mit diesem Sport halte. Ich hatte ohne Umschweife zugegeben, dass ich nicht Golf spiele, mir aber zum Glück die Bemerkung verkniffen: »Warum, um Himmels willen, sollte ich so etwas tun?« Er sah mich so lange und so verständnislos an, dass ich rasch hinzufügte, ich hätte die Absicht, mit dem Golfspielen anzufangen, sobald ich ein passendes Haus gefunden hätte, ja dies sei ein vorrangiger Grund für meine Suche nach einem Objekt dieser Kategorie. Er wiegte dazu bedächtig den Kopf und fühlte sich berufen, mir die Grundbegriffe des Spiels beizubringen. Meine Geduld, so schätzte ich, würde noch für eine Viertelstunde Zuhörens reichen, aber dann müsste ich ihm den Garaus machen.
Ich hatte schon die Besichtigung des Objekts in Big Sky hinter mir. Kücheneinrichtung der Luxusklasse, ein Dielenfußboden aus honduranischem Ahorn und ein Kamin, den ein monomanischer Maurer aus Kieselsteinen zusammengesetzt hatte. Am Ende schüttelte ich nur stumm den Kopf. Chip klopfte mir auf

die Schulter – wir waren auf dem besten Weg, dicke Freunde zu werden –, und dann gingen wir zum Auto. Wir fuhren zur Landstraße zurück und folgten ihr weiter in die Berge hinein. Chip ließ es sich angelegen sein, mich über zwei Schwächen in Tiger Woods Golfspiel aufzuklären, die ihm beide auf rassische Veranlagung zurückführbar schienen. Der Himmel, der am frühen Morgen hell und klar gewesen war, hatte nun die gleiche Farbe wie die Straße. Der Gallatin River, ein kaltes, schnell strömendes Gewässer, folgte der Straße zur Linken. Auf der anderen Seite erstreckte sich ein schmales, bewaldetes Tal, das von steil aufragenden Bergen eingefasst wurde, eine Kerbe in den Rocky Mountains. Fährt man lange genug in diese Richtung, gelangt man auf eine Hochebene, und von dort biegt man nach Osten ab, in den Yellowstone Park, den erkalteten Massen eines Riesenvulkans, der zum letzten Mal vor sechshunderttausend Jahren ausgebrochen war. Geschmolzenes Gestein hatte sich in tief gelegenen Hohlräumen angesammelt. Mein Vater erzählte mir einmal, einer Legende zufolge könne man auch heute noch ein leises Summen am Ufer des Yellowstone-Sees hören – ein Geräusch, das von dem tief im Gestein sich bildenden Druck herrühre. Offenbar konnte die ganze Last jeden Tag zusammenbrechen und uns wieder in die Steinzeit zurückkatapultieren. Die Stimmung, in der ich mich nach einer Stunde mit Chip befand, weckte in mir den Glauben, ich könnte diese Katastrophe allein mit dem Knistern in meinem Kopf auslösen.

Zwanzig Meilen weiter bog Chip plötzlich ohne ersichtlichen Grund rechts ab. Er stieg aus und eilte zu einem Zaun, in dem ich nun ein kleines, unauffälliges Gatter bemerkte. Das überraschte mich. Big Sky hatte wie die meisten übrigen Anwesen eine beeindruckende Toreinfahrt gehabt. Sie war aus Baumstämmen gezimmert, die schon eine beachtliche Größe hatten, als die Farlings in dieser Gegend noch unbekannt waren. Dieses Gatter sah hingegen so aus, als gehöre es lediglich zu einem

Forstweg. Chip bückte sich nach rechts hinab und bewegte dazu die Lippen. Offenbar war in den Pfosten eine Gegensprechanlage eingebaut. Er richtete sich auf und wartete, den Blick zum Himmel gerichtet. Die ersten Regentropfen fielen. Dann bückte er sich wieder, horchte und kam zum Auto zurück.

Als er wieder angeschnallt war, ging das Gatter auf. Chip fuhr hindurch, worauf es sich sofort hinter uns schloss. Er steuerte in eine Wagenspur, die nur an dem niedergedrückten Gras zu erkennen war. Obwohl er vorsichtig fuhr, wurde ich auf meinem Sitz hin und her geworfen. Ich blinzelte ihm zu. »Scheint was für Hartgesottene zu sein.«

Er lächelte nur. »Warten Sie's ab.«

Die Wagenspur verlief im rechten Winkel zur Landstraße und ging noch etwa eine Viertelmeile so weiter bis zu einer Baumgruppe. Kaum hatten wir sie umfahren, änderte sich der Weg. Aus einer Wagenspur wurde eine schmale, aber akkurate Asphaltpiste. Ich drehte mich rasch in meinem Sitz um und stellte fest, dass die Landstraße jetzt hinter den Bäumen nicht mehr zu sehen war.

»Schlau gemacht«, sagte ich.

»In The Halls ist nichts dem Zufall überlassen«, prahlte Chip. »Wer sich hier niederlässt, darf mit höchster Exklusivität und Diskretion rechnen.«

Der Weg bog vom Fluss ab und wand sich um eine Felsnase. Dann folgte er in engen Kurven dem Verlauf einer Schlucht und blieb von der Landstraße weiterhin unsichtbar. Nach ein paar Minuten hatte man Mühe zu glauben, dass es die Landstraße überhaupt gegeben hatte. Bei der Anlage von The Halls musste sich jemand wirklich Gedanken gemacht haben. Ich war einigermaßen beeindruckt. »Wie lange gibt es das Objekt schon?«

»Die Erschließung begann vor sieben Jahren«, erklärte Chip und sah durch die Windschutzscheibe in den Regen. »Schade, dass Sie das Ganze nicht bei schönerem Wetter sehen. Wenn hier oben die Schneeflocken fallen, hat man den Eindruck, schon gestorben und im Himmel zu sein.«

»Haben Sie schon einige Objekte verkauft?«

»Kein einziges. Insgesamt sind nur zehn Häuser gebaut worden, und die Betreiber haben keine Eile, die noch freien zu verkaufen. Um offen zu sein, mit diesem Informationsblättchen stellen sie sich nicht gerade im besten Licht dar. Ich habe denen schon gesagt, sie sollten wenigstens ein paar Bilder drin haben.«

Wir näherten uns nun einer Anhöhe, nachdem wir noch etwa hundertfünfzig Höhenmeter in langen Serpentinen erklommen hatten.

»Von den Immobilienmaklern, mit denen ich vorher gesprochen habe, schien keiner The Halls zu kennen.«

Chip nickte. »Wir haben die Exklusivrechte. Zumindest seit kurzem.«

Er blinzelte mir zu, und für einen Augenblick bekam ich eine Ahnung von dem Menschen, der Mr. Farling sein könnte, wenn er nachts die Tür hinter sich geschlossen hatte. Ich wandte mich ab und dachte plötzlich, dass es eine gute Idee gewesen war, mich nicht mit meinem richtigen Namen vorzustellen. Ich hatte das Gefühl, dass Chip den Namen Hopkins eher erkannt hätte als denjenigen eines toten Architekten aus Los Angeles, wie viele von ihm entworfene Häuser auch zum Drehort von Filmen geworden waren.

Nach einer letzten Biegung kam ein Tor in Sicht. Dies war einmal nicht aus Holz, sondern aus großen Felsblöcken gebaut und befand sich auf einer Anhöhe, so dass man nicht sah, was dahinter lag. Beim Näherkommen entdeckte ich, dass der Name »The Halls« in den Felsen gemeißelt war, in derselben Schriftart, die auch für den Prospekt verwendet worden war.

»Das ist es«, verkündete Chip überflüssigerweise.

Hinter der Anhöhe machte der Weg eine scharfe Biegung nach

links. Ich glaubte eine Bergkette mit höheren Gipfeln etwa eine halbe Meile entfernt zu erkennen, aber eine weitere Baumgruppe hinderte die Sicht. Dahinter verlief ein Bretterzaun in beide Richtungen. Der Zaun war sehr hoch und versperrte die Sicht auf alles, was hinter ihm lag. Der Regen fiel immer dichter, und der Himmel verdüsterte sich zusehends.

»Der Golfplatz ist auf der anderen Seite«, plauderte Chip weiter, offenbar brauchte er dazu sein Gehirn nicht einzuschalten. »Eine Neun-Loch-Anlage, entworfen von Nicklaus *père et fils, bien sûr.* Die beiden sind unübertroffen. Selbstverständlich ist die Anlage um diese Jahreszeit nicht in Betrieb, aber das ist kein Mangel – da Thunder Fall und Lost Creek keine zehn Minuten von hier entfernt sind. Stellen Sie sich vor, nur ein paar Autominuten von hier stehen diese Weltklasse-Plätze dem verwöhnten Kunden zur Verfügung.«

In der Tat, dachte ich. Und stellen Sie sich vor, ich bohre Ihnen meinen Finger in die Nase.

»Das hier ist das Empfangsgebäude«, sagte Chip. Im Hintergrund sah man eine Reihe flacher Holzbauten auftauchen. »Clubhaus, Nichtraucherbar und ein erstklassiges Restaurant.«

»Haben Sie dort schon einmal gegessen?«

»Nein. Aber ich nehme an, dass es vom Feinsten ist.«

Er fuhr den Wagen auf die eine Seite neben dem Eingang zum Empfang und parkte ihn neben einer Reihe sehr teurer Autos. Wir stiegen aus, und er führte mich zur Eingangstür. Ich schaute mich um, weil ich einen Eindruck von der Gesamtanlage bekommen wollte, doch die Sicht war sehr begrenzt. Wir gingen mit schnellen Schritten, da es nun wie aus Kannen goss.

»Scheißregen«, fluchte Chip leise. Da ihm meine erstaunte Miene nicht entging, sagte er achselzuckend: »Entschuldigung, aber das ist der schlimmste Feind des Immobilienmaklers.«

»Wie – schlimmer als Latino-Nachbarn?«

Er lachte dröhnend, klopfte mir auf die Schulter und geleitete mich durch die Tür.

Drinnen herrschte Stille. Links befand sich ein Klubraum, Ledersessel um dunkle Holztische. Keine Gäste. Am anderen Ende war ein Fenster, das bei besserem Wetter sicherlich eine atemberaubende Landschaftsansicht geboten hätte. Doch heute war es nur ein graues Rechteck. Rechts gab es einen großen Kamin, in dem ein artiges Feuer brannte. Ganz dezent im Hintergrund waren die Töne einer Beethoven-Sonate für Violine und Klavier zu hören. Der Empfangstresen war aus gutem Holz gearbeitet und gefiel durch sanfte Konturen. An der Wand hing ein »Kunstwerk«. Während wir darauf warteten, dass jemand auf die Klingel reagierte, die Chip betätigt hatte, griff ich in mein Jackett und drückte die Verbindungstaste meines Handys. Sofern hier draußen überhaupt Netzempfang bestand, würde es nun bei Bobby klingeln. Wir hatten ausgemacht, dass ich ihm auf diese Weise Bescheid gäbe, falls ich das Gewünschte gefunden hätte.
Das hatte ich.

Die Einführung dauerte eine halbe Stunde. Eine attraktive, schlanke Frau Anfang dreißig, die viele Dollars in ihre gestylte Frisur investiert hatte, ließ uns in der Lounge Platz nehmen und hielt uns dann einen Vortrag über die Herrlichkeiten, die The Halls zu bieten hatte. Sie trug ein perfekt sitzendes graues Kostüm, hatte hellblaue Augen und besaß eine makellose Haut, also musste wohl alles, was sie sagte, auch stimmen. Allerdings verriet sie nicht ihren Namen, und das fand ich merkwürdig. Im amerikanischen Geschäftsleben ist es üblich, sich mit Namen vorzustellen, und zwar zu Beginn, gleich mit dem Händedruck. Als Zeichen der Verbindlichkeit. Sie kennen meinen Namen, folglich kann ich nur das Beste für Sie wollen. Ich werde Sie doch nicht ausnehmen – wie denn, ich, Ihr Freund?
Im Mittelpunkt von The Halls, so erläuterte Frau Niemand, stehe der Wunsch, die traditionellen Ideale der »Gemein-

schaft« neu erstehen zu lassen – nur besser. Personal stehe zu jeder Zeit zur Verfügung, ganz gleich, um was es sich handele. Die Miteigentümer betrachteten das Personal offenbar als Freunde – vermutlich jene Art von Freund, der alles tun muss, was man ihm sagt, ganz gleich, zu welcher Tages- und Nachtzeit und wie beschwerlich oder langweilig die Arbeit sein mag. Der Chefkoch hatte vorher in einem Schickeria-Restaurant in Los Angeles gearbeitet, dessen Namen sogar ich kannte. Wer in The Halls wohnte, konnte sich kulinarische Köstlichkeiten von neun Uhr morgens bis Mitternacht ins Haus bringen lassen. Der Weinkeller, so versicherte sie, berge fabelhafte gute Tropfen. Alle Häuser waren nach dem neuesten Stand der Technik eingerichtet, Internetzugang über Standleitung war Standard. Neben dem vielgepriesenen Golfklub gab es einen Fitnessklub, einen Gourmetklub und noch weitere Klubs, deren Namen und Zweck einzuprägen mir nicht sinnvoll schien. Die Mitgliedschaft in diesen Klubs war obligatorisch und belief sich auf rund eine halbe Million Dollar. Jährlich, für jeden.

Währenddessen merkte ich, wie Chip neben mir zu allem nickte, als könne er gar nicht glauben, wie großartig und unerhört günstig das alles war. Ich trank meine hundertste Tasse Kaffee an diesem Tag – in The Halls war er jedenfalls gut – und bemühte mich, nicht blass zu werden.

Am Ende teilte sie mit, dass nur noch drei Häuser in der Gemeinschaft zu erwerben waren, wobei die Preise zwischen 11,5 und 14 Millionen Dollar lägen. Das war selbst für Immobilien der Luxusklasse unerhört teuer. Sie schloss mit einer herzerwärmenden Eloge auf die Freuden, die ein Leben in The Halls biete. Chip schien dabei im Geist Notizen zu machen.

»Prima«, sagte ich, als die ganze Vorstellung zu ihrem wohlkalkulierten Ende kam. Ich stellte meine Tasse ab. »Dann schauen wir uns das Ganze mal aus der Nähe an.«

Die Frau blickte mich freundlich an. »Das ist nicht möglich.«

»Ich bin schon einmal nass geworden«, beruhigte ich sie. »Mehrmals. Ich bin sogar schon schwimmen gegangen.«
»Das Wetter spielt keine Rolle. Aber wir erlauben keine Besichtigung von The Halls, ehe nicht der Nachweis der Eignung vorliegt.« Sie warf einen vielsagenden Blick zu Chip hinüber, der keine Miene verzog.
»Eignung«, wiederholte ich.
»Finanzieller und anderer Art.«
Ich hob die Augenbrauen und lächelte amüsiert. »Nämlich?«
»Was gemeint ist, wenn ich mich einmischen darf«, schaltete sich Chip ein, »wie wir schon auf dem Weg hierher diskutiert hatten, legt The Halls Wert auf ...«
»Ich weiß«, sagte ich. »Heißt das also, Miss ...?« Ich machte eine Kunstpause, doch sie gab ihren Namen nicht preis. Diese Frau hatte es nicht eilig, mit mir auf freundschaftlichem Fuß zu stehen. »Heißt das, dass ich nicht weiter als bis in diesen Raum gelange, solange ich nicht den Test bestanden habe, mit dem Sie meine Eignung prüfen wollen?«
»So ist es.« Sie lächelte mich strahlend an, wie man es bei Kindern tut, die endlich nach langer und mühevoller Unterweisung begriffen haben, aus der Stellung des großen und des kleinen Zeigers die Zeit bis zum Schlafengehen abzulesen. »Wie Mr. Farling Ihnen schon deutlich gemacht hat.«
»Und wie würde so ein Test aussehen?«
Die Frau griff in eine Mappe und holte ein Blatt heraus. Sie legte es vor mich hin.
»Der Betrag zum Erwerb des vorgeschlagenen Objekts sowie ausreichend Mittel für die Mitgliedschaft in den Klubs für den Zeitraum von fünf Jahren muss auf einem Anderkonto bereitgestellt werden. Hypotheken oder andere Teilzahlungsformen sind nicht zugelassen. Ferner der Kontakt zu Ihrem Steuerberater oder einem anderen befugten Vertreter, um einen gesicherten Eindruck von Ihrer Bonität zu bekommen. Ein persönliches Treffen mit dem Vorstand der Gemeinschaft, der

aus der Geschäftsleitung und je einem Vertreter aller Eigentümer besteht, sowie, falls sich dies als nötig herausstellen sollte, mit einem Unterausschuss. Sie sollten uns auch zwei bedeutende Persönlichkeiten nennen – und mit ›bedeutend‹ meinen wir Persönlichkeiten, die für die gesamte Gesellschaft als solche gelten –, bei denen der Vorstand Auskünfte über Ihren sozialen Status in Vergangenheit und Gegenwart einholen kann. Angenommen, alle oben erwähnten Voraussetzungen sind erfüllt, dann werden Sie eingeladen, die gesamte Anlage zu besichtigen und Ihre Auswahl zu treffen.«

»Das soll wohl ein Scherz sein.«

»Ich versichere Ihnen, dass dem nicht so ist.«

Ich probierte es mit lauter Entrüstung. »Wissen Sie eigentlich, wer ich bin?«

»Nein«, entgegnete sie lächelnd und presste dabei die Lippen so zusammen, dass sie einer dünnen, erst kürzlich verheilten Narbe ähnelten. »Das ist eben der Grund.«

Ich bekam vage mit, dass der Mann an der Rezeption, ein junger Bursche, der viel Zeit im Fitnessstudio verbracht hatte, uns beobachtete. Ich hielt dem Blick der Frau eine Weile stand, dann erwiderte ich ihr Lächeln.

»Ausgezeichnet«, jubelte ich.

Nach einem kurzen Zögern runzelte sie die Stirn. »Wie soll ich das verstehen?«

»Genau das habe ich erhofft. Mr. Farling hat meine Wünsche ganz richtig eingeschätzt.« Meine Stimme war jetzt schärfer, damit sie zu der neuen Maske passte. »Ein Mann in meiner Position hat ein Sicherheitsbedürfnis. Ich freue mich, dass Sie für meine Sicherheit Sorge tragen.«

Frau Niemand machte wieder ein freundliches Gesicht. »Dann verstehen wir uns also?«

»Unbedingt. Dürfte ich wohl Pläne der zum Verkauf stehenden Häuser sehen?«

»Selbstverständlich.« Sie griff wieder in ihre Mappe und holte zwei Packen heraus. Sie breitete sie vor mir aus, und ich schaute sie rasch durch. Die Pläne waren ausführlich und mit Erklärungen versehen. Was ich zu sehen bekam, war interessanter, als ich erwartet hatte.

»Faszinierend«, sagte ich. »Schade, dass ich die Häuser nicht besichtigen kann, aber was ich gesehen habe, befriedigt meine Neugier fürs Erste.« Ich wollte schon die Pläne wieder zusammenfalten, als mir einfiel, dass ein so reicher Mann, wie ich es in den Augen der anderen war, sich mit so etwas nicht befasste. Stattdessen erhob ich mich. Das überraschte Frau Niemand und meinen Begleiter, und beide beeilten sich, ebenfalls aufzustehen. Ich streckte der Frau meine Hand entgegen und schüttelte die ihre.

»Danke, dass Sie sich für mich Zeit genommen haben«, sagte ich, als ob ich im Geist schon mit ganz anderen Dingen beschäftigt wäre. »Ich nehme an, dass ich mich für weitere Fragen, die ich noch haben könnte, an Mr. Farling wenden kann?«

»Das ist der übliche Weg. Darf ich fragen, wie Sie von The Halls erfahren haben?«

Ich zögerte einen Augenblick. Dass ich aufgrund eines Prospektes hierher gekommen war, schien mir ein bisschen schwach.

»Durch Freunde«, sagte ich. Sie nickte fast unmerklich. Eine gute Antwort.

Ich neigte den Kopf und schritt, ohne auf Chip zu warten, durch die Eingangshalle. Draußen stand ich eine Weile unter dem Vordach und schaute dem Regen zu. Selbst wenn ich mich um das Verbot nicht geschert hätte, sah ich jetzt, dass die Häuser so angelegt waren, dass man von außen keinen Blick auf das Ensemble bekam. Chip hatte in diesem Punkt nicht übertrieben.

Er kam wenig später ebenfalls heraus und begleitete mich zum Auto. Beim Einsteigen sah ich, dass ein anderes Auto gerade durch das Tor gekommen war und nun die Zufahrt hinunterfuhr. Es war ein großes schwarzes Fahrzeug, ein monströser

Geländewagen. Es rauschte im Bogen um den kleinen Parkplatz und hielt keine zwanzig Meter entfernt.
Ich ließ mir so viel Zeit wie möglich, mich in den Beifahrersitz zu setzen, und ließ sogar ein Bein draußen, um das Ganze noch länger hinauszuzögern. Während ich mich anschnallte, kam ein Mann aus dem Empfangsgebäude. Er hatte ungefähr meine Größe, blondes Haar und ging zielstrebig und mit gesenktem Kopf. Er würdigte uns keines Blickes, doch schien er mir markante Züge zu haben. Während er auf den Geländewagen zuging, sprang ein Mann vom Fahrersitz, ging um das Fahrzeug herum und öffnete die Heckklappe. Mit dem Rücken zu uns warf der andere Mann eine Reisetasche in den Kofferraum. Die Tasche war groß und türkisfarben. Am Henkel hing ein Papierstreifen der Zollabfertigung, aber bis auf die Buchstaben LHR war nicht zu erkennen, was darauf stand. Beide Männer stiegen ein.
Unterdessen hatte Chip den Motor gestartet. Er setzte vorsichtig zurück, bog in die Zufahrt, und wir ließen The Halls hinter uns.

Auf dem Weg zurück in die Stadt blieb Chip die meiste Zeit über schweigsam. Ich hatte das Gefühl, Mrs. Niemand hatte ihn nach meinem plötzlichen Aufbruch in die Mangel genommen, und nun zürnte er mit sich selbst, weil er nicht richtig auf ihre Fragen hatte antworten können. Fragen wie zum Beispiel, wer ich sei und woher ich käme. Sogar ich wusste, dass das das Erste war, was ein Immobilienmakler von einem potenziellen Kunden wissen sollte, sozusagen die Aminosäure des Transaktionsgenoms. Mein Vater pflegte in seinen wenigen mitteilsamen Augenblicken zu sagen, der Weg in die Taschen eines Mannes führt über seine eigene Hand. Damit meinte er, man müsse genügend über ihn wissen, um ihn in einer Weise anzugehen, die ihm gewohnt ist.
Chip fragte mich nach meiner Meinung über das, was ich ge-

sehen hatte. Ich sagte, dass mich Big Sky nicht mehr interessiere, nachdem ich The Halls gesehen hatte. Er schien nicht überrascht. Ich fragte, wie viele Interessenten er dort hinaufgeführt habe. Acht, lautete die Antwort, in den vergangenen drei Jahren. Alle hatten sich der Auskunftsprozedur unterworfen, auf der die Geschäftsleitung bestand. Keinem war die Gelegenheit zum Kauf geboten worden.

Ich schaute ihn verblüfft an. »Diese Leute haben fünfzehn, zwanzig Millionen auf ein Anderkonto transferiert, sie haben ihr Vermögen offengelegt, und trotzdem sind sie nicht genommen worden? Ja, wollen die Herrschaften dort oben überhaupt ihre Häuser verkaufen?«

»Exklusivität, Mr. Lautner, darum geht es hier.« Er schaute zu mir herüber, offenbar wollte er meiner ganzen Aufmerksamkeit sicher sein. »Wir leben in einer merkwürdigen Welt, das ist eine Tatsache. Wir haben das schönste Land auf diesem Planeten, wir sind hart arbeitende Menschen, und doch leben wir auf Tuchfühlung mit Leuten, die wir am liebsten in eine andere Hemisphäre wünschen würden. Gewiss, das Ganze hat historische Gründe. Wir haben unsere Tore erst zu weit aufgemacht und dann zu spät geschlossen. Wir wurden nicht müde zu rufen: ›Kommt alle zu uns – wir brauchen euch. Wir haben genug Land, um euch eine Heimat zu geben.‹ Leider haben wir nicht genügend darüber nachgedacht, ob es auch die richtigen Leute waren, die zu uns kamen. Wir haben nicht bedacht, was das für die Zukunft bedeuten würde. Deswegen kommen nun Menschen wie Sie in den Westen. Weg von den großen Städten, weg von den Horden, mit dem Wunsch, wieder unter ihresgleichen zu sein, wieder einen authentischen Lebensstil zu finden. Das ist keine Frage der Rasse, obwohl auch das eine Rolle spielt. Das ist eine Frage der Haltung, der Qualität. Eine Frage der Menschen, die für ein Zusammenleben geschaffen sind. Die Leute kommen nach Dyersburg, weil so eine Stadt wie ein Sieb wirkt. Im Allgemeinen funktioniert das ganz gut, dennoch trifft man immer noch auf Leute, die eigentlich nicht hierher gehören. Studenten. Snowboard-Freaks. Strandgut der Städte, die über die Freeways kommen. Leute, die nichts begreifen. Was kann man dagegen tun? Man kann die Leute nicht am Reisen hindern – wir sind ein freies Land. Also muss man für sich selbst sorgen.«

»Und wie?«

»Indem man ein feineres Sieb wählt. Man tut sich mit anderen Menschen gleicher Gesinnung zusammen und baut gemeinsam eine hohe Mauer.«

»Und das ist also The Halls.«

»In gewisser Hinsicht schon. Vor allem aber ist es eine unvergleichliche Möglichkeit, sich ein Heim nach seinen Wünschen zu schaffen.«

»Wenn Sie das Geld dazu hätten, würden Sie dorthin ziehen?«

Er lachte kurz und bitter. »Ja, gewiss. Bis dahin aber arbeite ich für meine Provision.«

Wir verließen das Gebirge und kamen auf eine Hochebene. Als wir Dyersburg erreichten, war es bereits Nacht, und der Regen hatte etwas nachgelassen. Chip parkte vor seinem Büro und wandte sich mir zu.

»Da wären wir«, grinste er. »Was wollen wir tun? Wollen Sie noch einmal über alles nachdenken, was Sie heute gesehen haben, oder möchten Sie in mein Büro kommen, damit ich Ihnen ein paar interessante Objekte für morgen zeigen kann?«

»Ich wollte Ihnen eigentlich eine Frage stellen«, entgegnete ich und schaute durch die Windschutzscheibe. Der Gehweg war leer.

»Bitte. Schießen Sie los.« Er sah müde aus, schien aber willig. Meine Mutter sagte immer, das Immobiliengeschäft sei nichts für Leute, die auf feste Arbeitszeiten Wert legten.

»Sie sagten vorhin, dass Sie erst vor kurzem das Exklusivrecht für The Halls bekommen haben. Also muss sich vorher eine andere Immobilienfirma um die Vermittlung gekümmert haben.«

»Richtig.« Er schien verunsichert. »Warum fragen Sie?«
»Hat die Firma einen Verkaufsabschluss erreicht, von dem Sie erfahren haben?«
»Nein. Auch diese Firma hatte das Vermittlungsrecht noch nicht lange.«
»Wie kommt es dann, dass sie The Halls nicht mehr vertritt?«
»Weil der Chef starb und die Firma aufgelöst wurde. Tote können keine Häuser verkaufen.«
Ich nickte. Noch war ich innerlich ganz ruhig. »Wie hoch wäre die Provision für die Vermittlung eines Objektes in The Halls? Ein hübsches Sümmchen, nehme ich an.«
»Ein ganze Stange, ja«, gab er zu.
Ich legte eine Kunstpause ein. »Genug, um jemanden dafür umzubringen?«
»Wie?«
»Sie haben mich sehr gut verstanden.« Ich lächelte nicht mehr.
»Ich weiß nicht, wovon Sie reden. Worauf wollen Sie eigentlich hinaus?«
Seine Art, alles abzustreiten, gefiel mir nicht, und dabei ist es geradezu unglaublich, wie gut sich Menschen aufs Lügen verstehen, sogar in den schwierigsten Lagen. Ich hatte gewartet und mich in Geduld geübt. Aber jetzt hatte ich die Faxen dicke.
Ich packte Chip am Hinterkopf und stieß ihn nach vorn, und zwar so, dass er mit der Stirn gegen das Lenkrad prallte und die harte Plastikkante gerade auf sein Nasenbein traf. Dann riss ich seinen Kopf wieder zurück.
»Ich habe Ihnen eine Frage gestellt«, sagte ich und machte Anstalten, seinen Kopf wieder gegen das Lenkrad zu stoßen. Er stöhnte leise auf. »Jetzt möchte ich eine glaubhafte Antwort hören. Ich muss wissen, dass Sie mir die Wahrheit sagen. Sie haben nur diese eine Gelegenheit, mich zu überzeugen, sonst bringe ich Sie um. Verstanden?«
Er nickte. Ich packte ihn bei den Haaren und riss ihn hoch. Er

blutete aus der Nase, und über der Stirn hatte er einen Striemen. Seine Augen waren vor Angst geweitet.
»Haben Sie Don Hopkins umgebracht?«
Er schüttelte den Kopf. Er schüttelte ihn so heftig und ruckartig wie ein Kind. Ich beobachtete ihn genau. Ich hatte in meinem Leben schon mit vielen Lügnern zu tun und habe selbst lange Zeit gelogen. Ich habe ein Auge dafür.
Chip hatte meinen Vater nicht umgebracht, jedenfalls nicht eigenhändig.
»Also gut«, sagte ich und erlöste ihn, ehe er sich das Genick brach. »Aber ich glaube, Sie wissen mehr darüber, was mit ihm geschehen ist. Hören Sie gut zu. Ich will, dass Sie eine Nachricht überbringen. Werden Sie das für mich tun?«
Er nickte.
»Sagen Sie den Nazis da oben in den Bergen, dass jemand sie ins Visier genommen hat. Sagen Sie ihnen, dass ich nicht an den Unfalltod meiner Eltern glaube und dass ich genaue Rechenschaft darüber will, was geschehen ist. Haben Sie verstanden?«
Er nickte wieder. Ich ließ ihn los, öffnete die Wagentür und stieg aus.
Als ich draußen im Regen stand, bückte ich mich noch einmal und schaute zu ihm in den Wagen. Die Mundwinkel hingen ihm vor Angst und Schrecken nach unten, und Blut troff ihm vom Kinn.
Die Hände noch zitternd, wandte ich mich ab und machte mich auf die Suche nach einem Mitmenschen, der diesen Namen verdiente.

15

Bobby lehnte am Küchentresen im Haus meiner Eltern und trank ein Glas Mineralwasser. Er blickte auf, als ich eintrat, und betrachtete mich, wie ich vor Nässe triefend dastand. Fast den ganzen Weg hierher hatte es ununterbrochen geregnet.
»Was hast du denn angestellt?«, fragte er.
»Nichts.«
»Na gut«, sagte er schließlich. Ich nahm das Glas und trank den Rest in einem Zug aus. Erst dann fiel mir ein, dass es aus dem letzten Einkauf meiner Eltern stammte.
»Gibt es noch mehr davon?«
»Noch einen Rest«, sagte er.
»Trink es nicht.« Ich stellte das Glas auf den Tresen und setzte mich an den Tisch. Erst danach zog ich meinen Mantel aus, als ob eine Stimme mir eingeflüstert hätte, ich würde mir sonst den Tod holen. Durchs Fenster sah ich, dass in Marys Wohnzimmer Licht brannte. Ich hoffte, dass sie nicht wusste, dass ich immer noch in der Stadt war. Es hätte ihr sonst als grobe Unhöflichkeit erscheinen müssen, dass ich mir nicht die Zeit genommen hatte, sie noch einmal zu besuchen. Dann wurde mir klar, dass ich in einem Haus saß, in dem mehrere Zimmer erleuchtet waren und vor dem draußen ein Auto parkte. Also musste sie bereits Bescheid wissen. Mein Kopf arbeitete nicht sehr gut.

Bobby wartete, die Arme verschränkt.
»Und«, fragte ich. »Wie war dein Tag?«
»Also bitte, Ward«, sagte er gereizt.
Ich schüttelte nur den Kopf. Er zuckte die Achseln und bohrte nicht weiter. »Ich habe mir den Unfallort näher angeschaut. Nach der Position des anderen Autos, mit dem es zusammengestoßen ist, ist es durchaus vorstellbar, dass deine Mutter zu spät abgebogen ist. Die Kurve ist scharf, es war dunkel, und außerdem herrschte Nebel.«
»Jaja«, sagte ich müde. »Sie hatte ja auch nur gut vierzig Jahre Fahrpraxis. Wahrscheinlich hatte sie vorher noch nie eine scharfe Kurve genommen, war in all den Jahren, die sie hier wohnten, nie über diese Kreuzung gefahren. Vermutlich war der Cranberry-Saft einfach zu viel für sie. Jetzt ist mir alles klar. Es ist ein Wunder, dass der Wagen keinen Satz über die Häuserfront gemacht und irgendwo im See gelandet ist.«
Bobby ging darauf gar nicht ein. »In der Nähe des Unfallorts ist eine Tankstelle und etwas weiter eine Videothek. Wie zu erwarten war keiner der Typen, mit denen ich gesprochen habe, in der Unfallnacht auf der Straße. Die Videothek ist ein unabhängiger Laden und wird von zwei Brüdern betrieben. Der eine, mit dem ich gesprochen habe, ist sich sicher, dass sein Bruder erst etwas mitgekriegt hat, als die Polizei eintraf.«
»Wenn zwei relativ schwere Metallobjekte gegeneinander stoßen, gibt es einen Knall. Hat er nichts gehört, hat er nicht gedacht, dass irgendetwas Ungewöhnliches passiert sein könnte?«
»Du kennst doch solche Läden. Von der Decke hängt eine uralte Glotze, drin läuft ein John-Woo-Streifen bei voll aufgedrehter Lautstärke, der Typ hinter dem Tresen trinkt die ganze Nacht Bier und raucht dazu einen Joint so groß wie ein gerollter Maisfladen. Da hätte man ihm mit einem Hammer eins über die Birne ziehen können, ohne dass er mit der Wimper gezuckt hätte. Also bin ich zur Tankstelle rübergegangen. Der Kassierer gab mir die Nummer des Pächters. Ich rief

dort an und bekam die Adresse des Kerls, der damals Schicht hatte.«
»Und was hast du ihm gesagt?«
»Dass ich der Polizei bei ihren Ermittlungen helfe.«
»Na klasse«, stöhnte ich. »Damit habe ich den zuständigen Polizeidirektor am Hals.«
»Ward, das kann dir doch egal sein.«
»Ich bin nicht mehr bei der Firma, Bobby. Hier in der harten Wirklichkeit können dir die Bullen schon die Hölle heiß machen.«
Bobby machte eine wegwischende Geste und deutete damit an, dass er diese Befürchtung für unbegründet hielt. »Ich habe den Kerl besucht. Er hatte ebenfalls nichts gesehen. Er hatte zwar einen Knall gehört, aber gedacht, dass sich jemand hinter der Tankstelle an etwas zu schaffen machte. Er fragte sich, ob er die Polizei rufen sollte, und als er schließlich merkte, dass es sich um einen Unfall handelte, war die Polizei schon da.«
»Schön.«
Ich hatte sowieso nicht erwartet, dass bei Bobbys Nachforschungen etwas herauskommen würde, aber er hatte darauf bestanden. »Was noch?«
»Dann bin ich, wie wir ausgemacht hatten, hierher gekommen und habe mich ein bisschen umgeschaut.«
»Hast du was gefunden?«
Er schüttelte den Kopf. »Nichts. Rein gar nichts.«
»Habe ich es dir nicht gesagt?«
»Hast du«, bellte er. »Du siehst nicht nur gut aus, Ward, du hast auch immer Recht. Mann, wenn ich schwul wär, würde ich nicht länger nach meinem Traumpartner suchen. Du bist der Beste. Aber jetzt bist du dran mit berichten.«
»Die erste Szene, die man in dem Video sieht, ist in The Halls gefilmt worden. Das ist ein Ort oberhalb einer Schlucht in den Gallatin-Bergen. Man muss schon sehr reich sein, um in den Klub aufgenommen zu werden. Die Häuser darfst du erst be-

sichtigen, wenn du den Nachweis erbracht hast, dass du gut genug für sie bist.«
»The Halls? Was soll das für ein Name sein?«
Ich schnaubte verächtlich. »Keine Ahnung. Vielleicht haben sie an Walhalla gedacht. Vielleicht halten sie sich ja für Götter. Bei so viel Geld ist das durchaus möglich.«
»Bist du dir sicher, dass es der Ort aus dem Video ist?«
»Keine Frage. Die Lobby war genauso wie im Video, sogar die Bilder. Das ist es mit Sicherheit. Und sie sind bei Bewerbern sehr, sehr streng.«
»Wieso hast du nicht bei mir angerufen?«
»Ich hab's probiert. Aber dort draußen scheint es keine Netzverbindung zu geben. Ich habe mit dem Handy in der Jackentasche angerufen. Deshalb konnte ich nicht wissen, ob's geklappt hat.«
»Wie sieht es dort aus?«
»Einfach nobel. Von den Bewohnern habe ich keinen zu sehen gekriegt, nur einen Typ kurz zum Schluss, aber auch den habe ich nur im Vorbeigehen gesehen. Wenn du die entsprechende Kohle hast und von Durchschnittsbürgern nicht belästigt werden willst, dann ist das die richtige Adresse für dich. Ich habe einen Blick auf die Architekturpläne der Häuser werfen können, und daraus geht hervor, dass es sich nicht um die üblichen Protzbauten handelt. Die Leitung von The Halls muss einen wirklich guten Architekten engagiert haben, jemanden mit ganz bestimmten Vorstellungen.«
»Nämlich welchen?«
Ich nahm einen Kugelschreiber aus der Jackentasche und machte eine Skizze. »Offener Grundriss. Die Hauptwohnräume in erhöhter Lage über dem Gelände. Zentrale Kamine liegen vorzugsweise in inneren Zimmerwinkeln. Getönte Scheiben für die Fenster gegenüber den Kaminen und Oberlichter über den Fluren. Herabgezogene Traufen, horizontale Fensterbänder, großflächige Terrassen.«

Bobby schaute auf die Pläne. »Wirklich. Für mich ist das der Plan für ein ganz normales Haus.«
»Gewiss«, gab ich zu, »das meiste gehört heute zum Standard. Aber der Gesamtentwurf, wie er in diesen Zeichnungen herauskam, war unverfälschter Frank Lloyd Wright.«
»Vielleicht haben sie ihn ja unter Vertrag genommen.«
»Eher unwahrscheinlich. Es sei denn, sie hätten auch noch einen Geisterbeschwörer bei der Hand.«
»Dann haben sie eben jemanden gekriegt, der Entwürfe wie er macht. Bestimmt gibt es hunderte. Eine große Sache.«
»Möglich. Doch diese Art Architektur ist heutzutage nicht mehr in Mode, für solche Wohnparks war sie es sowieso nie. Gewöhnlich findet man dort Treppenaufgänge, wie sie Ölmagnaten lieben, endlose Schlafzimmersuiten und Ausstattungen, die alle nur die eine Botschaft verkünden: Schaut her, so reich bin ich.«
»Klingt pompös.«
»Aber künstlich. Die Wohnstätten unserer Ahnen schmiegten sich noch in die natürliche Umgebung ein, damals baute man nicht von Grund auf neu. Deshalb wirkt moderne Architektur so kalt: Sie fügt sich nicht in das Vorhandene ein. Ganz anders Wrights Häuser. Der Zufahrtsweg folgt dem Gelände, als Ausdruck der Idee, dass man sich an einen sicheren Ort zurückzieht. Der Kamin bezeichnet den Mittelpunkt des Baus und nimmt damit den gleichen Platz ein, den einst das Feuer tief in der Höhle hatte. Die Räume im Innern des Hauses gehen fließend ineinander über, so dass stets Durchblicke als Fluchtwege offen bleiben. Auch das verstärkt den Eindruck, sich in einem natürlich geschaffenen Raum zu bewegen. Außenfenster bilden einen Verband, so dass die Sichtlinien die Außenwelt enthüllen, ohne den Innenräumen ihren Eigenwert zu nehmen. Getöntes Fensterglas schafft den Eindruck von Vegetation, durch die die Bewohner hindurchschauen können, bietet aber gleichzeitig einen Schutz gegen draußen. Menschen fühlen sich

dort am wohlsten, wo ihnen sowohl Zuflucht als auch Durchblick gewährt wird. Sie wollen eine klare Sicht auf das Terrain, zugleich aber möchten sie sich geschützt und geborgen fühlen. Ebendiesen Bedürfnissen kommt diese Architektur entgegen.«
Bobby staunte. »Du bist ein gebildeter Mann.«
Ich zuckte verlegen die Achseln. »Ich habe eben im Unterricht aufgepasst. Ich gehe jede Wette ein, dass du mir keinen zweiten Wohnpark wie diesen zeigen kannst.«
»Normalerweise würde ich die Wette annehmen, aber ich glaube dir einfach mal.«
»Vielleicht ist das einer der Gründe, weshalb sie Interessenten nicht umstandslos die Häuser zeigen. Aber das sind nicht die Hütten, für die üblicherweise Millionen hingeblättert werden. Das wiederum bedeutet, dass sie noch einen anderen Grund für ihr Vorgehen haben müssen.«
»Der Bauherr muss ein Wright-Fan sein. Oder er hat einen Architekten engagiert, der ebenfalls in der Schule aufgepasst hat. Ich sehe allerdings nicht, wohin uns das führen könnte. Ich würde gern wissen, wie das Ganze für dich ausgegangen ist.«
»Ich habe dem Makler eins auf die Waffel gegeben.«
»In The Halls?«
Ich schüttelte den Kopf. »Du könntest mir etwas mehr Verstand zutrauen. Nein, als wir wieder in der Stadt waren. Es gab keine Zeugen.«
»Ist er tot?« Die Frage war ganz sachlich gestellt.
»Um Gottes willen, nein.«
»Warum hast du das getan?«
»Ich mochte ihn nicht. Außerdem haben früher zwei Immobilienfirmen The Halls vertreten. Jetzt gibt es nur noch eine.«
Bobby nickte langsam. »Die Firma, die jetzt nicht mehr im Spiel ist, war die deines Vaters.«
»Du bist ein helles Köpfchen.«
»Ferner folgere ich aus der Tatsache, dass wir uns nicht mit

einem Totschlag beschäftigen müssen, dass der Makler offenbar nicht der Mörder deiner Eltern ist. So verlockend es finanziell für ihn gewesen wäre.«
Ich nickte. »Nicht er selbst. Aber er steckt mit Leuten unter einer Decke, die ihre Finger im Spiel hatten. Warum sollte sonst Filmmaterial von dem Ort auf dem Video sein?«
Plötzlich stand ich auf und verließ rasch die Küche. Auf dem Weg durch den Flur arbeitete etwas in mir, aber ich kam nicht darauf, was es war. Ich ging ins Wohnzimmer, wo ich vor dem Couchtisch stehen blieb. Bobby folgte mir.
Ich hob das Buch auf, das auf dem Tisch lag, und winkte ihm damit.
»Ein Buch über den vorhin erwähnten großen Architekten«, sagte Bobby. »Na und? Dein Vater war Immobilienmakler. Die Firma war auf die Vermittlung von Häusern spezialisiert. Und er war nicht mehr der Jüngste. Ältere Herrschaften lesen nichts lieber als Biografien. Das und Naturfilme im Fernsehen sind ihr täglich Brot.«
»Bobby …«
»Na schön, ein interessanter Zufall«, räumte er ein.
Ich ging zurück in den Flur und blieb wieder stehen. In mir lief ein Motor auf Hochtouren, aber ich wusste nicht, welche Richtung ich einschlagen sollte. »Hast du das Haus von oben bis unten durchsucht?«
»Ich habe unter Teppiche und Dielenbretter geschaut, ich bin auf den Dachboden gestiegen und habe mit der Taschenlampe in den Wassertank geleuchtet. Ich habe auch Telefonhörer aufgeschraubt. Nichts gefunden. Allerdings weiß ich nicht, was hier fehlen könnte.«
»Ich auch nicht«, sagte ich. »Dazu war ich nicht oft genug hier zu Besuch. Außer den Videos war mir nichts aufgefallen.« Ich überlegte. »Warte mal. Als ich neulich hier war, habe ich die Post hier abgelegt. Jetzt ist sie nicht mehr da.« Ich sah ihn an und hatte das Gefühl, eine Spur gefunden zu haben.

»Ruhig Blut, Herr Kommissar. Vor ein paar Stunden hat ein älterer Mann vorbeigeschaut und die Post mitgenommen. So einer mit einer langen Nase. Sagte, er sei ein Freund der Familie. Er gab sich lässig, sah mich aber an, als ob er prüfen wollte, wie viele silberne Löffel ich geklaut habe.«
»Harold Davids«, sagte ich. »Er sagte, er würde noch für eine Weile nach dem Rechten schauen.«
Bobby lächelte. »Ward, du hast genug erlebt, an dem du noch zu kauen hast. Hör auf, mit deinem Verfolgungswahn alles noch schlimmer zu machen.«
Lautes Klirren aus dem Wohnzimmer. Wir liefen sofort los, aber nicht schnell genug.

Verstörend ist nicht der ohrenbetäubende Knall, sondern der ungeheure Druck, verstörend wie wenn man als Kind plötzlich eine Ohrfeige von jemandem erhält, der vorher nie zugeschlagen hat. Wer eine Explosion aus der Nähe erlebt, spürt vor allem ein dumpfes Dröhnen in Kopf und Brustkorb. So groß ist die Wucht, dass sich jedes Geräusch in ein Gefühl tief im Innern des Körpers verwandelt, ein Gefühl, dass die ganze Welt aus den Angeln gehoben wurde. Der Knall selbst scheint gar nicht so wichtig, als ob man ihn erst Tage später hörte.
Ich musste sofort gegen die Wand geschleudert worden sein, mit dem Gesicht zuerst gegen eine Reihe Bilder. Als ich zu Boden fiel, in meinem Kopf eine Explosion weißen Lichts, rings um mich ein Scherbenregen, hörte ich einen weiteren, nicht so heftigen Knall, und dann zog mich Bobby vom Fußboden hoch und schleppte mich zu den Trümmern der Haustür.
Wir hasteten zusammen den Weg hinunter und gerieten auf den nassen Steinplatten ins Rutschen. Hinter uns ging eine weitere Explosion hoch, viel lauter als die erste. Diesmal hörte ich um mich herum Gegenstände durch die Luft zischen und dann den Knall aus zusammengepresster und sich donnernd entladender Luft. Bobby schob mich mit den Händen vorwärts,

während ich seine Mühe dadurch verdarb, dass ich mich nach unserem Haus umdrehte. Wir gerieten ins Stolpern und landeten rücklings im nassen Gras. Die ganze Außenwand des Wohnzimmers war weggesprengt, die Inneneinrichtung stand bereits in Flammen. Ich konnte mich nicht losreißen. Wenn ein Haus brennt, ist das, wie wenn die Seele eines Menschen in effigie verbrennt, wie wenn man zusähe, wie die zerstörerische Arbeit der Würmer im Grab plötzlich auf zwanzig Meter Höhe aufgeblasen wird.

Als ich mich endlich aufgerappelt hatte, ging Bobby, das Handy in der Hand, mit schnellen Schritten davon und lugte über den Zaun. Ich machte ein paar Schritte zurück in Richtung Haus. Vielleicht bildete ich mir ein, den Brand löschen oder ein paar Wertsachen retten zu können. Ich weiß es nicht. Ich meinte, ich müsste irgendetwas tun.

Im Haus kam es zu einer weiteren kleinen Explosion, es klirrte und krachte tief im Innern. Die Hitze wurde rasch immer größer. Der Regen hatte sich zu einem dünnen Nieseln verflüchtigt, und das schien mir wieder mal typisch. Den ganzen Nachmittag hatte es geschüttet. Warum nicht jetzt?

Bobby steckte sein Handy ein und kam zu mir zurück. Er hatte eine Schnittwunde an der Stirn, aus der Blut troff.

»Sie sind unterwegs hierher«, teilte er mit.

Ich hatte keine Ahnung, von wem er sprach. »Wer denn?«

»Die Feuerwehr. Gehen wir.«

»Ich kann nicht«, sagte ich. »Das ist das Haus meiner Eltern.«

»Nein«, widersprach er. »Das ist der Schauplatz eines Verbrechens.«

Bei meinem Auto angekommen, ging Bobby erst einmal um das Fahrzeug herum und suchte mit den Augen den Boden ab. Dann ließ er sich, ohne auf den Matsch zu achten, auf Hände und Knie hinab und inspizierte den Fahrzeugboden. Er stand wieder auf, putzte sich die Hände ab und machte die Tür an der Fahrerseite auf. Er bückte sich und lugte unter den Fahrersitz.

Dann entriegelte er von innen die Motorhaube, ging nach vorn und schaute sich den Motor an.
»Okay«, urteilte er abschließend. »Riskieren wir es mal.«
Er schloss die Motorhaube und ging wieder zur Fahrerseite. Er steckte den Zündschlüssel ins Schloss, blinzelte mir zu und drehte den Schlüssel. Der Motor sprang an, ohne dass eine Bombe hochging. Bobby atmete erleichtert auf und klopfte auf das Wagendach.
»Aber wir haben nichts gehört«, sagte ich. »Kein Auto weit und breit.«
»Wundert mich nicht«, sagte er mit einer Stimme, die vor Erleichterung ein bisschen bebte. »In einer Gegend wie dieser hier kann man eher durch die Gärten flüchten als mit dem Auto auf der Straße. Ich hätte mein Auto weiter unten geparkt und wäre die letzten paar hundert Meter zu Fuß gekommen. Wenn das auf mein Konto gegangen wäre, würden wir uns jetzt nicht mehr unterhalten. Hast du gehört, wie es nach der ersten Explosion noch weiter geknistert hat? Da hat jemand in aller Eile etwas zusammengebastelt und es versaut.«
»Und? Die erste Explosion reichte doch sicherlich, um das Ganze zu zünden?«
»Die Komponenten sind durch die Zündladung auseinander gerissen worden. Jemand wollte einen richtig großen Knaller bauen, aber die Sache ging schief, ehe es richtig hochgehen konnte.«
»Wenn wir im Wohnzimmer gewesen wären, hätte es für uns gereicht.« Ich rieb mir das Gesicht mit den Händen. »Ich vermute, Chip hat die Botschaft weitergegeben.«
»Es sieht ganz so aus.«
»In diesem Fall ...«, ich schaute auf meine Armbanduhr, »... haben sie nur etwas mehr als eine Stunde gebraucht, um das Ding zusammenzusetzen und jemanden hierher zu schicken.« Erst jetzt merkte ich, dass ich an der Hand blutete, und wischte mir mit dem Ärmel darüber.

»Wie ich schon sagte. Sie haben es in der Eile versiebt.«
»Gut, im Detail mögen sie geschlampt haben, aber insgesamt sind sie sehr auf der Höhe, findest du nicht?« Aus der Ferne kam Sirenengeheul näher, und auf der anderen Straßenseite gingen Haustüren auf.
»Sie haben das Haus meiner Eltern in die Luft gesprengt«, sagte ich mit ungläubigem Tonfall und drehte mich noch einmal um. »Einfach so, mit einer Bombe.«
Das brennende Haus bot einen verstörenden Anblick in einer Straße mit lauter hübschen kleinen Wohnhäusern. Ich schaute zu Marys Haus hinter der Hecke. Ein paar Fenster waren erleuchtet, und die Haustür stand offen.
»Du hast es mit kriminellen Arschlöchern zu tun«, sagte Bobby und klopfte erneut auf das Wagendach. »Machen wir uns jetzt aus dem Staub.«
Da lief ich auch schon stolpernd und rutschend zur Pforte. Ich hörte, wie Bobby hinter mir fluchte und ebenfalls loslief. Gegen Ende des Wegs brach ich durch die Hecke in Marys Garten. Kaum war ich auf ihrem Grundstück, als Bobby mich an der Schulter zu fassen bekam und mich herumwirbelte. Ich schüttelte ihn ab und durchquerte den Garten. Er wollte mich wieder zurückhalten, ließ aber ab, als er sah, was ich bereits gesehen hatte. Dann lief er schneller als ich.
Sie lag halb auf der Veranda, Kopf und Schultern hingen auf den Treppenstufen, ein Arm lag ausgestreckt neben ihr. Mein erster Gedanke war ein Herzanfall, aber dann sah ich das Blut überall, die Lache auf dem verwitterten Holz stockte schon. Bobby ging auf ein Knie nieder und stützte ihren Kopf.
»Mary«, flüsterte ich, »um Gottes willen, Mary.«
Gemeinsam zogen wir sie vorsichtig herum, damit sie auf ebenem Untergrund zu liegen kam. Ihr Atem ging unregelmäßig. Im Schein der Flammen von nebenan sahen die Falten in ihrem Gesicht wie Schluchten aus. Bobby durchsuchte den Stoff ihres Kleides, fand ein Einschussloch nach dem anderen und ver-

suchte das Blut zu stillen, das nicht so rasch strömte, wie man hätte fürchten können. Sie hustete, und ihr Mund füllte sich mit etwas Dunklem, Klumpigem.
Bis dahin hatte ich in ihr nur eine alte Frau gesehen, eine von den vielen, die durch die Gassen des Supermarkts schlurfen und an Haltestellen auf Busse warten, die genau wissen, welches Geschenk man wem zum Geburtstag überreicht, die pergamentartig aussehen und so, als ob sie frören, und das wohl schon immer. Die in ihrem Leben nie betrunken waren oder über fremde Zäune geklettert sind, nie so lange herumkicherten, bis der andere mit einem feuchten Fleck im Bett dasaß. Vertrocknete Alte, denen man nicht zutraut, dass sie einen Menschen lieben, einen lebenden, einen, der nicht bloße Erinnerung ist und auf dessen Ruhestätte Blumen dahinwelken, an den nur sie allein denken. Jetzt sah ich eine andere Mary. Die Frau, die sie einst war und die sie unter der Patina alternder Zellen, trockener Haut, tiefer Falten und grauem Haar, das sie kurz geschnitten trug, vermutlich auch geblieben war. Hinter der Maske des Alters, hinter der irrigen Annahme, sie könne doch nie ein lebendiger Mensch gewesen sein.
Dann knackte es in ihrem Hals. Ihre Augen schienen in Sekundenschnelle von feucht zu trocken zu wechseln. Vielleicht lag es an der kühlen Luft, jedenfalls schien es so, als ob sie vor unseren Augen dahinschwinden würde.
Bobby schaute langsam zu mir auf. Ich wusste nicht, was ich sagen sollte.

»Was ist passiert?«, fragte ich. Das waren die ersten Worte, die mir nach zehn Minuten über die Lippen kamen. »Was zum Teufel ist da bloß passiert?«
Bobby saß am Steuer, reckte den Hals und schaute in jede Seitenstraße. In allen herrschte Feierabendruhe. Mary hatten wir auf der Veranda liegen lassen. Sie würde dort rascher medizinische Hilfe bekommen, als wenn wir sie in ein Krankenhaus

gebracht hätten. Ohnehin bestand für sie keine Hoffnung auf Überleben, das wussten Bobby und ich genau.
Er zuckte die Achseln. »Sie ist ihnen in die Quere gekommen. Wie ich schon sagte, der Killer kam durch die Gärten. Sie hörte etwas und trat nach draußen. Da hat er sie mit Blei vollgepumpt. Tut mir leid für dich.«
»Da rückt also einer an, um mich in die Luft zu sprengen, und hat auch noch gleich eine Knarre mit Schalldämpfer dabei. Eine harmlose alte Dame kommt ihm in die Quere, und er legt sie um. Einfach so.«
»Diese Leute lassen nicht mit sich spaßen, Ward, und sie haben etwas gegen dich.«
Er bog scharf links ab, und dann waren wir wieder im eigentlichen Stadtgebiet. Ein Feuerwehrauto raste auf der Hauptstraße an uns vorbei, gerade in die falsche Richtung, um zum Haus meiner Eltern zu gelangen.
»Wohin fährt der denn?«
Hinter uns hupte jemand. Bobby und ich drehten uns gleichzeitig um und sahen einen Mann in einem Pick-up, der uns mit Gesten darauf hinwies, dass die Ampel auf Grün stand. Bobby machte Anstalten, dem Feuerwehrauto hinterherzufahren.
»Bobby, die Feuerwehr fährt in die falsche Richtung.«
»Ich habe der Feuerwehr den Weg so beschrieben, wie du ihn mir beschrieben hast. Und ich bin gut hingekommen.«
»Aber warum …« Ich hielt inne. Wir sahen beide, dass die Ampel vor uns auf Orange gesprungen war.
Bobby fuhr ohne zu blinken auf die Seite. Neuerliches Hupen. Der Alte im Pick-up schaute uns im Vorbeifahren böse an. Wir beachteten ihn gar nicht, denn nun sahen wir, dass das »Best Western«, oder doch ein Teil des Hotels, in Flammen stand. Ich schaute ungläubig hinüber und fragte mich, ob Dyersburg seit kurzem im inneren Kreis der Hölle liege.
»Fahr näher heran«, sagte ich leise.
Er fuhr langsamer, verließ nach einem Häuserblock die Haupt-

straße und bog in eine Seitenstraße ein, um zum Hotel zu gelangen. Wir hielten auf einer Anhöhe etwa hundert Meter vor dem Hotel. Von hier aus erkannten wir, dass das Feuer eher klein und auf einen Seitenflügel begrenzt war. Das übrige Gebäude war intakt und blieb also als Tagungsstätte für Betriebsseminare erhalten. Vier Löschwagen standen schon bereit, ein fünfter traf ein, während wir zusahen. Am anderen Ende der Straße standen schon Schaulustige, und weitere Passanten eilten an unserem Auto vorbei, um eine bessere Sicht auf den Brandort zu bekommen. Die Hälfte der Polizeikräfte von Dyersburg schien im Einsatz zu sein.

»Das Feuer ist in dem Flügel ausgebrochen, wo dein Zimmer ist, oder?«

Ich antwortete gar nicht erst. Mir war übel. Irgendwie empfand ich mich bei dem Anschlag auf das Hotel direkter betroffen als bei der Sache mit dem Haus meiner Eltern. Ich fragte mich, ob meine Zimmernachbarn zum Zeitpunkt des Anschlags im Hotel gewesen waren.

»Ward, die Botschaft, die du ihnen geschickt hast«, fragte Bobby, »wie lautete die eigentlich genau?«

»Das ist lächerlich«, sagte ich. »Das ist völlig überzogen.« Dann: »Was ist mit dem Haus? Was ...«

»Wahrscheinlich kümmert sich schon jemand darum. Die Nachbarn sind alarmiert. Und nur für den Fall, dass es dich interessiert: Deine Sachen sind in Sicherheit.«

»Welche Sachen?«

»Nicht deine Klamotten. Schau mal nach hinten.« Ich drehte mich um und sah die Tasche mit dem Laptop auf der Rückbank liegen.

»Sei immer auf der Hut.« Er trommelte mit den Fingern auf das Lenkrad, während er den Brand beobachtete. »Ich bin auch ein umsichtiger Mann. Alles, was ich brauche, habe ich stets griffbereit. Und jetzt ist es an der Zeit, sich abzuseilen.«

Ich wäre am liebsten in die Berge gefahren und hätte dort jemanden umgebracht. Bobby las meine Gedanken und schüttelte den Kopf. »Wenn der Brand hier gelöscht ist, wird man bald herausfinden, von welchem Zimmer das Feuer ausgegangen ist. Vieles spricht dafür, dass sie sich diesmal mehr Zeit genommen haben, damit es halbwegs plausibel aussieht. Aber das hier und das Haus zusammen genommen wird dich zum meistgesuchten Mann in Dyersburg machen.«

»Wie meinst du das? Ich habe doch gar nichts verbrochen.«

»War das Haus deiner Eltern versichert?«

»Ja.«

»Hoch?«

Ich seufzte. »Wahrscheinlich schon. Ich habe mich nie dafür interessiert. Und wenn die Polizei Mary findet, werden sie sie filzen. Bei so viel Blut werden sie Fingerabdrücke sicherstellen. Sind deine Fingerabdrücke eigentlich polizeibekannt, Bobby?«

»Das weißt du doch.«

»Meine auch. Du hast Recht. Höchste Zeit zu verschwinden.«

Zwanzig Minuten später waren wir auf dem Flughafen von Dyersburg.

16

Zandt kam um neun Uhr abends am Beverly Boulevard an. Er war erschöpft, die Füße taten ihm weh, und betrunken war er auch.

Um drei Uhr früh hatte er vor dem Kino gestanden, wo Elyse LeBlanc zuletzt gesehen worden war. Kinos sehen um diese Zeit seltsam aus, Läden und Restaurants nicht weniger. In den frühen Morgenstunden wirken sie zusammenhanglos, willkürlich und ohne Funktion. Wir fühlen uns wie Forscher, die den kulturellen Hintergrund erkunden möchten und ein gutes Jahrzehnt zu spät kommen. Ein paar Stunden später beobachtete er das Haus, in dem Annette Mattison ihren letzten Abend mit einer Freundin verbracht hatte. Er erkannte die Frau, die, im Businesskostüm, um sieben Uhr herauskam und sich auf den Weg zu den Fernsehstudios machte. Zandt hatte Gloria Neiden mehrere Male vernommen. Sie war in den vergangenen zwei Jahren sehr gealtert. Er fragte sich, ob sie immer noch mit Frances Mattison in Verbindung stand. Ihre Töchter hatten einander oft besucht und waren immer die drei Straßen zu Fuß nach Hause gegangen. Das war bei ihnen so üblich. Sie wohnten schließlich in einem sympathischen Viertel oben in Dale Lawns, 90210. Und einer der Gründe, weshalb man einen siebenstelligen Betrag für ein Haus bezahlte, war sicherlich der, auch noch nach Einbruch der Dunkelheit dort spazieren gehen zu können. Zandt vermutete, dass die Beziehung zwischen den beiden Müttern schwierig geworden war, wenn sie überhaupt noch bestand. Wenn Zoë Becker von Monica Williams sprach, wurde ihre Stimme tonlos – obwohl Mrs. Williams gewiss nicht dafür verantwortlich war, dass Sarah es vorgezogen hatte, die Zeit, bis ihr Vater sie holen kam, allein zu verbringen. Die nachbarschaftliche Gemeinschaft hatte versagt. Wenn so etwas passiert, fragt man sich, wozu man sie noch aufrechterhalten soll, und man sucht nach Schuldigen. Fortan zählt nur noch die eigene Familie.

Zandt wandte sich ab, als Mrs. Neidens Auto vorüberrauschte. Sie hätte ihn erkennen können, und noch länger auf seinem Beobachtungsposten bleiben wollte er auch nicht, da er den Eindruck bekam, unwillkommen zu sein, wie der Mann, der vor zwei Jahren vielleicht an derselben Stelle vor ihrem Haus gestanden hatte.

Also ging er weiter. Am späten Vormittag war er in Griffith Park an dem Platz gewesen, wo Elyses Leiche gefunden worden war. Nichts markierte die Stelle, obwohl eine Zeit lang hier immer Blumen gelegen hatten. Er fand auch Scherben einer zerbrochenen Vase. Lange stand er dort und schaute über die dunstige Stadt, in der Millionen Menschen arbeiteten und schliefen, sich belogen und ihren Rang in der Hackordnung behaupteten. Dann trat er in eine Bar. Und etwas später in eine andere. Dazwischen und auch später noch setzte er seine Wanderungen, wenn auch langsamer, fort, auch wenn ihm Sinn und Zweck immer mehr abhanden kamen. Er war diese Wege schon oft gegangen. Gebracht hatten sie ihm nur Blut und Niederlagen. Die Schreie, die ihn fortgezogen hatten, als Nina gegangen war, hatte er immer noch im Ohr, die Schreie der Vermissten, die jedoch im geschäftigen Treiben bei Tageslicht zu schwach waren, um ihn zu leiten. Das Hemd hing ihm mittlerweile aus der Hose, und er merkte, dass andere Passanten ihn schief ansahen. Es heißt, man erkenne einen Polizisten an seinen Augen, an dem forschenden, argwöhnischen Blick aus einer Position der

Stärke. Zandt fragte sich, ob man umgekehrt einen Mann, der kein Polizist mehr war, an den Zeichen der Schwäche als jemanden erkennen könne, der ausgemustert wurde. Er hatte diese Stadt einmal in- und auswendig gekannt. Ihre Bürger sahen in ihm einen Mann, an den sie sich in Zeiten des Chaos wandten, er war gleichsam ein Teil ihres Immunsystems. Nun lebte er ohne diese Weihe. Er war ohne feste Identität, ohne Ruhm oder seine Entsprechungen im Dienst. Er war schlicht ein Mann auf der Straße in einer Stadt, in der wenige Leute zu Fuß gehen, und diese betrachteten ihn misstrauisch. Das hier war ein ebenso realer Lebensraum wie die Steppe oder ein schattiges Tal, nicht anders als Death Valley oder Vermont, Kansas oder der Grund des Meeres. Den einzigen Unterschied machten die Menschen, die smoggeschädigten und kampfesmüden Bewohner.

Am späten Nachmittag hatte er, nun schon leicht torkelnd, am Rand einer Seitenstraße im Laurel Canyon gestanden. Die Sträucher, die hier früher wuchsen, hatte man gerodet und durch einen Streifen Pflastersteine, um weniges länger als Annettes Körper, ersetzt. Obwohl Zandt nun ziemlich betrunken war, entging ihm nicht, dass ihn ein Mann von der sicheren Warte seines Hauses auf der anderen Straßenseite beobachtete.

»Kann ich Ihnen helfen?«

»Nein«, sagte Zandt. Er versuchte zu lächeln, doch der Mann bemerkte nichts davon. Hätte Zandt das Ergebnis seiner Bemühung gesehen, hätte er dem Mann wohl keinen Vorwurf gemacht.

Der Mann verzog das Gesicht. »Sind Sie betrunken?«

»Ich stehe hier nur ein bisschen. Gehen Sie wieder nach drinnen. Ich verschwinde sowieso gleich.«

»Aber was ist das da?« Als der Mann sich etwas drehte, war zu erkennen, dass er ein Handy hinter dem Rücken hielt.

Zandt schaute ihn an. »Was?«

»Dieser gepflasterte Streifen. Wozu das?«

»Da ist jemand gestorben. Oder wurde dort tot aufgefunden.«
Der Gesichtsausdruck des Mannes wurde offener. »Kannten Sie ihn?«
»Erst als sie schon tot war.«
»Warum interessiert es Sie dann? Wer war es denn – eine Prostituierte?«
Zandt schnürte es die Kehle zu. Die gleitende Lohnskala des Todes, als ob Huren, Drogensüchtige und junge Schwarze nicht länger gewollte Haustiere wären, als ob sie nie ihren heimkehrenden Eltern lachend entgegengelaufen wären oder das erste Wort gestammelt oder sich an langen Abenden gefragt hätten, was wohl das Christkind zu Weihnachten bescheren würde.
Der Mann trat einen Schritt zurück. »Ich rufe die Polizei«, warnte er.
»Die würde zu spät kommen. Vielleicht verdienen Sie noch einen Streifen Pflaster, aber darauf würde ich nicht wetten.«
Zandt drehte sich um und ging fort. Sein Gegenüber wusste so viel wie vorher.

Am Beverly Boulevard angekommen, ging er am Hard Rock Café vorbei. Er steckte sich das Hemd in die Hose, glättete das Jackett und drückte die Schultern durch. Dann betrat er das Hotel Ma Maison, ohne behelligt zu werden, und begab sich geradewegs in den Toilettenraum der Hotelbar. Ein Schwall kaltes Wasser, und nur ein Barmann hätte sagen können, dass er nicht hierher gehörte. Er ging in die Bar und setzte sich an einen niedrigen Tisch, von dem aus er einen Blick auf die Straße hatte. Nach dem langen Fußmarsch hatte er in den weichen Polstern plötzlich das Gefühl, auf einer Wolke zu sitzen. Ein freundlicher junger Mann versprach, ihm einen Drink zu bringen.
Während er auf sein Bier wartete, schaute er auf die Straße hinaus, wo Josie Ferris entführt worden war. Es war nicht der letzte Ort im Zusammenhang mit der Mordserie, doch wollte er

nicht vor Karens Schule oder vor dem Haus stehen, in dem er mit seiner Familie früher gewohnt hatte. Auch hatte es keinen Sinn, an den Ort zurückzukehren, den er zu einem Tatort gemacht hatte. Zwar besaß der eine Bedeutung, aber das würde ihm jetzt nicht weiterhelfen. Schon damals hatte es ihm nicht geholfen. Neben der Leiche des Mannes zu stehen, den er umgebracht hatte, hatte ihm damals nur bewusst gemacht, wie fein die Unterschiede sind, die in Gesetzesparagrafen gegossen werden.

Jennifer hatte von seiner Tat gewusst. Als der Pullover zwei Tage später ankam, hatte er es ihr gestanden. Das war nicht das Ende ihrer Ehe gewesen, jedenfalls nicht gleich. Sie hatte Verständnis für alles gehabt, nur nicht für seinen Irrtum. Sie versuchten dennoch, es gemeinsam durchzustehen. Vergebens. Am Ende war seine Position nicht mehr zu halten. Entweder blieb er trotz des grauenvollen Verlusts in den Augen seiner Frau stark, obgleich er das Gefühl hatte, innerlich zu zerbrechen. Oder er erlaubte sich, seinen Schmerz nicht länger zu unterdrücken. Als er dies schließlich tat, verlor er den männlichen Anspruch auf Stärke, ohne auf dem ureigenen Terrain der Frauen, der offenen Klage, einen sicheren Halt zu gewinnen. Den Frauen stand es zu, den Schmerz herauszuschreien, er hingegen sollte ihm widerstehen.

Etwa um die gleiche Zeit, als sie zu ihren Eltern zurückkehrte, wurde ihm klar, dass er nicht länger Polizist sein konnte. Jemand hatte ihr goldenes Ei gestohlen, und das Huhn, das es gelegt hatte, war tot.

Rückblickend schien es ihm, größtenteils Unrecht gehabt zu haben. Wegen seines Starrsinns hatten sich Risse in ihrer Ehe gebildet. Sie hätte ihm durchaus erlaubt, auch einmal Schwäche zu zeigen. Frauen besitzen oft die Weisheit zu erkennen, welche Regeln großzügig ausgelegt werden müssen. Beziehungen erfordern eine gewisse Beweglichkeit namentlich in Zeiten hoher Anspannung, wenn es so scheint, als bildeten sie einen

Pakt gegen die unerträgliche Finsternis draußen. Starke Paare kämpfen um den Bestand der Bindung, auch wenn das Gleichgewicht vorübergehend gestört ist. Mochte das auch ein zweischneidiger Trost sein, so half ihm diese Erkenntnis doch weiterzuleben. Manchmal liegt der Schlüssel zu neuem Lebensmut darin, auf eine schreckliche Lage zurückzublicken und zu erkennen, dass man zum Teil selbst schuld daran war. Vor dieser Erkenntnis, glaubt man, es sei einem übel mitgespielt worden, und so findet man keinen Frieden. Doch nur ein Kind ruft: »Das war gemein«, oder jemand, der nicht sieht, dass Ursachen in zwei Richtungen wirken. Erst wenn man schließlich begreift, dass man ebenfalls Schuld trägt, lässt der Schmerz langsam nach. Wer erkennt, dass er sich sein Bett selbst gemacht hat, legt sich leichter hinein, so hart oder schmutzig es auch sein mag.

Als das bestellte Bier kam, trank er noch nicht gleich, sondern schien weiterhin aus dem Fenster zu schauen. In Wirklichkeit versuchte er, wie schon den ganzen Tag über, einen Sachverhalt in einem neuen Licht zu sehen. In einem Mordfall, der sich durch einen Mangel an brauchbaren Indizien auszeichnete, blieb einem nichts Besseres zu tun, als die einzelnen Informationen neu zusammenzusetzen. Die meisten Verbrechen konnte man in einem einzigen Satz zusammenfassen. Fingerabdrücke, ein Verhältnis, ein hastig verstecktes Messer, Schulden und ein geplatztes Alibi, damit beschäftigten sich die Gerichte, das war ihr tägliches Geschäft. Das Verbrechen in seiner ganzen Größe lief auf einen kurzen Satz hinaus: Menschen brachten sich gegenseitig um. Ehemänner ihre Ehefrauen, Frauen ihre Männer, Eltern ihre Kinder, Kinder ihre Eltern und Fremde andere Fremde. Menschen nahmen Sachen an sich, die ihnen nicht gehörten. Menschen steckten Häuser in Brand – für Geld oder weil Menschen darin waren. Wenn erst jedes Verbrechen in der passenden Schublade der Justiz lag, war die Wahrheit immer noch weit entfernt. Man konnte aufs Geratewohl zwei Menschen aussuchen und sie mit dem Wort »tötete« verbinden.

Bei der Frage, was der Upright Man von seinen Opfern eigentlich wollte, war Zandt keinen Schritt vorangekommen. Warum hatte er die Mädchen bestraft? Hatten sie ihn nicht geliebt, waren sie seinen Verlockungen nicht erlegen? Waren sie zu verängstigt oder nicht verängstigt genug gewesen? Hatten sie ihn dadurch enttäuscht, dass sie zusammengebrochen waren, dass sie nicht die Kraft bewiesen hatten, die er sehen und ihnen rauben wollte?

Er hatte sein Bier ausgetrunken und hielt Ausschau nach dem jungen Barmann. Der blieb spurlos verschwunden, obwohl andere Gäste in der Hotellounge offenbar erst vor kurzem bedient worden waren. Er beobachtete sie eine Weile. Fremde, die Alkohol trinken, um sich wohl zu fühlen. Um die Angst loszuwerden. So machten es alle. Die Amerikaner taten es – abgesehen von der kurzen Periode der Prohibition, die zu einer bis dahin nie gesehenen Explosion des Verbrechens führte. Deutsche und Franzosen taten es mit Wonne. Russen mit melancholischem Ernst. Engländer waren für ihre Bierräusche bekannt. Sie verbrachten ihre freien Stunden im Suff, ob in Bars, Pubs oder zu Hause. Sie brauchten diesen Klebstoff, diesen bierseligen Nebel.

Schließlich kam ein anderer Mann. Er war ebenfalls schwarz gekleidet, mit weißem Hemd wie der vorherige Barmann, nur zehn Jahre älter und ohne freundliche Ausstrahlung. Während der Jüngere noch Hoffnungen hegte, ein Drehbuch an den Mann zu bringen oder einmal »Schnitt!« zu rufen, hatte sich bei seinem älteren Kollegen die Erkenntnis durchgesetzt, dass Hollywoods Schauspielerinnen sehr wohl ohne seine Liebesdienste auskamen. Er betrachtete Zandt misstrauisch, sein Radar sagte ihm, dass er einen Mann vor sich hatte, der weder im Hotel wohnte noch mit jemandem verabredet war.

»Das Gleiche noch einmal?« Das sagte er mit leicht geneigtem

Kopf, eine ironische Geste: Wir wissen beide, dass der Angesprochene nicht zur Kategorie der bevorzugten Gäste gehört, dass er obendrein betrunken ist und dass seine Kleidung nicht den hier geltenden Ansprüchen genügt.

»Wo ist denn der andere Typ?«

»Welcher andere ›Typ‹?«

»Na, der Kellner, der mich vorhin bedient hat.«

»Schichtwechsel. Keine Sorge, das Bier ist das gleiche.«

Während der Kellner, mit dem Tablett aufs Knie trommelnd, davonschlenderte, kam Zandt die Lust an, auf ihn zu schießen. Zur Abschreckung für alle anderen Kellner, die den Eindruck erwecken wollten, die Leute, denen sie ihren Lohn verdankten, wären Abschaum. Ein lange überfälliges Exempel. Vielleicht würde sich das auch bei den Verkäufern und Verkäuferinnen am Rodeo Drive herumsprechen. Zandt erinnerte sich an ein Erlebnis vor sechs oder sieben Jahren. Zum Geburtstag hatte er seine Frau nachmittags in einen teuren Laden geführt, um ihr eine Bluse zu kaufen. Kurz darauf hatten sie den Laden wieder verlassen, Jennifer verlegen eine Einkaufstüte haltend, Zandt zitternd vor Wut. Die Bluse hatte sie nachher nur wenig getragen, weil sie jedes Mal daran denken musste, wie klein sie sich beim Kauf in diesem Laden gefühlt hatte.

Die Erinnerung drückte seine Stimmung. Er spielte mit den ausgelegten Visitenkarten des Hotels und wollte schon darauf ein paar Notizen machen, als er plötzlich innehielt. Er sah, wie der Kellner hinter dem Tresen stand und ein Glas Bier einschenkte. Es war die gleiche Sorte wie beim letzten Mal. Das war zu erwarten. Der vorige Kellner hatte wahrscheinlich einen Zettel hinterlassen, auf dem vermerkt stand, wie viel der Kunde schuldete und was er bisher bestellt hatte.

Mit anderen Worten. Seine Wünsche.

Seine Vorlieben.

Als der Kellner mit dem Bier kam, fand er einen leeren Platz und einen Zehndollarschein vor.

17

Das Haus lag oben in den Malibu-Bergen. Es war klein, und die Räume lagen merkwürdigerweise wie bei einem Motel in einer Reihe hintereinander. Um von einem Zimmer ins nächste zu gelangen, musste man nach draußen treten, einen überdachten Gang benutzen und durch eine Außentür wieder hineingehen. Das Haus stand am Rand eines Abhangs und war nur über einen steilen, schlecht beleuchteten Zufahrtsweg erreichbar. Hierher kam man nicht rein zufällig. Trotz der Lage war die Miete niedrig, weil das Haus auf unsicherem Grund stand und jederzeit baupolizeilich gesperrt werden konnte. Quer durch den geräumigen Wohn- und Küchenbereich, der mit einer Glasfront versehen war und als das Beste am ganzen Haus gelten konnte, verlief ein handbreiter Riss durch den Betonfußboden. Die eine Seite war gut zwei Zoll höher als die andere. Auf der landwärtigen Seite befand sich ein Swimmingpool. Schon zum Zeitpunkt ihres Einzugs war er leer, weil die Wasserleitungen bei einem Waldbrand zerstört worden waren. Man brauchte schon gute Nerven, um hier nachts schlafen zu können.

Den Rücken gegen die Wand gelehnt und die Beine ausgestreckt hatte Nina die meiste Zeit des Abends auf dem Patio hinter dem Haus verbracht. Gewöhnlich hatte man einen Blick aufs Meer, außer ein paar einzelnen Bäumen und Sträuchern, die ins Bild ragten. Keine anderen Häuser weit und breit. An diesem Abend war auch das Meer nicht zu sehen, ein Nebel, der an ihren ausgestreckten Füßen zu beginnen schien, verhüllte alles. Das kam hin und wieder vor, und sie fragte sich, ob ihr das nicht so am liebsten war. Ein Ort am Rande des Seins, wo alles möglich schien. Eigentlich hatte sie ein Glas Wein mit nach draußen nehmen wollen, es dann aber vergessen. Sobald sie sich hingesetzt hatte, fühlte sie sich gelöst und unfähig, nochmals aufzustehen und den Weg zum Kühlschrank zu gehen.

Sie hatte den ganzen Tag über nach Zandt gesucht. Er war weder im Hotel noch auf der Promenade, noch irgendwo sonst gewesen. Früh am Abend war sie den ganzen Weg hinausgefahren, um das Haus, in dem er früher gewohnt hatte, zu observieren. Das Haus gehörte nun anderen Leuten, er selbst hatte sich nicht blicken lassen. Also war sie wieder nach Hause gefahren und hatte gewartet. Im Wohnzimmer hinter ihr standen Regale, die mit Aktenordnern gefüllt waren. Sie mochte in keinen Ordner hineinschauen. Sie wollte auch mit niemandem beim FBI sprechen. Ihre Stellung dort war nicht mehr dieselbe wie vorher. Durch den Upright Man hatte ihre Karriere einen Knick bekommen – nicht weil sie ihn nicht hatte stellen können, sondern weil sie Informationen an einen Polizisten weitergegeben hatte, dem die Polizeileitung jede Mitarbeit an der Ermittlung untersagt hatte, nachdem seine Tochter entführt worden war. FBI-Beamte hatten ihren Job schon für viel geringere Verstöße verloren. Sie hatte es geschafft, ihren zu behalten, doch fortan war es nicht mehr wie vorher. Früher hatte sie Monroes Vertrauen besessen, sie war der vielversprechende Nachwuchs gewesen. Nun war ihr Verhältnis eher gespannt.

Sie fühlte sich einsam, und sie hatte Angst. Ihre Angst hatte nichts mit ihrer Einsamkeit zu tun. Sie war Einsamkeit gewohnt und litt nicht darunter, obwohl sie sich nach etwas anderem sehnte. Sie hatte mit Zandt aus einem einzigen Grund Schluss gemacht. Je mehr er ihr bedeutete, desto weniger war sie bereit gewesen, das Leben, das er hatte, zu zerstören. Dass sein Leben dann doch zerbrochen war, machte es für sie unmöglich, ihm auf seine Fragen nach ihren Gründen eine plausible Erklärung zu geben. Vielleicht nicht gerade unmöglich, denn was zu sagen gewesen wäre, hätte sie in entsprechende Sätze kleiden können. Aber etwas in diesen Sätzen hätte sie verraten. Zwei Wochen nach Karens spurlosem Verschwinden war ihr der Gedanke gekommen, wenn diese Familie wirklich hätte zerbrechen sollen, dann hätte sie ebenso gut die Ursache dafür sein können.

Nach Zandt hatte es andere Männer in ihrem Leben gegeben, wenngleich nicht viele, und vermutlich würde es noch weitere geben. Männer kennen zu lernen war kein Problem, zumindest nicht solche, die man nicht behalten wollte. Was sie niederschmetterte, war die Verzweiflung, die unendliche Reihe grauenhafter Ereignisse. Wenn dies das wahre Gesicht des Menschen war, dann gab es vielleicht wirklich nichts zu retten. Wer sah, was die Menschen den Angehörigen ihres eigenen Geschlechts und anderen Lebewesen antaten, der musste sich fragen, ob wir nicht jedes Schicksal verdienten, jede Nemesis, die wir auf uns herabbeschworen, ob die Schlächter auf dem Weg nach Bethlehem nicht unsere eigenen heimkehrenden verlorenen Kinder waren.

Gegen halb zehn Uhr abends stand sie auf und trat wieder in die Wohnung. Als sie den Kühlschrank öffnete, in dem außer einer halben Flasche Wein gähnende Leere herrschte, schaute sie beiläufig auf den kleinen Fernseher auf dem Küchentresen. Weitere Berichte über das Massaker in England. Da der Ton abgeschaltet war, bekam sie nicht mit, was gesagt oder enthüllt oder vermutet wurde. Noch mehr trostlose Tatsachen, noch mehr Gründe zur Trauer.

Sie schloss den Kühlschrank, ohne die Flasche berührt zu haben, und drückte einen Augenblick lang ihr Gesicht gegen die kühle Oberfläche.

Sie hob den Kopf, als sie ein Geräusch von draußen hörte.

Nach einer Weile erkannte sie das Geräusch von Reifen auf Kies. Sie durchquerte rasch den Raum, machte einen Schritt über den klaffenden Spalt und nahm die Pistole aus ihrer Handtasche.
Draußen hielt ein Auto, dann Stimmen, die sich gedämpft unterhielten. Der dumpfe Knall eines zufallenden Wagenschlags, erneut Reifengeräusche, offenbar setzte das Auto zurück und fuhr die Zufahrt hinunter. Schritte, ein Klopfen an der Tür. Die Hand hinter dem Rücken ging sie öffnen.
Draußen stand Zandt. Er schien atemlos und etwas betrunken zu sein.
»Wo hast du denn die ganze Zeit gesteckt?«
»Überall.« Er trat ins Wohnzimmer, blieb stehen und schaute sich um. »Mir gefällt, was du mit deiner Wohnung machst.«
»Ich mache überhaupt nichts mit meiner Wohnung.«
»Gerade das meine ich. Alles sieht so wie immer aus.«
»Nicht alle Frauen denken von morgens bis abends an Feng shui.«
»Doch, das tun sie. Ich glaube, du bist ein verkleideter Mann.«
»Du hast mich enttarnt.« Sie stand mit verschränkten Armen vor ihm. »Warum bist du gekommen?«
»Nur um dir zu sagen, dass ich doch den Richtigen erwischt habe.«

Als sie mit der Flasche Wein unter dem Arm auf den Patio zurückkam, begann er sofort zu erzählen.
»Die Schwierigkeit bestand darin, dass wir den Fall nicht wie sonst üblich behandeln konnten. Er entsprach nicht der Ermittlungsroutine. Wenn Personen verschwinden, beginnt man die Fahndung über die Kontakte. Man spricht mit den Angehörigen, Freunden und sonstigen Personen aus ihrem Umfeld und sucht nach Überschneidungen. Eine Bar, die sie zu verschiedenen Zeiten an verschiedenen Abenden besucht haben. Die Mitgliedschaft im selben Fitnessstudio. Weitläufige Be-

kannte. Ein Berührungspunkt, der mehr besagt als: Diese Menschen sind noch durch etwas anderes miteinander verbunden als dadurch, dass sie jetzt tot sind. Durch etwas, das vor ihrem Tod lag, das zu ihrem Tod hinführt. Beim Upright Man hatten wir es mit mehreren Vermissten zu tun, die aber kaum etwas gemeinsam hatten. Gleiches Geschlecht, ungefähr gleiches Alter. Alle hübsch. Ja und? Überall in der Stadt hocken Jungen in ihren Zimmern und hoffen darauf, irgendwann einmal so ein Mädchen zu kriegen. Oder so eine Frau. Das ist ein ganz gängiger Wunsch, nichts Abartiges. Von den langen Haaren einmal abgesehen. Das ist der einzige auffällige Punkt, die einzige Vorliebe – und die Tatsache, dass die Mädchen aus Familien kamen, wo Geld keine große Rolle spielte. Keine Ausreißer, keine Junkies. Das bedeutete lediglich, dass er es schwerer hatte, das zu tun, was er wollte, denn solche Mädchen sind nicht so leicht zu entführen. Aber eine Spur ist das nicht.«
Er legte eine Pause ein. Nina wartete. Er schaute sie nicht an, ja er schien nicht einmal zu merken, dass sie da war. Von der Tür aus betrachtet hatte seine am Rand des Patios stehende Gestalt verschwimmende Konturen. Dann nahm er seine Erzählung wieder auf, sprach jetzt aber langsamer.
»Ein Mann sucht nach etwas. Er spürt einen Drang in sich, und diesen Drang kann er nur durch eine Reihe von Handlungen befriedigen, auf die er zufällig oder durch Versuch und Irrtum gekommen ist. Eine Zeit lang hat er sich diese Handlungen verboten. Er wollte gut sein und nichts Schlechtes tun. Er hat sich zusammengerissen und niemandem etwas zu Leide getan. Er will es auch nie wieder tun. Er ist nicht schwach – er braucht es nicht mehr. Jetzt nicht und vielleicht nie mehr. Vielleicht tut er es nie wieder. Vielleicht ist er ein für alle Mal darüber hinweg. Vielleicht ist es vorbei.
Doch nach und nach ändert sich das. Es wird schwieriger für ihn. Es fällt ihm schwer, sich zu konzentrieren. Er hat das Gefühl, nicht mehr richtig zu funktionieren. Seine Arbeit, seine

Familie, sein Leben zerfasert. Er wird zunehmend nervös. Bestimmte Vorstellungen kehren immer wieder. Er spürt einen Drang in sich, und schlimmer noch, er weiß, wohin dieser Drang führt. Er weiß, womit dieser Drang gestillt werden kann. Er wiederholt in seinem Geist die alten Abwehrkämpfe, doch vergebens. Es fällt ihm schwer, sich genauer an sie zu erinnern. Sie haben keine Macht mehr über seine jetzigen Gefühle, Schnee von gestern. Ein anhaltender Drang kann nicht mit etwas bekämpft werden, was schon zur Vergangenheit gehört. Das Glück des vergangenen Jahres ist kein Mittel gegen das Elend dieser Woche. Er braucht etwas, das noch vor ihm liegt, etwas, das er noch nicht getan hat. Selbst seine Talismane helfen ihm nicht mehr, die Beweise seiner vergangenen Taten. Vielmehr erinnern sie ihn nur daran, dass es möglich ist. Jetzt muss er es tun, er weiß, dass er nicht anders leben kann. Wie sehr er auch dagegen ankämpft, er hat es früher schon getan, und deshalb ist kein Friede und keine Hoffnung auf Vergebung möglich. Sein Leben ist damit besudelt, für ihn gibt es kein Zurück.
Und so beginnt er fast zufällig, wieder Ausschau zu halten. Er mag sich sogar einreden, nichts anderes zu tun, als zu schauen, sich jetzt besser im Griff zu haben. Nur schauen, nicht zugreifen. Doch wenn er einmal diesen Schritt getan hat, dann kann es für ihn nur einen Ausgang geben. Er vergisst, wie schlecht er sich das letzte Mal gefühlt hat, genauso wie der Katzenjammer nach einer durchzechten Nacht niemanden davon abhält, am nächsten Freitagabend wieder zu trinken. Vielleicht hat er es auch schon so oft getan, dass er sich selbst beim Gedanken daran nicht mehr schlecht fühlt. Womöglich ist es das Einzige, was ihm überhaupt etwas bedeutet. Dann geht er an einen Ort, an dem er schon einmal war oder der dem früheren Ort ähnelt. Nun hat er bereits einen Plan. Was er vorhat, ist gefährlich, deshalb hat er ein Verfahren entwickelt, um das Risiko zu mindern. An dieser Stelle kommen die Schnittpunkte ins Spiel, denn in diesen Schnittpunkten zeigt sich der Mann, hier liegt

die Mitte aller seiner Wege. Hier fühlt er sich sicher, hier bewegt er sich als er selbst. Die einen betrachten es als ihr Revier. Andere sehen darin nur einen Ort, an den sie gut passen oder wo sie niemand beobachtet, wo sie unsichtbar sind. Hier ist unser Mann nicht schwach, sondern hat Macht, hier ist er nicht Teil der Menge, sondern steht über ihr. Das sind seine verborgenen Jagdgründe, wo Menschen ihn finden können, wo das Gesuchte aus dem Dunkel auftaucht und in eine Nacht eingeht, die er dafür geplant hat. Er beobachtet eine Zeit lang. Eines Nachts geht dann ein Mädchen die Straße entlang, es dreht sich um und sieht den Mann hinter sich gehen. Dann nimmt alles seinen Lauf, und am Ende fühlt sich der Mann wieder schlecht und verspricht Gott oder wem auch immer, dass er es nie wieder tun will.«

»Und so hast du ihn gefunden«, mischte sich Nina ein.

»Nein. Bei unseren Ermittlungen haben wir nichts gefunden, was die Mädchen untereinander verbunden hätte. Wir hatten nie die Chance, den Mann zu verhaften, weil wir nie herausbekamen, wo er die Mädchen zuerst gesehen hatte. Nach Karens Entführung bin ich schließlich an die Orte zurückgekehrt, an denen die Mädchen verschwunden waren. Diese Orte waren das Einzige, was auf den Täter verwies. Etwa anderes hatte ich nicht. Keine Verbindung. Ausgenommen ... letztes Mal, da kam er wieder zurück. Er kam an den Tatort zurück, um noch einmal nachzuerleben, was sich dort abgespielt hatte. Und nachdem ich ihn an zwei Tatorten gesehen hatte, glaubte ich, dass es der Gesuchte sein müsse. Ich verfolgte ihn und fand ihn schließlich.«

»Aber dann«, sagte Nina und suchte ihre Worte mit Bedacht, »hast du festgestellt, dass es doch nicht der Richtige war.«

»Falsch. Der Mann, den ich umgebracht habe, war der Entführer eines oder mehrerer Mädchen.«

»Willst du damit sagen, dass der Mann, den wir jetzt suchen, ein Nachahmungstäter ist?«

»Nein, ich will damit nur sagen, dass ich den Kellner umgebracht habe, aber nicht den Mann, der die Bestellung aufgegeben hat.«

»Das verstehe ich nicht.«

»Der Mann, der die Pakete schickte, war nicht derselbe, der die Mädchen entführte.«

Nina sah ihn entgeistert an. »Du meinst, der Upright Man sagt, wann er ein Mädchen braucht, und gibt eine Bestellung auf. Und dann geht dieser andere Typ los, schnappt sich eines und liefert es ab. Wie bei einem ordinären Pizzaservice?«

»Genau das. Deshalb verschwanden nach Karen keine Mädchen mehr, obwohl jemand das Paket schickte. Den Entführer gab es nicht mehr, aber der Mörder lebte noch.«

»Aber Serienmörder arbeiten nicht so. Gewiss, einige haben zu zweit gearbeitet. Leonard Lake und Charles Ng. John und Richard Darrow. Die beiden Wests, je nachdem, wie man es sieht. Aber so etwas gab es noch nie.«

»Bis jetzt nicht«, räumte er ein. »Aber wir leben in einer Zeit, wo alles größer, intelligenter und besser wird. Komfortabler. Auf Bestellung.«

»Warum gab es dann aber keine Verbindung zwischen den Mädchen? Der Entführer musste doch einen charakteristischen Modus operandi haben. Wir hätten das herausbekommen.«

»Wenn es jedes Mal derselbe war.«

Nina sah ihn ungläubig an. »Waren es denn zwei Entführer?«

»Vielleicht auch mehr. Warum nicht?«

»Weil, ja, weil der Upright Man nur ein potenzielles Opfer in den vergangenen zwei Jahren genommen hat. Sarah Becker.«

»Wer sagt denn, dass es nur er ist?« Er griff nach der Flasche, sah, dass sie leer war. »Du hast bestimmt noch mehr Wein da.«

Nina folgte ihm ins Haus. Er machte den Kühlschrank auf und starrte in die gähnende Leere.

»John, ich habe nichts mehr zu trinken im Haus. Was wolltest du eben andeuten?«

»Wie viele Serienmörder laufen in Kalifornien frei herum?«
»Mindestens sieben, vielleicht sogar elf. Je nachdem, wie man sie definiert …«
»Genau. Und das sind nur diejenigen, die wir kennen. In einem einzigen Bundesstaat, und der rangiert in der Mordrate sogar ziemlich weit unten. Sagen wir, es sind hundertfünfzig in ganz Amerika, und sagen wir weiter, dass zehn oder fünfzehn davon im Bedarfsfall zwanzigtausend Dollar hinblättern können. Vielleicht mehr. Vielleicht sogar sehr viel mehr. Das ist eine Klientel, eine große. Auf der Grundlage dieses Geschäftsplans bekäme man ohne Probleme einen Bankkredit.«
»Mal angenommen, du hättest Recht, was erst noch zu beweisen wäre, inwieweit hilft uns das, Sarah Becker zu finden?«
»Überhaupt nicht«, gab er zu, womit sein ganzer Schwung plötzlich verpuffte. Er rieb sich mit den Fingern kräftig die Stirn. »Ich vermute, die Bundespolizei verfolgt weiterhin alle Spuren, die von der Familie ausgehen?«
Nina nickte.
»Tja«, sagte er müde und erschöpft. »Dann ist es wohl das Beste, wir warten es ab.« Er schaute auf den Fernseher, der immer noch ohne Ton lief. In einer Sondersendung ging man den Hintergründen des Massakers in England nach. »Hast du das verfolgt?«
»Ich wollte es eher vermeiden«, sagte sie. Beide standen in der Küche und schauten gemeinsam zu. Wirkliche Neuigkeiten gab es nicht. Man wusste immer noch nicht, warum der Mann dieses Blutbad angerichtet hatte. Bei der Durchsuchung seines Hauses fanden sich die üblichen Hetzschriften, eine weitere Waffe, ein Computer voller Porno und ein sehr schlechtes Gruppenbild von einer Reihe dunkler Gestalten vor einem weißen Hintergrund, wie Gespenster vor einer Schneelandschaft.
Nichts davon hielt man für wichtig.

18

Sie müssen mir mehr als nur Wasser geben«, hatte Sarah gesagt.
Ihre Stimme wirkte schwach, das fand sie auch selbst. Sie hatte diesen Satz schon oft gesagt. Es war das Erste, was sie sagte, wenn die Luke geöffnet wurde.
»Magst du das Wasser denn nicht?«
»Doch, schon. Danke. Aber ich brauche mehr als nur Wasser. Sie müssen mir mehr als nur Wasser geben.«
»Was willst du dann?«
»Etwas zu essen.« Sie hustete. Sie musste in letzter Zeit viel husten, und jedes Mal wurde ihr dabei übel.
»Wir essen heutzutage zu viel«, dozierte der Mann. »Viel zu viel. Für uns wird im industriellen Maßstab geschlachtet und angebaut und ins Haus geliefert, und wir sitzen wie die Schweine vor dem Futtertrog. Wir sind auch nicht mehr selber Jäger, sondern Aasfresser. Hyänen mit Gutscheinen, die die eingeschweißten Essensreste von Menschen vertilgen, die wir nicht einmal kennen.«
»Das mag ja stimmen. Aber ich muss trotzdem essen.«
»Ich muss essen ich muss essen ich muss essen«, wiederholte der Mann in einem Singsang.
Ihm schien der Klang der Worte zu gefallen, und er berauschte sich einige Minuten lang daran.
Dann schwieg er eine Weile und sagte schließlich: »Früher

konnten wir tagelang ohne Essen auskommen. Damals waren wir schlank und rank.«
»Ja, zur Zeit der Großen Depression. Die Dürrekatastrophe im Mittleren Westen, blabla.«
Der Mann lachte. »Das war gestern und ohne Interesse für uns. Ich meine die Zeit vor der Invasion.«
»Die Invasion?«, fragte Sarah. Bei sich dachte sie: Jetzt ist es so weit. Die kleinen grünen Marsmännchen. Die Russen. Die Juden. Weiß der Teufel. Sie hustete wieder heftig, und einen Augenblick lang wurde ihr schwarz vor den Augen. Er antwortete mit einer Stimme, die von weither zu kommen schien, oder er gab seiner Stimme einen Klang wie Cher, wenn sie »Believe« sang.
»Ja, die Invasion. Wie willst du es sonst nennen?«
Sie schluckte, schloss die Augen und öffnete sie wieder. »Ich habe überhaupt kein Wort dafür. Ich bin viel zu hungrig.«
»Du kannst nichts zu essen bekommen.«
Irgendetwas in der Stimme des Mannes machte ihr plötzlich große Angst. Es klang nicht so, als wollte der Mann sagen, dass sie nur heute nichts zu essen bekommen würde. Es klang so, als meinte er, das gelte für immer. In erstaunlich kurzer Zeit hatte sie sich an die neue Situation gewöhnt. Ihre wachsende Fähigkeit, sich in Gedanken von der Realität zu lösen, half ihr dabei. Doch die Drohung, nie wieder zu essen zu bekommen, brachte sie schlagartig wieder in die harte Wirklichkeit zurück.
»Mir scheint«, sagte sie mit unsicherer Stimme, »dass Sie irgendetwas von mir wollen. Es muss doch ein Sinn dahinter stecken. Machen Sie also, was Sie mit mir vorhaben, bringen Sie mich entweder um oder geben Sie mir zu essen. Ich muss etwas essen.«
»Mach den Mund auf.«
Sie tat es gierig und bekam sofort Speichelfluss. Einen Augenblick geschah gar nichts, dann erschien eine Hand in ihrem Gesichtsfeld. In der Hand war nichts, was wie Nahrung aussah,

nur ein Stück weißes Papier. Die Hand drückte es kurz gegen ihre Zunge und zog es gleich wieder zurück. Sarah begann zu weinen.

Der Mann blieb erst stumm, dann kommentierte er missbilligend: »Keine Veränderung. Stures kleines Genom.« Das Papier segelte in die Vertiefung im Fußboden und blieb neben ihr liegen. »Du hast aber auch rein gar nichts gelernt.«

»Sie haben mir ja nichts gesagt.«

»Ich beginne an dir zu zweifeln«, fuhr er fort. »Ich dachte, du wärst anders. Ich dachte, du würdest dich ändern. Schließlich habe ich dich selbst geholt. Ich hatte viel mit dir vor. Aber jetzt zweifle ich, ob du überhaupt geeignet bist.«

»Ach ja? Weshalb?«

»Du bist faul und verzogen und machst keine Fortschritte.«

»Sie sind ja krank im Kopf.«

»Und du bist eine blöde kleine Schlampe.«

»Sie sind doch ein totaler Spinner«, sagte sie. »Wenn ich hier jemals rauskomme, schlage ich Ihnen den Schädel ein.«

Sie presste die Lippen aufeinander, als er sie mit Wasser begoss. Für lange Zeit kam er nicht wieder.

19

Als wir nach einem kurzen Flug und einer langen Autofahrt in Hunter's Rock ankamen, war es drei Uhr morgens. Nach der Landung in Oregon nahm ich den Highway, überquerte die Staatsgrenze und fuhr dann über Landstraßen, die ich vor langer Zeit gekannt hatte. Mir war, als würde ich den Spuren eines Entdeckers nachgehen, über den ich einmal gelesen hatte, statt einen Besuch in meiner alten Heimat zu machen. Nach und nach kamen wir durch Orte, an die ich mich genauer erinnerte. Ich wählte Wege, die nicht unbedingt die kürzesten waren, aber Bobby schien Verständnis zu haben, jedenfalls sagte er nichts.

Schließlich hielten wir an einem alten, mir nicht bekannten Motel zwanzig Meilen vor der Stadt. Ich hätte am liebsten im Auto übernachtet, aber Bobby, der immer praktisch dachte, meinte, nach ein paar Stunden ungestörtem Schlaf würden wir am nächsten Tag fitter sein. Wir gingen hinüber und klopften an die Tür des Empfangs. Es dauerte eine ganze Weile, bis ein Mann in T-Shirt und Schlafanzughose erschien und sich nicht bemühte, seinen Unmut über die Störung zu verbergen. Wir gaben zu, zu später Stunde zu kommen. Aber da er nun sowieso wach sei, könne er ein paar Dollars verdienen, indem er uns ein Doppelzimmer gebe.

Er schaute uns an. »Sind Sie beide schwul?«

Darauf starrten wir ebenso zurück, bis ihm dämmerte, dass es besser war, zwei potenziellen warmen Brüdern ein Zimmer zu vermieten, als Gefahr zu laufen, noch in der Nacht von den beiden durchgebläut zu werden. Er gab mir einen Zimmerschlüssel.

Bobby legte sich in eines der Betten und schlief sogleich ein. Ich wollte es wie er machen, doch ohne Erfolg. Schließlich stand ich wieder auf und schlich aus dem Zimmer. Ich kaufte mir eine Packung Zigaretten am Automaten und ging hinaus in den alten Garten, wo hinter einem rostigen Zaun ein verlassener Swimmingpool lag. Ich stellte mir einen klapprigen Liegestuhl an das eine Ende und setzte mich hinein. Abgesehen von der rosa Leuchtschrift »Zimmer frei« am Büroeingang, einem verschwommenen Mond und schimmernden Metallflächen herrschte Dunkelheit. Ich zog das Schießeisen hervor, das mir Bobby gegeben hatte, und betrachtete es eine Weile. Es hatte mir nicht viel zu sagen, und ich steckte es wieder ein.

Stattdessen starrte ich in die Schatten des leeren Swimmingpools und fragte mich, wie lange er wohl schon leer stand. Das musste schon eine ganze Weile so sein: Die Wände wiesen Risse auf, und die Schlammschicht auf dem Grund sah aus, als hätten sich hier die ersten Spuren des Lebens entwickelt. Früher war er einmal mit kühlem Wasser gefüllt gewesen. Familien hatten nach einer langen Autofahrt dankbar ihre Kinder hierher geschickt. Nach dem verblichenen Schild zu urteilen, stammte das Motel vom Ende der fünfziger Jahre. Ich konnte mir vorstellen, wie das Leben damals gewesen war, wenn auch nur als Standfotos: Schnappschüsse der goldenen Jahre, die Farben nicht ganz echt und alles zu einem Abziehbild des Lebens geronnen, wie man es uns immer versprochen hatte. Ein lichtdurchfluteter Garten, Grillpartys, Menschen, die einen kräftigen Händedruck lieben, die wissen, was harte Arbeit und echte Liebe ist und die noch Fairness kennen. Das Leben, wie es eigentlich sein sollte. Wir dagegen taumeln umher, ohne Charisma, ohne Ziel, ohne Drehbuch, bis plötzlich der ganze

Film reißt und wir merken, dass es sowieso niemanden interessiert hat. Wir haben ein Schema im Kopf, nach dem bestimmte Ereignisse abzulaufen haben. Wenn uns selbst dann so etwas zustößt und unser Leben keine Ähnlichkeit mit dem erwarteten Bild hat, wissen wir nicht, wie wir reagieren sollen. Wir erkennen unser eigenes Leben nicht. Sollen wir immer noch nach Glück streben, wenn alles um uns herum so grau und verkorkst scheint?
Ich glaubte, dass Bobby die Wahrheit schon herausgefunden hatte, meine Geburt also in Hunter's Rock nicht amtlich registriert war, aber ich wollte es selbst nachprüfen. Die ganze Zeit über, die ich von Chip Farling umherkutschiert worden war, hatte meine Kindheit mit kalten Fingern an mir gezupft. Wenn meine Eltern wegen meiner Geburt anderswohin gegangen waren, konnte das jedoch einen einfachen Grund haben. Vielleicht hatten sie die letzte Gelegenheit, ehe für sie das Familienleben begann, genutzt und waren für ein Wochenende in Urlaub gefahren. Das freudige Ereignis hatte sie dann fern von Zuhause überrascht. Aber erzählt man so etwas nicht seinem Kind, gehört das nicht zu den Anekdoten, die jedes Leben einzigartig machen? Dass um meine Geburt ein Geheimnis gemacht worden war, konnte ich mir nur so erklären, dass es sich bei dem Ereignis, ganz gleich, wo es stattgefunden hatte, um eine Zwillingsgeburt gehandelt haben musste. Was daran aber so gravierend gewesen sein soll und was meine Eltern veranlasst hatte, so zu handeln, wie sie schließlich gehandelt hatten, das blieb mir weiterhin schleierhaft. Vielleicht war das die Lücke, die mir ein Leben lang zu schaffen gemacht hatte. Jeder spürt so etwas irgendwann in seinem Leben. Ich spürte es besonders heftig. Und vielleicht hatte ich jetzt herausgefunden, warum.
Ich weiß nicht, wie lange das Geräusch schon anhielt. Lange wohl nicht, jedenfalls hörte ich es leise plätschern. Es schien ganz in der Nähe zu sein, so nahe, dass ich mich in meinem

Liegestuhl umdrehte. Nichts hinter mir. Als ich wieder nach vorn blickte, merkte ich, dass ich mich in der Richtung getäuscht hatte und dass das Geräusch vom anderen Ende des Swimmingpools kam. Es war zu dunkel, um irgendetwas zu erkennen, doch klang es so, als ob langsam Wasser in das Becken liefe. Erstaunt richtete ich mich in meinem Liegestuhl auf. Das Wasser stieg langsam, aber merklich an. Mittlerweile war es schon knöcheltief. Erst da merkte ich, dass ganz am anderen Ende zwei Gestalten im Swimmingpool waren. Die eine war etwas größer als die andere, aber beide bildeten zuerst nur konturenlose Schatten. Sie hielten sich an der Hand, während sie gegen das stetig steigende Wasser voranschritten. Das Gurgeln und Platschen wurde lauter, da sich das Becken jetzt rascher füllte. Die Gestalten versuchten sich mit rudernden Bewegungen zum seichteren Ende vorzukämpfen, dort wo ich saß.
Als ihre Gestalten ins Mondlicht traten, erkannte ich meine Mutter und meinen Vater. Sie wären rascher vorangekommen, wenn sie einander losgelassen hätten, doch das taten sie nicht. Auch als ihnen das Wasser bis zu den Hüften reichte, hielten sie sich weiterhin bei der Hand. Ich glaube, sie sahen mich. Jedenfalls schauten sie zu mir hin. Mein Vater machte den Mund auf, doch kein Laut drang zu mir herüber. Je näher sie auch kamen, das Becken wurde nicht seichter. Das Wasser stieg und stieg, es reichte ihnen schon bis zum Kinn, es schwappte über den Beckenrand und ergoss sich wie dunkles Quecksilber zu meinen Füßen. Während die Augen meiner Mutter bis zum Schluss ruhig blieben, flackerte in den Augen meines Vaters Panik auf. Das Letzte, was ich sah, als sie den Beckenrand fast erreicht hatten, war seine Hand, die er versinkend mir entgegenstreckte.
Als ich die Augen aufschlug, dämmerte schon der Morgen. Bobby stand kopfschüttelnd über mir.
Ich setzte mich auf, blickte um mich und sah, dass meine Zigarettenschachtel nicht mehr in meinem Schoß, sondern im

Schlamm am Grund des Swimmingpools lag. Ich blickte zu Bobby auf. Er blinzelte mich an.
»Musst wohl im Schlaf mit der Hand gezuckt haben«, sagte er.

Am späten Vormittag hatte ich schließlich die Bestätigung, dass kein Ward Hopkins jemals in Hunter's Rock das Licht der Welt erblickt hatte. Ich sprach mit einer netten jungen Dame am Schalter. Sie versprach mir, sich weiter um meinen Fall zu kümmern. Ich konnte mir nicht vorstellen, welche anderen Quellen es noch geben könnte, von daher schien es offenkundig, dass sie mir nur aus einer Mischung aus Mitleid und Langeweile helfen wollte. Ich gab ihr meine Telefonnummer und ging.
Bobby stand draußen auf dem Bürgersteig und sprach in sein Handy. Ich schaute nutzlos die Straße hinauf und hinunter, bis er fertig war. Obwohl ich es hatte kommen sehen, fühlte ich mich doch verhöhnt. Fast schien es so, als hätte man mir eröffnet, ich sei nicht aus dem Bauch meiner Mutter gekommen, sondern mich habe der Klapperstorch gebracht. In diesem Krankenhaus hatte man mir die Mandeln herausgenommen, und zweimal war ich zum Nähen aufgeschlagener Knie hier gewesen. Jedes Mal hatte ich geglaubt, den Ort meiner Geburt wiederzusehen.
»Tja, altes Haus«, sagte Bobby schließlich. »Die rechtschaffenen Männer und Frauen des Dyersburger Police Department würden zu gerne wissen, wo du dich gerade aufhältst. Sicherlich hörst du mit Vergnügen, dass sie das aus Sorge um deine körperliche Unversehrtheit wissen wollen. Jedenfalls bis jetzt.«
»Und das Haus?«
»Wohnzimmer und Diele sind verwüstet, ein Teil der Treppe ist zerstört. Aber nicht bis auf die Grundmauern abgebrannt.«
»Und was nun?«
»Zeig mir dein früheres Zuhause.«

Ich schaute ihn an. »Warum denn das?«
»Weißt du, Süßer, du bist groß und blond und stramm, und ich möchte alles über dich wissen.«
»Red keinen Scheiß«, wehrte ich mit einer lahmen Handbewegung ab. »Das führt doch zu nichts.«
»Hast du eine bessere Idee? Hältst du das hier für eine Stadt mit zahllosen Vergnügungsmöglichkeiten?«
Während wir die Hauptstraße hinunterfuhren, fragte ich mich, ob das Neue oder das Alte im Stadtbild befremdlicher auf mich wirkte. Das Auffälligste war, dass man den alten Jane's Market niedergerissen und an die Stelle einen Holiday Inn mit einer viereckigen Leuchtreklame gebaut hatte. Ich trauere den alten runden Reklameschildern nach, ich verstehe nicht, warum man eckige Schilder für besser hält.
Als wir fast angekommen waren, fuhr ich langsamer und parkte schließlich auf der gegenüberliegenden Straßenseite. Es war zehn Jahre her, vielleicht sogar länger, dass ich das Haus das letzte Mal gesehen hatte. Es sah immer noch mehr oder weniger gleich aus, abgesehen davon, dass es in der Zwischenzeit einen neuen Anstrich bekommen hatte und die Bäume und Sträucher größer geworden waren. Ein Familienauto fernöstlicher Marke stand in der Einfahrt, daneben drei Fahrräder.
Nach einer Minute glitt hinter dem zur Straßenseite gelegenen Fenster ein Schatten vorbei und verschwand sogleich wieder. Eigentlich war es ein unauffälliges Wohnhaus in einer Vorstadtsiedlung, aber auf mich wirkte es wie ein Lebkuchenhaus aus einem Märchen. Es war von einer bezwingenden Realität, als ob es digital überarbeitet worden wäre. Ich versuchte mich zu erinnern, wann ich das letzte Mal drinnen gewesen war. Es schien unfassbar, dass ich es nicht noch einmal hatte besuchen wollen, ehe es in fremde Hände geriet. Hatte ich wirklich keinen Sinn dafür gehabt, dass sich die Dinge eines Tages ändern könnten?
»Bist du bereit?«

Ich merkte, dass meine Hände leicht zitterten. Ich sah zu ihm hinüber: »Bereit wofür?«
»Hineinzugehen.«
»Da gehe ich nicht rein.«
»Das tust du doch«, entgegnete er geduldig.
»Bobby, bist du nicht bei Trost? Da wohnen jetzt andere Leute drin. Keine zehn Pferde bringen mich da rein.«
»Hör mir mal zu. Vor ein paar Jahren ist mein alter Herr gestorben. Ging mir nicht sehr nahe – wir hatten uns nicht verstanden. Aber meine Mutter rief mich an und bat mich, zur Beerdigung nach Hause zu kommen. Ich hatte beruflich viel zu tun und schaffte es nicht. Erst ein halbes Jahr später ging mir auf, dass ich irgendwie komisch wurde. Nicht, dass ich es hätte benennen können. Aber alles zerrte an mir, und ich wurde unruhig, obwohl überhaupt kein Anlass dazu bestand. Panik befiel mich, überall öffneten sich Abgründe vor mir.«
Ich wusste nicht, was entgegnen. Er schaute mich nicht an, sondern starrte geradeaus durch die Windschutzscheibe.
»Schließlich führte mich mein Beruf in die alte Heimat, und ich besuchte meine Mutter in Rocheford. Nicht dass eitel Sonnenschein zwischen uns geherrscht hätte. Doch der Besuch zu Hause tat mir gut. Vielleicht ist ›gut‹ nicht das richtige Wort. Es war ›nützlich‹. Sie hatte sich verändert, war irgendwie kleiner geworden. Und auf dem Weg aus der Stadt hielt ich am Friedhof und stand eine Weile am Grab meines alten Herrn. Die Sonne schien an diesem Nachmittag, und ich war ganz allein. Und sein Geist, der Geist meines Vaters, kam aus dem Boden vor mir und sprach: »Bobby, lass es gut sein.«
Ich starrte Bobby an. Der lachte leise. »So war's natürlich nicht. Von seinem Geist spürte ich nichts, und ich war auch nicht mit seiner Lebensweise versöhnt. Aber von dem Zeitpunkt an war ich nicht mehr unruhig. Hin und wieder denke ich an den Tod. Ich bin umsichtiger in allem, was ich tue, und halte es nicht mehr für abwegig, in den kommenden Jahren

irgendwo Wurzeln zu schlagen. Die Unruhe war jedenfalls wie weggeblasen. Ich hatte wieder Boden unter den Füßen.« Er schaute mich an. »Dinge nicht zu Ende zu bringen, das bedeutet den Tod. Du glaubst, dass du dich selbst schützt, in Wirklichkeit aber öffnen sich Risse. Wenn zu viele Risse auf einmal aufgehen, dann stürzt das ganze Gebäude ein, und am Ende irrst du wie ein herrenloser Hund durch die Nacht. Und bei dir, mein lieber Freund, tun sich ständig neue Risse auf.«

Ich machte die Wagentür auf und stieg aus.

»Wenn man mich überhaupt reinlässt.«

»Da sei unbesorgt«, sagte er. »Ich warte hier auf dich.«

Ich zögerte noch. Vielleicht dachte ich, Bobby würde mich begleiten. »Das ist dein Elternhaus«, sagte er. »Würden wir beide an der Tür klingeln, müsste doch jeder denken, dass er demnächst in der Leichenschauhausszene irgendeines Sonntagabendkrimis auftaucht.«

Ich ging die Einfahrt hinauf und klopfte an die Tür. Die Veranda war blitzblank gefegt.

Ein Frau machte auf und lächelte mich an. »Mr. Hopkins?«, begrüßte sie mich.

Ich begriff nicht gleich, aber als der Groschen gefallen war, verfluchte und pries ich Bobbys Namen. Er hatte vorher angerufen, sich als Mr. Hopkins ausgegeben und den ersten Kontakt eingefädelt. Ich fragte mich, was er wohl getan hätte, wenn ich abgelehnt hätte.

»Der bin ich«, antwortete ich mit Verzögerung. »Macht es Ihnen auch ganz gewiss nichts aus?«

»Ganz und gar nicht.« Sie bat mich einzutreten. »Sie hatten Glück, dass Sie mich vorhin am Telefon erreicht haben. Leider muss ich auch bald wieder los.«

»Selbstverständlich«, sagte ich. »Ein paar Minuten würden mir schon reichen.«

Die Frau, die in den mittleren Jahren und hübsch genug war, um als Mutter in einer Fernsehserie aufzutreten, fragte mich, ob ich gern einen Kaffee hätte. Ich sagte Nein, doch sie hatte bereits Kaffee gekocht, und so nahm ich schließlich doch an. Sie ging den Kaffee holen, und ich stand in der Diele und sah mich um. Alles war verändert. Die Frau, nach deren Namen ich nicht fragen konnte, da ich ja theoretisch schon früher mit ihr gesprochen hatte, verstand etwas von Inneneinrichtung. Hatte man etwas für den Stil einer Töpferboutique übrig, sah es sogar besser aus als zu der Zeit, als wir hier gewohnt hatten.

Dann machten wir einen Rundgang. Die Frau brauchte ihre Anwesenheit nicht zu rechtfertigen. Ich hatte es schon für nicht selbstverständlich gehalten, dass sie einen Fremden nur aufgrund eines Anrufs in ihr Haus ließ. Dass sie ein wachsames Auge auf ihre Sachen werfen wollte, schien mir ganz normal. Ich wusste aber so viel über die Einrichtung zu dem Zeitpunkt zu sagen, als sie hier eingezogen war, dass sie bald auch diese milde Form der Wachsamkeit aufgab und sich mit anderen Dingen im Hintergrund beschäftigte. Ich besichtigte jedes Zimmer im Erdgeschoss und ging dann nach oben. Ich warf einen kurzen Blick in das Zimmer, das einmal das Schlafzimmer meiner Eltern gewesen war, sowie in die Abstellkammer daneben. Beide Räume waren für mich weitgehend fremdes Terrain gewesen. Dann wappnete ich mich für das eigentliche Geheimnis.

Als die Tür zu meinem alten Zimmer offen stand, schluckte ich unwillkürlich. Ich ging hinein und blieb stehen. Grüne Tapeten, ein brauner Teppich. Ein paar Kisten, alte Stühle, ein kaputter Ventilator und ein weitgehend heiles Kinderfahrrad. Ich spürte, dass die Frau hinter mir stand.

»Wir haben alles so gelassen, wie es war«, erläuterte sie. »Die Aussicht ist schöner vom anderen Zimmer aus. Deshalb schläft meine Tochter dort, obwohl es etwas kleiner ist. Wir haben hier nur ein paar Sachen abgestellt. Ich warte unten auf Sie, Mr. Hopkins.«

Damit verschwand sie wieder. Ich stand ein paar Minuten im

Zimmer und schaute alles aus verschiedenen Blickwinkeln an. Es war vielleicht sechzehn Quadratmeter groß und schien mir sehr klein, aber andererseits auch größer als Afrika zu sein. Das Zimmer, in dem man aufgewachsen ist, ist kein Raum wie jeder andere. Man kennt es wie seine eigene Westentasche. Hier hat man gestanden, gesessen und in jedem Winkel gelegen. Hier hat man vieles zum ersten Mal gedacht. Infolgedessen dehnt es sich wie die Zeit vor Weihnachten, denn hier wartet man darauf, endlich erwachsen zu werden. Es schlägt einen in seinen Bann.

»Das ist mein Zimmer«, sagte ich ruhig bei mir. Auf dem Video hatte es seltsam ausgesehen, aber hier in Wirklichkeit nicht. Der Ort, an dem mein Leben begonnen hatte, war unverändert geblieben. Also war nicht alles ausgelöscht worden. Beim Verlassen schloss ich die Tür hinter mir, als ob ich etwas darin bewahren wollte.

Wieder unten traf ich die Frau am Küchentisch. »Das war sehr freundlich von Ihnen«, bedankte ich mich bei ihr.

Sie tat das mit einer Handbewegung ab, und ich schaute mich in der Küche um. Die Haushaltsgeräte hatte man gegen modernere ausgetauscht, aber die Einbaumöbel waren dieselben geblieben: Da sie solide und aus gutem Holz gearbeitet waren, hatte man keine Veranlassung gehabt, sich von ihnen zu trennen. Die Schreinerarbeit meines Vaters lebte fort.

Da kam mir wieder die Erinnerung an jenen Abend, als ich in der Küche Lasagne mit ihm gegessen hatte. Ein Lappen hing über dem Griff des Backofens, eine Partie Poolbillard endete in Missvergnügen. Ich machte den Mund auf und schloss ihn wieder.

Der Weg nach draußen kam mir ganz seltsam vor. Es war, als verließe ich einen Teil meines Innern und kehrte in die Außenwelt zurück, in der ich nun lebte. Verblüfft sah ich die große weiße Limousine gegenüber, in der Bobby immer noch saß, und mir fiel auf, wie sehr Autos doch großen Käfern ähneln.

Ich winkte der Frau zum Abschied und ging ohne Hast den Weg zur Straße hinunter. Als ich die Wagentür aufmachte, versank das Haus wieder hinter mir.

Bobby las die Bestimmungen des Mietvertrags für den Leihwagen.
»Mein Gott, hört sich das dröge an«, seufzte er. »Also wirklich, die sollten sich einen Schriftsteller leisten, um ein bisschen Pep in das Ganze zu bringen.«
»Du bist ein Schlawiner«, sagte ich, »aber trotzdem danke.«
Er schob den Papierkram wieder ins Handschuhfach. »Dann wären wir also mit Hunter's Rock fertig?«
»Nein, das glaube ich nicht.«
»Was hast du noch vor?«
»Eine Vermutung: Nehmen wir an, meine Eltern wussten schon bei unserer Geburt, was sie mit uns machen würden. Vielleicht dachten sie, nur ein Kind großziehen zu können.«
Bobby sah mich zweifelnd an. »Ich weiß, was du denkst«, gab ich zu. »Aber egal, aus welchem Grund, sie wussten, dass sie einen von uns beiden loswerden wollten. Sie wussten aber auch, dass sie eines Tages sterben würden und dass ich dann das tun würde, was ich jetzt gerade mache: nach Hause kommen und Nachforschungen anstellen. Und dass ich dann aus den Krankenhausakten erfahren würde, dass ich eines von zwei Kindern bin.«
»Also sind sie für deine Geburt an einen anderen Ort gefahren. Falls du irgendwann dahinter kämest, gäbe es nur das eher belanglose Geheimnis, in welchem Krankenhaus du nun tatsächlich geboren wurdest. Aber du würdest nie darauf kommen, dass du einen Zwilling hast, den sie ausgesetzt hatten.«
»Genau das denke ich auch.«
»Wie erklärst du dir aber, dass die Firma bei deiner Anstellung nicht misstrauisch geworden ist?«
»Für die war ich damals sehr nützlich. Ich vermute, sie sind bei

der Ausleuchtung meiner Vergangenheit ziemlich nachlässig gewesen. Und als ich dann im Team war, hat sich sowieso niemand mehr darum gekümmert.«

Bobby überlegte. »Scheint plausibel. Aber etwas verwundert mich immer noch. Deine Eltern haben sich solche Mühe gegeben, die Umstände deiner Geburt zu verheimlichen, warum haben sie dann aber Beweismaterial für ihr Vorgehen hinterlassen?«

»Vielleicht ist unlängst etwas geschehen, was sie dazu veranlasst hat, mich doch auf die Spur zu bringen.«

Ich merkte, dass die Frau mich vom Fenster aus beobachtete. Ich ließ den Motor an und fuhr los.

»Ich überlege, ob wir bei unserer Suche nicht einen falschen Weg eingeschlagen haben. Auf dem Video sind drei Sequenzen. Die erste zeigt einen Ort, den ich aufsuchen konnte. The Halls. Die letzte sagt mir etwas, was ich nicht wusste. Die mittlere Sequenz zeigt zwei Orte. Der erste ist das Haus, in dem ich gerade gewesen bin. Da war aber nichts. Der andere ist eine Bar, die ich nicht kenne. Da bin ich nie gewesen.«

»Also?« Wir standen an einer Kreuzung.

»Hab etwas Geduld mit mir«, sagte ich und bog nach links ab. Ein Weg, der uns, vorausgesetzt, nichts hatte sich verändert, zu einer Bar bringen würde, wo ich früher einmal Stammgast gewesen war.

20

Bewusst würde wohl niemand diese Bar ansteuern, außer man kam aus unausrottbarer Gewohnheit. Ich sah eigentlich nur zwei Möglichkeiten, wohin es mit ihr gekommen sein könnte: entweder herausgeputzt mit angeschlossenem Restaurant und adretten Bedienungen in rot-weißer Tracht oder dem Erdboden gleichgemacht und mit Fertighäusern bebaut, deren Bewohner nach Anbruch der Dunkelheit viel herumgrölen. Doch dann stellte sich heraus, dass der Fortschritt an Lazy Ed's Bar vorübergegangen war, abgesehen von dem vornehmen Verfall, der wie Feuchtigkeit in die Wände gezogen war.

Drinnen war es leer und still. Das Holz der Theke und der Barhocker sah so abgewetzt aus wie immer. Der Billardtisch stand noch an seinem Platz mitsamt dem Staub, der teilweise noch von mir stammen konnte. Immerhin gab es ein paar Veränderungen als Tribut an den Fortschritt. Die Leuchtreklame für »Miller«-Bier war durch eine für »Budweiser light« ersetzt worden, und die Mädchen auf dem Kalender an der Wand waren ihrem Naturzustand näher, als es zu meiner Zeit üblich war, wobei mit Naturzustand ihre Hüllenlosigkeit und nicht Form und Festigkeit ihrer Brüste gemeint ist. Irgendwo musste gut versteckt auch ein Schild herumliegen, das schwangere Frauen vor dem Genuss von Alkohol warnt. Wäre eine Frau in anderen Umständen tatsächlich zum Vergnügen hierher gekommen, hätte die Warnung wohl nichts gefruchtet, denn die

Person hätte blind oder geistesgestört sein müssen. Frauen haben höhere Maßstäbe, deshalb haben sie auch einen zivilisierenden Einfluss auf junge Männer. Man muss schon eine nette Bar finden, um Frauen beschwipst zu machen.

Bobby lehnte sich an den Billardtisch und schaute sich um. »Sieht es so wie immer aus?«

»Wie wenn ich nie weggegangen wäre.«

Ich trat mit einem flauen Gefühl an die Theke. Früher rief ich immer Eds Namen. Das war nun zwanzig Jahre her, und wenn ich es jetzt wieder täte, wäre es so, wie wenn ich wieder zur Schule ginge und fürchtete, von den Lehrern erkannt zu werden. Wohl niemand hätte es gern, wenn er im großen Buch des Lebens immer nur als »Schüler« vermerkt wäre.

Ein Mann trat aus dem Hinterzimmer und wischte sich die Hände an einem schmuddeligen Lappen, an dem er sich nur noch schmutziger machen konnte. Er hob das Kinn zur Begrüßung, ohne allerdings Begeisterung zu versprühen. Er war ungefähr so alt wie ich, vielleicht etwas älter, dick und mit Tendenz zur Kahlköpfigkeit. Ich sehe es immer mit Vergnügen, wenn meine Generationsgenossen ihr Haar verlieren. Das baut mich richtig auf.

»Hi«, grüßte ich. »Ich suche Ed.«

»Der bin ich«, kam zur Antwort.

»Der Ed, den ich suche, ist ungefähr dreißig Jahre älter.«

»Sie meinen Lazy Ed. Der ist nicht hier.«

»Ein Ed junior können Sie aber nicht sein.« Ed hatte keine Kinder. Er war nicht einmal verheiratet gewesen.

»Scheiße, nein«, sagte der Mann, als ob ihn diese Vorstellung beunruhigen würde. »Reiner Zufall. Ich bin der neue Besitzer, seit sich Lazy zurückgezogen hat.«

Ich bemühte mich, meine Enttäuschung zu verbergen. »Zurückgezogen, so so.« Ich wollte nicht zu penetrant sein.

»Ist schon ein paar Jahre her«, sagte der Mann. »Dass ich so heiße wie er, hat mir ein neues Schild erspart.«

»Die ganze Bar sieht wirklich so wie früher aus«, bemerkte ich. Der Mann wiegte müde den Kopf. »Allerdings. Lazy Ed hat nur unter dieser Bedingung verkauft. Nämlich, dass es sich um sein Geschäft und nicht um seine Zweitwohnung handelte. Alles müsse so bleiben bis zu seinem Tod.«
»Und darauf sind Sie eingegangen?«
»Ich habe den ganzen Laden billig gekriegt. Und Lazy Ed ist ziemlich alt.«
»Woher weiß er, dass Sie sich an die Abmachung halten?«
»Er schaut vorbei, fast täglich. Wenn Sie warten, treffen Sie ihn vielleicht.« Er hatte offenbar mein Lächeln bemerkt und fügte hinzu: »Allerdings muss ich Ihnen sagen, dass er wohl nicht mehr so aussieht, wie Sie ihn vielleicht in Erinnerung haben.«
Ich machte eine erste Bestellung und ging zu Bobby hinüber. Wir tranken Bier und spielten ein paar Partien Billard. Bobby gewann.

Wir ließen ein Bier nach dem anderen kommen, und nachdem ich die Lust verloren hatte, ständig zu verlieren, legte Bobby eine Übungsstunde ein. Mein Vater hätte seine Freude an Bobbys sportlichem Ehrgeiz gehabt. Lange Zeit hatten wir die ganze Bar für uns allein, dann kamen weitere Gäste. Am späten Nachmittag bildeten wir immer noch ein Drittel der Kundschaft. Ich erkundigte mich bei Ed, wann Lazy denn gewöhnlich vorbeischaue, doch offenbar gab es da keine Regel. Ich überlegte, ob ich nach seiner Adresse fragen sollte, doch irgendetwas sagte mir, dass der Mann sie nicht herausrücken würde und dass meine Frage ihn nur misstrauisch machen könnte. Gegen Abend kamen plötzlich vier Gäste auf einmal. Keiner davon war Ed.
Um sieben geschah dann etwas.
Bobby und ich spielten wieder Billard. Mittlerweise schlug er mich nicht mehr so leicht. Jemand hatte an der Musikbox einen alten Titel von Springsteen gedrückt, und das gab mir das

merkwürdige Gefühl, als würde ich hier wie vor zwanzig Jahren spielen, als Haargel und hochgekrempelte Ärmel Mode waren. Ich war schon so betrunken, dass ich in Nostalgie abzurutschen drohte, was kein gutes Zeichen war.
Aus den Augenwinkeln sah ich die Eingangstür zur Bar aufgehen. Immer noch über den Billardtisch gelehnt, beobachtete ich, wie jemand eintrat. Nur eine Sekunde lang. Ein ziemlich altes Gesicht schaute mich kurz an. Und dann machte, wer es auch gewesen sein mag, auf der Stelle kehrt und verschwand.
Ich rief zu Bobby hinüber, doch der hatte schon begriffen. Er war quer durch den Raum gelaufen und dann zur Tür hinaus, noch ehe ich mein Queue weggelegt hatte.
In der Dunkelheit draußen fuhr ein zerbeulter alter Ford schleudernd und Kies aufwirbelnd davon. Bobby fluchte, als hätte er es auf einen ersten Preis angelegt, und ich sah auch sogleich, warum. Irgendein Depp hatte uns mit einem bulligen roten Lieferwagen zugeparkt. Bobby drehte sich um und erkannte mich.
»Warum ist er abgehauen?«
»Keine Ahnung. Hast du gesehen, wohin?«
»Nein.« Er versetzte dem nächsten Fahrzeug einen Tritt.
»Lass schon mal den Motor an.«
Ich lief zurück in die Bar. »Wem gehört der rote Lieferwagen?«
Ein Typ in Blue Jeans meldete sich.
»Bringen Sie den weg, oder wir schieben ihn über den Parkplatz.«
Er schaute mich an, dann stand er auf und ging nach draußen.
Ich wandte mich an Ed. »Der Mann vorhin, das war Lazy Ed, stimmt's?«
»Offenbar wollte er nicht mit Ihnen reden.«
»Zu dumm«, sagte ich. »Denn ob er will oder nicht, ich muss mit ihm über alte Zeiten reden. Ich habe solche Sehnsucht, dass es mir fast das Herz zerreißt. Wo wohnt er?«
»Das verrate ich Ihnen nicht.«

»Machen Sie keine Spielchen mit mir, Ed.«
Der Mann wollte unter die Theke greifen. Ich zog meinen Revolver und richtete den Lauf auf ihn: »Lassen Sie das lieber. Es lohnt sich nicht.«
Ed junior legte die Hände wieder auf die Theke. Ich merkte, dass die anderen Gäste uns beobachteten, und hoffte, dass niemand auf die Idee kam, Schwierigkeiten zu machen. Wenn es darum geht, diejenigen zu schützen, die für den Nachschub an Bier sorgen, können Leute richtig rabiat werden. Das sind eherne Bande zwischen ihnen.
»Haben Sie den Mumm, auf Leute zu schießen?«
Ich schaute ihn an. »Was glauben Sie?«
Ed betrachtete mich einen langen Augenblick, dann seufzte er. »Ich hätte wissen müssen, dass Sie Ärger machen.«
»Durchaus nicht. Ich will nur reden.«
»Draußen am Long Acre«, sagte er. »Der alte Wohnwagen neben dem Bach auf der anderen Seite des Wäldchens.«
Ich warf das Geld für die Biere auf die Theke und eilte nach draußen. Um ein Haar rannte ich dabei den hereinkommenden Typ um, der seinen Lieferwagen weggefahren hatte.
Bobby hatte das Auto in die Ausfahrt gelenkt und wartete startbereit. Jetzt, da ich das Ziel kannte, klang es ganz vertraut. Long Acre ist eine nicht enden wollende Straße, die vom Stadtrand in weitem Bogen in die Berge führt. An der Straße gibt es nicht viele Häuser, und der Bach, den der Mann erwähnte, lag noch viel weiter draußen im Wald.
Wir brauchten gut zehn Minuten. Die Nacht war stockdunkel, und Bobby fuhr sehr schnell. Von Rücklichtern war nichts zu sehen.
»Vielleicht ist er gar nicht nach Hause gefahren«, überlegte Bobby laut.
»Früher oder später kommt er aber. Fahr mal etwas langsamer, es ist jetzt nicht mehr weit. Außerdem machst du mir Angst.«
Kurz darauf sahen wir die spiegelnde Oberfläche des Baches,

der silbern unter dem nachtblauen Himmel glitzerte. Bobby bremste, als müsse er vor einer Mauer halten, und bog in einen kaum erkennbaren Waldweg ein. Am Ende des Weges sah man den Umriss eines alten Wohnwagens, der mitten in der Waldeinsamkeit stand. Von einem Auto keine Spur.

»Fehlanzeige«, sagte ich. »Na gut, dann wende und park den Wagen so, dass wir von der Straße aus nicht zu sehen sind.«

Nach einer Stunde Warten verlor ich langsam die Geduld. Wenn Lazy Ed einen anderen Weg genommen hatte, um mögliche Verfolger abzuschütteln, hätte er mittlerweile zu Hause eintreffen müssen. Bobby stimmte mir zu, griff meinen Gedanken aber in ganz anderer Weise auf.

»Nein«, protestierte ich. »Ich kenne den Mann schon so lange. Ich kann unmöglich seine Behausung durchwühlen.«

»Ich hab ja nicht gesagt, dass *du* es machst. Ach komm, Ward. Kaum hat dich der Kerl gesehen, haut er auch schon ab. Du lagst richtig. Die Bar auf dem Videoband sollte dich an jemanden erinnern, und der alte Knabe weiß etwas.«

»Er könnte mich auch mit jemand anderem verwechselt haben.«

»Wahrscheinlich hast du etwas mehr Fleisch auf den Rippen als damals, aber du hast weder fünfzig Kilo zugenommen, noch hast du das Geschlecht gewechselt. Nein, er hat dich erkannt. Und für einen Mann seines Alters hat er sich erstaunlich schnell aus dem Staub gemacht.«

Ich zögerte noch, aber nicht lange. Ich hatte mit Lazy Ed viel Zeit verbracht. Sicher, ich war nur einer unter vielen gewesen, und zweifellos hatte er mehrere Generationen minderjähriger Biertrinker in seiner Bar zu Gast gehabt. Trotzdem hätte ich mir einen warmherzigeren Empfang gewünscht.

Wir stiegen aus, und ich ging mit Bobby bis zur Tür des Wohnwagens. Er öffnete das Schloss mit einem Draht und trat ein. Kurz darauf fiel schwacher Lichtschein durch die Fenster.

Ich setzte mich auf das Trittbrett und hielt Wache. Ich fragte mich, ob meine Eltern wohl geahnt hatten, dass es eines Tages einmal so weit kommen würde. Ihr halb betrunkener Sohn ließ zu, dass in den Wohnwagen eines alten Mannes eingebrochen wurde. Ich mag den Mann nicht, der ich geworden bin, aber ich habe auch nicht viel für den Spund übrig, der ich einmal war. Ich lag nicht völlig daneben, die Sache ergab Sinn: Die Erinnerung an die Billardpartie mit meinem Vater vor langer Zeit, die Art und Weise, wie Ed damals reagiert hatte, als er ihn erkannte, das war der Grund, weshalb ich in die Bar gegangen war. Doch während ich den Waldweg hinunterschaute und Bobby im Innern des Wohnwagens herumstöbern hörte, schien es mir, als dringe die Stimme meines Vaters erneut an mein Ohr. »Ich frage mich, was aus dir geworden ist.«

Zehn Minuten später kam Bobby wieder heraus. Er hielt etwas in der Hand.

»Was hast du da?« Ich erhob mich mit Schmerzen in den Beinen.

»Ich zeig's dir im Auto. Du musst ja halb erfroren sein.«

Wieder im Wagen, knipste ich die Innenbeleuchtung an.

»Tja«, begann Bobby. »Lazy Ed verbringt seinen Lebensabend mit alkoholischen Getränken und scheint das Stadium erreicht zu haben, wo er die Angebinde seiner Exzesse vor sich selbst versteckt. Entweder ist es das, oder er trägt seinen Spitznamen Lazy zu Recht und kann sich nicht dazu aufraffen, leere Flaschen und Dosen hinauszutragen. Der reinste Zoo. Ich konnte nicht alles durchsuchen, aber immerhin habe ich das hier gefunden.«

Er zeigte mir ein Foto. Ich nahm es und hielt es so, dass das Licht darauf fiel. »Das habe ich in einem Karton neben dem Lager gefunden, das ihm wohl als Bett dient. Der Rest war wertloser Kram, aber das hier ist mir sofort ins Auge gesprungen.«

Auf dem Bild war eine Gruppe von fünf Jugendlichen zu sehen, vier Jungen und ein Mädchen. Die Aufnahme war bei schlechtem Licht von jemandem gemacht worden, der vergessen hatte, »Bitte recht freundlich« zu sagen. Nur der Junge in der Bildmitte schien sich bewusst zu sein, dass er für die Ewigkeit abgelichtet werden sollte. Die anderen waren im Halbprofil erfasst, den größten Teil des Gesichts im Schatten. Wo die Aufnahme gemacht worden war, blieb unklar, doch die Kleidung und die Qualität des Abzugs deuteten auf späte fünfziger beziehungsweise frühe sechziger Jahre.

»Das ist er«, sagte ich. »Der Typ in der Mitte.« Mir war es peinlich, etwas in der Hand zu halten, was die Vergangenheit eines anderen verbürgte und nichts mit mir zu tun hatte.

»Du meinst diesen Lazy Ed?«

»Ja. Aber die Aufnahme ist fünfzig Jahre alt. Zu meiner Zeit sah er nicht so adrett aus. Bei weitem nicht.«

»Na schön.« Bobby zeigte auf das Mädchen am linken Bildrand. »Und wer ist das?«

Ich schaute mir die Gestalt genauer an. Außer einer halben Augenbraue, Haaren und den größten Teil des Mundes konnte ich nichts erkennen. Ein schmales Gesicht, jung, recht hübsch. Ich zuckte die Schultern. »Niemand, den ich kenne.«

»Sicher?«

»Was willst du damit andeuten, Bobby?«

»Ich kann mich täuschen und möchte dich nicht beeinflussen.«

Ich nahm mir das Foto noch einmal vor. Zuerst studierte ich die anderen Gesichter, dann schaute ich wieder auf das Mädchen. Auch jetzt wusste ich nicht, wohin ich sie stecken sollte.

»Meine Mutter ist es nicht, falls du das meinst.«

»Keineswegs. Schau noch mal hin.«

Ich bemühte mich, und dann hatte ich etwas an der Angel. Schließlich fiel der Groschen auch bei mir. »Ach du Scheiße«, stöhnte ich.

»Siehst du's jetzt?«

Ich schaute gebannt aufs Foto und hoffte, dass es weniger deutlich wurde. Vergebens. Einmal darauf aufmerksam geworden,

war es nicht mehr zu leugnen. Obwohl ein Großteil ihres Gesichts im Schatten lag, verrieten sie Augen und Nasenbogen.
»Das ist Mary«, sagte ich. »Mary Richards. Die Nachbarin meiner Eltern in Dyersburg.« Ich wollte noch mehr sagen – was genau, weiß ich nicht –, schloss den Mund aber wieder, weil plötzlich ein anderes Erinnerungsbild in mir aufstieg.
Bobby bemerkte nichts. »Was hatte Ed damals in Montana zu tun? Oder was tat sie hier?«
»Willst du wirklich heute Nacht noch auf diesen alten Knaben warten?«
»Hast du eine bessere Idee?«
»Ich könnte dir vielleicht noch etwas anderes zeigen«, sagte ich. »Außerdem ist es kalt, und ich glaube nicht, Ed heute Nacht noch hier wiederzusehen. Fahren wir zurück in die Stadt.« Meine Hände zitterten, und mein Gaumen war trocken.
»Ist mir recht.«
Ich stieg aus dem Auto, ging zum Wohnwagen zurück und trat ein. Ich kritzelte eine Entschuldigung auf die Rückseite des Fotos, setzte noch meine Handynummer darunter und stellte das Foto in die Mitte eines Kartentischs. Dann ging ich wieder, nicht ohne noch einmal durch die Tür zu greifen und eine Zeitschrift von innen dagegen zu lehnen.
Bobby fuhr mit ausgeschalteten Scheinwerfern zurück in die Stadt. Doch begegneten wir niemandem auf dem Weg, und als wir an der Bar vorbeikamen, stand kein alter Ford auf dem Parkplatz. Auch der große rote Lieferwagen war nicht mehr dort.

21

Wir nahmen uns ein Zimmer im Holiday Inn. Ich duschte und wartete dann auf Bobby. Das Zimmer atmete Sauberkeit und Frische, und das beruhigte mich. Ich hatte eine Kanne Kaffee für mich, die mir von einer netten Zimmerkellnerin in weißer Uniform und mit professionellem Lächeln gebracht worden war. Gewöhnlich sind das die besten. Ich bin von Natur aus kein frohgemuter Typ, deshalb komme ich gut mit Leuten aus, die meinen Namen nicht kennen.

Ich wünschte mir, das Foto noch zu haben. Ich wollte es mir noch einmal genauer anschauen und war schon halb davon überzeugt, dass das Licht mich getäuscht haben könnte. Außerdem hatte sich das Gesicht der toten Mary tief in mein Gedächtnis gegraben. Ihre Leiche lag sicherlich in einem Kühlfach im Leichenschauhaus, und niemand verstand, was eigentlich mit ihr geschehen war. Mich wurmte es immer noch, Hals über Kopf Dyersburg verlassen zu haben, und ich dachte daran, die Behörden zu unterrichten. Ein Anruf im Police Department von Dyersburg würde das Geschehen klären. Man würde mich nach meinem Namen und nach Einzelheiten fragen, doch ich könnte etwas erfinden. Darin bin ich ziemlich gut.

Ich hatte schon die Hand am Telefon, als Bobby anklopfte. Ich ließ das Telefon liegen und hievte mich aus dem Sessel.

»Alles in Ordnung?«, fragte er und schloss die Tür.

»Die letzten Tage hatten es in sich, Bobby.«

Ich öffnete meinen Laptop und stellte ihn mitten auf den Tisch. Ich bat Bobby, im anderen Sessel Platz zu nehmen, schob die DVD in das Laufwerk und lud die Bar-Szene auf den Bildschirm.
Laute Musik. Chaos. Die taumelnde Bewegung des betrunkenen Kameramanns. Der Hustenanfall und dann der Gang ins Nebenzimmer, wo Billard gespielt wurde. Ein junges Paar stand mit dem Rücken zur Kamera, während ein bärtiger dicker Mann und seine Freundin darauf warteten, dass sie an die Reihe kamen.
Die Kamera bewegte sich wackelnd näher, und das Mädchen mit den langen Haaren schaute auf. Ich drückte auf PAUSE, so dass ihr Gesicht auf dem Bildschirm gefror. Dann machte ich einen Screenshot und startete Photoshop. Ich lud den Screenshot und fuhr diesmal mit dem Zoom auf das Gesicht der Frau. Ich holte mir etwas vom Hintergrund und wischte damit über die unteren Partien ihres langen Haars, bis es verschwand. Ich nahm eine Hautprobe und ging an ihre Wangen, ließ sie älter und schlaffer aussehen. Dann nahm ich etwas Haar und machte daraus eine Frisur, die einer älteren Dame besser stand. Ferner eine passende Haartönung, etwas Stahlgrau dazu, und dann verwischte ich die geänderten Bildpartien, um den Unterschied in der Körnung zu kaschieren. Zum Schluss nahm ich mit Weichzeichner die scharfen Kanten weg. Ich verringerte den Zoomeffekt, bis das Bild auf die Hälfte seiner Ausgangsgröße reduziert war. Nun waren die Spuren der Bildbearbeitung weniger deutlich.
Man musste darüber hinwegsehen, dass Teile des Hintergrundes um das Gesicht herum merkwürdig aussahen, doch das war keine Schwierigkeit, angesichts der eindeutigen Konturen in der Bildmitte. Ich hatte das schon bei Eds Wohnwagen geahnt, doch erst jetzt auf dem Bildschirm kam es ganz klar heraus.
»Tatsächlich«, sagte Bobby rasch. »Das ist sie, zusammen mit deinen Eltern.«

»Aber sie haben doch Mary erst nach dem Umzug nach Montana kennen gelernt.«
»Zumindest haben sie das wohl immer behauptet.«
»Sie haben immer so getan, als ob sie sich erst seit ein paar Jahren kannten.« Mir schwindelte. »Ich erinnere mich, dass meine Mutter mir erzählte, sie habe Marys Bekanntschaft gemacht, als sie am Tag des Einzugs mit einer Keksdose zu meinen Eltern gekommen war.«
»In Wirklichkeit kannten sie sich seit vierzig Jahren.« Unterdessen hatte er die Videosequenz weitergescrollt und das Bild des Mädchens, das mit untergeschlagenen Beinen auf dem Boden im Wohnzimmer meiner Eltern saß, ebenfalls abgespeichert.
Ich nickte. So wie das Licht auf Nase und Wangen fiel, brauchte man gar keine Bildbearbeitung, um zu erkennen, dass es sich um Mary handelte.
»Was denkst du von Ed? Könnte er nicht der Mann hinter der Kamera sein?«
»Ich habe ihn nur einmal mit Dad zusammen in einem Raum gesehen, und da taten sie so, als würden sie sich nicht kennen.« Ich hatte Bobby schon auf dem Weg zur Bar von dieser Begebenheit berichtet. »Aber sie müssen sich gekannt haben. Sie haben sich alle gekannt. Aus irgendeinem Grund zog Mary fort, vielleicht schon bald nach dem Zeitpunkt, an dem das Video entstand. Sie hatte sicherlich schon lange in Montana gelebt, als meine Eltern dorthin zogen. In der Zwischenzeit bleiben meine Eltern und Ed hier, ohne in Kontakt zu stehen. Als ich sie einmal unabsichtlich zusammenbringe, spielt mein Vater mit, doch keiner von beiden lässt sich etwas anmerken.« Ich dachte an die Begegnungen mit Mary im Haus meiner Eltern. Alles bestätigte meinen Eindruck, dass sie sich schon vor Montana gekannt hatten und dass sie sich große Mühe gaben, nichts davon nach draußen dringen zu lassen. Ich fragte mich, warum alle diese Tatsache vor mir verheimlicht hatten, sah dann aber ein, dass das meine egozentrische Sicht der Dinge war.

Meine Eltern waren aus einem ganz bestimmten Grund hinauf nach Montana gezogen, das wurde mir jetzt klar. »Sie sind dorthin gezogen, weil sie annahmen oder wussten, dass etwas geschehen würde, und deshalb taten die drei, als würden sie sich nicht kennen.«

»Jetzt übertreibst du wohl ein bisschen.«

»Tue ich das? Vielleicht ist Mary gar nicht umgebracht worden, weil sie gerade im Weg stand. Vielleicht hatte der Killer, der in unser Haus kam, zwei Aufträge, und Mary war einer davon.«

Bobby wiegte nachdenklich den Kopf. »Als du dann in Hunter's Rock aufgetaucht bist, hat es Ed mit der Angst zu tun bekommen.«

»Wir hätten draußen bei seinem Wohnwagen auf ihn warten sollen.«

Er schüttelte den Kopf. »Der kehrt so schnell nicht wieder dorthin zurück. In der Zwischenzeit hat er seinen Nachfolger in der Bar angerufen und erfahren, dass du weißt, wo er wohnt. Außerdem, altes Haus, siehst du mir jetzt zu mitgenommen aus für eine Menschenjagd. Du hast ihm deine Handynummer hinterlassen. Wenn er nach Hause kommt, weiß er, wie er dich erreichen kann. Morgen gehen wir noch einmal in die Bar und knöpfen uns den Besitzer vor. Dann fragen wir, ob der alte Knabe irgendwelche Kumpel hat oder eine andere Stammkneipe.«

»Mit anderen Worten, wir suchen die Nadel im Heuhaufen.«

»Die Nadel ist immer noch da. Wenn sie zufällig versteckt wurde, kann es zufällig auch das Erste sein, worüber du stolperst.«

»Sehr tiefsinnig, Bobby. Das muss ich direkt aufschreiben.«

»Ich gehe in der Zwischenzeit ins Internet.« Er warf einen Blick auf das Handy, das auf dem Tisch lag. »Und wenn du weiterhin hoffst, dass Lazy Ed noch anruft, dann solltest du dein Handy wieder anschalten.«

Während er das Kabel zur Verbindung zwischen Laptop und Telefondose abwickelte, schaute ich auf die Anzeige des Handys. Und wirklich ging in den nächsten Sekunden ein Anruf ein.
»Ist etwas für dich reingekommen?«
Ich rief den Mailbox-Service an und lauschte. Die aufgenommene Stimme war die einer Frau. »Nicht Ed. Es ist das Mädchen, mit dem ich im Krankenhaus gesprochen habe. Sie hatte mir versprochen, die Akten durchzuschauen und mich anzurufen, falls sie etwas Nützliches fände.«
»Und hat sie das?«
»Keine Ahnung«, sagte ich und legte auf. »Ich soll sie morgen anrufen.«
»Ward, sieh mal. Du hast eine E-Mail gekriegt.«
Ich blickte ihm über die Schulter. Auf dem Bildschirm war eine kurze Nachricht zu lesen:

HOHER GEWINN GARANTIERT!!!
Wir sind eine kleine Firma mit einem expandierenden Service-Angebot. Mit unserem Produkt und Ihrem Engagement können Sie die Welt verändern. Wer reinen Herzens ist, freut sich beim Anblick unser Web-Site!
Gehen Sie zurück für weitere Informationen, die unser aller Leben verändern können! Steigen Sie noch heute in ein rasch wachsendes Geschäft ein. Hunderte profitieren schon mehr, als sie je gedacht hätten. Warum werden Sie nicht auch einer von uns?
Zögern Sie nicht – dieses Angebot endet um Mitternacht.

»Schau im Wörterbuch unter ›junk mail‹ nach«, sagte ich, »wahrscheinlich haben sie den vollständigen Text hier ausgedruckt.«
»Aber«, wandte Bobby ein, »da ist kein Bestellformular dabei. Die Adresse des Absenders sieht irgendwie falsch aus, die Web-Site wird ohne Angabe der URL erwähnt, und außerdem läuft die Frist in drei Stunden ab. Sie machen es denen, die ab-

gezockt werden sollen, also nicht leicht. Und dann schau dir die beiden Sätze mit den Ausrufezeichen an. Der erste ist merkwürdig – klingt irgendwie biblisch –, und der zweite sagt ›Gehen Sie zurück‹. Aber wohin zurück?«

Ich überlegte einen Augenblick. »Das liegt daran, dass ich eine bestimmte Site besucht und dort meine IP-Adresse hinterlassen habe.«

»Manchmal, Ward, habe ich den Eindruck, dass dein Verstand tatsächlich funktioniert.« Er doppelklickte auf ein Bookmark, und der Browser lud die entsprechende Seite auf den Bildschirm.

Dort standen nur drei Wörter: Wir stehen auf.

Diesmal waren die Wörter unterstrichen, und sobald Bobby mit dem Cursor darüber fuhr, verwandelte sich dieser in eine zeigende Hand.

»Es ist zu einem Link geworden«, sagte er. Er klickte auf die Wörter, und eine kleine Dialogbox öffnete sich. Ein Passwort wurde erbeten. »Scheiße.«

»Die Straw Men«, schlug ich vor.

Er tippte die Wörter ein. Auf einer weißen Bildschirmseite erschien oben die Meldung »falsche Eingabe«. Bobby fluchte und klickte auf die Schaltfläche für »rückgängig«.

»Zeig mir noch mal die E-Mail«, bat ich. Er holte die Seite nochmals vom Hintergrund auf den Bildschirm.

Ich suchte sie rasch ab. »Versuch es mit ›unser‹.«

»Warum?«

»Weil es der einzige Grammatikfehler im ganzen Text ist, und außerdem steht das Wort in dem Satz, der auf die Web-Site verweist.«

Er tippte erneut. Wieder kam »falsche Eingabe«. »Wir fliegen gleich raus«, brummte er, während er auf »rückgängig« klickte.

»Versuch's mit der grammatisch richtigen Form.«

Er tippte diesmal »unserer« ein. Einen Augenblick geschah nichts. Dann wurde eine neue Seite geladen. Der Bildschirm war schwarz, und in der Mitte stand in weißen Buchstaben das Wort »Willkommen«.

»Prima«, sagte Bobby erfreut. Er bewegte den Cursor über »Willkommen«, und sogleich verwandelte sich dieser in eine zeigende Hand. Ich rückte näher, und er klickte auf das Wort. Wieder eine Pause. Dann wechselte der Bildschirm zu laubgrünem Hintergrund und füllte sich mit weißem Text.

DAS MANIFEST DER MENSCHHEIT

[Bild: strohlogo.jpg]

DAS IST DIE WAHRHEIT

Manche Menschen lehnen die Evolution als wissenschaftliche Theorie ab. Das ist falsch. Die Evolutionslehre wurde nur deshalb so lange bestritten, weil man uns daran HINDERN wollte, die Wahrheit zu erkennen. Doch nun haben wir sie erkannt, und weder die Politiker noch sonstige LÜGNER können sie weiterhin verbergen.

Sie meinen, dass Sie die Wahrheit kennen, doch Sie irren sich: Was Sie kennen, ist alles nur LUG UND TRUG.

DIE GESCHICHTE DER MENSCHHEIT

In grauer Vorzeit waren wir alle Affen. Doch irgendwann vor fünf Millionen Jahren entstand ein neuer Zweig, aus dem sich drei neue Arten entwickelten: die Gorillas, die Schimpansen und die Hominiden – Letztere waren unsere Vorfahren. Jeder, der schon einmal Fernsehsendungen über das intelligente Verhalten von Schimpansen gesehen hat, wird diese WAHRHEIT ohne Zögern anerkennen. 2,5 Millionen Jahre später traten die ersten menschenähnlichen Wesen auf. Man bezeichnet diesen Typus manchmal als Homo habilis, allerdings sind die Namen für diese Periode weiterhin strittig. Für die dunkle Phase der Menschwerdung benutzen die Gelehrten KOMPLIZIERTE WÖRTER, weil sie nicht so viel wissen, wie sie uns gern glauben machen wollen.

Ungefähr vor einer Million Jahren erschien der Homo erectus, der diesen Namen erhielt, weil er aufrecht ging. Der aufrechte Gang ist das Merkmal, das uns von den Affen und allen anderen Lebewesen unterscheidet. Aus diesem Typus entwickelten sich die Neandertaler, die für mehrere hunderttausend Jahre das Feld beherrschten. Sie konnten besser gehen, entwickelten Werkzeuge und nutzten das FEUER. Der folgende Entwicklungsschritt fand dann in Afrika statt und führte zum Homo sapiens. Das menschliche Gehirn und damit die Intelligenz nahm zu, ein einzigartiger Vorgang in der Evolution. Der Homo sapiens verdrängte die Neandertaler.
Die gesamte Vorzeit über lebten Ur- und Frühmenschen als JÄGER und SAMMLER. Die Menschen lebten in kleinen Gruppen, die durch verwandtschaftliche Bande und gegenseitige Hilfe verbunden waren. Unsere Vorfahren ernährten sich von dem Wild, das sie erlegten, und von Beeren und Wurzeln, die sie auf ihren Wanderungen sammelten.

WIE DU SÄST, SO WIRST DU TRÄNEN ERNTEN

Vor gut fünfzehntausend Jahren änderte sich das von Grund auf. Das mag lange her sein, doch nicht, wenn man gewohnt ist, in Millionen Jahren zu denken. Damals hörten wir Menschen mit dem natürlichen Jagen und Sammeln auf. Warum?
Manche Gelehrte sehen die Ursache in einer wachsenden Bevölkerung, was die Ressourcen verknappte und die Bewegungsfreiheit einschränkte. Andere machen Klimaveränderungen dafür verantwortlich, zum Beispiel das Ende der Eiszeit und verschiedene andere Ursachen. Wer die so genannten wissenschaftlichen Erklärungen liest, muss zu dem Schluss kommen, dass keiner die Wahrheit kennt. Einst zogen Millionen Bisons durch die amerikanische Prärie und gediehen prächtig. Zwar mussten sie zur Nahrungssuche ständig weiterziehen, doch das ist der natürliche Weg. Menschen mit aufrechtem Gang sind für das Nomadenleben WIE GESCHAFFEN. Warum sind wir plötzlich sesshaft geworden, nachdem wir uns in Millionen Jahren in eine andere Richtung entwickelt hatten?

Der Grund dafür liegt im Ackerbau. Die Menschen blieben an einem Ort und lebten in größeren Gruppen erst von mehreren hundert, dann von mehreren tausend Individuen. Einmal begonnen, konnte diese Entwicklung nicht mehr angehalten werden. Ackerbau produziert mehr Nahrung, ist aber für kleine Gemeinschaften eine WENIGER EFFIZIENTE Methode der Nahrungsbeschaffung. Ackerbau funktioniert nur in großen Gemeinschaften. In Ackerbaugesellschaften steigt auch die Geburtenzahl, die Gemeinschaften werden also immer größer. Mit wachsender Bevölkerungszahl wird Ackerbau unverzichtbar, man kann nicht mehr zum Jagen und Sammeln zurückkehren. Mit einem Wort, man sitzt in der Falle.

Als Folge dieses Wandels entstanden Siedlungen und Städte, gleichzeitig wuchs die Bevölkerung stetig. Es kam zu einem spürbaren MANGEL AN GLEICHHEIT, FÜHRER traten auf und RELIGIONEN wurden gestiftet. Vor allem entstand die MORAL. Wenn man lange Zeit an einem Ort wohnt, sieht man Tag für Tag die gleichen Leute. Man beginnt sich ihnen gegenüber in einer bestimmten Weise zu verhalten, oder die anderen entwickeln MORDGELÜSTE. Die Menschen entwickelten die Vorstellung, dass man sich in einer bestimmten Weise verhalten MÜSSE, selbst wenn man die Betroffenen gar nicht kennt. Und zum ersten Mal zeigte sich eine alles andere als liebenswerte, aber nur zu reale Tendenz, die uns von allen anderen natürlichen Gattungen unterscheidet: die Tendenz, das Land GRUNDLEGEND ZU VERÄNDERN. Bis dahin hatten wir im Einklang mit der Natur gelebt. Mit Beginn des Ackerbaus VERGEWALTIGEN wir die Natur und beuten sie für unsere Zwecke aus.

Tatsächlich waren aber ackerbauende Menschen NICHT SO GESUND wie Jäger und Sammler. Der Anbau von Feldfrüchten brachte WENIGER Ertrag bei gleichem Arbeitsaufwand. Jäger und Sammler verfügten über MEHR FREIE ZEIT und arbeiteten weniger als Ackerbauern. Ihr Speisezettel war reichhaltiger als der der Ackerbauern, die sich vorwiegend von Wurzeln und Getreide ernährten. Für Ackerbauern bestand ein höheres Risiko, an Infektionskrankheiten und Seuchen zu erkranken, denn sie lebten auf

engem Raum zusammen. Man lebte nicht so lange, und man wurde öfter KRANK.
WARUM SETZTE DIESE LEBENSWEISE IHREN SIEGESZUG IN WENIGEN TAUSEND JAHREN ÜBERALL AUF DER ERDE DURCH? Warum änderte die ganze menschliche Gattung nach Millionen Jahren ihre Lebensweise, obgleich dies auf den ersten Blick eine VERSCHLECHTERUNG mit sich brachte?

DAS UNMENSCHLICHE GENOM

Viren sind klein, aber wenn sie einmal im Körper eines Menschen sind, dann übernehmen sie die Kontrolle und zwingen ihn dazu, sich nach dem Bedürfnis der Krankheit zu verhalten. Viele Viren machen krank, wie Grippeviren. Manche bringen auch den Tod, wie Aids. Die cleversten Viren machen weder krank, noch töten sie – denn ihr Ziel ist es, den Körper zu ihrer HEIMSTATT zu machen. Vor 20 000 Jahren wurden wir Menschen INFIZIERT. Homo sapiens schleppte das Virus aus Afrika ein, daher starben die Neandertaler aus. Sie starben binnen einiger tausend Jahre aus, obwohl sie besser an die Umweltbedingungen angepasst waren.
Das Virus brachte uns dazu, in Gemeinschaft und in Städten zu wohnen, damit es sich besser AUSBREITEN konnte. Wir taten dies nicht, weil es für uns besser war. Wir taten es, weil wir in der Falle saßen. Das Virus errichtete seine Herrschaft unter uns und änderte unsere Natur. Danach gab es kein Zurück.
Das Virus ist so sehr zu einem Teil von uns geworden, dass die etablierte Wissenschaftsgemeinde, für wie klug sie sich auch halten mag, ihr niemals auf die Schliche kommen wird. Deswegen ist für viele Menschen, die JUDEN eingeschlossen, eine Heimstatt so wichtig: Wenn wir nomadisieren, denkt das Virus, wir würden zu unserer angestammten Lebensweise zurückkehren, und sorgt für Zwietracht unter uns. Deswegen kümmern wir uns nicht um Menschen aus anderen Ländern: Sie sind uns gleichgültig. Deswegen töten Terroristen und Mörder unschuldige Amerikaner: Wir sind ihnen gleichgültig. Deswegen gibt es in unseren Städten so viel Ge-

walt: Wir müssen im Schmutz unserer Mitmenschen leben, eingepfercht wie Ratten in Käfigen. Das aber ist uns ein Gräuel. Deswegen konnten Dinge wie der Holocaust unter den Nazis oder die ethnischen Säuberungen in Bosnien und Ruanda geschehen: Andere Stämme sind unsere Feinde, und wenn wir zum Zusammenleben gezwungen werden, dann schlagen wir zurück. Deswegen sind unsere politischen Führer Lügner und Narren. Der Staat will wegen der angeblichen Rechte von Völkern, die wir gar nicht kennen, uns daran hindern, unsere FREIHEIT zu haben. Deswegen begehen Menschen Mord und Totschlag: Denn das Einzige, was uns im Zaum hält, ist die Moral, die wiederum eine Erfindung des Virus ist.
Man hört nicht auf, uns einzutrichtern, dass wir alle gleich seien und dass das gleiche Blut in unseren Adern fließe. Doch nicht einmal das entspricht der Wahrheit, denn es gibt genetisch bedingt unterschiedliche Blutgruppen.
Selbst in diesen einfachen Dingen sind wir Menschen untereinander unverträglich. Selbst unser Blut ist nicht gleich.

WAS KÖNNEN WIR TUN?

Wir müssen den Kampf in den Städten unter den Schwarzen beginnen. Wir mögen uns vielleicht nicht – denn ihr seid nicht unser Typus, und dass wir zusammenleben, verdanken wir nur dem Virus –, aber ihr seid ebenfalls Opfer. Ihr seid aus eurer Heimat hierher verschleppt und an Orten eingepfercht worden, wo es keine Hoffnung für euer Geschlecht gibt. Ihr müsst euch als Erste erheben. Die Welt wird eurem Beispiel folgen.
Wir sind nicht dafür gemacht, in großen Gemeinschaften zu leben. Natürlicherweise liegt uns nichts an Menschen, die wir nicht kennen. Wir sind dazu geschaffen, frei zu sein und nicht zusammengepfercht in Städten zu leben und von Leuten schikaniert zu werden, denen unser Los gleichgültig ist und die nur am GELD interessiert sind.
Wollen wir verhindern, dass das Virus uns am Ende zerstört, dann gibt es nur einen Weg: die Träger zu TÖTEN. Die Politiker helfen

uns dabei nicht, denn sie gedeihen im Sumpf des Bösen. Wie das Virus hätten sie ohne ihre Kultur auch keinen Wirt. Wir müssen also selbst handeln.

DIEJENIGEN, DIE TÖTEN, WERDEN FREI SEIN: DIE ES NICHT TUN, SIND INFIZIERT.

Säubert den Planeten.

Tötet das Virus.

Schusswaffen werden euch stark machen.

Ich war mit dem Lesen ein paar Sekunden früher fertig als Bobby.

»Speichere das auf Festplatte«, empfahl ich. »Bestimmt ist es morgen nicht mehr im Netz.«

Nachdem Bobby die Seite gespeichert hatte, scrollte ich an den Anfang zurück und las alles noch einmal genau durch. Es erinnerte mich an hundert abstruse Vorstellungen, an schlecht fotokopierte Traktate, die man Passanten an Straßenecken in die Hand gedrückt und die aus Langeweile auf dem Heimweg überflogen werden; an Kneipengequatsche, zu später Stunde in dunklen Kaschemmen mitgehört, an Stimmen, die Alkohol, Dummheit und Wut ausdünsten. Aber da war noch etwas anderes. Ich lehnte mich in meinen Sessel zurück und grübelte, was es sein könnte.

»Eines musst du dem Typen zugestehen«, sagte Bobby, als auch er den Text ein zweites Mal gelesen hatte. »Er ist in die Bibliothek gegangen und hat in Büchern recherchiert. Aber im Grunde hat er doch einen Schuss, oder?«

»Ja und nein«, sagte ich. »Das hohe sprachliche Niveau spricht dagegen.«

»Ein paar wissenschaftliche Begriffe machen noch keinen ge-

nialen Wurf. Die kann er aus einem Buch direkt übernommen haben.«
»In dem Text ist jedes Komma an der richtigen Stelle, Bobby. Eine Menge Leute, die im Netz surfen, würden das hier für das Wort Gottes halten. Die Kerle von den Milizen zum Beispiel. Vielleicht stecken die sogar dahinter.«
Er lachte. »Das möchte ich doch bezweifeln. Du kennst sie doch. Grauhaarige Tierärzte und Halbwüchsige, die so viele Videos über den Vietnamkrieg gesehen haben, dass sie am Ende glauben, sie wären selbst dabei gewesen. Bauen sich Verstecke im Wald, putzen ihre Schießprügel und ziehen über die Weiber vom Leder.«
»Nicht alle sind so blöd oder benehmen sich wie Höhlenmenschen.«
»Wohl nicht. Aber wir reden hier über Burschen, die *Soldier of Fortune* spielen und Bücher lesen, in denen beschrieben wird, wie man sich Napalm zusammenbrauen und Fußangeln im Garten auslegen kann. Leute, die Vorräte für den Jahrtausendwechsel angelegt hatten und regelrecht enttäuscht waren, als nichts passierte und die Zivilisation schlurfend weiterging. Die sich Tarnanzüge anziehen und davon quasseln, dass alles vor die Hunde gehe, woran die Juden und die Latinos schuld seien, ganz zu schweigen vom Kongress und Saddam Hussein. Du solltest dir eher Gedanken über die Schwarzen in den Innenstädten machen. Die Ghetto-Kids haben wirklich eine Stinkwut, und manche von ihnen haben schon jemanden umgelegt, bevor sie entdeckten, wozu ihr Schniedel noch gut war.«
»Das ist doch das Gleiche. Leute, die nie einer Gemeinschaft angehört haben außer der Großfamilie, wo jeder jeden mit Namen kennt.«
»Mir kommen die Tränen, Ward.«
»Leck mich.« Ich wurde richtig ungehalten. »Du hast Vertrauen in dein Land, du liebst es so, wie man es von dir verlangt, und dann merkst du eines Tages, dass das bloß eine Streichel-

einheit war, um dich ruhig zu halten. In Wahrheit bedeutete es: ›Jeder kann alles haben, nur ihr Jungs nicht, für euch kommt das nicht in Betracht.‹ Das nenne ich kulturellen Vertrauensbruch. Wie würdest du darauf reagieren?«

»Na schön, Ward. Dahinter steckt echtes Gefühl, und der durchschnittliche Intelligenzquotient dürfte bei den Schwarzen nicht viel niedriger sein als im Repräsentantenhaus. Ich gebe auch zu, dass manche wirklich Richtiges gesagt haben. Woran ich hingegen nicht glaube, ist ihre Organisiertheit. Die meisten dieser Gruppierungen schaffen es kaum, dass dreißig ihrer Leute in dieselbe Richtung schauen, geschweige denn, dass sie sich über Ziele mit einer anderen Gruppe – oder gar mehreren Gruppen – verständigen könnten, die hunderte oder tausende Kilometer entfernt aktiv sind. Vielleicht gibt es so was da draußen in der Welt. Aber nicht bei uns.«

»Das war vor dem Internet.«

»Inzwischen kann man da alles Mögliche finden«, räumte er ein. »Genug grellen Wahnsinn, um jeden Psychotherapeuten im Land um den Verstand zu bringen. Hassgruppen, Apokalyptiker, Illuminaten, die Strohpuppen in Wäldern verbrennen, die das Gesicht des Planeten Mars für Raketenabschussrampen halten und glauben, von dort würde das gesellschaftliche Leben bei uns überwacht, und selbstverständlich sind alle Sprengköpfe auf dich gerichtet. Aber ich verbringe einen Großteil meiner Zeit damit, diesen ganzen Scheiß zu beobachten, und glaube mir, diese Burschen verfügen über kein weltweites Netz. Die hassen jeden, der nicht so ist wie sie selbst. Sperr die alle zusammen in einen Raum, und sie würden explodieren.«

»Nicht jede Datei ist auf jedem Server zu finden«, sagte ich. »Du siehst nur das, was so ins Netz gestellt wurde, dass du auch dorthin kommst. Folglich könnte es ein völlig anderes Netz geben, das dieselben Computer, dieselben Telefonleitungen und dieselben Festplatten verwendet und das voller Killer und Massaker und weiterer Pläne für die Zukunft wäre – von dem du nicht einmal ein Inhaltsverzeichnis fändest, sofern du nicht wüsstest, wo du zu suchen hast.« Bobby verdrehte die Augen, was mich nur noch mehr in Rage brachte. »Jetzt hör mir verdammt noch mal zu. So sieht es aus. Das weißt du doch. Wissenschaftler haben das Internet in ihren Mußestunden aufgebaut, damit sie Daten austauschen und zwischendurch sich die Zeit mit Rollenspielen aus *Star Trek* vertreiben konnten. Du weißt sehr gut, dass du dich nirgends einloggen kannst, ohne dass dich Leute mit Spam zumüllen. Jeder Schuhputzer hat heutzutage seine Domain. Vor allem aber ist es Pornografie zwischen Zimmernachbarn, ganz normale Männer und Frauen sitzen in abgedunkelten Zimmern und schreiben einander, sie träumten davon, sich wie Shirley Temple anzuziehen und sich auspeitschen zu lassen. Das ist die Zukunft des Internets – im Schutz der Anonymität kann man auf die Fassade des guten Nachbarn verzichten und sich so geben, wie man wirklich ist. Wir brauchen nicht mehr so zu tun, als wäre uns das globale Dorf wichtig, wenn unsere Weihnachtskartenliste die Größe eines kleinen vorzeitlichen Stammes hat und wir Lust haben, die Hälfte von ihnen zu schneiden.«

»Nett, jemanden zu sehen, der so stolz auf seine Artgenossen ist. Wenn man dich so hört, hat man den Eindruck, dass du darauf brennst, mitzumachen.« Er rieb sich die Wange. »Ward, hier kann es sich doch genauso gut auch um einen armen Teufel handeln, der ganz allein dasteht.«

»Quatsch. Wie sind wir denn auf diese Site gekommen? Indem wir vom Bookmark auf dem Computer eines Mannes ausgegangen sind, der ein kurzes Video gefilmt hat, in dem er die ›Straw Men‹ erwähnt. Dieser Mann und seine Frau sind tot, ebenso eine weitere Person, die sie vor langer Zeit gekannt haben. Als Reaktion auf eine Warnung, adressiert an die Einrichtung, die im Video zu sehen war, wurden keine zwei Stunden später ein Haus und ein Hotel durch Sprengladungen zerstört. Sogar die

Architektur von The Halls passt in dieses Bild. Diese Leute bauen für Millionen Dollar Höhlen für Jäger und Sammler.«
»Schön, schön«, sagte Bobby und hob beschwichtigend die Hände. »Ich verstehe dich. Aber was nun?«
»Wir sind bis hierher gekommen. Was sollen wir als Nächstes tun? Hier sind keine Links, keine E-Mail-Adressen, nichts. Was soll das Ganze, wenn es nicht irgendwohin führt?«
Bobby drehte den Laptop zu sich und drückte ein paar Tasten. Der Bildschirm änderte sich und zeigte eine Seite im HTML-Code, der benutzt wird, um ein Dokument aus dem Netz auf dem Bildschirm darzustellen, ganz gleich, mit welchem Betriebssystem zugegriffen wird. Er scrollte langsam die Zeilen hinunter.
Dann hielt er an.
»Einen Augenblick mal.«
Er wechselte zur Normalansicht und sprang dann zum Ende des Dokuments. »Okay«, sagte er und nickte. »Viel ist es nicht, aber immerhin etwas.« Er zeigte auf den Bildschirm. »Siehst du etwas? Da unter dem Text?«
»Nein. Warum?«
»Da ist wirklich etwas. Nur wenige Wörter. Sie sind so gesetzt, dass sie genau in der Farbe des Hintergrunds erscheinen. Du bemerkst sie überhaupt nur, wenn du dir den Code anschaust oder wenn du sie ausdruckst.«
»Wenn das bei dir eine bestimmte Saite anschlägt, mit anderen Worten. Wie lauten die Wörter?«
Er wechselte wieder in HTML-Modus und wählte einen schmalen Streifen ganz unten auf der Seite. Verborgen unter dem Programmierkauderwelsch stand da:

‹font colour=«#339966»›Upright Man‹/font›

»Der Upright Man«, sagte ich, »wer zum Teufel ist das?«

III

Die Geschichte ist uns auf den Fersen und verfolgt uns wie unsere Schatten, wie der Tod.

Marc Augé,
Orte und Nicht-Orte: Vorüberlegungen zu einer Ethnologie der Einsamkeit

22

Sarah erinnerte sich nicht, wann sie zum ersten Mal meinte, ihn gehört zu haben. Vielleicht vor ein oder zwei Tagen. Er näherte sich langsam und wartete auf den richtigen Augenblick. Er war, so schien ihr zumindest, auch in der vorangegangenen Nacht gekommen und sofort wieder weggeschlichen, als er sah, dass sie etwas gemerkt hatte. Sie hatte sich gefragt, ob sie seine Anwesenheit auch tagsüber spüren könne. Da war ihr Kopf noch klarer gewesen, und sie war zu der Auffassung gekommen, dass sie vor sich hingeträumt hatte. Aber dann hörte sie ihn eines Tages, es war spät nachmittags, gerade über ihr, und sie wusste, dass sich die Situation verschlechterte, wenn er tagsüber kam.

Ein paar Stunden, bevor es passierte, war der Psycho da gewesen. Er hatte ziemlich lange geredet. Zuerst redete er über Aasfresserei, dann über irgendeine Seuche. Später sprach er über einen Ort namens Castenedolo in Italien. Hörte sich an wie ein Ort, wo man Urlaub machen kann und wo man tolle Getränke und vielleicht auch etwas zu essen kriegt, Spaghetti, Salami, Steak, Tintenfisch oder auch Suppe, aber das war es dann doch nicht. Stattdessen hatte man dort das Grab eines Typen entdeckt, der, wie sich herausstellte, aus dem Plasto- oder Pliozän stammte und mindestens zwei Millionen Jahre alt war. Was sollte sie davon halten?

Sarah dachte nicht viel darüber nach. Sie hatte sich wirklich bemüht zu verstehen, was er ihr da erzählte, aber den ganzen letzten Tag hatte sie sich die meiste Zeit sehr krank gefühlt. Sie hatte es aufgegeben, um Essen zu bitten, und war auch gar nicht mehr besonders hungrig. Sie gab nur leise, unverständliche Laute von sich, sobald der Mann zu reden aufhörte und irgendetwas von ihr zu erwarten schien. Eigentlich dachte sie, dass diese Unterrichtsmethode, wenn es denn eine sein sollte, wahrscheinlich recht wirkungsvoll war. Davon hätten sich ihre Lehrer in der Schule eine Scheibe abschneiden können. Die Hälfte ihrer Freundinnen schien im Unterricht nie etwas zu lernen. Für sie war die Schule teils Jugendklub, teils Laufsteg. Würde man die zwischen Dielenbretter legen und dann endlos auf sie einreden, würden sie sich vielleicht auch am Riemen reißen. Könnte sein, dass die Spanischvokabeln dann einfach in sie einsickerten. Vielleicht könnte sie Mama dazu bringen, beim nächsten Elternabend einen entsprechenden Vorschlag zu machen. Aber trotzdem brauchte man ab und zu etwas zu essen, sonst ging die Aufmerksamkeit flöten.

Er wartete geduldig, bis ihr Hustenanfall zu Ende war, was fast eine Stunde dauerte. Und dann redete er weiter. Diesmal ging es um Stonehenge, deshalb hörte sie eine Weile zu, denn Stonehenge lag in England, und obwohl sie mit ihren Eltern nicht dorthin gekommen war, wusste sie, dass sie England mochte. England war cool, dort gab es gute Bands. Doch als er damit anfing, dass Stonehenge nur zum Teil der Himmelsbeobachtung diente, hauptsächlich aber eine Karte der menschlichen DNS darstellte, ließ sie ihre Gedanken wieder umherschweifen.

Gegen Ende gab er ihr doch noch etwas Wasser. Die Phase, in der sie sich weigerte, Wasser zu trinken, hatte nicht lange gedauert. Auch wenn sie gewünscht hätte, ihren Widerstand fortzusetzen, hätte ihr Körper ihr doch die Gefolgschaft verweigert. Bei der dritten Gelegenheit hatte sich ihr Mund geöffnet, ohne dass sie irgendetwas damit zu tun gehabt hätte. Das

Wasser schmeckte gut und rein. Anfangs hatte es anders geschmeckt, als sie es gewohnt gewesen war, aber das war nun schon lange her.

»Braves Mädchen«, hatte der Mann gesagt. »Siehst du, du wirst nicht schlecht behandelt. Ich hätte auf dich pinkeln können, und du hättest es auch noch trinken müssen. Hör auf deinen Körper. Hör auf das, was in dir ist.«

»Da ist nichts drin«, krächzte sie. Und dann hatte sie ihn zum letzten Mal angefleht: »Bitte, geben Sie mir irgendwas. Meinetwegen auch Gemüse. Karotten, Kohl oder Kapern.«

»Bettelst du immer noch?«

»Bitte«, flehte sie, und dabei hatte sie den Eindruck, als würden sich ihre Schläfen in Nebel auflösen. »Ich fühle mich so schwach. Sie müssen mir zu essen geben, sonst sterbe ich.«

»Du bist hartnäckig«, befand er. »Das lässt mich hoffen.« Er hatte die Bitte nicht offen abgeschlagen, sondern redete über Vegetarismus, seiner Meinung nach ein Irrtum, da der Mensch ein Allesfressergebiss habe. Auf Fleisch würden nur Leute verzichten, die zu viel Zeit in ihrem ansonsten infizierten Geist verbringen und die nicht genug auf ihren Körper hören. Sarah ließ ihn weiterschwallen. Mochte er reden, was er wollte. Ihr persönlich gingen Vegetarier auf die Nerven, hauptsächlich weil diejenigen, die sie kannte, alle so überlegen schienen, wie Yasmin Di Planu, die die ganze Zeit von den Rechten der Tiere schwafelte, aber die größte Schuhkollektion in der ganzen Schule besaß. Die meisten ihrer Treter waren aus Material gemacht, das sich früher aus eigener Kraft bewegen konnte und nicht bloß existierte, um zur Bekleidung ihrer niedlichen kleinen Füße zu dienen.

Nachdem er ihr diesmal zu trinken gegeben hatte, schloss er die Luke wieder und ging. Dann folgten zwei Stunden bei völlig klarem Bewusstsein, weshalb Sarah sich über ihre Zukunft umso mehr sorgte. Sie hatte an Flucht gedacht. Nicht dass sie es wirklich geplant hätte, denn daran dachte sie kaum noch.

Anfangs hatte sie sich vorgestellt, plötzlich die Kraft zu finden, um aus ihrem Versteck unter den Dielenbrettern hervorzuschnellen, ungefähr so wie ein lebendig Begrabener, der sich mit einer Stinkwut plötzlich aus dem Grab erhebt. Dann hatte sie die Idee, mit dem Mann zu reden, ihm Honig um den Bart zu schmieren. Sie hatte Charme, das wusste sie, in der Schule gab es Jungen, die an ihren Lippen hingen, ganz zu schweigen von dem Kellner im Broadway Deli, der Sian und sie einmal bedient hatte und der viel zu oft an ihren Tisch gekommen war, um nach ihren Wünschen zu fragen – und es war einmal nicht Sian gewesen, die die Aufmerksamkeit der Penisträger erregte. Oder sie stellte sich vor, sachlich und vernünftig mit ihm zu diskutieren oder ihm ganz einfach zu befehlen, sie freizulassen. Alle diese Gedanken hatte sie erwogen und als lächerlich unrealistisch verworfen. Zum Schluss hatte sie davon geträumt, ihr Vater würde kommen und sie hier herausholen. Daran dachte sie hin und wieder noch, aber nicht mehr so oft wie anfangs.

Doch dann hatte sie gehört, wie etwas ins Zimmer über ihr eingetreten war. Zuerst dachte sie, es sei der Mann, aber dann merkte sie, dass er es nicht sein konnte. Es waren einfach zu viele Füße. Die Füße wanderten ununterbrochen im Zimmer umher und kreuzten ihre Schritte über ihrem Kopf. Dann hielten sie plötzlich gerade über ihr an. Gelächter war zu hören, teils schrill, teils tief und rau. Es bewegte sich eine Weile vor und zurück und gab hässliche Geräusche von sich, ein Grunzen und merkwürdiges Keuchen, wobei manche Körperteile zu stampfen, andere zu scheuern schienen. Schließlich war ein Stöhnen zu hören, doch kam es nicht aus einem Hals, sondern aus mehreren auf einmal, so als ob dieses Wesen mehr als einen Mund hätte.

Eine Weile lang war es still gewesen, und dann war es gegangen.

Sarah lag mit weit aufgerissenen Augen da. Das konnte nichts

Gutes verheißen, das wusste sie. Das war nicht der Mann gewesen, und falls doch, dann hatte er sich verwandelt. Was sie gehört hatte, war das Wesen, das sie am meisten fürchtete, und nun war es sogar am helllichten Tag gekommen und wartete nicht länger auf eine passende Gelegenheit. Das stand fest.
Es konnte sich nur um Klopfaufholz handeln.

23

Nina war früh am Morgen aus dem Haus gegangen und hatte eine Notiz hinterlassen. Zandt wanderte den Morgen über im Patio auf und ab. Mit jedem neuen Morgen schwand die Hoffnung, dass Sarah Becker noch am Leben war. Das zu wissen half allerdings nicht weiter.

Er dachte über seine Theorie nach, die er gegenüber Nina entwickelt hatte, und fand auch jetzt nichts daran auszusetzen. Er wusste, dass es sich dabei größtenteils um Spekulation handelte, und verhehlte sich nicht, dass er aus einem ganz bestimmten Grund an dieser Idee hing. Wenn der Mann, den er getötet hatte, die Mädchen entführt und sie einem anderen zur Tötung ausgeliefert hatte, dann, so glaubte Zandt, würde er darüber hinwegkommen, diesen Mann auf dem Gewissen zu haben. In den zwei Jahren Einsamkeit hatte Zandt eines gelernt, und zwar gründlich: Wer mit sich selbst im Reinen ist, der kann den Meinungen der anderen widerstehen. Er war sich bewusst, dass der Upright Man wahrscheinlich genauso dachte, doch das änderte nichts.

Reichlich Kaffee und der Ausblick bewirkten nach und nach, dass sein Kater in ein nur noch vages Unwohlsein überging, das er nicht weiter beachtete. Die Schmerzen in Nacken und Rücken nach der auf der Couch verbrachten Nacht waren vorbei. Das Meer brachte diese Linderung sogar aus dieser großen Entfernung.

Gegen Mittag ging er auf der Suche nach etwas Essbarem wieder nach drinnen. Im Kühlschrank nur gähnende Leere. Im Küchenschrank und in der Tiefkühltruhe ebenfalls Fehlanzeige. Zandt hatte nicht gedacht, dass es Frauen gäbe, die nicht einmal eine Tüte Kekse im Schrank oder eine Packung Toastbrot im Kühlschrank hatten. Angeblich sollten sich doch die meisten Frauen von Toastbrot ernähren. Ratlos wanderte er im Wohnzimmer auf und ab und schaute die Regale durch. Bücher über Serienmörder, teils von Fachleuten, teils von Journalisten geschrieben, ganze Sammlungen von Aufsätzen zur forensischen Psychologie; Bände von fotokopierten Kriminalakten, in Mappen und nach Bundesstaaten geordnet – was eindeutig illegal war. Ein paar Romane, keine Neuerscheinungen, die meisten von Leuten wie Harris, Thompson, Connelly und King. Kaum etwas, was nicht mit der dunklen Seite des Menschen zu tun hatte.
Er kannte das von den Nachmittagen, die er 1999 in diesem Haus verbracht hatte; damals war Kriminologie allerdings kein Thema gewesen. Er hatte damit schon längst Frieden geschlossen. Jennifer hatte nie davon erfahren, und die ganze Affäre hatte weder seine Gefühle für sie verändert noch den Bestand ihrer Ehe gefährdet.
Er zog eine Kriminalakte aus dem Regal und blätterte darin. Im ersten Teil ging es um die Verbrechen eines gewissen Gary Johnson, der Mitte der neunziger Jahre in Louisiana sechs ältere Frauen vergewaltigt und ermordet hatte. Ein an das Deckblatt gehefteter Zettel besagte, dass Johnson zurzeit eine sechsfache lebenslängliche Haft in einem Gefängnis verbüßte, das, wie Zandt wusste, der Hölle auf Erden gleichkam: ein Kerker voller gefährlicher Männer, deren schmale Reserven an Zuneigung gewöhnlich ihren alten Müttern vorbehalten waren. Es würde an ein Wunder grenzen, wenn Johnson noch am Leben wäre. Ein Punkt für die Guten. Die folgenden Seiten enthielten Informationen über einen Fall in Florida, der nach

den jüngsten Eintragungen zu urteilen noch nicht abgeschlossen war. Sieben junge Männer galten als vermisst.
Ein Punkt für die Mörder. Einer von vielen.
Er zog eine weitere Akte aus dem Regal.

Zwei Stunden später saß er zwischen Stößen von Papier auf dem Fußboden, als es plötzlich an der Tür klopfte. Verwirrt hob er den Kopf. Erst nach weiterem Klopfen begriff er, was das Geräusch bedeutete.
Er machte die Tür auf und stand einem kleinen Mann mit spärlichem Haarwuchs gegenüber. Hinter ihm stand ein Auto, das einmal elegant gewesen war.
»Ihr Taxi ist da«, sagte der Mann.
»Ich habe keins bestellt.«
»Das weiß ich. Die Dame hat es bestellt. Ich soll Sie hier abholen. So schnell wie möglich.«
»Welche Dame?« Er fühlte sich leicht schwindlig, den Kopf noch voll von dem eben Gelesenen. Etwas in ihm zerrte an ihm und ließ ihn nicht los.
Der Mann brummte etwas und kramte in der Hosentasche. Er zog einen zerknitterten Zettel hervor und hielt ihn Zandt hin. »Nina heißt die Dame. Sie sollen sich beeilen. Die Dame hat etwas ausfindig gemacht, einen rechtschaffenen Mann oder so – den Teil habe ich nicht verstanden. Aber wir sollen sofort losfahren.«
»Wohin?«
»Zum Flughafen. Sie sagte, wenn ich schnell mache, gibt sie mir das Dreifache. Ich brauche das Geld, können wir jetzt endlich losfahren?«
»Warten Sie mal«, sagte Zandt.
Er drehte sich um und ging wieder hinein. Dort nahm er das Telefon und wählte Ninas Handynummer. Nach zweimaligem Klingeln meldete sie sich. Viel Hintergrundgeräusch, dazu die penetrante Stimme einer Lautsprecherdurchsage.

»Was ist denn eigentlich los?«, fragte er.
»Sitzt du schon im Taxi?«
Ihre Stimme klang fordernd, und aus irgendeinem Grund ärgerte ihn das.
»Nein. Was machst du denn auf dem Flughafen?«
»Ich habe einen Anruf von dem Mann bekommen, der für mich im Internet fahnden sollte. Er hat beim Stichwort ›Upright Man‹ einen Treffer erzielt.«
»Das sind bloß Wörter, Nina. Das könnte auch eine Ausstellung mit Fotos von Robert Mapplethorpe sein. Und vermutlich ist das FBI schon hinter der Sache her.«
»Der Hinweis kam nicht vom FBI«, korrigierte sie ihn verärgert. »Das habe ich auf eigene Faust veranlasst.«
»Gut«, sagte Zandt. »Erst die Fakten.«
»Mein Hacker hat die IP-Adresse des Computers, von dem die Recherche ausging, und hat die Anfrage zurückverfolgt. Bitte, John. Das ist das erste Mal in den letzten zwei Jahren, dass wir eine Spur haben. Ich habe die Notiz, die du bekommen hattest, nie weitergegeben. Für die übrige Welt ist er immer noch der Botenjunge.«
Im Hörer knackte und rauschte es, als eine neue Durchsage über den Flughafenlautsprecher ging.
Zandt wartete, bis die Geräusche vorüber waren. »Ich habe es Michael Becker gesagt.«
»Der Treffer kommt nicht aus L. A.«, entgegnete Nina.
»Woher dann?«
»Irgendwo im Norden. Ein Kaff an der Grenze zu Oregon. Aus einem Holiday Inn.«
»Hast du die dortige Außenstelle des FBI benachrichtigt?«
»Der zuständige Leiter kann mich nicht ausstehen. Für mich rührt der keinen Finger.«
So ist das also, dachte Zandt. Und für den unwahrscheinlichen Fall, dass doch etwas dabei herauskommen sollte, will sie die Verhaftung vornehmen. Durch die offene Tür sah er den Taxi-

fahrer, der unruhig von einem Fuß auf den anderen wechselnd draußen wartete.

»Zu riskant, Nina.«

»Ich hole mir dort ein paar Cops zur Begleitung. Egal wie. Hör zu, John, die Maschine startet in vierzig Minuten. Ich werde drinsitzen, und ich habe zwei Tickets gekauft. Kommst du jetzt oder kommst du nicht?«

»Nein«, beschied er sie und legte auf.

Er ging zur Tür und sagte dem Taxifahrer, dass er nirgendwohin mitfahre, und gab ihm genug Geld, damit der Mann verschwinden sollte.

Doch dann fluchte er, nahm seinen Mantel und ein paar Akten und konnte sich gerade noch dem Taxi in den Weg stellen, ehe es aus der Einfahrt fuhr. Er sagte sich, er habe auch ohne Nina genug auf dem Gewissen.

Und dass nicht der Wunsch dahinter stand, sie zu schützen.

24

Als ich, über das Bett gespreizt wie aus großer Höhe abgeworfen, gegen neun Uhr morgens aufwachte, entdeckte ich als Erstes einen Zettel, den Bobby auf den Nachttisch gelegt hatte. Ich sollte so bald wie möglich in die Eingangshalle kommen. Ich duschte mich in halbwegs menschliche Verfassung und schleppte mich wie ein Faultier, das man zwang, auf den Hinterbeinen zu gehen, durch die Flure nach unten. Nach dem Schlaf einer ganzen Nacht fühlte ich mich anders, wenn auch nicht unbedingt besser. Mein Kopf arbeitete träge und ungenau, als wäre er voller zerstampftem Eis und einem unbekannten alkoholischen Cocktail.

Die Eingangshalle war fast leer, nur ein Paar stand drüben an der Rezeption. Aus dem Hintergrund kam sanfte Musik. Bobby saß kerzengerade in der Mitte einer langen Couch und las im Lokalblatt.

»Morgen«, brummte ich, als ich vor ihm stand.

Er schaute auf. »Du siehst aus wie hingekotzt.«

»Und du so furchtbar proper wie immer. Wie machst du das bloß? Kriechst du jede Nacht in ein Ei und wachst am nächsten Morgen wie neu geboren auf? Oder ist es eine Übungsfrage? Sag's mir. Ich möchte so sein wie du.«

Draußen empfing uns strahlend blauer Himmel, und das hielt mich vom Jammern ab. Die Augen mit der flachen Hand abschirmend, ging ich mit Bobby über den Parkplatz.

»Dein Handy ist aufgeladen und angeschaltet?«
»Ja«, bestätigte ich. »Obwohl ich mir nichts davon verspreche. Entweder ist Lazy Ed gar nicht nach Hause gekommen, in dem Fall verschwenden wir unsere Zeit damit, noch mal dorthin zu fahren, oder er hat meine Nachricht gesehen, will aber nicht mit mir reden.«
»Sie sind von vornherein so negativ einstellt, junger Mann«, sagte Bobby im Pädagogenton. »Gib mir die Schlüssel, ich fahre.«
»Ich fühle mich beschissen«, gab ich zu. »Gott sei Dank habe ich einen glücklichen Androiden, der mir Gesellschaft leistet. Aber wenn du noch mal diesen Ton anschlägst, ersteche ich dich.« Ich warf ihm die Autoschlüssel zu.
»Halt, stehen bleiben.« Die Worte waren klar und unmissverständlich gesprochen, aber nicht von Bobby. Wir schauten uns an und drehten uns um.
Hinter uns stand eine Gruppe von vier Personen. Zwei trugen Polizeiuniform: Der eine war ein schlanker, drahtiger Mann in den Fünfzigern, der andere um die Dreißig und mit deutlichem Bauchansatz. Etwas abseits stand ein Mann in einem langen Mantel, keine drei Schritte von uns eine schlanke Frau in einem eleganten Kostüm. Von der ganzen Gruppe schüchterte ihr Anblick am meisten ein.
»Legen Sie die Hände auf das Wagendach«, befahl sie.
Bobby lächelte vielsagend und ließ seine Hände da, wo sie waren. »Das kann ja wohl nur ein Scherz sein.«
»Hände auf das Dach«, assistierte der jüngere Polizist. Er legte eine Hand an sein Holster, offenbar juckten ihm die Finger.
»Wer von Ihnen ist Ward Hopkins?«, fragte die Frau.
»Beide«, scherzte ich, »ein schiefgelaufener Klonversuch.«
Der jüngere der Polizisten ging plötzlich auf uns zu. Ich hob eine Hand abwehrend auf Brusthöhe, und er trat an mich heran.
»Ruhig Blut«, mahnte die Frau.

Der Cop sagte nichts, blieb aber stehen und starrte mich nur an.
»Also gut«, sagte ich, meine Hand abwehrbereit. »Lassen wir die Situation nicht aus dem Ruder laufen. Sie sind vom hiesigen Police Department, nehme ich an?«
»Richtig«, bestätigte die Frau. »Die beiden Beamten da. Ich bin von der Bundespolizei. Also seien Sie vernünftig und legen Sie die Hände auf das Wagendach.«
»So geht das nicht«, widersprach Bobby, der von der Ansprache keineswegs eingeschüchtert war. »Wissen Sie, ich bin von der Firma.«
Die Frau schaute erstaunt. »Sie sind von der CIA?«
»Ganz recht, Gnädigste«, sagte er mit antiquierter Höflichkeit. »Fehlen nur noch ein paar Jungs von der Marine, dann können wir eine Parade abhalten.«
Einen Augenblick herrschte allgemeine Verlegenheit. Der jüngere Cop wandte sich an seinen älteren Kollegen, der wiederum schaute fragend die Frau an. Keiner sah so selbstbewusst aus wie noch vor ein paar Sekunden. Der Mann im Hintergrund schüttelte den Kopf.
Ich ließ den Arm sinken. »Er ist von der CIA, ich nicht«, bot ich zur Aufklärung an. »Ich gehöre nur zum großen Publikum und heiße Ward Hopkins. Warum suchen Sie mich?«
»Moment«, mischte sich Bobby ein. Er deutete mit dem Kinn auf den jüngeren Cop. »Der Heißsporn da soll erst mal ein paar Schritte auf Abstand gehen.«
»Leck mich«, zischte der Cop.
Die Frau sah mich immer noch an. »Gestern wurde eine Recherche im Internet eingeloggt«, erklärte sie. »Jemand suchte nach dem ›Upright Man‹. Die Anfrage konnte auf Ihren Benutzernamen und Ihr Passwort und auf dieses Hotel zurückverfolgt werden. Wir suchen nach jemanden, der diesen Namen trägt.«
»Also nicht nach mir?«

»Bis gestern wusste ich nicht einmal, dass es Sie gibt.«
»Warum suchen Sie nach dem Upright Man?«
»Geht Sie nichts an«, fauchte der junge Cop. Und zur Frau gewandt: »Nehmen Sie die Typen nun fest oder nicht? Ich hab's wirklich satt, denen noch länger zuzuhören.«
»Es steht Ihnen frei«, sagte ich. »Entweder versuchen Sie uns mitzunehmen, oder Sie verdünnisieren sich. Falls Sie Ersteres vorziehen, bitte schön, probieren Sie's. Empfehlen kann ich es allerdings nicht.«
Der ältere Cop lächelte. »Soll das eine Drohung sein, Jungchen?«
»Nein. Ich für meinen Teil bin viel zu sanft. Aber Bobby ist schlecht erzogen. Ich sehe schon Blut über dem ganzen Parkplatz, aber nicht unseres.«
Der Mann im Mantel sprach zum ersten Mal.
»Na klasse«, sagte er müde. »Da fliegt man sechshundert Meilen, bloß um sich mit ein paar Deppen herumzuärgern.«
Die Frau ging darauf gar nicht ein. »Der Upright Man hat mindestens vier junge Frauen getötet, vielleicht noch mehr. Zurzeit hat er eine in seiner Gewalt, die vielleicht noch am Leben ist, aber uns bleibt nicht viel Zeit, sie zu finden.«
Bobby starrte sie mit halb geöffnetem Mund an.
»Und? Macht Sie das gesprächiger?«
»Die verarschen dich doch, Nina«, meldete sich der Manteltrager wieder. »Du weißt, wie so was endet.«
Bobby kriegte sich so weit ein, dass er den Mund wieder schloss, aber ohne schon wieder kampfbereit zu sein. Die Frau schaute nun mich an.
»Reden Sie«, forderte sie mich auf.
»Okay. Vielleicht sollten wir wirklich miteinander reden.«
Der ältere Cop räusperte sich. »Miss Baynam, ich frage mich, ob Sie mich und Clyde wirklich noch brauchen.«

Wir setzten uns an einen Tisch in der trostlosen Cafeteria des Hotels. Der Raum war zwar groß und modern eingerichtet, wirkte aber so anheimelnd wie eine leere Keksdose. Bobby und ich saßen nebeneinander am Tisch, uns gegenüber die Frau. Der Mann im Mantel – der schließlich als Beamter des Police Departments von L. A. vorgestellt wurde – saß etwas abseits und machte damit klar, dass er am liebsten überhaupt nichts mit uns zu schaffen gehabt hätte.

Ich nahm Bobbys Unterlagen und breitete sie vor der Frau aus. »Wenn Sie wissen wollen, warum wir den Upright Man suchen, dann schauen Sie sich das hier an. Eigentlich haben wir etwas anderes gesucht, sind aber dann auf das hier gestoßen.«

Sie las die drei Blätter rasch durch und reichte sie an den anderen Mann weiter.

»Und was haben Sie eigentlich gesucht?«, fragte sie.

»Eine Gruppe, die sich die ›Straw Men‹ nennt«, erläuterte ich. »Bobby war auf eine Web-Site gestoßen, die uns zu dem hier führte. Der logische nächste Schritt war die Suche nach dem Upright Man. Mehr wissen wir nicht.«

»Ist das eine interne Ermittlung?«

»Nein«, sagte ich, »das ist etwas Persönliches.«

»Unten auf der letzten Seite war ein Link«, sagte sie.

»Was für ein Link?«

»Ich habe es gefunden, nachdem du hinüber warst«, sagte Bobby und blickte verlegen drein. »Es war unter einem Haufen Java-Codes versteckt. Hätte ich früher finden sollen.«

»Und wohin führte es?«

»Zu Serienmördern«, berichtete Bobby. »Bloße Fan-Sites. Material zu Killern, alles mühsam zusammengekleistert von mickrigen Typen, die selbst keine Gefahr für die Gesellschaft darstellen.«

»Könnten Sie uns die erste Seite zeigen?«, fragte die Frau.

Er schüttelte den Kopf. »Die ist leider weg. Ich wollte zu ihr zurück, nachdem ich mir den Schrott dieser kaputten Typen lange genug angesehen hatte. Aber da war die Seite schon nicht mehr auf dem Server. Wahrscheinlich ist sie auf eine andere Adresse verschoben worden.«

»Hatten Sie kein Bookmark für die betreffenden Seiten angelegt?«

Bobby zuckte die Achseln. »Das habe ich nicht für nötig gehalten. Schließlich waren da nur Sachen von Typen mit paranoiden Vorstellungen und einer Schwäche für Serienmörder.«

»Da muss es eine undichte Stelle gegeben haben«, befand der Mann im Mantel und reichte die Unterlagen zurück. »Fan-Sites, mehr nicht. Der Name des Botenjungen muss irgendwie durchgesickert sein, und daraufhin hat so ein krankes Hirn diesen ganzen Schwachsinn unter seinem Namen ausgeheckt. Eine interaktive Erfahrung für Leute, die sich an Killerporträts aufgeilen. Das Ganze unter wechselnden Adressen, die im Internet herumgeistern. Kannibalenklubs, hinter denen sich Jämmerlinge verstecken, die sich keine Generalssterne verdienen können, weil sie bloß bei McDonald's arbeiten.«

Ich starrte ihn an. »Der Botenjunge?«

»Diesen Namen hat ihm die Presse gegeben.«

»Mein Gott«, rief ich, »den suchen Sie immer noch?«

»Ja, und zwar so lange, bis er tot ist. Nina, ich gehe mal auf eine Zigarette nach draußen. Und dann schlage ich vor, in die Zivilisation zurückzukehren.«

Er stand auf und verließ den Raum.

»Er meint ›verhaftet‹«, sagte die Frau leise, nachdem er gegangen war. »Es geht um eine Verhaftung.«

»Ja, selbstverständlich«, meinte Bobby. »Aber wenn Sie mich fragen, das ist einer, der an der kurzen Leine gehalten werden muss.«

»Worum geht es bei diesen Straw Men?«, erkundigte sie sich.

»Erzähle du es ihr, Bobby«, sagte ich und stand auf.

»Bleib ganz locker«, mahnte Bobby, den Finger auf mich gerichtet. »Und vergiss nicht, was ich eben gesagt habe.«

Ich verließ den Tisch und ging in die Eingangshalle.
Der Mann im Mantel stand ein paar Schritte draußen vor der Eingangstür.
»Haben Sie eine Zigarette für mich?«
Er schaute mich lange an, dann griff er in seine Manteltasche. Als meine Zigarette brannte, standen wir eine Weile schweigend und rauchten.
»Sie sind dieser Polizist, nicht wahr?«, fragte ich schließlich. Er antwortete nicht. »Oder täusche ich mich?«
»War dieser Polizist«, bestätigte er. »Aber jetzt bin ich nicht mehr bei der Polizei.«
»Mag sein. Ich wohnte damals in San Diego und habe die Ereignisse in der Zeitung verfolgt. Es gab da einen Kripomann, der auf Serienmörder besonders scharf war. Aber er hatte keinen Erfolg und ist daraufhin spurlos verschwunden. Dieser Mann könnten Sie sein, habe ich gedacht.«
»Sie scheinen sich ja ganz genau an den Fall zu erinnern«, sagte er. »Womöglich haben Sie ein ureigenes Interesse daran. Vielleicht wollen Sie sehen, wie viele Fans Sie haben und ob Sie immer noch berühmt sind.«
»Sie glauben, ich sei der Gesuchte? Dann würden wir uns jetzt nicht miteinander unterhalten. Hören Sie auf, mich zu nerven.«
Er tat einen letzten Zug und schnippte die Zigarettenkippe über den Vorplatz. »Was machen Sie dann?«
»Ich bin auf der Suche nach den Leuten, die meine Eltern umgebracht haben«, sagte ich.
Er sah mich an. »Diese Straw Men, von denen vorhin die Rede war?«
»Ja. Allerdings weiß ich nicht, ob die Straw Men mit dem Mann in Verbindung stehen, den Sie suchen.«
»Das tun sie nicht«, stieß er hervor, den Blick starr in die Ferne gerichtet. »Das Ganze ist aufgequirlte Kacke. Wir verschwenden damit bloß Zeit, die wir nicht haben.«
»Ihre Partnerin scheint anders darüber zu denken. Offen ge-

sagt, mir ist das egal. Aber wenn ich es richtig sehe, haben wir da drinnen im Hotel zwei Personen, die beide für Strafverfolgungsbehörden arbeiten und einiges zuwege bringen können. Auf der anderen Seite stehen wir, Sie und ich, und wir sind miteinander verbunden. Wir können nun draußen bleiben, und jeder pinkelt dem anderen ins Zelt. Oder wir erkennen, wohin das führt, und versuchen, uns nicht gegenseitig nass zu machen.«

Er dachte einen Augenblick nach. »Klingt vernünftig.«

»Fein. Ich heiße Ward Hopkins.«

»John Zandt.«

Darauf gaben wir uns die Hand und gingen gemeinsam ins Hotel zurück.

An der Tür zum Restaurant klingelte mein Handy. Ich gab Zandt ein Zeichen, weiterzugehen, und kehrte in die Eingangshalle zurück.

Vor dem Drücken der Verbindungstaste bemühte ich mich, den passenden Ton gegenüber einem alten Mann zu treffen, der in Panik geraten war. Wie ich das anstellen sollte, war mir nicht klar. Ich konnte nicht mehr tun, als mir anhören, was er zu sagen hatte. Und nach Möglichkeit nicht mit ihm zu schimpfen. Ich hob ab und spitzte die Ohren, aber am anderen Ende war nicht er. Ich hatte ein kurzes Gespräch und bedankte mich zum Schluss. Dann steckte ich das Telefon wieder ein.

Als ich ins Restaurant kam, saßen alle am Tisch, auch Zandt hielt sich nicht mehr abseits. Die Frau schaute mich an, doch ich sprach zu Bobby.

»Habe gerade einen Anruf bekommen«, sagte ich.

»Lazy Ed?«

»Nein. Das Mädchen aus dem Krankenhaus.«

»Ja, und?«

»Sie hat den ganzen gestrigen Nachmittag mit den Akten verbracht.«

»Donnerwetter, du scheinst ja wirklich Eindruck bei ihr ge-

macht zu haben.« Da ich nichts darauf erwiderte, fragte er weiter: »Sagst du uns, ob sie etwas herausgefunden hat?«
»Sie hat die Geburtsorte meiner beiden Eltern ermittelt«, berichtete ich. »In beiden Fällen waren es nicht die, die ich bisher für die richtigen gehalten hatte.«
Meine Stimme war etwas brüchig. Zandt schaute mich an.
»Das kann ich mir nicht zusammenreimen«, sagte Bobby. »Nur so viel ist klar, dass es da einen Zwilling gibt, den Wards Eltern ihm verschwiegen haben.«
»Ich habe den Eindruck, dass sie mir überhaupt wenig mitgeteilt haben. Jedenfalls wenig von der Wahrheit.« Ich spürte den Blick der Frau auf mir. Hunter's Rock und alles, was ich zu wissen glaubte, schien mit einem Mal nur noch eine Lieblingsgeschichte zu sein, die ich früher oft gelesen hatte, von der mir jetzt aber nur noch der Titel in Erinnerung blieb.
»Welche Wahrheit meinen Sie denn?«, fragte die Frau.
»Meine Mutter konnte keine Kinder haben.«
»Keine mehr nach dir?«, mutmaßte Bobby.
»Nein. Überhaupt keine.«

25

Sie fuhren mit uns hinaus zu der Bar. Ed junior begrüßte uns nicht übertrieben freundlich und sagte nur, er habe den Alten nicht gesehen und wisse auch nicht, wo er stecken könnte. Er blieb bei seiner Aussage, auch nachdem Zandt ihn sich vorgeknöpft hatte. Zwar hörte ich nicht, was der Ex-Polizist sagte, aber aus Eds Körpersprache ging klar hervor, dass Zandt nicht viel Federlesens mit ihm machte.

»Ihr Partner ist ja ganz wild darauf, diesen Killer zu schnappen«, äußerte ich gegenüber Nina.

Sie schaute weg. »Das verstehen Sie nicht.«

Schließlich drang Zandt nicht weiter in den Barmann, der sich auch sofort hinter den sicheren Tresen flüchtete.

»Wir verschwenden hier nur unsere Zeit«, sagte Zandt, während wir wieder hinaus auf den Parkplatz gingen. »Nichts für ungut, Jungs, aber ich sehe nicht, wie ein alter Penner Nina und mir bei unserer Suche helfen könnte. Für euch ist er vielleicht von Wichtigkeit, aber uns bringt er keinen Schritt weiter, während für Sarah der Tod mit jeder Minute näher rückt.«

»Was hast du dann vor, John?«, fragte die Frau. »Nach L. A. zurückfliegen und dort Däumchen drehen?«

»Ja«, sagte er grimmig. »Genau das habe ich vor. Ich habe in deinem Haus nicht nur dumm rumgesessen, sondern ...« Er schüttelte den Kopf.

Sie sah ihn stirnrunzelnd an. »Was?«

»Ich erzähle es dir im Flugzeug«, brummte er.
»An mir soll's nicht liegen«, sagte ich. »Ich verdünnisiere mich.«
Ich trennte mich von den beiden und ging zu Bobby hinüber, der neben unserem Auto stand. »Wie es aussieht, trennen sich unsere Wege und die der beiden Herrschaften.«
»Wie sehen unsere Pläne aus?«
»Wir fahren die Straßen ab, klappern Bars und Restaurants ab, schauen uns alle öffentlichen Plätze an, wo Leute herumhängen. Und zwar ganz systematisch. Das hier ist nicht New York. Die Möglichkeiten, sich zu verstecken, sind begrenzt.«
»Du hast den Kerl doch früher gekannt. Hast du keinen Verdacht, wo er sich aufhalten könnte?«
»Richtig gekannt habe ich ihn eigentlich nicht«, sagte ich mit Blick zurück auf die Bar. »Ich bin als Teenager zum Biertrinken hierher gekommen. Wir verbrachten die Zeit zusammen, und er versorgte mich mit Alkohol. Mehr nicht.«
Ich erinnerte mich wieder an den Abend, als mein Vater mit mir in die Bar gekommen war und wie mir Ed später ein Bier spendiert hatte. Nun kam ich mir wie ein Verräter vor. Ich merkte erst jetzt, dass an jenem Abend zwischen uns noch etwas mitgeschwungen hatte, was mir damals entgangen war. Das Bier, das Ed mir mit rauer Herzlichkeit über den Tresen schob, hätte nur die joviale Geste eines Wirts sein können, doch das sah ich heute anders. Lazy Ed war nicht solch ein Typ. Hatte er damit nicht tatsächlich so etwas gesagt wie: »Ja, ich weiß, wie er sein kann«? Falls ja, sprach es dafür, dass Ed der Mann hinter der Kamera zu Beginn der mittleren Videosequenz gewesen war, der Mann, der später abgelöst und als Kerzenhalter benutzt worden war. Dass mein Vater und er, als sie sich nach über einem Jahrzehnt plötzlich gegenüberstanden, sich ihre frühere Bekanntschaft nicht hatten anmerken lassen, war vor diesem Hintergrund noch seltsamer. Irgendetwas musste in Hunter's Rock geschehen sein, das einen Freundeskreis gesprengt hatte. Und dann fanden drei Mitglieder dieses

Kreises tausend Meilen von Hunter's Rock wieder zueinander, taten aber so, als wäre vorher nie etwas zwischen ihnen gewesen. Nichts aus den alten Tagen.

Sogar mir gegenüber hielten sie sich an diese geheime Abmachung. Jetzt aber schien auch ein Sinn dahinter zu stecken. Wenn meine Mutter keine Kinder haben konnte, wer um alles in der Welt war ich dann?

Vor dem dunklen Himmel hinter der Bar stand kalt die gezackte Silhouette der Bäume. Vielleicht war es das oder der Geruch der Kiefern in der kalten Luft, was mich so unvermittelt in jene Nacht zurückversetzte. Gerüche können Erinnerungen wecken, mehr als Geräusche oder Bilder, als ob die ältesten Teile unseres Geistes, mit denen wir in Zeit und Gedächtnis eingesenkt sind, sich anhand von Geruchsspuren orientierten.

»Warte mal«, sagt ich, denn eine dunkle Ahnung überkam mich. Ich schloss die Augen und versuchte mich an etwas zu erinnern. Etwas, wovon Lazy Ed damals gesprochen hatte, der Plan eines Mannes, der dafür bekannt war, nicht einmal seine Theke halbwegs sauber zu halten.

Schließlich fiel es mir ein. »Wir könnten es noch anderswo versuchen.«

»Dann los«, sagte Bobby.

Ich schaute zu den beiden anderen hinüber. Zandt sah so aus, als stehe er schon wieder am Flugsteig. Die Frau wirkte nicht so entschlossen. Ich nahm ihnen die Entscheidung ab. Meine Erinnerung kam von weit her, und ich hatte weder Zeit noch Geduld, es anderen zu erklären.

»Viel Glück«, sagte ich noch. Dann stieg ich in unser Auto, und Bobby und ich fuhren davon.

Der Lost Pond war, anders als der Name glauben machte, kein verlorenes Gewässer. Er lag gut eine Meile tief in dem Waldgebiet, das sich im Norden von Hunter's Rock erstreckte. Es war ein Staatsforst, der außer von Einheimischen und ein paar

Freizeitwanderern selten besucht wurde. Manchmal kamen Schulklassen hierher, wenn naturkundliche Exkursionen auf dem Lehrplan standen. Mit dem Bus bis an den Waldrand, dann ein Fußmarsch durch raschelndes Laub, und alle waren froh, einmal nicht in dem muffigen Klassenzimmer zu sitzen. Zwar bemühten sich die Lehrer, die Schüler bei der Stange zu halten, doch nahmen sie es nicht so genau. Ihre entspannte Haltung verriet, dass auch sie froh waren, dem Schultrott zu entkommen. Ich habe einmal gesehen, wie ein Lehrer, als er sich unbeobachtet glaubte, einen Stein aufhob und gegen einen umgestürzten Baum schleuderte. Er traf und lächelte vor sich hin. Damals begriff ich, dass Lehrer – allem Anschein zum Trotz – auch Menschen waren.

In den höheren Klassen hatte es mit solchen Ausflügen ein Ende. Im Unterricht wurden nun Sachen behandelt, die man in Begriffe fassen, aber nicht mehr mit Händen greifen konnte. Manchmal kamen Schüler aber doch auf die Idee, dorthin zu gehen, und dann machte der Teich seinem Namen alle Ehre. Egal, wie oft man den Weg in Klassenstärke und in Zweierreihen gegangen war, sobald man allein oder mit ein paar Freunden unterwegs war, schien der Teich nie dort zu sein, wo man ihn vermutet hatte. Tatenfroh trat man in den Wald, und keine hundert Schritte später hörte der Pfad plötzlich auf. Ein kleiner Fluss verlief schräg zwischen den bewaldeten Hügeln hindurch, weshalb die meisten ihm folgten. Sie kamen bis zu der Stelle, wo der kleine Bach in einen größeren mündete. Egal, welche Richtung man von hier aus einschlug, es war immer die falsche. Mochte man sich auch noch so gut an den Weg erinnern, mochte man sich einig sein, dass es hier entlang ging, ein paar Stunden später stand man wieder am Parkplatz, hundemüde, durstig und froh, noch bei Tageslicht den Weg nach draußen gefunden zu haben, ohne Bären begegnet zu sein.

Nur ich war eine rühmliche Ausnahme. In einem Sommer, in dem ich sonst nicht viel zu tun hatte, machte ich mir die Mühe, den Weg zum Teich zu erkunden. Damals mochte ich fünfzehn gewesen sein, ein paar Jahre vor dem Abend, als mein Vater zum Billardspielen mit in die Bar gekommen war. Ich ging mit Methode vor, worauf ich damals sehr stolz war. Ich arbeitete mich systematisch durch alle möglichen Routen, bis ich den Teich und den Weg dorthin gefunden hatte. Anfangs verirrte ich mich gleich mehrmals, doch das war eine gute Beschäftigung für mehrere Wochen. Wenn man weiß, wohin man will, ist es schön im Wald. Man ist geborgen und fühlt sich gut. Nachdem ich aber den Weg vielleicht zehnmal allein gegangen war, hatte er seinen Reiz verloren. Der Lost Pond war für mich fortan ohne Geheimnis, deshalb ging ich nicht mehr hin. In der Zwischenzeit hatte sich mein Interesse auf Orte zum Knutschen verlagert. Man konnte kein Mädchen dazu bringen, nach Einbruch der Dunkelheit im Wald spazieren zu gehen – jedenfalls nicht mit dem Ziel, einen Teich zu finden. So etwas reizt die meisten Mädchen nicht. Oder ich konnte es ihnen nicht schmackhaft machen, eins von beidem.

Bobby und ich folgten im Gänsemarsch einem kleinen Nebenarm des Flüsschens. In den über zwanzig Jahren, seitdem ich das letzte Mal hier gewesen war, hatte sich der Baumbestand verändert. Das Laubdach über uns hatte Lücken und ließ kalte Sonnenstrahlen durch, die für tiefe Schatten sorgten.

Wir kamen bald an eine Stelle innerhalb des Geflechts aus Wasserläufen, wo das Wasser tiefe Einschnitte im Gelände hinterlassen hatte. Für einen Augenblick war ich mir unsicher und hielt am steilen Ufer an. Die Gegend kam mir fremd vor. Hinter mir wurde gemurrt.

»Und wir sind hier, weil der Typ vor, äh, zwanzig Jahren einmal erwogen hat, sich in der Gegend eine Hütte zu bauen?«

»Du kannst ja nach Hause gehen, wenn du nicht mehr magst.«

»Ohne meinen erfahrenen einheimischen Führer?«

Nach einem weiteren forschenden Blick in die Runde begriff ich, wie sich die Vegetation verändert hatte. Ein Baum, den ich

als Orientierungspunkt benutzt hatte, war umgestürzt. Das musste schon eine Weile her sein, denn die Überreste waren mit Moos überzogen und teilweise verfault. Ich fand mich nun wieder zurecht und begann den Weg in die Schlucht.
Die Hänge waren steil, das Laub machte sie rutschig, deshalb mussten wir beim Abstieg vorsichtig sein. Unten angekommen, bog ich links ab und folgte dem Abhang.
»Wir sind fast da«, sagte ich und zeigte nach vorn. Ein paar hundert Schritt vor uns bog die Schlucht nach rechts ab. »Ich glaube, es ist gleich hinter der Biegung.«
Bobby sagte nichts, und ich schloss daraus, dass er wie ich ganz ins Gehen versunken war. Wälder sind etwas, woran man das Interesse verliert, bis man selbst Kinder hat und sich erneut wieder dafür erwärmt, weil man es durch Kinderaugen wieder neu sieht – wie Eiskrem, Spielzeugautos und Eichhörnchen. Ich überlegte eine Weile, ob meine Vorliebe für Hotels irgendwie damit zusammenhängen könnte. Die Flure der Hotels sind wie Wegschneisen zwischen Bäumen, die Bars und Restaurants wie kleine Lichtungen zum Rasten und Picknicken. Rastplätze, die sich in Größe und Luxus unterscheiden, aber alle innerhalb derselben Struktur, einem Privatwald, ihren Ort haben.
Das Manifest des Upright Man hatte mein Denken tiefer als ich dachte beeinflusst.

»Wir werden beobachtet«, warnte mich Bobby.
»Von wem?«
»Das weiß ich nicht«, sagte er und schielte an den Wänden der Schlucht empor. »Aber irgendwo dort oben ist jemand.«
»Ich sehe niemanden«, sagte ich mit Blick nach vorn. »Aber ich vertraue dir. Was machen wir jetzt?«
»Weitergehen«, empfahl Bobby. »Wenn es Ed ist, wird er sich entweder verdrücken, oder er wartet auf eine Gelegenheit, mit uns zu reden. Er streckt den Kopf weit genug über den Rand. Ich spüre ihn.«

Wir legten den letzten Teil des Weges wortlos zurück und widerstanden dem Drang, hinauf zum Rand der Schlucht zu schauen. An der Biegung stieg das Gelände plötzlich an, und wir mussten klettern.

Dann lag der Lost Pond vor unseren Augen. Der Teich hatte eine Größe von etwa hundert auf sechzig Metern. Das Ufer stieg meist steil an, nur an wenigen Stellen war es flach und schlammig. Ein paar Enten schwammen in der Mitte des Teichs, Zweige hingen am Rand über dem seichten Wasser.

Ich ging bis zum Ufer und schaute hinein. Ich sah mich wie in einem Spiegel, und mir schien, als wäre ich wieder fünfzehn.

»Weißt du, wo die Hütte liegt?«, fragte Bobby.

»Ich weiß nur, dass er sich eine bauen wollte. Er hat zwei-, dreimal davon gesprochen. Keine Jagdhütte. Nur so ein Unterschlupf zum Herumhängen. Ed war ein einsamer Wolf.«

»Und vielleicht auch ein bisschen pervers?«

Ich schüttelte den Kopf. »Nein. Kein Mensch kommt zum Fummeln hierher. Nachts ist es unheimlich hier.«

Er warf einen prüfenden Blick in die Runde. »Wenn ich mir eine Hütte hier bauen wollte, täte ich es dort drüben.« Er zeigte auf ein Waldstück mit Bäumen und Sträuchern, das sich über den Hang an der Westseite des Teichs hinzog. »Der Aussicht und der Deckung wegen.«

Ich ging, dem Teichufer folgend, ein paar Schritte weiter und schaute auf das Waldstück, auf das Bobby gezeigt hatte. Vielleicht bildete ich es mir nur ein, aber mir schien es so, als wäre der Wald zur Mitte hin dichter, als hätte man dort Holz angehäuft und aufgestapelt.

Just in dem Augenblick fiel der Schuss. Ein scharfer Knall, gefolgt von einem Sausen und Pfeifen.

Bobby riss mich vom Uferrand fort und rannte los. Ein weiterer Schuss fegte nur wenige Schritte über uns durch die Blätter. Als wir hinter Baumstämmen in Deckung waren, drehte ich den Kopf und versuchte zu bestimmen, woher die Schüsse kamen.

»Was ist los mit dem Kerl?«
»Warte«, sagte ich. »Schau mal dort.«
Ich deutete auf die dunkleren Partien im Unterholz. Ein Kopf ragte aus dem Gebüsch hervor – der Kopf eines alten Mannes, weit weg von dem Ort, woher geschossen wurde.
»Scheiße«, fluchte Bobby, er hatte seine Waffe gezogen.
Zwei Männer in Khakianzügen liefen seitwärts zum Teich hinunter. Ein weiterer Mann in Jeans kam von der anderen Seite näher.
»Das ist der Typ aus der Bar gestern Abend«, sagte ich. »Der Typ, der uns zugeparkt hat.«
Die Männer in Khaki hatten die gegenüberliegende Seite des Teichs erreicht. Der Dickere der beiden nahm eine kniende Stellung ein und feuerte direkt in die Baumgruppe: wohlgezielte Schüsse. Der andere lief rasch um den Teich herum, immer Deckung suchend. Auch der Mann in Jeans schoss nun.
»Was sind das bloß für Kerle?«
»Bobby – der eine bewegt sich direkt auf Ed zu.«
»Ich schnappe ihn mir«, sagte er. »Gib mir Feuerschutz.« Er sprintete los. Ich zog meinen Revolver, trat hinter dem Baum hervor und schoss.
Der kniende Mann rollte sich zur Seite und glitt hinter einen großen umgestürzten Stamm. Ich sprang seitlich von Baum zu Baum und schoss im kalten, schräg einfallenden Licht. Zweige klatschten mir ins Gesicht, während ich Acht gab, nicht über Wurzeln zu stolpern. Keine zehn Sekunden später war ein Schrei zu hören, und der Mann in Jeans warf sich herum und fiel auf den Rücken.
Bobby brach durch das Unterholz und schoss auf den Mann, der von der Anhöhe herunterkam. Doch der achtete überhaupt nicht auf Bobby und mich, obwohl wir beide auf ihn schossen. Er feuerte die ganze Zeit auf Lazy Eds Hütte.
Ich blieb stehen, nahm Schießhaltung ein und drückte ab.
Die erste Kugel traf ihn in die Schulter. Eine zweite, von Bobby

abgefeuert, warf ihn rückwärts gegen einen Baumstamm. Doch er feuerte weiter, aber nicht auf uns.

Ich schoss nochmals und pumpte ihm Blei in die Brust. Auch Bobby war jetzt stehen geblieben und schoss dreimal. Der Mann verschwand aus unserem Blickfeld.

Ich wollte hinüberlaufen, doch Bobby gab mir ein Zeichen, mich nicht vom Fleck zu rühren. Er bewegte sich vorsichtig weiter.

»Ed?«, rief ich. »Fehlt dir was?«

Plötzlich tauchte der Mann im khakifarbenen Drillich wieder auf. Er war im Schutz des Gesträuchs den Abhang ein Stück weit hinuntergerutscht. Während Bobby und ich ihn erstaunt anschauten, ging er auf die Knie und hielt etwas in der Hand, was wir jetzt als Maschinenpistole erkannten.

Ehe ich mich überhaupt rühren konnte, feuerte der Mann erneut. Noch im Sterben schoss er an die fünfzehn Kugeln auf die Hütte. Er dachte nicht daran, die Waffe auf uns zu richten. Es war so, als ob wir gar nicht existierten.

Dann fiel er nach vorn aufs Gesicht und tat keinen Mucks mehr.

Bobby wandte sich um, lud seine Waffe und lief zurück. Ich stürmte vorwärts, drehte den Toten mit dem Fuß um, durchsuchte ihn schnell und zwängte mich dann durch das Unterholz.

Genau in der Mitte befanden sich die Reste der Hütte: verwitterte Stöcke, trockenes Gestrüpp, verflochtene Zweige. Wer nicht genau hinsah, hielt es wahrscheinlich für natürliches Dickicht oder die Überbleibsel einer uralten Behausung, jedenfalls für nichts, was ein Mann sich als Unterschlupf zusammengezimmert hatte, weil er gern draußen im Wald sitzen und auf einen Teich schauen wollte. Und mitten in diesem Durcheinander lag Lazy Ed.

Ich kniete mich neben ihn und sah sofort, dass er den Wald nicht mehr lebend verlassen würde. Die Einschüsse in seinem

Körper waren nicht zu zählen. Das Gesicht hatte noch am wenigsten gelitten, nur ein Ohr fehlte, und der blanke Knochen trat hervor.
»Was ist passiert, Ed?«, sagte ich. »Was zum Teufel ist hier los? Warum will jemand uns alle umbringen?«
Ed drehte den Kopf einen Fingerbreit und schaute zu mir auf. Es war nicht leicht, unter den vielen Falten und geplatzten Äderchen den Mann wiederzuerkennen, mit dem ich früher einmal bekannt gewesen war.
»Leck mich«, röchelte er noch gut vernehmlich, »du und deine ganze verfluchte Familie.«
»Meine Eltern sind tot.«
»Gut so«, sagte er und starb.

In der Hütte war nichts zu finden. Ein paar leere Büchsen, ein Beutel Tabak, eine halb volle Flasche sehr billigen Tequilas. Ich überlegte einen Augenblick, ob ich Ed die Augen schließen sollte, tat es dann aber nicht. Stattdessen kehrte ich um und verließ das Unterholz.
Als ich bei dem Teich und der Leiche des Manns in Jeans ankam, lief Bobby hügelab auf mich zu.
»Nichts wie weg hier«, murmelte er.
»Er sah aus, als wusste er, was er tat. Fehlt dir nichts?«
»Nein. Bloß dass ich mich auf dem Weg hierher beinahe verlaufen hätte.«
»Der Teich trägt seinen Namen zu Recht«, sagte ich. Meine Hände zitterten.
»Sie hatten alles arrangiert«, sagte er. »Aber auf uns haben sie nicht gewartet.«
»Ich weiß«, sagte ich, noch ganz unter dem befremdenden Eindruck, mit einem Revolver in der Hand an einem Ort meiner Kindheit zu sein. »Aber was macht das schon? Irgendeiner schießt immer auf einen.«
Bobby hockte sich neben den toten Mann in Jeans und begann

dessen Taschen zu durchsuchen, bis er auf eine Brieftasche stieß. Er ging sie vor mir durch. Kein Führerschein, keine Quittungen, keine Fotos – nichts von dem, was sonst Brieftaschen auffüllt. Nur vierzig Dollar Bargeld.

»Hast du dir den anderen Toten angesehen?«

»Nur kurz, um sicher zu sein, dass er nicht noch einmal schießt«, sagte ich. »Er trug eine kugelsichere Weste, trotzdem wundert es mich immer noch, wie lange er durchgehalten hat. Der Kerl zeigte echte Hingabe für seine Aufgabe. Aber es ging nicht um uns. Sie hätten uns lässig umlegen können. Sie waren hinter Ed her, und wir waren ihnen bloß in die Quere gekommen.«

Bobby nickte. »Er hatte auch keine Papiere bei sich«, fuhr ich fort. »Auch sonst keine Hinweise. Nicht einmal Etiketten an den Kleidern. Alles war herausgetrennt.«

»Dahinter stecken die Straw Men«, sagte Bobby. »Sie legen einen nach dem anderen um.«

»Aber warum? Und wie haben sie uns ausfindig gemacht?«

Er zuckte die Achseln. »Die FBI-Tussi hat es ja auch geschafft. Vielleicht haben sie es genauso gemacht. Das liegt an ihrer Web-Site. Sobald sie jemand dort besucht, bekommen sie Meldung, ohne dass ein Hacker dazu nötig wäre. Oder sie haben sich schon vor uns für den Fall interessiert. Ganz offensichtlich ist da ein großes Umlegen im Gang.«

Er schaute mich an, müde und zugleich verärgert über unseren Misserfolg. »Na egal, sie haben den Auftrag erfüllt. Für uns gibt es hier nichts mehr außer Ärger, und den haben wir sowieso schon reichlich.«

Ohne ein weiteres Wort machten wir uns auf den Rückweg.

26

Nina hatte gehofft, Zandt würde ihr erklären, was in ihm vorging, doch kaum waren die anderen beiden Männer fortgefahren, sagte er kein Wort mehr. Als er im Taxi zum Flughafen von Los Angeles gekommen war, hatte er zwar auch kein besonders freundliches Gesicht gemacht, aber er war immerhin ansprechbar gewesen. Nachdem sich aber herausgestellt hatte, dass die beiden Männer im Holiday Inn in Hunter's Rock – wen oder was sie eigentlich verfolgten, das war ihr immer noch nicht klar, und sie hätte gern weitere Fragen gestellt – nichts mit dem Upright Man zu tun hatten, schien es so, als habe er sich wieder ganz in sich zurückgezogen. Es war ihr peinlich, ihn hinauf in den Norden geschleppt zu haben, aber einen Irrtum zu begehen war besser, als gar nichts zu unternehmen. Ihr war quälend bewusst, dass ihnen die Zeit davonlief, so quälend, wie wenn ihr die Gesichtshaut abgezogen würde. In ihr wuchs das Verlangen, darüber zu reden, irgendetwas zu versuchen, ganz gleich was, als ob sie allein durch Reden einer Lösung näher käme. Bei Zandt stellte sich der gegenteilige Effekt ein. Es fehlte nicht mehr viel, so schien ihr, und er würde völlig verstummen.

Das Flugzeug war fast leer, und trotzdem hatte er sich nicht neben sie gesetzt. Er hatte sich in einer anderen Reihe niedergelassen und studierte alte Akten, die er aus ihrer Wohnung mitgebracht hatte. Sie rief das Hauptquartier in Brentwood an und

gab routinemäßig Bericht, ohne ein Wort darüber zu verlieren, dass sie sich nicht gleich nebenan aufhielt.
Dann wandte sie sich wieder zum Fenster und schaute auf das Land unter ihnen, das sie jetzt bei der Rückkehr nach L. A. überflogen. Dabei fragte sie sich, ob sie auch über den Ort flogen – das Haus oder die Jagdhütte oder sonst eine Wohnstatt –, wo der Upright Man zu Hause war. Der Gedanke, dass Sarah Becker jetzt irgendwo dort unten sein könnte, war kaum zu ertragen. Um sich abzulenken, griff Nina nach der Reisebroschüre vor ihr und begann angestrengt zu lesen.
Zandt merkte gar nicht, dass er im Flugzeug saß, und er dachte auch nicht an Sarah Becker. Stattdessen verglich er vier Fälle junger Frauen, die in einem Zeitraum von drei Jahren in ganz Amerika als vermisst gemeldet worden waren. Es gab wenig, was diese Fälle miteinander verband, außer dass die zugehörigen Akten jetzt auf seinem Schoß lagen. Wenn es aber tatsächlich so etwas wie einen Lieferdienst gab, dann würden die üblichen Regeln für die Ermittlung bei Serienmorden keine Gültigkeit mehr haben. Hatte man es mit einer Reihe von Vermisstenmeldungen oder Leichenfunden in einem geografisch eng umschriebenen Raum zu tun, war man berechtigt, die Ermittlung auf ebendiesen Raum zu beschränken. Die meisten Mörder hatten Jagdgründe von nur wenigen Quadratmeilen, in denen sie heimisch waren. Manchen genügten ein paar Häuserblocks oder ein paar Straßen, vor allem dann, wenn sie ihre Opfer in gesellschaftlichen Randgruppen suchten, die nicht das besondere Engagement der Behörden weckten. Zandt hatte einmal einen Dokumentarstreifen über den Abriss des Hauses gesehen, in dem der Serienmörder Jeffrey Dahmer gewohnt hatte. Dahmer hatte in seinen vier Wänden farbige und asiatische junge Männer verstümmelt, mit ihnen bizarre Rituale aufgeführt und sie dann verspeist. Angehörige der Opfer schauten sich den Streifen an, die meisten stumm, manche still vor sich hin schluchzend. Nur einige forderten eine Erklärung von den

Anwesenden. Wie war es möglich, dass ihre Kinder entführt und ermordet worden waren, ohne dass es einen Aufschrei gegeben hatte?

Entführungen in weit auseinander liegenden Landesteilen wurden selten miteinander in Beziehung gesetzt, selbst nachdem die Bundespolizei eingeschaltet worden war, besonders wenn sie ungefähr im gleichen Zeitraum stattgefunden hatten. Wer jemanden am Dienstagabend in San Francisco entführt, wird schwerlich Donnerstagnacht in Miami ein weiteres Opfer in seine Gewalt bringen.

Zumindest nicht, wenn es sich um denselben Täter handelt. Zandt hatte nach Vermisstenfällen gesucht, die Gemeinsamkeiten mit denen aufwiesen, die auf das Konto des Upright Man gingen und die in dasselbe Jahr fielen. Er erwartete nicht, weitere Souvenirs mit den eingestickten Namen der Mädchen zu finden. Der Upright Man war so schlau, suggerieren zu wollen, dass es zwischen den Fällen in L. A. und den Entführungsfällen in anderen Landesteilen keine Verbindung gebe.

Die Erkenntnis, dass die Pullover nur ein Ablenkungsmanöver waren, hatte ihn bereits beschäftigt, als das Taxi zum Flughafen gekommen war. Vielleicht sagten sie wenig oder nichts über das kranke Hirn des Mörders und waren nur ein Mittel, eine kleine Anzahl von Fällen auszusondern, da sie offenbar ohne Zusammenhang mit anderen ähnlichen Verbrechen waren. Vielleicht dachte der Upright Man, die Polizei sei durch solch einen bizarren Zug ebenso leicht zu beeindrucken wie Zuschauer von Filmen, in denen im Hals der Ermordeten Schmetterlingspuppen hinterlassen wurden, oder von Fernsehserien, in denen ein Kommissar jede Woche Mörder fing, die ihre Psychosen deutlich sichtbar am Revers trugen. Wer einen Pullover mit dem eingestickten Namen des Opfers erhält, gehört zur betreffenden Gruppe. Wer keinen erhält, der gehört nicht dazu, und folglich interessiert er in unserem Zusammenhang nicht.

Unser Mann hat eine bestimmte krankhafte Deformation. Danach suchen wir. Es ist einer der wenigen Anhaltspunkte, die wir haben. Daran klammern wir uns, und das hält uns auf Trab, und sehen Sie nicht, dass wir damit schon reichlich zu tun haben?

Zandt glaubte, dass der Upright Man möglicherweise überhaupt keinen krankhaften Zug besaß und für ein Psychogramm nichts hergab. Er konnte weiter da draußen sein Unwesen treiben und seine Opfer im ganzen Land aussuchen. Vielleicht sogar in der ganzen Welt, nur weil er es so wollte.

Die Opfer bildeten keine deutlich definierbare Gruppe. Die Tatsache, dass der Upright Man nur attraktive junge Frauen entführte, reichte allein nicht aus. Wir begehren, was schön ist, denn Schönheit macht Menschen besonders, sie lässt sie berühmt aussehen. Zandt hielt auch das lange Haar nicht für ein verlässliches Indiz. Wenn er mit seiner Einschätzung, dass die Pullover eine falsche Spur waren, richtig lag, dann konnte auch das lange Haar der Opfer nur ein Mittel zum Zweck sein. Schließlich gab es nur zwei bestimmende Merkmale. Das eine war das Alter. Viele kleine Kinder verschwinden, und eine Anzahl älterer Männer und Frauen liegen übel zugerichtet in ihren Wohnungen; beide Gruppen geraten wegen ihrer körperlichen Schwäche in dieselbe statistische Rubrik. Unter den übrigen Fällen bildet bei den Frauen die Altersgruppe der Siebzehn- bis Vierundzwanzigjährigen die Mehrheit. Frauen, die jung genug (und nicht zu alt) sind, um ein unabhängiges Leben zu führen, Frauen, die unbegleitet spät nachts nach Hause kommen, die allein wohnen, die noch das jugendliche Vertrauen besitzen, einem Mann zu Hilfe zu kommen, weil er einen Arm in der Schlinge trägt und harmlos wirkt, auch wenn sein Gesicht im Schatten einer Parkplatzecke verborgen ist. Frauen aller Altersgruppen verschwinden, aber der statistische Spitzenwert liegt in dem genannten Bereich. Die bisher bekannten Opfer des Upright Man sowie die vermisst gemeldeten Mädchen, deren Akten auf Zandts Schoß lagen, befanden sich aber im mittleren Teenageralter. Mädchen, die alt genug waren, um einen körperlichen Reiz auf den Entführer auszuüben, aber zu jung, um in unsicheren Umgebungen angetroffen zu werden. Das hieß nicht, dass Zandt jedes beliebige Mädchen zwischen vierzehn und sechzehn Jahren in Betracht ziehen konnte. Überall in Amerika gab es Orte, an denen Mädchen in diesem Alter nachts auf der Straße einem bestimmten Gewerbe nachgingen. Wenn es dem Upright Man oder seinem Botenjungen allein auf das Alter angekommen wäre, hätten sie nur mit einem Lastwagen an den richtigen Platz in der richtigen Stadt zu fahren brauchen und hätten dort die gesamte Ladefläche mit Passagieren füllen können. Stattdessen wählte er seine Opfer aus einer Gruppe, die wegen ihres Alters schwieriger zu entführen war. Mehr noch, sie kamen aus einer sozialen Schicht, die ihre Verfügbarkeit für andere noch weiter einschränkte. Elyse LeBlancs Familie war nicht so wohlhabend wie die der anderen gewesen, zählte aber immer noch zur Mittelschicht. Alle anderen gehörten zu den Begüterten und Reichen. Der Upright Man war nicht einfach auf Fleisch aus. Er suchte nach etwas, was für ihn eine Qualität darstellte.

Zandt saß da und vertiefte sich in die Fotos der toten Mädchen. In seinem Geist drehte sich alles immer schneller. Die Fakten aus den Ermittlungsakten vermischten sich mit dem Wissen, das er vor zwei Jahren erworben hatte. Orte, Namen, Gesichter. Er versuchte alles im Zusammenhang zu sehen und ließ nur seine Familie und seine Tochter beiseite, die, wie er nun überzeugt war, nur gewählt worden war, um ihm eine Lektion zu erteilen. Zandt hatte schon früher versucht, Karen aus der Gleichung herauszunehmen – ohne Erfolg. Das Bewusstsein, dass auch seine Tochter entführt worden war, hatte sein ganzes Denken und Handeln seit dem Tag gefärbt, an dem er und Jennifer die Botschaft draußen vor ihrer Haustür fanden. Doch nun ersetzte er sie durch die Mädchen aus den neueren Akten

und bemühte sich herauszufinden, ob diese durch etwas anderes als reine Spekulation verbunden waren.
Er versuchte sich gedanklich von der Stadt zu lösen, in der er die meiste Zeit seines Lebens verbracht hatte, die Stadt der Traumfabrik, der Armut, der Filmpremieren, der Morde und des Geldes. Von hier gingen seine Gedanken in andere Städte, zu anderen Maschinen, in Wälder aus Stein und Ströme aus Beton, wo andere Männer und Frauen sich nach den Sternen sehnten, Blumen auf Fensterbänken zogen und kleine Hunde auf Spaziergänge durch endlose Schluchten aus kistenartigen Behausungen, Kreuzungen und Ampeln mitnahmen; wo sie sich Räume, die anderen Menschen gehörten, mieteten, einen Platz zum Schlafen und zum Aufstehen, die Voraussetzung zur Verrichtung von profitorientierten Tätigkeiten, die sie nicht verstanden und die sie auch gar nicht interessierten. Sie taten das nur, um jenes abstrakte Tauschmittel zu erhalten, das sie zum Mieten der Räume brauchten, wo sie schliefen und schimpften und fernsahen, bis schließlich einige aus dem Fenster stiegen und schreiend durch die dunklen Straßen liefen. Sie warfen die Stumpfheit ab, die sie von einer Gesellschaft übernommen hatten, die ihrerseits in Lüge, Verrat und Verzweiflung gefangen war. Der einsame Psychopath in einer Kultur, die alles zu Christbaumschmuck macht, Talmi-Glanz zum Kaschieren der Leere, die immer schneller zu Parkplätzen, Einkaufsmeilen, Wartezonen und virtuellen Gesprächsforen gerann – Nicht-Orte, wo keiner mehr etwas über den anderen wusste.
Plötzlich kam der Gedankensturm zum Stillstand.

27

Es wurde schon dunkel, als wir zurück in unser Hotelzimmer kamen.

Für Bobby waren zwei Nachrichten eingegangen. Während er seine Rückrufe tätigte, schaltete ich ohne Ton den Fernseher ein. Aus grimmigem Interesse wollte ich wissen, wie lange es dauern würde, bis die Meldung über die Vorfälle am Lost Pond kam. Denkbar war, dass Wanderer die Schüsse gehört und die Leichen gefunden hatten. Obwohl es keine Hinweise gab, die uns mit dem Ereignis in Verbindung hätten bringen können, wollte ich so rasch wie möglich aus Hunter's Rock verschwinden.

Ich ging im Zimmer umher und packte meine Siebensachen zusammen.

»Himmel«, rief Bobby mit merkwürdig schroffer Stimme. Ich wandte mich zu ihm um und sah ihn immer noch telefonieren. »Mach den Fernseher an.«

»Läuft schon.«

»Nicht den Lokalsender. CNN oder so was.«

Ich zappte mich durch die Kanäle, bis ich das Passende gefunden hatte.

Die wackeligen Bilder waren offenbar mit einer Handkamera aufgenommen worden. Ein großes graues Gebäude in städtischer Umgebung. Eine Schule. Der Streifen musste früher am Tag entstanden sein, denn es war noch hell.

»Wir haben es«, sprach Bobby ins Telefon. »Ich rufe später zurück.«
Ich schaltete den Ton an, und wir hörten, wie die Stimme des Kommentators gerade die Zahl der Opfer mit zweiunddreißig Toten angab, dazu viele Vermisste, erst die Hälfte des Gebäudes sei bisher durchsucht worden. Unklar war ferner, ob die beiden von der Polizei erschossenen Schüler für das Massaker allein verantwortlich waren oder ob noch ein Dritter dahinter steckte. Die Täter hatten Flinten und selbst gebastelte Brandsätze benutzt.
Die Kamera zeigte Bilder von den Verheerungen, verweilte kurz auf Gruppen von Schülern und Lehrern, deren schockierte Gesichter in gleißendes Scheinwerferlicht getaucht waren. Der Originalton ging in Sirenengeheul und Weinen aus dem Hintergrund unter. Eine Frau, auf zwei Sanitäter gestützt, wankte vorbei, das Gesicht ganz mit Blut verschmiert.
»Wo ist das passiert?«
»Evanston, Maine.« Bobby schloss die Augen.
Der Fernsehsender wechselte zu Live-Aufnahmen. Am Schauplatz war es jetzt ruhiger, nur noch wenige Schaulustige standen hinter dem Absperrband. Ein Mann in einem hellbraunen Mantel sprach, von blinkendem Blaulicht umgeben, in ein Mikrofon. Zwei weitere Opfer waren geborgen worden, Jane Mathews und Frances Lack, beide elf Jahre alt.
Dann Wechsel zu früheren Aufnahmen. Feuerwehrfahrzeuge, Rettungswagen. Am Boden liegende Verletzte, Kinder und Erwachsene, werden versorgt. Andere liegen da, ohne dass jemand ihre Hand hält. Menschen, die damit nichts mehr anfangen können.
»Sieh dir das an!«, rief ich und zeigte auf den Bildschirm. Die Kamera hatte einen Schwenk auf die Straße gegenüber dem Schulgebäude gemacht und zeigte, von hinten aufgenommen, Passanten, die in den Schlund der Hölle schauten, der sich vor ihnen aufgetan hatte.

Unter ihnen befand sich auch ein hochgewachsener blonder Mann mit einer großen Schultertasche. Anders als die anderen reckte er nicht den Hals, um besser sehen zu können, sondern stand reglos und stumm da. Der Kameramann beachtete ihn nicht und schwenkte langsam über die Stätte des Entsetzens.

»Den Typ habe ich schon einmal gesehen«, sagt ich.

Ein großer Blonder mit einer Schultertasche, vor dem Empfangsgebäude von The Halls.

Bobby verbrachte einen Teil des Flugs mit Telefonieren. Ich hörte, wie er mit drei verschiedenen Personen wegen Videobändern redete, die man ihm zum Flughafen Dyersburg schicken sollte. Dann saß er still da und starrte eine Weile in seinen Kaffee.

Ich schaute zu ihm hinüber. »Weiß man denn, ob es nur die beiden Schüler waren?«

»Man hat bei denen zu Hause alles auf den Kopf gestellt, ohne eine verwertbare Spur zu finden. Das war diesmal keine Hasskriminalität. So wie es bis jetzt aussieht, war es das Werk zweier angepasster amerikanischer Jungen. Die allgemeine Stimmung ist nicht gerade heiter.«

Das glaubte ich gern. Auch die übrigen Passagiere sahen bedrückt aus, und sogar der übliche Willkommensgruß des Flugkapitäns fiel deutlich gedämpft aus.

»Wenn ich richtig gehört habe, hast du niemandem berichtet, was uns heute passiert ist.«

Er lachte grimmig. »Stimmt. ›Hallo, wir haben gerade ein paar Typen im Wald umgelegt, und als wir in unser Hotelzimmer zurückkamen, hat mein Freund in den Fernsehnachrichten einen geheimnisvollen Mann unter den Schaulustigen gesehen, den er glaubt wieder zu erkennen.‹ Nein, das wäre nicht gerade die tollste Idee, Ward. Außerdem hat man dich nicht in guter Erinnerung. Die CIA hat im eigenen Haus mit eisernem Besen gekehrt, mein Junge. Und mich würden die noch lieber rausschmeißen, als sie es mit dir getan haben.«

»Sie haben mich nicht rausgeschmissen. Ich bin von allein gegangen.«

»Kurz vor der Vorladung zum Test mit dem Lügendetektor.«

»Na wenn schon«, fauchte ich. »Jedenfalls war das der Typ aus The Halls.«

»Du hast selbst zugegeben, ihn dort nur flüchtig gesehen zu haben. Sein Gesicht kennst du gar nicht.«

»Alles richtig. Trotzdem, das ist der Mann.«

»Ich glaube dir«, sagte er, und seine Miene wurde plötzlich ernst. »Seltsam, ich glaube, ich kenne ihn auch.«

»Wie? Woher denn?«

»Keine Ahnung. Bis ich sah, worauf du zeigtest, war der Kerl schon weg. Aber irgendwie kam er mir bekannt vor.«

Bei unserer Landung war es bereits dunkel. Das Mietauto, das wir auf dem Parkplatz am Flughafen gelassen hatten, war nicht mehr da, vermutlich hatte es die Leihwagenfirma selbst abgeholt. Bobby ging an einen anderen Schalter und mietete uns einen neuen Wagen. Alles, was man uns anbieten konnte, war ein riesiger Ford. Ich holte ihn vom Parkplatz der Leihfirma, kurvte bis zum Hauptausgang und wartete dort.

Als Bobby schließlich aus dem Abfertigungsgebäude kam, hatte er ein Paket unter dem Arm.

»Na prima«, kommentierte er knapp, »Platz für die Kinder und den Einkauf für eine ganze Woche. Dann Kurs auf den nächsten Supermarkt.«

»Wenigstens können wir im Auto schlafen, wenn es sein muss.«

»Daran denke ich nicht einmal.«

»Der alte Recke wird bequem.«

»Richtig, und das bedeutet, dass ich keinen Brokkoli mehr zu essen brauche, um den Ausspruch eines geschätzten ehemaligen Präsidenten zu paraphrasieren.«

»Von wem geschätzt, bitte?«
»Von seiner Mutter.«
Bobby hatte noch die Schlüssel für das Zimmer im Sacagawea Motel. Nachdem er nachgeschaut hatte, ob das Zimmer nicht schon anderweitig belegt war, ging er zur Direktion, um alles Weitere zu besprechen.
Ich stürzte ein paar Becher Eistee hinunter und machte es mir im Zimmer bequem. Der Anblick rief Erinnerungen an lang vergangene Ferien wach, und das noch mehr als der Swimmingpool des Motels draußen vor Hunter's Park. Fünfzig Jahre oder noch länger machten Leute hier Rast auf Reisen. In dem Sessel, in dem ich jetzt saß, hatte schon jemand gesessen, als zum ersten Mal *Gilligans Insel* im Fernsehen gesendet wurde, und für diesen Zuschauer war die Erkennungsmelodie kein Beispiel aus der jüngeren Geschichte. Eines schönen Tages wird hier vielleicht jemand in silikonverstärktem Raumanzug sitzen, ein zucker-, koffein- und geschmacksfreies Diätgetränk schlürfen und das Gleiche von unseren gegenwärtigen Seifenopern denken: »Nun schaut euch bloß mal diese dürren Leute an. Und was haben die bloß mit ihren Haaren gemacht?«
Bobby kehrte mit einem klobigen Videorecorder unterm Arm zurück.
»Der Penner hatte gar nicht gemerkt, dass ich in der Zwischenzeit weg war«, sagte er. »Aber er war ganz scharf auf eine Kaution für dieses Museumsstück. Ich glaube, das muss man noch ankurbeln.«
Nachdem der Recorder an den Hotelfernseher angeschlossen war, setzte sich Bobby auf das Fußende des Bettes und machte das Paket auf, das er am Flughafen abgeholt hatte. Es enthielt zwei Videokassetten. Er sah die Etiketten an und schob eine Kassette in den Recorder.
»Das sind unzensierte Aufnahmen«, warnte er, bevor er die Wiedergabetaste drückte. »Der Betrachter muss seinen eigenen Verstand gebrauchen.«

Der Kameramann hatte den Schauplatz des Schulmassakers kurz nach der ersten Explosion erreicht. In vielen amerikanischen Großstädten gibt es einen Markt für freigewerbliche Aufnahmeteams, meist Zweierteams, die wie herrenlose Hunde durch die Stadt streunen. Sie hören den Polizeifunk ab und sind oft vor den Cops an der Unfallstelle oder in der von Kugeln durchsiebten Bar. Dort fangen sie die Bilder für ihre Sensationsreportagen ein, mit denen die Kabelsender den nie endenden Kampf um Zuschauerquoten bestreiten. Die schlechte Kameratechnik deutete auf eine solche Herkunft des Bildmaterials, obwohl ich mich auch täuschen konnte. Wenn ich ähnliche Horrorszenen sähe, würden meine Hände vielleicht auch zittern. Wer Bilder von Bluttaten im Fernsehen sieht, vergisst leicht, dass allem Anschein von Tatsachenschilderung zum Trotz die Nachricht schon für uns Zuschauer aseptisch gemacht wurde. Wir sehen, wie in Bosnien Menschen am Rand von Massengräbern stehen, und die dokumentarische Qualität der Aufnahmen macht uns vergessen, dass uns nicht gezeigt wird, was in den Gräbern ist oder was diese Überreste für die Menschen bedeuten, die tatsächlich am Ort des Geschehens sind und nicht wie wir das Ganze durch Sicherheitsglas in einem Wohnzimmer auf der anderen Seite des Globus betrachten. Sogar die ausführliche Berichterstattung nach dem Anschlag auf das World Trade Center am 11. September vermied es, uns das zu zeigen, was die Rettungsmannschaften zu sehen bekamen. Wir sind so sehr an gefilterte Berichterstattung gewöhnt, die Tricks der Medien sind uns so in Fleisch und Blut übergegangen, dass wir eher ein Bewusstsein dafür haben, was hinzugefügt, als für das, was weggelassen wurde. Wir können noch so viele Reportagen über die Dreharbeiten zu Horrorstreifen sehen, in einem anderen Zusammenhang erschreckt uns die Latexmaske des Monsters trotzdem. Während der Fernsehnachrichten fragen wir uns nicht, warum der Kameraschwenk gerade in diesem Moment abbricht. Was jenseits des Bildausschnitts verspritzt war, das sehen wir nicht. Es sind weichgespülte Nachrichten ohne Ecken und Kanten. Wir hören zwar die Schreie, aber gedämpft im Hintergrund, während unsere Aufmerksamkeit der kommentierenden Stimme aus dem Off gilt, dessen getragener Ernst schon an sich eine Beruhigung darstellt. »Das hier ist falsch und böse«, will uns diese Stimme sagen. »Aber es ist die Ausnahme, und alles wird getan, damit es besser wird. Das hier geht vorüber, und am Ende ist wieder alles gut.«

Dieses Video hatte keine Stimme aus dem Off, und ein Schnitt hatte auch nicht stattgefunden. Es wollte nichts sagen, nur zeigen.

Die Explosion hatte die Vorderfront eines gedrungenen, zweistöckigen Gebäudes fortgerissen. Tonnen von Beton, Glas und Metall waren mit hoher Geschwindigkeit von einem zentralen Punkt aus weggeschleudert worden. Diese Materialien und andere vergleichbarer Art waren mit sehr viel weicheren Stoffen in Wechselwirkung getreten. Das meiste davon war erst in die Luft gegangen und dann draußen niedergeregnet. Als der Kameramann den Schauplatz erreichte, begleitet von einem Tontechniker, dessen Entsetzensschreie die ganze Zeit über zu hören waren, ging er einfach in Zickzacklinie über den mit Trümmern übersäten Parkplatz vor der Schule. Hin und wieder machte er einen Schwenk auf das Nebengebäude zu seiner Rechten oder zur anderen Seite des Parkplatzes, wo nach und nach Polizei- und Krankenwagen eintrafen. Die meiste Zeit aber nahm er einfach das auf, was ihm vor die Linse kam.

Ein Mädchen, dem offensichtlich nicht bewusst war, dass ihm ein Arm weggerissen worden war, lief umher und rief einen Namen. Gliedmaßen und Köpfe. Ein kleiner Junge, dessen blutverschmiertes Gesicht wie das eines Neugeborenen aussah, schleppte sich wimmernd durch den Rauch. Fleischfetzen, hingegossen wie in Blut getränktes Erbrochenes, dazwischen erkennbare Körperteile. Der größte Teil des Körpers eines älteren Mannes, am Boden zuckend, die Gesichtszüge weggebrannt, eine gestaltlose rosa Masse, in der Mitte ein gähnendes Loch wie ein stummer Schrei. Der Torso einer attraktiven jungen Frau, die Augen weit aufgerissen, unterhalb des Brustkorbs nur noch ein Stumpf des Rückgrats und die Motorhaube des Autos, auf dem sie gelandet war.

Allmählich änderte sich das Hintergrundgeräusch. Die gellenden Hilfeschreie erstarben, und an ihre Stelle traten wimmernde und klagende Laute. Langsam zeigte sich bei den Menschen vor der Kamera der Ansatz zu einer ersten Ordnung. Aus ziellosem Umherirren wurde gerichtete Aktivität, sobald die amtlichen Rettungsmannschaften, weißen Blutkörperchen gleich, eine Struktur in das Chaos brachten. Diese Männer und Frauen bewegten sich zielgerichtet, gaben Zeichen, riefen laut und machten Verbände. Andere hätte man selbst für Opfer halten können.

Und dann sahen wir ihn.

Zu diesem Zeitpunkt hatte das Aufnahmeteam genug blutige Details gefilmt und setzte sich in den Bereich ab, wo die Einfahrt zum Parkplatz lag. Der Tontechniker hatte sich zweimal übergeben müssen, der Kameramann einmal. Die Schaulustigen gegenüber der Einfahrt bildeten noch keine dichte Menge, da hatte man das Gelände bereits mit Absperrband markiert und so das Ereignis aus unserer Wirklichkeit als singulär ausgegrenzt.

Der Mann stand da, wo ich ihn früher schon entdeckt hatte. Hochgewachsen, das blonde Haar kurz geschnitten, stand er mit beiden Füßen fest auf dem Boden und betrachtete das Bild der Verwüstung vor ihm. Dann folgte sein Blick der Rauchwolke, die über dem Feuer aufstieg, das durchaus noch nicht unter Kontrolle stand. Bobby drückte auf die Pausetaste.

Nicht dass der Mann lächelte, diesen Eindruck möchte ich nicht erwecken. Das Bild wackelte, und die Kamera sprang hierhin und dorthin, daher waren Einzelheiten seines Gesichts nicht zu erkennen. Er beobachtete einfach nur.

Keiner von uns beiden sagte etwas. Bobby griff nach seinem Eistee, versuchte einen Schluck zu nehmen und merkte erst jetzt, dass er die Packung gar nicht aufgemacht hatte. Er holte es nach und trank die Hälfte.

»Okay«, sagte er, »den Rest können wir uns sparen.« Er warf die Kassette aus und behandelte sie unbewusst so, als könnte sie infiziert sein. Er legte die andere Kassette ein und drückte auf »Wiedergabe«.

»Die habe ich von einem Techniker in der Medienüberwachung erhalten«, erläuterte er. »Nur für den internen Gebrauch für die Leute in Washington bestimmt. Material über Ereignisse aus den letzten zehn, fünfzehn Jahren und ständig aktualisiert.«

Die erste Sequenz erkannte ich sofort, da ich die Szenen in der vergangenen Wochen immer wieder häppchenweise mitbekommen hatte. Es ging um die Folgen des Massakers in England. Das Licht war grell wie oft am frühen Morgen, die Kamera wackelfrei, vermutlich die Arbeit eines professionellen BBC-Kameramanns. Gruppen von Menschen, die einander im Arm hielten, Sanitäter neben einer Tür, aus der Körper getragen wurden, manche unter Planen, andere vor Blut triefend. Weitere, sich seriös verhaltende Nachrichtenteams. Polizisten an der Kreuzung zweier stark befahrener Straßen. An Geräuschen überwog der Verkehrslärm: Leute auf dem Weg zum nächsten Termin, andere, die aus dem Fitnessstudio kamen, wieder andere lieferten Kisten von Diätlimonade.

Wir brauchten nicht lange zu warten, aber leider war die Einstellung verschwommen und gab wenig her. Ein Schwenk über die Absperrung auf die Leute draußen. In der Menge ein großer blonder Mann. Bobby hielt das Band an, spulte mehrmals vor und zurück. Die Gestalt war zu klein, der Schwenk zu rasch.

»Das ist er«, behauptete ich trotzdem. Ich barg das Gesicht in den Händen, als mir plötzlich der Zollabfertigungsstreifen mit den Buchstaben LHR wieder einfiel. London Heathrow.
In den folgenden zwei Stunden sahen wir uns den Rest an, einen Bilderteppich des Todes, in den hin und wieder Lichtpunkte gestickt waren. Nach einer Weile gab ich das Zählen auf, aber insgesamt waren es mindestens dreißig Fälle von Massenmord, die vor unseren Augen abliefen. Am Ende schälten sich bei allen Unterschieden – die Orte, die Geräusche, die wechselnden Kleidermoden über mehr als ein Jahrzehnt – auch Ähnlichkeiten heraus. In den meisten Fällen sahen wir nichts, was uns als Anhaltspunkt hätte dienen können, aber einige kamen doch einem Muster nahe, so dass wir sie in die Liste aufnahmen, die Bobby auf einem Blatt Hotelbriefpapier anlegte. Ein Markplatz in Panama City, Florida, 1996. Eine Hauptstraße in Nordfrankreich, 1989. Ein Einkaufszentrum in Düsseldorf, 1994. Eine Schule in New Mexico, vergangenes Jahr. Eine Zufahrtsstraße zu einem Bauprojekt in New Orleans, 1987, wo angeblich der Streit über ein Drogengeschäft zu einer Situation eskalierte, die mit sechzehn Toten und einunddreißig Verletzten endete.
»Das ist er«, sagte ich ein ums andere Mal. »Das ist er.«
Schließlich endete das Band ohne abschließende Worte. Vermutlich haben es nur sehr wenige bis zum Schluss angesehen.
»Wir brauchen mehr Videomaterial«, sagte Bobby.
»Nein, brauchen wir nicht«, befand ich. »Wirklich nicht.«
»Doch, solches, auf dem er nicht in den Blickwinkel der Kamera geraten ist.«
»Wahrscheinlich war er dann gar nicht da. Er ist bestimmt nicht der Einzige. Sicherlich gibt es andere wie ihn.« Ich ging hinüber ins Badezimmer und trank über einen Liter lauwarmes Wasser aus einem sehr kleinen Glas.
»Flugzeugabstürze«, sinnierte Bobby, als ich zurückkam. »Bombenattentate in Nordirland und Südafrika. Bürgerkriege

der letzten zehn Jahre. Grippe-Epidemien. Irgendjemand muss angefangen haben. Vielleicht haben wir an den falschen Orten gesucht. Vielleicht sind das gar keine Fundamentalisten für die eine oder andere Sache. Vielleicht sind es Leute, die einfach jeden hassen.«

Ich schüttelte den Kopf, obwohl ich mir nicht sicher war.

Bobby nahm die Videokassette aus dem Recorder und wog sie in den Händen. »Aber warum steht er einfach nur da? Und wie groß ist die Wahrscheinlichkeit, so oft von Nachrichtenkameras aufgenommen zu werden?«

»Das ist keine Frage der Wahrscheinlichkeit. Das ist eine Unterschrift, die nur die lesen können, die Bescheid wissen. Sie besagt so viel wie ›Das waren die Straw Men‹.«

»Aber wir haben ihn festgenagelt.«

»Wirklich? Ein blonder Mann erscheint auf Filmmaterial, aber so flüchtig und so undeutlich, dass er nicht wirklich zu erkennen ist, noch dazu in einer unzusammenhängenden Reihe von Fällen, die sich über mehr als zehn Jahre und die halbe westliche Welt erstrecken. Willst du Langley anrufen, ob jemand interessiert ist? Oder sollen wir uns an CNN wenden? Wir sind keine Starjournalisten wie Woodward und Bernstein, und solange wir nicht mehr Hinweise haben, ähnelt das verdächtig den üblichen Verschwörungstheorien. Du könntest den ganzen Tag am Computer verbringen und würdest anhand der Bilder, die wir gesehen haben, doch niemanden identifizieren.«

»Und die Internetseite? Das Manifest?«

»Da steckt doch nichts drin, Bobby. Das hätten wir auch selbst zusammentippen können.«

»Ja, wie? Willst du das Ganze jetzt einfach vergessen?«

»Nein«, widersprach ich. Ich saß auf dem Bettende und griff nach dem Hoteltelefon. »Es gibt jemanden, der uns helfen könnte. Zwei sogar. Das Paar aus L. A., das eigens nach Hunter's Rock hochgeflogen ist.«

»Wieso? Die sind doch hinter einem Serienmörder her.«
»Und was verstehst du darunter?«
»Nicht das hier. Viele Leute umbringen ist nicht dasselbe.«
»Stimmt schon«, sagte ich. »Aber wer sagt denn, dass man nicht das eine und gleichzeitig auch das andere tun kann? Dieser Typ ist ihr Killer. Ich halte ihn für den echten Upright Man.«

28

Manchmal war es, als wäre sie schon gestorben. Dann schien es ihr wieder, als wäre sie irgendetwas anderes, ein Fisch oder ein Baum oder eine Wolke oder ein Hund, irgendein elender Hund. Hunde waren manisch und predigten auf den Straßen, dennoch war es besser, ein elender Hund als tot zu sein. Die meiste Zeit aber war sie nichts von alledem, nur ein hübsches kleines Nichts, das unter einem Himmel ohne Vogelgezwitscher einen Fluss hinuntertrieb.

Sarah ging es nun sehr schlecht. Nur noch selten erinnerte sie sich daran, wo sie sich befand und wer sie war. Ihr Magen knurrte nicht mehr, sie hatte auch sonst keine Empfindungen. Sie glaubte, dass der Magen immer noch zu ihr gehörte, ebenso wie ihre Arme und Beine. Manchmal hatte sie einen schrecklichen Beweis dafür, einen durchdringenden Schmerz, der von den Zehen hinauf in den ganzen übrigen Körper strahlte. Es war, wie wenn sie mit Nadeln gestochen würde, mit rot glühenden spannenlangen Nadeln. Jemand setzte ihr die Nadeln unter die Haut und drückte sie dann mit ganzer Kraft, bis sie in ihr stecken blieben. Irgendwann ließ der Schmerz nach, aber dann war Sarah schon ohnmächtig und trieb wieder den Fluss abwärts.

Während sie auf dem Wasser dahintrieb, sprachen manchmal Leute zu ihr. Sie hörte jedenfalls Stimmen. Es waren die ihrer Freundinnen, ihrer Großmutter und Schwester, vor allem aber

die Stimmen von Mom und Dad. Meist sprachen ihre Eltern über alltäglichen Kleinkram, so als ob Sarah am Wohnzimmertisch säße und ihre Hausaufgaben machte und ihre Eltern nebenan plauderten. Was sie mitbekam, waren Halbsätze, Gesprächsfetzen: »Charles meint, Jeff wird bei der Version mitspielen«, »Ein Brunch, aber diesmal könnte was dabei herausspringen«, »Ein Wendepunkt wie im dritten Akt«. Ihre Mutter sprach über alles, was im Lauf des Tages passiert war, wo sie gewesen war und wen sie gesehen hatte. »Man kann durch Schminken alles Mögliche aus dem Gesicht machen, aber die Hände kann man nicht verstecken.« Dann sagte ihr Vater etwas, was ihm gerade eingefallen war, sie hörte alles ganz genau. Zum Beispiel: »Weißt du, was ich machen würde, wenn ich berühmt wäre? Leute hartnäckig anhimmeln. Ich würde mir irgendwelche ahnungslosen Bürger heraussuchen und ihnen ständig auflauern. Wer würde ihnen glauben? ›Hallo, Herr Wachtmeister, Cameron Diaz lässt mich nicht in Ruhe.‹ Oder: ›Schauen Sie. Ich bekomme ständig Briefe von Tom Cruise. Nein. Ich von ihm. Er bombardiert mich damit. Das ist seine Handschrift, wirklich.‹ Damit könnte man jemanden in null Komma nichts total von der Rolle bringen.«
Sarah wusste nicht, ob ihr Vater das schon erzählt hatte, ehe ihr Leben zu einem Treibholz im Strom geworden war. Sie glaubte es eigentlich nicht. Sie hatte den Eindruck, er habe es nur ihr erzählt, um ihr Gesellschaft zu leisten, während sie dahintrieb. Er hatte immer solche Sachen für sie erfunden. Mom merkte nicht immer, dass es Scherze waren, und sie fand sie auch oft gar nicht witzig. Sarah hingegen schon.
Dann erstarben die Stimmen.
Es gab auch Zeiten, da hörte sie Schritte. Dann wusste sie, dass ihre Eltern kommen und sie retten würden. Während die Schritte immer näher kamen, bewegte sich schon ihr Mund, um etwas zu sagen, sobald die Luke gehoben und das Gesicht ihres Vaters erscheinen würde. Ihre Eltern würden gerade über ihr

auf den Dielen stehen, die ihren Körper bedeckten. Doch leider fanden sie sie nie. Die Schritte entfernten sich, und dann trieb sie wieder im Wasser.

Manchmal kam etwas in ihr hoch, meist nachdem Klopfaufholz sie besucht hatte. Krämpfe, die ihr wie ein in Eis getauchtes Messer durch den Leib schnitten. Dann meinte sie, dass sie gleich in zwei Hälften zerfallen würde. Aber sie würgte nichts aus, nicht einmal das Wasser, denn ihr Körper nahm sofort alles auf. Ihr Körper war dem Programm gefolgt. Manchmal sprach er zu ihr und schimpfte sie aus. Er gab sein Bestes, um durchzuhalten, doch konnte er mit dieser Lage wirklich nicht glücklich sein. Man konnte nicht erwarten, dass er sich dahinein fügte. Ihr Körper hatte eine Stimme, die wie die von Gillian Anderson klang. Ihr Körper sprach sehr vernünftig und in langen Sätzen, die er sich wohl im Voraus ausgedacht haben musste. Aber er war nicht froh und glaubte auch nicht mehr, dass es jemals besser würde. Sarah hörte zu und versuchte Interesse zu zeigen, glaubte aber nicht, etwas ändern zu können.

Klopfaufholz war ihr einziger realer Freund, aber selbst er kam nur noch selten. Sarah hatte den Eindruck, dass er von ihr enttäuscht war. Er redete immer noch, gab ihr Wasser zu trinken und dozierte über Themen, doch sie spürte, dass er das nur zu seinem eigenen Vergnügen tat. Er behauptete, ein Mensch aus Fleisch und Blut zu sein. Klopfaufholz hatte jetzt manchmal Leute in seiner Gesellschaft. Das behauptete er jedenfalls, obwohl Sarah keinen Grund sah, weshalb er sie hätte anlügen sollen. Sie wusste, was sie waren: seine Kobolde. Sie taten, was er ihnen zu tun auftrug, und strichen durchs Land auf der Suche nach Leuten, die, wie Sarah früher, einfältig genug waren, sich für glücklich zu halten. Sie behielten sie genau im Auge, verfolgten sie mit Mikrofonen und Abhörgeräten über jedem Haus in der Welt. Manche Kobolde waren sehr groß, und wenn sie mit den Füßen stampften, erzitterte der Boden wie bei Erdbeben oder Vulkanausbrüchen. Andere waren hingegen sehr klein, flogen durch die Luft und drangen durch die Poren in den Körper der Menschen ein. Dort brachten sie die Zellen durcheinander, so dass schwarzes Zeugs in Lungen, Herz und Leber wucherte. Die großen Kobolde hatten Donnerstimmen, die kleinen flüsterten wie Grillen. Wenn Sarah husten musste, hielt sie den Mund immer geschlossen, damit keiner in sie hineinflog. Einige Kobolde hatten normales Menschenmaß. Sie waren sehr selten. Sie sah sie nie, wusste aber, dass sie in der Nähe waren. Sie stieß mit dem Kopf gegen das Holz über ihr, um sie zu verscheuchen.

Dann verschwand alles, es wurde dunkler, und sie trieb weiter. Anfangs hatte sie mit dem Rücken im Wasser gelegen und war auf der Oberfläche geschwommen. Das war sogar ziemlich angenehm gewesen. Doch mit der Zeit schien sie immer tiefer im Wasser zu liegen, so als ob sie sinke. Schon war sie mit den Ohren unter Wasser, und bald würden die Augen dran sein.

Würde das Wasser auch die Nasenspitze bedecken, würde sie gar nicht mehr schwimmen.

29

Zandt stand vor einer Haustür in Dale Lawns. Als sich nach dem ersten Klingeln drinnen nichts rührte, drückte er noch einmal und lehnte sich mit seinem ganzen Gewicht gegen den Klingelknopf, bis eine Gestalt im weißen Licht hinter dem Kathedralenglas der Tür auftauchte.

Gloria Neiden hatte sich für einen Abend zu Hause von Kopf bis Fuß in Designersachen gekleidet. Doch schon aus ihren ersten Worten ging zweifelsfrei hervor, dass sie betrunken war. Nicht beschwipst oder angeheitert, sie war stockbetrunken, wie man es für sich allein ist.

»Wer zum Teufel sind Sie denn?«

»Mein Name ist John Zandt«, stellte er sich vor. »Wir haben uns vor zwei Jahren schon einmal getroffen.«

»Ich kann mich leider nicht an Sie erinnern. Ich bin mir aber sicher, dass ich kein Wiedersehen mit Ihnen vereinbart habe.« Der Satz kam ihr fehlerlos über die Lippen, nur mit einem leichten Lallen gegen Ende.

Sie wollte schon die Tür schließen. Zandt stemmte seine Hand dagegen.

»Ich war einer der Polizisten, die an der Ermittlung im Entführungsfall Annette Mattison mitgearbeitet haben«, erläuterte er.

Mrs. Neiden zwinkerte, und es schien, als würde sich auf diese Bewegung hin ein chemischer Nebel über ihr Gesicht ausbreiten und es, wenn auch unvollständig, einbalsamieren.

»Ja«, bestätigte sie nun mit gekreuzten Armen. »Jetzt erinnere ich mich an Sie. Gute Arbeit. Alles ordentlich aufgeräumt, nicht wahr?«
»Nein. Deswegen bin ich hier.«
»Meine Tochter ist mit Freunden ausgegangen. Und selbst wenn sie zu Hause wäre, wäre ich dagegen, dass sie mit Ihnen spricht. Wir haben lange gebraucht, um die ganze Geschichte in den Griff zu bekommen.«
»Das glaube ich«, sagte Zandt. »Und hat es geklappt?«
Sie starrte ihn an, vorübergehend ernüchtert. »Wie meinen Sie das?«
»Meine Tochter ist auch entführt worden«, sagte Zandt, »ohne dass es uns gelungen wäre, die Geschichte in den Griff zu bekommen. Ich möchte Ihre Zeit nur kurz beanspruchen. Sie könnten mir vielleicht helfen herauszufinden, wer unser Leben zerstört hat.«
»Dann sollten Sie eher mit den Mattisons und nicht mit mir reden.«
»Ich habe nur eine Frage an Sie. Mehr nicht.«
Sie wollte sich abwenden und drückte diesmal energischer gegen die Tür.
Zandt hielt sie weiterhin offen und sprach dann rasch und ohne Zögern.
»Eine Frage, die Ihren Mann davon abhalten könnte, ein Verhältnis anzufangen oder weiterzuführen. Die Ihre Tochter vielleicht von der Ansicht kuriert, dass es besser ist, ihre Freunde nicht nach Hause zu bringen. Die vielleicht zur Folge hat, dass die Wahrscheinlichkeit sinkt, dass Sie eines Nachmittags Ihr Auto gegen eine Wand fahren, weil Sie die Kurve falsch eingeschätzt haben oder weil Sie es für eine gute Idee hielten.«
Gloria Neiden starrte ihn an. Erst nach ein paar Sekunden fand sie ihre Stimme wieder.
»Verschwinden Sie«, sagte sie leise und hart. »Sie haben kein

Recht, so mit mir zu sprechen. Sie hätten ihn finden sollen. Schließlich ist es nicht meine Schuld.«
»Das weiß ich«, sagte Zandt, während er beobachtete, wie sich ihr Gesicht beängstigend veränderte, von einer Kreatur zu einem erschreckten kleinen Mädchen und zurück zu einer Frau, ganz so, als ob ein boshaftes Kind eine Gummimaske knetete. »Was geschehen ist, war nicht Ihre Schuld. Ich weiß das, und Ihre Familie weiß es auch. Alle wissen es, nur Sie nicht. Sie können es zwar aussprechen, aber wirklich glauben tun Sie es nicht. Und das wird Sie am Ende umbringen.«
Sie standen sich eine Zeit lang gegenüber, und jeder drückte von seiner Seite gegen die Tür. Dann drückte keiner mehr, jeder stand nur noch da.

Er rief Nina auf dem Weg nach Santa Monica an. Sie klang zerstreut, war aber bereit, ihn in Bel Air zu treffen. Die Adresse befand sich in den Akten.
Michael Becker öffnete die Tür und war einverstanden, ihm ohne Erklärung zu folgen. Sie ließen Zoë Becker, an einer Hand die jüngere Tochter, vor der Haustür zurück. Sie hatte kein Szene gemacht oder verlangt, zu erfahren, was denn eigentlich los sei.
Zandt merkte, dass es genauso gewesen wäre, wenn er Zoë gebeten hätte mitzukommen und Michael im Rückspiegel des Beckerschen Autos kleiner geworden wäre. Die Beckers hatten Vertrauen zueinander, jeder hielt die Stellung und nahm die Verantwortung auf sich, wie es die Umstände gerade erforderten. Wenn alles andere sinnlos wird, liegt nur in der Beziehung zu einem anderen Menschen und nur zu diesem einen die Chance, sich gegen die Welt zu behaupten. Er wünschte, diese Erkenntnis wäre ihm gekommen, als er noch mit Jennifer zusammen war.
Unterwegs fragte Zandt Michael nach der Adresse. Zandt befahl ihm, dorthin zu fahren, weigerte sich aber, Michaels

Fragen zu beantworten. »Sie müssen das selbst sehen«, war alles, was er dazu sagte. »Sie müssen selbst dort sein.«

Infolge Beckers nicht-euklidischer Auffassung der Geometrie von L. A. brauchten sie fast vierzig Minuten, um auf die andere Seite der Stadt zu gelangen. Dort fuhren sie in die Berge hinauf und kamen an immer größeren Häusern vorbei, bis die Anwesen so groß wurden, dass man die Häuser von der Straße aus nicht mehr sah.

Am Ende erreichten sie eine Sackgasse. Auf beiden Seiten standen große Sicherheitspfosten. Im Scheinwerferlicht war ein anderes Auto zu erkennen, das unauffällig etwas weiter oben in der Straße geparkt war. Davor stand Nina, die Arme verschränkt, eine Augenbraue hochgezogen. Typisch Nina.

»Da ist es«, sagte Michael. »Da wohnt er.«

Er war nicht begriffstutzig. Er hatte die Reise begonnen, auch wenn noch nicht alles in voller Klarheit vor ihm stand. »Was soll ich sagen?«

Zandt stieg aus dem Auto. Nina hätte nur zu gern ein paar Fragen gestellt, aber er hob abwehrend die Hand, und so hielt sie sich zurück.

»Bringen Sie uns nur ins Haus«, wies er Michael an.

Becker ging zu dem Sicherheitspfosten und drückte auf einen Knopf. Er sprach nur kurz, und die Schranken öffneten sich.

Dann ging Zandt mit raschen Schritten den Weg hinauf, Michael und Nina folgten ihm mit Mühe.

Als sie vor dem Haus ankamen, war die Tür offen. Im Schein des hellen Lichts von innen stand ein schlanker Mann. Das Anwesen dehnte sich nach beiden Seiten hin aus. Zandt nahm Michael am Arm und schob ihn auf den letzten Metern vor sich her.

»Hey, Michael«, rief der Mann. »Wer ist denn dein Freund?«

Zandt trat von hinten hervor und packte Charles Wang an der Kehle. Mit der anderen Hand schlug er zweimal auf ihn ein, zwei kurze Hiebe direkt ins Gesicht.

Nina schaute ihn entsetzt an. »John, was machst du da?«
»Tür zu.« Zandt drängte Wang zurück in die große Eingangshalle des Hauses. Mit einem weiteren Schlag schickte er ihn gegen die marmorverkleidete Wand. Er hob ihn auf und knallte ihn gegen einen antiken Spiegel, dessen obere Hälfte in Scherben zerbrach.
Ein sehr junger Mann in einem weißen Jackett kam aus einer Tür unter der Treppe, die von der Eingangshalle ins obere Stockwerk führte. Er sah, dass Zandt eine Waffe hatte und dass die Waffe auf sein Gesicht gerichtet war.
»Geh wieder zurück, Julio«, befahl ihm Wang. Seine Stimme war fest.
»Ja, Julio«, sagte Zandt. »Verzieh dich, und keinen Mucks. Und geh ja nicht ans Telefon, sonst komme ich, sobald ich mit dem Typen hier fertig bin, und blas dir das Gehirn weg.«
Der Jungspund verschwand sofort wieder.
Zandt richtete die Pistole wieder auf Wang, der unter dem Spiegel halb zusammengesackt am Boden lag, als ob sein Rücken gebrochen wäre.
»Wollen Sie nicht türmen?«, fragte Zandt. Er trat ihn hart in die Rippen. »Versuchen Sie's mal.«
»Schluss damit!«, rief Nina. »Sag mir, was hier eigentlich los ist.«
Plötzlich rührte sich Wang und schnellte geschmeidig empor. Zandt hackte ihm mit dem Pistolenlauf ins Gesicht und bremste auf der Stelle seinen Elan. Wang gab einen glucksenden Laut von sich und fiel wieder zu Boden.
Zandt zog ihn an den Haaren hoch. Wangs Augen starrten ihn durch Blutstropfen an, die aus einer Wunde an der Stirn kamen. In Wangs Augen las Zandt nur Feigheit und Tücke.
»Wir waren auf dem Holzweg«, sagte Zandt. »Wir suchten auf Ebene eins und fanden keinen Zugang zu Ebene zwei. Und dass es eine Ebene drei geben könnte, fiel uns nicht einmal im Traum ein.«

Wang lächelte zu ihm hinauf, als ob er sich überlegte, zu welchem Preis der andere zu kaufen sei. Zandt ließ Wangs Hals los und schlug ihm hart ins Gesicht. »Schauen Sie ihn an«, bellte er, »nicht mich. Schauen Sie Michael an.«
Für einen Augenblick sah es so aus, als wollte Wang wieder zu entkommen versuchen, doch ein harter Stoß mit dem Pistolenlauf in den Hals belehrte ihn eines Besseren. Langsam wanderte sein Blick zu Michael Becker.
»Wir haben den Upright Man nie geschnappt«, fuhr Zandt fort, »weil wir nach dem Entführer der Mädchen suchten. Den Entführer fanden wir nicht, denn es gab keine Verbindung zwischen den Fällen, weil die Mädchen von verschiedenen Männern entführt wurden. Heute habe ich mir andere Entführungsfälle angesehen, Mädchen, die untereinander vergleichbar waren und etwa im gleichen Zeitraum verschwanden. Schließlich konzentrierte ich mich auf zwei Mädchen aus New York. Sie konnten nicht mit dem Upright Man in Verbindung gebracht werden, weil sie auf der anderen Seite Amerikas zu ebendem Zeitpunkt entführt worden waren, als er hier in Kalifornien zuschlug.«
Wang blinzelte und wollte den Blick von Beckers Gesicht wenden. Zandt drückte ihm den Pistolenlauf tiefer in den Hals, worauf Wangs Augen wieder auf Becker schauten.
»Der Vater des einen Mädchens ist Vorstand bei Miramax an der Ostküste. Die Mutter des anderen ist ziemlich weit oben in einer Brokerfirma platziert, die hauptsächlich Börsengeschäfte mit Schweizer Privatbanken tätigt. Die Dame nutzt außerdem die Kundenliste der Firma, um im Nebenerwerb Beischlafpartner für Low-Budget-Produktionen in Europa zu akquirieren. Das sind Mädchen aus New York. Uns geht es aber um Mädchen von der Westküste. Deshalb besuchte ich Gloria Neiden, ehe ich hierher kam. Ich bat sie, mir jede Person zu nennen, mit der sie im Jahr vor dem Zeitpunkt, als die Tochter ihrer besten Freundin tot aufgefunden wurde, zusammengearbeitet hatte.

Jeden Partner, Halbpartner, Agenten, Vorstand, Finanzier oder Möchtegern-Star. Es dauerte eine Weile, weil Mrs. Neiden zurzeit ziemlich am Boden ist und es auch sonst keine Kleinigkeit ist, jemandem das Gedächtnis aufzufrischen. Doch am Ende kam doch ein Name dabei heraus.«

Michael Becker stand ein paar Schritte hinter Zandt und schaute in die Augen des Mannes, mit dem er in sonnigen Büros gesessen, Witze per E-Mail ausgetauscht und den er umarmt hatte, wenn die Pilotsendungen für eine Fernsehproduktion erfolgreich verlaufen waren. Dieser Mann war wohl hundertmal bei ihm zu Hause gewesen, hatte im Familienkreis zu Abend gegessen und mit seiner Tochter in deren Zimmer über den tollen Urlaub in England geplaudert. Somit hatte er gewusst, dass ein Gespräch über England genau das Richtige wäre, um ihre Aufmerksamkeit so lange zu fesseln, bis der günstige Moment zum Zugreifen kommen würde.

Wang blieb stumm.

»Charles bringt keine Mädchen um«, fuhr Zandt fort. »Er entführt sie auch nicht. Das wäre zu gefährlich. Charles will keine wirkliche Gefahr. Er will Macht und Nervenkitzel und das Gefühl, sich in geheimnisvollen Sphären zu bewegen. Charles gibt nur Informationen weiter. Charles kann besondere Mädchen ausfindig machen, niveauvolle Mädchen. Charles arbeitet auf Kommission, da bin ich mir sicher, aber vor allem arbeitet er aus reinem Vergnügen.«

»Charles, sag doch was«, drängte Michael. »Sag, dass das nicht stimmt.«

»Ja. Sagen Sie uns, wie viel Sie pro Mädchen bekommen«, fuhr Zandt fort. »Erklären Sie uns, warum diese Leute, wenn sie sich doch Mädchen von der Straße holen könnten, so viel Wert darauf legen, ihre Opfer aus den Familien herauszureißen. Dass sie Menschen, mit denen sie eigentlich befreundet sind, ihre Kinder rauben. Erklären Sie uns doch, was das Spannende daran ist. Ehrlich, das möchten wir wahnsinnig gern erfahren.«

Ohne Warnung ging er einen Schritt zurück und trat Wang mit voller Wucht auf die Brust. Dann rückte er ihm wieder ganz nahe und schrie ihm ins Gesicht: »Wer holt sie? Wer macht die eigentliche Entführung? Wohin werden sie dann gebracht?«
Den Blick immer noch auf Michael Becker geheftet, leckte sich Wang über die Lippen.
»Glauben Sie etwa, dass ich ihre Namen kenne?«
Zandt: »Beschreiben Sie sie.«
»Und wenn nicht?«
Zandt bewegte die Pistole nur einen Zoll weit und drückte ab. Die Kugel zerschmetterte den Marmor unmittelbar hinter Wangs Kopf und prallte grell pfeifend ab. Marmor- und Glassplitter stoben über Kopfhaut und Gesicht des Mannes. Die Pistole kehrte an seinen Hals zurück.
Wang sprach schnell. »Ich weiß von dreien. Es waren anfangs vier, aber einer verschwand vor zwei Jahren. Sie sehen alle unterschiedlich aus – was soll ich Ihnen da groß sagen? Glauben Sie etwa, wir hätten uns bei einem Glas Bier getroffen?«
»Beschreiben Sie den Mann, der Michaels Tochter geholt hat. Sie müssen mit ihm Kontakt gehabt haben.«
»Alles lief über Telefon und E-Mail.«
»Quatsch. Telefone kann man anzapfen und E-Mails identifizieren. Aber wer achtet schon auf zwei Typen, die sich in einer Hotelbar irgendwo in L. A. treffen?«
Wang leckte sich wieder die Lippen. Zandt setzte die Mündung der Pistole genau auf die Mitte von Wangs Stirn. Wang merkte, dass Druck auf den Abzug ausgeübt wurde. Schon formte er die Lippen zum Sprechen, doch Zandt hob den Finger.
»Sagen Sie mir nichts, wovon Sie glauben, dass ich es hören will«, warnte ihn Zandt. »Wenn ich merke, dass Sie lügen, bringe ich Sie um.«
»Er ist ein hochgewachsener Mann«, sagte er. »Blond, kräftig. Seine Name ist Paul.«
Zandt stand auf und wischte sich den Schweiß des Mannes von

der Hand. Er trat einen Schritt zurück und stellte sich neben Nina. Michael stand nun Wang allein gegenüber.
»Ist das wirklich wahr?«, fragte Becker mit kaum hörbarer Stimme. »Wie, wie konntest du nur? Und warum? Warum, Charles ...?« Sprachlos stand er in einem Haus, das er sich nie würde leisten können, selbst wenn er allen Studiobossen die Stiefel geleckt hätte, und hielt sich an etwas Trivialem, aber Konkretem fest. »Das Scheißgeld kann es doch nicht gewesen sein.«
»Du bist nur ein kleiner Mann mit kleinen Zielen im Leben«, sagte Wang bitter und wischte sich mit dem Handrücken Blut von der Lippe. »Dumme Mädchen, denen noch keiner einen reingestoßen hat. Altjüngferliche Skrupel. Du hast noch nie Großes erreicht und wirst es auch nicht. Und vor allem wirst du sie nie berühren, jetzt nicht mehr.« Er blinzelte. »Du wirst nie wissen, was dir da entgeht.«
Zandt war schneller. Er erwischte Becker, packte ihn bei den Schultern und warf sich mit seinem ganzen Gewicht in die entgegengesetzte Richtung. Obwohl er um einiges schwerer war als Becker, konnte er ihn nur mit Mühe zurückhalten.
»Das ist nicht geschehen, Michael«, beruhigte er ihn. »Es ist nicht geschehen.«
Nach einer Weile schien Michael alle Kraft zu verlassen. Zandt hielt ihn immer noch fest, während Becker über Zandts Schulter auf den Mann starrte, der vom Boden zu ihm herauflächelte.
»Wir legen ihn nicht um.« Er zog Beckers Gesicht zu sich heran, damit er ihn genau ansehen konnte. Dessen Augen waren weit aufgerissen, ohne etwas zu fixieren. »Ich kann nicht versprechen, dass ich Ihnen Ihre Tochter zurückbringe. Vielleicht ist sie tot. Wenn ja, dann ist dieser Mann zum Teil schuld daran. Aber wir verlassen dieses Haus hier, wie wir gekommen sind. Das kann ich Ihnen immerhin versprechen, dass Sie dieses Haus nicht als Mörder verlassen.«
Beckers Augen sahen langsam wieder klar. Sein Körper wurde

erst schlaff, dann straffte er sich. Doch er trat einen Schritt zurück und ließ die Arme baumeln.
Zandt steckte seine Waffe ein. Alle drei schauten auf den Mann am Boden. »Sie werden sehr bald Besuch bekommen«, teilte ihm Zandt mit. »Besuch von der Polizei, vom FBI. Leute mit Durchsuchungsbefehlen. Besser, Sie räumen hier alles auf.«
Dann gingen sie, hinter sich einen blassen Mann, der ihnen nachschaute.
Keiner sagte etwas, bis sie neben dem Auto standen. Michael warf einen Blick zurück auf das Haus. »Was soll ich jetzt tun?«
Nina wollte etwas sagen, doch Zandt kam ihr zuvor.
»Nichts. Benachrichtigen Sie nicht die Polizei. Sagen Sie auch nichts zu Ihrer Frau. Ich weiß, was Sie tun wollen. Aber nicht jetzt. Vor allem aber kehren Sie nicht hierher zurück. Was getan werden muss, wird getan.«
»Von wem?«
»Steigen Sie ein, Michael.«
»Ich kann nicht zulassen, dass Sie das für mich tun.«
»Steigen Sie einfach ein.«
Schließlich stieg Becker doch in seinen Wagen und fuhr los. Das Auto rollte langsam die Straße hinunter.
Nina holte ihr Handy heraus und wollte eine Nummer eingeben. Zandt schlug es ihr aus der Hand, so dass es zu Boden fiel und über den Asphalt schlitterte.
»Lass das«, befahl er.
Sie schaute ihn zornfunkelnd an, ließ aber das Telefon dort liegen, wo es hingefallen war.
Zandt zündete sich eine Zigarette an, und dann warteten sie.
Zehn Minuten später hörten sie, worauf Zandt gewartet hatte: einen gedämpften Knall. Ohne dieses Geräusch wäre er ins Haus zurückgegangen und hätte Ninas Vorhaltungen zum Trotz das Erforderliche getan.
Und doch, kaum hatte er den Schuss gehört, fühlte er nur Müdigkeit und kein bisschen Triumph. Dadurch dass er dem

Ursprung dieser Ereignisse näher kam, schien es ihm, als ob er sich nur noch mehr kompromittierte; als ob der Gestank, der hinter der Fassade der Menschheit hervorquoll, so stark wurde, dass er ihn nie wieder würde loswerden können.

Sie schaute ihn an. »Der hat sich die Kugel gegeben.«

»Er hat die Mädchen nur weiter nach oben gereicht. Wir hätten ihn tagelang verhören können, und es hätte uns doch nicht weitergebracht.«

»Nicht dass du etwas falsch gemacht hättest. Ich frage mich nur, was du für den nächsten Schritt hältst.«

Zandt zuckte die Achseln.

»Schön«, sagte sie, bückte sich und hob ihr Handy auf. In den Hauseingängen auf der anderen Straßenseite gingen Lichter an. »Es wird nicht lange dauern, bis die Cops auftauchen, und dann möchte ich nicht mehr hier sein.«

Auf dem Weg zu ihrem Auto setzte sie, über die Schulter hinweg, noch hinzu: »Und ich habe Leute bei der Hand, die meinen, dass sie dir sagen können, wo ein blonder Mann zu finden ist, auf den die Beschreibung zutrifft, die wir vorhin gehört haben.«

Zandt starrte sie an. »Wie?«

»Hopkins und der andere Typ. Er hat kurz vor dir angerufen. Sie haben ein Video, auf dem ein Mann bei den schlimmsten Massakern der letzten zehn Jahre zu sehen ist. Das heutige Blutbad in der Schule in Maine eingeschlossen. Ein Typ, den Hopkins auch in diesem Wohnpark oben in den Bergen gesehen haben will.«

»Wenn du das bereits wusstest, warum hast du mich bei Wang nicht zurückgehalten?«

Sie schaute ihn über das Wagendach hinweg an: »Ich wollte ihm nichts ersparen, genauso wenig wie du ihm.«

30

Weder Zandt noch Nina wussten, dass Wang, bevor er seinem Leben ein Ende setzte, noch einmal zum Telefon gegriffen hatte.

Mit den Händen im eigenen Blut hatte er sich erst mühsam aufgerichtet. Er konnte nicht mehr richtig gerade stehen. Er war schon früher zusammengeschlagen worden, hatte sich mehr als einmal dafür hergegeben, doch diesmal war es anders. Der Cop hatte nicht die Absicht gehabt, Wangs perverse Wünsche zu bedienen, und so war einiges gebrochen.

Eine Weile blieb er stehen und schaute auf die Scherben des Spiegels, unter dem er sein größtes Geheimnis preisgegeben hatte. Sein Gesicht war zerschnitten und verquollen, schlimmer noch, es sah alt aus. Der teure Firnis, den er aus Diät und körperlicher Ertüchtigung, aus Salben und Selbstverliebtheit aufgebaut hatte, war jetzt ab. Er sah auf eine Weise alt aus, wie nur ein Mann aussehen konnte, der bestimmte Dinge getan und sie so lange geheim gehalten hatte wie er.

Er hatte nie getötet und selten anderen auch nur weh getan. Jedenfalls nicht eigenhändig. Aber er hatte oft Szenen beigewohnt, nach denen junge Männer halb tot in Lachen aus Urin und anderen Körperausscheidungen liegen gelassen wurden. Außer ihm waren noch weitere Männer danach in ihren teuren Autos weggefahren, froh darüber, am Ende keine Mordgeschichte am Hals zu haben. Er besaß eine umfangreiche Samm-

lung von Videobändern, auf denen solche Fälle festgehalten waren. So umfangreich war die Sammlung, dass er vor dem Eintreffen der Polizei kaum alle Bänder verstecken, geschweige denn vernichten konnte.
Sein Vater würde das nie verstehen.
Und genauso wenig die Männer und Frauen, mit denen er in legitimeren Kontakten stand, obwohl er wusste, dass manche aus seinen Kreisen ebenfalls ihre Geheimnisse hatten. Das innere Feuer, das sie zu Ruhm und Erfolg antrieb, drängte sie auch zu düsteren Taten, mit denen sie sich beweisen wollten, dass sie anders und besser waren als der Rest der Menschheit. Die Bewunderung der anderen genügt allein nie. Früher oder später müssen wir uns selbst anbeten, sonst wird der Blick der anderen bedeutungslos. Dafür wurde Menschenmaterial angeschafft, wurden schluchzende Frauen mit Geld ruhig gestellt, manchmal von Wang selbst, der immer bereit war, sich als Freund zu zeigen. Ein Vertrauter für alle, deren Wünsche über das gesellschaftlich Akzeptierte hinausgingen. Die nach härteren, schnelleren und aufregenderen Genüssen verlangten. Die begriffen, dass Sex mit verängstigten Partnern etwas ganz anderes war.
Einer dieser Extravaganten, ein Mann, der wusste, wie hilfreich Wang sein konnte, besaß Kontakt zu Branchenkollegen. Diese Gruppe wurde von einem hochgewachsenen blonden Mann vertreten. Er lernte ihn erst nach Jahren kennen, und es dauerte noch länger, bis Wang merkte, dass dieser Mann nicht das war, wofür er ihn anfangs gehalten hatte, und dass er und die Leute, die er vertrat, mehr als bloßen Lustgewinn im Sinn hatten. Sie hatten nie Interesse gezeigt, ihn kennen zu lernen, was ihn ein wenig gekränkt hatte. Aber er war damit einverstanden gewesen, für Unterhaltung zu sorgen und den Mittelsmännern bei der Beschaffung der speziellen Objekte ihrer Begierden behilflich zu sein. Der Polizist hatte das ganz richtig gesehen: Es ging dabei nicht um Geld.
Jeder Mensch hat seinen eigenen Lebensweg und wird zweimal

geboren. Wang erlebte seine zweite Geburt vor fünfunddreißig Jahren, als er zehnjährig zufällig durchs Fenster einen nackten Hausdiener sah. Dieser Anblick an einem Frühlingsmorgen in einem fernen Land rührte ihn wie Donnerschlag und öffnete ihm die Augen für die verborgenen Dinge dieser Welt. Sein Vater hatte damals in seinem Arbeitszimmer gesessen, aus dem der kristalline Klang heiterer Barockmusik herüberwehte. Hingerissen lauschend hatte Wang für ein paar Sekunden still dagestanden. Für die meisten Menschen wäre dieses Erlebnis ohne Einfluss auf ihr weiteres Leben geblieben, aber Charles war seither nicht mehr derselbe wie vorher. Es begann mit voyeuristischem Nachspionieren, später kamen einschlägige Magazine und Videos dazu. Schließlich Reisen als Sextourist nach Hongkong und in gewisse Viertel von Los Angeles. Für die meisten Menschen hätte das gereicht, ja es wäre schon zu viel gewesen. Die Sünde lag nicht in der Sache, nicht einmal im Wunsch danach. Sie lag in diesem drängenden Verlangen, in einem Verlangen, das schon bestanden hatte, ehe es ihm überhaupt bewusst wurde. So stark war dieses Verlangen, dass er es hätte erfinden müssen, wäre es nicht schon da gewesen. Mit der Verdammung der Pornografie ist es wie mit den Schusswaffen. Die entstehen nicht von selbst. Und sie gehen nicht von selbst los, einer muss den Abzug betätigen. Es geht nicht ohne eine Hand. Der menschliche Geist ist diese suchende Hand, mit den Fingern fährt er auch in die schmalsten Lücken und zieht hervor, was darin verborgen war. Und der Vergleich geht noch weiter: Nach einer Zeit bildet sich Hornhaut, Verhärtungen, die das Tastempfinden abstumpfen lassen. Solche Verhärtungen haben die Folge, dass gröbere, schärfere Reize hermüssen, um denselben Effekt zu erzielen. Schließlich kommt der Punkt, wo man mit dem Frevel schon so weit gegangen ist, dass es keine Rolle mehr spielt, was als Nächstes gewagt wird.

In der vergangenen Woche hatte Wang nur einmal an das Schicksal von Michael Beckers Tochter gedacht. Der Gedanke war ihm im Zusammenhang mit der Hoffnung gekommen, dass Michael bald zu seiner Arbeit zurückkehren würde, denn es sah ganz so aus, als ob die Studiobosse der *Dark Shift*-Serie eine Chance geben wollten. So lächerlich Becker in vieler Hinsicht sein mochte, er konnte hart arbeiten, und er hatte Ideen. Mehr noch, er hatte Ideen, die dem breiten Publikum gefielen. Wang hatte zu seinem Vergnügen eine eigene Drehbuchversion für *Dark Shift* geschrieben, die freilich nicht so gut angekommen wäre.

Nichts davon wäre akzeptabel gewesen. Nichts von dem, was er je im Leben erstrebt und genossen hatte. Was gäbe es ohne diese Dinge noch zu begreifen, wofür lohnte es sich noch zu leben? Ohne die Erinnerung an jenen Frühlingsmorgen samt seinem Vermächtnis, dem erhaschten Anblick, umrahmt von Musik und dem Plätschern eines nahen Brunnens, gäbe es nichts mehr für ihn.

Als Zandt draußen seine Zigarette anzündete, hatte sich Wang schon in sein Arbeitszimmer geschleppt. Die Schockwirkung ließ nach, und seine Rippen bereiteten ihm höllische Schmerzen. Er wählte eine Nummer und warnte einen Freund. Jemand sei dem Geheimnis ihres Spiels zu nahe gekommen, vielleicht habe er es sogar ganz durchschaut.

Dann ließ er sich in seinen Sessel sinken. Von Julio keine Spur, obwohl mittlerweile erkennbar sein musste, dass der Besucher gegangen war. Für einen Augenblick streifte Wang der Gedanke, dass es schön gewesen wäre, Zugang zu einem Menschen zu haben, dessen Loyalität über bloße Dienstbarkeit hinausging. Zweifellos hatte der junge Mann das Anwesen über den Gartenzaun verlassen und lief die Straße hinunter in ein neues Leben. Wie ein Lächeln vom gestrigen Tag, so war er verschwunden.

Wang sperrte die mittlere Schublade seines Schreibtischs auf und holte seinen Revolver hervor. Er besaß einen Griff aus handgearbeitetem Kirschholz.

Eine schöne Waffe, immerhin.

31

Am nächsten Morgen gegen 8.45 Uhr warteten wir im Auto an der Straße zu Auntie's Pantry. Seit zwei Stunden fiel Schneeregen aus einem mit dunklen Wolken verhangenen Himmel. Ich hatte eine Schachtel Zigaretten und rauchte eine Zigarette nach der anderen. Bobby sagte nichts dazu. Er hatte seine Waffe im Schoß liegen und starrte durch die Windschutzscheibe.

»Wann kommen die beiden hier zu uns herauf?«

»Es steht nicht mal fest, dass sie überhaupt kommen«, sagte ich.

Er schüttelte den Kopf. »Ein Cop ohne Dienstausweis und eine Tusse. Eine tolle Truppe sind wir.«

»Wir haben sonst niemanden, Bobby.«

Ein Auto bog oben in die Straße. Wir schauten hin, als es vorbeifuhr, doch am Steuer saß eine Frau mittleren Alters, die uns keines Blickes würdigte. Wir warteten seit acht Uhr auf einen Mann, der in sein Büro kommen sollte. Wir standen unter Strom und zuckten vor jedem Schatten zusammen. Keiner von uns hatte gut geschlafen.

»Da«, rief Bobby plötzlich und deutete auf die andere Straßenseite. »Hagerer Kerl mit rotem Haar. Ist das nicht unser Mann?«

Wir warteten, bis Chip in seinem Büro war, dann stiegen wir aus. Ich schloss nicht ab. Die Straße war ziemlich leer. Für einen Schaufensterbummel war es nicht das richtige Wetter, und der Durchgangsverkehr verlief durch andere Straßen.

Ich riss die Tür zu Farlings Immobilienfirma weit auf und trat ein, Bobby folgte mir auf dem Fuß. Chip war in ein rückwärtiges Büro verschwunden. Im großen Empfangsraum gruppierten sich vier Schreibtische. An zweien saßen sorgfältig frisierte Damen in den Vierzigern, die fesch geschnittene Kostüme trugen, die eine ein rotes, die andere ein grünes. Beide blickten erwartungsvoll auf und schienen bereit, uns unsere Träume zu verkaufen.

»Wir wollen zu Chip«, sagte ich.

Eine der beiden Damen erhob sich. »Mr. Farling wird gleich für Sie da sein«, flötete sie. »Darf ich Ihnen inzwischen eine Tasse Kaffee anbieten?«

»Ich glaube nicht, dass Mr. Hopkins bleiben will.«

Chip stand in der Tür seines Büros. An Wange und Stirn hatte er Blutergüsse. »Ich bin mir sogar sicher, dass er gleich wieder geht.«

»Genau das haben wir vor, Chip. Aber Sie kommen mit. Wir sind auf dem Weg nach The Halls und brauchen jemanden, der uns dort die Türen öffnet. In Ihrer Eigenschaft als Exklusivvertreter für The Halls sind Sie unsere erste Wahl. Entweder kommen Sie aus freien Stücken mit, oder wir packen Sie am Schlafittchen.«

»Das glaube ich nicht«, widersprach er mit verärgerter Miene.

Unter dem Klang eines Glockentons ging die Eingangstür hinter uns auf. Ich wandte mich um und sah zwei Cops eintreten. Der eine war groß und schwarzhaarig, der andere kleiner und blond. Der Blonde übernahm das Reden.

»Guten Morgen, Mr. Hopkins«, begrüßte er mich.

»Kennen wir uns?«

»Wir haben miteinander telefoniert.«

»In welcher Angelegenheit?«

»Sie haben auf der Polizeiwache angerufen. Es ging um den Tod Ihrer Eltern.«

»Officer Spurling«, sagte ich.

»Den Officer habe ich gerufen«, teilte Chip mit. »Ich hatte Sie und Ihren Partner draußen im Auto gesehen. Ich habe ihm schon geschildert, wie Sie mich angegriffen haben.«

»Ich habe das eher als kleine Meinungsverschiedenheit angesehen«, sagte ich. »Bei Ihnen führte das allerdings zu einem epileptischen Anfall.«

»Ich sehe das nicht so. Und die Polizei auch nicht.«

»Das ist doch Quatsch, Ward«, schaltete sich Bobby ein.

Chip wandte sich an die beiden Frauen, die den Wortwechsel wie zwei Katzen beobachteten. »Doreen? Julia? Würden Sie bitte für einen Augenblick ins Hinterzimmer gehen?«

»Wir sind Ihretwegen hier, Chip«, stellte ich klar. »Niemand sonst braucht seinen Platz zu verlassen.«

»Bitte, meine Damen«, beharrte Chip und sah die Frauen auffordernd an. Die standen auf und trollten sich in das Hinterzimmer. Er machte die Tür hinter ihnen zu.

»Es wäre wirklich besser, Sie kämen mit uns auf die Wache«, erläuterte Spurling. Er sprach in ruhigem Tonfall und sehr vernünftig. »Ich weiß nicht, wieweit Sie informiert sind, aber das Haus Ihrer Eltern ist erheblich beschädigt worden, und außerdem hat es einen Hotelbrand gegeben, der damit in Zusammenhang zu stehen scheint. Officer McGregor und ich wollen Ihnen nur helfen.«

»Wissen Sie«, sagte ich, »die Sache ist bloß, dass ich Ihnen das nicht abkaufe.«

»Was ist mit Ihrem Kollegen?«, fragte Bobby Spurling. »Redet nicht viel, der Mann.«

Der andere Cop schaute Bobby an, sagte aber immer noch nichts. Das machte mir Sorge. Wenn ein Typ Bobby anhaltend und ohne Respekt anstarrt, dann ist er entweder begriffsstutzig oder sehr gefährlich oder beides.

»Arbeitsteilung«, sagte ich. Noch hatte ich die Hoffnung, die Situation retten zu können. »Vielleicht hat McGregor die geschicktere Hand im Abheften der Polizeiakten.«

»Sie haben ein ungewaschenes Maul, Hopkins«, erboste sich Chip. »Das ist wohl Ihre Veranlagung.«
Spurling beachtete ihn nicht. »Mr. Hopkins – kommen Sie nun mit uns auf die Wache?«
»Nein«, sagte Bobby.
Chip lächelte. McGregor zog seine Waffe.
»Sachte, sachte«, beschwichtigte ich, nun doch sehr nervös. Officer Spurling schien noch überraschter als ich. Er starrte auf die Waffe in McGregors Hand.
»Äh, George ...«, sagte er. Doch McGregor feuerte schon.
Wir waren auf dem Sprung, als Chip sein breites Grinsen auflegte, doch auch das war noch zu langsam. Im Büro gab es keine Möglichkeit, sich zu verstecken.
Bobby zog und schoss auf McGregor. Der Cop erhielt Treffer in Brust und Schenkel, doch die Geräusche waren nicht so, wie sie sein sollten. Offenbar trug er schusssichere Panzerung. Zwar war der Stoß so stark, dass McGregor einen Stuhl umriss und auf den Rücken fiel, doch rappelte er sich gleich wieder auf. Spurling hatte die ganze Zeit mit offenem Mund dagestanden.
Ich war McGregors Kugeln um Fußbreite durch eine Rolle am Boden entgangen. Nun kam ich hinter Doreens Schreibtisch wieder hoch und schoss zurück. Ich traf ihn an der Schulter. Im gleichen Augenblick pfiff etwas knapp an meinem Kopf vorbei. Es kam aus einer kleinen Pistole, die Chip in der Hand hielt. Was dann geschah, habe ich nicht mehr genau in Erinnerung. Ich schoss einfach auf alles, was mir vor die Revolvermündung kam. Bei einem Feuergefecht in Gottes grüner Flur mag man sich ja Zeit für einen gezielten Schuss nehmen und die Treffer notieren. Aber bei einem Schusswechsel in geschlossenen Räumen fehlt einem dazu die Muße.
Zehn Sekunden später war die Schießerei zu Ende. Ich befand mich hinter Julias Schreibtisch und spürte einen stechenden Schmerz in Wange und Stirn, wo mich etwas geschnitten hatte.

Keine Kugel, irgendetwas, was getroffen worden und durch die Luft geflogen war. Ich wunderte mich richtig, nicht mehr abbekommen zu haben. Der Inhalt von Chips Kopf klebte an der hinteren Wand des Empfangsraums. Keine Spur von McGregor. Die Tür des Büros stand sperrangelweit offen.
Spurling hatte einen Steckschuss im Bein und lag hinter einem Schreibtisch. Er bewegte sich, aber nur langsam. Sein Kopf war immer noch dort, wo er hingehörte. Dabei beließ ich es.
Bobby war gegen die Wand neben dem Eingang geschleudert worden. Mit einer Hand hielt er sich den Arm, während Blut zwischen seinen Fingern hervorquoll. Ich eilte zu ihm und packte ihn.
Wir stolperten nach draußen auf den Bürgersteig und liefen über die Straße. Am Auto machte ich die Beifahrertür auf und schob Bobby hinein. Ein gerade vorbeikommendes Paar in orangefarbenem Skianzug blickte entgeistert erst auf uns und dann auf das zerschossene Fenster des Maklerbüros.
»Da wird ein Film gedreht«, mutmaßte einer der beiden. »Muss wohl so sein.«
»Ich bin so weit okay«, murmelte Bobby, als ich auf der Fahrerseite einstieg und den Motor anließ. Ich gab Gas und brauste los.
»Was redest du da, du hast doch was abgekriegt.«
»Geh vom Gas runter.« Vor uns kam ein Stop-Schild, Verkehr von mehreren Seiten. Ich nahm den Fuß vom Gas und stahl mich durch eine Lücke auf die andere Fahrbahn.
»Wohin fahren wir eigentlich?«, fragte Bobby.
»Ins Krankenhaus.«
»Das geht nicht«, widersprach er. »Nicht nach dem Vorfall eben.«
»Spurling steht auf unserer Seite.«
»Der hat nur mitbekommen, dass viel geschossen wurde. Beide Cops haben Kugeln eingefangen, und ein Zivilist ist auf der Strecke geblieben.«

»Er weiß, dass McGregor das Ganze provoziert hat. Ich fahre zum Highway und bringe dich ins nächste Krankenhaus außerhalb der Stadt.«
»Wo sie immer noch Meldung erstatten müssen. Und wir haben auf Cops geschossen.«
»Bobby, du hast eine Schusswunde. Muss ich dir das erst dreimal sagen?«
Während ich Richtung Westen fuhr und immer wieder die Fahrbahn wechselte, um schneller voranzukommen, nahm er vorsichtig die Hand von seinem verletzten Arm. Ich schaute zu ihm hinüber: klumpig gewordenes Blut, aber nicht so viel, wie ich gefürchtet hatte. Vor Schmerz zuckend zog er den Stoff um das Einschussloch beiseite und inspizierte die Wunde. »Da fehlt ein Fetzen«, gab er zu. »Das ist nicht ideal, aber ich lebe ja noch. Medizinische Hilfe schön und gut, aber es gibt Dringenderes.«
»Und das wäre?«
»Waffen«, antwortete er und ließ sich in den Sitz zurücksinken. »Möglichst was Großkalibriges.«

Ich ließ Bobby im Auto und ging zum Waffenladen hinüber. Mittlerweile regnete es in Strömen aus schweren dunklen Wolken. Ehe ich die Tür aufmachte, sammelte ich mich noch einmal. Viele Waffenhändler verbreiten gern den Eindruck, als verkauften sie Geräte, die nur rein theoretisch auch als Waffen gebraucht werden können. Wer einen Waffenladen betritt, vermeidet es daher so auszusehen, als wolle er die Ware im nächsten Augenblick benutzen.
Drinnen ein langer, schmaler Raum. Ein gläserner Tresen, wo Faustfeuerwaffen wie Juwelen ausgestellt waren. Dahinter an der Wand, sorgfältig in Gestellen aufgereiht, Gewehre über Gewehre. Keine Kunden und kein Panzerglas. Nur ein weißhaariger dicker Mann in dunkelblauem Hemd stand da und wartete auf Kundschaft.

»Kann ich Ihnen helfen?« Der Mann legte zwei breite Hände auf den Tresen. An der Wand hinter ihm hingen zwei Poster mit den Gesichtern bekannter arabischer Terroristen. »Tot oder lebendig« lautete die Bildunterschrift, wobei »oder lebendig« durchgestrichen war.

»Ich möchte Waffen kaufen«, sagte ich.

»Ich verkaufe nur eisgekühlte Joghurts. Habe schon lange vor, das blöde Ladenschild abzuhängen.«

Ich lachte aus voller Kehle, er ebenfalls. Wir amüsierten uns prächtig.

»Sehr schön. An was hatten Sie denn gedacht?«

»Zwei Gewehre mit achthundert Schuss, vierzig Ladestreifen mit 45-Millimeter Weichmantelgeschossen, egal welches Fabrikat, das billigste. Und zwei kugelsichere Westen, die teuren, eine in Größe L, die andere in M.«

»Donnerwetter«, rief er, immer noch gut gelaunt. »Wollen Sie einen Krieg beginnen?«

»Das nicht. Aber Junge, Junge, die Nagetiere sind bei uns eine echte Plage.« Sein Lächeln gerann, und ich merkte, dass er meine Wange betrachtete. Ich hob die Hand, strich darüber und senkte sie wieder: Sie war mit Blut beschmiert. »Wie Sie sehen, wachsen uns die Biester über den Kopf.«

Diesmal lachte er nicht. »Ich weiß nicht, ob ich Ihnen das alles verkaufen kann.«

Ich holte eine American-Express-Gold-Karte heraus, und schon lächelte er wieder. Er rechnete den Preis mit Papier und Bleistift aus und gewährte mir einen Rabatt auf die Munition. Bei Kauf in großen Mengen ist der Stückpreis für maximal achthundert Tote wirklich sehr anständig.

Er nannte mir die Summe, und ich winkte zum Zeichen meines Einverständnisses, denn ich hatte es eilig. Ich schaute durchs Fenster zu Bobby hinüber. Er hatte die Jacke ausgezogen und versorgte gerade seine Wunde. Ich hatte das Verbandmaterial auf der Durchfahrt in einem Laden für Tierarztpraxen erstan-

den, dazu noch Sicherheitsnadeln und Gaze. Er zuckte und grimassierte. Ich wandte mich noch gerade rechtzeitig dem Ladenbesitzer zu.
»Lassen Sie das bleiben«, sagte ich zu ihm und richtete meinen Revolver auf seine Brust.
Die Hand nur einen Zoll breit neben dem Telefonhörer, erstarrte er augenblicklich, sah mich aber unverwandt an.
»Sagen Sie nichts. Ich wette, vor ein paar Tagen kam ein Cop hier hereinspaziert und hat Ihnen eingeschärft, einem gewissen Ward Hopkins, sollte er hier auftauchen, nichts zu verkaufen.«
»Das stimmt.«
»Aber Sie tun es natürlich trotzdem.«
»Nein, das tue ich nicht.«
Ich trat einen Schritt näher und hob die Waffe, so dass sie auf seinen Kopf gerichtet war. Ich war ziemlich nervös und aufgewühlt. Er schüttelte den Kopf und griff wieder nach dem Telefon. »Ich verkaufe Ihnen nichts.«
Das Telefon war ein altmodischer Apparat und explodierte mit wahrem Getöse, als die Kugel es zerfetzte. Der Mann sprang entsetzt zurück.
»Doch, das tun Sie. Sonst schieße ich Sie über den Haufen und nehme mir, was ich brauche. Jammern Sie nicht, die Knarre in meiner Hand habe ich einmal genau in diesem Laden hier gekauft. Und wissen Sie was? Dafür werden die Dinger gemacht.«
Der Mann stand eine Weile still da und überlegte wohl, was tun. Ich hoffte inständig, dass er meinen Wunsch doch erfüllen würde, denn ich wollte nicht auf ihn schießen, und vermutlich spürte er das auch.
Dann zwinkert er plötzlich. Ich drehte mich um und sah einen jungen Mann auf den Laden zukommen. Er hatte eine Tüte mit belegten Broten in der Hand und trug dieselbe Sorte T-Shirt wie der dicke Ladenbesitzer.

Ich fluchte, beugte mich vor und griff mir so viele Munitionsschachteln, wie ich tragen konnte.

»Sie waren mir keine Hilfe«, bellte ich ihn an, stürzte zur Tür und rannte den jungen Mann um, der der Länge nach in eine Pfütze fiel.

Ich sprang ins Auto und warf die Munitionsschachteln in Bobbys Schoß. »Lief nicht gut.«

»Den Eindruck habe ich auch«, sagte Bobby, als er den dicken Mann mit einem Gewehr aus der Ladentür treten sah.

Ich gab Gas und fuhr rückwärts heraus, als der erste Schuss hoch über den Wagen pfiff. Der jüngere Mann war wieder auf den Beinen und lief, den anderen wegstoßend, in den Laden. Ich trat auf die Bremse, so dass der Wagen in die andere Richtung schleuderte, und raste los. Dennoch wurde ein Fenster hinten von einer Kugel zertrümmert.

»Der Waffenfritze hatte meinen Namen auf einer schwarzen Liste.« Ich bog scharf rechts ab. Ich fuhr in keine bestimmte Richtung, sondern wollte nur so schnell wie möglich aus dem Stadtzentrum. »Immerhin eine Frage ist jetzt gelöst, nämlich, wie es die Straw Men geschafft haben, so rasch zum Haus meiner Eltern zu kommen, nachdem ich mir Chip vorgeknöpft hatte. Sie brauchten sich gar nicht erst in Bewegung zu setzen. Sie hatten McGregor schon hier vor Ort.«

»Jetzt wird so manches klar.«

»Und noch etwas passt zusammen: McGregor und Spurling sind die Cops, die als erste an der Unfallstelle meiner Eltern waren. Es sei denn, dass McGregor noch etwas früher da war.«

»Und jetzt ist er wieder im Police Department von Dyersburg, hinterlässt Blutflecke auf dem Fußboden und posaunt unsere Namen aus. Wir sitzen ganz schön in der Scheiße, Ward – knietief sogar. Was machen wir jetzt?«

In der ganzen Stadt gab es nur einen Menschen, von dem ich mir vorstellen konnte, dass er uns vielleicht helfen würde. Ich nannte seinen Namen.

»Gute Idee«, sagte Bobby und zuckte, als er sich in den Sitz zurücklehnte. »So wie es jetzt läuft, kommt uns ein Anwalt gerade recht.«

Laut Visitenkarte, die mir Harold Davids nach der Beerdigung gegeben hatte, lag sein Haus genau auf der anderen Seite der Stadt. Anders als die hügelige Gegend mit den lang gezogenen Straßen, in der meine Eltern gewohnt hatten, waren die Anwesen hier schachbrettartig angelegt. Freilich bestand das Schachbrett aus großen Grundstücken, auf denen sehr hübsche Häuser standen.

Als wir draußen vorfuhren, sahen wir, dass das Verandalicht sowie eine weitere Lichtquelle im Innern des Hauses angeschaltet war. Ein Auto, das so ähnlich aussah wie dasjenige, in dem ich Davids gesehen hatte, war etwas weiter unten am Straßenrand geparkt. Wir warteten eine Weile, um sicher zu gehen, dass uns niemand gefolgt war, dann stiegen wir aus.

Ich drückte auf den Klingelknopf. Keine Antwort, wie zu erwarten.

»Mist«, sagte ich. »Was nun?«

»Ruf ihn an«, schlug Bobby vor, während er die Straße hinunterschaute. Ich zückte mein Handy und wählte Davids' Büronummer. Keine Antwort. Dann probierte ich die Privatnummer für den Fall, dass er abends auf die Türklingel nicht mehr reagierte oder sich irgendeine Fernsehshow ansah und die Klingel überhört hatte. Mindestens zwei Telefone auf verschiedenen Stockwerken klingelten, bis sich nach acht Versuchen der Anrufbeantworter einschaltete. Die Bandansage teilte die Büronummer mit, aber keine Handynummer.

»Wir können hier nicht ewig herumstehen«, sagte ich. »In einer Wohngegend wie dieser hier kommt sonst sicher jemand auf die Idee, die Polizei zu verständigen.«

Bobby drehte am Türknauf. Die Tür war abgeschlossen. Er griff in seine Jackentasche und holte einen Dietrich heraus. Ich wollte schon protestieren, tat es aber doch nicht, wir hatten ja sonst niemanden. Bobby wollte gerade den Dietrich ins Schloss stecken, als die Tür von innen aufgeschlossen wurde. Wir erschraken beide.

Die Tür ging einen Fußbreit auf. Harold Davids' Gesicht erschien in der Spalte.

»Harold«, begrüßte ich ihn.

»Ward? Bist du es?« Er öffnete die Tür etwas weiter. Er sah schrecklich nervös aus. »Du liebe Güte«, rief er, »was ist denn mit ihm geschehen?«

»Er ist angeschossen worden«, sagte ich.

»Angeschossen«, wiederholte er. »Von wem?«

»Böse Jungs«, sagte ich nur. »Harold, ich weiß, das ist nicht das, woran Sie dachten, als Sie mir Ihre Hilfe anboten. Aber wir sind echt in Schwierigkeiten. Und ich habe sonst niemanden.«

»Ward. Ich äh …«

»Harold«, bat ich ihn. »Wenn nicht für mich, dann tun Sie's für Dad.«

Er sah mich lange und bohrend an, dann trat er beiseite und ließ uns ein.

Sein Haus war um einiges kleiner als das meiner Eltern, aber schon allein der Flur schien dreimal so viel Krimskram zu enthalten. Stiche, Kunstgewerbe, Bücher in einem Gestell, das eigens dafür gemacht schien. Aus dem Hintergrund ertönte klassische Musik, ein Stück für Klavier solo, Bach, glaube ich.

»Geht einfach geradeaus durch«, sagte er. »Und achtet auf den Teppich. Ihr verliert beide Blut.«

An den Wänden des Wohnzimmers hingen Reproduktionen von Gemälden, die mir alle nicht bekannt waren. Das Licht war gedämpft, nur zwei hohe Stehlampen warfen Schatten. Kein Fernsehgerät, aber ein kleiner, teuer aussehender CD-Player, der die Musik verbreitete. Außerdem ein altes Klavier, auf dem Fotografien standen, manche gerahmt, manche lediglich auf-

gestellt. Vor der Couch lag ein dekorativer Teppich, dessen Ränder leicht zerschlissen waren.
»Ich hole ein Handtuch«, sagte Davids. Er zögerte einen Augenblick in der Tür, dann verschwand er.
Während Davids' Abwesenheit stand Bobby mitten im Zimmer und achtete darauf, dass alles, was aus seinem Arm tropfte, nur auf den Holzboden fiel.
Ich schaute mich um. Die Dinge, mit denen sich andere Menschen, und besonders ältere Menschen, umgeben, sind so unbegreiflich. Ich erinnerte mich, dass ich einmal einer Laune folgend meinem Vater zu Weihnachten eine alte Rechenmaschine gekauft hatte. Ich entdeckte sie in einem Trödelladen und fand, dass sie cool aussah und meinem Vater gefallen könnte. Als er sie ausgepackt hatte, sah er mich an und bedankte sich verlegen. Ich sagte ihm, dass er nicht gerade begeistert aussähe. Ohne ein weiteres Wort führte er mich in sein Arbeitszimmer und machte eine Schublade auf. Dort befand sich neben jahrelang gehorteten Bleistiften und Briefklammern eine alte Rechenmaschine, noch dazu das gleiche Modell.
Davids' Leben war mein Trödelmarkt. Was ich für Retro-Look hielt, war für meinen Vater einmal neu und modern gewesen. Wir sind von denen, die wir am meisten lieben, durch jahrzehntedicke Zeitschichten getrennt, wie Glas, das durchsichtig wirkt, aber einen undurchdringlichen Panzer bildet. Wir glauben, dass wir gemeinsam mit ihnen leben, aber wenn wir sie berühren wollen, sind sie für unsere Hand unerreichbar.
Davids kam mit einem Tuch zurück, das sich Bobby sogleich um den Arm band. Dann setzte sich der Anwalt in einen Sessel und schaute auf den Fußboden. Er sah blass und müde aus und wirkte viel älter als beim letzten Mal. Eine Lampe stand neben dem Sessel, in ihrem Lichtschein traten Davids' gefurchte Stirn und sein eingefallenes Gesicht deutlich hervor.
»Ward, du musst mir nun sagen, was passiert ist. Und ich kann

dir nicht versprechen, dass ich dir viel helfen kann. Meine Domäne sind Verträge, nicht … Schießereien.«

Er fuhr sich mit der Hand durch die Haare und schaute zu mir auf – und da ging ein kleines Lämpchen in mir an.

Ich sah hinüber zu den Fotos auf dem Klavier und dann zurück auf Davids.

»Was schaust du mich an, Ward?«

Ich machte den Mund auf, um etwas zu sagen, fand aber nicht die richtigen Worte.

»Was ist geschehen? Was hast du getan, Ward?«

Die Wahl seiner Worte, die sicherlich zufällig war, löste mir die Zunge, weil sie mich an etwas erinnerte.

Schließlich begann ich zu sprechen.

»Wann haben Sie meine Eltern eigentlich kennen gelernt?«

»1995«, antwortete er ohne Zögern. »Im Jahr, als sie hierher kamen.«

»Nicht schon vorher?«

»Nein. Wie hätte ich denn?«

»Vielleicht sind Sie ihnen früher schon einmal begegnet. Die Wege der Menschen kreuzen sich auf geheimnisvolle Weise. Fast so, als laufe etwas im Hintergrund, von dem keiner etwas ahnt.«

Er schaute wieder auf den Holzboden. »Was du da sagst, ist merkwürdig, Ward.«

»Wie lange wohnen Sie schon in Dyersburg?«

»Mein ganzes Leben lang, das solltest du eigentlich wissen.«

»Dann können Sie mit dem Namen Lazy Ed also nichts anfangen?«

»Nein.« Er schaute nicht auf, aber er sagte es ohne Zögern, ohne falschen Ton in der Stimme. »Ein seltsamer Name, wenn du mich fragst.«

Jetzt blickte Bobby zu mir herüber.

»Ja, sehr seltsam«, fuhr ich fort. »Ich kannte noch nicht einmal seinen Familiennamen. Es war immer nur Lazy. Keine lange

Grabinschrift, aber jetzt, wo er tot ist, spielt das wohl keine Rolle mehr.«

»Es tut mir leid, dass dein Freund tot ist, Ward, aber ich weiß wirklich nicht, worauf du hinauswillst.«

Ich nahm das Foto vom Klavier. Es war keine Gruppenaufnahme. Von denen gab es nur wenige, und die waren in Schwarzweiß, verblasste Erinnerungen an lang verstorbene Menschen, die steif vor einer Technik standen, der sie nicht wirklich vertrauten. Das Foto, das ich in der Hand hielt, war ein Porträt in Farbe, eine Amateuraufnahme, die ein Freund vor langer Zeit gemacht hatte. Es hatte diesen Pastellcharakter, bei dem die Rottöne ihr Feuer und die Blautöne ihre Tiefe bewahren, während alles Übrige in der verflossenen Zeit verblasst ist, als ob das Licht, das diese Oberfläche einmal gespiegelt hat, nicht mehr bis ins Heute reichte; als ob jene Zeit selbst sich auflöste, weil weniger und weniger von denen noch am Leben waren, die sich an die Sonne auf dem Gesicht erinnerten. Ein junger Mann vor einem Waldstück.

»Leg die geile Platte auf«, sagte ich und schaute einem Harold aus einer anderen Zeit ins Gesicht. »Leg sie auf. Komm schon, Don, obercooler Don, leg sie auf.«

»Hör auf, Ward.« Jetzt war ein leichtes Beben in seiner Stimme.

Bobby nahm mir das Foto aus der Hand.

»Das Foto muss ein paar Jahre früher gemacht worden sein«, erläuterte ich. »Harold ist jünger und dünner als auf dem Video, und er hat sich noch nicht die Haare wachsen lassen.«

Dann wandte ich mich wieder an Davids. »Wie alt waren Sie damals – fünf, sechs Jahre älter als die anderen und Ed, ungefähr so alt wie Mary. Jetzt sind Sie der Einzige, der noch am Leben ist. Und deshalb haben Sie heute Abend nicht aufgemacht, als wir klingelten, und Sie sind auch nicht ans Telefon gegangen.«

Davids starrte mich an. Er sah aus, als wäre er hundert Jahre alt, und wirkte sehr verängstigt.

»Oh, verdammt«, sagte er mit zittriger Stimme.
Ich wollte ihn packen und schütteln, damit er redete und mir endlich erklärte, was damals geschehen war, damit ich endlich den Schlüssel an die Hand bekam, um mein Leben zu verstehen. Aber genauso wie er in den letzten dreißig Jahren achtzig Pfund abgenommen hatte, genauso hatte sein Gesicht binnen zwanzig Sekunden alles verloren, was ich vorher in ihm gesehen hatte, das Aussehen, das jemand bekommt, der sein Leben lang anderen gesagt hat, wie sie vor dem Auge des Gesetzes dastehen. Nun sah er schmal und zerbrechlich aus und schien noch ängstlicher als ich zu sein.
»Erzählen Sie es mir«, war alles, was ich hervorbrachte.
Am Ende ging es rasch und dauerte gar nicht lange.
Er erzählte mir, dass es vor langer Zeit einmal fünf Freunde gab.

32

Harold, Mary und Ed waren alle in Hunter's Rock geboren und wuchsen zusammen auf. Sie führten das Leben von Kleinstädtern, was ja nicht das Schlechteste ist. Dann machten sie in einer Bar die Bekanntschaft mit zwei Zugereisten, und von da ab waren die fünf unzertrennlich.

Meine Eltern waren damals schon verheiratet, hatten aber feststellen müssen, dass sie keine Kinder haben konnten. Mit der Zeit merkten sie jedoch, dass das nicht das Ende der Welt bedeutete. Sie hatten ja einander, sie liebten und verstanden sich und genossen gemeinsam das Leben. Es gab viel zu tun und zu entdecken: Ihre Jahre würden nicht langsamer vergehen, sie selbst nicht freudlos versauern, nur weil sie abends, wenn sie die Tür hinter sich schlossen, für immer zu zweit in ihrer Höhle saßen. Sie lebten weiter und versuchten das Beste aus den Karten zu machen, die sie erhalten hatten. Die Jahre vergingen mit Arbeit, Schlaf, Ausgehen am Wochenende und langen Billardpartien, bei denen keiner verlor.

Dann ging ein Ruck durch die Welt, und sie begriffen, dass die Weitergabe der eigenen Gene nicht die einzige Möglichkeit war, auf dieser Erde eine Spur zu hinterlassen. Plötzlich brach eine Epoche an, die ich wohl nie richtig verstanden habe. In einer Kultur, die bis dahin eine friedliche Ebene gewesen war, erhoben sich Berge, Schluchten taten sich auf, und durch den Boden, auf dem die Menschen standen, ging plötzlich ein Riss.

Demonstrationen auf den Straßen, Sit-ins auf dem Campus, Studenten und Dozenten zum ersten Mal Seite an Seite im Kampf vereint. Raufereien in Restaurants, wo Schwarze nicht am selben Tresen bedient wurden wie Weiße. Polizisten, die das Feuer auf demonstrierende Bürger eröffneten, Kinder, die gegen ihre Eltern aufbegehrten. Protestmärsche. Laute Beschimpfungen wie Niggerfreund, Faschist, Schwuler, Roter. Aus Ideen wurden Waffen geschmiedet. Lange Nächte in Privatwohnungen, wo gekifft und geredet wurde, endlose Diskussionen über neue Lebensweisen, Diskussionen über richtiges Diskutieren.

Meine Eltern waren älter als die meisten Aktivisten. Sie hatten mehr Tatkraft und mehr Zeit – und auch mehr Weitblick als die Teenager und die Unterdrückten. Philippa Hopkins kämpfte für den Eintritt schwarzer Hausangestellter in die Gewerkschaft. Harold bot kostenlose Rechtsberatung für alle, die aus Armut oder aufgrund ihrer Rasse bei Auseinandersetzungen vor Gericht immer den Kürzeren zogen. Don Hopkins organisierte den Bürgerprotest gegen Entwicklungsprojekte, für die ganze Viertel platt gemacht werden sollten, um Platz für Umgehungsstraßen zu schaffen. Hier lagen die Anfänge der postmodernen amerikanischen Städte, in denen die sozial Unerwünschten mit sechsspurigen Betonpisten, über die sich ein nicht abreißender Strom aus Blech ergießt, von der übrigen Bevölkerung isoliert werden, ein Mittel, die soziale Ungleichheit der Stadtlandschaft festzuschreiben. Mary und Ed waren nur Mitläufer, aber sie halfen, wo sie konnten und sofern Ed nicht gerade betrunken war. Mary liebte Harold, und Ed suchte ein paar Leute, mit denen er herumhängen konnte. Sie hatten alle einen Job und engagierten sich in ihrer freien Zeit. Diese erfahrenen Kämpfer, die die gefürchtete Schwelle der Dreißig überschritten hatten, verstanden es, ihre Begeisterung mit dem notwendigen Sinn für das Wesentliche zu verbinden. Sie konzentrierten sich auf das, was anderen Menschen wirklich half,

und verzichteten auf alles, was bloß innere Wärme und die Chance zum Beischlaf mit Jüngeren verschaffte, die vom Adrenalin des Protestes euphorisiert waren.
Zwei Jahre lang schwangen sie Fahnen, reckten die Fäuste und investierten Zeit, Geld und Mut. Einiges änderte sich, vieles blieb. Das Establishment zeigte Stehvermögen. Mit Elektrogitarren und freier Liebe konnte man nicht so viel ändern. Nach und nach verlor die neue Zeit ihr Aroma, während die Mächte des Beharrens wieder ein Jahr standhielten. Als Erster spürte Harold diese Tendenz. Die Kämpfer, die auf Demonstrationen ihren Zorn den Bullen ins Gesicht geschrien hatten und nun zu ihm zur Rechtsberatung kamen, sahen übel zugerichtet aus. Beim gewaltfreien Widerstand holten sie sich jeden Monat immer mehr Wunden, und die blauen Flecke und Narben gingen nicht in jedem Fall auf das Konto der Polizei. Innerhalb der Protestbewegung gebe es Fraktionen, deren Uneinigkeit wachse. Die Auseinandersetzung innerhalb der Bewegung nehme militantere Formen an als der Kampf gegen das Establishment. Manche Gruppen würden ihre eigenen dunklen Ziele verfolgen, ohne sich um den Fortschritt des großen Ganzen zu scheren.
Anfangs stimmten ihm die anderen nicht zu. Die Euphorie lasse nach, diesen Trend hatte Don schon früher vorausgesagt. Die natürlichen Gegnerschaften träten wieder hervor, weiter nichts: der Zorn, angefacht durch die frustrierende Erkenntnis, dass die Volksrepublik der Vereinigten Staaten von Amerika ferner denn je sei. Aber dann waren die ersten Toten zu beklagen. Demonstrationen, bei denen Ordnungskräfte und Studenten, von Molotowcocktails getroffen, am Boden liegen blieben. Straßenkämpfe, die ohne ersichtlichen Anlass ausbrachen. Auf Rock-Konzerten kam es zu Rangeleien, und nachdem sich die Menge zerstreut hatte, fand man Tote und eine Schusswaffe. Bei Sprengstoffanschlägen kamen viele unschuldige Passanten zu Tode, ohne dass irgendein nur halbwegs plausibles Motiv

erkennbar gewesen wäre. Manches ging auf das Konto von Leuten, die meinten, das Richtige zu tun, die den bewaffneten Kampf für den einzigen Weg zum Fortschritt hielten. Doch hinter den schlimmsten Attentaten standen Leute, die ganz andere Pläne hatten. Diejenigen, die auf Gewehre und Sprengstoff setzten, waren besser organisiert als die Freiheitskämpfer, hinter deren Sache sie sich versteckten. Im Nest der Protestbewegung hatte ein Kuckucksei gelegen, und nun wurde der Vogel flügge und schlug energisch mit den Flügeln.
Viele stiegen in dieser Phase aus. Der Sommer der Liebe war bereits zu einem Herbst matter Wehmut verwelkt. Auch hatten die Drogen schon viele in die Leichenschauhäuser gebracht. Ed wollte nicht mehr und Mary auch nicht. Beide waren nur wegen des Kitzels dabei gewesen, um etwas zusammen mit ihren Freunden zu machen. Politik als geselliges Ereignis, Schlagwörter als Modeaccessoire. Sogar Harold schwankte. Er war Rechtsanwalt und strebte in seinem Innersten nach Ordnung.
»Aber Pip und Don«, fuhr Harold mit leiser, trockener Stimme fort, »die beiden konnten nicht davon lassen.«
Sie stellten Fragen und gingen den Konflikten auf den Grund. Sie ermittelten die Drucker und Verfasser gewisser Hetzschriften und kamen zu dem Ergebnis, dass fehlerhafte Grammatik und ein Stich ins Wahnsinnige meist nur Tarnung waren. Sie suchten nach dem Freund des Freundes eines Freundes, demjenigen, der möglicherweise die Waffe zur Demo mitgebracht oder der als Erster eine benzingefüllte Flasche als Wurfgeschoss verwendet hatte oder der eine Verbindung zu den Leuten vermitteln konnte, die wirklich etwas tun und nicht bloß labern. Sie suchten und fanden schließlich auch etwas.
Dann kamen die Drohungen. Zwei ihrer Freunde fand man zusammengeschlagen auf der Rückbank eines Autos. Ein weiterer verschwand eines Nachmittags und tauchte nie wieder auf. Harold verlor seine Stelle. Das war das erste Zeichen, dass

diese Leute erheblich besser organisiert waren als die Studenten und Hippies, deren Protest sie ausbeuteten.
Am Ende lauerten sie eines Nachts meiner Mutter auf und entführten sie. Während ein Mann ihr das Messer an die Kehle hielt, drohte ihr ein anderer, dessen Gesicht sie nicht sehen konnte, wenn sie und mein Vater mit dem Schnüffeln nicht aufhörten, dann könnten sie demnächst die Radieschen von unten betrachten. Sie wurde vergewaltigt, dann nackt und mit geschorenem Kopf aus dem Auto geworfen.
Danach veränderte sich mein Vater. Er nahm die Jagd auf. Vier Monate blieben er und meine Mutter für den Rest der Welt unauffindbar. Sie tauchten hinab in das Dunkel, bis sie die Kerze fanden, die Licht ins Herz der Finsternis warf. Die anderen erfuhren nie, was sich damals im Einzelnen abgespielt hatte, aber sie sahen, dass meine Eltern nicht mehr die Gleichen wie vorher waren. Man besuchte sich weiterhin unter Freunden, aber jetzt, da man nicht mehr für die gute Sache kämpfte, schien auch der Zusammenhalt der Gruppe nachzulassen. Don redete von befremdlichen Dingen, von einer großen, vagen Verschwörung, hinter der Leute steckten, die unsere Gesellschaft von innen her zerstören wollten. Die anderen drei stellten sich taub, jedenfalls am Anfang. Es klang zu sehr nach den Phantasien eines Ehepaars, dem der Kontakt zur Wirklichkeit zu entgleiten schien.
Und eines Nachts waren beide dann in die Bar gekommen, wo sich die Freunde gewöhnlich trafen. Mary hatte sich nach einem Streit mit Davids betrunken und sprach nicht einmal mit ihnen. Mein Vater hatte Harold beiseite genommen und redete auf ihn ein. Anfangs sträubte sich Harold, aber schließlich ging er doch mit den beiden fort, so dass Mary und Lazy Ed allein in der Bar zurückblieben. Die beiden taten das Naheliegende, sie zogen über die anderen her und gingen dann in den Wald, um miteinander zu schlafen. Beim Lost Pond. Harold und Mary gaben wenig später die gemeinsame Wohnung auf.

Die anderen drei waren an jenem Abend hinauf in die Berge gefahren. Nach vier Stunden erreichten sie einen Ort im Süden Oregons. Sie waren bewaffnet und näherten sich dem Ort behutsam.

Meine Mutter und mein Vater hatten damals ihre Perspektive verloren, obwohl sie vielleicht glaubten, sie gefunden zu haben. Sie hatten gelernt, dass im Kampf zwischen den Verfechtern des Lebens und denen des Todes es die Letzteren waren, die die Art und Weise des Kampfes bestimmten.

Das Lager befand sich in einer Lichtung eine halbe Meile abseits der Straße tief im Wald versteckt. Ein paar selbst gebaute Hütten, im Halbkreis aufgestellt, wie es sich gehört. Nachdem sich meine Mutter jeden der Männer dort angeschaut und bestätigt hatte, dass er zu den Entführern gehörte, gingen die drei rasch von Hütte zu Hütte und schossen auf jeden, der ihnen entgegentrat.

In Harolds Wohnzimmer wurde es still.

»Ihr seid hineingegangen und habt auf sie geschossen? Meine Eltern haben auf Menschen geschossen?«

»Nicht auf Frauen und Kinder«, versicherte Davids. »Und wir haben auch nicht geschossen, um zu töten. Aber auf die Männer haben wir geschossen, auf jeden. Ins Bein, in die Schulter oder in die Eier, je nachdem.«

»Ich mache Ihnen ja keinen Vorwurf«, sagte ich, ohne zu wissen, ob ich das wirklich so meinte oder nicht. Wahrscheinlich schon. »Wenn das stimmt, was Sie sagen, dann mache ich keinem von euch einen Vorwurf.«

»Es ist die Wahrheit«, beteuerte er. »Ich war dabei. Der Letzte, den wir fanden, war der Mann, der deiner Mutter das Messer an die Kehle gehalten hatte. Damals wussten wir es noch nicht, aber das war keine kopflose Proletenbande. Sie standen für eine Sache. Sie waren immer zusammen. Deine Eltern trafen diesen Mann allein in seiner Hütte sitzend an. Und dein Vater, der große Don Hopkins, der aufstrebende Immobilienmakler, setzte ihm die Pistole an den Kopf und drückte ab.«

Ich versuchte mir vorzustellen, was in jener Nacht geschehen war, wie mein Vater damals gewesen war, und mir wurde bewusst, dass ich ihn nie wirklich gekannt hatte. Mir war, als würde mir dieses Wissen aus den Augen fließen.

»Dann hörten sie ein Geräusch aus dem Raum nebenan, und Pip ging hinüber. Die Frau des Mannes hatte ihn verlassen, oder er hatte sie getötet. Jedenfalls hatte sie ihre Kinder zurückgelassen. Zwillinge, keine sechs Monate alt, gemeinsam in einem Kinderbettchen und nun Waisen. Zwei kleine Kinder, wie Pip sie sich immer gewünscht und nicht haben konnte.« Davids schüttelte den Kopf. »Wenigstens haben sie es so erzählt. Bei diesem Teil war ich nicht dabei. Vielleicht haben sie auch zuerst die Kinder gesehen. Vielleicht hat Pip die Kinder entdeckt, und dein Vater hat eine Möglichkeit gesehen, deine Mutter für das, was man ihr angetan hatte, zu entschädigen. Vielleicht glaubten sie, ein Tötungsschuss sei ihnen erlaubt.«

»Meine Eltern waren keine Lügner«, protestierte ich.

»Dann wusstest du das alles schon, ja?«

»Sie waren keine Lügner«, wiederholte ich nutzlos. »Das ist alles Scheiße, was Sie da erzählen.«

»Was geschah mit den Kindern?«, fragte Bobby.

»Wir nahmen sie mit nach Hunter's Rock. Don und Pip kümmerten sich eine Zeit lang um sie. Aber am Ende lief es darauf hinaus, dass sie getrennt werden mussten. Pip war darüber sehr unglücklich und dein Vater ebenfalls, aber wir Übrigen entschieden, dass das Risiko einfach zu hoch war. Außer den Babys hatten wir noch mehr aus der Hütte des Mannes mitgenommen. Wir entdeckten viele Papiere und Bücher. Manche waren sehr alt. Es gab Hinweise darauf, dass deine Eltern mit ihrer Vermutung Recht hatten. Die Leute dort oben in den Wäldern gehörten zu einer Verschwörung. Pip und Don waren überzeugt, dass sie euch ändern könnten, dass die Umwelt wichtiger sei als die Erbanlagen. Das war so eine Leitidee der damaligen Zeit. Heutzutage hört man das nicht mehr so oft bei dem Trubel, der um das menschliche Genom veranstaltet wird. Heute denken die meisten Leute, die Chemie bestimme alles.«

»Die Babys wurden also getrennt«, sagte Bobby.

»Sie behielten eines und brachten das andere weit fort. Der Gedanke dabei war, dass die Kinder eine größere Entwicklungschance hätten, wenn sie sich nicht in ihrem Charakter gegenseitig bestärkten. Oder das Ganze war ein hübsches kleines Experiment, Ward, wie es sich dein Vater ausgedacht hatte. Natur gegen Erziehung. Ich bin nie so richtig schlau daraus geworden.«

»Gegen welche Natur, Harold? Wenn das stimmt und alles so geschehen ist, warum dann diese Furcht vor der Natur der Babys?«

»Nun«, sagte er. »Wegen eurer Gene. Weil ihr so unberührt vom Virus, so rein wart.«

»Ach du Scheiße«, rief ich, »das glauben Sie doch selbst nicht etwa, oder? Sie denken doch nicht wirklich …« Ich hielt plötzlich inne. »Moment mal, hat das etwas mit dieser Vorstellung von einem gesellschaftlichen Virus zu tun?«

»Selbstverständlich. Aber wie kommst du darauf?«

»Wir haben die Web-Site der Straw Men gefunden.«

»Aber woher weißt du überhaupt, dass es sie gibt?«

»Dad hat ein Video hinterlassen«, sagte ich. »Ich hatte es gerade gefunden, als Sie neulich ins Haus meiner Eltern kamen. Auf dem Video waren alle fünf Freunde drauf, nur habe ich das erst später bemerkt. Dad hat auch eine Notiz hinterlassen, wonach er und Mom nicht tot seien.«

Davids schüttelte den Kopf und lächelte schwach. »Don plante immer im Voraus.« Seine Stimme klang mitfühlend, aber nicht nur.

»Wenn das alles in Hunter's Rock geschehen ist«, überlegte Bobby laut, »wieso sind Sie alle hierher gekommen?«

»Wir blieben noch ein paar Jahre zusammen. Wir hatten noch ein paar schöne Abende, aber es war nicht mehr so wie vorher. Nach einer Weile ging ich fort und ließ mich in Dyersburg nieder. Ein neuer Anfang. Mary kam ein Jahr später nach. Aber es lief nicht mehr. Trotzdem blieb sie in der Stadt. Lange Zeit hatten wir keine Verbindung mehr mit den anderen. Teils hielten wir das für das Beste, teils, nun ja, wir hatten Schlimmes getan. In jener Nacht schien es uns das Richtige. Wir hatten uns hinreißen lassen. Dazu die Enttäuschung, dass sich nichts auf der Welt geändert hatte, von unserem Handeln einmal abgesehen, und dass wir immer noch von der Laune solcher Leute abhingen. Doch später wollte sich keiner mehr daran erinnern. Für Mary und Ed war es nicht so schlimm. Sie waren ja nicht dabei gewesen. Aber sie waren unsere Freunde, und so färbte ein Teil der Schuld auf sie ab. Sie wussten das und machten es mit uns zu einem Geheimnis.«

»Mein Vater und Ed sind sich einmal zufällig begegnet«, berichtete ich. »Vor langer Zeit, und ich war dabei. Sie taten so, als hätten sie sich nie zuvor gesehen.«

»Kein Wunder«, sagte Davids. »Ich glaube, dein Vater kaufte Ed nicht ab, dass er dicht hielt. Zu Unrecht.«

»Wussten Sie von Eds Tod?«

»Erst durch dich habe ich davon erfahren«, sagte er. »Ich wusste die Sache mit Mary. Ich hätte nicht gedacht, dass sie es auch auf ihn abgesehen hatten. Er war doch gar nicht dabei gewesen.«

Draußen fuhr ein Auto vorbei, und Davids drehte sich danach um, als hinge sein Kopf an einer Schnur. Er wartete, bis das Geräusch verschwunden war. Er sah aus wie ein Mann, der fürchtete, dass im nächsten Augenblick etwas Schlimmes passieren könnte.

»Wenn ihr alle übereingekommen wart, euch aus dem Weg zu gehen, wieso sind meine Eltern dann nach Dyersburg gezogen?«

»Nachdem über zwanzig Jahre lang nichts passiert war und keiner nach uns gefragt hatte, schien Don der Meinung zu sein, dass Gras über die Sache gewachsen war. Er kam manchmal beruflich hier herauf und besuchte mich dann. Wir spielten dann eine Partie Billard und plauderten über alte Zeiten. Vor jener schlimmen Nacht. Wie toll wir uns damals amüsiert hatten, als wir noch glaubten, die Welt verändern zu können. Zuerst war es schwierig, aber dann schien es so, als ob es die Jahre dazwischen gar nicht gegeben hätte. Dann brachte er deine Mutter für ein Wochenende mit herauf, und dann entschlossen sie sich, hierher zu ziehen. Die alte Clique wieder zusammentrommeln und noch einmal jung sein.«

»Warum haben meine Eltern mir aber nie gesagt, dass ihr euch früher schon kanntet?«

»Weil ...«, Davids seufzte. »Weil die Bauarbeiten an The Halls gerade begannen, als sie sich hier niederließen, und Don davon gehört hatte. Er wollte sich dieses Geschäft nicht entgehen lassen, deshalb bemühte er sich um den Kontakt und streckte seine Fühler aus. Aber schon bald merkte er, dass da etwas nicht stimmte. Daraufhin entschied er, wir müssten wieder zur Tarnung zurückkehren. Er wurde nicht wirklich alt, Don, nicht wie wir anderen. Deine Mutter wohl auch nicht. Für die meisten Menschen kommt der Zeitpunkt, wo man gewisse Dinge einfach auf sich beruhen lässt. Nicht so Don. Wenn der auf ein Geheimnis stieß, dann wollte er wissen, was dahinter steckte. Er wollte es wissen.«

Ich nickte. So war er. »Was geschah dann?«

»Er fing an herumzufragen. Er wollte wissen, was für Leute hinter dem Bauprojekt steckten und was sie vorhatten. Er kam zu der Überzeugung, dass es sich um die gleichen Leute handelte, mit denen er vor langen Jahren in Oregon zu tun gehabt hatte. Na ja, nicht dieselben Typen, aber eine besser organisierte Ausgabe der gleichen Sorte Leute. Und dass sie zu einer weltumspannenden Bewegung gehörten. Irgendeine geheime

Gruppe, die hinter den Kulissen agiert.« Er schüttelte den Kopf.
»Sie glaubten nicht daran?«
»Ich weiß nicht, was ich glaubte. Ich wollte bloß, dass er die Finger davon ließ. Manche schätzen den Wert der Wahrheit zu hoch ein, Ward. Manchmal ist die Wahrheit nicht das, was man gern wissen möchte. Manchmal lässt man die Wahrheit am besten auf sich beruhen.«
»Und haben sie ihn entdeckt?«
»Sie bekamen Wind davon, dass sich jemand für sie interessierte. Sie konnten den Verdacht nicht direkt mit ihm in Verbindung bringen, aber es kam überhaupt nur ein sehr enger Personenkreis in Frage. Für Don wurde es schwieriger. Ich glaube, sie müssen jemanden hier in der Stadt haben, der für sie arbeitet.«
»Das haben sie«, bestätigte ich. »Der Mann, der auf Bobby geschossen hat. Er ist Cop.«
»Oh, Gott«, stöhnte Davids. »Sag, dass er tot ist.«
»Was geschah mit meinen Eltern, Harold? Was geschah in jener Nacht?«
»Don meinte, er und deine Mutter müssten verschwinden. Seine Geschichte konnte er niemandem erzählen. Selbst wenn man sie ihm abgekauft hätte, wäre das für ihn mit einem Mordgeständnis verbunden gewesen. Aber ich glaube, dass er sich vorgenommen hatte, mit ihnen fertig zu werden. Weiß der Teufel, wie er sich das vorgestellt hatte. Wir vier waren zusammen mehr als zweihundertfünfzig Jahre alt. Aber ... wir wollten alles so einrichten, als ob deine Eltern tot wären. Die Straw Men sollten glauben, dass es aus sei. Alles war schon vorbereitet.«
Mein Herz setzte für einen Schlag aus, als ich an die Notiz dachte, die im Sessel meines Vaters versteckt gewesen war. Hatte er also seine Firma UnRealty geschlossen, damit die Straw Men glauben sollten, dass es mit ihm aus war, um dann

aus dem Verborgenen einen Schlag gegen sie zu führen? Dann hatte er es getan, um mich zu schützen, und nicht, weil er mir misstraute. Außerdem bedeutete es, dass sie …«

Davids sah mein Gesicht und schüttelte den Kopf.

»Sie sind ihnen zuvorgekommen«, erklärte er. »Zwei Tage, ehe wir es durchziehen wollten. Der Plan sah vor, dass deine Eltern am Sonntag zum Lake Ely fahren und nachmittags eine Bootspartie machen. Dann ein Unfall auf dem See. Ihre Leichen werden nie gefunden. Aber du weißt, was an jenem Freitag geschah. Sie sind tot, Ward, leider. Es sollte nur so aussehen, aber nun sind sie es wirklich. Und bald, wahrscheinlich schon heute Nacht, werde ich es auch sein. Dann ist alles vorbei.«

»Blödsinn«, schaltete sich Bobby ein. »Blödsinn von vorn bis hinten.« Er wickelte das Handtuch von seinem Arm. Es sah immer noch ziemlich blutig aus, aber aus dem Loch im Hemd tropfte es nicht mehr. »Ich bin so weit okay. Fahren wir rauf in die Berge und machen den Leuten Feuer unterm Arsch.«

Davids schüttelte wieder nur den Kopf. Er wirkte unruhig. »Es ist sicherer, wenn wir hier bleiben.«

»Mit Verlaub, Sir, da bin ich anderer Meinung«, sagte Bobby. »In den vergangenen Tagen haben wir die Hinrichtung von Mitgliedern Ihrer alten Clique erlebt. Wenn sie über Lazy Ed Bescheid wussten, dann kennen sie mit Sicherheit auch Ihre Rolle.«

Ich achtete nicht sonderlich auf die zwei. Ich kaute noch an Davids' Geschichte und versuchte sie mit allem, was ich bisher über meine Familie und über mich selbst zu wissen glaubte, in einen neuen Zusammenhang zu bringen. Davids schaute mich an.

»Die Geschichte ist wahr«, beteuerte er. »Und ich kann es beweisen. Ich brauche nur eine Minute.« Er stand auf und ging aus dem Zimmer.

»Das klingt doch alles abstrus«, sagte Bobby, sobald Davids außer Hörweite war. »Glaubst du das etwa?«

»Warum nicht?«, entgegnete ich, obwohl ich nicht recht wusste, was ich davon halten sollte. »Irgendwie passt es doch zusammen. Und warum sollte er lügen? Er ist mit Sicherheit der Typ aus dem Video, also kennt er sie alle von damals her. Wir wissen, dass ich nicht in Hunter's Rock geboren wurde. Und ich kann mir nicht vorstellen, dass er sich das alles aus dem Stegreif zusammengereimt hat.«

Draußen war wieder das Geräusch eines vorbeifahrenden Autos zu hören. Ich starrte die Wand an, bis mir schwarze Punkte vor den Augen tanzten.

»Meine Mutter hat mich ungefähr eine Woche vor dem Unfall angerufen.«

»Hat sie irgendwelche Andeutungen gemacht?«

»Ich habe nicht mit ihr gesprochen. Sie hat eine Nachricht auf der Mailbox hinterlassen. Ich habe es nicht geschafft, sie zurückzurufen. Gewöhnlich rief nicht sie, sondern Dad an. Meist warteten sie aber auf einen Anruf von mir.«

»Du glaubst also …«

»Ich weiß nicht, was ich davon halten soll, Bobby. Jetzt ist es sowieso zu spät.«

»Was machen wir also?«

»Keine Ahnung.«

Bobby stand auf. »Ich schau mal, ob ich hier irgendwo Kaffee auftreiben kann. Mein Arm fängt an, teuflisch weh zu tun.«

Ich hörte seine sich entfernenden Schritte in der Diele. Irgendwo tief in mir musste sich unerschütterlich und gegen alle Vernunft die Hoffnung gehalten haben, dass alles, was seit Marys Telefonanruf, der mich auf einer Veranda in Santa Barbara überrascht hatte, geschehen war, sich als Irrtum herausstellen würde. Dass es nicht stimmte. Daraus war auch der Traum entstanden, den ich in der Nacht neben dem Swimmingpool hatte. Er wollte mir vorspiegeln, dass Eile geboten und Rettung noch möglich war. Jetzt wusste ich, dass das nicht der Wahrheit entsprach und dass es keine Zeit für einen Endspurt gab. Mein

Vater hatte einen Plan gehabt, wie immer. Doch die Notiz, die ich gefunden hatte, war alles, was von diesem Plan übrig geblieben war.

Mein Handy klingelte und erschreckte mich fast zu Tode. Die Nummer auf der Anzeige war mir nicht bekannt.

»Ja bitte.«

»Nina Bayram. Alles in Ordnung? Sie klingen so verstört.«

»Kann man sagen. Was gibt es?« Ich fühlte mich wie betäubt und war überhaupt nicht in Laune, über Serienmörder oder sonst was zu reden.

»Wir sind in Dyersburg. Wo sind Sie?«

»34, North Batten Drive«, sagte ich.

Sie zögerte einen Augenblick, ehe sie nachfragte. »Könnten Sie das wiederholen?« Ihre Stimme bekam einen seltsamen Ton. »Sagten Sie 34, North Batten Drive?«

»Genau.«

»Das ist die Adresse eines Mannes mit Namen Harold Davids«, sagte sie.

Mein Herz pochte schneller. »Woher wissen Sie das?«

»Bleiben Sie dort, aber seien Sie vorsichtig«, beschwor sie mich. »Wir sind schon unterwegs.«

Die Verbindung brach ab. Ich wandte mich zur Tür, als ich Bobby zurückkommen hörte, doch sein Gesicht verschlug mir die Sprache.

»Davids ist nicht mehr da«, verkündete er. »Offenbar getürmt.«

»Aber wohin?«

»Einfach fort. Durch die Hintertür.«

Ich stürzte ans Fenster zur Straße und zog die Gardine zur Seite. Wo das große schwarze Auto gestanden hatte, gähnte eine Lücke.

Wir stellten Harolds Haus auf den Kopf. Doch wir fanden nichts, nichts, was uns weitergeholfen hätte. Nur ein sauberes altes Haus voller säuberlich aufgeräumter alter Sachen.

Nach zehn Minuten hämmerte es an der Tür.

33

Nina hämmerte immer noch, als die Tür aufgerissen wurde und Ward auf der Schwelle stand. Zandt marschierte an ihm vorbei geradewegs ins Haus hinein und sah nacheinander in alle Zimmer des Erdgeschosses. Wie betäubt drehte Ward sich um und sah ihm hinterher.

»Was macht er?«

Nina ging auf die Frage nicht ein. »Wo ist Davids?«

»Weg«, sagte Ward. Seine Augen waren weit aufgerissen, mit Ringen darunter. Er sah aus, als hätte er seit Tagen nicht geschlafen.

»Was?«, stieß sie hervor. »Wie konnten Sie ihn bloß entwischen lassen?« Sie stampfte wütend mit dem Fuß auf. Bobby kam aus einem Raum, der die Küche zu sein schien.

»Haben wir nicht«, sagte er. »Er hat sich einfach verdünnisiert. Was kümmert Sie das? Woher wissen Sie überhaupt, dass es diesen Mann gibt?«

Sie zog ein kleines Notizbuch aus ihrer Handtasche, schlug es auf und hielt es ihm vor die Nase.

»Die Bauherren von The Halls haben sich hinter zig Briefkastenfirmen versteckt«, erläuterte sie. »Aber einiges habe ich doch ausfindig machen können. Die Vermögensverwaltung liegt in den Händen der Antiviral Global Inc., die auf den Cayman-Inseln ihren Sitz hat. Mr. Harold Davids, der Mann mit dieser Adresse, ist ihr Rechtsvertreter in Montana.«

»Verdammt«, sagte Bobby und wurde ganz blass. Er drehte sich um und ging wütend in die Küche zurück.
Ward starrte Nina an. »Da müssen Sie etwas falsch verstanden haben. Ich habe doch gerade noch mit ihm geredet, mit Davids meine ich. Er erzählte mir ..., na ja, er erzählte mir allerhand. Er weiß von The Halls, ja, keine Frage. Aber nur von außen. Er steckt nicht mit denen unter einer Decke. Er hat meinen Eltern zu helfen versucht, sich aus den Fängen dieser Leute zu befreien.«
»Ich weiß nicht, was er Ihnen erzählt hat«, entgegnete Nina. Sie blickte auf, als Zandt aus dem hinteren Zimmer zurückkam. Er schüttelte verneinend die Kopf und eilte die Treppe hinauf. »Aber meiner Einschätzung nach ist Mr. Davids nicht der Mann, der er zu sein vorgibt.«
»Wonach sucht Zandt?«
»Nach einem Körper«, lautete die Antwort. »Einem hoffentlich noch lebenden.« Ihre Stimme war eine Spur zu tonlos, und Ward merkte daran, dass sie hinter der Fassade eiserner Beherrschung vor Anspannung bebte. Der coole Spruch konnte niemanden überzeugen.
»Das Mädchen ist bestimmt nicht hier. Harold ist nicht der Mörder, den Sie suchen«, sagte Ward. »Er ist ein alter Mann. Er ...«
»Nina – haben Sie auch eine Telefonnummer für The Halls recherchiert?« Bobby stand in der Küchentür und hatte das Haustelefon in der Hand.
Sie sah in ihr Notizbuch und blätterte darin. »Wir haben die Nummer 406-555-1689. Aber wenn man anruft, bekommt man nur eine Bandansage und ein ellenlanges Menü zu hören. Warum?«
Bobby lächelte, oder er zog eine Grimasse, je nachdem. »Harold hat diese Nummer gewählt. Sie erscheint auf seiner Gesprächsliste. Das war vor zwanzig Minuten, als wir im Haus waren.«

»Aber …«, stammelte Ward. Einen Augenblick bewegte er, nach Worten suchend, die Lippen, ohne dass ein Ton herauskam. »Er sah doch so verängstigt aus. Du hast ihn gesehen, Bobby. Er saß hier und wartete, dass sie ihn holen kämen. So wie sie es auch mit Mary und Ed gemacht haben. Du hast ihn gesehen, verdammt noch mal.«
»Klar, er sah verängstigt aus. Aber er hatte keine Angst vor ihnen, sondern vor uns, Ward. Er dachte, wir würden über alles Bescheid wissen. Er fürchtete, wir würden ihn umlegen.«
Zandt kam die Treppe herunter. »Sie ist nicht hier.«
Ward war wie vor den Kopf geschlagen. »Warum hätte er mir das alles erzählen sollen, wenn er einer von ihnen ist?«
»Du hattest herausgefunden, dass er zur Hunter's-Rock-Clique gehörte. Du hast das Video erwähnt, die Notiz deines Vaters. Du hast ihn wiedererkannt. Er wusste nicht, wie viel du noch wusstest. Du hättest ja auch bluffen können. Da ist es das Einfachste, dir ein Stück weit die Wahrheit zu sagen und dann am Ende Lügen aufzutischen.« Er fluchte kurz und böse, wie wenn er die Enttäuschung sehr persönlich nähme. »Es sei denn, er wäre ein Unbeteiligter. Sonst wäre es schon ein ganz schöner Zufall, dass The Halls eine halbe Stunde von dem Ort entfernt liegt, wo sie alle wohnten, oder?«
In Ninas Gesicht stand ein Fragezeichen geschrieben. »Wer ist denn die Hunter's-Rock-Clique?«
»Später«, sagte Ward. Mit einem Mal wirkte er gar nicht mehr verwirrt. »Zuerst müssen wir Davids finden.«
Ein Handy klingelte. Jedem zuckte es in der Hand wie nervösen Pistolenschützen. Aber der Anruf war für Zandt.
»Ja?«, meldete er sich.
»Hallo, Officer«, sagte eine Stimme. Sie war so laut, dass sie für alle zu hören war. Zandt schaute Nina an und sprach ins Telefon: »Wer ist da?«
»Ein Freund«, sagte die Stimme. »Obwohl wir uns bislang

noch nicht kennen. Ist aber nicht mein Fehler. Sie haben es noch nicht geschafft, uns zusammenzubringen.«

Zandt fühlte, wie sich die Haare auf seinen Unterarmen aufstellten und ihm Kälte den Rücken hochstieg. »Wer sind Sie?«

Kichern am anderen Ende der Leitung. »Ich dachte, Sie würden es erraten, John. Ich bin der Upright Man.«

»Quatsch.«

»Durchaus nicht. Übrigens schön, dass Sie Wang aufgespürt haben. Und dass Sie ihn ermutigt haben, das einzig Richtige zu tun. Dafür sind wir Ihnen dankbar. Er hätte uns noch in Verlegenheit bringen können.«

Zandts Mund war ausgetrocknet und schnalzte, als er sprach. »Wenn Sie wirklich der Upright Man sind, dann beweisen Sie es.«

Nina und die anderen beobachteten ihn gebannt.

»Ich brauche gar nichts zu beweisen«, sagte die Stimme. »Aber ich gebe Ihnen einen Tip. Wenn Sie das Haus nicht binnen zwei Minuten verlassen, sind Sie tot. Alle.«

Die Verbindung brach ab.

»Schnell raus hier«, rief Zandt. »Sofort.«

Kaum waren sie auf der Straße, hörten sie schon näher kommende Sirenen. Viele Sirenen. Ward lief auf einen großen Wagen zu und schwang sich auf den Fahrersitz.

Nina sträubte sich. »Ich bin FBI-Agentin. Wir brauchen uns nicht aus dem Staub zu machen.«

»Ja, richtig«, sagte Bobby. »Aber wir haben auf Polizisten geschossen. Sie sind zwar nicht tot, aber immerhin, wir haben auf sie geschossen. Wenn Sie sich mit Ihrer Dienstmarke in der erhobenen Hand auf die Straße stellen wollen, nur zu! Das hier ist keine Krimiserie, Gnädigste. Die pusten Ihnen das Hirn weg.«

Die Polizei hatte den Zugriff nicht genügend koordiniert, deshalb erreichten sie ohne Hindernisse die Durchgangsstraße. Ward missachtete die Vorfahrt und gab Vollgas. Nach zwanzig Minuten waren sie aus der Stadt und folgten der Landstraße, die sich sanft durch die Gebirgsausläufer schlängelte. Keiner fragte, wohin er fuhr. Alle wussten es.

Nina berichtete, was in L. A. geschehen war. Ward setzte sie über Davids' Erzählung in Kenntnis. Zandt enthüllte, wenn auch nicht in allen Einzelheiten, den Hintergrund der Affäre um den Upright Man.

Bobby starrte ihn an, und Nina sah, wie Hopkins im Rückspiegel John einen schnellen Blick zuwarf.

Bobby runzelte die Stirn. »Aber wie ist er an Ihre Handynummer gekommen?«

»Wenn er mit den Straw Men unter einer Decke steckt, stellt das keine Schwierigkeit für ihn dar. Sie haben eine Nachschublinie für Serienmörder aufgebaut, und wo sie hinkommen, jagen sie alles in die Luft. Einen Handyanruf zurückzuverfolgen ist dagegen ein Kinderspiel.«

»Schön – aber weshalb dann der Anruf? Warum wollte er uns herausholen, ehe die Cops vorfuhren?«

»Was er tut oder lässt, ist völlig unvorhersehbar. Aber er dachte dabei nicht nur an mich. Er wusste, dass ich nicht allein war.«

»Davids hat ihnen gemeldet, wer in seinem Haus war«, schaltete Ward sich ein. »Er hat uns verpfiffen.« Er schien so zornig, dass er kaum sprechen konnte. »Und komisch, die Straw Men schlugen bei meinen Eltern genau zwei Tage vor dem Zeitpunkt zu, an dem sie verschwinden wollten. Meine Eltern hatten alles geplant, alles vorbereitet, und gerade als sie sich in Sicherheit bringen wollten, kommt plötzlich dieser McGregor und inszeniert den Autounfall, bei dem beide den Tod finden.«

»Davids hat sie verraten? Warum?«

»Er wusste, was es mit The Halls auf sich hatte, und zwar von Anfang an. Dann kommt Dad und meint, ein glänzendes Geschäft machen zu können, muss aber erkennen, dass etwas ganz anderes dahinter steckt. Das bringt Davids in eine sehr schwierige Lage, denn es sind dieselben Leute oder doch dieselbe Sorte Leute, gegen die sie vor dreißig Jahren einen Feldzug geführt haben. Davids erzählte, nur der Anführer sei damals getötet worden. Die anderen überlebten vermutlich und sind vielleicht sogar dieselben, die hinter diesem Projekt hier in den Bergen stecken. Möglicherweise sind sie auch dahintergekommen, dass Davids zu dem Strafkommando gehörte. Das könnte sogar der Grund sein, weshalb sie ihn zu ihrem Rechtsvertreter gemacht haben. ›Arbeite für uns, oder wir sorgen dafür, dass herauskommt, was du damals in jener Nacht im Wald getan hast. Oder wir schießen dich einfach über den Haufen.‹ Was hätte er da machen sollen?«

»Dann kommt dein Vater dem Geheimnis auf die Spur, und Davids weiß, dass er in der Klemme sitzt, wenn er die Straw Men nicht informiert. Da verrät er ihnen, dass die Hopkins sich abseilen wollen.«

Für eine Weile herrschte im Auto völlige Stille.

»Er hat sie ihnen ans Messer geliefert«, sagte Nina leise. »Ausgerechnet der Mann, dem sie glaubten ganz vertrauen zu können.«

»Der Mann lebt nur noch auf Abruf«, sagte Ward. »Daran besteht kein Zweifel.«

Als sie die Berge erreichten, setzte Regen ein und zeichnete kalte, silbrige Linien vor das Dunkel hinter den Wagenfenstern. Der Fluss neben der Straße war zu einem wilden Strom angeschwollen. Anderen Verkehr gab es nicht.

»Wir sind nur zu viert«, stellte Nina fest.

Ward warf einen Blick zu ihr hinüber. »Dann fordern Sie Verstärkung an.«

»Die werden keine Hubschrauberstaffel für mich auftreiben. Wir kriegen höchstens ein paar gelangweilte Agenten, die mit dem Auto zwei Stunden brauchen und die nur eins im Sinn haben, nämlich mir nachzuweisen, dass ich Mist gebaut habe.« Sie sah eine Weile aus dem Fenster. »Hat vielleicht jemand eine Zigarette für mich? Ich spiele mit dem Gedanken, das Rauchen anzufangen.«

Ward langte in seine Jackentasche, holte eine halb zerknüllte Packung heraus und legte sie auf das Armaturenbrett.
»Empfehlen kann ich es allerdings nicht«, witzelte er. Sie erwiderte matt sein Lächeln und rührte die Zigaretten nicht an.
Nach fünfzig Minuten brachten sie in lang gestrecktem Bogen den letzten Anstieg hinter sich. Ward ging vom Gas, und Bobby setzte sich auf, damit er die Steilwände der Berge zu beiden Seiten der Straße inspizieren konnte.
»Wir sind fast da«, verkündete Ward. Nina beobachtete Bobby und Zandt beim Laden ihrer Revolver und prüfte dann widerwillig ihre eigene Waffe. Ihre Finger zuckten nervös. Keiner der Männer sah so aus, als fühlte er sich wie sie, aber es war unmöglich zu erraten, was in den Köpfen solcher Männer vorging. Es gab wohl keinen Amerikaner ihrer Generation, der nicht den Spruch aus *Dirty Harry* zitieren konnte: »Ehrlich gesagt, in der ganzen Aufregung habe ich selbst die Übersicht verloren.« Sie alle meinten, sie sollten den Schneid haben, einen Gangster zu fragen, ob er im Leben glücklich war. Sie wollten alle Clint Eastwood im Westentaschenformat sein. Und sie glaubten, dass es irgendwo jemanden gab, der sie von oben herab betrachtete, wenn sie einmal nicht Herr der Lage waren.
Dann schaute Zandt zufällig zu ihr herüber. Er zwinkerte nervös, und Nina wurde klar, dass die Sache anders lag. In Kinofilmen wurde genau gezeigt, wie man sich zu verhalten hatte, aber das Gefühl ging viel tiefer. Es ging auf die Zeiten zurück, als die Menschen noch keine Kleider trugen und jeder seine Rolle hatte, die einen hüteten das Feuer, und die anderen gingen auf die Jagd. Was allein den Unterschied machte, war die Größe der Gruppe, der sie sich zugehörig fühlten, und wie eng das Verhältnis zu denen war, die sie bis aufs Messer verteidigen sollten. Zandt war genauso nervös wie sie.
Ward lenkte den Wagen auf den Seitenstreifen. »Da ist es«, sagte er. Etwa fünfzig Meter vor ihnen war das Gatter.

»Keiner da«, sagte Bobby. »Erzähl doch noch mal, wie man da reinkommt.«
»Man passiert das Gatter und fährt ein Stück weit auf der Grasnarbe. Dann biegt man links ab und gelangt auf eine hinter Bäumen versteckte Straße. Die führt in Serpentinen hinauf auf die Hochebene.«
»Also könnte uns jemand hinter den Bäumen oder sonst wo auf der Strecke auflauern.«
»Allerdings.«
»Dann machen wir schnell.«
Ward nickte. »Alle bereit?«
»Klar doch«, bestätigte Zandt. Ward trat aufs Gaspedal.
Der Wagen schoss mit durchdrehenden Rädern nach vorn. Er legte die restliche Distanz auf der nassen Straße zurück und steuerte direkt auf das Gatter zu.
»Köpfe runter«, befahl Bobby. Nina und Zandt duckten sich. Bobby, in einer Hand den Revolver, stemmte sich gegen die Rückseite des Sitzes und die Wagentür. Eine Sekunde später brach der Wagen durch das Gatter, zerbrochene Holzlatten wirbelten durch die Luft und auf Ninas Seite zersprang die Windschutzscheibe und überzog sich mit einem Netz aus Bruchlinien. Der Wagen pflügte durch hohes Gras und geriet ins Schleudern.
Ward ging vom Gas, bis er das Fahrzeug wieder unter Kontrolle hatte, und steuerte auf das Gehölz zu. Er fuhr über eine Bodenwelle, und Nina schwebte für einen Augenblick in der Luft. Kaum war sie in den Polstern gelandet, wurde sie erneut hochgeschleudert. Von der Rückbank kam ein Grunzen, als mit Zandt das Gleiche passierte. Bobby schien an seinem Sitz wie festgenagelt.
Noch ein harter Stoß, dann war der Boden unter den Rädern plötzlich eben.
Ward raste an den Bäumen vorbei. »Jemand zu sehen?«
»Nein«, sagte Bobby. »Aber drück weiter auf die Tube.«

Nach hundert Metern bog die Straße scharf nach rechts ab, und sie fuhren eine steile Steigung hinauf. Bobby spähte fieberhaft nach beiden Seiten, während Ward eine Kurve nach der anderen nahm, doch es fielen keine Schüsse. Doch als Zandt vorsichtig den Kopf hob, bedeutete ihm Bobby mit der flachen Hand, wieder abzutauchen. Bobby verzog das Gesicht, doch schien ihm seine Schulter keine allzu großen Schmerzen zu bereiten. Jedenfalls bis jetzt.

»Wo stecken die bloß?«, fragte Ward.

»Wahrscheinlich sind sie alle oben und stehen Spalier.«

»Du Saftsack. Aber ich bin froh, dass du hier bist.«

»Muss wohl so was wie Freundschaft sein«, spekulierte Bobby. »Falls diese Geschichte schief gehen sollte, komm ich als Geist wieder und lass dir keine Ruhe.«

»Tust du auch jetzt schon nicht«, erwiderte Ward. »Ich versuch schon seit Jahren dich loszuwerden.« Sie schleuderten durch die letzte Kurve, dann war oben auf der Anhöhe das breite Tor von The Halls zu sehen.

»Immer noch keiner zu sehen«, sagte Ward und fuhr langsamer. »Was nun?«

»Hinter dem Tor macht die Auffahrt einen Schwenk nach links. Dort stehen mehrere große Gebäude. Das Empfangsgebäude und etwas, das wie ein Lagerschuppen aussieht. Über die Wiesenflächen verläuft ein hoher Zaun. Die Wohnhäuser liegen dahinter.«

Die beiden anderen hoben vorsichtig die Köpfe. »Also?«

»Durch das Tor«, entschied Bobby. »Über den Zaun kommen wir nie rüber.«

»Am Empfang werden sie uns erwarten.«

»Wir haben keine Wahl.«

Der Wagen fuhr unter dem steinernen Torbogen hindurch und näherte sich dem Komplex aus Holzbauten. Ein großer Scheinwerfer an einem dieser Bauten tauchte den Parkplatz in mondbleiches, krankhaft weißes Licht. Sobald alles vor ihren

Augen lag, nahm Ward den Fuß vom Gaspedal, das Gesicht ausdruckslos. Der Wagen rollte in die Parkplatzmitte und hielt.

»Was ist?«, fragte Nina.

»Keine Autos. Als ich das letzte Mal hier war, standen überall Autos.«

Sie sahen sich um. Der Platz war vollkommen leer. Ward stellte den Motor ab und ließ den Zündschlüssel stecken.

Zandt öffnete die Tür auf seiner Seite und stieg aus, ohne auf Absprachen zu warten. Bobby fluchte und tat es ihm, die Waffe schussbereit, gleich. Das weiße Licht machte sie zu leichten Zielen, zeigte aber andererseits auch, dass keine Scharfschützen auf dem Dach lagen. Kein Empfangskomitee. Nur zwei große Holzbauten und zwischen ihnen ein Stück Zaun. Die anderen beiden stiegen ebenfalls aus. Ninas Revolver wirkte groß und ungeschlacht in ihrer Hand.

»Da geht's rein«, sagte Ward und zeigte mit dem Kinn auf das rechts liegende Gebäude. Die anderen folgten ihm und stellten sich zu beiden Seiten der Glastür auf. Bobby reckte den Kopf und lugte hinein. »Niemand an der Rezeption«, meldete er.

»Gehen wir rein?«

»Ich denke schon. Nach dir.«

»Oh – wie zuvorkommend.«

Ward beugte sich vor und drückte sachte gegen einen Türflügel. Kein Alarmsignal. Niemand schoss auf ihn. Er machte die Tür vollends auf und trat vorsichtig ein, die anderen folgten.

In der Eingangshalle war es still. Keine Hintergrundmusik und kein Feuer im Kamin aus Naturstein. Das große Gemälde, das hinter dem Tresen der Rezeption gehangen hatte, war verschwunden. Der ganze Raum wirkte wie eingemottet.

»Scheiße«, sagte Ward, »sie sind abgehauen.«

»Das kann nicht sein«, widersprach Bobby. »Eine Stunde reicht doch nicht, um hier alles auszuräumen.«

»Sie hatten schon etwas mehr Zeit«, korrigierte Zandt. »Als

wir Wang allein ließen, dauerte es fünf bis zehn Minuten, ehe er sich selbst erschoss. In der Zeit hätte er sie mit einem Anruf warnen können.«

»Das reicht immer noch nicht, um alles einzupacken.«

»Dann waren sie schon dabei, ihre Zelte abzubrechen«, sagte Nina. »Ward, Sie haben den Makler verdroschen. Das war vielleicht schon Zeichen genug für sie. Dann hatten sie ein paar Tage Zeit. Egal. Wir sehen auf jedem Fall nach, was da draußen los ist.«

Nina steuerte auf die Tür am anderen Ende des Raums zu, hinter der sich das Innenleben von The Halls auftun würde. In ihr hatte sich eine elende Wut angestaut, die Furcht, dass sie vielleicht zu spät gekommen waren, dass das Gespenst, das sie durch den Tunnel verfolgt hatten, bis es als einziges Licht in der Dunkelheit glomm, am Ende doch wieder entwichen sein könnte. Die anderen standen immer noch reglos da. Nina war es gleichgültig, ob sie mitgingen. Sie musste dort hinaus. Sie wollte es wissen.

Sie hörte den Schuss nicht.

Als sie den Knall wahrnahm, brach sie schon mit einer seltsamen Seitwärtsdrehung zusammen und fiel gegen einen niedrigen Couchtisch. Ihr Brustraum fühlte sich riesig an, glühend heiß. Ihr Mund öffnete sich, doch kein Laut kam heraus. Sie sah Zandt auf sie zulaufen.

Ward fuhr herum und sah einen Mann in der Tür, McGregor. Bobby erblickte eine Frau hinter dem Empfangstresen und hinter ihr einen muskelbepackten jungen Kerl, der gerade aus einer weiteren Tür trat, die unsichtbar in die Holztäfelung der Wand eingefügt war.

Alle drei hatten Waffen, und alle drei feuerten.

Der junge Kerl starb als Erster. Seine Schießtechnik hatte er aus dem Fernsehen abgeschaut: die Waffe am gestreckten Arm seitwärts gerichtet, nach Art der fiesen Jungs aus Gangsterfilmen. Bobby erledigte ihn mit einem einzigen Schuss.

Ward glitt hinter einen Pfeiler und auf der anderen Seite wieder hervor; er schoss McGregor erst in den Schenkel, dann in die Brust und entging nur knapp einer Kugel, die über seinen Kopf pfiff. Er ging in die Hocke und suchte hinter dem einen Ende des Tresens Deckung, in der Hoffnung, dass ihn die Frau nicht gesehen hatte. Dann lud er nach.

Zandt kniete sich neben Nina, die gekrümmt am Boden lag. Ihre Hand bewegte sich zu der Schusswunde gerade unterhalb des rechten Schlüsselbeins. »Oh, Nina«, sagte er nur, ohne auf das Pfeifen und Zischen der Kugeln über ihm zu achten. Sie hustete mit einer Miene, die zwischen Überraschung und Verleugnung schwankte.

»Es tut weh«, sagte sie.

McGregor feuerte immer noch. Die Frau hinter dem Tresen hätte fast Bobby erledigt, bis Ward tief Atem holte, aus der Deckung hochschnellte und das halbe Magazin allein auf sie verschoss. Erst als sie nach hinten über den Muskelmann fiel, erkannte er in ihr die Frau, mit der er das getürkte Gespräch über die Eintrittsvoraussetzungen für The Halls geführt hatte. Er kannte ihren Namen immer noch nicht.

Bobby stand über McGregor, einen Stiefel auf dem Handgelenk des Cops. Ein Revolver lag außer Reichweite auf dem Boden.

»Wo sind die anderen hin?«, fragte er ihn. »Und wann sind sie abgehauen? Rede, oder ich puste dir die Lichter aus.«

»Leck mich«, war alles, was der Cop sagte.

»Wie du willst«, sagte Bobby achselzuckend und gab ihm den Rest.

Während Bobby nach dem Muskelmann und der Frau schaute, um sicherzugehen, dass keiner wieder aufstand und schoss, lief Ward zu Nina hinüber. Zandt drückte ihre Hand fest auf die Wunde in der Brust.

»Wir sind hier fertig«, sagte Ward.

»Nein«, widersprach Nina mit überraschend fester Stimme. Sie versuchte sich aufzurichten.

»Nina, es hat Sie schwer erwischt. Wir müssen Sie in ein Krankenhaus bringen, wenn Sie nicht verbluten wollen.«
Sie griff mit einer Hand nach einem Tischbein. Mit der anderen packte sie seinen Unterarm. »Beeilt euch. Aber seht euch auf jeden Fall noch um.«
Ward zögerte. Er wollte zu Zandt hinüberschauen, um von ihm Unterstützung zu erbitten, doch Ninas Blick hielt ihn fest.
Bobby kam hinzu. »Oh, Scheiße, Nina.«
»Ich bleibe hier«, sagte sie an Zandt gerichtet, »und du gehst da rein.« Man sah ihr an, dass sie Schmerzen hatte, aber sie blieb bei Bewusstsein. »Bitte, John. Sag den anderen, dass sie auch mitgehen sollen. Alle. Seht nach, ob sie da ist. Das müsst ihr einfach. Danach fahren wir ins Krankenhaus, versprochen.«
Zandt zögerte noch einen Augenblick, dann beugte er sich über sie und küsste sie rasch auf die Stirn. Er erhob sich. »Ich tue, was sie sagt.«
Ward schüttelte den Kopf, lud aber seine Waffe durch. »Bobby, du bleibst hier.« Bobby wollte protestieren, aber Ward redete einfach weiter. »Versuch, die Blutung zu stoppen, und erledige jeden, der nicht zu uns gehört. Du kannst ihr besser helfen als wir.«
Bobby kauerte sich neben die Frau. »Pass auf dich auf, Kumpel.«
Zandt und Ward schritten rasch auf die Tür am anderen Ende zu. »Ganz gleich, was geschieht«, sagte Ward, »wir bleiben zusammen. Haben Sie mich verstanden?«
Zandt nickte nur und machte die Tür auf. Draußen war ein Weg. Von hinten einfallendes weißes Licht erleuchtete auf fünfzig Meter die Gegend, und das reichte, um in mittlerer Entfernung die Umrisse großer Häuser zu erkennen. In keinem war Licht. Sie liefen los.

34

Wir hätten eine Taschenlampe mitbringen sollen.«
»Wir hätten vieles mitbringen sollen«, sagte Ward. »Schwerere Waffen, mehr Leute und eine Vorstellung davon, was wir eigentlich tun.«
Sie standen an der ersten Wegkreuzung. Es sah aus wie die Hauptstraße einer kleinen Siedlung, in der niemand Autos besaß. Das Gras auf beiden Seiten des Weges war sauber gemäht. Die von Bergen umgebenen Wiesen, eine Fläche von kaum mehr als vier Hektar, waren so angelegt worden, dass jedes Haus abgeschieden für sich in einer sich anmutig wellenden Landschaft stand. Es schien unwahrscheinlich, dass auch noch genug Platz für einen Golfplatz war. Das aber bedeutete, dass selbst der Makler – der selige Chip – das Innere der Anlage nie gesehen hatte. Rechts und links des Wegs standen nach hinten versetzt zwei Häuser. Der Weg verlief weiter in die Dunkelheit und führte über Gabelungen zu weiteren Häusern, die von hier aus noch nicht zu sehen waren.
»Sie nehmen das linke.«
»Haben Sie gehört, was ich gesagt habe? Wir trennen uns nicht.«
»Ward, wie viele Häuser gibt es hier? Nina geht es schlecht.«
»Uns abknallen lassen hilft ihr auch nicht. Wenn Sie die Häuser durchsuchen wollen, tun wir es gemeinsam. Welches zuerst?«
Zandt lief rasch den sich rechts auftuenden Weg hinauf. Beim Näherkommen verglich Ward das Haus im Geist mit den

Plänen, die er gesehen hatte. Das Haus sah so aus, als ob es in Oak Park stünde, jener Vorstadt von Chicago, in der zu Beginn seiner mittleren Schaffensphase viele Bauten Frank Lloyd Wrights entstanden waren. Das Haus war schön, und er hasste die Männer, die hinter The Halls steckten, dafür, dass sie Wrights Stil für ihre Zwecke missbraucht hatten. Für Wright hatten das Leben und die Gemeinschaft im Mittelpunkt gestanden, nicht der Einzelne und der Tod.

Zandt ließ sich von der Architektur weniger beeindrucken. »Wo ist denn die Scheißtür?«

Ward führte ihn über die untere Terrasse bis zu einer Ecke, von der aus sich ein Pfad zur linken Seite des Hauses schlängelte. Über ein paar Stufen gelangten sie zum Eingang. Die hölzerne Tür stand einen Spaltbreit offen.

Die Männer tauschten einen Blick. »Ist das der Haupteingang?«

Ward nickte, holte Luft und machte die Tür vorsichtig mit der Fußspitze auf. Nichts geschah.

Er gab Zandt ein Zeichen, und dieser trat zuerst ein. Als Polizist hatte er mehr Erfahrung in diesen Dingen, zumindest hoffte Ward das.

Ein kurzer Flur. Ein grünes, kaltes Licht fiel durch das getönte Glas eines Deckenfensters. Am hinteren Ende eine weitere getönte Glasscheibe, die das angrenzende Zimmer abschirmte.

Vorsichtig umgingen sie den beleuchteten Bereich und schauten in einen lang gestreckten niedrigen Raum. Wieder getöntes Glas, diesmal Obergadenfenster. Auf der linken Seite ein offener Kamin. Bücherregale und eine Sitzecke. Sämtliche Regale waren leer. Die Möbel standen noch da, aber der Teppich fehlte.

Ward und Zandt gingen leise durch den Raum. Im Haus herrschte tiefe Stille. Ward hob die Hand und deutete nach vorn. Zandt folgte ihm mit dem Blick und sah den Eingang zu einem weiteren Raum, der teilweise von einer Holzwand verdeckt war. Er nickte und glitt hinter Ward. Gemeinsam gingen sie darauf zu, Zandt sicherte nach hinten.

Die Tür führte in eine Küche. Dort war es dunkler, da Oberfenster fehlten. Der Raum war in zwei Ebenen geteilt, im hinteren Teil eine Essecke. Auf dem Tisch stand genau in der Mitte eine Tasse. Sie war trocken, und der Henkel fehlte. Ward machte einen Küchenschrank auf, zog an einer Schublade. Nichts.
»Das Haus ist leergeräumt.«
Zandt nickte. »Schon möglich. Aber wir durchsuchen es trotzdem.«
Ward verdrehte die Augen. Dann überprüften sie auch die restlichen Räume.

»Da draußen ist jemand«, sagte unterdessen Nina, die halb liegend in einem großen Ledersessel saß. Bobby kauerte neben ihr. Die Eingangshalle lag im Dunkeln. Er war unsicher gewesen, was besser sei. Die Lampen waren an gewesen; sie auszuschalten musste einem versteckten Beobachter in der Anlage deutlich machen, dass sie hier waren. Andererseits war kaum vorstellbar, dass ein solcher Beobachter den Lärm eines einminütigen Feuergefechts nicht gehört hätte. Deshalb war er schließlich hinter den Rezeptionstresen gekrochen und hatte die Lampen eine nach der anderen ausgeschaltet. Es schien sicherer so, wenn auch nicht ideal zu sein. Die rückwärtige Wand hatte nur auf einer Seite Fenster, so waren sie vor Blicken geschützt. Trotzdem fühlte er sich wie ein Lockvogel. Die Eingangshalle war groß und dunkel, und außer ihnen befanden sich darin noch drei Leichen.
»Ich habe vorhin auch etwas gehört«, gab er zu. »Ich hoffte, unsere beiden Freunde würden zurückkommen.«
Nina schüttelte den Kopf. »John wird alle Häuser durchsuchen. Sie werden eine Weile brauchen, auch wenn sie nichts finden. Besonders dann. Und das Geräusch kam von vorn, nicht von hinten.«
Er nickte. »Ward bringt mich um, wenn er erfährt, dass ich Sie allein gelassen habe, Nina, aber ich muss nachsehen.«

»Ich sage ihm nichts, wenn Sie es auch für sich behalten. Aber beeilen Sie sich.«
Bobby prüfte noch einmal, ob ihre Waffe geladen war, dann glitt er zurück an die Wand. Er huschte so tief geduckt, wie er nur konnte, bis zum Haupteingang. Dort steckte er vorsichtig den Kopf hinaus. Nach wie vor war ihr Auto das einzige auf dem Parkplatz. Nichts deutete auf die Anwesenheit anderer hin. Er blieb, wo er war, und beobachtete die Umgebung.
Aber dann hörte er wieder etwas. Es war nicht laut, aber mit Sicherheit kein Naturgeräusch. Nicht das Rauschen des Regens, sondern ein mechanisches Geräusch, ein kurzes, eindeutiges *Pop*. Es schien von der anderen Seite zu kommen, wo das zweite Gebäude stand.
»Was ist es?« Weil Bobby sie nicht mehr direkt ansah, gestattete sie sich, mehr an den Schmerz zu denken. Sie fühlte sich plötzlich sehr benommen, und ihre Stimme klang brüchig.
»Ich weiß nicht«, sagte er. Er wandte sich zu ihr um und sah, dass sie gut versteckt in den Polstern des breiten Sessels lag. »Drücken Sie weiterhin fest auf die Wunde.«
Immer noch geduckt schob er die Tür auf. Ein Schwall kalter Luft drang herein und mit ihm das Rauschen des Regens.

Das übrige Haus war leer. Vier Schlafzimmer, Abstellkammer, Bibliothek und ein Musikzimmer. Kahle Räume ohne jede persönliche Note, obwohl klar war, dass hier bis vor kurzem noch Menschen gewohnt hatten. Kein Staub. Zandt und Ward gingen, nun nicht mehr so behutsam, die zentrale Treppe hinunter und wandten sich dann dem rückwärtigen Teil des Erdgeschosses zu. Dort lag ein zweiter großer Wohnraum, der nicht so extravagant wie der vordere wirkte. Ein Fensterband gab den Blick auf einen halben Hektar Gartenlandschaft frei. Ward sicherte seine Waffe.
»Nächstes Haus?« Hier gab es offensichtlich nichts zu entdecken. Er würde Zandt bei der Suche nach dem Mädchen hel-

fen, wenn er das vorhatte, aber sein Interesse bestand zuallererst darin, einen der Straw Men – oder auch mehrere – lebend zu finden. Er wollte sie in die Mangel nehmen, damit sie ihm Auskunft über ein paar Dinge gaben. Es sah allerdings nicht so aus, als würde es dazu kommen. Jedenfalls nicht hier. Alles andere betraf ihn nur am Rande.

»Ich sehe noch einmal hinter dem Haus nach«, sagte Zandt. »Und dann weiter zum nächsten. Obwohl das hier nicht gut aussieht.«

Er öffnete die Tür in der Mitte des Fensterbandes und verschwand im Regen. Ward folgte ihm nach draußen, blieb aber an der Außenmauer stehen. Mittlerweile war er überzeugt, dass Nina mit ihrer Einschätzung richtig lag: Wangs Anruf hatte alles noch beschleunigt, aber mit dem Auszug war offenkundig gleich begonnen worden, nachdem er Chip das Gesicht demoliert hatte. Mit anderen Worten, er hatte es versaut. Sie hatten eine Warnung und damit Zeit zum Verschwinden bekommen. Er hätte nicht gedacht, dass sie so reagieren würden. Sie hatten sich hier verschanzt, sie waren reich und mächtig; das war ihr Land. Warum flüchten? Dennoch, er hatte es versaut. Sie hatten nicht darüber geredet, aber er vermutete, dass Zandt das Gleiche dachte. Der Blick des Mannes wurde immer wilder.

Während er auf die Geräusche achtete, die Zandt beim Herumsuchen in der Dunkelheit machte, fiel ihm ein langes Kabel auf, das entlang der Wand verlegt war. Es führte um die Ecke und verschwand irgendwo in den Blumenbeeten. Vielleicht war es das Kabel zu einem DSL-Anschluss für das Internet. Er wollte sich die Sache schon genauer ansehen, als Zandt sich draußen plötzlich räusperte.

Ward eilte in den Garten hinaus. Zandt stand kerzengerade mitten auf dem Rasen. »Was gibt's?«

Er sagte kein Wort, zeigte nur nach unten.

Zuerst begriff Ward nicht, was er meinte, dann sah er eine Stelle, wo die Grasnarbe einen runden Buckel hatte. Er ging

hinüber und sah genauer hin. Er musste sich die Lippen befeuchten.
»Sagen Sie mir, dass da ein Haustier unter der Erde liegt.«
Zandt schüttelte nur den Kopf und ließ seine Hand nicht sinken. Er deutete auf eine weitere Erhebung. Und noch eine.
»Mein Gott«, brachte Ward mühsam hervor. »Was ist das?«
Aufmerksam geworden, sah er jetzt auch die anderen kleinen Hügel. Sie lagen in drei kurzen Reihen. Insgesamt zwölf.
Zandt sank auf die Knie und machte sich am nächstgelegenen Hügel zu schaffen. Das Gras glitt ihm aus den Fingern, aber er riss einen Klumpen heraus. Die Erde darunter war nass und schwer. Ward kauerte sich neben ihn, und gemeinsam zogen sie an der Grasnarbe. Es war mühsam, sie brauchten ein paar Minuten, ehe sie auf etwas stießen, das nicht mehr Erde war. Der Gestank war entsetzlich. Ward wandte sich ab, nur Zandt riss noch zwei Hand voll davon fort, dann gab er plötzlich auf.
»Wir brauchen eine Schaufel«, sagte Ward.
Zandt schüttelte den Kopf. »Was in diesen Gruben liegt, ist tot. Sarah könnte hier irgendwo sein und noch leben.«
»Kommen Sie zur Besinnung. Das Mädchen liegt ganz bestimmt unter einem dieser Hügel.«
Zandt eilte schon wieder zum Haus zurück. Ward folgte ihm und vermied es, auf die Hügel zu treten, musste aber feststellen, dass er auf dem Hinweg schon auf mindestens einen getreten war.
Im Haus ging Zandt direkt in den ersten großen Wohnraum. »Wir müssen noch einmal alles durchsuchen«, verkündete er. »Irgendetwas haben wir übersehen.«
»Ich wüsste nicht, wo«, sagte Ward.
»Dann fangen wir hier an.«
Jeder ging an ein anderes Ende des Raums, durchsuchte nochmals die Regale und verschob Möbel. Ward war schnell klar, dass hier nichts zu finden war, aber Zandt ließ sich nicht davon abbringen, jeden Quadratzentimeter abzusuchen.

»Das dauert Stunden«, sagte Ward. »Ich glaube nicht, dass ...«
Er stockte. Zandt blickte auf. »Was?«
Er blickte gar nicht auf etwas im Raum, sondern starrte durch das Fensterband hinaus auf die Vorderseite des Hauses. Zandt ging zu ihm hinüber.
»Sehen Sie das?«
Er zeigte auf die rund zwanzig Schritt entfernte Wegkreuzung. Dort, wo die Wege zu den verschiedenen Häusern abzweigten, lag etwas auf dem Boden. Es war nicht besonders groß, und aus dieser Entfernung war nicht erkennbar, was es sein konnte. Vielleicht ein Haufen Stöcke.
»Jetzt sehe ich es«, sagte Zandt.
»Das war noch nicht da, als wir kamen.«
Sie entsicherten ihre Revolver wieder, dann traten sie durch die Haustür nach draußen. Ward ging langsam den Pfad hinunter; Zandt blieb vorerst bei der Tür und behielt die anderen Häuser im Auge.
Es sah wirklich wie ein Haufen Stöcke aus. Kurze, gebogene Stöcke. Sehr weiß und blank. Als Ward nur noch wenige Schritte entfernt war, wurde ihm klar, was es sein musste. Er ging in die Hocke und nahm einen in die Hand. Dann drehte er sich um und winkte Zandt herbei. Als dieser sich näherte, übernahm Ward die Aufgabe, auf jeden zu schießen, der sich sehen ließe. Denn eines war klar, jemand musste in der Nähe sein. Und dieser Jemand wusste, dass sie hier waren.
Nach kurzer Begutachtung sagte Zandt: »Das sind Rippen.«
»So kommt es mir auch vor. Menschliche?«
»Ja.«
»Wer hat sie da hingelegt?«
»Ward, sehen Sie mal.« Fünf Schritte den Weg hinauf lag ein weiterer Stock.
Ward ging weiter, bückte sich und hob ihn auf. »Mädchen oder Junge?«
Zandt nahm ihm den Oberschenkelknochen aus der Hand.

Wie die Rippen war auch dieser Knochen blank und weiß, als ob er mit einem bestimmten Verfahren für Ausstellungszwecke präpariert worden wäre. »Bin mir nicht sicher. Jedenfalls nicht alt. Ein Jugendlicher.«

Die zwei Männer standen nebeneinander und tasteten mit ihren Blicken beide Seiten des Weges ab.

»Jemand will uns irgendwohin führen«, sagte Zandt.

»Die Frage ist, ob wir ihm folgen.«

»Ich glaube, wir haben keine Wahl.«

»Aber wir haben das Haus mit den Leichen schon gefunden.«

»Ein Haus. Das erste, das wir durchsucht haben. Entweder war das ein Zufall, oder es gibt mehr als nur eines.«

Bei der nächsten Abbiegung lag wieder ein Knochen, gerade links vom Weg, wie um die Richtung zu dem Haus auf dieser Seite zu weisen. Sie suchten rasch das Gelände ab. Diesmal waren die Gräber neben dem Haus angelegt und besser versteckt. Erst als Zandt merkte, dass die kleinen Steinplatten im Rasen keinen brauchbaren Pfad bildeten, wurde ihnen klar, dass es sich um Grabmale handelte.

Auf der anderen Seite des Hauses fanden sie einen weiteren Knochen, der sie wohl noch tiefer in The Halls führen sollte. Es war die Hälfte eines Beckenknochens.

Keiner von beiden besaß das einschlägige Wissen, um das Geschlecht des ursprünglichen Besitzers dieses Knochens angeben zu können. Nina hätte anhand der Einbuchtung des Sitzbeins wahrscheinlich gleich erkannt, dass dieser Knochen einmal einem weiblichen Wesen etwa in Sarah Beckers Alter gehört hatte.

Bobby hatte fast zehn Minuten im Schatten des Autos gestanden und gewartet. Seitdem er aus der Eingangshalle geschlichen war, hatte er kein Geräusch mehr gehört und nicht die geringste Bewegung bemerkt. Aber das änderte nichts. Irgendetwas hatte das Geräusch verursacht, und es war unwahrscheinlich, dass sich das Problem in Luft aufgelöst hatte. Er wartete regungslos, vielleicht würde sich die Ursache von selbst zeigen, andernfalls musste er sich auf die Suche machen. Durchaus möglich, dass es sich um ein Tier handelte, um Rotwild zum Beispiel. Nicht sehr wahrscheinlich, aber immerhin möglich.

Nach ein paar Minuten weiteren Wartens rührte er sich. Nina würde sich Sorgen machen, wenn er zu lange hier draußen bliebe. Außerdem war er durchnässt, und ihn fror. Die Schulter bereitete ihm nun starke Schmerzen. Doch in die Eingangshalle zurückzukehren hatte keinen Sinn, ehe er nicht das andere Gebäude überprüft hatte.

Er ging an der Reihe kleiner Pfosten entlang, die zur Markierung in den Asphalt des Parkplatzes gesetzt waren. Während er den Platz überquerte, war er in helles Licht getaucht, aber es gab keine andere Möglichkeit, sich dem zweiten Gebäude zu nähern. Es sah aus wie ein Lagerschuppen und schien keine Fenster zu haben. Er schritt die ganze Vorderseite ab und bog dann um die Ecke, wo er schließlich auf eine Tür stieß.

An der Tür hing ein großes Vorhängeschloss, aber das Schloss war offen. Er wollte schon Wards Namen rufen, tat es aber doch nicht, denn Ward wäre durch die Eingangshalle des Empfangs zurückgekommen. Hier musste jemand anderes sein. Vorsichtig schob er die Tür auf und schlüpfte hinein.

Er stand in einem kurzen Gang, dessen Wände nur wenig über seinen Kopf hinausragten, darüber war leerer Raum, fast so wie in einem Stall. Es roch auch nach etwas, aber jedenfalls nicht nach Pferden. Vom anderen Ende des Gebäudes kam ein schwacher Lichtschein. Wenige Schritte weiter kreuzte ein anderer Gang rechtwinklig den ersten.

Vor dieser Abzweigung kamen noch zwei Türen, die er beide öffnete. Hinter der ersten befanden sich die üblichen Vorräte für Hauseigentümer, dazu eine ganze Wand mit Aktenordnern. Im zweiten Raum musste sich einmal der Weinvorrat befunden haben, aber die Regale waren leer. Das verhieß nichts

Gutes. Wenn sie Zeit gehabt hatten, den Château Lafite in Sicherheit zu bringen, dann waren sie längst über alle Berge. Merkwürdig nur, dass sie in dem Fall die Akten nicht mitgenommen hatten. Er ging zurück in den ersten Raum und zog wahllos einen Ordner aus dem Regal. Kein Papier, nur ein paar ZIP-Disketten mit der Aufschrift »Scottsdale«. Er ließ sie in seine Tasche gleiten und stellte den Ordner an seinen Platz zurück.

Er schlich in den Gang zurück und ging vorsichtig bis zur Abzweigung. Er blieb eine Weile völlig reglos stehen und trat dann mit geöffnetem Mund vor. Das war ein Trick, um besser zu hören, es hing wohl mit den Eustachischen Röhren zusammen. Er hörte nichts, aber ihm fiel ein Kabel auf, das vor ihm an der Wand entlang verlief. Wenn es das Kabel für das elektrische Licht war, dann sollte er es durchschneiden. Doch es sah nicht nach einer festen Leitung aus, sondern nach einer provisorischen Installation. Er streckte den Kopf vor und sah, dass das Kabel bis zur Mitte des links abzweigenden Gangs verlief. Er wollte sehen, wohin das Kabel ging, und machte ein paar Schritte vorwärts. Dann nahm etwas anderes seine ganze Aufmerksamkeit in Beschlag.

Dieser Teil des Gebäudes war tatsächlich in Stallungen aufgeteilt. Auf beiden Seiten des Gangs befanden sich etwa sechs Quadratmeter große Verschläge. Im ersten lag eine Gestalt auf dem Boden, eine kleine menschliche Gestalt.

Bobby kniete sich vor die Gitterstäbe des Verschlages. Es war ein Junge, vielleicht fünf oder sechs Jahre alt. Er war nackt, Hände und Füße waren mit Klebeband gefesselt. Auch der Mund musste wohl damit verklebt worden sein, aber das war schwer zu sagen, weil nur wenig vom Kopf übrig geblieben war. Das Blut auf dem Stroh war noch feucht. An den Gitterstäben hing das Foto eines anmutigen Kindes, irgendwo aufgenommen, wo es warm war. Es hatte gar nicht in die Kamera geschaut, ja schien nicht einmal zu merken, dass von ihm eine

Aufnahme gemacht wurde. Es war ein Bild aus dem früheren Leben des Jungen. Sein Name war Keanu.
Bobby riss sich von dem Anblick los. Mit den Händen zog er sich zum nächsten Verschlag. Noch ein Junge, diesmal etwas älter, aber genauso tot. Wieder ein Bild am Gitter. Dieser Junge lächelte in die Kamera, wenn auch etwas unsicher. Als ob ihn jemand auf dem Heimweg von der Schule an einer Straßenecke überrascht und gefragt hätte, ob er etwas dagegen habe. Er hatte wohl Nein gesagt, wenngleich ihm das wahrscheinlich etwas merkwürdig vorgekommen war.
Plötzlich ein leises Rascheln, bei dem Bobbys Herz fast stehen blieb. Er rührte sich nicht, bis er merkte, dass das Rascheln nur wenige Schritte weiter von der anderen Seite des Gangs kam. In diesem Verschlag lag ein Mädchen, vielleicht acht Jahre alt. Auch sie war mit Namensschild und Foto versehen. Sie hieß Ginny Wilkins. Sie war noch nicht ganz tot, obgleich man ihr durch ein Auge geschossen hatte. Das andere war trocken und eingesunken. Ihre unteren Gliedmaßen zuckten noch leise. Teile ihres Nervensystems waren noch intakt und würden noch kurze Zeit funktionieren.
Bobby wusste, dass da noch weitere Verschläge waren, mindestens noch zwei. Und er wusste, dass dieses Gebäude nicht zufällig offen stand. Selbst wenn alles in The Halls seinen üblichen Gang ging, hätte man allen den Zutritt zu diesem Raum verweigert, von einigen wenigen abgesehen. Doch er konnte sich vom Anblick dieses Mädchens nicht losreißen, das da in seinem Gefängnis lag, wohin es geliefert und wo es festgehalten worden war für die Person in The Halls, die es für sich bestellt hatte.
Er kam sich dumm und klein vor, ahnungslos und naiv. Er hatte gedacht, das Böse dieser Welt zu kennen, mit allen Wassern gewaschen zu sein. Ward als Freund zu haben hatte ihm dabei geholfen. Ward war zwar ein guter Kämpfer, hatte aber im Vergleich zu ihm ein ruhiges Leben geführt. Er spürte, dass Ward zu

ihm aufschaute, dass er seine Erfahrungen auf der Nachtseite des Lebens schätzte, und das half Bobby, sich mit dem Älterwerden abzufinden, nicht mehr auf die Nachtseite zu gehen. Während er durch die Gitterstäbe in den Verschlag blickte, wurde ihm bewusst, dass er kaum die Oberfläche des Menschenmöglichen angekratzt hatte, dass die Kriege und Morde, von denen die Zeitungen berichteten, gewissermaßen nur die aktuellen Sportnachrichten waren, der Tod als Show, ein verkorkstes System sportlicher Ehren, das nur hinsichtlich des Maßstabs und der öffentlichen Verantwortlichkeit variierte; dass sogar die meisten Terroristen, die er verhört hatte, noch weit entfernt vom Ende der Nacht waren. Sie wollten wenigstens, dass andere Leute erfuhren, was sie getan hatten. Sie taten es nicht für sich selbst. Das war etwas anderes als dies hier, und wenn wir alle ein und dasselbe Menschengeschlecht waren, dann bestand wenig Hoffnung für uns. Dann würde alles, was wir je bei Tage erreicht hatten, nicht ausreichen, das vergessen zu machen, wozu manche von uns bei Nacht fähig waren. Manche Seiten des menschlichen Verhalten waren schicksalhaft, aber das hier sicherlich nicht. Wer das glaubte, erkannte damit an, dass wir in unserer Abwärtsentwicklung keine Grenze kannten. Dass wir Kunstwerke schaffen konnten, bedeutete nicht, dass das, was vor Bobbys Augen lag, als abartig verworfen werden konnte. Das Bewunderungswürdige konnte nicht als das allein Menschliche gehegt und alles andere als das Monströse verdammt werden. Es waren dieselben Hände, die beides schufen. Intelligenz verhinderte nicht Bestialität, sie machte sie nur raffinierter. Als Menschengeschlecht waren wir für alles verantwortlich und trugen unseren dunklen Bruder in uns.

Er hörte wieder ein Geräusch hinter sich, schaute aber nicht gleich auf. Ginny vor ihm genügte. Er überlegte schon, ob er ihr nicht den Gnadenschuss geben, sie von ihrer Qual erlösen sollte – oder vielleicht sich selbst aus seiner Qual – oder ob sie den Weg zurück in die Zivilisation überleben könnte und was noch zu retten übrig wäre, wenn sie diesen Weg nähme. Er glaubte nicht, noch eine solche Entscheidung fällen zu können. Er überlegte zu lange. Hinter ihm war kein weiteres Kind. Hinter ihm stand Harold Davids, und er schoss ihm in den Hinterkopf.

Ginny Wilkins bewegte sich immer noch, tausend Meilen entfernt von ihrem Zuhause und den Menschen, die sie vermissten. Ihre Beine zuckten noch Minuten, nachdem Robert Nygards schon tot war.

Zandt achtete nicht mehr auf den Regen. Er war durch das letzte Haus gelaufen, ohne in die einzelnen Räume zu schauen. Er folgte jetzt nur noch der Spur der Knochen. Seit fünf Minuten hatte er kein Wort mehr gesprochen. Ward eilte ihm nach. Die Knochenspur war kein Spiel mehr, mit dem ihnen stolz etwas vorgeführt werden sollte, sondern wies ihnen direkt den Weg. Ein kleiner, mit Mittelhandknochen bezeichneter Platz mit einer Kniescheibe in der Mitte. Dazu eine Schlangenlinie aus Rippenwirbeln, im Abstand von jeweils zwei Fuß und, wie es Ward schien, in der richtigen Reihenfolge ausgelegt. Der Upright Man musste die Knochenspur lange im voraus gelegt und nur den Rippenhaufen in letzter Minute hinzugefügt haben, als er wusste, dass sie hier waren und geführt werden konnten. Für die übrigen Markierungen hatte er sich viel Zeit genommen und war mit Bedacht vorgegangen. Der Mörder hatte sie nicht um ihretwillen aus Davids' Haus geholt, sondern zu seinen eigenen Zwecken. Er hatte ein Treffen mit ihnen arrangiert und wollte nicht umsonst gearbeitet haben. Auf die eine oder andere Art bestimmte er schon seit langem alles, was sie taten.

Schließlich ein Paar Schlüsselbeinknochen, die, als umgekehrtes V, mit dem zweiten Oberschenkelknochen einen Pfeil bildeten. Dieser zeigte von der letzten Weggabelung auf ein rund dreißig Meter entfernt stehendes Haus.

Ward schloss zu Zandt auf und packte ihn an der Schulter.

»Da gehen wir nicht rein«, sagte er.
Der andere beachtete ihn gar nicht, schüttelte seine Hand ab und ging mit langen Schritten auf die Stufen zu, die auf die Terrasse des Hauses führten.
Ward hielt ihn am Arm fest. »Der wartet da drin auf uns, John. Erst hat er schon das Mädchen umgebracht, dann bringt er uns um, und am Ende findet er auch die anderen und macht das Gleiche mit ihnen. Ich weiß, wie wichtig das Mädchen für Sie ist, aber ich lasse nicht zu, dass Sie …«
Zandt fuhr herum und schlug ihm ins Gesicht.
Ward fiel, eher erschrocken als verletzt, rückwärts auf den nassen Weg und fragte sich, ob er irgendetwas nicht begriff. Zandt schien ihn nicht zu sehen, ja, er schien ihn gar nicht zu kennen.
Ward rappelte sich wieder auf und lief ihm nach.
Zandt ging schweren Schrittes die Stufen hinauf. Im Gegensatz zu den übrigen Häusern hatte dieses einen zentralen Eingang in der Vorderfront. Die Stufen der Terrasse führten direkt zum Eingang empor, als ob sich dort ein langer, dunkler Trichter auftäte. Zandt schien den Unterkiefer ganz in den Hals zurückziehen zu wollen, so krampfhaft angespannt wirkten seine Gesichtsmuskeln.
Oben auf dem Treppenabsatz lag etwas.
Hinter sich konnte er hören, wie Ward zu ihm lief. Diesmal versuchte Ward nicht, ihn festzuhalten, sondern ging mit ihm hinauf. Noch einen Schritt weiter, dann stand Zandt vor dem Ziel der Spur.
Ein vom Regen aufgeweichter, aber säuberlich gefalteter Mädchenpullover. Auf die Vorderseite war ein Name gestickt. Der Pullover war pfirsichfarben, der Name lautete Karen.

35

Irgendetwas warnte Nina, nichts zu sagen und kein Geräusch zu machen, als die Tür zur Eingangshalle sachte aufging. Die Brust tat ihr weh. Der Schmerz strahlte weiter, setzte sich im Bauch fest und lief in den rechten Arm, bis zur Hand, mit der sie die Waffe hielt.

Die Tür ging leise zu. Ein paar Schritte, doch keiner rief ihren Namen. Da wusste sie, dass Bobby tot war. Sie würde den Türbereich nur sehen können, indem sie sich aufsetzte und den Kopf dreht, womit sie sich noch mehr Schmerzen bereitet, vor allem aber verraten hätte. Sie wäre gern in dem großen weichen Sessel versunken. Die Schritte gingen weiter, dazu kam ein Geräusch, als würde etwas rollen. Dann wurde etwas auf dem Boden abgesetzt. Dann für eine ganze Weile Stille.

»Ich weiß, dass Sie hier sind«, sagte jemand.

Etwas in Ninas Bauch meldete sich und wollte etwas sagen. Beinahe hätte sie sich verraten, hätte zugegeben, dass sie hier war, so wie man es ihr als Kind beigebracht hatte. Doch das war lange her, jetzt presste sie die Lippen aufeinander und hielt den Revolver möglichst fest. Ihre Hand fühlte sich an, als ginge das nicht so gut wie sonst.

»Die anderen hätten Bobby nicht hier gelassen«, sagte die Stimme, »wenn es hier nicht jemanden gäbe, der seinen Schutz brauchte.«

Schritte, erkundende Schritte. Der andere wusste nicht, wo sie war. Aber irgendwo hier drin musste sie sein, und er würde tun, was man ihm aufgetragen hatte. Das hatte er immer getan. Obwohl er den Eindruck erweckte, stark und kompetent zu sein, eine Führungspersönlichkeit, war er in Wirklichkeit immer ein Vasall gewesen. Wie sonst war zu erklären, dass er sich so früh schon in Schuld verstrickt hatte? Wards Vater hatte ihm das angetan. Er hatte ein ruhiges, wohl geordnetes Leben heillos durcheinander gebracht. »Vielleicht sind Sie schon tot«, dachte er laut weiter. »Aber das glaube ich eigentlich nicht. Auf jeden Fall muss ich es wissen.«

Nina wollte sich tiefer ducken, doch das tat weh. Jede Bewegung, die ihr mehr Deckung verschafft hätte, war mit Geräusch verbunden.

»Bobby ist tot«, sagte der Mann. Seine Stimme klang alt, aber zuversichtlich. Sie ließ keinen Raum für Zweifel. »Und die anderen werden es auch bald sein. Wir könnten Sie leben lassen, aber ich sorge lieber dafür, dass nichts anbrennt, das ist mein Job.«

Statt einzelner Schritte war nun ein Schlurfen zu hören, da der Mann sich nur noch zentimeterweise vorwärts bewegte. So war die Richtung nicht mehr zu bestimmen. Nina wurde es so angst, dass ihr die Tränen kamen, eine unwillkürliche Reaktion aus Kindertagen, die ihr gar nicht richtig bewusst wurde.

Sie drückte langsam den linken Arm hinter sich und stemmte sich gegen das seitliche Polster. Sie zog millimeterweise die Füße an. Ihre Hand zitterte, und die Nerven in diesem Arm brannten wie Feuer.

»Eine viel versprechende Nacht zum Sterben«, sagte der Mann leise. Seine Stimme war näher gekommen. »Das ist noch nicht das Ende. Überhaupt nicht. Das ist ein Neuanfang. Eine helle klare Welt, die mit einem lauten Knall beginnt.« Er lachte auf. »Nicht schlecht formuliert, eigentlich.«

Das Schlurfen hörte auf.

Nina nahm all ihre Kraft zusammen und stemmte sich hoch.

Sie kippte nach vorn aus dem Sessel. Ihr steifer Körper stürzte auf den gläsernen Couchtisch vor ihr. Das war ungeschickt gewesen, aber nun sah sie den Schatten zu ihrer Linken.
Davids nickte. »Ah, da sind Sie.«
Sie hob die Hand und drückte ab. Einmal, zweimal, dreimal.
Ein Gegenschuss fiel, aber der verfehlte sie.
Sie wartete einen Augenblick, der ihr wie eine Ewigkeit vorkam, wartete auf den zweiten Schuss, doch er kam nicht. Sie zog ein Knie an, stemmte sich hoch und drehte sich um.
Keine zwei Meter von ihr lag jemand auf dem Boden. Einmal auf den Beinen schien ihr der Gedanke an weitere Bewegung, obgleich diese mit heftigen Schmerzen verbunden wäre, nicht mehr ausgeschlossen.
Sie setzte die Füße fest auf den Boden und ging vorwärts.
Ein alter Mann mit grauem Haar lag vor ihr. Er war noch nicht tot. Sie stand über ihm und bückte sich. Harold Davids blickte zu ihr empor. »Auf Sie kommt es nicht an«, sagte er, dann war Stille.
Nina hörte nicht hin. Ihr Blick blieb an etwas neben dem Tresen der Rezeption hängen. Sie konnte nicht erkennen, was es war, daher machte sie ein paar Schritte in diese Richtung.
Es war eine kleine Kabeltrommel. Das Kabel war mit den elektrischen Anschlüssen unter dem Tresen verbunden und führte dann aus der Tür.
Der Beginn einer neuen Welt.
Sie beugte sich über den Tresen und schaute dahinter, fand aber nichts, was als Auslöser dienen könnte. Also musste es von anderswo ausgelöst werden.
Sie schaffte es bis zum Parkplatz, ehe ein Bein nachgab und sie schwer auf den Asphalt stürzte.
Der neue Schmerz und der kalte Regen, der ihr ins Gesicht spritzte, brachten sie wieder zu Bewusstsein. Sie schleppte sich zum Auto.

Ward hielt Zandt davon ab, durch den Vordereingang ins Haus zu gehen. Zwar war er kaum noch zu steuern, aber Ward war klar, dass sie das Haus nicht von vorn betreten durften. Er hatte Zandt nur mit Müh und Not daran hindern können, noch einmal zurückzugehen, ein paar Knochen aufzuheben, hatte seinen Kopf zu sich heranziehen und ihm Sarah Beckers Namen ins Ohr schreien müssen, damit er begriff, dass sie vielleicht noch jemand lebendig finden könnten. Ob sie tatsächlich am Leben war, spielte jetzt eigentlich keine Rolle mehr, nur finden mussten sie sie. Ward hatte es sich anders überlegt. Sie würden in dieses Haus gehen, ganz gleich, was passierte. Wenn sich der Mann dort aufhielt, umso besser, auf jeden Fall mussten sie den Weg bis zu Ende gehen.
Er schob Zandt seitlich am Haus entlang, bis sie einen weiteren Eingang fanden. Die Tür war verschlossen. Ward wünschte, sie hätten Bobby dabeigehabt, er hätte das Schloss geräuschlos geknackt. Ward konnte so etwas nicht, darum gab er Zandt ein Zeichen mit der Hand und trat die Tür ein.
Sie stürmten hinein. Drinnen war niemand. Sie eilten links über einen Treppenlauf in den vorderen Wohnbereich, wo sie vielleicht jemand hinter der Haustür erwartete. Aber auch dort war niemand, nur ein großer alter Sessel, der mit dem Rücken zur Tür stand, sowie ein prächtiger Schreibsekretär mit einem seltsam schillernden Firnis. Sie liefen, sich gegenseitig Deckung gebend, durch eine Folge von Räumen, die ihnen mittlerweile vertraut waren. Sie blieben kurz im hinteren Wohnbereich. Dort war es dunkel, ruhig und kalt. Aber nicht vollkommen still.
Von oben kam ein Geräusch. Ein gedämpftes, fernes Klopfen. Sie kehrten um und eilten durch die Küche bis zum Treppenhaus. Oben waren vier Schlafzimmer, auf dem Fußboden Teppichläufer. Nichts. Dann die Badezimmer. Nichts. Das Arbeitszimmer. Nichts. Aber das Geräusch war noch immer zu hören.

Wieder zurück ins erste Schlafzimmer. Das Geräusch war hier lauter, schien aber aus dem Erdgeschoss zu kommen. Zurück ins zweite Schlafzimmer: Das Geräusch war leiser, schien aber immer noch von unten zu kommen. Ward machte mit gezogener Waffe auf dem Absatz kehrt. Jeden Augenblick konnte jemand aus dem Schatten treten, denn eines war klar, niemand würde so eine Falle aufstellen, ohne dabei zu sein, wenn sie zuschnappte.
Zandt lief ins erste Schlafzimmer zurück, ging auf die Knie und horchte. »Es kommt von hier unten.«
»Wir sind im ersten Stock«, sagte Ward, doch dann hörte er das Geräusch und musste ihm Recht geben.
Sie zogen den Teppich beiseite. Dielenbretter, darin eine kleine Luke. Zandt arbeitete sich die Finger blutig, um sie aufzumachen.
Darunter das Gesicht eines Mädchens. Blass und ausgezehrt. Ihre Stirn violett verfärbt vom wer weiß wie langen Stoßen gegen die Dielenbretter. Aber sie lebte noch.
Sarah blinzelte. Tief in ihrem nebligen Bewusstsein schien es ihr, als habe jemand ihren Kopf gerade so weit angehoben, dass ihr das Wasser, in dem sie trieb, nicht mehr in die Nase rann. Ihre Lippen bewegten sich.
Zandt streichelte ihr Gesicht. Er sagte ihren Namen, und sie antwortete mit einem kaum merklichen Nicken. Ihre Augen waren gerötet und geschwollen. Zandt beugte sich tief zu ihr hinab. Sie versuchte etwas zu sagen, doch alles, was Ward hörte, war ein krächzendes Flüstern.
»Was sagt sie?«
»Vorsicht mit Klopfaufholz.« Zandt beugte sich noch tiefer und drückte seine Stirn gegen ihre, als wollte er ihr von seiner Wärme abgeben. Das Mädchen begann zu weinen.
Ward fasste mit den Händen unter den Rand der Bretter und zog. Zuerst bewegte sich nichts. »Die sind festgenagelt«, sagte er. »Lieber Gott, helfen Sie mir, Zandt.«

Langsam gaben die Bretter nach und kamen eines nach dem anderen hoch. Das Mädchen versuchte mitzuhelfen, war aber viel zu geschwächt. Hätte sie in ihrer Lage irgendetwas tun können, hätte sie es schon lange vorher getan.
Nachdem die letzten beiden Bretter weggebrochen waren, fuhr Zandt mit den Händen unter den Rücken des Mädchens und hob es hoch. Er legte sie sich über die Schulter, und als sie Wards Gesicht sah, schrie sie auf.

Nina musste aufstehen. Sie wusste das. Liegend konnte sie die Klinke nicht erreichen, die Wagentür nicht öffnen, geschweige denn einsteigen. Selbst aus dem niedrigen Gesichtswinkel hatte sie gesehen, dass das Kabel, das Davids ausgerollt hatte, nun über den Parkplatz zum anderen Gebäude lief, wo jetzt wahrscheinlich Bobby lag. Von dort würde das Kabel, wie sie sich unschwer denken konnte, in den übrigen Wohnpark führen. Gleichsam als letzte Verteidigungsmaßnahme und vielleicht mehr als das.
Sie ließ den Kopf wieder auf den Asphalt sinken. Ihr rechter Arm, der ihr in all den Jahren jeden Dienst erwiesen hatte, streikte jetzt. Er gehörte jemand anderem, der nicht auf ihrer Seite stand und nicht auf sie hörte. Mal fühlte er sich wie ein eingeseifter Waschlappen, mal wie eine Kralle aus Holzkohle an. Das war kein gutes Zeichen.
Nina schluckte und hob den Kopf. Der Boden unter dem Auto schien trocken, jedenfalls trockener als das übrige Gelände. Sie konnte dorthin robben und sich eine Weile ausruhen. Eine gute Idee, sagte ihr Körper dazu, eine ganz ausgezeichnete Idee. Bei dieser Aussicht schien in ihren rechten Arm sogar wieder Leben zu kommen.
Sie rollte sich auf den rechten Ellbogen und holte mit der linken Hand aus. Der aufblitzende Schmerz machte ihren Verstand hellwach, und plötzlich stand sie auf den Beinen. Mit der linken Hand tastete sie am Türschloss, ohne Erfolg. Sie ver-

suchte es mit der rechten und stellte verblüfft fest, dass sie ihr gehorchte. Die Tür ging auf.
Sie fiel nach vorn und wollte sich in den Fahrersitz gleiten lassen. Aber es gelang ihr nicht. Sie stellte sich wieder hin, griff nach dem Steuerrad und zog sich hoch. Diesmal fiel sie auf den Sitz.
Sie setzte sich mehr oder weniger aufrecht und zog die Tür zu. Dann suchte sie nach dem Zündschlüssel.
Er steckte nicht.

»John, hören Sie doch«, sagte Ward. »Sie ist krank. Sie weiß nicht, was sie sagt.«
Mit vorgehaltener Pistole entfernte sich Zandt von ihm. Er ging rückwärts die Treppe hinab und mit ihm Sarah, die Arme fest um seine Taille geschlungen, um Halt und Schutz zu suchen. Sie kam ins Stolpern und wäre beinahe gefallen. Zandt musste sich umdrehen, um sie festzuhalten. Er legte ihr einen Arm um die Schulter und drückte sie fest an sich. Sie schrie nicht mehr, weil ihre Stimme nur noch ein heiseres Röcheln war. In ihrem Kopf schrie sie weiter.
Ward folgte ihnen langsam die Treppe hinunter. Mit erhobenen Händen redete er leise auf Zandt ein.
»Ich habe sie nicht entführt«, wiederholte er. »Ich war damals nicht in Santa Monica. Ich war in Santa Barbara. Ich kann das beweisen. Ich habe noch die Hotelrechnung.«
»Bis Santa Monica ist es eine halbe Stunde mit dem Auto.«
»Ich weiß, John, ich weiß. Wenn Sie mich sonst für einen Lügner halten, warum sollte ich gerade hier die Wahrheit sagen? Ich hätte sagen können, ich sei in Florida oder sonst wo gewesen. John, was geht in Ihrem Kopf vor? Glauben Sie, ich wäre mit Ihnen hierher gekommen, ich hätte die Spur dieser Leute verfolgt, wenn ich einer von ihnen wäre?«
Zandt war am unteren Treppenabsatz angekommen. Mit Sarah, die sich immer noch hinter ihm versteckte, zog er sich

durch den breiten Flur in den vorderen Wohnbereich zurück. Diesmal gingen sie durch den Vordereingang.
»Man weiß nie, was die Leute vorhaben«, sagte Zandt. »Mich eingeschlossen. Eine falsche Bewegung, und ich schieße Sie über den Haufen.«
»Ich war's nicht.«
»Sie sagt es aber. Sie sagt, Sie waren in Santa Monica.«
Ward blieb stehen. »Also gut. Ich mache einen Vorschlag. Ich bleibe hier. Sie gehen und bringen das Mädchen in Sicherheit. Dann kommen Sie zurück, und wir reden noch mal darüber.«
»Ich komme zurück«, versprach Zandt. »Aber nicht zum Reden.«
Sarah hatte das Gefühl zu fallen, doch der Mann hielt sie fest. Klopfaufholz blieb unten an der Treppe stehen. Er täuschte sie, das war ihr klar. Er ließ sie in dem Glauben, sie könnten fliehen, und dann würde er sie holen kommen. Er brauchte ihnen nicht hinterherzulaufen. Er konnte durch das Dach in den Himmel springen. Er flog über die Häuser der Menschen, stürzte sich hinab und tötete sie aus der Luft. Er war kein normaler Mensch, er war anders.
Sie wollte das dem guten Mann sagen, aber es war zu schwer. Sie wollte ihm raten, Klopfaufholz jetzt gleich zu erschießen, aber sie brachte kein Wort über die Lippen, und so tat er es nicht. Er trug sie nur weiter, jetzt waren sie in dem Raum auf der Vorderseite des Hauses. Sarah hatte keine Wahl. Ihre Beine trugen sie nicht mehr. Sie musste folgen, wohin man sie brachte.

Nina glaubte, dass er nicht mehr da sein würde. Während sie über den Parkplatz taumelte, die Tür zur Empfangshalle öffnete und zwischen den braunen schweren Ledersesseln hindurchsteuerte, glaubte sie halb, dass Davids verschwunden wäre und sie nur noch auf einen leeren Platz auf dem Fußboden stoßen würde. Doch es half nichts. Sie konnte den Wagen nicht ohne Zündschlüssel starten. Entweder hatte Bobby ihn mitgenommen, oder Davids hatte ihn. Wo Bobby war, wusste sie nicht. Sie musste Davids finden und die Suche bei ihm beginnen.

Er lag tatsächlich noch da. Ungläubig bückte sich Nina, um seine Taschen zu durchsuchen. Es wäre leichter gewesen, sich hinzuknien, aber sie fürchtete, dann nicht wieder auf die Beine zu kommen. Sie hatte es geschafft, den Parkplatz zu überqueren und in das Gebäude zurückzukehren, aber sie wusste nicht, über welche Kraftreserven sie noch verfügte. Sie fuhr mit der Hand in seine Jackentasche.

Seine Hand langte zu und packte sie. Er öffnete den Mund.

»Mary«, hauchte er.

Erschrocken starrte sie ihm ins Gesicht. Er zog an ihr, und sie fiel.

Ihr Knie traf ihn im Gesicht. Sein Hals drehte sich mit einem knackenden Laut, doch das merkte sie nicht, weil sie selbst mit dem Kopf hart gegen den Fußboden stieß.

Sie strampelte auf dem glatten Boden, fand keinen Halt und merkte dann, dass nichts mehr an ihr zog. Sie drehte sich um und griff erneut in seine Jackentasche. Er bewegte sich nicht. Sie musste den Zündschlüssel finden, und wenn es das Letzte wäre, was sie in ihrem Leben tat.

Schließlich fand sie ihn in seiner rechten Hosentasche. Genauer gesagt fand sie drei Schlüsselbünde. Sie nahm alle drei. Mit möglichst großem Abstand zu ihm robbte sie auf dem Fußboden weiter, bis sie zu einem Sessel kam. Vielleicht war es der Sessel, in dem sie gesessen hatte, ganz sicher war sie sich nicht. Das schien schon lange her zu sein.

Stolz auf ihren Fund, brauchte sie nur dreißig Sekunden, um wieder auf den Füßen zu stehen. Dann trat sie den Rückweg an, durch die Empfangshalle über die Leiche des Polizisten, durch die Eingangstür und hinaus auf den Parkplatz. Ihre Reserven ließen nach, nicht weil der Schmerz stärker wurde, sondern

weil er nicht mehr in ihr Bewusstsein drang. Blutverlust und Schock. Der Körper zog die Zugbrücke hoch, denn er brauchte die Energie, die sie gerade verschwendete.
Sie gelangte zum Auto und freute sich, dass sie die Tür offen gelassen hatte. Sie ließ sich in den Sitz fallen, der jetzt vom Regen durchnässt war.
Der zweite Zündschlüssel passte. Erst jetzt schloss sie die Wagentür. Sie wusste, dass sie nach Bobby nicht mehr zu suchen brauchte.
Der Motor sprang beim ersten Drehen des Schlüssels an, und dafür dankte sie Ford und allen seinen cleveren Autobauern. In ihrer Kindheit war das anders gewesen. Damals brauchte es Fingerspitzengefühl und viel gutes Zureden, ehe der Motor ansprang. Zum Dank liebte man sein Auto und gab ihm sogar einen Namen. Heutzutage starten sie, ob es regnet oder schneit. Man braucht sie nicht beim Namen zu nennen. Man muss nur wissen, wohin man fahren will.
Sie legte den Kopf für einen Augenblick auf das Lenkrad und fühlte sofort, wie ihr schwarz vor Augen wurde. Sie riss sich wieder hoch, legte den Rückwärtsgang ein und machte einen Satz nach hinten.
Dann stellte sie die Schaltung auf »Drive«, drückte das Gaspedal durch und steuerte direkt auf den Zaun zu.

Ward hielt Wort, obwohl er unsicher und verwirrt war und nicht allein in diesem Haus bleiben wollte. Er wartete unten am Treppenabsatz und starrte auf ein Kabel, das ins obere Stockwerk führte. Dann hörte er Zandts Stimme aus dem Eingangsbereich.
»Oh, mein Gott«, rief er, und das Mädchen schrie noch einmal auf. Ein dumpfes Geräusch folgte.
Ward lief los. In dem Raum brannte nur eine einzige Lampe und verbreitete einen fahlen Schein. Das Mädchen hatte sich wimmernd in eine Ecke geflüchtet. Zandt lag mit dem Rücken

auf dem Boden, seine Waffe einige Schritte weit entfernt. Der Cop machte ein seltsames Gesicht.

Über ihm stand ein Mann mit einem Revolver. Der Lauf war genau auf Zandts Kopf gerichtet.

»Gehen Sie da weg«, rief Ward, die Arme mit schussbereiter Waffe ausgestreckt. »Weg da, verdammt noch mal.«

»Und wenn nicht?«, fragte der Mann, ohne ihn auch nur anzusehen. »Und wenn nicht?«

»Dann schieße ich Sie über den Haufen.«

»Ach ja?«

Nun drehte sich der Mann um. »Hallo, Ward«, sagte er. »Lange nicht mehr gesehen.«

Ward schaute in sein eigenes Gesicht.

Das Haar war länger, ein anderes Blond, heller getönt. Auch die Gesichtszüge waren verändert, doch nur insofern, als ein anderer Geist sie belebte. Sonst unterschieden sie sich nicht. Selbst ihre Statur war gleich. Ward war wie erstarrt.

»So so«, sagte der Upright Man und wiegte freundlich den Kopf. »Du glaubst also, dass du das fertigbringst? Den einzigen Blutsverwandten umzulegen, den du jemals hattest?« Sein Finger spannte sich am Abzug. »Das wüsste ich wirklich nur zu gern, und lass dich in deiner Entscheidung nicht davon beeinflussen, dass John auch dabei draufginge.«

Dann wandte er sich wieder Zandt zu.

»Ich sagte doch, dass ich die Kleine früher oder später zurückgeben würde.« Er trat Zandt ins Gesicht.

Der Stoß schmetterte Zandts Kopf so heftig zurück, dass Ward im ersten Augenblick glaubte, es hätte ihm das Genick gebrochen. Ward wollte den Abzug betätigen. Aber er konnte es nicht.

Zandt drehte den Hals, verzerrte das Gesicht vor Schmerz. »Mir ist es egal, wie Sie sich nennen«, sagte er mit ausdrucksloser Stimme. »Immer schon. Schießen Sie doch endlich, Ward.«

Wards Mund stand offen, der Gaumen war trocken. Seine

Arme zitterten nicht, aber sie waren wie versteinert. Es war ihm unmöglich, die Finger zu bewegen.
Der Upright Man grinste. »Na, Ward? Wir haben uns viel zu erzählen. Ich weiß, dir muss erst mal der Kopf gewaschen werden, und außerdem müssen wir hier bald weg. Als Zeichen meines guten Willens lasse ich einen der beiden am Leben. Such dir einen aus und leg den anderen um. Das Töten geht dir noch nicht leicht genug von der Hand. Wir müssen dich auf Trab bringen.«
»Das FBI ist auf dem Weg hierher«, sagte Ward. Auch in den eigenen Ohren klang seine Stimme schwach und hohl.
»Das glaube ich nicht«, widersprach der Upright Man. »Wenn überhaupt, dann wären sie mit euch gekommen.«
»Warum hast du das getan? Warum hast du meine Eltern umgebracht?«
»Das waren doch nicht deine Eltern, du Schwachkopf. Sie haben unseren Vater umgebracht und unser Leben kaputtgemacht. Wir hätten von Anfang an zusammen sein sollen. Was hätten wir nicht alles schon erreichen können. Die Straw Men haben das Geld, Bruder, aber wir haben das Blut.«
In ihre Ecke gekauert, schloss Sarah fest die Augen und hielt sich die Ohren zu. Dennoch hörte sie die Stimme des Mannes. Diese grässliche, grässliche Stimme, die immer weiterredete, immer Neues sagte, bis sie glaubte, am Ende würde sie nicht der Hunger, sondern diese Stimme umbringen. Früher oder später würde der Mann etwas sagen, und ihr Kopf würde lieber platzen, statt noch etwas zu hören.
»Ich rate dir, John umzulegen«, sagte Klopfaufholz gerade. »Er hat sowieso nichts mehr, was ihn am Leben hält. Auf diese Weise kannst du das Mädchen behalten. Sie ist jetzt zwar ein bisschen ramponiert, aber, Mann, wir könnten uns mit ihr amüsieren.«
»Drücken Sie ab, Ward«, sagte Zandt. »Drücken Sie einfach ab.«

»Sie gehen mir langsam auf den Geist, John«, sagte Klopfaufholz und versetzte ihm erneut einen Tritt. »Und du auch, Ward. Wir müssen weiter. Meine Arbeit auf diesem Berg ist erledigt. Zeit zu verschwinden.«
Sarah war ganz durcheinander. Der Mann, von dem sie dachte, es wäre ihr Vater, war es nun doch nicht. Nun lag er auf dem Boden. Und der andere Mann ... den kannte sie nicht. Ein Spiegelmann.
Klopfaufholz redete auf den Spiegelmann ein, der sich aber nicht bewegte. »Los, bringen wir es hinter uns. Knall den Bullen ab. Du willst es doch.«
Klopfaufholz richtete seine Waffe auf den Kopf des Mannes am Boden. Er würde ihn umbringen und dann verschwinden. So hatte er es ja selbst gesagt. Und wenn der Mann am Boden nicht ihr Vater war, dann war ihr Vater vielleicht mit ihrer Mutter und Schwester zu Hause. Aber leider hatte ihr Haus ein Dach. Und wenn das Haus ein Dach hatte, dann konnte Klopfaufholz hindurchfliegen. Und wenn er das alles mit ihr hatte machen können, wer weiß, was er mit ihnen machen würde.
Sarah nahm die Hände von den Ohren, sie hörte ja doch alles.
»Es liegt uns im Blut«, sagte Klopfaufholz. »Ich weiß, du hast das Manifest gelesen. Du hast es gelesen, und du weißt, dass es wahr ist.«
»Ein Scheiß ist das«, sagte der Mann mit dem Namen John.
Worauf Klopfaufholz sofort wieder zutrat, diesmal auf die Hand.
»Ward, ich nehme mein Angebot zurück«, sagte er und seine Stimme klang jetzt nicht mehr so ruhig. »Wenn du jemanden töten willst, muss es das Mädchen sein. Der Typ hier gehört mir.«
Er richtete den Lauf der Pistole direkt auf Zandts Gesicht.
Doch dann hob er plötzlich den Kopf, als hätte er draußen vor dem Haus etwas gehört.
Sarah überlegte keine Sekunde. Sie sprang aus ihrer Ecke.

Doch ihr fehlten die Kräfte, sie ließen nach, noch ehe sie wirklich auf den Beinen war. Aber vom anfänglichen Schwung getragen stolperte sie über Zandts Füße und rammte den Upright Man.

Er fiel hintenüber, schlug gegen den knochigen Schädel des Mädchens, gegen Zähne, die nach seinem Gesicht schnappten. Ein gezielter Hieb über die Augen, und sie sackte zusammen, doch der Bann, der auf Ward gelegen hatte, war jetzt gebrochen.

Er schoss und verfehlte den Upright Man, aber schon war Zandt auf ihm, und Ward konnte nicht mehr schießen.

Die beiden Männer wälzten sich am Boden und traten und schlugen aufeinander ein. Ward stand mit gezogener Waffe auf einer Seite des Raums und wartete auf die Gelegenheit zu einem gezielten Schuss. Er glaubte jetzt dazu fähig zu sein, ja, er musste es um jeden Preis tun.

Dann hörte er die Geräusche von draußen, den röhrenden Motor, den Klang der Hupe, immer wieder. Bobby.

Das Mädchen lag mit blutender Nase auf dem Boden. Ward lief zu ihr, weil er wusste, dass Zandt genauso entschieden hätte. Er stellte sie, einen Arm um ihren Bauch geschlungen, auf die Füße und schleppte sie zur Haustür.

Riss die Tür auf und stand im Licht. Er begriff erst nicht, was da los war, bis ihm klar wurde, dass er im Scheinwerferlicht des Autos stand, das er tags zuvor am Flughafen gemietet hatte.

Er zog das Mädchen neben sich die Treppe hinunter und fragte sich, was Bobby eigentlich vorhatte, dankte ihm aber von ganzem Herzen. Dann sah er, dass nur eine Person im Auto saß, und es war nicht Bobby, sondern die FBI-Agentin, und sie sah aus wie der Tod.

Er lief zu ihrem Fenster. »Wo ist Bobby?«

»Steigt ein«, mehr sagte sie nicht. »Ist das Sarah?«

»Ja. Wo ist Bobby?«

»Wo ist Zandt?«

»Im Haus. Sagen Sie mir jetzt endlich, wo Bobby ist?«
»Bobby ist tot«, schrie sie fast. »Davids hat ihn erschossen. Tut mir leid, Ward, aber holen Sie John, bitte, wir müssen weg. Der ganze Wohnpark ist zur Sprengung vorbereitet, wir müssen weg.«
Kabel. Überall.
Ward riss die hintere Wagentür auf und schob das Mädchen so sanft wie möglich hinein. Ließ die Tür auf und sprintete Zandts Namen rufend zum Haus zurück.
Im vorderen Raum war niemand. Auch Zandts Revolver lag nicht mehr auf dem Boden. Ward lief mit gezogener Waffe und immer noch rufend durch das Haus. Mit dem Kopf steckte er noch in der Welt von vor zwei Minuten, und ein Gefühl der Scham überlief ihn heiß. Er hatte es nicht fertiggebracht, er hatte nicht auf den Mann geschossen. Aber jetzt konnte er es. Er wusste, dass er es jetzt konnte.
Er hörte rasche Schritte, drehte sich auf der Stelle und eilte in den hinteren Wohnbereich. Zandt kam auf ihn zugestürmt. Im letzten Augenblick fiel ihm ein zu rufen: »Ich bin's, John, nicht er.«
Zandt blutete im Gesicht. Er blieb stehen, den Revolver einen Zoll von Wards Kopf entfernt.
»Sehen Sie mich an, John. Das sind meine Klamotten.«
Ein kurzes Innehalten, dann schob ihn Zandt beiseite und wollte an ihm vorbeilaufen. Ward schlang ihm den Arm um den Hals.
»Nina ist draußen. Bobby ist tot. Wir müssen abhauen.«
Zandt stieß ihn mit dem Ellbogen weg. Ward packte ihn wieder, zog seinen Kopf zu sich und schrie ihn an.
»Die ganze Anlage soll gesprengt werden. Wenn wir nicht abhauen, kriegt er uns alle. Er kriegt auch Sarah.«
Für den Bruchteil einer Sekunde löste sich Zandt aus seiner Starrheit. Ward schleppte ihn in den Eingangsbereich und von dort in die offene Haustür, durch die grelles Licht einfiel.

Draußen ließ Nina den Motor aufheulen, doch Zandt versuchte sich loszureißen und kämpfte wie ein Bär gegen den Arm, der seinen Nacken umschlang. Einen Moment lang glaubte Ward einen Schatten hinter einer offenen Tür vorbeihuschen zu sehen, aber gleich darauf war er wieder verschwunden.
Erst als sie draußen waren, schien Zandt gewahr zu werden, dass es noch andere Menschen auf der Welt gab als diesen Mann, den er töten musste. Ward schubste ihn zum Auto, er bückte sich noch, um etwas vom Boden aufzuheben.
Zandt stieg widerwillig in den Fond. Fluchend schlug er mit den Fäusten auf die Polster des Sitzes vor ihm.
Ward sprang auf den Beifahrersitz. »Los, Nina, fahren Sie.«
Einen Augenblick lang saß sie noch wie betäubt da, dann trat sie aufs Gaspedal, als ob sie aufstehen wollte. Der Wagen schleuderte mit dem Heck auf dem nassen Gras, aber sie steuerte gegen, offenbar ohne selbst zu bemerken, dass sie anhaltend vor Schmerz stöhnte.
»Halten Sie Sarah fest«, schrie Ward nach hinten zu Zandt, während er seinen Sicherheitsgurt anlegte. Dann durchquerten sie The Halls in entgegengesetzter Richtung, vorbei an den stillen Häusern mit all ihren Schätzen. Ward glaubte das Geräusch knirschender Knochen unter den Reifen zu hören, aber das war wohl bloß Einbildung. Er hoffte, dass Zandt nichts gehört hatte. Genauso hoffte er, dass er sich nur einbildete, was er einen Moment lang zu sehen glaubte: die Silhouette eines Mannes, der auf der Anhöhe am Ende der Wiese stand.
Sie fuhren zu schnell, als dass er das wirklich hätte sehen können.
Nina steuerte auf die Bresche im Zaun zu, die sie auf dem Hinweg hinterlassen hatte, und raste hindurch. Latten flogen an der Windschutzscheibe vorbei. Schlimm hörte sich das metallische Geräusch an, als das Chassis an einem Pfosten vorbeischrammte, doch der Wagen schaffte es. In der Linkskurve am Ende des Parks überschlug er sich fast, aber Nina brachte den

Wagen wieder auf Kurs, raste die Zufahrt hinunter und passierte das Tor. Dann bog sie rechts auf die Straße ab, die aus den Bergen führte. Um ein Haar wären sie frontal gegen Harold Davids' Wagen gerast, der in der Kurve geparkt stand, doch Nina konnte ihm gerade noch ausweichen.

Eine Reihe von Haarnadelkurven, dazwischen immer wieder beschleunigen, dann auf einer langen Gerade auf die Baumgruppe zu, hinter der sich die Straße verbarg. Sie hatten keine Chance die Kurve zu kriegen, deshalb versuchte Nina es erst gar nicht, sondern steuerte stattdessen im Slalom durch die Bäume, bis sie durchgeschüttelt auf der Grasnarbe auf der anderen Seite landeten.

Auf dem Weg dorthin platzte ein Hinterreifen, und bei dem Versuch, den Wagen wieder in die Gewalt zu bekommen, überschlug er sich und krachte hüpfend und schleudernd den letzten Abhang hinunter. Mit dem schrillen Geräusch von reißendem Metall brach er durch die niedrige Schranke, rutschte auf dem Dach über die vereiste Chaussee und landete gegenüber im reißenden, eiskalten Wasser des Gallatin River, der an dieser Stelle ziemlich flach war.

In der folgenden Stille wurde ihnen bewusst, dass sie noch lebten. Kurz darauf schien die ganze Welt zu explodieren.

Auf dem Kopf und so verdreht, wie sie in den Gurten hingen, sahen sie das Licht einer neuen Sonne wie die Morgendämmerung hinter den Bergen aufstrahlen.

Houma, Louisiana

Ein kleines Motel ohne Zimmerservice. Ich habe ein kleines Zimmer am Ende eines lang gestreckten Gebäudes mit einer Reihe weiterer kleiner Zimmer, in dem sich vorn ein kleines Büro befindet. Das Fernsehgerät ist veraltet und billig. Im Swimmingpool ist zwar Wasser, aber keiner schwimmt darin, schon gar nicht ich.

Morgen fahre ich in aller Frühe weiter. Ich kenne den Namen der Stadt, in der Bobbys Mutter wohnt, außerdem erinnere ich mich vage an seine Beschreibung der Straße, in der er aufwuchs. Ich werde sie schon finden. Hoffentlich kann ich zu ihr auch von ihrem Sohn sprechen. Was für ein guter Mann er war und wie er starb. Vielleicht finde ich sogar den Friedhof, wo sein Vater begraben liegt, und sage ihm auch alles. Das ist das einzige Denkmal, das mein Freund jemals haben wird.

Vor zehn Tagen saß ich in einem Auto in Santa Monica und sah zu, wie John und Nina ein Mädchen zu einer Haustür brachten. Sarah hielt je eine Hand der beiden; bei Nina war es die linke, weil der rechte Arm in einer Schlinge steckte. Sarah war immer noch sehr blass und schwach, sah aber schon viel besser aus als zu dem Zeitpunkt, als wir sie und Nina ins Krankenhaus in Utah brachten. Der Dienst habende Arzt wollte gleich die Polizei verständigen. Sein Befund lautete, dass Sarah nur Wasser erhalten habe, das mit Blei und verschiedenen Chemikalien versetzt worden war, darunter auch biologische Wirkstoffe, die in der Gentherapie benutzt werden. Was damit bezweckt werden sollte, von einer akuten Vergiftung abgesehen, darüber wollte er nicht einmal spekulieren. John wusste es schon, wie er nun auch begriff, dass die Leichen der Opfer des Upright Man Spuren von Versuchen aufwiesen, durch Schädelverletzungen und sexuellen Missbrauch ein ihm ähnliches Wesen zu schaffen. Mit ihrem FBI-Ausweis verhinderte Nina, dass der Fall bundesweit bekannt wurde. Die Ärzte wollten Sarah und Nina für eine Woche im Krankenhaus behalten, aber am folgenden Morgen kamen John und ich und holten sie heimlich. Ja, sie mussten noch weiterbehandelt werden. Aber sie hier am selben Ort zu lassen war zu gefährlich. Zandt teilte Michael Becker mit, dass wir kommen würden. Dann stiegen wir ins Auto und fuhren los.

Zandt und ich wechselten uns am Steuer ab. So fuhren wir durch Utah, Nevada und Kalifornien, durchquerten L. A. und kamen schließlich nach Santa Monica. Obwohl Sarah die meiste Zeit über schlief, lernte ich sie doch ein bisschen kennen. Sie war so freundlich mir zu sagen, ich sei ganz anders, was mir sehr half. Mit der Zeit wird sie wieder auf die Beine kommen. Auch wette ich, sollte sie das nächste Mal wie eine Dame zum Essen ausgehen (wahrscheinlich um das Jahr 2045 herum, wenn es nach ihrem Vater geht), dann wird sie sich keinen Salatteller antun, sondern einen Hamburger bestellen, wie sie es sich immer gewünscht hat.

Oben an der Treppe des Beckerschen Hauses ließ Nina Sarahs Hand los und drückte den Klingelknopf. Für einen Augenblick sahen wie sie ein Bild aus, dann ging die Tür auf, und eine liebevolle Begrüßung begann, bei der ich wegschauen musste. Ich starrte durch die Windschutzscheibe und erinnerte mich an das, was mir das Mädchen zuletzt gesagt hatte.

Als ich wieder hinsah, war Nina, den Kopf gesenkt, schon wieder auf dem Weg zurück zum Auto. Zandt stand immer noch zusammen mit den Beckers. Sarah ließ ihn schließlich los und ging zu ihren Eltern. Dann schüttelte Michael Becker Zandts Hand, und sie redeten etwas miteinander, das ich nicht hören konnte.

John trat einen Schritt zurück und ließ die Familie ins Haus gehen. Auch nachdem die Tür sich schon geschlossen hatte, blieb er noch einen Augenblick so stehen. Dann kam auch er zum Auto zurück, stieg ein, und wir fuhren davon. Jetzt ist er zu Besuch bei seiner Ex-Frau in Florida.

Als ich seine Reaktion auf den Pullover sah, hätte ich mir gewünscht, lieber einen Knochen mitgenommen zu haben. Ich hatte mir das nicht richtig überlegt – mir war spontan der Gedanke gekommen, er könnte vielleicht den Wunsch haben, etwas aus den Bergen mit nach Hause zu bringen. Ein Knochen wäre wohl besser gewesen, etwas, das einmal wirklich ein Teil von ihr gewesen war. Aber der Pullover könnte für die Eltern eine besänftigende Erinnerung sein. Wir kamen überein, uns später einmal wiederzutreffen. Wir haben unsere Handynummern ausgetauscht. John scheint mir jedenfalls keinen Vorwurf daraus zu machen, dass ich es in The Halls nicht geschafft hatte, abzudrücken.

Aber mit einem solchen Wiedersehen hat es noch Zeit. Ich hoffe, dass es ihm eher um ein Treffen mit Nina geht, nachdem sie ihre Angelegenheiten in L. A. geregelt hat. Als ich die beiden vor der Haustür der Beckers stehen sah, hatte ich das Gefühl, dass zwischen ihnen etwas war, das sie hoffentlich selbst bemerken werden. Eigentlich sind sie bereits zusammen.

Während ich im Auto unterwegs bin, ertappe ich mich immer wieder dabei, für lange Augenblicke einfach geradeaus zu starren. Ich achte nicht auf das, was hinter der Windschutzscheibe vorgeht, sondern lasse Bilder wie einen Film vor mir ablaufen. Manchmal denke ich an die Straw Men und überlege, ob etwas Wahres daran sein könnte. Ich möchte glauben, dass etwas schwerer Fassliches hinter alldem steckt als das Manifest der Menschheit; dass die dort ausgedrückten Ideen nur den Versuch eines kranken Hirns darstellen, die Spaltungen, von denen wir nicht loskommen, aus der Welt zu schaffen. Doch dann fällt mir ein, dass das Buch, das viele für den ersten Roman überhaupt halten, Daniel Defoes *Bericht über die Pest zu London,* nach einer Epidemie geschrieben wurde, die ganz Europa heimsuchte und die sicherlich auch deshalb so verheerend ausfiel, weil wir eng wie die Heringe zusammenleben. Ferner fällt mir ein, dass unsere größten Unterhaltungsindustrien, Film und Fernsehen, gleich nach den beiden Weltkriegen aufblühten. Ich frage mich, ob fiktive Welten und ehrgeizige Pläne nicht erst mit den ersten Stadtkulturen zu einem Bedürfnis wurden und ob das nicht die Entstehung der Hochreligionen in derselben Epoche erklärt. Je enger wir zusammenleben, desto abhängiger werden wir voneinander und desto wichtiger werden unsere Träume. Fast scheint es, als ob uns das zusammenschmiedet, uns bei der Suche nach etwas Verlorenem hilft und uns einer Form der Menschlichkeit näherbringt, die sich nicht im bloßen Menschsein erschöpft. Kann es bloßer Zufall sein, dass wir gerade heute, wo das Internet den ganzen Planeten umspannt und die Menschen immer enger verbindet, das menschliche Genom entschlüsselt haben und damit beginnen, mit ihm herumzuexperimentieren? Je enger wir zusammenrücken, desto dringender stellt sich die Frage, wer wir eigentlich sind. Ich hoffe, wir wissen, was wir mit unserem genetischen Erbe tun, damit wir beim Eliminieren der Sequenzen, die für bestimmte Defekte verantwortlich sein sollen, nicht auch das zerstören, was uns lebenstüchtig macht. Ich hoffe, dass unsere Zukunft und nicht unsere Vergangenheit unsere Entscheidungen beeinflusst. Und ich hoffe, dass ich mit der Erkenntnis, dass mir etwas in meinem Leben fehlt, weiter danach suchen werde, selbst wenn ich weiß, dass es nur eine Verheißung und nirgendwo wirklich zu finden ist. Sonst werden wir zu Straw

Men auf abgeernteten Feldern, die nicht einmal mehr die Vögel besuchen, zu Vogelscheuchen, die auf einen nie endenden Sommer warten, obwohl der Winter schon angebrochen ist. Bei unserer heutigen Lebensweise, die sich so weit von allem, was einmal für wahr galt, entfernt hat, kann man sich nur wundern, wie gut wir klarkommen. Wir träumen, um nicht verrückt zu werden und um am Leben zu bleiben. Wie mein Vater früher sagte, geht es nicht darum, zu gewinnen, sondern zu glauben, dass es überhaupt etwas zu gewinnen gibt.

Ich denke oft an ihn und an meine Mutter. Ihr Tod, wie der Tod jedes anderen Menschen auch, kann nicht ungeschehen gemacht werden. Wie Unglück und Enttäuschung kann man auch den Tod nicht beim Wickel fassen und ihm die Leviten lesen. Genauso wenig haben wir den Upright Man oder die Gruppe, die er anführte, fassen können. Vielleicht erwischen wir ihn eines Tages, vielleicht aber auch nicht. Wer weiß, vielleicht wird es immer Leute wie sie geben. Ich weiß auch nicht, ob die planmäßige Sprengung von The Halls nur eine erfolgreiche Maßnahme zur Löschung aller Spuren war oder ob durch die Explosion das geschmolzene Gestein, das in gewaltigen Hohlräumen unter dem Yellowstone lagert, zum Ausbruch gebracht werden sollte. Wäre das gelungen, dann wäre der ganze Westen mitsamt seinen Farmen und seiner Kultur in Mitleidenschaft gezogen worden, mit anderen Worten, es wäre auf die Rückkehr zu einem Leben hinausgelaufen, das die Straw Men so schätzen. Sie hätten uns zurück an den Anfang versetzt oder einem Ende in Trümmern nähergebracht.

Nina ist dieser Ansicht. Sie schließt das aus einer Bemerkung, die sie von Davids gehört hatte. Ihrer Meinung nach sind die Straw Men überzeugt, die besseren Jäger und Sammler zu sein, ihren Reichtum einer besonderen inneren »Reinheit« zu verdanken und unter allen Verhältnissen zum Herrschen bestimmt zu sein. Ich weiß nicht recht. Das ist nichts, worüber ich jetzt mit jemandem diskutieren könnte.

Die Nachricht erreichte mich in dem Hotel in L. A., in dem ich abgestiegen war, nachdem wir Sarah Becker ihren Eltern zurückgegeben hatten. Sie kam von meinem Bruder. Ich weiß nicht, wie er mich ausfindig gemacht hatte. Eine Stunde später verließ ich das Hotel, und seither bin ich unterwegs.
Die Nachricht kam in Form eines Videos. Der erste Teil war nach unserer Begegnung in The Halls entstanden. Mein Bruder war wütend, hatte aber offenbar noch nicht alle Hoffnung auf eine Annäherung aufgegeben. Er klärte mich über die Zeit auf, als wir getrennt waren. Wie er auf einer Straße in San Francisco entdeckt wurde, ein kleiner Junge, von dem man nichts wusste außer dem Namen, der in seinen Pullover gestickt war. Verschiedene Pflegeeltern, dann ein erster Mord. Vieles in dieser Periode bleibt im Dunkeln. Schließlich seine Arbeit im Dienst der Reichen und pervers Veranlagten. Seine Entdeckung, dass es eine Verbindung zwischen seinen Auftraggebern und seiner Vergangenheit gab. Seine Aufnahme in eine geheime Gruppe, dann sein erster Triumph 1991 in einem McDonald's in einer Kleinstadt in Pennsylvania. Der Beginn seiner Experimente mit dem Ziel, die menschliche Evolution durch Gewalt und sexuellen Missbrauch zu beschleunigen. Sein Plan, sich eine »reine Braut« zu verschaffen, um mit ihr eine virenfreie Rasse zu zeugen. Über dieses Vorhaben sprach er mit einer inneren Anteilnahme, die fast wie Liebe klang.
Der Rest des Videos ist nur schwer zu beschreiben. Es hat etwas sehr Verstörendes, und zwar nicht nur wegen seines Inhalts und all dem, was zu seinem Zustandekommen geführt hat. Die Tatsache, dass auf dem Video jemand zu sehen ist, der mir aufs Haar gleicht und der Schreckliches tut, ist wie ein Einblick in eine dunkle Traumwelt, wo das, was ich für mein wahres Selbst halte, negiert wird und ich zu einer Person werde, die ich niemals sein will. Was Bobby und ich vorher gesehen hatten, waren nur verwaschene Videobilder aus der Ferne. Der Upright Man oder Paul, wie ich ihn fortan nennen

muss, hatte dafür gesorgt, dass von ihm in allen Situationen gestochen scharfe Aufnahmen vorlagen. Man sieht ihn, wie er lächelnd auf brennenden Parkplätzen steht, wie er Kabel verlegt und Bomben scharf macht, wie er an dunklen Treffpunkten in Amerika, England und anderswo in Europa ausgewählten Mitstreitern Waffen zusteckt und Pläne erläutert, wie er nackt über den ausgeweideten Leichen jugendlicher Ausreißer kauert und wie er von ihnen isst.
Und es sieht so aus, als ob ich das alles tun würde. Als ob ich unermessliche Schuld auf mich geladen hätte, eine halbe Stunde lang erdrückende Beweise.
Das Video, das er mir geschickt hat, kann ich zu nichts gebrauchen. Ich kann es niemandem zeigen, und das nicht nur, weil es bei der Polizei in Dyersburg und wahrscheinlich in ganz Montana Leute gibt, die zu dem Personenkreis gehören, dem ich aus dem Weg gehen muss. Das Video belastet mich nur. Es gibt keine amtlichen Dokumente, aus denen hervorginge, dass ich einen Zwillingsbruder habe. Es gibt überhaupt keine Spuren meiner Herkunft außer den Bildern auf dem Video und dem, was sich in meinem Kopf befindet.
Ehe Sarah Becker in Santa Monica aus dem Auto stieg, wandte sie sich noch einmal an mich und sagte mir leise etwas ins Ohr.
»Sie müssen es tun«, hatte sie gesagt. »Nur Sie können Klopfaufholz erledigen.«
Sie hat Recht. Mir bleibt keine andere Wahl. Ich muss ihn aufspüren.

Bis dahin reiße ich Meilen runter und höre auf die Stimmen aus der Vergangenheit. Ich denke an alles, was Menschen für mich getan, an die Liebe, die sie mir geschenkt haben. Ich weiß keine Antwort auf die Frage, was aus mir geworden ist, und vielleicht werde ich es nie wissen. Immerhin weiß ich, dass es nicht so schlimm geworden ist, wie es hätte sein können. Die Notiz meines Vaters, wonach meine Eltern nicht tot seien, erweist sich in einer Weise als wahr, wie er es nie geahnt hätte. Solange ich lebe, werden sie jedenfalls nicht tot sein. Ich wünschte, ich hätte sie besser gekannt, doch es liegt in der Natur solcher Wünsche, dass sie nicht nur immer zu spät gehegt werden, sondern dass es niemals früh genug hätte sein können.

Das Bild von ihnen, das sich mir am tiefsten eingeprägt hat, habe ich in Wirklichkeit nie gesehen, sondern nur auf dem Bildschirm eines Fernsehgerätes. Ein junges Paar, beide haben Billardqueues in der Hand, beide stehen mit dem Rücken zur Kamera und halten sich in der Taille umschlungen. Und dann drehen sie sich um, und mein Vater grinst und reckt herausfordernd den Mittelfinger in die Kamera, und meine Mutter streckt die Zunge heraus.

Und später, wie sie tanzt.

Danksagung

Ich danke Dough Winter für einen Satz, der für mich den Stein ins Rollen gebracht hat. Dank an Susan Allison, Chris Smith und Jim Rickards, die dafür sorgten, dass der Stein weit genug rollte. Dank an Linda Shaughnessy, Bob Bookman und David und Margaret Smith für ihre Kommentare. Dank an Nicholas Royle, Howard Ely, Conrad Williams, Stephen Jones und Adam Simon für ihre Unterstützung beim Schreiben dieses Buches.

Ich denke in Liebe und Dankbarkeit an meine Familie und hier besonders an Paula. Sie zeigte mir die Risse, wenn ich wieder einmal mit dem Kopf gegen die Wand stieß, und half mir hinaus.